O
LIVRO
DO JUÍZO
FINAL

CONNIE WILLIS

O LIVRO DO JUÍZO FINAL

Tradução
Braulio Tavares

Grafia atualizada segundo o Acordo Ortográfico da Língua Portuguesa de 1990, que entrou em vigor no Brasil em 2009.

Título original
Doomsday Book

Capa
Claudia Espínola de Carvalho

Imagem de capa
Marcin Perkowski/ Shutterstock

Preparação
Gustavo de Azambuja Feix

Revisão
Luciana Baraldi
Arlete Sousa

Dados Internacionais de Catalogação na Publicação (CIP)
(Câmara Brasileira do Livro, SP, Brasil)

Willis, Connie
O livro do juízo final / Connie Willis; tradução Braulio Tavares. – 1ª ed. – Rio de Janeiro: Suma de Letras, 2017.

Título original: Doomsday Book.
ISBN 978-85-5651-038-9

1. Ficção norte-americana I. Título.

17-03844 CDD-813

Índice para catálogo sistemático:
1. Ficção : Literatura norte-americana 813

[2017]

EDITORA SCHWARCZ S.A.
Praça Floriano, 19 – Sala 3001 – Cinelândia
20031-050 – Rio de Janeiro – RJ
Telefone: (21) 3993-7510
www.companhiadasletras.com.br
www.blogdacompanhia.com.br
facebook.com/sumadeletrasbr
instagram.com/sumadeletras_br
twitter.com/Suma_BR

Para Laura e Cordelia —
minhas Kivrin

AGRADECIMENTOS

Meu agradecimento especial ao bibliotecário-chefe Jamie LaRue e a toda equipe da Biblioteca Pública de Greeley pela constante e valiosa ajuda.

E minha gratidão eterna para Sheila, Kelly, Frazier e Cee, e especialmente para Marta — as amigas que eu amo.

"E, para que coisas que devem ser lembradas não sucumbam ao tempo
nem se desvaneçam da memória dos que virão depois de nós,
eu, vendo tantos males e vendo o mundo, por assim dizer,
sob a garra do Maligno, e estando eu próprio como se já entre os mortos,
eu, esperando pela morte, deliberei colocar por escrito
todas as coisas que testemunhei.
E, para que a própria escrita não pereça com o seu escritor
nem o trabalho do trabalhador seja sem proveito,
deixo estes pergaminhos para que o legado continue,
no caso de algum homem sobreviver e de alguém da raça
de Adão escapar a esta pestilência e prosseguir a obra que iniciei..."

Monge John Clyn
1349

LIVRO UM

"O que é mais necessário a um sineiro não é a força física,
mas a capacidade de medir o tempo...
Você deve trazer estas duas coisas sempre juntas
na sua mente e deixar que fiquem assim para sempre:
sinos e tempo, sinos e tempo."

Ronald Blythe, *Akenfield*

1

O sr. Dunworthy abriu a porta do laboratório e seus óculos ficaram embaçados no mesmo instante.

— Estou atrasado? — perguntou ele, retirando os óculos do rosto e apertando os olhos para ver Mary.

— Feche a porta — pediu ela. — Não posso escutá-lo com toda essa cantoria natalina.

Dunworthy fechou a porta, mas não conseguiu abafar por completo o som de "O Come, All Ye Faithful" vindo do pátio.

— Estou atrasado? — repetiu a pergunta.

Mary abanou a cabeça.

— Você só perdeu o discurso de Gilchrist.

Ela recostou-se mais na cadeira, permitindo que Dunworthy se espremesse para entrar no estreito espaço da área de observação. Ela tinha tirado o casaco e o chapéu de lã, pondo-os sobre a outra cadeira, com um saco cheio de compras. Seus cabelos grisalhos estavam desalinhados, como se ela tivesse tentado deixá--los mais soltos depois de tirar o chapéu.

— Um longo discurso sobre a viagem inaugural da Medieval através do tempo — disse ela — e sobre o Brasenose College ocupando o seu merecido lugar como a joia da coroa na História. Ainda está chovendo?

— Está — respondeu ele, limpando os óculos no cachecol.

Enganchou as hastes dos óculos atrás das orelhas e foi até a divisória de vidro para olhar para a rede. No centro do laboratório via-se uma carroça despedaçada, cercada por baús revirados e caixas de madeira. Sobre eles, pairavam os escudos protetores da rede, pendurados como um paraquedas diáfano.

O orientador de Kivrin, Latimer, parecendo mais velho e ainda menos firme do que o normal, estava parado junto a um dos baús. Montoya estava imóvel perto do console, usando jeans e um casaco de terrorista, olhando com impaciência o relógio no pulso. Badri estava sentado diante do console, digitando algo no teclado e franzindo a testa, enquanto olhava os monitores.

— Onde está Kivrin? — perguntou Dunworthy.

— Não sei — disse Mary. — Sente. O salto está marcado para o meio-dia, mas duvido muito que esteja tudo pronto a essa hora. Ainda mais se Gilchrist resolver fazer outro discurso. — Ela pendurou o casaco no encosto da própria cadeira e colocou no chão a sacola de compras, junto aos pés. — *Espero* que não demore o dia todo. Tenho que pegar meu sobrinho-neto, Colin, na estação, às três. Ele está vindo para cá de metrô. — Ela remexeu na sacola. — Minha sobrinha, Deirdre, foi passar o feriado em Kent e me pediu para ficar com o menino. Espero que não chova o tempo inteiro enquanto ele ficar aqui — acrescentou ela, ainda remexendo. — Ele tem doze anos, é um bom menino, muito inteligente, embora tenha um vocabulário deplorável. Tudo para ele ou é necrótico ou apocalíptico. E Deirdre deixa ele comer muito doce.

Ela continuou mexendo no conteúdo da sacola de compras.

— Comprei isto aqui para ele, para o Natal — disse ela, puxando lá de dentro uma caixa estreita, com faixas em verde e vermelho. — Minha esperança era conseguir fazer todas as compras antes de vir para cá, mas estava chovendo, e eu só consigo suportar aquele carrilhão horroroso da High Street por pouco tempo.

Ela abriu a caixa e afastou o papel de seda.

— Não faço ideia do que garotos de doze anos usam hoje em dia, mas cachecóis sempre são úteis, não acha, James? James?

Ele estava olhando fixamente para as telas luminosas, e virou-se para encará-la.

— O quê?

— Eu disse que um cachecol é sempre um presente de Natal adequado para um garoto, você não acha?

Ele olhou o cachecol que ela erguia para ser examinado. Era de lã cinza, escura. Ele não usaria aquilo nem morto se fosse jovem, e já se iam uns bons cinquenta anos desde essa época.

— Claro — respondeu, e voltou a olhar através do vidro.

— O que houve, James? Alguma coisa errada?

Latimer estava segurando um pequeno baú reforçado com latão e olhando vagamente ao redor, como se tivesse esquecido o que pretendia fazer com ele. Montoya observava com impaciência o relógio.

— Onde está Gilchrist? — perguntou Dunworthy.

— Entrou ali — disse Mary, apontando para uma porta na extremidade da rede. — Fez um discurso sobre o lugar da Medieval na História, conversou um pouco com Kivrin, o técnico realizou alguns testes, e então Gilchrist e Kivrin entraram por aquela porta. Imagino que ele esteja lá com ela, ajudando nos preparativos.

— Ajudando nos preparativos — murmurou Dunworthy.

— James, sente-se aqui e me conte o que há de errado — sugeriu ela, enfiando o cachecol novamente no embrulho, que voltou a guardar na sacola. — E também por onde você andava. Quando cheguei, esperava que você já estivesse aqui. Afinal de contas, Kivrin é sua aluna favorita.

— Estava tentando falar com o diretor do curso de História — disse Dunworthy, olhando para as telas dos monitores.

— Basingame? Pensei que ele tivesse viajado por causa do feriado.

— Viajou, e Gilchrist deu um jeito de ser indicado diretor interino na ausência dele, para poder abrir a Idade Média para as viagens temporais. Ele rescindiu o ranking coletivo de 10 pontos de risco e indicou arbitrariamente rankings para cada século. Sabe quanto ele atribuiu ao século XIV? Um 6! Seis! Se Basingame estivesse aqui, isso nunca teria acontecido. Mas o homem sumiu. — Ele olhou para Mary com alguma esperança. — Você não sabe para onde ele foi, sabe?

— Não sei. Acho que para algum lugar na Escócia.

— Algum lugar na Escócia — repetiu ele, ressentido. — E enquanto isso Gilchrist está mandando Kivrin para o século que tem um ranking de risco bem claro, de 10, um século onde existem escrófulas, e a Peste, e hereges sendo queimados nas fogueiras.

Ele olhou para Badri, que estava agora falando no microfone do console.

— Você disse que Badri estava realizando testes. Testes de quê? Checagem de coordenadas? Projeção de campo?

— Não sei — respondeu ela, fazendo um gesto vago na direção das telas, onde matrizes e colunas de números se sucediam sem parar. — Sou apenas uma médica, não sou técnica de rede. Eu *achei* que tinha reconhecido o técnico. Ele é do Balliol, não?

Dunworthy assentiu.

— É o melhor de lá — disse ele, observando Badri, que estava tocando nas teclas do console, uma de cada vez, os olhos presos às imagens cheias de números. — Todos os técnicos do New College saíram de férias. Gilchrist estava pensando em utilizar um estagiário do primeiro ano, que nunca tinha dirigido um salto tripulado. Usar um estagiário para um *remoto*! Convenci ele a chamar Badri. Se não posso impedir esse salto, pelo menos posso fazer com que seja dirigido por um técnico competente.

Badri franziu a testa diante da tela, puxou um medidor do bolso e foi na direção da carroça.

— Badri! — chamou Dunworthy.

Badri não deu sinal de ter ouvido. Ficou caminhando em torno do perímetro de caixas e baús, olhando o medidor. Moveu uma das caixas um pouquinho para a esquerda.

— Ele não consegue ouvir você — observou Mary.

— Badri! — gritou ele. — Quero falar com você!

Mary ficou de pé.

— Ele não consegue ouvir você, James — repetiu ela. — Este lugar é à prova de som.

Badri falou alguma coisa para Latimer, que ainda segurava o baú reforçado com latão. Latimer parecia perplexo. Badri tirou o baú das mãos dele e o colocou numa marca de giz feita no chão.

Dunworthy olhou em volta, à procura de um microfone. Não viu nenhum.

— Como foi que você ouviu o que Gilchrist falou? — perguntou ele a Mary.

— Gilchrist apertou um botão ali dentro — respondeu ela, apontando um painel na parede próximo à rede.

Badri voltara a se sentar diante do console e estava falando no microfone. Os escudos da rede começaram a descer. O técnico falou alguma coisa e eles se elevaram novamente.

— Pedi a Badri que checasse tudo de novo, a rede, os cálculos do estagiário, tudo, e que abortasse o salto de imediato se encontrasse algum erro, independentemente do que Gilchrist falasse.

— Mas com certeza Gilchrist não colocaria a segurança de Kivrin em risco — protestou Mary. — Ele me disse que todas as precauções foram tomadas...

— Todas as precauções! Ele não fez teste de reconhecimento nem checou os parâmetros. Fizemos dois anos de saltos não tripulados no século XX antes de mandar uma pessoa. Ele não fez nenhum. Badri disse que ele devia adiar o salto até que pudesse fazer um desses testes, e em vez disso ele antecipou o salto em dois dias. O homem é um incompetente total.

— Mas ele explicou por que o salto teria que ser hoje. No discurso. Disse que as pessoas no século XIV não prestavam muita atenção a datas, exceto às épocas de plantio e colheita, e aos dias santos da Igreja. Disse que a concentração de dias santos era maior por volta do Natal, e que por isso Medieval tinha decidido enviar Kivrin agora, para que ela pudesse usar os dias do Advento para determinar sua localização temporal e garantir a volta ao local do salto em 28 de dezembro.

— Enviá-la agora não tem nada a ver com o Advento nem com feriados — respondeu Dunworthy, sempre de olho em Badri, que estava outra vez apertando tecla após tecla, cenho franzido. — Podia mandá-la semana que vem e usar a Epifania como data de reencontro. Podia ficar mandando viagens não tripuladas durante seis meses e depois enviá-la usando um lapso de tempo. Gilchrist está mandando ela agora porque Basingame viajou no feriado e não pode impedir.

— Ai, meu Deus! Bem que desconfiei que ele estava fazendo as coisas meio às pressas. Quando comentei o tempo que Kivrin devia ficar na enfermaria, ele tentou me dissuadir. Tive que explicar que aquelas vacinas precisam de algum tempo para fazer efeito.

— Um reencontro em 28 de dezembro — soltou Dunworthy, com amargura. — Sabe qual é o feriado dessa data? A comemoração do Massacre dos Inocentes. Algo que, do modo como estão fazendo este salto, pode ser inteiramente apropriado.

— Por que você não interrompe tudo? Pode proibir Kivrin de ir, não pode? Você é o orientador dela.

— Não. Não sou orientador. Ela é aluna do Brasenose. O orientador dela é *Latimer*. — Ele fez um gesto na direção de Latimer, que tinha apanhado de novo o baú forrado em latão e o examinava com olhar ausente. — Ela veio até o Balliol e me pediu para ser seu orientador, extraoficialmente. — Ele virou-se e fitou com olhos sem foco a divisória de vidro. — Eu expliquei que ela não poderia ir.

Kivrin o procurara quando estava no primeiro ano. "Quero ir para a Idade Média", dissera ela. Ela mal tinha um metro e meio de altura, e usava tranças no cabelo claro. Não parecia ter idade nem para atravessar uma rua sozinha.

— Você não pode — explicara ele, no primeiro dos erros que cometeu. Devia tê-la mandado de volta para Medieval, dizendo que ela teria que discutir o assunto com seu orientador. — A Idade Média está fechada. Está com ranking de 10.

— Um 10 coletivo e, para o sr. Gilchrist, não merecido — argumentara Kivrin. — Ele diz que esses rankings nunca se manteriam se houvesse análises anuais. Eles se baseiam na taxa de mortalidade dos contemps, decorrente sobretudo da má nutrição e da falta de tratamento médico. O ranking não seria tão alto para um historiador vacinado contra as doenças. O sr. Gilchrist está pensando em pedir ao curso de História para reavaliar o ranking e abrir parte do século XIV.

— Não consigo imaginar o curso de História abrindo um século que teve não apenas a Peste Negra e o cólera, mas também a Guerra dos Cem Anos.

— Mas talvez abram e, se abrirem, eu quero ir.

— É impossível — insistira ele. — Mesmo que estivesse aberto, Medieval jamais mandaria uma mulher. Uma mulher desacompanhada era uma coisa em que ninguém ouvia falar no século XIV. Só mulheres das classes mais baixas andavam sozinhas, e eram presas fáceis para qualquer homem ou animal com que cruzassem. Mulheres da nobreza ou mesmo da classe média emergente eram vigiadas constantemente por seus pais, maridos ou criados, em geral por todos juntos. E mesmo que você não fosse mulher, você é estudante. O século XIV é perigoso demais para que Medieval considere enviar um estudante. Eles mandariam um historiador experiente.

— Não é mais perigoso do que o século XX. Gás de mostarda, colisões de carros e pistolas com laser. Pelo menos lá ninguém vai jogar uma bomba em mim. E quem seria esse historiador medieval experiente? Nenhum tem experiência nesse campo, e os historiadores do Século XX aqui no Balliol não sabem nada sobre Idade Média. Ninguém sabe nada. Há pouquíssimos registros, exceto pelos livros paroquiais e os pagamentos de impostos. Ninguém faz ideia de como era a vida na época. Por isso eu quero ir. Quero descobrir coisas sobre os contemps, como viviam, que jeito tinham. Não quer me ajudar?

Finalmente ele dissera: "Receio que você precise falar com Medieval a respeito disso", mas era tarde demais.

— Já falei — respondera ela. — Eles também não sabem nada sobre a Idade Média. Quero dizer, nada que seja prático. O sr. Latimer está me ensinando inglês médio, mas é só uma questão de inflexões pronominais e de vogais com outro som. Ainda não aprendi a dizer nada. Preciso conhecer a língua e os costumes — insistira ela, inclinando-se sobre a mesa de Dunworthy —, e o dinheiro, e como me portar à mesa e outras coisas. Sabia que eles não usavam pratos? Usavam fatias achatadas de pão, chamadas *manchets*, e quando terminavam a refeição partiam esse pão em pedaços e comiam. Preciso de alguém que me ensine coisas assim, para que eu não cometa erros.

— Sou historiador do Século xx, não um medievalista. Não leio sobre a Idade Média há quarenta anos.

— Mas o senhor pode saber *que tipo* de coisas eu vou precisar saber. Posso procurar por elas e estudar por conta própria, basta me dizer o que é.

— O que me diz de Gilchrist? — sugerira ele, apesar de considerar Gilchrist um idiota metido a importante.

— Ele está trabalhando na nova versão do ranking e não tem tempo.

E de que adianta atualizar o ranking, se não há historiadores para serem enviados?, pensou Dunworthy.

— Que tal essa professora visitante dos Estados Unidos, Montoya? Ela está trabalhando nas escavações de um sítio medieval em Witney, não é isso? Talvez ela saiba alguma coisa sobre esses costumes.

— Montoya também não tem tempo para nada, está ocupada demais recrutando pessoas para trabalhar nesse sítio arqueológico de Skendgate. Não percebe? Ninguém pode me ajudar. O senhor é o único.

Dunworthy devia ter dito: "Bom, mas todos esses são professores do Brasenose College, e eu não sou", mas em vez disso estava se sentindo maldosamente satisfeito ao ouvi-la falar coisas que sempre tinha pensado consigo: que Latimer era um velhote decrépito e Montoya uma arqueóloga frustrada, e que Gilchrist não tinha capacidade de formar historiadores. Ele se sentiu ansioso para mostrar à Medieval como as coisas deveriam ser feitas.

— Vamos instalar um intérprete em você — acabara dizendo. — E eu quero que você aprenda latim eclesiástico, francês normando e alemão antigo, além do inglês médio oferecido pelo sr. Latimer.

Ela tinha puxado imediatamente um lápis e um caderninho do bolso e começou a fazer uma lista.

— Você vai precisar de experiência com coisas do campo: ordenhar vacas, recolher ovos, plantar legumes — prosseguira ele, enumerando nos dedos esticados. — Seu cabelo está muito curto. Você vai precisar tomar cortixidils. Vai ter que aprender a fiar com uma roca, não com uma roda de fiar. A roda de fiar ainda não tinha sido inventada. E vai ter que aprender a montar a cavalo.

Ele se detivera, enfim acometido pelo bom senso.

— Sabe o que vai precisar aprender? — perguntara, observando-a enquanto ela aplicadamente se curvava sobre a lista que rabiscava às pressas, as tranças balançando junto aos ombros. — Como tratar feridas expostas, feridas infectadas; como preparar o corpo de uma criança para sepultamento; como cavar um túmulo. A taxa de mortalidade ainda vai manter o ranking de risco em torno de 10, mesmo que Gilchrist consiga mexer na posição geral na lista. A expectativa média de vida em 1300 era de trinta e oito anos. Você não tem nada que ir para lá.

Kivrin erguera o rosto, o lápis ainda pousado no papel.

— Onde posso ver cadáveres? — indagara ela, com animação. — No necrotério? Ou devo falar com a dra. Ahrens na enfermaria?

— Eu expliquei a ela que não poderia ir — repetiu Dunworthy, olhando através da divisória de vidro —, mas ela não me escutou.

— Eu sei — disse Mary. — Ela também não me escutou.

Dunworthy sentou-se ao lado dela, bem empertigado. A chuva e a sua caçada a Basingame tinham agravado sua artrite. Ele ainda estava de sobretudo. Desvencilhou-se dele e desenrolou o cachecol em volta do pescoço.

— Eu quis cauterizar o nariz dela — comentou Mary. — Falei que os odores do século XIV poderiam deixá-la incapacitada, que nós não temos a menor familiaridade com excremento ou com carne estragada e em decomposição, em nossa época e em nossa idade. Expliquei que as náuseas poderiam interferir de modo significativo em sua capacidade de agir.

— Mas ela não escutou.

— Não.

— Tentei dizer que a Idade Média é perigosa e que Gilchrist não estava tomando as precauções cabíveis, e ela me disse que eu estava me preocupando à toa.

— Talvez estejamos — disse Mary. — Afinal, é Badri quem está dirigindo a operação do salto, e não Gilchrist, e você falou que ele tem instruções para abortar se houver algum problema.

— Exato — concordou Dunworthy, observando Badri através do vidro. Ele tinha voltado a apertar tecla por tecla, de olho nas telas. Badri não era apenas o melhor técnico do Balliol, mas da Universidade inteira. E já tinha dirigido dezenas de remotos.

— E Kivrin é bem preparada. Você serviu de tutor para ela, e eu passei este último mês na enfermaria a deixando pronta, do ponto de vista físico. Ela está protegida contra cólera e febre tifoide e qualquer outro mal que possa existir em 1320, o que aliás não significa a peste, que causa tantas preocupações a você. Não houve casos na Inglaterra até a Peste Negra chegar em 1348. Tirei o apêndice da garota, reforcei o sistema imunológico. Dei um espectro completo de antivirais e um curso intensivo de medicina medieval. E ela adiantou bastante seu lado do trabalho. Estava estudando ervas medicinais durante todo o tempo em que esteve no Hospital.

— Sei disso — disse Dunworthy.

Ela passara as últimas férias de Natal memorizando missas em latim e aprendendo a tecer num tear, a fazer bordados. Ele ensinou para ela tudo que lhe ocorreu, mas será que isso bastaria para evitar que ela fosse atropelada por uma carroça, ou estuprada por um cavaleiro bêbado que voltasse das Cruzadas para o lar? Ainda queimavam pessoas na fogueira em 1320. Não havia vacina capaz de protegê-la de nada disso ou de alguém que a visse passando e concluísse que ela era uma bruxa.

Ele voltou a espiar através do vidro. Latimer tinha apanhado o baú pela terceira vez e acabava de colocá-lo de volta. Montoya olhava o relógio. O técnico batia no teclado e franzia a testa.

— Eu devia ter me recusado a servir de tutor — disse ele. — Só fiz aquilo para mostrar a Gilchrist o quanto ele é incompetente.

— Não diga esse absurdo — retorquiu Mary. — Você fez porque era Kivrin. Ela é igualzinha a você: brilhante, resoluta, determinada.

— Eu nunca fui tão imprudente assim.

— Claro que foi. Lembro de uma época em que você mal podia esperar para correr para o tempo da Blitz e sentir as bombas sendo despejadas em sua cabeça. E, se não estou enganada, lembro de um incidente envolvendo a velha biblioteca Bodleian...

A porta da sala de preparação se escancarou, e Kivrin e Gilchrist entraram, Kivrin erguendo as compridas saias ao caminhar por entre as caixas tombadas no chão. Estava usando a capa branca com bordas de pele de coelho e a túnica de um azul vívido, que trouxera para mostrar a ele na véspera, explicando que a capa fora tecida à mão. Parecia um velho lençol de lã que alguém tinha enrolado em volta dos ombros da garota, e a túnica tinha mangas demasiado longas. Quase lhe cobriam as mãos. Os longos cabelos claros estavam presos com uma fita, e caíam frouxamente sobre os ombros. Ela continuava parecendo não ter idade para atravessar a rua sozinha.

Dunworthy ficou de pé, pronto para bater no vidro assim que ela olhasse em sua direção, mas Kivrin parou a meio caminho por entre os objetos espalhados, ainda quase de costas para ele, andou mais um pouco e voltou a segurar as saias, que arrastavam no chão.

Gilchrist foi até Badri, disse alguma coisa e apanhou uma prancheta que estava em cima do console. Começou a checar alguns itens ali escritos, dando riscos rápidos com a caneta luminosa.

Kivrin disse alguma coisa e apontou para o baú reforçado com latão. Montoya endireitou com impaciência o corpo, que se inclinava por cima do ombro de Badri, e foi até onde Kivrin estava parada, abanando a cabeça. Kivrin disse algo, com mais firmeza, e Montoya pôs um joelho no chão e moveu o baú mais para perto da carroça.

Gilchrist checou mais um item da sua lista. Disse alguma coisa e Latimer foi buscar uma caixa achatada de metal, que entregou para ele. Gilchrist falou com Kivrin e ela pousou as mãos espalmadas sobre o peito. Inclinou a cabeça sobre elas e começou a falar.

— Ele está pedindo para ela praticar uma oração? — perguntou Dunworthy. — Vai ser útil, porque a ajuda divina será a única que ela vai ter neste salto.

— Estão checando o implante — disse Mary.

— Que implante?

— O recorde. Um chip-gravador especial para que ela possa gravar seu trabalho de campo. Muitos dos contemps não leem nem escrevem, então eu implantei um ouvido com conversor analógico-digital num pulso, e uma memória no outro. Ela ativa os dois ao pressionar as palmas das mãos uma contra a outra. Quando está falando assim, dá a impressão de estar rezando. Os chips têm bastante espaço, então ela poderá gravar suas observações durante as duas semanas e meia que terá pela frente.

— Deveria ter implantado também um localizador, para que ela pudesse pedir ajuda.

Gilchrist estava mexendo na caixa achatada de metal. Ele abanou a cabeça e então pegou e ergueu as mãos de Kivrin um pouquinho. Ao fazer isso, a manga escorregou para trás. A mão dela estava cortada, uma linha escura de sangue coagulado cobria todo o corte.

— Tem alguma coisa errada — disse Dunworthy, virando-se para Mary. — Ela se feriu.

Kivrin estava falando para dentro das mãos outra vez. Gilchrist assentiu. Kivrin ergueu os olhos para ele, então viu Dunworthy e lhe endereçou um sorriso deliciado. Havia sangue também na sua testa. O cabelo por baixo da fita estava todo endurecido de sangue seco. Gilchrist ergueu os olhos, viu Dunworthy e foi na direção da divisória de vidro, aparentemente irritado.

— Ela nem sequer saltou e eles já deram um jeito de deixar que se ferisse! — exclamou Dunworthy, batendo com força no vidro.

Gilchrist foi até o painel na parede, mexeu numa chave, voltou e ficou de frente para Dunworthy.

— Sr. Dunworthy — cumprimentou ele. Fez um aceno com a cabeça para Mary. — Dra. Ahrens. Estou muito alegre por terem vindo presenciar *a partida de Kivrin*. — Ele pôs uma ênfase levíssima nas últimas palavras, de modo que soaram como uma ameaça.

— O que aconteceu com Kivrin? — quis saber Dunworthy.

— Aconteceu? — objetou Gilchrist, soando espantado. — Não sei do que está falando.

Kivrin também se aproximara da divisória, agarrando a saia da túnica com uma mão manchada de sangue. Havia uma mancha avermelhada em sua bochecha.

— Quero falar com ela — pediu Dunworthy.

— Receio que não haja tempo — disse Gilchrist. — Temos que cumprir um cronograma.

— Eu exijo falar com ela.

Gilchrist contraiu os lábios, e duas linhas brancas apareceram em cada lado do nariz.

— Talvez eu deva recordar, sr. Dunworthy — rebateu, com frieza —, que este salto está sendo realizado pelo Brasenose, e não pelo Balliol. Claro que aprecio muitíssimo a assistência que nos deu ao emprestar o seu técnico, e respeito os seus longos anos de experiência como historiador, mas posso garantir que tudo aqui está sob controle.

— Então por que sua historiadora já está ferida, antes mesmo de começar a viagem?

— Oh, sr. Dunworthy, estou tão feliz que tenha vindo — falou Kivrin, aproximando-se do vidro. — Estava com medo de não poder me despedir do senhor. Não é empolgante?

Empolgante.

— Você está sangrando — se limitou a comentar Dunworthy. — O que houve?

— Nada — respondeu Kivrin, tocando de leve nas têmporas e depois olhando os dedos. — Faz parte do disfarce. — Ela voltou os olhos para Mary. — Dra. Ahrens, a senhora também veio. Estou tão feliz.

Mary tinha ficado de pé, ainda segurando a sacola de compras.

— Eu quero ver sua vacina antiviral — disse ela. — Teve alguma outra reação além do inchaço? Coceira?

— Está tudo bem, dra. Ahrens — garantiu Kivrin. Ela subiu a manga e a deixou cair em seguida, antes que Mary conseguisse se deter na pele do braço.

Havia um machucado avermelhado no antebraço de Kivrin, já começando a ficar de um negro-azulado.

— Seria mais útil perguntar por que ela está sangrando — insistiu Dunworthy.

— Faz parte do disfarce, já disse. Eu sou Isabel de Beauvrier, supostamente atacada por ladrões durante uma viagem — explicou Kivrin. Ela virou-se e indicou com um gesto as caixas e a carroça despedaçada. — Meus pertences foram roubados, e eles me deram por morta. Sabe, sr. Dunworthy, tirei essa ideia do senhor — comentou ela, com ar de repreensão.

— Eu com certeza nunca sugeri que você começasse a viagem sangrando e espancada — disse ele, irritado.

— Não podíamos usar sangue artificial — interferiu Gilchrist. — Probabilidade não nos deu chances estatisticamente significativas de que ninguém tentaria curar os ferimentos dela.

— E nunca ocorreu a vocês fazer uma falsificação realista? Em vez disso, bateram na cabeça dela? — questionou ele, com irritação.

— Talvez eu deva recordar, sr. Dunworthy, que...

— Este é um projeto do Brasenose, e não do Balliol? Tem mais do que razão. Não é do Balliol. Se fosse um salto do Século xx, estaríamos tentando proteger nossa historiadora, e não infligindo ferimentos deliberadamente. Quero falar com Badri. Quero saber se ele refez os cálculos do estagiário.

Os lábios de Gilchrist se contraíram.

— Sr. Dunworthy, o sr. Chaudhuri pode ser o seu técnico de rede, mas este é *meu* salto. Posso garantir que consideramos toda contingência possível...

— É só uma beliscada — cortou Kivrin. — Nem dói. Estou bem, de verdade. Por favor não se aborreça, sr. Dunworthy. A ideia do ferimento foi minha. Lembrei do que o senhor tinha dito a respeito de uma mulher na Idade Média ser muito vulnerável, e achei que seria uma boa se eu parecesse mais vulnerável do que sou.

Seria impossível para você parecer mais vulnerável do que é, pensou Dunworthy.

— Se parecer que eu estou inconsciente, posso escutar o que as pessoas estão dizendo ao meu respeito, o que evitará um monte de perguntas sobre quem eu sou, porque será óbvio que...

— Está na hora de ir para sua posição — interrompeu Gilchrist, caminhando ameaçadoramente para o painel na parede.

— Estou indo — disse Kivrin, sem se mexer.

— Estamos prontos para colocar a rede.

— Eu sei — disse ela, com firmeza. — Irei assim que tiver me despedido do sr. Dunworthy e da dra. Ahrens.

Gilchrist assentiu num gesto curto e saiu caminhando por entre os objetos caídos. Latimer perguntou alguma coisa a ele, que deu uma resposta seca.

— O que significa ir para a posição? — perguntou Dunworthy. — Receber uma pancada na cabeça, porque o pessoal da Probabilidade avisou que seria estatisticamente possível alguém achar que você não estava inconsciente de verdade?

— Significa me deitar e fechar os olhos — respondeu Kivrin, sorrindo. — Não se *preocupe*.

— Não há razão para não esperar até amanhã e pelo menos dar tempo a Badri para que ele faça uma checagem de parâmetros — arriscou Dunworthy.

— Eu quero ver aquela vacina de novo — exigiu Mary.

— Vocês dois podiam parar com essa agitação? — questionou Kivrin. — Minha vacina não está coçando, o corte não dói, Badri passou a manhã inteira realizando testes. Sei que estão preocupados comigo mas, por favor, fiquem tranquilos. O salto vai ser na estrada principal de Oxford para Bath, a umas duas milhas de Skendgate. Se não houver ninguém por perto, vou entrar no vilarejo e dizer às pessoas que fui atacada por ladrões. Depois de ter demarcado minha posição, para posteriormente achar o lugar exato do salto. — Ela ergueu e apoiou a mão no vidro. — Quero agradecer a vocês dois por tudo que fizeram. Eu queria mais do que tudo na vida ir para a Idade Média, e agora estou indo de verdade.

— Provavelmente você vai experimentar fadiga e dor de cabeça depois do salto — constatou Mary. — São sintomas normais do deslocamento temporal.

Gilchrist veio caminhando para a divisória.

— Está na hora de ir para sua posição — insistiu ele.

— Preciso ir — explicou Kivrin, recolhendo as pesadas saias. — Muitíssimo obrigada aos dois. Eu não estaria indo se não fosse a ajuda que vocês me deram.

— Adeus — disse Mary.

— Se cuide — pediu Dunworthy.

— Pode deixar — falou Kivrin, mas Gilchrist já tinha mexido no painel, e Dunworthy não pôde mais ouvi-la. Ela sorriu, ergueu a mão num leve aceno e foi na direção da carroça destroçada.

Mary voltou a se recostar na cadeira e a remexer em sua sacola de compras, à procura de um lenço. Gilchrist estava lendo alguma coisa em voz alta, olhando para a prancheta. Kivrin assentia ao ouvir cada item, e ele voltava a conferi-los com sua caneta luminosa.

— E se ela pegar uma infecção sanguínea com esse corte na testa? — indagou Dunworthy, ainda parado diante do vidro.

— Ela não vai pegar infecção por causa do corte — disse Mary. — Eu reforcei seu sistema imunológico. — Ela assoou o nariz.

Kivrin estava discutindo com Gilchrist a respeito de algo. As linhas brancas nas laterais do nariz dele apareciam com clareza. Ela abanou a cabeça e, depois de um minuto, ele riscou mais um item, com um gesto brusco, zangado.

Gilchrist e o resto da equipe de Medieval podiam ser incompetentes, mas Kivrin não era. Ela tinha estudado inglês médio e latim eclesiástico e anglo-saxão. Tinha memorizado missas em latim e aprendido a bordar e a ordenhar vacas. Tinha criado uma identidade para si e uma explicação para o fato de estar sozinha na estrada entre Oxford e Bath. Carregava consigo o intérprete e células-tronco reforçadas, e não tinha mais o apêndice.

— Ela vai tirar isso de letra — disse Dunworthy —, o que vai servir apenas para convencer Gilchrist de que os métodos da Medieval não são negligentes nem perigosos.

Gilchrist foi até o console e entregou a prancheta a Badri. Kivrin voltou a aproximar as mãos uma da outra, desta vez junto ao rosto, a boca quase as tocando, e começou a falar para dentro delas.

Mary chegou mais perto de Dunworthy, agarrando o lenço.

— Quando eu tinha dezenove anos... isso foi, ah, Deus, quarenta anos atrás... bom, nem parece tanto tempo assim... viajei com minha irmã pelo Egito inteiro — disse ela. — Foi durante a Pandemia. Por toda parte os governos estavam declarando quarentenas, e os israelenses atiravam nos americanos sem aviso prévio, mas a gente não ligava. Acho que nem chegamos a cogitar a ideia de que podíamos estar correndo perigo, podíamos adoecer ou ser confundidas com americanos. Mas tudo o que queríamos era conhecer as pirâmides.

Kivrin tinha parado suas orações. Badri abandonou o console e foi até onde ela estava. Falou com ela durante vários minutos, sem nunca perder aquele cenho franzido. Ela se ajoelhou e depois deitou de lado perto da carroça, virando-se de modo a ficar deitada de costas, com um braço por cima da cabeça e as saias enroscadas nas pernas. O técnico arrumou um pouco as saias, puxou do bolso o medidor de luz, andou em volta de Kivrin, retornou ao console e falou dentro do ouvido do aparelho. Kivrin ficou bem quieta, a mancha de sangue na testa quase enegrecida sob a luz forte.

— Oh, meu Deus, ela parece tão jovem.

Badri voltou a falar no microfone, fez uma careta diante dos resultados que viu no monitor, foi de novo até onde estava Kivrin. Ficou parado por cima dela, uma perna de cada lado, e se inclinou para ajeitar a posição da manga. Fez novas medições, ajeitou e colocou o braço dela como se estivesse diante do rosto, para protegê-la do golpe de um ladrão, mediu de novo.

— Chegou a ver as pirâmides? — perguntou Dunworthy.

— O quê? — disse Mary.

— Quando você foi ao Egito. Quando estava cruzando o Oriente Médio sem ligar para o perigo. Conseguiu ver as pirâmides, afinal?

— Não. O Cairo foi declarado de quarentena no dia em que pousamos. — Ela olhou para Kivrin, ali deitada no chão. — Mas vimos o Vale dos Reis.

Badri moveu o braço de Kivrin uma fração de polegada, franziu a testa por um momento enquanto observava e depois voltou ao console. Gilchrist e Latimer o seguiram. Montoya deu um passo atrás para que todos pudessem observar bem o monitor. Badri falou no console, e os escudos semitransparentes começaram a se abaixar, cobrindo Kivrin como um véu.

— Ficamos felizes por ter ido — observou Mary. — Voltamos para casa sem um arranhão.

Os escudos tocaram o solo, ondearam um pouco, como as longas saias de Kivrin, e por fim ficaram imóveis.

— Se cuide — sussurrou Dunworthy. Mary segurou a mão dele.

Latimer e Gilchrist se agruparam à frente do monitor, acompanhando uma súbita explosão de números. Montoya conferiu o relógio. Badri inclinou-se para a frente e abriu a rede. O ar no interior dos escudos cintilou com a condensação súbita.

— Não vá — disse Dunworthy.

TRANSCRITO DO LIVRO DO JUÍZO FINAL
(000008-000242)

Primeira anotação, 22 de dezembro de 2054. Oxford. Este será o registro das minhas observações históricas da vida em Oxfordshire, Inglaterra, de 13 de dezembro de 1320 a 28 de dezembro de 1320 (Calendário Antigo).

(pausa)

Sr. Dunworthy, estou chamando isto aqui de *Livro do juízo final* porque ele pretende ser um registro da vida na Idade Média, que é o que o registro de Guilherme, o Conquistador, acabou se tornando, mesmo tendo sido concebido como um método para que ele não deixasse de arrecadar todo o ouro e todos os impostos que seus súditos deviam.

Também o chamo de *Livro do juízo final* porque imagino que o senhor gostaria de chamá-lo assim, convencido de que alguma coisa terrível vai me acontecer. Neste mesmo instante estou vendo o senhor na área de observação, explicando à dra. Ahrens todos os tenebrosos perigos dos anos 1300. Não precisa perder seu tempo. Ela já me preveniu a respeito dos efeitos do deslocamento temporal e de cada doença medieval com seus detalhes mais escabrosos, mesmo que eu esteja supostamente imune a todas elas. *Também* me preveniu sobre o quanto o estupro é corriqueiro nos 1300. E quando digo a ela que eu vou ficar bem, ela também não me escuta. Eu vou ficar bem, sr. Dunworthy.

Claro que, quando estiver lendo estas linhas, o senhor já saberá disso, e saberá que voltei sã e salva, tudo de acordo com o cronograma, de modo que não vai ligar para um pouquinho de provocação. Sei que toda sua preocupação é para o meu bem e que, sem toda a sua ajuda e todo o preparo que me deu, eu não teria voltado inteira, ou teria ficado por lá.

Portanto, este meu *Livro do juízo final* é dedicado ao senhor, sr. Dunworthy. Se não fosse por sua ajuda, eu não estaria aqui com estas saias e esta túnica, falando neste recorde, esperando que Badri e o sr. Gilchrist acabem esses cálculos intermináveis, louca para que eles acabem logo e eu possa *partir*.

(pausa)

Cheguei.

2

— Bem — disse Mary, soltando um profundo suspiro represado por muito tempo —, acho que posso beber alguma coisa agora.

— Pensei que você estava indo buscar seu sobrinho-neto — disse Dunworthy, ainda olhando o local onde há pouco Kivrin estivera. O ar cintilava, cheio de partículas de gelo, no interior do véu de escudos. Perto do chão, na divisória, havia algumas formações de geada na parte de baixo do vidro.

A chatíssima trindade da Medieval continuava examinando os monitores, que não mostravam outra coisa senão a linha horizontal e reta indicando a chegada.

— Não preciso pegar Colin antes das três — disse Mary. — Você está com um ar de quem precisa recarregar um pouco as energias, e o pub O Cordeiro e A Cruz fica bem aqui nesta rua.

— Quero esperar até eles terem a confirmação — rebateu Dunworthy, de olho nos técnicos.

Ainda não havia nenhum dado visível nas telas. Badri estava com o rosto contraído. Montoya olhou o relógio e falou alguma coisa com Gilchrist, que assentiu. Ela então puxou uma mochila que estava guardada embaixo do console, acenou uma despedida para Latimer e saiu por uma porta lateral.

— Ao contrário de Montoya, que visivelmente mal consegue esperar a hora de voltar para suas escavações, eu gostaria de ficar aqui até ter certeza de que Kivrin chegou lá sem nenhum incidente — comentou Dunworthy.

— Não estou sugerindo que volte para Balliol — disse Mary, enfiando-se dentro do casaco —, mas isso aí pode levar mais de uma hora, até duas. Ficar parado durante esse tempo não vai acelerar as coisas. É como olhar a chaleira esperando que ferva, essas coisas. O pub fica quase aqui em frente. É um lugar pequeno, agradável, daquele tipo que não fica abarrotado de decorações natalinas nem tocando música de sinos. — Ela pegou e ofereceu o sobretudo dele. — Vamos tomar uma e comer alguma coisa. Depois você pode voltar para cá e abrir um buraco no chão andando de um lado para o outro, até eles terem a resposta.

— Quero esperar aqui — respondeu ele, ainda olhando a rede vazia. — Por que Basingame não implantou um localizador no pulso? O diretor da Faculdade de História não tem nada que viajar num feriado sem deixar sequer um telefone para contato.

Gilchrist endireitou o corpo que estava inclinado para enxergar melhor o monitor, ainda sem resposta, e deu uns tapinhas no ombro de Badri. Latimer piscou os olhos, como se não tivesse muita certeza de onde estava. Gilchrist apertou a mão dele, com um sorriso largo. Ele cruzou o salão, indo na direção da divisória, exibindo um ar de triunfo.

— Vamos embora — disse Dunworthy, pegando o sobretudo que Mary oferecia e abrindo a porta. Uma rajada de "While Shepherds Watched Their Flocks by Night" desabou sobre eles. Mary passou pela porta como se estivesse fugindo de algo, Dunworthy a fechou e seguiu Mary através do pátio e pelo portão de saída do Brasenose.

Fazia um frio cortante, mas não estava chovendo. No entanto, parecia que ia chover de um instante para outro, e pelo menos metade da multidão fazendo compras na calçada do Brasenose tinha pensado o mesmo, já estavam com os guarda-chuvas abertos. Uma mulher com uma sombrinha enorme e vermelha e os braços cheios de pacotes esbarrou em Dunworthy.

— Será que podia olhar por onde anda? — exclamou, antes de continuar, apressada.

— O espírito natalino — ironizou Mary, abotoando o casaco com uma mão e carregando firme a sacola na outra. — O pub fica logo ali, depois da farmácia — disse ela, indicando com a cabeça o lado oposto da rua. — Acho que isso é por causa desses sinos horrorosos. Eles deixam qualquer um mal-humorado.

Ela partiu pela calçada afora, por entre um labirinto de guarda-chuvas. Dunworthy considerou vestir o sobretudo, mas achou que não valia o esforço para uma distância tão curta. Seguiu atrás, tentando se esquivar das pontas mortais dos guarda-chuvas e tentando reconhecer que cântico natalino estavam sacrificando naquele instante. Soava como o cruzamento entre uma chamada às armas e um canto fúnebre, mas era bem provável que fosse "Jingle Bells".

Mary estava esperando no meio-fio em frente à farmácia, mexendo de novo no interior da sacola.

— Que barulho horrível é este? — perguntou ela, extraindo um guarda-chuva dobrável. — "O Little Town of Bethlehem"?

— "Jingle Bells" — respondeu Dunworthy, e colocou o pé na rua.

— James! — gritou Mary, agarrando-o pela manga.

O pneu dianteiro da bicicleta passou a centímetros, e o pedal de trás o atingiu na perna. O ciclista bambeou e berrou:

— Não sabe atravessar a porra duma rua?!

Dunworthy recuou para a calçada e esbarrou numa criança de seis anos, agarrada a um Papai Noel de pelúcia. A mãe fez uma expressão de fúria.

— Tenha cuidado, James — pediu Mary.

Atravessaram a rua, Mary na frente. A meio caminho, a chuva começou. Mary abrigou-se embaixo do toldo da farmácia e tentou abrir o guarda-chuva. A vitrine da farmácia estava decorada com papel laminado de cores dourada e verde, e havia uma plaquinha entre os perfumes que dizia: SALVE OS SINOS DA IGREJA DA PARÓQUIA DE MARSTON. DOE AO FUNDO DA RESTAURAÇÃO.

Depois de acabar de obliterar "Jingle Bells" ou "O Little Town of Bethlehem", o carrilhão estava agora executando "We Three Kings of Orient Are". Dunworthy reconheceu o tom menor.

Mary ainda não tinha conseguido abrir o guarda-chuva. Enfiou-o de volta na sacola e seguiu de novo pela calçada, acompanhada por Dunworthy, que tentava evitar colisões. Ele passou diante de uma papelaria e de uma tabacaria decoradas com luzes pisca-pisca verdes e vermelhas, e cruzou a porta que Mary segurou aberta.

Seus óculos ficaram embaçados imediatamente. Ele os tirou para enxugá-los na gola do sobretudo. Mary fechou a porta e os dois mergulharam numa bolha marrom de abençoado silêncio.

— Oh, céus — soltou Mary. — Eu disse que o pub era do tipo que não põe decoração.

Dunworthy voltou a colocar os óculos. As prateleiras por trás do balcão estavam cheias de fios pendurados com lampadazinhas de tons verde-pálido, cor-de-rosa e azul-anêmico. No canto do bar, via-se uma grande árvore natalina de fibra óptica, num pedestal giratório.

Não havia mais ninguém no estreito espaço do pub, a não ser um homem robusto por trás do balcão. Mary esgueirou-se por entre duas mesas e sentou num canto.

— Pelo menos não podemos escutar daqui os malditos sinos — disse ela, pondo a sacola sobre o banco de madeira com encosto alto. — Não! Pode deixar que eu trago as bebidas. Sente-se aí. Aquele ciclista quase tirou você de combate.

Ela pinçou algumas notas amarrotadas de dentro da sacola de compras e foi até o balcão.

— Dois pints da amarga — disse ela ao barman. — Quer algo para comer? — perguntou a Dunworthy. — Eles têm sanduíches e rolinhos de queijo.

— Você viu Gilchrist olhando para o console e sorrindo como o gato da Alice? Ele nem olhou de lado para ver se Kivrin tinha mesmo saltado, ou se estava ali, meio morta.

— Melhor: dois pints mais um uísque bom, duplo — disse Mary.

Dunworthy sentou-se. Havia um presépio na mesa, com pequenos carneiros de plástico e um bebê seminu na manjedoura.

— Gilchrist devia ter mandado ela da escavação — disse ele. — Os cálculos para um salto remoto são exponencialmente mais complexos do que para um salto presencial, feito para o próprio local. Imagino que eu deveria estar feliz por ele não querer mandá-la com lapso de tempo, também. Um estagiário do primeiro ano jamais seria capaz de fazer esses cálculos. Quando pedi Badri emprestado, tive medo que Gilchrist quisesse insistir num lapso de tempo, em vez de tempo real.

Ele moveu um pequeno carneiro de plástico mais para perto do pastor.

— Se é que ele entende que há uma diferença — continuou. — Sabe o que ele me disse quando eu comentei que devia fazer pelo menos *um* salto não tripulado? Ele disse: "se algum imprevisto acontecer à srta. Engle, podemos voltar no tempo e tirá-la de lá antes que aconteça, não"? O sujeito não tem noção de como a rede funciona, não tem noção de que existem paradoxos, não tem noção de que Kivrin *está ali* e de que o que acontece com ela é real e irrevogável.

Mary manobrou por entre as mesas, trazendo o uísque numa mão e os dois pints, desajeitadamente, na outra. Pôs o uísque na mesa à frente dele.

— É minha receita padrão para vítimas do ciclismo e pais superprotetores. Ele bateu na sua perna?

— Não — respondeu Dunworthy.

— Tive um acidente de bicicleta semana passada. Fiz um salto ao século XX. Tinha acabado de chegar da Primeira Guerra Mundial. Depois de duas semanas em Belleau Wood sem sofrer um arranhão, vim colidir com uma bicicleta aqui em plena Broad Street. — Ela voltou ao balcão para pegar os rolinhos de queijo.

— Detesto parábolas — sentenciou Dunworthy. Ele pegou a pequena Nossa Senhora de plástico, que usava um manto azul com capa branca. — Se ele tivesse mandado com lapso de tempo, pelo menos ela não estaria correndo o risco de morrer congelada. Estaria usando algo mais quente do que uma túnica com pele de coelho, ou será que jamais ocorrera a Gilchrist que 1320 foi o início da Pequena Era Glacial?

— Acabei de perceber com quem acho você parecido — disse Mary, pondo na mesa seu prato e um guardanapo. — A mãe de William Gaddson.

Era um julgamento para lá de injusto. William Gaddson era um dos seus alunos de primeiro ano. Durante aquele período escolar, a mãe já tinha dado as caras seis vezes, a última trazendo um par de protetores de orelha para seu filho.

— Ele gripa se ficar sem elas — ela tinha afirmado a Dunworthy. — Willy sempre foi muito sensível ao frio, e logo agora... tão longe de casa e tudo o mais. O tutor não tem dado muita atenção a ele, já tive que me queixar várias vezes.

Will era do tamanho de um carvalho e parecia tão sensível ao frio quanto um deles.

— Tenho certeza de que ele saberá se cuidar — disse ele à sra. Gaddson, o que foi um erro. Ela na hora o inscreveu na lista das pessoas que se recusavam a cuidar devidamente de Willy, mas isso não a impedia de aparecer a cada duas semanas para entregar vitaminas a Dunworthy e insistir que Willy fosse retirado da equipe de remo, porque estava fazendo exercícios em excesso.

— Eu dificilmente colocaria minha preocupação por Kivrin na mesma categoria da superproteção da sra. Gaddson — disse Dunworthy. — Os anos 1300 estão cheios de degoladores e ladrões. E coisa pior.

— Era isso o que a sra. Gaddson dizia de Oxford — rebateu Mary, placidamente, bebericando sua cerveja. — Eu disse para ela que não poderia proteger Willy da vida. Você também não pode proteger Kivrin. Você não se tornou historiador ficando em casa, no conforto. Tem que deixar que ela vá, mesmo que seja perigoso. Todo século tem índice 10, James.

— Este século não tem a Peste Negra.

— Teve a Pandemia, que matou sessenta e cinco milhões de pessoas. E não havia Peste Negra na Inglaterra em 1320. A doença só chegou lá em 1348. — Ela pousou o pint na mesa, e o bonequinho de Maria caiu. — Mas mesmo que tivesse, Kivrin não poderia contrair, pois vacinei ela contra a peste bubônica. — Mary deu um sorriso pesaroso a Dunworthy. — Eu também tenho meus momentos de gaddsonite. Além do mais, ela nunca vai contrair a peste, até porque estamos aqui nos preocupando com isso. Nenhuma das coisas com que a gente se preocupa jamais acontece. Acontece uma que a gente nunca pensou.

— Muito reconfortante. — Ele colocou a figurinha azul e branca de Maria junto à de José. Ela caiu. Ele a colocou de pé, com cuidado.

— Deve ser reconfortante mesmo, James — disse Mary, com alguma brusquidão. — Porque é óbvio que você pensou em cada uma das piores coisas que podiam acontecer com Kivrin. O que significa que ela está bem e cem por cento a salvo. Provavelmente já está sentada num castelo depois de almoçar uma torta de pavão, embora eu imagine que não seja a mesma hora do dia, aqui e lá.

Ele abanou a cabeça.

— Sempre vai haver um desvio, sabe Deus de quanto, porque Gilchrist não testou os parâmetros. Badri achou que levaria vários dias.

Ou várias semanas, pensou ele, e se estivessem em meados de janeiro não haveria nenhum feriado para que Kivrin pudesse ter certeza quanto às datas.

Mesmo uma discrepância de várias horas poderia depositá-la no meio da estrada Oxford-Bath bem no meio da noite.

— Espero que o desvio não a impeça de ver o Natal — disse Mary. — Ela estava ansiosa para assistir a uma missa de Natal na Idade Média.

— Faltam duas semanas para o Natal, lá — explicou ele. — Ainda estavam usando o calendário juliano. O calendário gregoriano só foi adotado em 1752.

— Eu sei. O sr. Gilchrist fez uma peroração a respeito do calendário juliano em seu discurso. Estendeu-se bastante sobre a história da reforma do calendário e a discrepância de datas entre o Calendário Antigo e os calendários gregorianos. A certa altura pensei que ele ia desenhar um diagrama. Que dia é hoje lá?

— Treze de dezembro.

— Talvez seja até melhor não sabermos a hora certa. Deirdre e Colin passaram um ano nos Estados Unidos, e eu morri de preocupação com eles, mas fora de sincronia. Eu vivia imaginando que Colin era atropelado no trajeto para a escola quando, na verdade, eles estavam no meio da noite. Ficar se preocupando não adianta nada, a menos que você possa visualizar uma catástrofe nos mínimos detalhes, incluindo aí o tempo que fazia e que horas eram. Durante algum tempo me preocupei por não saber com que me preocupar. Depois disso não me preocupei mais. Talvez com Kivrin aconteça a mesma coisa.

Era verdade. Ele tinha ficado visualizando Kivrin como da última vez que a vira, jazendo por entre os destroços, com a testa ensanguentada, mas talvez isso fosse um erro. Já fazia cerca de uma hora que ela tinha dado o salto. Mesmo que nenhum viajante tivesse aparecido ainda, a estrada estaria fria, e ele não podia imaginar Kivrin obedientemente deitada na Idade Média e com os olhos fechados.

Na sua primeira viagem ao passado, ele ficou indo e voltando enquanto era calibrado o fix, a marcação exata do ponto do salto. Ele foi enviado para o meio do pátio, em plena noite, e deveria ficar imóvel enquanto eles conferiam os cálculos do fix e o pegavam de volta. Só que ele estava em Oxford em 1956. Os cálculos demorariam pelo menos uns dez minutos. Ele correu quatro quarteirões da Broad Street para olhar para a velha biblioteca Bodleian e quase provocou um infarto na técnica, quando ela abriu a rede e não o achou lá dentro.

Kivrin não ficaria deitada ali com os olhos fechados, não com todo o mundo medieval descortinando-se diante de seus olhos. De repente, ele podia imaginá-la, parada, naquela capa branca ridícula, examinando a estrada Oxford-Bath à procura de viajantes, pronta para se jogar de novo ao chão assim que necessário e, enquanto isso, absorvendo tudo, as mãos com os chips implantados postas numa prece de impaciência e deleite. Depois de imaginar isso, ele se sentiu mais seguro.

Claro que ela se sairia bem. Dali a duas semanas entraria de volta na rede, a capa branca emporcalhada, cheia de histórias sobre aventuras perigosas e relatos sobre quando escapou por pouco, histórias de arrepiar, sem dúvida, coisas que o fariam ter pesadelos durante semanas depois de ouvir.

— Ela vai ficar bem, James, você sabe — disse Mary, franzindo a testa para ele.

— Eu sei — concordou ele. Foi ao balcão e trouxe mais dois pints. — A que horas mesmo vai chegar o seu sobrinho-neto?

— Às três. Colin fica a semana toda, e não tenho ideia do que fazer com ele. Além de me preocupar, claro. Pensei em levá-lo para o Ashmolean. Crianças sempre gostam de museus, não é? Com a capa de Pocahontas e tudo o mais?

A lembrança de Dunworthy quanto à capa de Pocahontas era a de um retalho de material tosco e cinza, completamente desinteressante, muito parecido com o cachecol que ela iria dar de presente a Colin.

— Eu sugeriria o Museu de História Natural.

Houve um farfalhar de papéis laminados e uma lufada de "Ding Dong, Merrily on High" e Dunworthy olhou ansiosamente para a porta. Seu secretário estava no umbral, apertando os olhos para examinar o recinto.

— Talvez eu devesse mandar Colin subir à Carfax Tower e escangalhar esse carrilhão — disse Mary.

— É Finch — disse Dunworthy, e ergueu a mão para que o outro pudesse avistá-los, mas Finch já vinha direto para a mesa.

— Procurei o senhor por toda parte — disse ele. — Tem alguma coisa errada.

— Com o fix?!

O rosto do secretário ficou branco.

— O fix? Não, senhor. São as americanas. Chegaram muito cedo.

— Que americanas?

— As sineiras. Do Colorado. A Guilda das Mulheres Tocadoras de Sinos dos Estados do Oeste.

— Não me diga que vocês importaram *mais* sinos de Natal — suspirou Mary.

— Eu pensei que o previsto era que elas chegassem no dia 22 — disse Dunworthy a Finch.

— Hoje é 22 — respondeu Finch. — Era para chegarem apenas hoje à tarde mas, como o concerto delas em Exeter foi cancelado, elas se adiantaram. Liguei para Medieval e o sr. Gilchrist me disse que talvez o senhor tivesse saído para comemorar. — Ele baixou os olhos para o pint vazio de Dunworthy.

— Não estou comemorando — disse Dunworthy. — Estou esperando pelo fix de uma aluna minha de graduação. — Ele olhou o relógio. — Vai levar pelo menos mais uma hora.

— O senhor tinha prometido que faria um passeio para mostrar a elas os sinos locais, senhor.

— Não há motivo nenhum para você ficar aqui — sugeriu Mary. — Posso ligar para você no Balliol assim que o fix estiver confirmado.

— Eu voltarei para o Balliol quando tivermos o fix — disse Dunworthy, fechando a cara para Mary. — Enquanto isso, mostre a universidade para elas e ofereça um almoço. Isso deve levar uma hora.

Finch pareceu pouco satisfeito.

— Elas só estarão aqui até as quatro da tarde. Têm um concerto de sinos hoje à noite em Ely, e estão ansiosas para conhecer os sinos da Christ Church.

— Então leve elas para Christ Church e mostre também o sino da Tom Tower, o Great Tom. Suba com elas a torre de St. Martin. Depois vá até o New College. Irei para lá assim que puder.

Finch deu a impressão de que falaria alguma coisa, mas mudou de ideia.

— Então direi a elas que o senhor estará lá dentro de uma hora — disse ele, já indo para a porta. A meio caminho, ele se deteve e voltou. — Quase me esqueci. O vigário ligou para saber se o senhor se disporia a fazer a leitura das Escrituras na véspera de Natal, no circuito das igrejas. Este ano será na St. Mary the Virgin.

— Diga que sim — respondeu Dunworthy, agradecido por ter se livrado das sineiras. — Diga também que preciso que libere o campanário esta tarde, para que eu possa mostrar os sinos às americanas.

— Sim, senhor — concordou ele. — O que me diz de Iffley? Deveria levá-las para lá? Em Iffley tem um sino muito bonito, do século XI.

— Com certeza — anuiu Dunworthy. — Leve as americanas para Iffley. *Eu irei assim que puder.*

Finch abriu e fechou a boca de novo.

— Sim, senhor — disse, e saiu pela porta ao som de "The Holly and the Ivy".

— Foi um pouco duro com ele, não acha? — perguntou Mary. — Afinal de contas, as americanas podem ser chatas.

— Ele vai voltar daqui a cinco minutos e me perguntar se deve levá-las primeiro a Christ Church — disse Dunworthy. — Esse rapaz não tem a menor iniciativa.

— Pensei que admirasse essa qualidade nos jovens — rebateu Mary, de esguelha. — De qualquer modo, ele jamais sairá correndo em direção à Idade Média.

A porta se abriu e "The Holly and the Ivy" invadiu o recinto.

— Deve ser para perguntar o que deve oferecer de almoço a elas.

— Carne e legumes muito cozidos — disse Mary. — Americanos adoram contar histórias sobre o quanto nossa culinária é terrível. Ai, meu Deus.

Dunworthy virou-se para olhar a porta. Gilchrist e Latimer estavam ali de pé, iluminados em contraluz pelo reflexo cinzento lá de fora. Gilchrist exibia um sorriso largo e falava alguma coisa por cima do som dos sinos. Latimer se esforçava para recolher um grande guarda-chuva preto.

— Acho que devemos ser educados e convidá-los a sentar conosco — sugeriu Mary.

Dunworthy estendeu a mão para o sobretudo.

— Seja educada, se quiser. Eu não tenho a menor intenção de ficar ouvindo esses dois trocando elogios por terem mandado uma garota inexperiente bem para o meio do perigo.

— Está soando de novo como você-sabe-quem — disse Mary. — Eles não estariam aqui se alguma coisa tivesse dado errado. Talvez Badri já tenha conseguido o fix.

— Cedo demais para isso — respondeu ele, mas voltou a se sentar. — O mais provável é que Badri tenha dispensado esses dois para poder trabalhar em paz.

Gilchrist aparentemente o avistou quando ele ficou de pé. Deu uma meia-volta como se quisesse voltar para a rua, mas Latimer já vinha em direção à mesa. Gilchrist acompanhou, já sem sorrir.

— Conseguiram o fix? — perguntou Dunworthy.

— O fix? — respondeu Gilchrist, vagamente.

— O *fix* — disse Dunworthy. — A determinação exata de onde e quando Kivrin está, o que tornará possível trazê-la de volta.

— Seu técnico disse que levaria pelo menos uma hora para determinar as coordenadas — respondeu Gilchrist, carrancudo. — Ele sempre leva tanto tempo assim? Disse que viria nos avisar quando terminasse. Mas que as leituras preliminares indicavam que o salto foi completado com perfeição e que o desvio foi mínimo.

— Que boa notícia! — disse Mary, aparentando alívio. — Venham, sentem-se conosco. Estamos esperando pelo fix também e, enquanto isso, tomando um pint. Vão beber alguma coisa? — perguntou ela a Latimer, que tinha fechado o guarda-chuva e estava atando a correia.

— Bem, acredito que sim — respondeu Latimer. — Afinal de contas este é um grande dia. Um conhaque, acho. *Forte é o vinho, e que a bebermos dure*. — Ele desistiu de atar a correia e a deixou enredada nas pontas do guarda-chuva. — Finalmente vamos ter uma chance de observar a perda de flexão dos adjetivos e a mudança do nominativo singular em primeira mão.

Um grande dia, pensou Dunworthy, sentindo-se, no entanto, aliviado. O desvio era sua maior preocupação, por ser a parte mais imprevisível, mesmo com as checagens de parâmetros.

A teoria sobre o desvio era de que se tratava de um mecanismo da própria rede, uma medida de segurança para evitar paradoxos no *continuum* espaço-tempo. O desvio para a frente deveria ajudar a evitar colisões, confrontos ou ações que pudessem afetar a História, e transferir o historiador, de maneira tranquila, para depois do momento crítico em que ele poderia atirar em Hitler ou salvar uma criança que se afogava.

Mas a teoria sobre a rede nunca tinha sido capaz de determinar quais eram os momentos críticos, e que quantidade de desvio cada salto específico poderia sofrer. Checar os parâmetros fornecia probabilidades, mas Gilchrist não fizera isso desta vez. O salto de Kivrin poderia ter sido adiantado por duas semanas, por um mês. Pelo que Gilchrist sabia, ela podia ter "aterrissado" em abril, com aquela capa forrada de coelho e saias de inverno.

Só que Badri tinha falado de um desvio mínimo, o que significava que Kivrin tinha chegado com uma diferença de apenas alguns dias, com tempo bastante para descobrir em que dia estavam e preparar seu retorno.

— Sr. Gilchrist, posso lhe trazer um conhaque? — perguntou Mary.

— Não, obrigado — respondeu ele.

Mary encontrou outra nota amassada e foi para o balcão.

— Seu técnico parece ter feito um trabalho passável — disse Gilchrist, virando-se para Dunworthy. — Medieval talvez peça ele emprestado para o próximo salto. Vamos enviar a srta. Engle para 1355, para observar os efeitos da Peste Negra. Os relatos da época são completamente duvidosos, sobretudo no que diz respeito a taxas de mortalidade. Sem dúvida, o suposto número de cinquenta milhões de mortes é impreciso, e as estimativas de que a Peste Negra tenha exterminado de um terço a metade da Europa são exageros óbvios. Estou ansioso para que a srta. Engle faça observações confiáveis.

— Não está sendo muito apressado? — questionou Dunworthy. — Talvez devesse esperar para ver se Kivrin sobrevive a *este* salto, ou no mínimo que ela escape a essa ida a 1320.

O rosto de Gilchrist assumiu um ar magoado.

— O fato de o senhor presumir o tempo inteiro que Medieval é incapaz de realizar um salto com sucesso me parece muito injusto — disse ele. — Posso garantir que pensamos com todo cuidado em cada detalhe. O método de regresso de Kivrin foi pesquisado em todos os aspectos.

"Probabilidade indica que a frequência de viajantes na estrada Oxford-Bath é de uma pessoa a cada 1,6 hora. Logo, existe uma chance de 92 por cento de acreditarem na história do ataque de ladrões, já que ocorrências desse tipo são corriqueiras. Um viajante em Oxfordshire tinha 42,5 por cento de chances de ser atacado no inverno, e 58,6 por cento no verão. Isso é uma média, claro. As chances aumentavam bastante em partes de Otmoor, no Wychwood e em estradas menores."

Dunworthy ficou imaginando como diabos a equipe da Probabilidade tinha chegado àqueles números. O *Livro do juízo final* não listava ladrões, com a possível exceção dos recenseadores do rei, que às vezes extraíam algo mais do que meras informações. Além disso, os degoladores daquele tempo decerto não tinham deixado listas das pessoas que mataram e roubaram, assinalando o local no mapa com todo cuidado. Provas da morte de alguém fora de seu ambiente foram inteiramente "de facto": a pessoa saiu e nunca voltou. E quantos corpos tinham sido abandonados na floresta, sem descoberta ou registro?

— Garanto que tomamos todas as providências para proteger Kivrin — prosseguiu Gilchrist.

— Como, por exemplo, checar os parâmetros? — alfinetou Dunworthy. — Testes não tripulados, testes de simetria?

Mary voltou do balcão.

— Aqui está, sr. Latimer — disse Mary, pondo um copo de conhaque na frente do homem. Depois de pendurar pelo gancho o guarda-chuva de Latimer no espaldar do banco, sentou-se ao lado dele.

— Eu estava justamente assegurando ao sr. Dunworthy que cada passo deste salto foi pesquisado à exaustão — disse Gilchrist. Ele pegou entre os dedos o bonequinho de plástico de um Rei Mago carregando uma caixa dourada. — O baú que ela está levando é uma réplica perfeita de uma caixa de joias que temos no museu Ashmolean. — Ele pôs o boneco de volta na mesa. — Até mesmo o nome dela foi meticulosamente pesquisado. Isabel era o nome feminino mais frequente nos Registros dos Tribunais e no Regista Regum, que cobrem de 1295 até 1320.

— É na verdade uma forma corrompida de Elizabeth — explicou Latimer, como se estivesse em uma de suas conferências. — O uso generalizado desse nome na Inglaterra a partir do século XII pode ter sua origem estabelecida com Isabel de Angoulême, esposa do Rei João.

— Kivrin me disse que tinha recebido uma identidade verdadeira, que Isabel de Beauvrier era uma das filhas de um nobre do Yorkshire — disse Dunworthy.

— E era — confirmou Gilchrist. — Gilbert de Beauvrier tinha quatro filhas mais ou menos na faixa de idade apropriada, mas seus nomes não estavam registrados nos documentos. Era uma prática comum. Com frequência as mulheres eram listadas apenas por sobrenome e parentesco, mesmo nos livros paroquiais e nas lápides das sepulturas.

Mary pousou uma mão conciliadora no braço de Dunworthy.

— Por que escolheu Yorkshire? — perguntou ela rapidamente. — Isso não vai deixá-la longe demais de casa?

Ela está a setecentos anos de casa, pensou Dunworthy, num século que desdenhava das mulheres a ponto de nem anotar seus nomes quando morriam.

— A sugestão partiu da própria srta. Engle — respondeu Gilchrist. — Ela achou que, se pertencesse a uma família tão distante, ninguém poderia fazer contato com os supostos parentes.

Nem aparecer e levá-la para lá, afastando-a do local do salto, como tinha comentado Kivrin. Ela provavelmente tinha pensado em tudo, pesquisando registros financeiros e eclesiásticos em busca de uma família com uma filha da mesma idade e sem conexões com a Corte, uma família lá nos confins de East Riding, longe o bastante para que a neve e as intransitáveis estradas impedissem qualquer mensageiro de partir a cavalo e avisar que a filha desaparecida tinha sido encontrada.

— Medieval deu a mesma cuidadosa atenção a cada detalhe deste salto — continuou Gilchrist — e criamos até um pretexto para a viagem dela, a doença de um irmão. Estabelecemos com segurança que houve um surto de gripe naquele setor do Gloucestershire em 1319, mesmo considerando as inúmeras doenças na Idade Média, e ele poderia com a mesma facilidade ter contraído cólera ou alguma infecção sanguínea.

— James — disse Mary, em tom de advertência.

— A roupa da srta. Engle foi toda cosida à mão. O tecido azul foi tingido à mão com anil, usando uma receita medieval. Sem falar que a srta. Montoya pesquisou exaustivamente o vilarejo de Skendgate, onde Kivrin vai passar as duas semanas.

— Se conseguir chegar lá — alfinetou Dunworthy.

— James — disse Mary.

— Que precauções vocês tomaram para garantir que o amistoso viajante que passa ali a cada 1,6 hora não decida carregá-la para o convento de Godstow ou para um bordel em Londres, ou para que não decida que ela é uma bruxa ao vê-la aparecer de repente? Que precauções tomaram para ter certeza de que esse viajante amistoso é amistoso mesmo, e não um dos assassinos que eliminavam 42,5 por cento dos viajantes?

— Probabilidade nos indicou que havia uma chance de no máximo 0,04 por cento de que houvesse alguém no local no momento do salto.

— Oh, vejam, Badri acaba de chegar — disse Mary, ficando de pé e se intrometendo entre Dunworthy e Gilchrist. — Trabalhou rápido, Badri. Correu tudo bem com o fix?

Badri viera sem casaco. O uniforme do laboratório estava molhado, e seu rosto, contraído de frio.

— Você parece meio congelado — comentou Mary. — Venha, sente-se aqui. — Ela indicou o lugar vazio ao lado de Latimer. — Vou trazer um conhaque.

— Conseguiu o fix? — perguntou Dunworthy.

Badri não estava apenas molhado, estava ensopado.

— Consegui — respondeu ele, e seus dentes começaram a bater.

— Grande sujeito — disse Gilchrist, de pé ao seu lado, distribuindo tapinhas no ombro. — Pensei que tivesse dito que ia precisar de uma hora. Isto pede um brinde. Vocês têm champanhe? — perguntou em voz alta ao barman. Deu mais um tapa no ombro de Badri e foi até o balcão.

Badri ficou olhando para ele, esfregando os braços e tremendo. Parecia desatento, quase atordoado.

— Tem certeza de que conseguiu o fix? — perguntou Dunworthy.

— Tenho — respondeu ele, ainda olhando para Gilchrist.

Mary voltou para a mesa trazendo um conhaque.

— Isso vai aquecer você um pouco — disse, estendendo o copo para ele. — Muito bem. Beba tudo. Ordens médicas.

Ele franziu a testa para o copo, como se não soubesse o que era aquilo. Seus dentes ainda batiam.

— O que houve? — perguntou Dunworthy. — Kivrin está bem, não está?

— Kivrin — repetiu ele, ainda olhando para dentro do copo, e então pareceu de repente voltar a si. Pôs o copo na mesa. — Preciso que venha comigo — disse e se levantou, começando a abrir caminho entre as mesas na direção da porta.

— O que aconteceu? — indagou Dunworthy, ficando de pé. As peças do presépio caíram todas na mesa, e um dos carneiros rolou até a borda e despencou no chão.

Badri abriu a porta e deixou entrar o carrilhão martelando "Good Christian Men, Rejoice".

— Badri, espere, ainda vamos brindar — disse Gilchrist, voltando para a mesa com uma garrafa e um emaranhado de taças.

Dunworthy apanhou o sobretudo.

— O que foi? — quis saber Mary, recolhendo a sacola. — Ele não conseguiu o fix?

Dunworthy não respondeu. Segurando o sobretudo, foi atrás de Badri. O técnico já ia calçada afora, abrindo caminho entre as pessoas com compras de Natal como se elas nem estivessem ali. Chovia forte agora, mas Badri nem parecia perceber. Dunworthy enfiou de qualquer jeito o sobretudo e misturou-se à multidão.

Algo dera errado. Tinha havido um desvio afinal, ou então o estagiário do primeiro ano tinha cometido um erro nos cálculos. Talvez algo tivesse dado errado com a própria rede. Mas ela tinha recursos de segurança, e níveis de proteção e sistema de cancelamento de saltos. Se houvesse qualquer coisa errada com a rede, Kivrin simplesmente não poderia ter saltado. Sem falar que Badri respondeu que tinha conseguido o fix.

Tinha que ser desvio. Era a única coisa que podia ter acontecido e permitido que o salto acontecesse.

Lá adiante Badri atravessou a rua, evitando por um triz o choque com uma bicicleta. Dunworthy contornou duas mulheres carregando sacolas de compras ainda maiores que a de Mary e um pequeno terrier branco preso à coleira, e conseguiu avistá-lo de novo, duas portas adiante.

— Badri! — berrou ele. O técnico deu meia-volta e esbarrou em cheio numa mulher de meia-idade, com uma grande sombrinha florida.

A mulher vinha andando curvada para se proteger da chuva, segurando a sombrinha quase à frente, e obviamente também não tinha visto Badri. Decorada com flores de lavanda, a sombrinha pareceu explodir para cima, antes de cair na calçada. Badri, ainda se precipitando às cegas, quase caiu em cima do objeto.

— Será que podia olhar por onde anda? — vociferou a mulher, agarrando a sombrinha pela borda. — Isto aqui não é lugar de correr.

Badri olhou para ela e depois para a sombrinha, com o mesmo olhar atordoado que mostrara no pub. Dunworthy viu Badri pedir desculpas e se inclinar para apanhar o objeto: os dois pareceram travar uma disputa diante daquela paisagem de violetas, até que Badri agarrou o cabo e endireitou a sombrinha. Entregou-a à mulher, cujo rosto largo estava vermelho de raiva ou de frio ou dos dois.

— Desculpas? — disse ela, erguendo a sombrinha acima da cabeça como se fosse acertá-lo com aquilo. — É tudo que tem para dizer?

Ele pousou a mão na testa, num gesto hesitante, e depois, tal como fizera no pub, pareceu lembrar-se de onde estava e partiu outra vez, quase às carreiras. Entrou pelo portão principal do Brasenose, seguido por Dunworthy, que atravessou o pátio, passou por uma porta lateral que dava acesso ao laboratório, desceu por uma passagem e chegou à área onde ficava a rede. Badri já estava sentado, inclinado sobre o console, franzindo a testa diante do monitor.

Dunworthy receara que fosse ver a tela coberta de dados sem sentido ou, pior ainda, em branco, mas ela estava mostrando as colunas de números e matrizes típica de um fix.

— Conseguiu o fix? — perguntou Dunworthy, arquejando.

— Consegui — respondeu Badri, antes de se virar e encarar Dunworthy. Sua testa não estava mais contraída, mas seu rosto tinha um ar estranho, abstrato, como se ele estivesse com dificuldade para concatenar as ideias. — Quando foi que... — recomeçou, e então passou a tremer de novo. Sua voz sumiu, como se ele tivesse esquecido o que ia dizer.

A porta de vidro da divisória bateu com força, e Gilchrist e Mary entraram no laboratório, com Latimer logo atrás, mexendo no guarda-chuva.

— O que foi? O que aconteceu? — perguntou Mary.

— Quando foi o quê, Badri? — questionou Dunworthy.

— Eu consegui o fix — disse Badri, virando-se para olhar o monitor.

— É isto? — quis saber Gilchrist, debruçando-se para olhar por cima do ombro do outro. — O que querem dizer todos esses símbolos? Vai ter que traduzi-los para nós, que somos leigos.

— Quando foi o quê? — repetiu Dunworthy.

Badri pôs a mão na testa.

— Tem alguma coisa errada — disse ele.

— *O quê*?! — exclamou Dunworthy. — Desvio? Foi o desvio?

— Desvio? — repetiu Badri, tremendo tanto que mal conseguia falar.

— Badri — disse Mary —, você está bem?

Badri exibiu de novo aquele ar estranho, abstrato, como se estivesse avaliando a resposta.

— Não — respondeu ele, e desabou para a frente, sobre o console.

3

Ela ouviu os carrilhões na hora em que entrou. Soavam fracos e metálicos, como a música natalina que estava tocando na High Street. A sala de controle era para ser à prova de som mas, cada vez que alguém abria a porta da antessala que dava para fora, ela podia ouvir o som fantasmagórico e distante das canções de Natal.

A dra. Ahrens tinha chegado primeiro, e depois o sr. Dunworthy, e nas duas vezes Kivrin teve certeza de que eles tinham ido lá para dizer que ela não saltaria. A dra. Ahrens quase cancelara o salto durante a internação no hospital, quando a vacina antiviral inchou, formando um enorme calombo vermelho na parte interna do braço de Kivrin.

— Você não vai a lugar nenhum enquanto esse inchaço não desaparecer — sentenciou a dra. Ahrens, recusando-se a dar alta. O braço de Kivrin ainda coçava, mas ela não confessaria isso à dra. Ahrens, porque a médica podia contar alguma coisa ao sr. Dunworthy, que tinha reagido com horror todo o tempo, desde que soube que ela saltaria.

Já faz dois anos que eu disse que saltaria, pensou Kivrin. Dois anos. Quando no dia anterior ela foi lhe mostrar as roupas, ele ainda tentou dissuadi-la.

— Não gosto da maneira como Medieval está cuidando deste salto — comentou ele. — E mesmo que eles estivessem tomando as precauções adequadas, uma jovem não tem nada que ir sozinha para a Idade Média.

— Está tudo preparado — disse ela. — Eu sou Isabel de Beauvrier, filha de Gilbert de Beauvrier, um nobre que viveu em East Riding entre 1276 e 1332.

— E o que a filha de um nobre de Yorkshire está fazendo sozinha na estrada Oxford-Bath?

— Eu não estava sozinha. Viajava para Evesham com meus criados, para trazer meu irmão, que está doente num mosteiro de lá. No caminho fomos atacados por um bando de ladrões.

— Por um bando de ladrões — repetiu ele, piscando os olhos através das lentes.

— Tirei essa ideia do senhor, quando disse que as mulheres nunca viajavam sozinhas para lugar nenhum na Idade Média, que elas estavam sempre cercadas de gente. Então, eu estava cercada de gente, mas meus criados fugiram quando fomos atacados, e os ladrões levaram os cavalos e todas as nossas coisas. O sr. Gilchrist acha que é uma história plausível. Ele disse que a probabilidade de...

— Só é plausível porque a Idade Média era repleta de assassinos e ladrões.

— Eu sei — disse ela, impaciente. — E também de portadores de doenças, e de cavaleiros errantes e de outros tipos perigosos. Será que não havia uma só pessoa *de bem* na Idade Média?

— Estavam todas ocupadas, queimando feiticeiras.

Ela decidiu que era melhor mudar de assunto.

— Vim para mostrar minha roupa — tentou, virando-se devagar para que ele visse a túnica azul e a capa branca forrada com pele de coelho. — Meu cabelo vai estar solto na hora do salto.

— Não há necessidade de se vestir de branco na Idade Média — avisou ele. — Só vai ficar suja.

E naquela manhã ele não tinha se comportado melhor. Estava andando de um lado para o outro na área de observação, como um futuro pai, ansioso. Ela passou a manhã inteira preocupada, achando que de repente ele iria mandar interromper todos os procedimentos.

Já tinha havido demoras e adiamentos suficientes. O sr. Gilchrist insistira em explicar várias vezes como o recorde funcionava, como se ela fosse uma caloura. Ninguém tinha a menor confiança nela, exceto talvez Badri, e mesmo ele fora insuportavelmente cuidadoso, medindo e voltando a medir a área da rede, e a certa altura apagando um conjunto inteiro de coordenadas e começando de novo.

Ela pensou que nunca chegaria a hora de ir para a posição e, quando isso aconteceu, foi ainda pior, ficar ali deitada, com os olhos fechados, imaginando o que estaria acontecendo. Latimer dizia a Gilchrist que estava preocupado por causa da grafia que Isabel tinha escolhido para seu nome, como se as pessoas lá no seu destino soubessem ler, quanto mais soletrar. Montoya veio e ficou parada junto dela, antes de dizer que a maneira de identificar Skendgate era pelos afrescos do Juízo Final que havia na igreja: algo que já dissera a Kivrin uma dúzia de vezes antes.

Alguém, que ela julgou ser Badri porque era o único que não tinha instruções para dar, inclinou-se sobre ela, moveu-lhe o braço mais para perto do corpo e ajeitou a saia. O chão era duro e alguma coisa estava incomodando, pressionando logo abaixo das costelas. O sr. Gilchrist disse algo e os sinos recomeçaram a tocar.

Por favor, pensou Kivrin, por favor, imaginando se a dra. Ahrens tinha de repente resolvido que ela precisaria de outra vacina, ou se Dunworthy tinha corrido até a Faculdade de História e convencido todos a reclassificar o índice de risco para 10.

Seja lá quem fosse, estava mantendo a porta aberta: ela ainda podia ouvir os sinos, embora não reconhecesse a melodia. Não era uma melodia. Era um dobre de um sino vagaroso, firme, que fazia uma pausa e depois prosseguia, e Kivrin pensou: cruzei.

Ela estava deitada sobre o lado esquerdo, as pernas desajeitadamente abertas, como se tivesse sido nocauteada pelos ladrões, e o braço cobrindo parte do rosto, como se para se defender da pancada que provocara o sangramento na testa. A posição do braço permitia que abrisse os olhos sem ser percebida, mas ela não abriu de imediato. Ficou imóvel, tentando escutar.

Exceto pelo sino, não havia nenhum som. Se estivesse deitada às margens de uma estrada do século XIV, devia haver no mínimo um barulho de pássaros e de esquilos. Talvez os animais tivessem silenciado de súbito por conta daquele aparecimento repentino, ou por conta do halo produzido pela rede, que deixava partículas cintilantes no ar, como uma geada, durante vários minutos.

Depois de certo tempo um pássaro cantou, e depois outro. Alguma coisa se mexeu por perto, parou e depois se mexeu de novo. Um esquilo do século XIV, ou um rato-do-campo. Houve um roçagar mais leve que era provavelmente o vento mexendo nas árvores, embora ela não sentisse nenhuma brisa no rosto. Acima de tudo, vindo lá de longe, continuava o som distante daquele sino.

Ela imaginou por que o sino estaria tocando. Podia ser o toque das vésperas. Ou das matinas. Badri tinha comentado que não fazia ideia de quanto desvio temporal poderia haver. Ele tinha pedido para adiar o salto enquanto fazia uma série de testes, mas o sr. Gilchrist dissera que Probabilidade calculava um desvio médio de 6,4 horas.

Ela não sabia a que horas ocorrera o salto. Faltavam quinze minutos para as onze quando saiu da sala de preparação. Tinha visto a srta. Montoya olhando o relógio e perguntado que horas eram. Mas não tinha ideia de quanto tempo se passara depois. Pareciam ter sido horas.

O salto tinha sido marcado para o meio-dia. Se tudo tivesse corrido pontualmente, e Probabilidade estivesse certa sobre o desvio, seriam cerca de seis da tarde, tempo avançado demais para as vésperas. E, se eram as vésperas, por que o sino não parava de tocar?

Talvez fosse um chamado para a missa, ou para um funeral, ou um casamento. Sinos tocavam quase o tempo todo na Idade Média: para avisar sobre invasões, sobre incêndios, para ajudar uma criança perdida a achar o caminho de volta para a aldeia, até mesmo para afastar tempestades. Podia estar tocando por qualquer motivo.

Se o sr. Dunworthy estivesse ali, estaria convencido de que se tratava de um funeral. "A expectativa de vida nos anos 1300 era de trinta e oito anos", dissera ele na primeira vez em que ela falara de sua vontade de ir à Idade Média. "E você só chegaria a essa idade se sobrevivesse ao cólera, à varíola e às infecções no sangue, e se não comesse carne estragada nem bebesse água poluída. Claro, tudo isso se não fosse atropelada por uma carroça ou queimada na fogueira por bruxaria."

Ou se não morresse congelada, pensou Kivrin. Estava começando a se sentir entrevada de frio, embora estivesse ali há pouco tempo. O objeto que pressionava suas costelas parecia tê-las atravessado e estar enfiado no seu pulmão. O sr. Gilchrist lhe pedira para ficar deitada ali por vários minutos e depois para se levantar cambaleando, como quem acabasse de voltar a si. Kivrin achava que não bastavam vários minutos, considerando o cálculo da Probabilidade sobre o número de viajantes naquela estrada. Sem dúvida se passariam mais do que vários minutos até que um viajante aparecesse por acaso, e ela não queria abrir mão da vantagem de ser vista aparentemente inconsciente.

E era uma vantagem, apesar do sr. Dunworthy pensar que metade da Inglaterra cairia sobre uma mulher inconsciente para estuprá-la, enquanto a outra metade preparava a fogueira em que a queimaria depois. Se ela estivesse consciente, as pessoas que prestassem socorro fariam perguntas. Se estivesse sem sentidos, primeiro eles falariam entre si sobre ela e sobre outras coisas. Discutiriam a respeito de onde poderiam levá-la, fariam suposições sobre quem poderia ser e de onde estaria vindo, e essas especulações trariam muito mais informação do que um simples "Quem é você?".

Só que agora ela sentia uma urgente necessidade de fazer o que o sr. Gilchrist tinha sugerido: ficar de pé e olhar em volta. O chão estava gelado, havia aquela dor lateral e sua cabeça estava começando a latejar ao ritmo do sino. A dra. Ahrens tinha dito que isso aconteceria. Uma viagem tão longa ao passado provocaria todos os sintomas do deslocamento temporal: dor de cabeça, insônia e uma desarrumação total dos ritmos circadianos. Ela estava sentindo tanto frio. Seria esse outro sintoma do deslocamento temporal ou o chão onde estava deitada era tão gelado que o frio já tinha atravessado sua capa? Ou será que o desvio fora maior do que os técnicos previam, e ela tinha chegado no meio da noite?

Pensou se estaria mesmo deitada no meio da estrada. Se estivesse, por certo não devia permanecer ali. Um cavalo apressado ou alguma carroça seguindo aquela trilha poderiam passar por cima dela no escuro.

Sinos não tocam no meio da noite, disse ela de si para si, e havia luz demais se filtrando por entre as pálpebras fechadas para ser de noite. Mas se o toque que ela ouvia era o toque das vésperas, isso queria dizer que estava escurecendo, e era melhor que ela ficasse de pé e desse uma olhada em volta antes de ser noite fechada.

Ela ficou novamente escutando os pássaros, o vento nas ramagens, um som constante de algo sendo arranhado. O sino parou e seu eco ficou soando no ar, e Kivrin ouviu um som baixinho, como o de alguém prendendo a respiração ou o movimento de um pé sobre terra solta, bem pertinho.

Kivrin se retesou toda, torcendo para que essa reação involuntária não pudesse ser percebida através das dobras da roupa, e esperou, mas não ouviu passos nem vozes. E nada de pássaros. Havia alguém, ou algo, parado ali perto. Ela tinha certeza. Podia ouvir e sentir uma respiração bem próxima. Aquilo se demorou ali um longo tempo, sem se mexer. Depois do que pareceu uma eternidade, Kivrin percebeu que também estava prendendo a respiração, e soltou o ar bem devagar. Ficou prestando atenção, mas agora não conseguia ouvir nada mais além do latejar do próprio sangue. Respirou fundo outra vez, e soltou um gemido.

Nada. Seja lá o que fosse, não se moveu, não fez um som sequer, e o sr. Dunworthy tinha razão: fingir-se de desmaiada não era a melhor maneira de entrar num século onde os lobos ainda rondavam pela floresta. E os ursos. Os pássaros recomeçaram a cantar de repente, o que significava que não tinha sido um lobo, ou que ele tinha ido embora. Kivrin refez todo o ritual de escutar em volta, depois abriu os olhos.

Não pôde ver nada a não ser a manga da túnica, que estava caída sobre seu nariz, mas o simples ato de abrir os olhos aumentou sua dor de cabeça. Ela voltou a fechá-los, gemeu, mexeu-se, moveu o braço o bastante para que, quando abrisse os olhos de novo, pudesse avistar qualquer coisa. Gemeu outra vez e ergueu as pálpebras.

Não havia ninguém parado diante dela, e não estava no meio da noite. O céu, por entre o emaranhado dos galhos das árvores, era de um pálido azul-cinza. Ela se sentou e olhou em volta.

Uma das primeiras coisas que o sr. Dunworthy dissera ao saber de seu plano de ir à Idade Média foi: "Eles eram imundos e cheios de doenças, o fundo do poço da História. Por isso, quanto mais cedo você se livrar dessas fantasias de contos de fadas que tem sobre eles, melhor".

E ele tinha razão. Claro que ele tinha razão. Mas ali estava ela, num bosque de conto de fadas. Ela e a carroça e todas as outras coisas tinham chegado a um pequeno espaço aberto, quase pequeno e coberto demais para ser considerado uma clareira. Árvores altas e grossas se curvavam por cima dela.

Estava caída junto a um carvalho. Acima, podia avistar algumas folhas em forma de concha nos galhos quase nus. O carvalho estava cheio de ninhos, embora os pássaros tivessem parado de cantar novamente, assustados pelos movimentos dela. A relva no solo era espessa, um tapete de folhas mortas e ervas ressequidas que devia ser macio mas não era. O objeto duro que machucava suas costelas era a casca de uma bolota. Cogumelos brancos manchados de vermelho amontoavam-se em volta das raízes retorcidas do carvalho. Neles, e em tudo mais na pequena clareira — nos troncos das árvores, na carroça, na hera — cintilava a geada condensada pelo halo.

Era óbvio que ninguém tinha estado ali, jamais estivera, e era óbvio também que aquela não era a estrada Oxford-Bath e que nenhum viajante apareceria ali dentro de 1,6 hora. Nem em hora nenhuma. Aparentemente, os mapas medievais que eles usaram para determinar o local do salto eram mesmo tão pouco exatos quanto o sr. Dunworthy dissera. A estrada que procuravam estava, é claro, mais ao norte do que os mapas diziam, e ela estava ao sul, no bosque de Wychwood.

"Determine imediatamente sua localização espacial e temporal", dissera o sr. Gilchrist. Ela pensou em como faria aquilo. Perguntando aos pássaros? Estavam muito alto para que ela pudesse ver a que espécie pertenciam, e as extinções em massa não tinham começado a não ser na década de 1970. A menos que pertencessem a espécies extintas como os pombos-passageiros ou os dodos, a presença das aves não daria nenhuma indicação útil de espaço ou de tempo.

Quando ela começou a levantar, os pássaros explodiram numa algazarra selvagem de asas. Kivrin não se moveu até o barulho amainar, então ficou de joelhos. O tatalar das asas recomeçou. Ela juntou as mãos, apertou uma palma contra a outra e fechou os olhos, para que o viajante que presumivelmente iria encontrá-la pensasse que estava rezando.

"Cheguei", informou ela, e então se deteve. Se revelasse que tinha aterrissado no meio de um bosque, em vez de na estrada Oxford-Bath, isso serviria apenas para confirmar o que o sr. Dunworthy estava pensando, ou seja, que o sr. Gilchrist não sabia direito o que estava fazendo e que ela era incapaz de se cuidar. Então lembrou que isso não faria a menor diferença, porque eles só ouviriam a gravação depois que ela tivesse regressado em segurança.

Se ela regressasse em segurança, o que dificilmente aconteceria se continuasse naquele bosque até anoitecer. Era o fim da tarde ou o começo da manhã: por entre as árvores era impossível de saber e, mesmo quando ela fosse para o espaço aberto e pudesse ver bem o céu, não conseguiria estimar apenas pela posição do sol. O sr. Dunworthy dissera que as pessoas às vezes ficavam andando em círculos durante todo o tempo de sua viagem ao passado. Tinha ensinado a ela como observar a direção das sombras, mas para fazer isso Kivrin precisava saber que horas eram, e não podia desperdiçar tempo tentando adivinhar que direção era esta ou aquela. Precisava sair dali por conta própria. A floresta estava quase toda imersa na sombra.

Não havia nenhum sinal de uma estrada ou mesmo de uma trilha. Kivrin deu a volta em torno da carroça e das caixas, procurando uma passagem por entre os troncos. A vegetação do bosque parecia menos fechada na direção que ela imaginou ser o oeste. Porém, quando ela tomou aquele rumo, sempre olhando para trás para ter certeza de ter à vista a desbotada cobertura azul da carroça, não passava de um aglomerado de bétulas, cujos troncos brancos davam uma ilusão de espaço vazio. Ela voltou para a carroça e experimentou ir na direção oposta, mesmo com a floresta estando mais escura daquele lado.

A estrada ficava a apenas uns cem metros dali. Kivrin pulou por cima de um tronco caído, passou por um arbusto de salgueiros e olhou bem. Era a estrada principal, como as pessoas de Probabilidade tinham chamado. Mas não parecia. Aliás, nem sequer parecia uma estrada. Era mais uma trilha. Ou um caminho de passagem para o gado. Então aquelas eram as maravilhosas estradas da Inglaterra do século XIV, as estradas que estavam aquecendo o comércio e expandindo os horizontes.

A estrada era tão estreita que mal dava para passar uma carroça, embora fosse evidente que carroças passavam por ali, ou pelo menos uma delas havia passado. Era possível perceber fundos sulcos de rodas, já cheios de folhas secas. Em um ou outro, viam-se pequenas poças de água escura, bem como às margens da estrada, e uma fina crosta de gelo já tinha se formado em alguns buracos.

Kivrin estava parada no fundo de uma depressão. A estrada subia de maneira constante nas duas direções a partir do local onde ela estava e, no que parecia ser o norte, só havia árvores até metade da subida. Ela virou-se para olhar o outro lado. Dali era possível vislumbrar de relance um pedaço do tecido azul da cobertura da carroça, mas ninguém seria capaz de ver Kivrin deitada ali. A estrada mergulhava no bosque que se erguia de ambos os lados, e se estreitava, tornando o local o ponto ideal para um ataque de assassinos e ladrões.

Era o lugar ideal para dar credibilidade à sua história, mas ninguém nunca a enxergaria ali, ao passar às pressas por aquele trecho estreito. De resto, mesmo que alguém avistasse aquela mancha azul entre as folhas, pensaria que era uma emboscada e fugiria a galope.

Ocorreu de súbito a Kivrin que, ficando ali naquele matagal, ela parecia mais uma ladra do que a donzela inocente que tinha acabado de levar uma pancada na cabeça.

Ela foi para o meio da estrada e pôs a mão na testa.

— *Oh, ajudai-me, pois estou com medo e malferida*! — exclamou.

O intérprete deveria traduzir automaticamente para inglês médio tudo o que ela pronunciasse, mas o sr. Dunworthy insistira para que ela memorizasse as primeiras frases. Ela e o sr. Latimer tinham trabalhado na pronúncia durante toda a tarde da véspera.

— *Ajudai-me, pois fui roubada por ladrões cruéis*! — disse ela.

Ela avaliou se valia a pena deitar-se ali na estrada, mas agora que estava em campo aberto podia perceber que era bem mais tarde do que tinha imaginado, quase o pôr do sol. Se quisesse saber o que havia do outro lado daquela colina, era melhor partir imediatamente. Mas primeiro precisava marcar o local do retorno com algum tipo de sinal.

Não havia nada que distinguisse aqueles salgueiros de qualquer outro. Ela procurou uma pedra que pudesse colocar no ponto de onde podia ver a carroça, mas não encontrou nenhuma no meio dos arbustos ou na beira da estrada. Finalmente ela entrou de volta no mato, com os galhos agarrando-se no seu cabelo ou na capa, pegou e levou o baú forrado de latão, copiado do museu Ashmolean, de volta para a estrada.

Estava longe de ser perfeito: era pequeno o bastante para que alguém apressado passasse direto sem vê-lo, mas ela estava indo somente até o topo da colina. Se resolvesse caminhar até a vila mais próxima, voltaria para deixar um sinal mais permanente. E nenhum viajante devia passar por ali tão cedo. Os sulcos das rodas de carroça estavam endurecidos de gelo, as folhas, intactas, e nas pequenas poças havia neve. Ninguém passara por ali o dia inteiro, a semana inteira talvez.

Ela ajeitou a relva em torno do baú, no chão, e partiu em direção à colina. A estrada, a não ser pela parte de lama gelada ao fundo, era mais plana do que Kivrin esperava, de terra socada e dura, o que significava que cavalos passavam ali com frequência, apesar do aspecto desolado do lugar.

Era uma subida suave, mas Kivrin se sentiu cansada logo ao dar os primeiros passos, e suas têmporas recomeçaram a latejar. Esperou que os sintomas do deslocamento temporal não piorassem, porque já percebia que estava muito longe de tudo. Ou talvez fosse só uma ilusão. Ela ainda não tinha "determinado sua localização temporal", e aquele caminho e aquele bosque não revelavam nenhum indício dos anos 1320.

Os únicos sinais de civilização eram aqueles rastros de carroça, o que significava que ela podia estar em qualquer ponto entre a invenção da roda e o início das estradas pavimentadas, nem mesmo isso com certeza. Ainda existiam vias exatamente como aquela a menos de dez quilômetros de Oxford, preservadas com carinho pelo National Trust para turistas japoneses e americanos.

Talvez ela não tivesse ido a lugar nenhum, e do outro lado da colina encontraria o M1 ou a escavação onde trabalhava a srta. Montoya ou as instalações de SDI. Detestaria determinar minha localização temporal sendo atropelada por uma bicicleta ou por um carro, pensou ela, passando rapidamente para a margem da estrada. Mas, se não fui a lugar nenhum, como se explica essa maldita dor de cabeça, e por que penso que não vou aguentar dar um só passo mais?

Chegou ao topo da colina e parou, sem fôlego. Não havia necessidade de sair da estrada. Nenhum veículo tinha passado por ali ainda. Nenhum cavalo nem qualquer carro. E ela estava, como tinha pensado, longe demais de qualquer lugar. Ali não havia árvores, e ela podia ver num raio de muitos quilômetros. O bosque onde a carroça estava subia até metade da colina e se interrompia ali, mas se espalhava amplamente para sul e oeste. Se ela tivesse avançado mais naquela direção, aí sim, estaria perdida.

Havia árvores bem longas, a leste, também, acompanhando um rio cujos reflexos azuis ela podia ver ocasionalmente. Seria o Tâmisa? O Cherwell? Pequenos agrupamentos ou filas ou aglomerados de árvores se espalhavam pelos campos além, mais árvores do que ela alguma vez imaginara ter existido na Inglaterra. O *Livro do juízo final* de 1086 tinha registrado não mais do que quinze por cento da terra coberta de florestas, e Probabilidade calculara que os terrenos limpos para pastagens e povoados teriam reduzido a doze por cento nos anos 1300. A equipe de Probabilidade, ou as pessoas que escreveram o *Livro do juízo final*, tinham subestimado em muito esses números. Havia árvores por toda parte.

Kivrin não conseguia avistar nenhum povoado. As árvores estavam nuas e, através dos galhos cinzentos e escuros à luz do entardecer, ela teria conseguido enxergar igrejas ou tetos de mansões, mas dali não se avistava nada que se parecesse a um lugar habitado.

Só que, mesmo assim, devia haver habitações porque havia pastagens, em longas faixas cobrindo o campo, num estilo claramente medieval. Num dos campos havia ovelhas, o que era medieval também, mas ela não podia ver ninguém tomando conta. Bem longe, a leste, via-se uma mancha cinza difusa que devia ser Oxford. Apertando os olhos, ela quase conseguia avistar as muralhas e a forma quadrada da Carfax Tower, embora não visse sinal das torres de St. Frideswide ou de Osney na luz do poente.

O sol estava mesmo se pondo. O céu se cobria de uma cor azul-lavanda muito pálida, com um traço de rosa junto ao horizonte, a oeste, e ela não tinha andado em círculos porque, no pouco tempo em que esteve ali, percebeu como ele ficara mais escuro.

Kivrin fez o sinal da cruz e cruzou os dedos em prece, aproximando as mãos do rosto.

— Bem, sr. Dunworthy, aqui estou. Parece que acabei no lugar certo, mais ou menos. Não estou exatamente na estrada Oxford-Bath. Estou a cerca de quinhentos metros ao sul, numa estrada secundária. Posso ver Oxford. Parece estar a uns quinze quilômetros.

Ela deu sua estimativa sobre a estação do ano e a hora do dia, e descreveu o que achava que podia ver, e depois parou e apertou o rosto nas mãos. Devia gravar ali no seu *Livro do juízo final* o que pretendia fazer, mas não sabia bem o que era. Devia haver uma dúzia de povoados nas planícies que se desenrolavam a oeste de Oxford, mas ela não podia ver nenhum, mesmo avistando os campos cultivados e a estrada.

Não havia ninguém na estrada, que descia pelo lado oposto da colina e desaparecia imediatamente dentro de um pequeno bosque cerrado. Quase um quilômetro adiante via-se a estrada principal, onde Kivrin devia desembocar: era larga, plana e de um verde pálido, para onde aquela estrada que se perdia no bosque evidentemente conduzia. Não havia ninguém que ela pudesse enxergar.

À sua esquerda e a meio caminho através da planície na direção de Oxford, ela observou um movimento longínquo, mas não passava de um rebanho de vacas que se dirigiam para um aglomerado de árvores, que deviam ocultar um vilarejo. Não era o vilarejo que a srta. Montoya queria que ela procurasse — Skendgate ficava ao sul da estrada.

A menos que ela estivesse no lugar completamente errado, e não estava. Aquilo lá no leste era com certeza Oxford, e o Tâmisa fazendo uma curva suave ao sul, indo rumo àquela névoa cinza-marrom que devia ser Londres, mas nada daquilo informava a localização do vilarejo. Talvez estivesse entre aquele ponto e a estrada, apenas oculto, ou talvez na direção oposta, ou no outro lado da estrada. Não havia tempo para verificar tudo.

Estava escurecendo depressa. Dentro de meia hora talvez houvesse luzes que indicassem o caminho, mas ela não podia se dar ao luxo de esperar. O rosa já tinha se transformado em lavanda no oeste, e o azul por cima de sua cabeça estava roxo. Além disso, o frio estava aumentando, e o vento, ficando mais forte. As dobras da capa drapejavam em torno do seu corpo, e ela puxou com mais força a veste. Não queria passar uma noite de dezembro numa floresta, com uma dor de cabeça infernal e uma matilha de lobos, mas também não queria passá-la ali fora, naquela estrada fria, esperando que alguém aparecesse.

Podia ir rumo a Oxford, mas não havia como chegar lá antes que escurecesse. Se pelo menos pudesse avistar um vilarejo, qualquer vilarejo, poderia passar a noite ali e procurar o povoado da srta. Montoya na manhã seguinte. Olhou para o trecho de estrada que tinha percorrido, tentando enxergar um vislumbre de luz ou de fumaça de uma casa. Nada. Seus dentes começaram a bater.

E então começaram os sinos. O da Carfax primeiro, soando como sempre tinha soado, mesmo refundido umas três vezes desde os 1300, e depois, antes que a primeira badalada tivesse morrido de todo, os demais, como se estivessem à espera de um sinal de Oxford. Estavam tocando as vésperas, claro, chamando as pessoas nos campos, dizendo que era hora de parar o trabalho e vir fazer as preces.

E dizendo a ela onde estavam os vilarejos. Embora os sinos batessem quase em uníssono, ela podia ouvir cada um separadamente, alguns tão distantes que apenas o eco último e mais fraco chegava até ela. Ali, ao longo daquele renque de árvores, e ali, e ali. O vilarejo para onde as vacas começavam a voltar estava por trás daquela elevação suave. As vacas apressavam o passo ouvindo o som do sino.

Havia dois vilarejos ali embaixo do nariz dela: um do lado oposto da estrada principal, o outro depois de algumas plantações, perto do riacho cercado de árvores. Skendgate, o vilarejo onde a srta. Montoya trabalhava, estava exatamente onde tinha imaginado, lá atrás, na direção de onde viera, para lá dos rastros congelados de carroça, por trás de uma colina baixa, a cerca de três quilômetros.

Kivrin ficou de mãos postas.

— Acabo de descobrir onde fica o vilarejo — disse, imaginando se os sons dos sinos ficariam registrados no *Livro do juízo final*. — Fica nesta estrada menor. Vou buscar a carroça e arrastá-la para a estrada, e depois vou andar para o vilarejo antes que escureça e desmaiar na frente de alguma porta.

Um dos sinos estava bem distante a sudoeste, tão fraco que ela mal podia ouvi-lo. Ela imaginou se seria o sino que tinha escutado mais cedo, e por que teria tocado. Talvez Dunworthy tivesse razão, e fosse um funeral.

— Eu estou bem, sr. Dunworthy — disse ela para dentro das mãos. — Não se preocupe comigo. Estou aqui há mais de uma hora e até agora nada aconteceu comigo.

Os sinos foram morrendo aos poucos, com o sino de Oxford mais uma vez tomando a dianteira aos outros, se bem que, de maneira impossível, o seu som se manteve vibrando no ar além de todos os demais. O céu ficou de um azul-violeta, e uma estrela surgiu cintilando a sudeste. As mãos de Kivrin estavam ainda entrelaçadas em forma de prece. "É bonito aqui."

TRANSCRITO DO LIVRO DO JUÍZO FINAL
(000249-000614)

Bem, sr. Dunworthy, aqui estou. Parece que acabei no lugar certo, mais ou menos. Não estou exatamente na estrada Oxford-Bath. Estou a cerca de quinhentos metros ao sul, numa estrada secundária. Posso ver Oxford. Parece estar a uns quinze quilômetros.

Não sei ao certo quando cheguei mas, se o horário previsto era meio-dia, houve umas quatro horas de desvio. A estação do ano está correta. As árvores estão com poucas folhas, mas as folhas no chão estão mais ou menos intactas, e somente cerca de um terço dos campos foi arado. Não posso dizer com certeza minha localização temporal enquanto não chegar a um vilarejo e perguntar a alguém que dia é. Vocês provavelmente sabem mais sobre onde e quando estou do que eu, ou pelo menos ficarão sabendo assim que tiverem o fix.

Mas sei que estou no século certo e posso ver os campos da pequena colina onde me encontro. São os campos clássicos da Idade Média, arredondados na extremidade onde o gado faz o contorno. As pastagens têm cercas que, em um terço, são tipicamente saxônicas, enquanto as demais são cercas de pilriteiro normando. Probabilidade calculou que essa proporção seria de vinte e cinco a setenta e cinco por cento em 1300, mas com base no Suffolk, que fica a leste daqui.

Ao sul e a oeste só vejo florestas. Wychwood? Todas sem folhas, até onde posso afirmar. Ao leste vejo o Tâmisa. Quase consigo avistar Londres, embora saiba que é impossível. Em 1320, eu estaria a mais de oitenta quilômetros, não é mesmo, em vez de apenas trinta e poucos? Ainda acho que consigo avistá-la. Posso ver com certeza as muralhas da cidade de Oxford, e a Carfax Tower.

É muito bonito aqui. Não tenho a sensação de que há sete séculos nos separando. Oxford está bem ali, dá para ir a pé, e não posso tirar da cabeça a ideia de que, se eu descer esta colina e entrar na cidade, vou encontrar todos vocês aí no laboratório do Brasenose, esperando pelo fix. Badri franzindo a testa diante das tabelas nos monitores, a srta. Montoya impaciente para voltar para sua escavação, e o senhor, sr. Dunworthy, cacarejando como uma galinha velha. Não me sinto separada de vocês de jeito nenhum, nem sequer me sinto distante.

4

Quando Badri caiu, a mão que erguia até a testa afrouxou, e o cotovelo bateu com força no console, interrompendo a queda por um segundo. Dunworthy olhou ansioso para o monitor, receoso de que ele tivesse batido em alguma tecla e estragado a imagem. Badri desabou no chão.

Latimer e Gilchrist também não tentaram segurá-lo. Latimer nem sequer percebeu que havia alguma coisa errada. Mary procurou segurar Badri no momento da queda, mas ela estava atrás dos outros e conseguiu pegar apenas numa dobra da sua manga. Um instante depois, ela estava de joelhos no chão junto dele, deitando-o de costas e colocando um fone no ouvido.

Mexeu na sacola, tirou dali um bip e apertou com força o botão de chamada por cinco segundos. "Badri?", disse ela bem alto, e só então Dunworthy se deu conta do silêncio que reinava no laboratório. Gilchrist continuava no mesmo local onde estivera no momento da queda de Badri. Parecia furioso. *Posso garantir que consideramos toda contingência possível.* Evidentemente, não tinha considerado aquela.

Mary soltou o botão do bip e sacudiu de leve os ombros de Badri. Não houve resposta. Trouxe a cabeça dele mais para perto e inclinou-se sobre o seu rosto, com a orelha praticamente colada à boca aberta e os olhos esperando ver o peito subir e descer. Badri não tinha deixado de respirar. Dunworthy podia ver bem seu tórax se enchendo e esvaziando, e Mary também via. Ela levantou a cabeça depressa, já apertando o bip, e pressionou no pescoço de Badri dois dedos, que manteve ali durante o que pareceu uma eternidade, antes de levar o bip à boca.

— Estamos no Brasenose. No laboratório de História — disse ela no bip. — Cinco-dois. Síncope. Nenhum sinal de convulsão. — Ela soltou o botão de chamada e puxou as pálpebras de Badri para cima.

— Síncope? — perguntou Gilchrist. — O que foi? O que aconteceu?

Ela olhou para ele com irritação.

— Ele desmaiou. Me traga o meu kit — disse ela a Dunworthy. — Na sacola.

Ela tinha derrubado tudo ao retirar o bip, e a sacola estava caída de lado. Dunworthy remexeu entre as caixas e os pacotes, encontrou uma caixa de plástico rígido que parecia do tamanho apropriado e abriu com um puxão. Estava cheia de enfeites de Natal, embrulhados em papel laminado vermelho e verde. Ele jogou a caixa de volta na sacola.

— Vamos logo — pediu Mary, desabotoando o jaleco de Badri. — Não tenho o dia todo.

— Não estou conseguindo achar... — começou Dunworthy.

Ela arrebatou a sacola da mão dele e jogou tudo no chão. Os apetrechos natalinos rolaram para todo lado. A caixa com o cachecol se abriu e ele saltou para fora. Mary pegou sua bolsa de mão, puxou o zíper e tirou dali um kit achatado. Abriu e tirou um bracelete. Apertou o bracelete em torno do pulso de Badri e virou-se para olhar a leitura de pressão no monitor do kit.

Aquela linha ondulante não dizia nada a Dunworthy, e ele não podia ler pela expressão de Mary o que ela estava achando. Badri não tinha parado de respirar, o coração não tinha parado de bater, e ele não aparentava nenhum sangramento. Talvez tivesse apenas desmaiado. Só que as pessoas não desabam simplesmente, exceto nos livros e nos vids. Ele devia estar machucado, ou doente. Parecia estar quase em choque quando entrou no pub. Será que teria batido em uma bicicleta, como a que por pouco não atingiu Dunworthy, e não percebeu a princípio que tinha se machucado? Isso poderia explicar seu jeito pouco focado, sua agitação atípica.

Mas não explicaria o fato de ele ter saído sem casaco e ter dito "preciso que venha comigo", e ter ainda o "tem alguma coisa errada".

Dunworthy virou-se para olhar a tela do monitor. Continuava mostrando as mesmas matrizes de quando o técnico desmaiou. Dunworthy não sabia ler aquilo, mas lhe pareceu um fix normal, e Badri tinha dito que Kivrin chegara bem. *Tem alguma coisa errada.*

Com as mãos abertas, Mary estava batendo com força nos braços, peito e pernas de Badri. As pálpebras dele se moveram e se fecharam de novo.

— Você sabe se Badri tem algum problema de saúde?

— Ele é o técnico do sr. Dunworthy — disse Gilchrist, em tom de acusação. — É do Balliol. Foi cedido para nós — completou, fazendo as palavras soarem como se Dunworthy tivesse alguma culpa, como se tivesse combinado o colapso do técnico para sabotar o projeto.

— Não sei de nenhum problema de saúde — respondeu Dunworthy. — Ele faz um check-up completo todo início do período, e exames regulares.

Mary parecia pouco satisfeita. Pôs o estetoscópio e auscultou aquele coração por um longo minuto, conferiu de novo a leitura da pressão, tomou o pulso outra vez.

— Você não sabe se ele tem algum histórico de epilepsia? Ou diabetes?

— Não — respondeu Dunworthy.

— Já usou drogas? Endorfinas ilegais? — Ela não esperou pela resposta. Apertou o botão do bip mais uma vez. — Aqui é Ahrens. Pulso cento e dez. Pressão dez por seis. Estou fazendo um exame de sangue. — Ela rasgou o invólucro de um rolo, esfregou a gaze no braço sem o bracelete, rasgou outro pacote.

Drogas ou endorfinas ilegais. Isso poderia explicar seus modos agitados, a fala desconexa. No entanto, se ele usava aquilo, teria aparecido no check-up do começo do período, e ele também não teria sido capaz de fazer os cálculos tão complexos da rede que estava usando. *Tem alguma coisa errada.*

Mary esfregou o braço dele mais uma vez e inseriu uma cânula sob a pele. Os olhos de Badri se abriram, agitados.

— Badri — disse Mary. — Está me ouvindo? — Ela enfiou a mão no bolso e tirou um comprimido vermelho, brilhante. — Precisa tomar um temp — avisou, colocando o comprimido junto aos lábios de Badri que, no entanto, não deu nenhum sinal de que tinha compreendido.

Ela voltou a guardar o comprimido no bolso e remexeu no kit.

— Me avise quando a leitura surgir naquela cânula — pediu a Dunworthy, tirando todas as coisas de dentro do kit e depois colocando de volta. Pousou o kit no chão e começou a revistar a bolsa. — Eu jurava que tinha um termômetro de pele comigo — disse ela.

— As leituras! — avisou Dunworthy.

Mary pegou o bip e começou a ler os números em voz alta.

Badri abriu os olhos.

— Vocês têm que... — e fechou de novo. — Tão frio — murmurou.

Dunworthy tirou o sobretudo, mas estava molhado demais para poder cobrir o outro. Olhou desamparado em torno do salão, procurando algo. Se aquele imprevisto tivesse acontecido antes do salto de Kivrin, ele podia ter usado aquela capa parecida com um lençol que ela estava vestindo. O casaco de Badri estava enfiado embaixo do console. Dunworthy o estendeu sobre o corpo dele.

— Congelando — murmurou Badri, e começou a tremer com força.

Mary, ainda recitando as leituras para o bip, ergueu rápido os olhos para ele.

— O que foi que ele disse?

Badri murmurou alguma coisa e depois falou, com clareza:

— Dor de cabeça.

— Dor de cabeça — repetiu Mary. — Sente náuseas?

Ele moveu a cabeça um pouquinho para indicar que não.

— Quando foi... — disse Badri, e agarrou o braço dela.

Ela pôs sua mão sobre a dele, franziu o cenho e, com a outra mão, tocou sua testa.

— Ele está com febre — avisou ela.

— Tem alguma coisa errada — disse Badri, fechando os olhos. Sua mão se soltou do braço dela e voltou a desabar no chão.

Mary recolheu aquele braço inerte, olhou para as leituras e pôs mais uma vez a mão na testa de Badri.

— Onde está o maldito termômetro? — vociferou ela, e começou de novo a remexer no kit.

O bip tocou uma campainha.

— Chegaram — disse. — Alguém vá lá fora e traga eles pra cá. — Ela deu uns tapinhas no peito de Badri. — Agora fique parado e quieto.

Já estavam à porta quando Dunworthy a abriu. Dois paramédicos do Hospital entraram carregando kits do tamanho de baús de viagem.

— Transporte imediato — disse Mary, antes mesmo que eles pudessem abrir os kits. Ela estava de joelhos e foi se levantando. — Tragam a maca — pediu à paramédica. — E me arranje um termômetro de pele e uma aplicação de sacarose.

— Eu achava que os funcionários do Século xx tinham sido checados contra dorfinas e drogas — disse Gilchrist.

O paramédico o empurrou e se aproximou, trazendo uma bomba de ar.

— Medieval jamais permitiria... — Ele afastou-se depressa, para não esbarrar na maca.

— O que é? Overdroga? — perguntou o paramédico, dando uma olhada na direção de Gilchrist.

— Não — respondeu Mary. — Você trouxe o termômetro?

— Não temos um — disse ele, plugando a ampola na cânula. — Somente um termístor e temps. Vai ter que esperar até chegarmos lá. — Ele ergueu a bolsa de plástico no alto por um minuto, até que o sensor de gravidade ligou o motor e depois prendeu a bolsa no peito de Badri com fita adesiva.

A paramédica tirou o casaco de cima de Badri e o cobriu com um lençol cinza.

— Frio — disse Badri. — Vocês têm que...

— O que é que eu tenho que fazer? — perguntou Dunworthy.

— O fix...

— Um, dois, três! — contaram os paramédicos em uníssono, rolando Badri para cima da maca.

— James, sr. Gilchrist, eu preciso que vocês venham ao hospital comigo para preencher o formulário de internação — disse Mary. — E vou precisar do histórico médico dele. Um de vocês pode vir na ambulância, e o outro segue depois.

Dunworthy não esperou para discutir com Gilchrist sobre quem iria na ambulância. Subiu imediatamente e sentou junto de Badri, que respirava forte, como se ser levado na maca tivesse exigido um esforço enorme dele.

— Badri — disse Dunworthy, com expressão de urgência. — Você disse que tem alguma coisa errada. Quis dizer que tem alguma coisa errada com o fix?

— Eu consegui o fix — respondeu Badri, franzindo a testa.

O paramédico, conectando Badri a uma bateria de sensores, parecia aborrecido.

— O estagiário calculou errado alguma coisa? É importante, Badri. Ele errou nas coordenadas remotas?

Mary também subiu na ambulância.

— Como diretor em exercício, sinto que meu dever seria acompanhar o paciente na ambulância — Dunworthy ouviu Gilchrist dizendo.

— Encontre a gente na Emergência do Hospital — se limitou a dizer Mary, e fechou as portas pelo lado de dentro. — Já conseguiu um temp? — perguntou ela ao paramédico.

— Consegui — respondeu ele. — Trinta e nove e meio, pressão nove por cinco e meio, pulso cento e quinze.

— Houve algum erro nas coordenadas? — quis saber Dunworthy.

— Estão prontos aí? — perguntou o motorista, pelo intercom.

— Estamos — respondeu Mary. — Código um.

— Puhalski cometeu algum erro ao marcar as coordenadas para o remoto?

— Não — respondeu Badri, e agarrou a lapela do casaco de Dunworthy.

— É o desvio, então?

— Eu devo ter... — começou Badri. As sirenes se elevaram, cobrindo o resto do que ele tentava dizer. — Tão preocupado.

— Você deve ter o quê? — perguntou Dunworthy, gritando por cima do barulho da sirene, que aumentava e diminuía.

— Alguma coisa errada — disse Badri, e desmaiou de novo.

Alguma coisa errada. Tinha que ser o desvio. Exceto pelas coordenadas, era a única coisa que podia dar errado num salto sem que fosse abortado, e ele tinha dito que a localização das coordenadas estava correta. Quanto de desvio, então? Badri mencionara antes que podia chegar a duas semanas, e não teria saído correndo sem casaco até o pub, embaixo de um temporal, se não fosse muito mais do que isso. Quanto mais? Um mês? Três meses? Porém, ele tinha dito a Gilchrist que os cálculos preliminares mostravam um desvio mínimo.

Mary o afastou com o cotovelo e pôs a mão de novo na testa de Badri.

— Ponha tiosalicilato de sódio na sonda — disse ela. — E faça agora um scan do corpo inteiro. James, saia da frente.

Dunworthy esgueirou-se em torno dela e foi sentar no banco na parte de trás da ambulância.

Mary pegou novamente o bip.

— Fique preparado para um exame de sangue completo e sorotipagem.

— Pielonefrite? — perguntou o paramédico, olhando os números mudarem. — Pressão mais de nove por seis, pulso cento e vinte, temperatura trinta e nove e meio.

— Acredito que não — respondeu Mary. — Nenhuma dor abdominal aparente, mas com certeza ele está com uma infecção de algum tipo, com essa temperatura.

As sirenes diminuíram de repente e se calaram. O paramédico começou a desplugar os fios ligados aos painéis internos do veículo.

— Bem, chegamos, Badri — avisou Mary, dando tapinhas no peito dele. — Daqui a pouco você estará são e salvo.

Ele não deu sinais de ter ouvido. Mary puxou o lençol até o pescoço dele e arrumou os fios pendurados bem juntos, em cima do corpo. O motorista escancarou a porta traseira e eles deslizaram a maca até o chão.

— Quero hemograma completo — disse Mary, segurando-se na porta ao descer. — CF, HI e ID antigênica.

Dunworthy desceu depois dela e a acompanhou para dentro da Emergência.

— Preciso de um histórico médico — ela já estava dizendo à recepcionista que fazia o registro. — O nome dele é Badri. Como é o sobrenome, James?

— Chaudhuri — respondeu.

— Qual o número dele no Serviço Nacional de Saúde? — perguntou a moça.

— Não sei — disse ele. — Ele trabalha no Balliol.

— Por gentileza, poderia soletrar o nome dele para mim?

— C-H-A... — começou.

Só que Mary desapareceu no interior da Emergência, e ele partiu atrás.

— Sinto muito, senhor — disse a recepcionista, pulando do console onde estava para barrar sua passagem. — Sente um pouco...

— Eu preciso falar com aquele paciente agora — pediu ele.

— É parente?

— Não — respondeu ele. — Sou patrão dele. É muito importante.

— Ele está na sala de exame agora. Pedirei permissão para que o senhor o veja assim que o exame for concluído. — Ela voltou a sentar em seu posto, como se estivesse pronta para saltar de novo ao menor movimento dele.

Dunworthy pensou em invadir o local do exame, mas não quis correr o risco de ser posto para fora do hospital e, de qualquer maneira, Badri não estava em condições de falar. Foi retirado da ambulância completamente inconsciente. Inconsciente e com uma febre de trinta e nove e meio. Alguma coisa errada.

A recepcionista o contemplava com olhar suspeito.

— O senhor se incomodaria em soletrar de novo o nome?

Ele soletrou Chaudhuri para ela e depois perguntou onde poderia achar um telefone.

— No fim do corredor — apontou ela. — Idade?

— Não sei. Vinte e cinco? Ele está no Balliol há quatro.

Respondeu às demais perguntas o melhor que pôde, depois olhou pela porta de entrada para ver se Gilchrist já tinha chegado, e então foi ao final do corredor e telefonou para Brasenose.

Quem atendeu foi o porteiro, que estava decorando uma árvore de Natal artificial no balcão da guarita.

— Preciso falar com Puhalski — disse Dunworthy, com a esperança de que fosse mesmo este o nome do estagiário.

— Ele não está — respondeu o porteiro, enrolando uma guirlanda prateada sobre os galhos com a mão livre.

— Bem, assim que ele voltar, diga que preciso falar com ele. É muito importante. Preciso que ele leia um fix para mim. Estou no número...

Dunworthy ficou acintosamente à espera enquanto o porteiro terminava de arrumar a posição da guirlanda e anotava o número, rabiscando na tampa de uma caixa de enfeites.

— Se ele não me achar nesse número, ligue para a Emergência, no Hospital Universitário. Quando acha que ele volta?

— É difícil dizer — respondeu o porteiro, desembrulhando um anjinho. — Alguns voltam poucos dias antes, mas a maioria só chega mesmo no primeiro dia do período.

— O que quer dizer? Ele não está aqui na faculdade?

— Estava. Ele ia operar uma rede para um grupo de Medieval, mas depois disseram que não precisavam mais. Então ele viajou para casa.

— Preciso do endereço dele, então, e do telefone.

— É em algum lugar no País de Gales, se não me engano, mas o senhor teria que pedir isso à secretária, e ela também não está.

— Claro... e *ela*, volta quando?

— Não sei dizer, senhor. Ela foi a Londres fazer compras para o Natal.

Dunworthy ditou outro recado enquanto o porteiro ajeitava as asas do anjinho, depois desligou e tentou pensar se haveria outro técnico em Oxford durante o Natal. Certamente não, porque se tivesse, Gilchrist não teria usado um estagiário do primeiro ano.

De qualquer maneira, ligou para a portaria do Magdalen, mas não teve resposta. Desligou, pensou um minuto, depois ligou para Balliol. Nenhuma resposta também. Finch devia estar ainda mostrando o Great Tom às americanas. Ele olhou o relógio. Eram apenas duas e meia. Parecia ser muito mais tarde. Talvez ainda estivessem almoçando.

Ligou para a recepção no Balliol, mas ninguém atendeu. Voltou para a sala de espera, imaginando que Gilchrist podia ter chegado. Não tinha, mas os paramédicos estavam lá, conversando com uma enfermeira. Gilchrist provavelmente tinha voltado para Brasenose para planejar seu próximo salto, ou o que viria depois. Talvez ele mandasse Kivrin direto para o meio da Peste Negra na terceira vez, para observações in loco.

— Ah, achei — disse a enfermeira. — Tive medo que isso aqui estivesse vazio. Vamos lá?

Dunworthy achou que era com ele que ela falava, mas os paramédicos também os seguiram ao longo do corredor.

— Bem, aqui estamos — disse ela, segurando aberta uma porta para que ele e os paramédicos entrassem. — Há chá em cima daquela mesinha com rodas, e um banheiro daquele lado.

— Quando vou poder falar com Badri Chaudhuri? — perguntou Dunworthy, segurando a porta para que a enfermeira não fechasse.

— A dra. Ahrens vai vir agora mesmo conversar com o senhor — disse ela, e fechou a porta mesmo assim.

A paramédica já tinha afundado em uma poltrona, com as mãos nos bolsos. O paramédico estava perto da mesinha com o chá, plugando na tomada a chaleira elétrica. Nenhum deles tinha feito qualquer pergunta durante o percurso pelo corredor, de modo que isso talvez fizesse parte da rotina, embora Dunworthy não conseguisse imaginar que motivo eles teriam para falar com Badri. Ou por que tinham sido todos levados para aquele lugar.

Aquela sala de espera ficava numa ala totalmente afastada da Emergência. Tinha as mesmas cadeiras destruidoras de coluna vertebral usadas nas salas de espera das outras alas, as mesmas mesinhas com panfletos motivacionais espalhados em leque, as mesmas guirlandas enroladas em torno da mesinha e presas com ramos de espinho feitos de plastene. No entanto, não havia janelas, nem mesmo na porta. Era um espaço fechado, privado, o tipo do lugar onde as pessoas esperam por más notícias.

Dunworthy sentou-se, subitamente cansado. Uma infecção de algum tipo. Pressão nove por seis, pulso cento e vinte, temperatura trinta e nove e meio. O outro técnico que havia em Oxford estava no País de Gales, e a secretária de Basingame tinha ido fazer compras de Natal. E Kivrin estava em algum lugar de 1320, a dias ou mesmo semanas de onde deveria estar. Talvez meses.

O paramédico pôs leite e açúcar numa xícara e mexeu, esperando que a chaleira elétrica esquentasse. A mulher parecia estar cochilando.

Dunworthy olhou para ela, pensando no desvio. Badri dissera que os cálculos preliminares indicavam um desvio mínimo, mas eram apenas preliminares.

Segundo Badri, era possível um desvio de cerca de duas semanas, e isso fazia sentido.

Quanto mais para trás um historiador era enviado, maior a média dos desvios. Saltos do Século XX em geral acarretavam apenas alguns minutos, do Século XVIII, algumas horas. O Magdalen College, que continuava fazendo saltos não tripulados ao Renascimento, vinha obtendo desvios de três a seis dias.

Mas tudo isso não passava de estimativas. Um desvio podia variar de pessoa para pessoa, e era impossível prever com exatidão em cada salto. Século XIX tinha realizado um salto que chegou a quarenta e oito dias, e em áreas desabitadas muitas vezes não ocorria desvio algum.

E com frequência o tamanho do desvio parecia arbitrário, imprevisível. Quando o Século XX fez as primeiras checagens de desvio, na década de 2020, Dunworthy se postou no meio do pátio vazio do Balliol e foi remetido direto para as duas da tarde de 14 de setembro de 1956, com um desvio de apenas três minutos. Mas quando o mandaram de novo rumo às duas da manhã, o desvio foi de cerca de duas horas, e ele quase desembarcou em cima de um estudante que voltava às escondidas depois de passar a noite fora.

Kivrin podia estar a seis meses de distância de onde deveria estar, sem fazer ideia de quando seria o reencontro. E Badri viera correndo até o pub para dizer a ele que a trouxesse de volta.

Mary entrou na saleta, ainda de casaco. Dunworthy ficou de pé.

— É Badri? — perguntou ele, temendo a resposta.

— Ele ainda está na Emergência — disse ela. — Precisamos do número do Serviço Nacional de Saúde dele, mas não estamos encontrando os registros no arquivo do Balliol.

Seus cabelos grisalhos estavam outra vez desgrenhados. A não ser por isso, ela estava tão tranquila quanto ao conversar com Dunworthy sobre o aproveitamento dos alunos.

— Ele não é funcionário da faculdade — comentou Dunworthy, sentindo-se aliviado. — Os técnicos são designados para faculdades específicas, mas oficialmente são funcionários da universidade.

— Então os dados dele devem estar no arquivo central. Ótimo. Sabe se ele viajou para fora da Inglaterra nos últimos trinta dias?

— Ele realizou um salto presencial para o Século XIX na Hungria, duas semanas atrás. Está na Inglaterra desde então.

— Sabe se recebeu a visita de algum parente vindo do Paquistão?

— Ele não tem mais parentes lá. É da terceira geração. Já descobriram qual é o problema dele?

Ela não estava ouvindo.

— Onde estão Gilchrist e Montoya? — perguntou ela.

— Você disse a Gilchrist para nos encontrar aqui, mas até a hora em que me trouxeram para cá ele não havia chegado.

— E Montoya?

— Foi embora assim que o salto foi concluído — respondeu Dunworthy.

— Tem ideia de para onde ela pode ter ido?

Tanto quanto você, pensou Dunworthy. Você também viu quando ela saiu.

— Eu imagino que ela tenha voltado para Witney, para a escavação onde trabalha. Ela passa a maior parte do tempo lá.

— Escavação? — perguntou Mary, como se nunca tivesse ouvido falar a respeito.

O que é isto?, pensou ele. O que há de errado?

— Em Witney — disse ele. — A fazenda administrada pelo National Trust. Ela trabalha na escavação de um vilarejo medieval.

— Witney? — repetiu ela, com uma expressão contrariada. — Ela vai ter que voltar agora mesmo.

— Devo ligar para ela? — perguntou Dunworthy, mas Mary já se dirigia para o paramédico junto à mesinha de chá.

— Preciso que vocês busquem uma pessoa em Witney — avisou ela. Ele pousou a xícara e o pires e começou a vestir o casaco. — No sítio arqueológico do National Trust. Lupe Montoya.

Ela saiu com o paramédico.

Dunworthy esperou que Mary voltasse assim que tivesse passado as instruções. Quando começou a demorar, ele saiu à procura dela. Mary não estava no corredor. O paramédico também não, mas ele encontrou uma enfermeira da Emergência.

— Lamento, senhor — disse ela, barrando a passagem, do mesmo modo como a outra funcionária fizera antes. — A dra. Ahrens pediu que esperasse por ela aqui.

— Não vou sair do hospital. Quero apenas telefonar para meu secretário.

— Terei prazer em trazer um telefone para o senhor — disse ela, com firmeza, antes de se virar e olhar para o corredor.

Gilchrist e Latimer vinham se aproximando.

— ... espero que a srta. Engle tenha a oportunidade de observar uma morte — dizia Gilchrist. — As atitudes com relação à morte nos anos 1300 eram muito diferentes da nossa. A morte era parte da vida, algo comum e aceito, e os contemps eram incapazes de experimentar perda ou dor.

— Sr. Dunworthy — disse a enfermeira, puxando-o pela manga. — Se puder esperar aí dentro, trarei um telefone para o senhor.

Ela foi ao encontro de Gilchrist e Latimer.

— Se puderem me acompanhar, por favor — pediu, e trouxe todos para a sala de espera.

— Sou o diretor em exercício da Faculdade de História — informou Gilchrist, olhando furioso para Dunworthy. — Badri Chaudhuri está sob a minha responsabilidade.

— Sim, senhor — disse a enfermeira ao fechar a porta. — A dra. Ahrens virá conversar com o senhor pessoalmente.

Latimer pendurou o guarda-chuva no encosto de uma cadeira e pôs a sacola de Mary ao lado. Ao que parecia, ele recolhera todos os objetos que tinham se espalhado pelo chão. Dunworthy conseguiu ver a caixa do cachecol e um dos enfeites de Natal por cima de tudo.

— Não conseguimos encontrar um táxi — disse ele, respirando com dificuldade. Sentou-se na cadeira. — Tivemos que pegar o metrô.

— Onde está o técnico estagiário que o senhor usaria no salto, o tal de Puhalski? — quis saber Dunworthy. — Preciso falar com ele.

— A respeito do quê, *se é que* posso saber? Ou o senhor assumiu Medieval na minha ausência?

— É de importância vital que alguma pessoa leia o fix e se certifique de que está tudo correto.

— O senhor adoraria que algo desse errado, não é mesmo? Desde o começo está tentando impedir este salto.

— Eu adoraria que algo desse errado? — repetiu Dunworthy, incrédulo. — Já deu. Badri está hospitalizado, inconsciente, e nós não temos a menor ideia se Kivrin está onde e quando deveria estar. O senhor ouviu Badri. Ele disse que havia alguma coisa errada com o fix. Precisamos de um técnico para descobrir o que é.

— Eu não daria muita atenção ao que uma pessoa diz sob o efeito de drogas ou dorfinas, ou seja lá o que foi que ele andou tomando — disse Gilchrist. — Talvez eu deva recordar, sr. Dunworthy, que a única coisa que deu errado neste salto foi a parte desempenhada pelo Século xx. O sr. Puhalski vinha executando um trabalho perfeitamente satisfatório. No entanto, por insistência sua, permiti que seu técnico assumisse. Agora parece óbvio que eu não deveria ter feito isso.

A porta se abriu e todos se voltaram para olhar. Uma freira trazia um telefone, que entregou a Dunworthy antes de sumir.

— Preciso ligar para Brasenose e avisar onde estou — disse Gilchrist.

Dunworthy o ignorou, abriu a telinha luminosa e ligou para o Jesus College.

— Preciso dos nomes e do telefone de casa dos técnicos de vocês — pediu ele à secretária do diretor em exercício quando o rosto dela apareceu na tela. — Nenhum deles está pela cidade no feriado, está?

Nenhum estava. Ele anotou nomes e números num dos panfletos, agradeceu, desligou e começou a ligar para os números da lista.

O primeiro telefone estava ocupado. Os outros começaram a dar sinal de ocupado antes mesmo que Dunworthy terminasse de digitar o número, e no último uma voz computadorizada anunciou:

— Todas as linhas estão ocupadas. Por favor ligue mais tarde.

Ele ligou para Balliol, tanto para a recepção quanto para sua própria sala. Não conseguiu resposta em nenhum dos dois números. Finch devia ter levado as americanas a Londres, para mostrar o Big Ben.

Gilchrist estava de pé ao lado dele, esperando para usar o telefone. Latimer tinha se aproximado da mesinha do chá e estava tentando ligar a chaleira elétrica. A paramédica saiu do seu cochilo e foi ajudá-lo.

— Terminou com o telefone? — perguntou Gilchrist, peito estufado.

— Não — respondeu Dunworthy, e tentou Finch mais uma vez. Sem resposta. Ele desligou. — Quero que traga o seu técnico de volta a Oxford e peça para Kivrin retornar. Agora. Antes que ela saia do local do salto.

— Quer? O *senhor*? — perguntou Gilchrist. — Talvez eu deva recordar que este é um salto executado pela Medieval, não por vocês?

— Não tem importância de quem é o salto — respondeu Dunworthy, tentando controlar a raiva. — É uma política da universidade: abortar um salto se houver qualquer tipo de problema.

— Talvez eu também deva recordar que o único problema que tivemos neste salto foi o senhor não ter mandado seu técnico fazer um exame antidorfinas. — Ele estendeu a mão para o telefone. — *Eu* decido se e quando este salto vai ser abortado.

O telefone tocou.

— Alô, aqui é Gilchrist. Um momento, por favor. — Ele estendeu o fone para Dunworthy.

— Sr. Dunworthy. — Era Finch, parecendo arrasado. — Graças aos céus. Tenho telefonado para todos os lugares. Não vai acreditar nos problemas que tive.

— Aconteceu um imprevisto — respondeu Dunworthy, antes que Finch pudesse fazer um inventário de seus problemas. — Agora, escute bem. Quero que você saia sem demora e vá buscar a ficha de Badri Chaudhuri no setor de pessoal da universidade. A dra. Ahrens precisa disso. Ligue para ela. Ela está aqui no hospital. Insista em falar diretamente com ela. Ela vai dizer quais são as informações de que precisa dessa ficha.

— Sim, senhor — disse Finch, pegando um bloco e um lápis e tomando notas com rapidez.

— Assim que tiver feito isso, quero que vá direto para o New College e fale com o tutor-sênior. Diga que preciso falar com ele o quanto antes e passe o número deste telefone aqui. Explique que é uma emergência, que é essencial que Basingame seja localizado. Ele precisa voltar a Oxford imediatamente.

— Acha que ele vai poder, senhor?

— O que quer dizer? Há algum recado? Alguma coisa aconteceu com ele?

— Não que eu saiba, senhor.

— Bem, nesse caso ele vai poder voltar, sim. Ele só foi para uma pescaria. Não é como se estivesse com algum compromisso. Depois de falar com o tutor-sênior, aborde todos os funcionários e estudantes que encontrar. Talvez algum deles tenha ideia de onde Basingame está. E enquanto faz isso descubra se algum dos técnicos está aqui em Oxford.

— Sim, senhor — disse Finch. — Mas o que devo fazer com as americanas?

— Vai ter que dizer que lamento muito por não ter me encontrado com elas, mas surgiu um imprevisto. Elas devem seguir para Ely às quatro horas, não é isto?

— Era, mas...

— Mas o quê?

— Bem, senhor, levei elas para ver o Great Tom e a Old Marston Church e tudo o mais... só que, quando tentamos ir para Iffley, fomos impedidos.

— Impedidos? Por quem?

— Pela polícia, senhor. Havia barricadas. O fato é que as americanas estão muito preocupadas com o concerto de sinos delas.

— Barricadas? — se surpreendeu Dunworthy.

— Isso mesmo. Na estrada A4158. Devo hospedar as americanas em Salvin, senhor? William Gaddson e Tom Gailey estão na escadaria norte, mas Basevi está sendo pintada.

— Não estou entendendo. Por que pararam vocês?

— A quarentena — respondeu Finch, surpreso. — Eu poderia alojá-las em Fisher. O aquecimento foi desligado durante o feriado, mas elas podem usar as lareiras.

TRANSCRITO DO LIVRO DO JUÍZO FINAL
(000618-000735)

Voltei ao local do salto. Fica a certa distância da estrada. Vou arrastar a carroça para a estrada para melhorar as minhas chances de ser vista, mas se não aparecer ninguém na próxima meia hora pretendo caminhar até Skendgate, que já sei onde fica, graças aos sinos que tocaram as vésperas.

Estou experimentando um deslocamento temporal considerável. Minha cabeça dói bastante e tenho calafrios. Os sintomas são piores do que imaginei a partir dos comentários de Badri e da dra. Ahrens. Especialmente a dor de cabeça. Ainda bem que o vilarejo não fica longe.

5

Quarentena. Claro, pensou Dunworthy. O paramédico enviado para buscar Montoya, as perguntas de Mary sobre o Paquistão, todos levados ali para aquela saleta isolada, com uma freira guardando a porta. Claro.

— Acha que Salvin vai servir? Para as americanas?

— A polícia chegou a informar por que a quar... — Ele parou. Gilchrist o observava, mas Dunworthy acreditou que ele não poderia ver a telinha de onde estava. Latimer estava ocupado junto à mesinha de chá, tentando abrir um sachê de açúcar. A paramédica estava cochilando outra vez. — A polícia informou o motivo dessas precauções?

— Não, senhor. Falaram apenas que era Oxford e os arredores mais próximos, e que precisaríamos entrar em contato com o Serviço Nacional de Saúde para instruções.

— Você entrou em contato?

— Não, senhor. Tentei, mas sem sucesso. Todas as linhas estão congestionadas. As americanas estão tentando ligar para Ely para cancelar o concerto, mas as linhas estão ocupadas.

Oxford e arredores, o que significava que tinham isolado também o metrô e o trem-bala para Londres, e bloqueado todas as estradas. Não admira que as linhas estivessem congestionadas.

— Quanto tempo faz isso? Quando vocês tentaram ir para Iffley?

— Foi um pouco depois das três. Estou telefonando para todos os lugares desde então, tentando falar com o senhor. Então pensei: talvez ele já esteja sabendo. Liguei para o Hospital Municipal, e depois fui ligando para os outros, um a um.

Eu *ainda* não sabia, pensou Dunworthy. Tentou lembrar quais as condições necessárias para se decretar uma quarentena. As regulamentações originais exigiam essa medida em cada caso de "doença não identificada ou suspeita de contágio". Porém, essas regulamentações tinham sido aprovadas nos primeiros momentos histéricos após a Pandemia, sendo depois emendadas e diluídas com o passar dos anos, de modo que Dunworthy não tinha ideia de como estariam agora.

Sabia que poucos anos atrás o critério era "identificação positiva de uma doença infecciosa perigosa", porque tinha havido muita discussão nos jornais quando a Febre de Lassa proliferara durante três semanas numa cidade da Espanha sem ser reconhecida. Os médicos locais não tinham feito tipologia viral, e o desastre deu origem a um movimento para tornar as regulamentações mais exigentes, mas ele não tinha ideia se isso tinha ocorrido.

— Devo reservar quartos para elas em Salvin, então? — voltou a perguntar Finch.

— Isso. Não. Por enquanto, elas podem ficar no salão principal do primeiro ano. Lá têm como praticar suas melodias de carrilhão ou sei lá o que é que fazem. Consiga a ficha de Badri e telefone para mim. Se as linhas estiverem ocupadas, melhor ligar para este número aqui. Vou continuar aqui mesmo que a dra. Ahrens não esteja. Também descubra a respeito de Basingame. Encontrá-lo agora é mais importante do que nunca. Depois pode encontrar alojamento para as americanas.

— Elas estão bem contrariadas, senhor.

Eu também, pensou Dunworthy.

— Diga que vou descobrir o que posso fazer nesta situação e ligo depois. — Ele viu a telinha do aparelho ficar cinza.

— O senhor mal pode esperar para informar a Basingame o que acha que foi uma falha de Medieval, não é mesmo? — perguntou Gilchrist. — Embora tenha sido o *seu* técnico quem colocou o salto em risco ao usar drogas, fato que vou relatar ao sr. Basingame quando ele estiver de volta, pode ter certeza.

Dunworthy olhou o relógio. Eram quatro e meia. Finch dissera que tinham sido barrados na estrada um pouco depois das três. Uma hora e meia. Oxford tivera apenas duas quarentenas temporárias nos últimos anos. A primeira devido ao que se descobriu ser uma reação alérgica a uma injeção. Já a segunda não passara de uma peça pregada por uma estudante. Nos dois casos, houve a liberação assim que foram obtidos os resultados dos exames de sangue, o que tinha levado menos de quinze minutos. Mary recolhera sangue na ambulância. Dunworthy vira o paramédico entregando os frasquinhos a um funcionário da Emergência quando entraram. Tinha havido tempo suficiente para terem os resultados.

— Tenho certeza de que o sr. *Basingame* vai ter interesse em saber que a ausência de exames em seu técnico pôs em risco este salto — alfinetou Gilchrist.

Dunworthy devia ter reconhecido os sintomas como sinais de infecção: a pressão baixa de Badri, a respiração difícil, a temperatura alta. Mary chegara a dizer na ambulância que tinha de ser uma infecção de algum tipo com uma temperatura tão alta, mas ele presumira que ela estivesse se referindo a uma infecção localizada, estafilococos ou uma inflamação do apêndice. E que doença poderia ser? Varíola e febre tifoide tinham sido erradicadas no século XX, e a pólio, naquele. Bactérias não tinham chance contra os anticorpos, e os antivirais funcionavam tão bem que ninguém mais tinha resfriado.

— Parece ainda mais estranho que, depois de se preocupar tanto com as precauções que Medieval deveria tomar, vocês não tenham adotado a precaução básica de checar seu técnico para drogas — continuou Gilchrist.

Devia ser uma doença do terceiro mundo. Mary fez todas aquelas perguntas sobre se Badri havia viajado para fora do país, sobre seus parentes no Paquistão. Mas o Paquistão não era do terceiro mundo, e Badri não poderia ter saído do país sem antes receber uma série de vacinas. E ele não saíra da Europa. Exceto pelo salto que dirigira em pessoa na Hungria, estivera na Inglaterra o tempo todo.

— Eu gostaria de usar o telefone — Gilchrist estava dizendo. — Concordo plenamente que precisamos de Basingame para cuidar desta situação.

Dunworthy continuava segurando o telefone. Ele piscou os olhos, surpreso.

— Vai querer me impedir de falar com Basingame? — perguntou Gilchrist.

Latimer ficou de pé.

— O que é isso? — questionou, os braços abertos, como se esperasse que Dunworthy se jogasse dentro deles. — O que há de errado?

— Badri não usa drogas — disse Dunworthy a Gilchrist. — Ele está doente.

— Não consigo saber como pode afirmar isso sem ter feito um check-up nele — rebateu Gilchrist, com os olhos pregados no telefone.

— Estamos de quarentena — disse Dunworthy. — É algum tipo de doença infecciosa.

— É um vírus — informou Mary, na porta. — Não pudemos ainda fazer um sequenciamento, mas os resultados preliminares indicam uma infecção viral.

Ela tinha desabotoado o casaco, que tremulava para trás como a capa de Kivrin, quando entrou com pressa na sala. Trazia nas mãos uma bandeja de laboratório, coberta de equipamento e de pacotes de papel.

— Os testes indicam que provavelmente é um mixovírus — disse ela, pondo a bandeja em cima de uma das mesas. — Os sintomas de Badri são compatíveis com isso: febre alta, desorientação, dor de cabeça. Com certeza não é um retrovírus ou um picornavírus, o que é uma boa notícia, mas ainda vai demorar um pouco até obtermos uma identificação completa.

Ela puxou duas cadeiras para perto da mesa e sentou numa.

— Já avisamos o Centro Mundial de Influenza, em Londres, e mandamos amostras para identificar e sequenciar. Até chegar uma resposta clara, foi decretada uma quarentena temporária, como estabelecido pelas regulamentações do Serviço Nacional de Saúde em casos de possível condição epidêmica. — Ela enfiou um par de luvas impermeáveis.

— Epidemia! — exclamou Gilchrist, desferindo um olhar furioso na direção de Dunworthy, como se o acusasse de planejar a quarentena com o intuito de desmoralizar a Medieval.

— Possível condição epidêmica — corrigiu Mary, rasgando alguns pacotinhos de papel. — Não existe epidemia ainda. Badri é o único caso até agora. Fizemos uma checagem nos computadores dos países vizinhos, e não existem outras ocorrências com o mesmo perfil da de Badri, o que também é uma boa notícia.

— Como ele pode ter uma infecção viral? — indagou Gilchrist, ainda olhando carrancudo para Dunworthy. — Imagino que o sr. Dunworthy também não se deu o trabalho de procurar por isso.

— Badri é funcionário da universidade — respondeu Mary. — Ele deve ter passado no começo do período pelo exame físico padrão e tomado os antivirais.

— Vocês não *sabem*? — perguntou Gilchrist.

— O escritório de registros está em recesso de Natal — disse ela. — Não pude falar ainda com o chefe de registros, e não posso acessar os arquivos de Badri sem seu número do Serviço Nacional de Saúde.

— Mandei meu secretário verificar se temos cópias impressas nos arquivos da universidade — avisou Dunworthy. — Devemos ter pelo menos esse número.

— Ótimo — disse Mary. — Vamos saber bem mais sobre que tipo de vírus estamos enfrentando assim que descobrirmos os antivirais que Badri tomou, e há quanto tempo. Talvez seja um caso de reação anômala, e há uma chance de que ele tenha escapado ao exame. Sabe qual é a religião dele, sr. Dunworthy? Será que segue o Novo Hinduísmo?

Dunworthy balançou a cabeça.

— Ele é anglicano — respondeu, percebendo aonde Mary queria chegar. Os praticantes do Novo Hinduísmo acreditavam que toda vida é sagrada, incluindo os vírus assassinados, se é que assassinados era a palavra correta. Eles se recusavam a qualquer tipo de inoculação ou vacina. A universidade lhes dava isenção, por motivos religiosos, mas não permitia que vivessem dentro dos campi. — Badri teve seu exame de começo de período. Ele nunca teria sido admitido perto da rede sem isso.

Mary assentiu, como se também já tivesse chegado a essa conclusão.

— Como eu disse, é muito provável que seja uma anomalia.

Gilchrist começou a dizer alguma coisa, mas parou quando a porta se abriu. A enfermeira que estava de guarda entrou, usando máscara e jaleco, trazendo lápis e folhas nas mãos cobertas com luvas impermeáveis.

— Por precaução, temos que testar todas as pessoas que estiveram em contato com o paciente, para ver os anticorpos. Vamos precisar de amostras de sangue e da temperatura. Além disso, todos devem anotar os seus contatos, assim como os do sr. Chaudhuri.

A enfermeira estendeu várias folhas de papel e um lápis para Dunworthy. A folha de cima era um formulário de internação. A de baixo tinha o título PRIMÁRIOS e era dividida em colunas marcadas NOME, LUGAR, HORA. A folha seguinte era igual, só que tinha o título SECUNDÁRIOS.

— Como Badri é nosso único caso — disse Mary —, vamos considerá-lo o paciente zero. Ainda não temos certeza sobre a forma de transmissão da doença, então precisamos anotar todas as pessoas que tiveram contato com Badri, mesmo que momentaneamente. Cada pessoa com quem ele falou, conviveu, teve algum contato.

Dunworthy teve uma súbita visão de Badri inclinando-se sobre Kivrin, ajeitando a manga da sua roupa, movendo seu braço.

— Qualquer um que possa ter ficado exposto ao contágio — concluiu Mary.

— Incluindo todos nós — acrescentou a paramédica.

— Exatamente — concordou Mary.

— E Kivrin — disse Dunworthy.

Por um momento, ela pareceu não ter a menor ideia de quem era Kivrin.

— A srta. Engle recebeu todo o espectro dos antivirais e reforço de células-T — rebateu Gilchrist. — Não corre perigo, corre?

A dra. Ahrens hesitou apenas um segundo.

— Não. Ela não teve qualquer contato com Badri antes da manhã de hoje, teve?

— O sr. Dunworthy só me ofereceu os préstimos do seu técnico há dois dias — disse Gilchrist, praticamente arrancando das mãos da enfermeira os papéis e o lápis que ela estendia. — Como não poderia deixar de ser, eu presumi que o sr. Dunworthy estaria tomando com seus técnicos as mesmas precauções adotadas pela Medieval. Parece, contudo, que isso não aconteceu, de modo que serei obrigado a informar a Basingame sobre essa negligência, sr. Dunworthy.

— Se o primeiro contato de Kivrin com Badri aconteceu hoje de manhã, ela estava totalmente protegida — disse Mary. — Sr. Gilchrist... por favor. — Ela indicou a cadeira, e ele foi se sentar.

Mary pegou um dos conjuntos de folhas de papel e ergueu a folha marcada PRIMÁRIOS.

— Qualquer pessoa com quem Badri teve contato é um primário. Qualquer pessoa com quem algum de vocês teve contato é um secundário. Nesta folha eu gostaria que listassem todos os contatos que vocês tiveram com Badri Chaudhuri nos últimos três dias, e quaisquer outros contatos que vocês saibam que ele teve com outras pessoas. *Nesta* outra folha... — e ela ergueu a página marcada SECUNDÁRIOS — ... relacionem todas as pessoas com quem vocês tiveram contato, e o horário. Comecem pelos mais recentes e vão recuando.

Ela colocou o temp na boca de Gilchrist, descolou um monitor portátil do seu invólucro e colou no pulso dele. A enfermeira distribuiu os papéis para Latimer e para o paramédico. Dunworthy sentou-se e começou a preencher suas folhas.

A ficha do hospital pedia nome, número do Serviço Nacional de Saúde e um histórico médico completo, que um telefonema ao SNS sem dúvida poderia esclarecer melhor do que a memória. Doenças. Cirurgias. Vacinas. Se Mary ainda não tinha o número do SNS de Badri significava que ele continuava inconsciente.

Dunworthy não fazia ideia da data em que realizara seu exame de início do período. Colocou pontos de interrogação no local apropriado e virou a folha. Preencheu o próprio nome no cabeçalho da folha PRIMÁRIOS e no topo da coluna. Latimer, Gilchrist, o paramédico e a paramédica. Não sabia o nome deles, e a paramédica estava dormindo de novo. Segurava os papéis amarrotados com uma mão, os braços cruzados sobre o peito. Dunworthy pensou se precisaria incluir os paramédicos e as enfermeiras que atenderam Badri assim que ele chegou. Escreveu: "Equipe médica da Emergência", e pôs uma interrogação junto. Montoya.

E Kivrin que, de acordo com Mary, estava completamente protegida. "Tem alguma coisa errada", dissera Badri. Será que se referia àquela infecção? Teria ele percebido que estava doente, enquanto trabalhava no fix, e viera correndo até o pub para avisar que podia ter contaminado Kivrin?

O pub. Não havia mais ninguém no pub a não ser o barman. E Finch, mas ele tinha ido embora antes da chegada de Badri. Dunworthy pegou a folha e escreveu o nome de Finch embaixo da rubrica SECUNDÁRIOS, antes de voltar à folha anterior e escrever: "Barman, o Cordeiro e a Cruz". O pub estava vazio, mas as ruas, não. Ele podia visualizar Badri abrindo caminho entre a multidão, esbarrando na mulher com a sombrinha de flores de lavanda, metendo o cotovelo num velho e no garoto com o terrier branco. "Qualquer pessoa com quem Badri teve contato", dissera Mary.

Ele olhou para Mary, que estava segurando o pulso de Gilchrist e fazendo anotações meticulosas num formulário. Ela tiraria a temperatura e amostras de sangue de todas as pessoas da lista? Seria impossível. Badri tinha esbarrado, roçado e respirado perto de dezenas de pessoas durante o trajeto de volta a Brasenose, nem Dunworthy nem o próprio Badri seriam capazes de reconhecer nenhuma delas. Sem dúvida, tinha entrado em contato com muitas outras na ida para o pub, e cada uma teria entrado em contato com tantas outras nas lojas apinhadas de gente.

Ele escreveu: "Um grande número de pedestres e de clientes das lojas da High Street (?)", traçou uma linha de separação e tentou lembrar as outras ocasiões em que vira o técnico. Só chamara Badri para operar a rede dois dias atrás, quando descobriu por Kivrin que Gilchrist pretendia usar um estagiário do primeiro ano.

Quando Dunworthy telefonou, Badri tinha acabado de chegar de Londres. Naquele dia, Kivrin estava no hospital para os últimos exames, o que era bom. Ela não podia ter tido qualquer contato com ele então, e antes disto o técnico estivera em Londres.

Na terça, Badri fora conversar com Dunworthy para dizer que tinha verificado os cálculos do estagiário e checado o sistema inteiro. Como Dunworthy não estava presente, Badri deixou um bilhete. Kivrin também aparecera no Balliol na terça, para mostrar a roupa que usaria, mas isso tinha sido pela manhã. Badri chegou a mencionar no bilhete que passou a manhã inteira na rede, e Kivrin disse que se encontraria com Latimer na Bodleian naquela tarde. Porém, ela podia ter voltado para a rede depois disso, ou podia ter passado por lá antes de ir mostrar as roupas.

A porta se abriu e uma enfermeira levou Montoya para dentro da sala. O casaco e os jeans dela estavam molhados. Ainda devia estar chovendo.

— O que está acontecendo? — perguntou ela a Mary, que estava preenchendo o rótulo de um frasco com amostra do sangue de Gilchrist.

— *Ao que tudo indica* — se antecipou Gilchrist, apertando um chumaço de algodão junto à parte interna do braço e se levantando —, o sr. Dunworthy se esqueceu de verificar a vacinação do seu técnico antes de trazê-lo para operar a rede, e agora o coitado está no hospital com uma temperatura de trinta e nove e meio. Aparentemente tem algum tipo exótico de febre.

— Febre? — repetiu Montoya, parecendo espantada. — Trinta e nove e meio não é baixo?

— São cento e três graus em Fahrenheit — respondeu Mary, guardando o frasco no estojo. — É possível que a infecção de Badri seja contagiosa. Preciso fazer alguns testes e você precisa fazer uma lista de todos com quem entrou em contato, bem como Badri.

— Tudo bem — disse Montoya, sentando-se na cadeira desocupada por Gilchrist e tirando o casaco. Mary esfregou um algodão na parte interna do seu braço e prendeu ali um novo frasco, com uma fina agulha descartável. — Vamos logo com isso — pediu Montoya. — Tenho que voltar para a minha escavação.

— Não vai voltar — disse Gilchrist. — Não disseram nada para a senhorita? Estamos de quarentena, graças ao descuido do sr. Dunworthy.

— Quarentena? — repetiu ela, com um sobressalto que fez a agulha errar por completo o alvo. A hipótese de ter sido contaminada por uma doença não a afetara nem um pouco, mas não seria possível dizer o mesmo da ameaça de quarentena. — Eu preciso voltar — disse ela, apelando para Mary. — Quer dizer que vou ter que ficar aqui?

— Até os resultados do exame de sangue — respondeu Mary, tentando encontrar uma veia para a agulha.

— Quanto tempo isso vai levar? — quis saber Montoya, tentando olhar o relógio digital no mesmo braço que Mary estava segurando. — O sujeito que me trouxe não me deixou sequer cobrir a escavação ou desligar os aquecedores, e aí fora está chovendo como o diabo. Minha escavação vai alagar se eu permanecer aqui.

— Vai ficar até saírem os resultados de todos e até a contagem de anticorpos — disse Mary, e Montoya entendeu o recado, porque estendeu e manteve o braço firme. Mary encheu um frasco, deu a ela um temp e prendeu um bracelete ao seu pulso. Dunworthy observava a cena, pensando se Mary tinha falado a verdade ou não. Ela não dissera que Montoya podia ir embora depois dos resultados dos exames, apenas que ela tinha de ficar ali até os resultados chegarem. E depois? Seriam levados para uma ala de isolamento juntos ou separados? Ou já receberiam alguma medicação? Ou fariam mais exames?

Mary tirou o bracelete de Montoya e estendeu as últimas folhas de papel.

— Sr. Latimer? O senhor é o próximo.

Latimer ficou de pé, segurando seus papéis. Olhou para eles meio confuso, depois colocou os formulários na cadeira onde estivera sentado e foi na direção de Mary. Na metade do caminho, fez meia-volta para apanhar a sacola.

— A senhora deixou lá no Brasenose — disse, estendendo a sacola para Mary.

— Ah, obrigada — agradeceu ela. — Ponha aí junto da mesa, por favor. Minhas luvas são esterilizadas.

Latimer pousou a sacola, que se inclinou um pouco, e uma ponta do cachecol escorregou, ficando à mostra. Ele a colocou de volta.

— Esqueci completamente — disse Mary, olhando a sacola. — Com todo aquele nervosismo, eu... — Ela bateu com a mão enluvada na boca. — Oh, meu Deus! Colin! Esqueci completamente dele. Que horas são?

— Quatro e oito — respondeu Montoya, sem olhar o relógio.

— Ele chegaria às três — disse Mary, ficando de pé, com os frascos de sangue chocalhando dentro do estojo.

— Talvez ele tenha ido direto para sua sala na faculdade, quando não encontrou você na estação — sugeriu Dunworthy.

Ela abanou a cabeça.

— É a primeira vez que ele vem a Oxford. Foi por isso que combinei que iria buscar o garoto. Nem me lembrei disso até agora — comentou ela, meio que para si mesma.

— Bem, nesse caso talvez ele ainda esteja lá na estação do metrô — disse Dunworthy. — Posso ir lá pegá-lo?

— Não — respondeu ela. — Você foi exposto.

— Nesse caso, vou telefonar para a estação. Você pode dizer a ele para tomar um táxi até aqui. Onde ele iria descer? Cornmarket?

— Sim, Cornmarket.

Dunworthy ligou para a central de informações, conseguiu na terceira tentativa, pôs o número na tela e ligou para a estação. A linha estava ocupada. Ele desligou e pressionou o número de novo.

— Colin é seu neto? — perguntou Montoya. Ela tinha posto os papéis de lado, e ninguém parecia estar dando muita atenção à conversa. Gilchrist estava preenchendo suas fichas, carrancudo, como se aquilo fosse um exemplo a mais de negligência e incompetência. Latimer estava sentado pacientemente junto à mesinha do chá, com a manga enrolada no braço. A paramédica continuava dormindo.

— Colin é meu sobrinho-neto — respondeu Mary. — Ele veio para passar o Natal comigo.

— A que horas foi decretada a quarentena?

— Às três e dez — disse Mary.

Dunworthy ergueu a mão para avisar que conseguira a ligação.

— Alô? É da estação de metrô de Cornmarket? — perguntou. Obviamente era. Ele podia ver as grades e uma porção de gente por trás de um chefe de estação bem irritado. — Estou ligando para saber de um rapazinho que chegou aí por volta das três horas. Ele tem doze anos. Deve ter vindo de Londres. — Dunworthy tapou o fone com a mão e perguntou a Mary: — Como ele é?

— Louro com olhos azuis. Alto para a idade.

— Alto — disse Dunworthy com força, por sobre o barulho da multidão. — O nome dele é Colin...

— Templer — soprou Mary. — Deirdre disse que ele pegaria o metrô à uma da tarde em Marble Arch.

— Colin Templer. Será que o senhor viu ele por aí?

— Mas que diabo, quem acha que eu sou para ver alguém? — gritou o chefe da estação. — Estou com mais de quinhentas pessoas aqui e alguém quer saber se eu vi um menino. Olhe essa confusão.

O visual mudou abruptamente, mostrando uma multidão sem fim. Dunworthy olhou em torno, procurando um garoto alto de cabelo louro e olhos azuis. A imagem voltou para o chefe da estação.

— Uma quarentena temporária foi decretada — berrou ele sobre um clamor que parecia aumentar a cada minuto —, e estou com uma estação cheia de gente querendo saber por que os trens pararam e por que não fazemos algo a respeito.

Tudo que posso fazer é impedir que essas pessoas depredem todo o lugar. Não posso tomar conta de um menino.

— O nome dele é Colin Templer — gritou Dunworthy. — A tia-avó tinha combinado de pegá-lo aí.

— Muito bem, e por que não pegou? Seria um problema a menos para mim, não? Estou com uma multidão furiosa perguntando quanto tempo a quarentena vai durar e por que *eu* não faço alguma coisa a respeito... — Ele parou de repente. Dunworthy ficou pensando se ele teria desligado ou se o fone havia sido arrancado de sua mão por um passageiro irritado.

— O chefe de estação viu ele? — quis saber Mary.

— Não — respondeu Dunworthy. — Vai ter que mandar alguém procurá-lo.

— Sim, está bem. Vou mandar alguém da equipe — disse ela e saiu da sala.

— O horário previsto para ele chegar era as três da tarde, e a quarentena foi decretada às três e dez — comentou Montoya. — Talvez o trem tenha atrasado.

Isso não tinha ocorrido a Dunworthy. Se a quarentena tivesse sido decretada antes da chegada daquele trem a Oxford, o garoto seria obrigado a saltar na estação seguinte, e os passageiros seriam redirecionados ou mandados de volta para Londres.

— Ligue de novo para a estação — pediu ele, estendendo o fone a ela. Disse em voz alta o número. — Diga a eles que o trem dele saiu de Marble Arch à uma da tarde. Vou dizer a Mary para ligar para a sobrinha. Talvez Colin já tenha voltado para casa.

Ele saiu para o corredor, com a intenção de pedir à enfermeira que chamasse Mary, mas ela não estava ali. Talvez Mary a tivesse mandado para a estação.

Não havia ninguém no corredor. Ele avistou lá na extremidade o telefone que tinha usado algum tempo atrás, caminhou depressa até ele e discou os números do Balliol. Havia, afinal, uma pequena chance de que Colin tivesse ido para a sala de Mary. Mandaria Finch dar uma olhada e, se Colin não estivesse lá, que fosse procurá-lo na estação. Com certeza, ele precisaria de mais de uma pessoa para encontrar o garoto no meio daquele tumulto.

— Oi — disse uma mulher.

Dunworthy franziu a testa e olhou o número na telinha, mas não tinha discado errado.

— Estou tentando entrar em contato com o sr. Finch, do Balliol College.

— Ele não está no momento — disse a mulher, com sotaque visivelmente norte-americano. — Sou a sra. Taylor. Gostaria de deixar algum recado?

Devia ser uma das sineiras. Era mais jovem do que ele esperava, não muito mais do que trinta anos, e parecia bem delicada para ser sineira.

— Por gentileza, poderia pedir, assim que ele voltar, para ligar para o sr. Dunworthy no hospital?

— Sr. Dunworthy. — Ela anotou o nome e então seus olhos se ergueram, afiados. — Sr. *Dun*worthy — repetiu, num tom de voz absolutamente diferente —, será que o senhor é o responsável por nos manter presas aqui?

Não havia uma boa resposta para essa pergunta. Ele nunca deveria ter ligado para o salão principal. Tinha mandado Finch para o setor de pessoal.

— O nosso Serviço Nacional de Saúde decreta quarentenas em casos de doenças não identificadas. É uma medida de precaução. Peço mil desculpas por qualquer incômodo. Dei instruções ao meu secretário para que providenciasse acomodações com todo o conforto. Se houver mais alguma coisa que eu possa fazer...

— Fazer? Fazer? Pode nos levar para Ely, é isso que o senhor pode fazer. Minhas sineiras têm um concerto marcado lá, às oito da noite de hoje, e amanhã temos que estar em Norwich. Vamos tocar um dobre na véspera de Natal.

Não seria ele quem daria a notícia de que elas não estariam em Norwich no dia seguinte.

— Tenho certeza de que Ely já tem pleno conhecimento da situação atual, mas será um prazer ligar para a catedral e explicar...

— Explicar?! Talvez o senhor possa começar explicando para mim. Não estou acostumada a ter meus direitos civis cerceados dessa maneira. Nos Estados Unidos, ninguém nem sonha em dizer a você aonde pode ou não pode ir.

E mais de trinta milhões de americanos morreram durante a Pandemia em virtude dessa mentalidade, pensou ele.

— Posso garantir para a senhora que a quarentena é para sua própria proteção, e que todos os produtores dos seus concertos estarão dispostos a remarcar algumas datas. Enquanto isso, Balliol terá o maior prazer em recebê-las como hóspedes. Estou ansioso para conhecer pessoalmente convidadas tão ilustres, precedidas pela própria reputação.

E se isso fosse verdade, pensou ele, eu teria dito, quando recebi seu pedido para nos visitar, que Oxford estava de quarentena.

— Não há como remarcar um concerto de véspera de Natal. Trouxemos inclusive um novo dobre para executar aqui o "Chicago Surprise Minor". O Norwich Chapter conta com a nossa presença lá, e nossa intenção...

Ele apertou o botão de desligar. Finch estava provavelmente no escritório do setor de pessoal, procurando a ficha médica de Badri, mas Dunworthy não queria se arriscar a encontrar outra sineira. Por isso, procurou o número da Regional de Transportes, e apertou os botões.

A porta no fim do corredor se abriu e Mary apareceu.

— Estou tentando ligar para a Regional de Transportes — disse Dunworthy, digitando o resto do número e passando o aparelho para ela.

Ela afastou o telefone, sorrindo.

— Está tudo bem. Acabei de falar com Deirdre. O trem de Colin foi parado em Barton. Os passageiros foram postos noutro trem e voltaram para Londres. Ela está indo para Marble Arch para encontrá-lo. — Ela deu um suspiro. — Deirdre não parecia muito alegre com a volta do garoto. O plano dela era passar o Natal em casa com a família do novo namorado, e acho que preferia que Colin não estivesse por perto. Enfim, já que não pode ser evitado, pelo menos estou tranquila por saber que ele está longe disso.

Dunworthy pôde perceber o alívio na voz dela. Guardou o receptor no aparelho.

— É muito sério?

— Acabamos de receber a identificação preliminar. É um mixovírus tipo A. Gripe. Possivelmente influenza.

Ele estava esperando algo pior, alguma febre tropical ou um retrovírus. Tivera uma gripe tempos atrás, na época anterior aos antivirais. Sentiu-se terrível, congestionado, febril e cheio de dores por alguns dias e depois conseguiu superar tudo sem nada mais do que repouso e líquidos.

— Vão suspender a quarentena, então?

— Não enquanto não olharmos a ficha médica de Badri — respondeu ela. — Ainda tenho esperança de que ele tenha deixado de tomar sua última dose do antiviral. Caso contrário, vamos ter que esperar até localizar a fonte.

— Mas é apenas uma gripe.

— Se houver uma variação antígena bem pequena, de um ou dois pontos, é apenas uma gripe comum — corrigiu ela. — Se a variação for muito grande, é influenza, o que é algo totalmente diferente. A pandemia de influenza de 1918, que ficou conhecida como Gripe Espanhola, foi um mixovírus. Matou vinte milhões de pessoas. Os vírus passam por mutações a intervalos de meses. Os antígenos na sua superfície mudam, de modo que não podem ser reconhecidos pelo sistema imunológico. É por isso que as vacinas periódicas são necessárias. Mas elas não podem nos proteger de um desvio muito grande.

— E é este o caso agora?

— Duvido. Grandes mutações só acontecem a cada dez anos, mais ou menos. Acho mais provável que Badri tenha deixado de tomar a vacina periódica. Sabe se ele estava dirigindo um salto presencial no começo deste período?

— Não sei. Pode ser que sim.

— Nessa hipótese, ele pode apenas ter esquecido a vacina, e tudo que ele tem é uma gripe comum de inverno.

— E quanto a Kivrin? Ela tomou as vacinas periódicas?

— Tomou, e também antivirais de espectro total e reforço de células-T. Está totalmente protegida.

— Mesmo que seja influenza?

Ela hesitou uma fração de segundo.

— Caso ela tenha sido exposta ao vírus através de Badri, hoje de manhã, ela está totalmente protegida.

— E se ela teve contato anterior com ele?

— Se eu responder, você só vai ficar mais preocupado, e não vejo necessidade alguma disso. — Ela parou para respirar. — O reforço e os antivirais foram programados para atingir o pico da imunidade no início do salto.

— E Gilchrist adiou o salto por dois dias — disse Dunworthy, com amargura.

— Eu não deixaria ela ir se não achasse que estava tudo em ordem.

— Mas você não esperava que ela fosse exposta a um vírus de influenza antes mesmo de saltar.

— Não, mas isso não muda nada. Ela tem imunidade parcial e sequer temos certeza se ela foi exposta ou não. Badri mal se aproximava dela.

— E se ela tiver sido exposta antes?

— Eu sabia que não devia ter respondido — disse Mary, suspirando. — A maior parte dos mixovírus tem um período de incubação que vai de doze a quarenta e oito horas. Mesmo que Kivrin tivesse sido exposta dois dias atrás, ela teria imunidade suficiente para não experimentar nada além de leves sintomas. Mas não é influenza. — Ela deu umas batidinhas no braço dele. — E você está esquecendo os paradoxos. Se ela tivesse sido contaminada, estaria num momento altamente contagioso. A rede jamais permitiria que ela passasse assim.

Mary estava certa. Doenças não podiam ser transmitidas pela rede se houvesse possibilidade de contaminar os contemps. Os paradoxos não permitiriam. A rede não seria aberta.

— Quais são as chances de imunidade entre a população dos 1320? — perguntou ele.

— A um vírus moderno? Nenhuma. Há uns mil e oitocentos pontos de mutação possíveis. Seria preciso que os contemps tivessem sido expostos a exatamente aquele vírus. Se não, estariam vulneráveis.

Vulneráveis.

— Preciso ver Badri — pediu ele. — Quando foi ao pub, ele disse que tinha alguma coisa errada. Ficou repetindo isso na ambulância, a caminho do hospital.

— *Tem* alguma coisa errada — disse Mary. — Ele está com uma infecção viral muito séria.

— Ou então ele sabe que expôs Kivrin. Ou então que não conseguiu o fix.

— Ele disse que conseguiu, sim. — Ela olhou para ele com simpatia. — Acho que é inútil tentar dizer a você que não se preocupe com Kivrin. Você viu como acabei de agir com Colin. Seja como for, eu estava falando sério quando disse que é melhor que ambos estejam bem longe. Kivrin está muito melhor no lugar para onde foi do que estaria aqui, mesmo rodeada por degoladores e ladrões que não param de atormentar seus pensamentos, James. Pelo menos ela não vai ficar sujeita às regulamentações de quarentena do SNS.

Ele sorriu.

— Ou sujeita a um grupo de sineiras americanas. Os Estados Unidos não foram descobertos ainda. — Ele estendeu a mão para a maçaneta da porta.

A porta no fim do corredor abriu-se com estrondo e uma mulher enorme carregando uma mala irrompeu por ela.

— Ah, está aí, sr. Dunworthy — gritou ela pelo corredor inteiro. — Procurei o senhor por toda parte.

— É uma das suas sineiras? — perguntou Mary, virando-se para olhar para o corredor.

— Pior — disse Dunworthy. — É a sra. Gaddson.

6

Estava começando a escurecer embaixo das árvores e no fundo do vale. A cabeça já doía antes mesmo de Kivrin chegar aos destroços da carroça, como se tivesse algo a ver com alguma microscópica mudança de altitude ou de claridade.

Ela não conseguia avistar a carroça, nem mesmo ali, parada diante do pequeno baú, e apertar os olhos para espiar por entre os arbustos fez a cabeça doer ainda mais. Se aquilo era um dos "sintomas normais" do deslocamento temporal, ela nem quis pensar quais seriam os anormais.

Quando eu voltar, pensou, rompendo através do mato, preciso ter uma conversinha com a dra. Ahrens sobre esse assunto. Acho que estão subestimando os efeitos debilitantes que estes sintomas normais podem ter sobre um historiador. A descida da colina tirou mais seu fôlego do que a subida, e agora estava tão *frio*.

Primeiro a capa e depois o cabelo ficaram agarrados entre os ramos do salgueiro, até que ela conseguisse chegar do outro lado: e com um arranhão no braço que começou a doer também, imediatamente. Tropeçou uma vez e quase caiu de cara, isso fez com que a dor de cabeça parasse por um instante para depois redobrar a força.

Estava quase completamente escuro na clareira, mas aquilo que ela conseguia ver estava nítido, pois as cores não estavam sumindo e sim se aprofundando até quase o preto, verde-escuro, marrom-escuro, cinza-escuro. Os pássaros se arrumavam para passar a noite. Deviam já ter se acostumado a ela. Nem pararam no meio de seus trinados nem de sua acomodação para dormir.

Sem perder tempo, Kivrin agarrou as caixas espalhadas e os pequenos barris e jogou dentro da carroça, que estava meio pendida. Agarrou a carroça e começou a puxá-la na direção da estrada. A carroça avançou alguns centímetros, com facilidade, por cima de um tapete de folhas, antes de empacar. Kivrin firmou os pés e puxou de novo. Ela avançou mais um pouco e inclinou-se ainda mais. Uma das caixas caiu.

Kivrin colocou-a em cima de novo e rodeou a carroça, tentando ver onde tinha prendido. A roda direita estava enganchada numa raiz, mas poderia ser puxada por cima, até o outro lado, se ela conseguisse fazer isso com jeito. Não podia fazer o mesmo do outro lado: o pessoal da Medieval batera em tudo ali com machado, para dar a impressão de que a carroça se partira com a queda, e tinham feito um bom trabalho. Aquela lateral não passava de estilhaços de madeira. Eu disse ao sr. Gilchrist que ele devia ter me deixado trazer luvas, pensou ela.

Ela deu a volta pelo outro lado, segurou e tentou empurrar a roda, que não se mexeu. Afastou as saias e a capa e se agachou junto à roda, para poder usar o ombro.

A pegada estava um pouco à frente da roda, num espaço vazio de folhas, onde cabia exatamente um pé. As folhas tinham sido arrastadas para perto das raízes do carvalho, de ambos os lados. Nas folhas, não se via nenhuma marca que ela pudesse discernir no entardecer cinzento, mas a pegada na terra estava bastante clara.

Não pode ser uma pegada, pensou Kivrin. O chão está gelado. Ela estendeu os dedos para tocar naquela depressão do solo, pensando que podia ser alguma ilusão provocada pela pouca luz. Os sulcos congelados da estrada lá fora não guardariam nenhuma marca. Só que ali a terra cedeu suave ao toque da sua mão, e a pegada era profunda o bastante para ser apalpada.

Tinha sido feita por algum calçado de sola flexível e sem salto, e o pé era grande, maior que o dela. Um pé de homem, mas os homens nos anos 1300 tinham sido menores, baixinhos, com pés que nem chegavam ao tamanho dos dela. E aquele era o pé de um gigante.

Talvez *seja* uma pegada antiga, pensou ela, ansiosa. Talvez seja a pegada de um lenhador, ou de um pastor à procura de alguma ovelha perdida. Talvez este seja um daqueles bosques particulares do rei, e camponeses passaram por aqui, caçando. Porém, aquilo não era pegada de alguém caçando um cervo. Era a pegada de alguém que tinha ficado ali por bastante tempo, observando-a. Eu ouvi ele, pensou ela, e um breve tremor de pânico pareceu subir pela sua garganta. Eu ouvi ele quando parou aqui.

Ela continuava de joelhos, apoiando-se na roda. Se aquele homem, seja lá quem fosse, e tinha que ser um homem, um gigante, se aquele homem estivesse ainda naquela mata, espreitando, devia saber que ela tinha descoberto a pegada. Ela ficou de pé.

— Olá! — gritou, apavorando outra vez os pássaros, que agitaram as asas, soltaram chiados e foram aos poucos se aquietando. — Tem alguém aí?...

Ela esperou, aguçou os ouvidos e teve a impressão de que escutava de novo à distância o som daquela respiração.

— *Respondei* — disse. — *Corro perigo e meus servos hão fugido.*

Ótimo, pensou ela enquanto falava. Diga sem rodeios que está sem ajuda de ninguém e sozinha.

— Oláàá! — gritou de novo, começando a fazer uma cautelosa verificação em volta da clareira, olhando por entre as árvores. Se ele continuasse ali, já estava tão escuro que ela não poderia vê-lo. Não dava para avistar nada além dos limites do lugar. Ela não conseguia dizer com certeza para que lado ficava a estrada. Se esperasse mais tempo, ficaria tudo escuro, e jamais poderia arrastar a carroça até a estrada.

Só que mexer a carroça era impossível. Seja lá quem estivesse escondido entre as árvores, observando-a, sabia que a carroça estava ali. O sujeito talvez tivesse visto Kivrin aparecer do nada, num ar cheio de cintilações, como alguma coisa invocada por um alquimista. Se fosse assim, ele provavelmente teria corrido para casa para buscar a estaca de matar feiticeiras que Dunworthy acreditava haver em todo lar plebeu. Mas, se fosse mesmo o caso, ele teria pelo menos exclamado alguma coisa, como "Ooops!" ou "Pai Celestial!" e ela teria ouvido o ruído da fuga através do mato.

Ele não tinha fugido, no entanto, o que significava que não presenciara a chegada dela. Tinha aparecido ali um pouco depois e a encontrado inexplicavelmente deitada no meio do bosque, junto a uma carroça meio destruída. Teria pensado o quê? Que ela fora atacada na estrada e que depois os agressores arrastaram tudo para ali, para esconder os indícios?

Então, por que não tinha tentado ajudar? Por que tinha ficado parado ali, silencioso como um carvalho, tempo suficiente para deixar uma pegada bem funda antes de ir embora? Talvez imaginasse que ela estava morta. Teria ficado com medo diante daquele cadáver não consagrado. Até pelo menos o século XV, as pessoas acreditavam que espíritos maus se apossavam imediatamente de um corpo se ele não recebesse um sepultamento digno.

Ou talvez ele *tivesse* ido em busca de ajuda num dos vilarejos cujos sons Kivrin escutara, quem sabe mesmo em Skendgate, e talvez estivesse voltando agora, trazendo consigo metade do povoado, todos empunhando tochas.

Nesse caso, ela devia ficar onde estava e esperar pela volta dele. Devia inclusive deitar na mesma posição. Quando os aldeões chegassem, talvez discutissem sobre o que fazer antes de levá-la para o vilarejo, fornecendo exemplos da linguagem local, o que era na verdade o plano desde o início. No entanto, e se ele voltasse sozinho, ou com amigos que não tivessem a menor intenção de ajudar?

Ela não conseguia pensar direito. A dor de cabeça tinha se expandido das têmporas para atrás dos olhos. Quando esfregou a testa, ela começou a latejar. E fazia tanto frio! A capa, apesar do forro de pele de coelho, não esquentava nada.

Como era possível que as pessoas da Pequena Era Glacial tivessem sobrevivido usando apenas capas como aquela? Como os *coelhos* tinham sobrevivido?

Pelo menos ela podia fazer algo a respeito do frio: podia juntar um pouco de lenha e acender uma fogueira. Até porque, se a pessoa que deixou a pegada voltasse ali com más intenções, ela poderia mantê-lo à distância com um tição aceso. E, se tivesse ido em busca de ajuda e agora não encontrasse mais o caminho, devido à escuridão, as chamas serviriam de guia.

Ela percorreu de novo todo o perímetro da clareira, procurando madeira. Dunworthy insistira para que ela aprendesse a fazer fogo sem usar mecha ou pederneira. "Gilchrist espera que você fique vagando pela Idade Média em pleno inverno sem ser capaz de acender uma fogueira?", questionara ele, indignado, e ela tinha se defendido, dizendo que Medieval não esperava que ela fosse passar muito tempo ao ar livre. Só que eles deviam ter imaginado como o frio ali podia ser uma coisa séria.

Os galhos que recolhia deixavam as mãos ainda mais geladas e, cada vez que ela se inclinava para apanhar um, sua cabeça doía. A certa altura, Kivrin parou de se inclinar e apenas se agachou para apanhar os gravetos, mantendo o torso ereto. Isso ajudou, mas não muito. Talvez estivesse se sentindo assim por causa do frio. Talvez a dor de cabeça, a falta de fôlego, tudo isso se devesse ao frio. Era preciso acender logo aquela fogueira.

A madeira estava gelada e úmida. Aquilo nunca acenderia. E as folhas também estavam molhadas, molhadas demais para servirem de mecha. Ela precisava achar gravetos secos e um pauzinho pontudo para produzir fogo. Deixou os gravetos amontoados junto à raiz de uma árvore, sempre evitando abaixar a cabeça, e voltou para a carroça.

O lado avariado da carroça tinha vários estilhaços de madeira que podiam ser usados para fazer fogo. Kivrin se feriu duas vezes antes de conseguir arrancar os melhores pedaços, mas pelo menos a madeira estava seca, embora também fria. Havia um pedaço grande e pontudo de madeira logo acima da roda. Ela se inclinou para apanhá-lo e quase caiu, soltando um arquejo ao ser tomada pela tontura e pela náusea.

— Você devia se deitar um pouco — pensou ela em voz alta.

Sentou-se com cuidado, segurando-se no arcabouço da carroça como apoio.

— Dra. Ahrens — disse, quase sem fôlego —, deveriam inventar alguma coisa para combater o deslocamento temporal. Isso é horrível.

Se ao menos pudesse deitar um pouco, talvez a tontura passasse e ela pudesse depois acender a fogueira. Contudo, não poderia fazer isso sem inclinar a cabeça, e bastou esse pensamento para trazer de volta a náusea.

Puxou o capuz por cima da cabeça e fechou os olhos, e mesmo isso doeu, porque teve a impressão de focalizar toda a dor no interior da cabeça. Tinha alguma coisa errada. Não era possível que fosse uma simples reação ao deslocamento temporal. Supunha-se que ela apresentaria alguns sintomas normais que se dissipariam dentro de uma ou duas horas após a chegada, e não que aumentariam. Um pouco de dor de cabeça, mencionara a dra. Ahrens, um pouco de fadiga. Não tinha falado coisa alguma sobre náusea, sobre um frio torturante.

Estava *tão* frio. Kivrin puxou as saias da túnica em volta de si, como um lençol, mas isso pareceu aumentar o frio ainda mais. Seus dentes começaram a bater, como há pouco no alto da colina, e tremores fortes, convulsivos, sacudiram seus ombros.

Vou morrer congelada aqui, pensou ela. Mas não posso evitar. Não posso levantar e fazer uma fogueira. Não posso. Está frio demais. Pena que estivesse errado sobre os contemps, sr. Dunworthy, pensou ela, e mesmo esse pensamento já estava confuso. Morrer numa fogueira parecia uma alternativa tão boa agora.

Ela não acreditaria que fosse capaz de pegar no sono ali, enrodilhada no chão frio. Não notou nenhum calor se espalhando pelo corpo e, se isso ocorresse, ela pensaria que se tratava da insensibilidade causada por hipotermia, e tentaria lutar contra. Apesar disso, devia ter dormido, porque quando voltou a abrir os olhos era noite ao redor, noite fechada com estrelas glaciais brilhando por entre a trama dos galhos. Ela continuava deitada no chão, olhando para o céu escuro.

Tinha escorregado um pouco ao cochilar, de modo que o topo da sua cabeça estava apoiado na roda da carroça. Ainda tremia de frio, embora seus dentes tivessem parado de bater. A cabeça latejava, parecia bater como um sino, e o corpo inteiro doía, em especial o peito, contra o qual apertara os gravetos enquanto recolhia madeira para o fogo.

Pensou que tinha alguma coisa realmente *errada*, e desta vez havia um verdadeiro pânico por trás da ideia. Talvez estivesse tendo alguma reação alérgica à viagem no tempo. Existiria algo assim? Dunworthy nunca falara nada a respeito de reações alérgicas, e ele a prevenira contra tudo: estupro, cólera, febre tifoide e peste.

Ela mexeu uma das mãos por dentro da capa e tateou o braço até achar o vergão deixado pela inoculação antiviral. O vergão continuava ali, embora não doesse ao toque e tivesse parado de coçar. Talvez isso fosse um mau sinal. Talvez o fato de não estar mais coçando significasse que o remédio tinha deixado de funcionar.

Tentou erguer a cabeça. A tontura voltou no mesmo instante. Pousou a cabeça de novo e desembaraçou as mãos de dentro da capa, com cuidado, bem devagar, a náusea atravessando cada um dos seus movimentos. Juntou e pressionou as mãos contra o rosto.

— Sr. Dunworthy — disse —, era melhor que viesse me buscar.

Dormiu de novo e, quando acordou, ouviu ao longe o som musical de flautas natalinas. Oh, que bom, pensou, eles abriram a rede. Tentou sentar-se, apoiada na roda.

— Oh, sr. Dunworthy, estou tão feliz que veio — disse, combatendo a náusea. — Tive medo que não recebesse meu recado.

O som musical foi ficando mais alto, e ela começou a ver uma luz oscilante. Ergueu-se mais um pouquinho.

— O senhor acendeu a fogueira — disse. — Tinha razão sobre o frio daqui. — A roda da carroça estava gelada através da capa. Seus dentes começaram a bater outra vez. — A dra. Ahrens estava certa. Eu devia ter esperado aquele inchaço diminuir. Não sabia que a reação seria tão forte.

Não era uma fogueira, afinal. Era um lampião. Carregado por Dunworthy, que vinha se aproximando.

— Isso não quer dizer que eu tenho um vírus, não é? Ou a peste? — Ela pronunciava as palavras com dificuldade, de tanto que os dentes batiam. — Não seria terrível? Ter a peste na Idade Média? Pelo menos me sentiria em casa.

Ela riu, um riso agudo e quase histérico que provavelmente teria matado de susto o sr. Dunworthy.

— Tudo bem — disse ela, mal compreendendo as próprias palavras. — Sei que está preocupado, mas vou ficar bem. Eu só...

Ele parou diante dela, o lampião fazendo um círculo de luz oscilar no chão. Ela podia ver os pés dele. Dunworthy estava calçando sapatos desajeitados de couro, do tipo que deixara aquela pegada. Ela tentou dizer alguma coisa sobre os sapatos, quis perguntar se o sr. Gilchrist o obrigara a pôr uma roupa medieval autêntica somente para vir resgatá-la ali, mas o balanço da luz do lampião a estava deixando tonta de novo.

Ela fechou os olhos e, quando voltou a abri-los, ele estava ajoelhado à sua frente. Tinha pousado o lampião na relva, e a luz clareava o capuz da sua capa e os dedos entrelaçados de suas mãos.

— Está tudo bem — comentou ela. — Sei que se preocupou, mas estou bem. Verdade, apenas passei mal um pouquinho.

Ele ergueu a cabeça.

— *Certes, it been derlostuh dayes forgott foreto getest hissahntes im aller* — disse ele.

Tinha um rosto duro, de linhas profundas, um rosto cruel, rosto de degolador. Vira ela caída ali e tinha se afastado e esperado até escurecer. Estava voltando agora.

Kivrin tentou erguer a mão para afastá-lo, mas suas mãos tinham de algum modo ficado presas nas dobras da capa.

— Vá embora — disse ela, os dentes batendo tanto que as palavras mal se ouviam. — Vá embora.

Ele falou outra coisa, desta vez com uma inflexão ascendente, uma pergunta. Ela não entendia o que ele estava dizendo. É inglês médio, pensou. Estudei isso por três anos, e o sr. Latimer me ensinou tudo sobre a inflexão dos adjetivos. Eu deveria conseguir entender. É a febre. É por isso que não compreendo o que ele diz.

Ele repetiu a pergunta ou fez outra, nem isso ela conseguia distinguir.

É porque estou doente, pensou ela. Não posso entendê-lo porque estou doente.

— Caro senhor — começou ela, mas não lembrava o restante das palavras. — Me ajude — pediu, e tentou lembrar como se dizia aquilo em inglês médio, mas a única coisa que lhe vinha à mente era o latim eclesiástico. — *Domine, ad adjuvandum me festina* — disse.

Ele abaixou a cabeça sobre as mãos e começou a murmurar algo tão baixo que ela não podia ouvir, e depois ela devia ter perdido a consciência, porque sentiu que tinha sido recolhida e estava sendo levada nos braços dele. Kivrin podia ouvir o som dos sinos da rede aberta, e tentou dizer de que direção eles vinham, mas seus dentes batiam com tanta força que não podia ouvi-los direito.

— Estou doente — disse, quando ele a ajeitou em cima de um cavalo branco. Ela tombou para a frente, agarrando-se à crina do animal para não cair no chão. O homem pôs a mão ao lado do corpo dela e a segurou. — Não sei como isso aconteceu. Tomei minhas vacinas todas.

Ele saiu puxando o burrico devagar. Os sinos do cavalo tocavam baixinho.

TRANSCRITO DO LIVRO DO JUÍZO FINAL
(000740-000751)

Sr. Dunworthy, era melhor que viesse me buscar.

7

— Eu *sabia* — disse a sra. Gaddson, avançando a todo vapor pelo corredor do hospital. — Ele contraiu alguma doença horrível, não é verdade? São aqueles exercícios de remo.

Mary avançou:

— Não pode entrar aqui. Área de isolamento.

A sra. Gaddson continuou adiante. O poncho transparente que vestia por cima do casaco salpicava enormes gotas de chuva para todos os lados enquanto ela caminhava, balançando a mala como se fosse uma arma.

— Não pode me mandar embora assim, sem mais nem menos. Sou a mãe dele. Exijo ver meu filho.

Mary ergueu a mão como um policial.

— Pare! — ordenou, em sua melhor imitação de enfermeira-chefe.

Surpreendentemente, a sra. Gaddson parou.

— Uma mãe tem o direito de ver o filho — disse ela. Sua expressão se amenizou. — Ele está muito doente?

— Se está falando do seu filho, William, ele não está doente de jeito nenhum — respondeu Mary. — Pelo menos não que eu saiba. — Ela ergueu mais uma vez a mão. — Por favor, não se aproxime mais. Por que acha que William está doente?

— Eu soube assim que ouvi falar de quarentena. Uma punhalada me atravessou no instante em que o chefe da estação disse "quarentena temporária". — Ela pousou a mala no chão, para poder indicar melhor o local da punhalada. — É porque ele não tomou as vitaminas. Pedi aos professores que se responsabilizassem por isso — disse, lançando para Dunworthy um olhar de esguelha que rivalizava com os de Gilchrist —, e me disseram que ele já era grandinho e tinha idade para cuidar de si mesmo. Bem, parece óbvio que estavam errados.

— Não foi por causa de William que a quarentena foi decretada... Um dos técnicos da universidade contraiu uma infecção viral — disse Mary.

Dunworthy notou, com gratidão, que ela não dissera "um dos técnicos da Balliol".

— O técnico é o único caso registrado, e não há nenhuma indicação de que haverá outros — prosseguiu Mary. — A quarentena não passa de medida de precaução, posso lhe garantir.

A sra. Gaddson não parecia convencida.

— Meu Willy sempre foi doentinho e não tem condições de cuidar de si mesmo. Fica muito tempo estudando naquele quarto cheio de correntes de ar — disse, com outro olhar tenebroso para Dunworthy. — Até fico surpresa que ele não tenha contraído uma infecção viral bem antes.

Mary abaixou e pôs a mão dentro do bolso onde carregava o bip. Espero que esteja pedindo ajuda, pensou Dunworthy.

— Depois do *primeiro* período que passou no Balliol, a saúde de Willy estava completamente abalada, e mesmo assim o seu tutor *forçou* o pobrezinho a ficar aqui durante o Natal e ler Petrarca — continuou a sra. Gaddson. — Foi por isso que eu vim. Só de pensar no coitado aqui sozinho, passando o Natal neste lugar horrível, comendo sabe Deus o quê e fazendo todo tipo de coisas nocivas à saúde, ah, isso é algo que um coração de mãe simplesmente não suporta.

Ela apontou o lugar onde tinha sentido a punhalada ao ouvir falar na quarentena:

— Por sorte, foi providencial que eu tivesse saído de casa na hora em que saí. Providencial. Quase perdi o trem, minha mala estava tão pesada, e eu cheguei a pensar, "ah, bem, virá outro daqui a pouco". Mas como eu queria muito estar com o meu Willy, gritei com eles para segurarem a porta e mal havia descido em Cornmarket quando o chefe da estação apareceu dizendo "quarentena temporária, o serviço de trens está temporariamente suspenso". Se eu tivesse perdido aquele trem e esperado pelo próximo, eu teria ficado presa na quarentena. Dói só de pensar.

Dói mesmo.

— Tenho certeza de que William vai ficar surpreso quando vir a senhora — disse Dunworthy, na esperança de que ela fosse em busca do filho.

— Vai mesmo — disse ela, sombria. — Provavelmente ele está sentado em algum lugar por aí, sem cachecol. Ele vai contrair essa infecção viral, sei disso. Ele contrai qualquer coisa. Na infância, ele vivia cheio de brotoejas. Só estou esperando para ver. Pelo menos a mãe dele vai estar aqui para ajudá-lo a superar esse momento delicado.

A porta se abriu e entraram às pressas duas pessoas de máscaras, jaleco, luvas e uma proteção de papel por cima dos sapatos. A quase corrida se reduziu a um passo normal quando perceberam que não havia ninguém prostrado no chão.

— Preciso deste local todo cercado e com um sinal indicando que é área de isolamento — avisou Mary. Virou-se para a sra. Gaddson. — Receio que haja uma possibilidade de que a senhora tenha sido exposta ao vírus. Como não temos certeza ainda sobre o modo de transmissão, não podemos eliminar a possibilidade da propagação pelo ar — completou ela, e por um terrível momento Dunworthy pensou que Mary mandaria trancar a sra. Gaddson com eles na saleta. — Podem conduzir a sra. Gaddson até um recinto isolado? — pediu ela a um dos mascarados. — Vamos precisar fazer exames de sangue e uma lista dos seus contatos, sra. Gaddson. Sr. Dunworthy, se puder me acompanhar...

E assim ela o conduziu de volta à saleta de espera antes que a sra. Gaddson pudesse protestar.

— Eles vão segurá-la durante algum tempo e dar ao pobre Willy mais algumas horas de liberdade.

— Essa mulher pode fazer qualquer um ter um ataque de brotoejas — disse ele.

Todos os presentes tinham erguido o olhar à entrada dos dois, menos a paramédica. Latimer estava sentado pacientemente junto à mesinha do chá, com a manga enrolada no braço. Montoya continuava ao telefone.

— O trem de Colin não passou — avisou Mary. — Ele já está em segurança, em casa.

— Oh, que bom — comentou Montoya, e desligou o telefone. Gilchrist deu um pulo para pegá-lo.

— Sr. Latimer, lamento muito tê-lo deixado esperando — disse Mary. Ela abriu o invólucro, calçou um novo par de luvas impermeáveis e começou a preparar um novo frasco de coleta de sangue.

— Aqui é Gilchrist, quero falar com o tutor-sênior — soprou Gilchrist ao telefone. — Sim, estou tentando falar com o sr. Basingame. Sim, posso esperar.

O tutor-sênior não faz a menor ideia de onde Basingame está, pensou Dunworthy, nem a secretária. Já tinha falado com os dois quando estava tentando abortar o salto. A secretária nem sequer sabia que Basingame tinha ido para a Escócia.

— Fico feliz que tenham encontrado o garoto — disse Montoya, olhando para o relógio. — Quanto tempo acha que vão nos manter aqui? Preciso voltar para minha escavação antes que ela se transforme num pântano. No momento, estamos escavando a igreja de Skendgate. A maior parte dos túmulos data dos anos 1400, mas já encontramos alguns da Peste Negra e outros de antes de Guilherme, o Conquistador. Na semana passada achamos o túmulo de um cavaleiro. Em belas condições. Será que Kivrin já está lá?

Dunworthy presumiu que ela se referia ao vilarejo, e não ao cemitério.

— Espero que sim — respondeu.

— Eu pedi que ela começasse a registrar suas observações sobre Skendgate o mais depressa possível, tanto do vilarejo quanto da igreja. Pedi também que desse uma atenção especial ao túmulo. A inscrição está meio desgastada, assim como uma parte dos entalhes. Mas dá para ler a data, e é de 1318.

— É uma emergência — disse Gilchrist, bufando de raiva durante uma longa pausa. — Eu já sei que ele foi pescar na Escócia. O que eu quero saber é precisamente *onde*.

Mary prendeu um emplastro ao braço de Latimer e fez um gesto chamando Gilchrist. Ele abanou a cabeça. Ela foi até a paramédica adormecida e a sacudiu até que acordasse. A mulher acompanhou Mary, piscando os olhos, sonolenta.

— Existem muitas coisas que só podemos saber por observação direta — continuou Montoya. — Pedi a Kivrin que gravasse cada detalhe. Espero que o recorde tenha bastante capacidade. Ele é tão pequeno. — Ela olhou o relógio de novo. — Mas claro que tinha que ser. Por acaso alguém teve a chance de vê-lo antes do implante? Parece um esporão de osso.

— Esporão de osso? — perguntou Dunworthy, observando o sangue da paramédica encher lentamente o frasco.

— Para não causar um anacronismo caso venha a ser descoberto. Ele se encaixa com precisão na superfície palmar do osso escafoide. — Ela esfregou o osso do pulso, junto ao polegar.

Mary fez um sinal para Dunworthy enquanto a paramédica se erguia, abaixando a manga comprida do uniforme. Ele tomou o lugar dela na cadeira. Mary arrancou o invólucro de um monitor, prendeu-o à parte interna do pulso de Dunworthy e lhe deu um temp para engolir.

— Pois diga ao secretário que ligue neste número assim que voltar — bradou Gilchrist, antes de desligar.

Montoya agarrou o telefone, digitou um número e disse:

— Oi. Poderia me dizer qual é o perímetro da quarentena? Preciso saber se Witney está incluído. Minha escavação é lá. — Aparentemente a resposta do outro lado foi *não*. — Então, com quem posso falar para pedir uma mudança do perímetro? É uma emergência.

Todos estão preocupados com suas próprias "emergências", pensou Dunworthy, e ninguém lembra de se preocupar com Kivrin. Bem, mas o que havia para causar preocupação? O recorde tinha sido camuflado como um pequeno osso, para não causar um anacronismo quando os contemps decidissem cortar as mãos dela antes de queimá-la na fogueira.

Mary tirou sua pressão e depois cravou nele a pequena agulha.

— Se um dia esse telefone ficar desocupado — disse ela, prendendo tudo com um emplastro e fazendo um gesto chamando Gilchrist, que estava parado ao lado de Montoya, com ar de impaciência —, você pode ligar para William Gaddson e avisar que a mãe dele está a caminho.

Montoya disse:

— Isso. O número do National Trust. — Depois desligou e rabiscou um número num dos panfletos da mesa.

O telefone tocou. Gilchrist, que estava indo em direção a Mary, deu um pulo e o agarrou antes de Montoya.

— Não — disse ele, antes de passar com relutância o aparelho para Dunworthy. Era Finch. Estava no setor de pessoal.

— Conseguiu a ficha médica de Badri? — indagou Dunworthy.

— Consegui, senhor. A polícia está aqui. Estão procurando um local para alojar todas as pessoas que foram detidas e que não moram em Oxford.

— E eles querem colocar todo mundo no Balliol — disse Dunworthy.

— Querem, senhor. Quantas pessoas posso dizer a eles que aceitamos?

Mary tinha ficado de pé, com o frasco de sangue de Gilchrist na mão, e fazia sinais para Dunworthy.

— Um momento, por favor — pediu ele, colocando em espera o microfone do aparelho.

— Eles estão pedindo para alojar as pessoas detidas? — quis saber Mary.

— Estão — disse ele.

— Não prometa todos os aposentos — avisou ela. — Talvez a gente precise de local para servir de enfermaria.

Dunworthy afastou a mão do aparelho e disse:

— Diga à polícia que podemos colocá-los em Fisher e nos quartos disponíveis em Salvin. Se você ainda não designou os quartos para as sineiras, calcule o dobro. Informe que o hospital pediu para separar Bulkeley-Johnson como uma ala de emergência. Você disse que achou a ficha médica de Badri?

— Achei, senhor. Passei o diabo para encontrá-la. O setor de pessoal o fichou sob o nome de Badri-vírgula-Chaudhuri, e as americanas...

— Descobriu o número do SNS dele?

— Descobri, senhor.

— Vou colocar a dra. Ahrens na linha — disse ele, antes que Finch se lançasse na narração de outro episódio com as sineiras. Chamou Mary com um gesto. — Passe a informação diretamente para ela.

Mary grudou um emplastro no braço de Gilchrist e um monitor de temperatura nas costas de sua mão.

— Consegui ligar para Ely, senhor — recomeçou Finch. — Informei sobre o cancelamento do concerto de sinos, e eles foram muito gentis, mas as americanas continuam insatisfeitas.

Mary terminou de anotar a leitura dos indicadores de Gilchrist, arrancou as luvas e foi pegar o fone das mãos de Dunworthy.

— Finch? Dra. Ahrens. Leia para mim o número do SNS de Badri.

Dunworthy estendeu para ela sua folha de SECUNDÁRIOS e um lápis. Mary anotou o número e depois pediu uma série de dados sobre vacinas de Badri, que foi copiando em anotações que Dunworthy não conseguiu decifrar.

— Alguma reação ou alergia? — Houve uma pausa, e ela disse: — OK, nenhuma. O resto eu posso ver no computador. Ligo de novo se precisar de mais alguma informação. — Ela devolveu o fone a Dunworthy. — Ele ainda quer falar com você — avisou e saiu da sala, levando as anotações.

— As sineiras estão muito contrariadas por estarem confinadas aqui — disse Finch. — A sra. Taylor está ameaçando nos processar por quebra unilateral de contrato.

— Quando foi a última dose de antivirais de Badri?

Finch levou um tempo enorme consultando a ficha.

— Aqui está, senhor. Foi em 14 de setembro.

— Tomou a série completa?

— Tomou, senhor. Receptores análogos, reforço de APM e os sazonais.

— Ele já acusou alguma reação aos antivirais?

— Não, senhor. Não há nada anotado em seu histórico de alergias. Já falei isso para a dra. Ahrens.

Badri tinha tomado os antivirais. Não tinha histórico de reação.

— Já foi ao New College? — perguntou Dunworthy.

— Não, senhor. Estou saindo agora. O que devo fazer quanto aos produtos de higiene? Temos uma quantidade adequada de sabonete, mas há pouco papel higiênico.

A porta se abriu, mas não era Mary. Era o paramédico enviado para buscar Montoya. Ele foi até a mesinha e ligou a chaleira elétrica.

— Devo racionar o papel higiênico, senhor? — indagou Finch. — Ou espalhar recados para que as americanas economizem?

— O que você achar melhor — disse Dunworthy, e desligou.

Devia estar chovendo ainda. O uniforme do paramédico estava molhado e, quando a chaleira ferveu, ele estendeu as mãos para o vapor, como se tentando aquecê-las.

— Já terminou com o telefone? — perguntou Gilchrist.

Dunworthy passou o aparelho para ele. Imaginou como estaria o tempo onde Kivrin se encontrava, e se perguntou se Gilchrist teria pedido a Probabilidade para calcular as chances de a chegada dela coincidir com uma chuva. Aquela capa não parecia propriamente à prova d'água, e o tal viajante amistoso que deveria aparecer dentro de 1,6 hora já estaria enfurnado numa estalagem ou num celeiro até que as estradas secassem e ficassem transitáveis outra vez.

Dunworthy tinha ensinado a Kivrin como fazer fogo, mas ela dificilmente teria sucesso com as mãos dormentes de frio e com gravetos úmidos. Os invernos em 1300 eram muito rigorosos. Podia estar até nevando. A Pequena Era Glacial mal tinha começado em 1320, até que o tempo esfriou a ponto de congelar o Tâmisa. Temperaturas baixas e estações irregulares causaram tanta destruição nas colheitas que alguns historiadores colocaram a culpa da Peste Negra no estado generalizado de desnutrição das pessoas. O tempo tinha sido mesmo muito rigoroso. No outono de 1348, chovera em certa parte do Oxfordshire todos os dias sem exceção entre o dia de São Miguel, 29 de setembro, e o Natal. Kivrin provavelmente estava lá na estrada lamacenta, quase morrendo de hipotermia.

E coberta de brotoejas, de tanto que seu dedicado tutor se preocupava com ela. Mary tinha razão. Ele soava às vezes como a sra. Gaddson. Mais um pouco e estaria abrindo à força as portas da rede, como a sra. Gaddson fizera na estação, e Kivrin sentiria ao vê-lo a mesma alegria que William experimentaria quando avistasse a mãe. Os dois igualmente indefesos.

Kivrin era a aluna mais brilhante e mais capacitada que ele já tivera. Sem dúvida seria capaz de evitar uma chuva. Até onde sabia, ela havia passado as férias mais recentes entre um grupo de esquimós, aprendendo a construir um iglu.

Ela decerto teria pensado em tudo o mais, até nas próprias unhas. Quando veio mostrar as roupas, ele ergueu as duas mãos dela. As unhas estavam partidas, havia traços de sujeira nas cutículas.

— Eu sei que teoricamente sou da nobreza, mas da nobreza rural, e eles faziam uma porção de tarefas braçais entre bordar uma tapeçaria de Bayeux e outra. Como as damas de East Riding só vieram a conhecer a tesoura nos anos 1600, eu passei o sábado à tarde na escavação de Montoya, mexendo nas ossadas, até ficar desse jeito.

As unhas tinham uma aparência horrível e pareciam autênticas. Não havia motivo para ele ficar se preocupando com um detalhe tão bobo quanto a neve.

Só que ele não podia evitar. Se pudesse conversar agora com Badri, perguntar o que queria dizer com "tem alguma coisa errada", certificar-se de que o salto correra na normalidade e de que o desvio não fora grande demais, então talvez parasse de se preocupar. No entanto, Mary não tinha obtido o número do SNS de Badri senão depois do telefonema de Finch. Ele pensou se Badri continuaria inconsciente naquele instante. Ou coisa pior.

Levantou-se, foi à mesinha e preparou uma xícara de chá. Gilchrist estava outra vez ao telefone, aparentemente falando com o porteiro, que também não sabia do paradeiro de Basingame. Quando Dunworthy tinha conversado com o porteiro, ele dissera que tinha a impressão de ter ouvido Basingame mencionar o lago Balkillan, um lago que nem sequer existia.

Dunworthy tomou seu chá. Gilchrist ligou para o setor de pessoal e depois para o administrador da faculdade: nenhum deles sabia para onde Basingame fora. A enfermeira que estivera até então de guarda à porta da sala entrou e concluiu os exames de sangue. O paramédico apanhou um dos panfletos motivacionais e começou a ler.

Montoya estava terminando de preencher os formulários e de levantar a lista de seus contatos.

— O que devo fazer? — perguntou ela a Dunworthy. — Listar todas as pessoas com quem tive contato hoje?

— Nos três últimos dias — disse ele.

Continuaram esperando. Dunworthy tomou mais uma xícara de chá. Montoya ligou para o SNS e tentou persuadi-los a liberá-la da quarentena para poder voltar à escavação. A paramédica estava dormindo outra vez.

A enfermeira entrou empurrando uma mesinha com rodas, trazendo uma ceia.

— *Greet chere made our hoste us everichon, And to the soper sette us anon* — disse Latimer, a primeira observação que fazia durante a tarde inteira.

Enquanto comiam, Gilchrist ofertou a Latimer uma descrição dos seus planos para mandar Kivrin ao período pós-Peste Negra.

— A visão histórica mais aceita é de que a peste destruiu completamente a sociedade medieval — explicou a Latimer, enquanto cortava seu rosbife. — Mas minha pesquisa sugere que ela foi mais purgativa do que catastrófica.

Do ponto de vista de quem?, pensou Dunworthy, enquanto imaginava que tudo estava demorando demais. Começou a se perguntar se estariam mesmo fazendo exames de sangue ou se apenas esperavam que alguém do grupo tombasse ao chão durante o chá, para que tivessem ideia do período de incubação.

Gilchrist ligou para o New College outra vez e perguntou pela secretária de Basingame.

— Ela não está lá — disse Dunworthy. — Foi passar o Natal com a filha em Devonshire.

Gilchrist o ignorou.

— Isso. Preciso passar um recado para ela. Estou tentando entrar em contato com o sr. Basingame. É uma emergência. Acabamos de mandar uma historiadora para os anos 1300, e Balliol não realizou os exames no técnico que operou a rede. Como resultado, ele contraiu um vírus contagioso. — Ele abaixou o aparelho. — Se o sr. Chaudhuri não tiver tomado os antivirais necessários, vou considerá-lo pessoalmente responsável por tudo isto, sr. Dunworthy.

— Ele tomou a série completa em setembro — respondeu Dunworthy.

— Tem alguma prova? — questionou Gilchrist.

— Ele pode ter sido transportado? — perguntou a paramédica.

Todos, até mesmo Latimer, viraram-se surpresos para olhar para ela. Até o instante em que falou, ela parecia estar dormindo como uma pedra, a cabeça caída sobre o peito, os braços cruzados, as mãos agarrando as folhas com as listas de contatos.

— O senhor disse que mandaram alguém para a Idade Média — continuou ela, agressivamente. — Foi mesmo?

— Receio que não... — começou a dizer Gilchrist.

— Esse vírus — disse ela. — Ele pode ter sido transportado pela máquina do tempo?

Gilchrist olhou com nervosismo para Dunworthy.

— Isso não é possível, certo?

— Não — respondeu Dunworthy. Era evidente que Gilchrist não conhecia nada a respeito dos paradoxos do *continuum* ou da teoria das cordas. Um homem como aquele não podia ocupar o posto de diretor em exercício. Ele não sabia sequer como funcionava aquela rede por onde tinha despachado com tanta alegria Kivrin. — O vírus não poderia passar pela rede.

— A dra. Ahrens diz que o indiano é o único caso até agora — objetou a paramédica. — E o *senhor* disse... — ela apontou para Dunworthy — que ele tomou a série antiviral inteira. Se ele tomou os antivirais, não poderia contrair um vírus a menos que fosse uma doença oriunda de outro lugar. E a Idade Média era cheia de doenças, não é mesmo? Varíola, a peste?

— Tenho certeza de que Medieval tomou todas as precauções para nos proteger contra a possibilidade de... — disse Gilchrist.

— Não *existe* possibilidade de um vírus ser transportado pela rede — cortou Dunworthy, aborrecido. — O *continuum* espaço-tempo não permite que aconteça.

— Vocês transportam pessoas — insistiu ela —, e um vírus é menor do que uma pessoa.

Dunworthy não ouvia aquele argumento desde os primeiros anos de uso das redes, quando a teoria era entendida apenas em parte.

— Posso garantir que todas as precauções foram tomadas — disse Gilchrist.

— Nada que possa afetar o curso da História pode passar pela rede — explicou Dunworthy, fazendo cara feia para Gilchrist, que estava dando rédeas a ela com aquela conversa sobre precauções e probabilidades. — Radiações, toxinas, micróbios, nada disso passa através de uma rede. Em qualquer um desses casos, a rede simplesmente não abre.

A paramédica não pareceu convencida.

— Posso assegurar... — ia dizendo Gilchrist, e nesse instante Mary entrou.

Estava carregando um maço de papéis de diferentes cores. Gilchrist ficou de pé na mesma hora.

— Dra. Ahrens, existe alguma possibilidade de que a infecção viral do sr. Chaudhuri tenha sido contraída através da rede? — perguntou.

— Claro que não — respondeu ela, franzindo o rosto como se a mera ideia daquela possibilidade fosse ridícula. — Em primeiro lugar, doença alguma passa através da rede. Violaria os paradoxos. Em segundo lugar, se tivesse passado, *o que é impossível*, Badri teria contraído a doença menos de uma hora antes de aparecerem os sintomas, o que significa que o vírus teria um período de incubação de uma hora, uma impossibilidade total. Por fim, se tivesse passado, *e não pode ter*, todos vocês já estariam doentes — ela olhou para o relógio —, já que se passaram mais de três horas desde a exposição. — Ela começou a recolher as listas de contatos.

Gilchrist pareceu irritar-se.

— Como diretor em exercício da faculdade de história, tenho responsabilidades com as quais lidar. Por quanto tempo mais pensa em nos manter aqui?

— Somente o tempo necessário para recolher as listas de contatos e passar algumas instruções — respondeu ela. — Digamos, cinco minutos.

Ela pegou primeiro a lista de Latimer. Montoya agarrou a sua, que estava em cima da mesa, e começou a rabiscar às pressas.

— Cinco minutos? — repetiu a paramédica. — Quer dizer que vamos poder ir embora?

— Sob observação médica — disse ela, que pôs todas as listas embaixo das folhas que já trazia e começou a distribuir para todos as folhas de cima, que eram de um virulento cor-de-rosa. Parecia ser uma espécie de formulário de alta, absolvendo o hospital de toda e qualquer responsabilidade.

— Completamos os exames de sangue de todos — prosseguiu Mary —, e nenhum acusa aumento do número de anticorpos.

Ela estendeu para Dunworthy uma folha azul, que absolvia o SNS de toda e qualquer responsabilidade e reafirmava a disposição do signatário de pagar integralmente todas e quaisquer despesas não cobertas pelo SNS no prazo máximo de trinta dias.

— Estive em contato com o CMI, e a recomendação é: observação controlada, com monitoração regular buscando sintomas de febre, e exames de sangue a intervalos de doze horas.

A folha que passou a distribuir em seguida era verde, e o cabeçalho dizia: INSTRUÇÕES PARA CONTATOS PRIMÁRIOS. A primeira instrução dizia: *Evite contato com outras pessoas*.

Dunworthy pensou em Finch e nas sineiras que estariam sem dúvida esperando por ele no portão do Balliol, com invocações e Escrituras. Também em todos os transeuntes e pessoas que faziam compras de Natal ao longo do caminho.

— Registrem sua temperatura a intervalos de meia hora — avisou ela, distribuindo uma folha amarela. — Venham para cá imediatamente caso o seu monitor — indicou com o dedo o aparelhinho preso ao braço — marque aumento de temperatura. Alguma flutuação é normal. Nossa temperatura tende a se elevar no fim da tarde e começo da noite. Uma temperatura entre 36 e 37,4 é normal. Venham o quanto antes se ela exceder os 37,4 ou se aumentar de repente, ou caso comecem a sentir algum dos sintomas, como dor de cabeça, aperto no peito, confusão mental ou tontura.

Todos conferiram seus monitores e, sem dúvida, começaram a sentir uma dor de cabeça se aproximando. Dunworthy experimentara uma durante toda a tarde.

— Evitem ao máximo ter contato com outras pessoas — prosseguiu Mary. — Façam uma lista cuidadosa de todas as pessoas que encontrarem. Ainda não sabemos o modo de transmissão, mas a maioria dos mixovírus se dissemina por gotículas ou por contato direto. Lavem as mãos com água e sabão, com frequência.

Ela estendeu a Dunworthy outra folha cor-de-rosa. As cores começavam a escassear. Aquela folha era uma tabela, com o título CONTATOS, e embaixo: NOME/ENDEREÇO/TIPO DE CONTATO/HORÁRIO.

Era uma pena que o vírus de Badri nunca tivesse precisado enfrentar o CCD, o SNS e o CMI. Não teria chance nem de chegar à porta.

— Todos devem voltar a se apresentar aqui amanhã cedo, às sete horas. Enquanto isso, recomendo uma boa refeição e depois cama. Descansar é o melhor remédio contra qualquer vírus. Vocês dois estão dispensados — disse, olhando para os paramédicos. — Por toda a duração da quarentena. — Distribuiu mais algumas folhas coloridas e depois perguntou, com educação: — Alguma pergunta?

Dunworthy olhou para a paramédica, esperando que perguntasse a Mary se a varíola podia ser transportada pela rede, mas ela estava apenas analisando com ar indiferente as folhas que segurava.

— Posso voltar para minha escavação? — perguntou Montoya.

— Não, a não ser que esteja dentro do perímetro da quarentena — respondeu Mary.

— Oh, que ótimo — disse ela, enfiando os papéis com raiva nos bolsos do casaco de terrorista. — A água vai arrastar tudo enquanto estou presa aqui. — Saiu pisando duro.

— Mais alguma pergunta? — indagou Mary, imperturbável. — Muito bem, vejo vocês amanhã, às sete.

O paramédico se retirou, seguido pela paramédica, que saiu se espreguiçando e bocejando, como se estivesse se preparando para outra soneca. Latimer continuava sentado, observando seu monitor de temperatura. Gilchrist disse algo mordaz, e Latimer se levantou, vestiu o casaco e foi recolher o guarda-chuva e o maço de papéis.

— Espero ser informado sobre todos os desdobramentos — avisou Gilchrist. — Estou localizando Basingame para dizer que ele precisa voltar e assumir o controle da situação. — Abriu a porta com força, mas teve que mantê-la aberta, esperando, enquanto Latimer se abaixava para apanhar duas folhas caídas no chão.

— Será que amanhã cedo você podia dar uma volta a mais e buscar Latimer? — perguntou Mary, conferindo as listas de contatos. — Ele nunca vai se lembrar de que precisa estar aqui às sete.

— Preciso falar com Badri — disse Dunworthy.

— Laboratório, Brasenose — respondeu ela, lendo uma ficha de cada vez. — Escritório do Decano, Brasenose. Laboratório, Brasenose. Ninguém esteve com Badri a não ser no local da rede?

— Quando estávamos vindo para cá na ambulância ele disse: “Tem alguma coisa errada” — comentou Dunworthy. — Pode ter havido um desvio. Se for algo maior do que uma semana, Kivrin não vai ter ideia de quando será o reencontro.

Mary não respondeu. Ficou manuseando as folhas, a testa franzida.

— Preciso ter certeza absoluta de que não aconteceu nada de errado com o fix — insistiu Dunworthy.

Ela ergueu os olhos.

— Muito bem — disse. — Essas listas de contato são inúteis. Há lacunas enormes nos movimentos de Badri de três dias para cá. Ele é a única pessoa que pode nos dizer onde esteve e com quem entrou em contato. — Ela conduziu Dunworthy de volta e ao longo do corredor. — Pus uma enfermeira junto, para fazer perguntas, mas ele estava muito desorientado e ficou com medo dela. Talvez tenha menos receio se vir você.

Seguiram pelo corredor, entraram no elevador e ela disse ao microfone:

— Térreo, por favor. — E para ele: — Badri tem apenas alguns minutos de lucidez por vez. Talvez isso continue noite afora.

— Tudo bem — concordou Dunworthy. — Não vou conseguir descansar enquanto não souber que Kivrin chegou bem do lado de lá.

O elevador subiu dois andares com eles, que seguiram por outro corredor e cruzaram uma porta com a placa: ENTRADA PROIBIDA. ALA DE ISOLAMENTO. Dentro, uma freira com expressão soturna estava sentada a uma mesa, vigiando um monitor.

— Vou levar o sr. Dunworthy para ver o sr. Chaudhuri — disse Mary. — Precisamos de equipamentos de proteção, trajes. Como está ele?

— A febre aumentou de novo: 39,8 — disse a freira, estendendo para eles os SPGS, embrulhos de plástico contendo aventais de papel com laço atrás, gorros, máscaras impermeáveis impossíveis de colocar depois dos gorros, protetores para os pés que subiam até a canela e luvas impermeáveis. Dunworthy cometeu o erro de colocar primeiro as luvas, e depois perdeu um tempo que pareceu horas tentando desdobrar o jaleco e fixar a máscara no rosto.

— Vai ter que fazer a ele perguntas muito específicas — informou Mary. — Pergunte o que ele fez assim que acordou hoje de manhã, se dormiu com alguém, o que comeu no café, quem estava lá, esse tipo de coisa. A febre alta causa desorientação. Talvez precise fazer a mesma pergunta várias vezes. — Ela abriu a porta do quarto.

Não era um quarto, na verdade: havia espaço apenas para a cama e para um banquinho que nem chegava a ser um assento. A parede atrás da cama estava coberta por telas e equipamentos. Na parede oposta, uma cortina e mais equipamentos. Mary lançou um olhar rápido para Badri e depois começou a checar os monitores.

Dunworthy olhou para as telinhas. A mais próxima estava cheia de números e letras. A linha de baixo dizia: ICU 14320691 22-12-54 1803 200/RPT 1800CRS IMJPCLN 200MG/Q6H NHS40-211-7 M AHRENS. Pareciam ser as instruções médicas.

As outras telas mostravam gráficos cheios de picos e colunas de números. Nenhum parecia fazer sentido, exceto por um número no meio do segundo monitor da esquerda para a direita. Lia-se ali TEMP: 39,9. Deus do céu.

Ele olhou para Badri. Estava deitado com os braços para fora do lençol, ambos conectados a tubos pendurados de suportes. Um dos tubos era alimentado por pelo menos cinco bolsas plásticas diferentes. Os olhos dele estavam fechados, o rosto parecia magro e emaciado, como se ele tivesse perdido peso desde aquela manhã. A pele escura tinha um tom estranhamente arroxeado.

— Badri — disse Mary, curvando-se sobre ele —, pode me ouvir?

Ele abriu as pálpebras e olhou para eles sem reconhecê-los, o que talvez tivesse mais relação com o uso das roupas de papel da cabeça aos pés do que com o vírus.

— É o sr. Dunworthy — disse Mary, confiante. — Ele veio ver você. — O bip dela começou a tocar.

— Sr. Dunworthy? — repetiu ele com voz rouca, e tentou sentar-se.

Mary empurrou com delicadeza a cabeça dele de volta ao travesseiro.

— O sr. Dunworthy quer fazer algumas perguntas — disse ela, dando palmadinhas leves no peito de Badri, como fizera lá no laboratório no Brasenose. Ela endireitou-se, observou os mostradores na parede por trás dele. — Fique calmo. Preciso sair agora, mas o sr. Dunworthy vai ficar aqui com você. Descanse e procure responder às perguntas dele. — Depois de dizer isso, ela saiu.

— Sr. Dunworthy? — repetiu Badri outra vez, como se estivesse tentando captar o sentido das palavras.

— Sim — disse Dunworthy, sentando-se no banquinho. — Como está se sentindo?

— Quando acha que ele vai voltar? — perguntou Badri, e sua voz soava fraca e desgastada.

Ele tentou sentar outra vez. Dunworthy pousou a mão para detê-lo.

— Temos que encontrar ele — disse Badri. — Tem alguma coisa errada.

8

Ela estava sendo queimada na fogueira. Podia sentir as chamas. Já devia ter sido amarrada a uma estaca, embora não se lembrasse de nada disso. Lembrava que tinham acendido o fogo. Ela caíra do cavalo branco, e o degolador a apanhara nos braços e colocara de novo sobre o animal.

— Temos que voltar para o local do salto — falou para ele.

Ele tinha se inclinado sobre ela, que podia ver aquele rosto cruel na bruxuleante luz das labaredas.

— O sr. Dunworthy vai abrir a rede assim que perceber que tem alguma coisa errada — disse ela. Não devia ter contado isso para ele. Aquele homem achava que ela era uma bruxa e a trouxera até ali para que ardesse numa fogueira.

— Não sou uma bruxa — avisou ela, e imediatamente uma mão surgiu do nada e pousou na sua testa.

— Shhhh — disse uma voz.

— *Não sou* uma bruxa — repetiu ela, tentando falar devagar para que eles entendessem. O degolador ainda não tinha entendido. Ela tentara dizer que não deviam se afastar do local do salto, mas ele não deu atenção. Colocou-a em cima do cavalo branco e partiu para fora da clareira, por entre as bétulas de tronco esbranquiçado, para dentro da parte mais espessa da floresta.

Ela tentou prestar atenção ao caminho, para ter como refazer o trajeto na volta, mas o lampião balouçante daquele homem iluminava apenas o chão ao redor dos pés, e a luz machucava a vista. Fechou os olhos, o que foi um erro, porque o passo irregular do cavalo provocou tonturas, e ela escorregou do animal e caiu no chão.

— Não sou bruxa — repetiu ela. — Sou historiadora.

— *Hawey fond enyowuh thissla dey*? — perguntou uma voz de mulher muito, muito distante. Ela devia ter se aproximado para pôr mais gravetos no fogo, e recuado para longe do calor.

— *Enwodes fillenun gleydund sore destrayste* — respondeu uma voz de homem, uma voz que lembrava a do sr. Dunworthy. — *Ayeen mynarmehs hoor alle op hider ybar*.

— *Sweltes shay dumorte blauen*? — indagou a mulher.

— Sr. Dunworthy — disse Kivrin, estirando os braços para ele —, eu vim parar entre os degoladores! — Só que ela não conseguia enxergá-lo por entre a fumaça sufocante.

— Shhh — fez a mulher, e Kivrin entendeu que já era mais tarde e que tinha dormido, ainda que parecesse impossível. Quanto tempo a gente leva para queimar?, pensou ela. O fogo era tão quente que ela já devia ter virado só cinza àquela altura. No entanto, quando ergueu a mão, ela parecia intacta, embora pequenas chamas vermelhas tremulassem junto às bordas dos dedos. A luz das chamas doía em sua vista. Ela fechou os olhos.

Tomara que eu não caia de novo do cavalo, pensou. Tinha se agarrado com muita força, os braços apertando o pescoço, mesmo que o passo irregular do animal aumentasse sua dor de cabeça. E não tinha largado, mas mesmo assim caíra, embora tenha sido obrigada a aprender a cavalgar por orientação do sr. Dunworthy, que tinha até conseguido aulas para ela numa coudelaria perto de Woodstock. O sr. Dunworthy dissera que aquilo aconteceria: que ela acabaria ardendo na fogueira.

A mulher pôs uma xícara em seus lábios. Deve ser a esponja com vinagre, pensou Kivrin, a que eles dão aos mártires. Mas não era. Era um líquido quente, amargo. A mulher teve que inclinar a cabeça de Kivrin um pouco para a frente, para que pudesse beber, e pela primeira vez ela percebeu que estava deitada.

Tenho que dizer isso ao sr. Dunworthy, pensou ela. Eles queimam as pessoas deitadas na fogueira. Ela tentou erguer as mãos até o rosto para ativar o chip-gravador, mas foi impedida pelo peso das chamas.

Estou doente, pensou Kivrin, e soube que o líquido quente era algum tipo de poção medicinal que tinha abaixado um pouco sua febre. Não estava deitada no chão, afinal, e sim na cama de um quarto escuro, e a mulher que lhe pedira para não falar e dera o líquido estava ali perto. Kivrin podia ouvir sua respiração. Tentou mexer a cabeça para vê-la, mas o esforço voltou a provocar dor. A mulher devia estar dormindo. Sua respiração era alta e regular, quase um ronco. O som fazia a cabeça de Kivrin doer.

Devo estar no vilarejo, pensou. O homem ruivo deve ter me trazido para cá.

Tinha caído do cavalo, e o degolador a ajudara a subir de novo. Só que, quando olhou para ele, viu que aquele não parecia o rosto de um degolador: era jovem, com cabelo ruivo e uma expressão simpática. Ele inclinou-se sobre ela quando estava encostada à roda da carroça, pôs um joelho no chão e disse:

— Quem é você?

Kivrin o entendeu perfeitamente.

— *Canstawd ranken derwyn*? — perguntou a mulher, inclinando a cabeça de Kivrin para que ela bebesse um pouco mais do líquido amargo. Kivrin mal conseguia engolir. O fogo estava agora na sua garganta. Podia sentir as pequenas chamas alaranjadas, embora o líquido devesse tê-las apagado. Pensou que talvez o homem a tivesse levado para alguma terra estrangeira, Espanha, Grécia, algum lugar cuja língua não estava prevista no intérprete.

Apesar de ter entendido perfeitamente o homem ruivo.

— Quem é você? — perguntou ele, e ela pensou que o outro homem talvez fosse um escravo trazido das Cruzadas, um escravo que falava turco ou árabe, e por isso ela não podia entendê-lo.

— Sou historiadora — disse ela mas, quando ergueu os olhos para o rosto simpático, não era ele, era o degolador.

Olhou em torno, ansiosa, procurando o homem ruivo, mas ele não estava ali. O degolador recolheu e amontoou alguns gravetos entre pedras para fazer uma fogueira.

— Sr. Dunworthy! — gritou Kivrin, desesperada, e o degolador aproximou-se, agachando-se, a luz do lampião bruxuleando em seu rosto.

— Não tenha medo — disse. — Ele volta logo.

— Sr. Dunworthy! — gritou ela, e o homem ruivo voltou a aparecer e outra vez se ajoelhou junto dela.

— Eu não devia ter me afastado do local do salto — disse ela, pregando os olhos naquele rosto para que ele não se transformasse no degolador. — Teve alguma coisa errada com o fix. Precisa me levar de volta para lá.

Ele desprendeu e girou com facilidade a própria capa por cima dos ombros antes de colocá-la sobre Kivrin, que soube então que ele a compreendia.

— Preciso ir para casa — disse ela, quando ele se inclinou. Ele trazia um lampião, que iluminava o rosto simpático e brilhava no cabelo ruivo como chamas.

— *Godufadur* — chamou ele, e ela pensou: Esse é o nome do escravo, Gaud-defaudre. Ele vai pedir que o escravo conte onde me encontrou e vai me levar de volta para o local do salto. E o sr. Dunworthy... o sr. Dunworthy vai ficar maluco quando abrirem a rede e eu não estiver lá. Tudo bem, sr. Dunworthy, pensou ela em silêncio, já estou chegando.

— *Dreede nawmaydde* — dissera o homem ruivo, enquanto a erguia nos braços. — *Fawrthah Galwinnath coam.*

— Estou doente — explicou Kivrin para a mulher —, por isso não posso entendê-la.

Porém, desta vez, ninguém se inclinou sobre ela na escuridão. Talvez eles estivessem cansados de vê-la queimando e tivessem ido embora. Ela estava demorando muito a arder, mas o fogo agora parecia estar mais quente do que antes.

O homem ruivo a colocou em cima do cavalo, à frente do próprio corpo, e cavalgou para dentro do bosque, e ela pensou que estava sendo levada de volta para o local do salto. O cavalo agora tinha sela e sininhos, e os sininhos bimbalhavam enquanto avançavam, tocando "O Come, All Ye Faithful", e os sinos estavam mais altos, mais altos em cada verso, até que pareciam os sinos da St. Mary the Virgin.

Cavalgaram por muito tempo, e ela pensou que decerto já estariam perto do local do salto.

— Fica longe o salto? — perguntou ao ruivo. — O sr. Dunworthy vai ficar muito preocupado...

No entanto, ele não respondeu. O cavalo saiu do bosque e começou a descer uma ladeira. A lua tinha subido no céu e brilhava, pálida, por entre os galhos de um renque de árvores sem folhas, e sobre uma igreja que havia lá embaixo no vale.

— O salto não foi aqui — disse ela, e tentou puxar as rédeas para voltar ao lugar de onde vinham, mas não ousou mexer os braços que se seguravam ao homem ruivo, por medo de cair. E então estavam diante de uma porta, que se abriu, e se abriu de novo, e havia fogo e luz e som de sinos, e ela soube que afinal fora trazida de volta ao local do salto.

— *Shay boyen syke nighonn tdeeth* — disse a mulher, que levou as mãos enrugadas e ásperas ao encontro da pele de Kivrin e puxou as cobertas da cama por cima do corpo. Peles: Kivrin pôde sentir o pelo macio contra o rosto, ou talvez fosse seu próprio cabelo.

— Para onde me trouxe? — perguntou.

A mulher inclinou-se um pouco para a frente, como se não ouvisse bem, e Kivrin percebeu que devia ter falado em inglês. O intérprete não estava funcionando. Supunha-se que ela seria capaz de pensar as palavras em inglês moderno e falar em inglês médio. Talvez fosse por isso que não conseguia entendê-los, porque o intérprete não estava funcionando.

Tentou pensar como se dizia aquilo em inglês médio. *Where hast thou bringen me to*? A construção estava errada. Ela tinha que perguntar: "Que lugar é este?", mas não lembrava a palavra em inglês médio para "lugar".

Não conseguia pensar direito. A mulher continuava amontoando lençóis e, quanto mais peles empilhava sobre ela, mais Kivrin sentia frio, como se a mulher estivesse apagando o fogo.

Eles não entenderiam se ela perguntasse "Que lugar é este?". Estava num vilarejo. Tinham passado a cavalo diante de uma igreja e chegado a uma casa grande. Ela devia perguntar: "Qual é o nome deste vilarejo?".

A palavra para lugar era "demain", mas a construção continuava errada. Eles usariam uma construção de frase francesa, não?

— *Quelle demeure avez-vous m'apporté*? — perguntou ela bem alto, mas a mulher tinha saído de perto, e aquilo não estava correto. Eles já não falavam francês há duzentos anos. Tinha que perguntar em inglês. "Onde fica este vilarejo para onde me trouxeram?" Mas qual era a palavra para "vilarejo"?

O sr. Dunworthy dissera que ela não deveria depender do intérprete, que precisava ter aulas de inglês médio, francês normando e alemão para equilibrar discrepâncias na pronúncia. Fez ela memorizar páginas e mais páginas de Chaucer. *Soun ye nought but eyr ybroken. And every speche that ye spoken.* Não. Não. "Onde fica este vilarejo para onde me trouxeram?" Qual era a palavra para "vilarejo"?

Ele trouxe Kivrin para o vilarejo e bateu a uma porta. Um homem enorme apareceu, de machado em punho. Para cortar a lenha para o fogo, claro. Um homem enorme e depois uma mulher, e ambos disseram palavras que Kivrin não compreendia, e a porta se fechou, e eles ficaram de fora, na escuridão.

— Sr. Dunworthy! Dra. Ahrens! — gritou ela, e o peito doía muito a cada grito. — Não deixe eles fecharem o salto! — pediu ela ao homem ruivo, mas ele tinha se transformado de novo num degolador, num ladrão.

— Não — disse ele. — Ela está só ferida. — E então a porta se abriu de novo, e eles carregaram Kivrin para dentro, para ser queimada.

Estava tão quente ali.

— *Thawmot goonawt plersoun roshundt prayenum comth ithre* — disse a mulher, e Kivrin tentou erguer a cabeça para beber, mas a mulher não estava segurando uma xícara, e sim uma vela, bem junto ao rosto de Kivrin. Junto demais. O cabelo pegaria fogo.

— *Der maydemot nedes dya* — disse a mulher.

A vela tremeluziu, bem pertinho da bochecha dela. O cabelo estava em chamas. Chamas alaranjadas e vermelhas ardendo nas pontas do cabelo, atingindo e transformando madeixas soltas em cinza.

— Shh — fez a mulher, tentando segurar as mãos de Kivrin, que se debateu até se desvencilhar. Passou a mão no cabelo, tentando extinguir as chamas. Suas mãos pegaram fogo.

— Shh — disse a mulher, prendendo as mãos dela. Não era a mulher. Eram mãos muito fortes. Kivrin jogou a cabeça de um lado para o outro, tentando escapar das chamas, mas também estavam agarrando sua cabeça. Seu cabelo ardeu numa tocha de fogo.

O quarto estava todo enfumaçado quando Kivrin despertou. O fogo devia ter se apagado enquanto ela dormia. Algo assim tinha acontecido com um dos mártires quando foi levado à fogueira. Seus amigos empilharam ramos verdes no fogo, para que ele morresse inalando a fumaça antes do fogo chegar até seu corpo, mas isso só serviu para abrandar as chamas, e ele ardeu no braseiro durante horas.

A mulher voltou a se inclinar sobre sua cabeça. A fumaça era tanta que Kivrin não conseguia dizer se ela era velha ou jovem. O homem ruivo devia ter apagado o fogo. Ele tinha coberto Kivrin com a capa antes de ir até a fogueira para apagá-la, pisando com as botas, de modo que a fumaça subiu e a cegou.

A mulher gotejou água sobre Kivrin, e as gotas pareceram ferver na sua pele.

— *Hauccaym anchi towoem denswile*? — perguntou a mulher.

— Eu sou Isabel de Beauvrier — disse Kivrin. — Meu irmão está doente, em Evesham. — Ela não conseguia se lembrar de palavra nenhuma. *Quelle demeure. Perced to the rote.* — Onde estou? — perguntou, em inglês.

Um rosto se aproximou.

— *Hau hightes towe*? — disse a voz. Era o rosto do degolador da floresta encantada. Ela desviou o rosto, com medo.

— Vá embora! — pediu. — O que quer comigo?

— *In nomine Patris, et Filii, et Spiritus sancti* — disse ele.

Latim, pensou ela, agradecida. Deve haver um padre por aqui. Tentou erguer a cabeça para enxergar o padre por trás do degolador, mas não conseguiu. Havia muita fumaça no quarto. Eu sei falar latim, pensou ela. O sr. Dunworthy me obrigou a aprender.

— Não deviam tê-lo deixado entrar aqui! — disse ela, em latim. — Ele é um degolador! — A garganta doía, e Kivrin quase não tinha ar para pronunciar as palavras mas, pelo modo surpreso como o degolador recuou, ela percebeu que eles tinham escutado.

— Não deve ter medo — disse o padre, e ela entendeu perfeitamente. — Você vai voltar para casa.

— Para o local do salto? — perguntou Kivrin. — Vão me levar para o salto?

— *Asperges me, Domine, hyssope et mundabor* — disse o padre. Aspergei-me com o hissope, Senhor, e eu ficarei limpo. Ela entendeu perfeitamente.

— Ajude-me — pediu ela em latim. — Preciso voltar para o lugar de onde eu vim.

— ... *nominus*... — disse o padre, tão baixinho que ela mal ouviu. Nome. Alguma coisa a respeito de um nome. Ela levantou a cabeça. Sentia-se estranhamente leve, como se todo seu cabelo tivesse queimado.

— Meu nome? — perguntou.

— Pode me dizer seu nome? — disse ele, em latim.

Ela deveria dizer que era Isabel de Beauvrier, filha de Gilbert de Beauvrier, de East Riding, mas sua garganta doía tanto que achou que não conseguiria.

— Preciso voltar — avisou. — Eles não vão saber onde estou.

— *Confiteor deo omnipotenti* — disse o padre de muito longe. Ela não podia mais vê-lo. Quando tentou olhar por trás do degolador, tudo que conseguiu avistar eram chamas. Deviam ter acendido o fogo outra vez. — *Beatae Mariae semper Virgini...*

Ele está rezando o Confiteor Deo, pensou ela, a prece da confissão. O degolador não devia estar ali. Não devia haver nenhuma outra pessoa num quarto durante uma confissão.

Era a vez dela. Tentou ficar de mãos postas para rezar, mas não conseguiu. O padre então ajudou e, quando ela não pôde lembrar as palavras, recitou com ela.

— Perdoai-me, Pai, porque pequei. Confesso a Deus Todo-Poderoso, e a vós, padre, que pequei muitas vezes por pensamentos, palavras, atos e omissões, por minha culpa.

— *Mea culpa* — murmurou ela — *mea culpa, mea maxima culpa.* — Por minha culpa, minha máxima culpa, mas isso não estava correto, não era isso que ela deveria estar dizendo.

— Você pecou? — perguntou o padre.

— Pecou? — repetiu ela, sem entender.

— Sim — disse ele com delicadeza, inclinando-se a ponto de estar quase falando ao pé do ouvido dela. — Tem que confessar seus pecados e obter o perdão de Deus, para poder entrar no reino eterno.

Tudo que eu queria era ir para a Idade Média, pensou ela. Trabalhei tanto, aprendi as línguas, aprendi os costumes, fiz tudo que o sr. Dunworthy me mandou fazer. Tudo que eu queria era ser historiadora.

Ela engoliu, teve a sensação de engolir uma labareda.

— Eu não pequei.

O padre recuou, e Kivrin achou que estava zangado porque ela não queria confessar seus pecados.

— Eu devia ter dado ouvidos ao sr. Dunworthy — disse ela. — Não devia ter me afastado do local do salto.

— *In nomine Patris, et Filii, et Spiritus sancti. Amen* — disse o padre, cuja voz era gentil, reconfortante. Ela sentiu o frescor do toque dos dedos dele sobre sua testa.

— *Quid quid deliquisti* — murmurou o padre. — Por esta santa unção e Sua piíssima misericórdia... — Ele tocou nos olhos, nas orelhas, nas narinas de Kivrin, tão de leve que ela mal sentia aquela mão, apenas o toque frio do óleo.

Isso não é um ritual de penitência, pensou Kivrin. É uma extrema-unção. Ele está *ministrando* os últimos sacramentos.

— Não... — começou Kivrin.

— Não tenha medo — disse ele. — Que o Senhor perdoe as ofensas que possa ter cometido ao caminhar — continuou ele, apagando o fogo que estava ardendo nas solas dos pés de Kivrin.

— Por que está me dando a extrema-unção? — perguntou ela, e então lembrou que estava sendo queimada na fogueira. Vou morrer aqui, pensou, e o sr. Dunworthy nunca vai ficar sabendo o que aconteceu comigo. — Meu nome é Kivrin — continuou ela. — Por favor, digam ao sr. Dunworthy...

— Você verá o Redentor face a face — disse o padre, só que agora era o degolador quem estava falando. — E parada diante Dele poderá ver com olhos abençoados a verdade manifesta.

— Estou morrendo, não estou? — quis saber ela.

— Não tenha medo — disse ele, segurando-lhe a mão.

— Não me abandone — pediu ela, apertando com força os dedos dele.

— Não vou abandonar você — respondeu ele, mas ela não conseguia vê-lo devido à fumaça. — Que o Deus Todo-Poderoso tenha misericórdia, perdoe os seus pecados e a conduza à vida eterna — disse ele.

— Por favor, sr. Dunworthy, venha me buscar — pediu ela, e as chamas se ergueram, envolvendo os dois.

TRANSCRITO DO LIVRO DO JUÍZO FINAL
(000806-000882)

Domine, mittere digneris sanctum Angelum tuum de caelis, qui custodiat, foveat, protegat, visitet, atque defendat omnes habitantes in hoc habitaculo.

(Pausa)

Exaudi orationim meam et clamor meus ad te veniat.

(Tradução: Ó Senhor, dignai-vos a enviar Vosso santo anjo do céu para guardar, abrigar, proteger, visitar e defender todos os que estão reunidos nesta casa.)

(Pausa)

(Ouvi minha prece e permiti que meu chamado chegue a Vós.)

9

— O que é, Badri? O que tem de errado? — perguntou Dunworthy.

— Frio — respondeu Badri.

Dunworthy inclinou-se sobre ele e puxou o lençol e o cobertor para cima, cobrindo os ombros. O cobertor parecia melancolicamente inadequado, tão fino quanto a camisola descartável usada por Badri. Não era de espantar que sentisse tanto frio.

— Obrigado — murmurou Badri, puxando o braço de baixo das cobertas e segurando a mão de Dunworthy. Fechou os olhos.

Dunworthy observou com ansiedade os mostradores, que continuavam indecifráveis como sempre. A temperatura ainda estava em 39,9. A mão de Badri parecia muito quente, mesmo através da luva impermeável, e as unhas estavam estranhas, quase azul-escuro. A pele também parecia mais escura, e o rosto, mais magro do que quando ele fora trazido para ali.

A freira-enfermeira daquela ala, cuja silhueta por trás do jaleco descartável tinha uma incômoda semelhança com a da sra. Gaddson, entrou e disse com voz mal-humorada:

— A lista dos contatos primários dele está na tabela. — Não admira que Badri tivesse medo dela. — CH1 — informou ela, apontando o teclado por baixo do primeiro mostrador à esquerda.

Uma tabela dividida em blocos superpostos de horas apareceu na tela. O nome dele, o de Mary e o da enfermeira estavam no topo da lista com as letras SPG na sequência, entre parênteses, provavelmente indicando que estavam usando equipamentos de proteção quando entraram em contato com ele.

— Rolar a tela — ordenou Dunworthy, e a tabela se moveu para cima, mostrando os horários da chegada ao hospital, os paramédicos da ambulância, a rede, os dois últimos dias. Badri tinha ido a Londres na segunda-feira de manhã para instalar um salto presencial para o Jesus College. Voltou para Oxford ao meio-dia, de metrô.

Ele se encontrou com Dunworthy às duas e meia e ficou lá até as quatro. Dunworthy digitou esses horários na tabela. Badri dissera ter ido a Londres no domingo, mas Dunworthy não lembrava a que horas. Digitou: LONDRES — LIGAR PARA O JESUS COLLEGE E PERGUNTAR A QUE HORAS ELE CHEGOU.

— Ele perde e recupera os sentidos o tempo todo — disse a enfermeira, com ar de desaprovação. — É a febre. — Ela verificou os tubos de soro, ajeitou as cobertas e saiu.

O ruído da porta se fechando pareceu acordar Badri. Seus olhos se entreabriram.

— Preciso fazer algumas perguntas, Badri — começou Dunworthy. — Queremos saber quem você encontrou, com quem conversou. Não queremos que ninguém fique doente como você, e precisamos da sua ajuda para encontrar essas pessoas.

— Kivrin — disse ele, com voz suave, quase um sussurro, embora a mão apertasse com força a mão de Dunworthy. — No laboratório.

— Hoje de manhã? — perguntou Dunworthy. — Você esteve com Kivrin antes da manhã de hoje? Esteve com ela ontem?

— Não.

— O que você fez ontem?

— Verifiquei a rede — respondeu ele fracamente, a mão crispada sobre a de Dunworthy.

— Passou o dia lá?

Ele abanou a cabeça, e o esforço produziu uma série de bips e saltos nos monitores.

— Fui procurar o senhor.

Dunworthy assentiu.

— Sim, você me deixou um bilhete. O que fez depois? Encontrou Kivrin?

— Kivrin — disse ele. — Eu chequei as coordenadas de Puhalski.

— Estavam corretas?

Ele franziu a testa.

— Estavam.

— Tem certeza?

— Tenho. Chequei tudo duas vezes. — Ele parou para recuperar o fôlego. — Fiz uma checagem interna, e usei um comparador.

Dunworthy sentiu uma onda de alívio. Não houvera um erro nas coordenadas, então.

— E quanto ao desvio? Quanto desvio houve?

— Dor de cabeça — disse ele. — Hoje de manhã. Devo ter bebido demais na festa.

— Que festa?

— Cansado — murmurou ele.

— Que festa? — insistiu Dunworthy, sentindo-se como um torturador da Inquisição. — Quando foi? Segunda?

— Terça — respondeu Badri. — Bebi demais. — Ele mexeu a cabeça no travesseiro.

— Descanse agora — pediu Dunworthy, desprendendo com delicadeza sua mão da mão de Badri. — Tente dormir um pouco.

— Que bom que veio — disse Badri, tentando pegar de novo a mão dele.

Dunworthy segurou aquela mão e ficou olhando ora para ele, ora para os monitores, até que Badri adormeceu. Estava chovendo. Dava para ouvir o tamborilar das gotas por trás das cortinas cerradas.

Não tinha se dado conta da gravidade da doença de Badri. Preocupara-se tanto com Kivrin que mal pensara no técnico. Talvez não devesse ficar tão zangado com Montoya e os demais. Todos também tinham as próprias preocupações, e ninguém havia parado para pensar na doença de Badri além das dificuldades e dos incômodos provocados por ela. Mesmo Mary, falando sobre a necessidade de usar Bulkeley-Johnson como enfermaria, e sobre as possibilidades de um surto epidêmico, não tinha compreendido a realidade da doença de Badri e o que ela significava. Ele tomara suas doses de antivirais e estava ali com uma febre de 39,9.

A noite foi passando. Dunworthy escutou a chuva e o toque de sinos, de quinze em quinze minutos, em St. Hilda e, mais longe, em Christ Church. A enfermeira apareceu para informá-lo, carrancuda, de que estava terminando seu turno, e foi substituída por uma colega pequena, loura, jovial, usando a insígnia de estudante, que veio checar os tubos e examinar os monitores.

A lucidez de Badri ia e voltava, exigindo um grande esforço. Dunworthy não descreveria aquilo como uma "oscilação". O rapaz parecia cada vez mais exausto ao recobrar a consciência, e cada vez menos capaz de responder às suas perguntas.

Dunworthy insistiu, imperturbável. A festa fora em Headington. Depois, Badri tinha ido a um pub. Não lembrava o nome. Na segunda-feira à noite, trabalhou sozinho no laboratório, checando as coordenadas de Puhalski. Chegou de Londres ao meio-dia. Pelo metrô.

A tarefa seria impossível. Os passageiros do metrô, os convidados da festa, todas as pessoas com quem Badri tinha entrado em contato em Londres. Jamais conseguiriam identificar e testar todos, mesmo que Badri soubesse quem eram.

— Como você veio para Brasenose hoje de manhã? — perguntou Dunworthy na vez seguinte em que Badri recuperou a consciência.

— Manhã? — perguntou ele, olhando a janela coberta pelas cortinas, como se já fosse de manhã cedo. — Quanto tempo eu dormi?

Dunworthy não soube o que responder. Passara a noite inteira dormindo e acordando.

— São dez da noite — disse, olhando o relógio. — Trouxemos você para o hospital à uma e meia da tarde. Você operou a rede pela manhã. Enviou Kivrin. Lembra a que horas começou a se sentir mal?

— Que dia é hoje? — perguntou Badri de repente.

— Vinte e dois de dezembro. Você está aqui há metade de um dia.

— O ano — começou Badri, fazendo um esforço para sentar na cama. — Em que ano estamos?

Dunworthy olhou ansioso os monitores. A temperatura estava perto de 40 graus.

— O ano é 2054 — respondeu, inclinando-se sobre Badri, tentando acalmá-lo. — Vinte e dois de dezembro.

— Se afaste — disse Badri.

Dunworthy endireitou o corpo e recuou, afastando-se da cama.

— Se afaste — repetiu Badri, soerguendo ainda mais o corpo e olhando em volta do quarto. — Onde está o sr. Dunworthy? Preciso falar com ele.

— Estou aqui, Badri — respondeu, dando um passo adiante e parando, com receio de assustá-lo. — O que quer falar comigo?

— Você sabe onde ele está? — indagou Badri. — Pode entregar esse bilhete a ele?

Estendeu uma folha de papel imaginária, e Dunworthy percebeu que ele estava lembrando a tarde da terça-feira, quando chegou ao Balliol.

— Tenho que voltar para a rede. — Ele olhou para um relógio imaginário. — O laboratório já abriu?

— O que você queria dizer ao sr. Dunworthy? — perguntou Dunworthy. — É sobre o desvio?

— Não. Se afaste! Você vai derrubar. A tampa! — Ele encarou Dunworthy, os olhos brilhando de febre. — O que está esperando? Vá buscá-lo.

A enfermeira-residente entrou.

— Ele está delirando — disse Dunworthy.

Ela lançou uma olhadela para Badri e foi verificar os monitores, que para Dunworthy tinham um comportamento ameaçador: números se substituindo com rapidez nas telas e formas ziguezagueando em três dimensões. A enfermeira-residente, porém, não parecia particularmente preocupada. Olhou os monitores um por um e passou a ajustar com calma o fluxo de líquido nos tubos.

— Vamos deitar agora, certo? — pediu ela, e surpreendentemente Badri obedeceu.

— Pensei que você tinha ido embora — disse Badri para ela, recostando-se no travesseiro. — Ainda bem que está aqui — comentou, e pareceu apagar por completo, embora agora não corresse o risco de cair no chão.

A enfermeira não pareceu notar. Continuou ajustando os tubos.

— Ele desmaiou — informou Dunworthy.

Ela assentiu e começou a ler os monitores. Não deu muita atenção a Badri, que estava mortalmente pálido sob a pele morena.

— Não acha que seria melhor chamar um médico? — sugeriu Dunworthy e, nesse instante, a porta se abriu e entrou uma mulher alta, trajando equipamentos de proteção.

Ela também não olhou para Badri. Leu os monitores um por um, antes de perguntar:

— Indicativos de envolvimento pleural?

— Cianose e calafrios — respondeu a enfermeira.

— O que ele está tomando?

— Mixabravina — disse ela.

A médica pegou um estetoscópio pendurado na parede, desenrolou os tubos para liberar a parte central.

— Alguma hemoptise?

Ela abanou a cabeça.

— Frio — gemeu Badri na cama. Ninguém deu a menor atenção. Badri começou a tremer. — Não deixe cair. É porcelana, não é?

— Quero 50 ml de penicilina aquosa e uma dose de ácido acetilsalicílico — a médica ordenou. Depois fez Badri, que tremia mais do que nunca, sentar na cama, abriu o velcro que fechava a camisola e apertou o estetoscópio contra as costas dele, no que pareceu a Dunworthy um castigo desnecessário e cruel. — Respire fundo — pediu ela, de olho no monitor.

Badri obedeceu, os dentes chocalhando.

— Pequena consolidação pleural no esquerdo inferior — comentou a médica enigmaticamente, movendo o aparelho um centímetro para o lado. — De novo. — Moveu o estetoscópio várias vezes e depois falou: — Já temos identificação?

— Mixovírus — disse a enfermeira, enchendo uma seringa. — Tipo A.

— Sequenciado?

— Ainda não. — Ela encaixou a seringa na cânula e puxou o êmbolo. Lá fora, um telefone tocou.

A médica voltou a prender o velcro na camisola de Badri, ajudou-o a deitar de novo e jogou as cobertas sobre as pernas dele, sem cuidado.

— Me passe uma amostra de Gram — disse, e saiu. O telefone continuava tocando.

Dunworthy estava ansioso para cobrir Badri de maneira adequada, mas a residente estava prendendo outra bolsa de líquido no suporte. Ele esperou que ela instalasse tudo e saísse, e só então endireitou e puxou o cobertor por cima dos ombros de Badri, enfiando depois as bordas na lateral da cama.

— Melhor assim? — perguntou, mas Badri já tinha parado de tremer e dormia profundamente. Dunworthy olhou os monitores. A temperatura tinha caído para 39,2 e as linhas dos outros mostradores, que antes se agitavam febrilmente, estavam regulares e firmes.

— Sr. Dunworthy. — A voz da enfermeira-residente brotou de algum ponto da parede. — Uma ligação para o senhor. O sr. Finch está na linha.

Dunworthy abriu a porta. A residente, ainda trajando o SPG, fez um gesto para que ele tirasse o seu. Dunworthy obedeceu, jogando as roupas de papel num grande cesto indicado por ela.

— Os óculos, por favor — pediu ela. Ele entregou e ela começou a borrifar desinfetante nas lentes. Dunworthy apanhou o telefone, apertando os olhos para ver a telinha.

— Sr. Dunworthy, procurei o senhor por toda parte — disse Finch. — Uma coisa terrível aconteceu.

— O que foi? — perguntou Dunworthy. Olhou o relógio. Eram dez horas. Ainda muito cedo para alguém ter desabado com o vírus, se o período de incubação era mesmo de doze horas. — Alguém doente?

— Não, senhor. Pior do que isso. É a sra. Gaddson. Ela está em Oxford. Conseguiu de algum modo furar o isolamento da quarentena.

— Eu sei. Ela veio no último trem. Forçou a porta e entrou.

— Sim. Bem, ela ligou do hospital. Insiste em ficar no Balliol e me acusou de não cuidar direito de William, só porque eu fui o responsável por digitar as tarefas dos monitores, e ao que parece o tutor do sr. Gaddson pediu que ele ficasse aqui durante o feriado, estudando Petrarca.

— Avise a ela que não temos espaço. Diga que os dormitórios estão sendo esterilizados.

— Já disse, senhor, mas ela rebateu que nesse caso ficaria no quarto de William. Eu não gostaria de fazer isso com ele, senhor.

— Não — concordou Dunworthy. — Existem coisas que ninguém é obrigado a suportar, mesmo durante uma epidemia. Já avisou William que a mãe dele está chegando?

— Não, senhor. Tentei falar com ele, mas não está no prédio. Como Tom Gailey me disse que o sr. Gaddson está visitando uma jovem dama em Shrewsbury, liguei para lá, mas não obtive resposta.

— Não duvido que estejam estudando Petrarca em algum lugar — sugeriu Dunworthy, imaginando o que aconteceria caso a sra. Gaddson encontrasse os pombinhos de surpresa, durante o trajeto para Balliol.

— Eu não entendo por que ele deveria fazer isso, senhor — disse Finch, parecendo preocupado. — Ou por que o tutor mandou que estudasse Petrarca. Ele está estudando os modernos.

— Sim, tudo bem. Certo, quando a sra. Gaddson chegar, ela pode ficar em Warren. — A enfermeira ergueu os olhos rapidamente, enquanto limpava os óculos dele. — De qualquer modo, fica só do outro lado do pátio. Dê para ela um quarto sem vista para nada. E verifique se há pomada para dermatite em quantidade suficiente.

— Claro, senhor — disse Finch. — Falei com a secretária do New College. Ela comentou que o sr. Basingame disse, antes de viajar, que queria ficar livre de preocupações, mas ela presume que ele deve ter dito a *alguma pessoa* para onde ia, e que tentaria falar com a esposa dele assim que as linhas estivessem desocupadas.

— Perguntou a respeito dos técnicos?

— Perguntei, senhor — respondeu Finch. — Todos foram passar o feriado em casa.

— Qual dos nossos técnicos mora mais perto de Oxford?

Finch pensou por um momento.

— Deve ser Andrews. Ele mora em Reading. Quer o número dele?

— Quero, e prepare para mim uma lista com os telefones e endereços dos outros.

Finch passou o número de Andrews.

— Tomei providências para resolver o problema do papel higiênico. Colei avisos dizendo: O EXCESSO CONDUZ À FALTA.

— Maravilha — disse Dunworthy, e desligou. Tentou o número de Andrews. Estava ocupado.

A enfermeira-residente lhe estendeu os óculos e um novo pacote de equipamentos de proteção, e ele vestiu aquelas roupas, desta vez tendo o cuidado de pôr a máscara antes do gorro, e de deixar as luvas por último. Mesmo assim ainda levou um tempo enorme para ficar pronto. Teve esperanças de que a enfermeira fosse mais rápida do que ele se Badri tocasse pedindo ajuda.

Voltou para o quarto. Badri continuava dormindo um sono inquieto. Ele olhou o monitor. A temperatura estava em 39,4.

A cabeça doía. Dunworthy tirou os óculos e apertou o espaço entre os olhos. Sentou no banquinho perto da cama e consultou a lista de contatos que tinha montado até então. Mal podia ser chamada de lista, de tantas lacunas. O nome do pub para onde Badri fora depois da festa. Onde estivera Badri na segunda-feira, ao anoitecer. E na tarde da segunda. Badri chegara de Londres ao meio-dia, de metrô, e Dunworthy ligara pedindo que ele operasse a rede às duas e meia da tarde. Onde teria estado durante essas duas horas e meia?

E por onde teria andado na terça à noite, depois que foi ao Balliol e deixou o bilhete dizendo que havia checado o sistema da rede? Teria voltado ao laboratório? Ou teria ido a outro pub? Dunworthy ficou pensando se alguém do Balliol podia ter conversado com Badri enquanto ele esteve lá. Quando Finch voltasse a ligar para narrar os novos desdobramentos do problema com as sineiras e com o papel higiênico, pediria para perguntar a todo mundo no prédio se tinham visto Badri.

A porta se abriu e a residente entrou no quarto, devidamente coberta com o SPG. Dunworthy olhou automaticamente para os monitores, mas não viu nenhuma mudança que chamasse atenção. Badri continuava dormindo. A enfermeira digitou alguns números, checou os tubos, ajeitou um canto da coberta. Abriu um pouco a cortina e ficou parada ali, girando o cordão entre os dedos.

— Não pude deixar de escutar sua conversa ao telefone — disse ela. — O senhor mencionou uma sra. Gaddson. Sei que perguntar isso é algo terrivelmente indelicado, mas será da mãe de William Gaddson que o senhor está falando?

— Isso mesmo — respondeu ele, surpreso. — William é um estudante de graduação no Balliol. Conhece ele?

— Conheço, é meu amigo — disse ela, com uma onda de rubor no rosto que era visível mesmo através da máscara impermeável.

— Ah — fez ele, imaginando quando é que William arranjaria tempo para estudar Petrarca. — A mãe de William está aqui no hospital — informou ele, sentindo que precisava avisá-la, mesmo sem saber contra quem. — Parece que veio fazer uma visita de Natal para o filho.

— Ela está aqui? — indagou a enfermeira, num cor-de-rosa ainda mais brilhante. — Pensei que estivéssemos de quarentena.

— O trem dela foi o último a chegar de Londres — disse Dunworthy, abatido.

— William já sabe?

— Meu secretário está tentando avisá-lo — respondeu ele, omitindo a parte a respeito da jovem dama de Shrewsbury.

— Ele está na biblioteca Bodleian — disse ela. — Estudando Petrarca. — Ela desenrolou o cordão da cortina que havia enrolado na mão e saiu, sem dúvida pensando em ligar para a Bodleian.

Badri se mexeu e murmurou alguma coisa que Dunworthy não entendeu. Parecia ruborizado, e a respiração soava mais trabalhosa.

— Badri? — chamou ele.

Badri abriu os olhos.

— Onde é que estou? — quis saber ele.

Dunworthy olhou para os monitores. A febre tinha baixado meio ponto, e Badri tinha uma expressão mais alerta do que antes.

— Na emergência do hospital — disse ele. — Você desmaiou no laboratório do Brasenose quando estava operando a rede. Lembra?

— Lembro que me senti estranho. Senti frio. Fui até o pub para lhe dizer que tinha conseguido o fix. — Um ar esquisito, amedrontado, surgiu no rosto dele. — Você me disse que tinha alguma coisa errada. O que foi? Foi o desvio?

— Alguma coisa errada — repetiu Badri, tentando erguer o corpo se apoiando no cotovelo. — Qual é o problema comigo?

— Você está doente. Pegou uma gripe.

— Doente? Eu nunca fiquei doente. — Ele fez esforços para sentar na cama. — Eles morreram, não foi?

— Quem?

— Eu matei todos eles.

— Você esteve com alguém, Badri? Isso é importante. Alguém mais tem o vírus?

— Vírus? — indagou ele, e havia um alívio evidente em sua voz. — Eu estou com um vírus?

— Está. É uma espécie de gripe. Não é fatal. Eles estão ministrando antimicrobióticos, e há um análogo a caminho. Você logo, logo vai estar recuperado. Sabe de quem poderia ter contraído isso? Alguém mais estará com um vírus?

— Não. — Ele voltou a acomodar o corpo sobre o travesseiro. — Eu pensei... Oooh!... — Ele ergueu olhos alarmados para Dunworthy. — Tem alguma coisa errada — disse com desespero.

— O que é? — perguntou Dunworthy, estendendo a mão para a campainha. Os olhos de Badri estavam arregalados de medo.

— Como dói.

Dunworthy puxou a campainha. A enfermeira e um médico de plantão vieram imediatamente e deram prosseguimento à rotina anterior, de examiná-lo com um gelado estetoscópio.

— Ele se queixa de frio — disse Dunworthy. — E de alguma coisa que está doendo.

— Onde é que dói? — perguntou o médico, olhando um monitor.

— Aqui — respondeu Badri, apertando a mão sobre o lado direito do peito. Começou a tremer de novo.

— Pleurisia no inferior direito — disse o médico.

— Dói quando eu respiro — avisou Badri, com os dentes chocalhando. — Tem alguma coisa errada.

Alguma coisa errada. Ele não se referia ao fix. Queria dizer que havia alguma coisa errada com ele próprio. Quantos anos Badri teria? Regularia de idade com Kivrin? Já se aplicavam antivirais rinovírus de rotina há quase vinte anos. Era bem possível que, quando ele mencionou que nunca estivera doente, queria dizer que nunca teve nem sequer um resfriado.

— Oxigênio? — perguntou a enfermeira.

— Ainda não — respondeu o médico plantonista, indo para a porta. — Prepare duzentas unidades de cloranfenicol para ele.

A enfermeira ajudou Badri a deitar de novo, instalou um conector para inserir mais um tubo, observou durante um minuto enquanto a temperatura de Badri baixava, e saiu.

Dunworthy olhou pela janela para a noite chuvosa. "Lembro que me senti estranho", dissera ele. Não que se sentiu doente. Estranho. Uma pessoa que nunca teve um resfriado não saberia o que fazer ao ter febre e calafrios. Saberia apenas que tinha alguma coisa errada e largaria a rede para ir avisar alguém no pub. Queria dizer isso a Dunworthy. Algo errado.

Dunworthy tirou os óculos e esfregou os olhos. Por causa do desinfetante, estava sentindo pontadas agudas neles. Sentia-se exausto. Dissera que não conseguiria relaxar enquanto não soubesse que Kivrin estava bem. Badri tinha adormecido, e o estertor de sua respiração desaparecera graças à magia impessoal da medicina. Kivrin estaria dormindo, também, numa cama infestada de pulgas, a setecentos anos de distância. Ou então estaria desperta, impressionando os contemps com seus modos à mesa e suas unhas sujas, ou ajoelhada num imundo chão de pedra, narrando suas aventuras dentro das mãos postas.

Ele devia ter cochilado. Sonhou que um telefone estava tocando. Era Finch, que dizia que as americanas estavam ameaçando entrar na Justiça devido à quantidade irrisória de papel higiênico, e que o vigário tinha aparecido trazendo as Escrituras. "É Mateus, capítulo 2, versículo 11", disse Finch. "O excesso conduz à falta." E naquele ponto a enfermeira abriu a porta e avisou que Mary queria vê-lo na Emergência.

Ele olhou o relógio. Passaram vinte minutos das quatro. Badri dormia, parecendo quase em paz. A enfermeira o esperou do lado de fora com o desinfetante e depois lhe disse para pegar o elevador.

O cheiro de desinfetante nos óculos ajudou Dunworthy a despertar de vez. Quando o elevador chegou ao térreo, ele estava quase totalmente acordado. Mary estava lá, à sua espera, já de máscara e com todo equipamento de proteção.

— Tivemos outro caso — disse ela, estendendo para ele um pacote de SPGS. — Uma das pessoas detidas. Pode ser alguém que estava fazendo compras. Quero que você tente identificar.

Ele enfiou-se naquelas roupas de modo tão desajeitado quanto da primeira vez, quase rasgando o jaleco no seu esforço de separar as fitas de velcro.

— Havia dezenas de pessoas fazendo compras na High Street — comentou ele, enfiando as luvas. — E eu estava olhando para Badri. Duvido que eu possa reconhecer alguém daquela rua.

— Eu sei — concordou Mary, que o conduziu ao longo do corredor e através da porta que dava acesso à Emergência. Parecia que Dunworthy estivera ali anos atrás.

À frente, uma multidão anônima envergando trajes descartáveis empurrava para dentro uma maca com rodas. O médico de plantão, com os mesmos trajes, estava colhendo informações de uma mulher magra, de aspecto assustado, num casaco úmido com chapéu de chuva combinando.

— O nome dela é Beverly Breen — a mulher estava dizendo a ele com voz fraca. — Mora em Plover Way, número 226, em Surbiton. Eu vi que alguma coisa estava errada. Ela não parava de dizer que nós tínhamos que tomar o metrô em Northampton.

Ela carregava uma sombrinha e uma bolsa grande e, quando o plantonista perguntou o número de SNS da paciente, ela colocou a sombrinha em cima da mesa da recepção, abriu a bolsa e olhou lá dentro.

— Ela acabou de ser trazida da estação do metrô se queixando de dor de cabeça e calafrios — disse Mary. — Estava na fila para ser encaminhada ao alojamento.

Ela fez um sinal aos paramédicos para que parassem a maca com rodas e puxou o lençol, descobrindo a mulher até o peito, para que Dunworthy desse uma boa olhada, mas ele nem precisou.

A mulher de casaco úmido achou e estendeu o cartão para o plantonista, apanhou de volta a sombrinha, a bolsa, um maço de folhas de cores diferentes e foi até a maca com a papelada na mão. A sombrinha era bem grande. Estava coberta de violetas cor de lavanda.

— Badri esbarrou nela quando vinha voltando para a rede — disse Dunworthy.

— Tem certeza absoluta? — perguntou Mary.

Ele apontou para a amiga da mulher, que tinha sentado e começava a preencher os formulários.

— Reconheço essa sombrinha.

— A que horas foi isso?

— Não tenho certeza. Uma e meia, talvez?

— Qual foi o tipo de contato? Ele tocou nela?

— Ele esbarrou nela em cheio — disse, tentando visualizar a cena. — Topou na sombrinha, depois pediu desculpas, e ela deu uns gritos com ele. Badri pegou a sombrinha no chão e devolveu a ela.

— Tossiu ou espirrou?

— Não me lembro.

A mulher estava sendo levada numa maca com rodas para dentro da Emergência. Mary ficou de pé.

— Vou mandar colocá-la no isolamento — disse, indo na direção do grupo.

A amiga da mulher também se levantou, derrubando um formulário no chão e agarrando o resto contra o peito.

— Isolamento? — perguntou, com medo. — O que ela tem?

— Venha comigo, por favor — pediu Mary, conduzindo a mulher para realizar um exame de sangue e para que a sombrinha da amiga fosse desinfetada, tudo isso antes mesmo que Dunworthy pudesse perguntar se devia esperar por ela. Ele esboçou uma pergunta para a recepcionista, mas acabou desabando, cansado, numa das cadeiras junto à parede. Havia uma brochura motivacional na cadeira ao lado. O título era *A importância de uma boa noite de sono*.

Seu pescoço doía daquele cochilo desconfortável no banco, e os olhos estavam ardendo de novo. Pensou que talvez seu dever fosse subir de volta para o quarto de Badri, mas duvidava que tivesse energia para vestir mais uma vez aqueles trajes. Tampouco achava que aguentaria acordar Badri para lhe perguntar quem mais estaria em breve sendo empurrado, de maca, para dentro da Emergência, com 39,5 de temperatura.

De qualquer modo, Kivrin não estaria entre essas pessoas. Eram quatro e meia agora. Badri esbarrara na mulher com sombrinha lavanda à uma e meia, o que significava um período de incubação de quinze horas, e quinze horas atrás Kivrin já estava totalmente protegida.

Mary voltou, sem gorro e com a máscara aberta, pendendo por uma tira. O cabelo estava desarrumado, e ela parecia moída de cansaço, tal como Dunworthy.

— Estou liberando a sra. Gaddson — disse ela à recepcionista. — Ela vai voltar aqui às sete, para exame de sangue. — Caminhou até Dunworthy e sentou-se ao seu lado. — Tinha me esquecido dela completamente — comentou, sorrindo. — Ela estava muito aborrecida. Ameaçou me processar por detenção ilegal.

— Acho que ela vai se dar bem com as minhas sineiras. Estão querendo dar queixa de mim por quebra de contrato.

Mary passou a mão pelos cabelos desalinhados.

— Temos uma identificação do Centro Mundial de Influenza sobre o vírus da influenza. — Ela se pôs de pé, como se tivesse recebido uma súbita infusão de energia. — Acho que uma xícara de chá cairia bem — disse ela. — Vamos.

Dunworthy olhou para a recepcionista, que os observava com atenção, e se levantou.

— Estarei na sala de espera da cirurgia — informou Mary à recepcionista.

— Sim, doutora — disse a moça. — Eu não pude evitar ouvir a conversa... — começou ela, com hesitação.

Mary se endireitou.

— A senhora disse que estava liberando a sra. Gaddson e depois mencionou o nome de William... Fiquei pensando se essa sra. Gaddson seria por acaso a mãe de William Gaddson.

— Ela mesma — respondeu Mary, parecendo perplexa.

— Você é amiga dele? — perguntou Dunworthy, imaginando se ela enrubesceria tanto quanto a jovem enfermeira loura.

Ela era.

— Acabamos nos conhecendo melhor durante as férias. Ele ficou aqui, para estudar Petrarca.

— Entre outras coisas — alfinetou Dunworthy que, enquanto a recepcionista ruborizava, conduziu Mary através da porta com a placa ENTRADA PROIBIDA. ALA DE ISOLAMENTO até o outro corredor.

— Em nome de Deus, o que quer dizer tudo isso? — perguntou ela.

— Aparentemente, William, o Enfermo, é muito mais saudável do que todos imaginavam — respondeu ele, abrindo para ela a porta da saleta de espera.

Mary acendeu a luz e foi direto para a mesinha com o aparelho de chá. Balançou a chaleira e sumiu no banheiro com ela. Alguém tinha levado embora a bandeja com o resto do equipamento de exames de sangue, e empurrado a mesa de volta para a posição original, mas a sacola de compras natalinas de Mary continuava bem no meio da sala. Dunworthy se inclinou e levou a sacola para perto das poltronas.

Mary reapareceu com a chaleira cheia e plugou na tomada.

— Teve alguma sorte em descobrir os contatos de Badri? — perguntou.

— Se quiser chamar assim... Ele foi a uma festa em Headington ontem à noite. Pegou metrô na ida e na volta. Está muito ruim?

Mary abriu dois pacotinhos de chá e colocou nas xícaras.

— Receio que só tenhamos leite em pó. Você sabe se ele teve contato recente com alguém dos Estados Unidos?

— Não. Por quê?

— Quer açúcar?

— É muito ruim, isso tudo?

Ela colocou leite nas xícaras.

— A má notícia é que Badri está muito mal. — Ela começou a pôr colherinhas de açúcar. — Ele fez seu exame periódico pela universidade, que requer uma proteção de largo espectro. Mais do que o SNS. Ele devia estar completamente protegido contra um desvio de cinco pontos, e parcialmente resistente a um de dez pontos. Só que ele está exibindo sintomas completos de influenza, o que indica uma mutação de grande porte.

A chaleira estava assobiando.

— O que quer dizer uma epidemia.

— Exato.

— Uma pandemia?

— É possível. Se o CMI não conseguir sequenciar depressa o vírus, se a equipe médica cair de cama, ou se a quarentena não se sustentar.

Ela desplugou a chaleira e pôs água quente nas xícaras.

— A boa notícia é que o CMI acha que se trata de uma influenza com origem na Carolina do Sul. — Ela trouxe uma xícara para Dunworthy. — Neste caso, já está sendo sequenciada e um análogo e uma vacina estão sendo manufaturados. Ela responde bem aos antimicrobiais e ao tratamento sintomático, e não é fatal.

— Qual é o período de incubação?

— De doze a quarenta e oito horas. — Ela se encostou à mesinha e tomou um gole de chá. — O CMI está enviando amostras de sangue ao CCD em Atlanta para comparação, e eles vão informar o roteiro mais indicado de tratamento.

— Quando foi que Kivrin chegou ao hospital na segunda-feira para tomar os antivirais?

— Às três — respondeu Mary. — Ficou aqui até as nove da manhã do dia seguinte. Segurei um pernoite para ter certeza de que ela teria uma boa noite de sono.

— Badri diz que não a viu ontem, mas pode ter tido contato com ela na segunda-feira, antes que Kivrin fosse para hospital.

— Seria preciso que ela fosse exposta antes de tomar a inoculação do antiviral, e que o vírus tivesse a chance de se replicar sem ser percebido, para que ela corresse perigo, James. Mesmo que ela tenha encontrado Badri na segunda ou na terça, ela tem menos chance de exibir os sintomas do que você. — Ela o encarou com gravidade por cima da xícara. — Ainda está preocupado com o fix, não é mesmo?

Ele deu uma meia sacudida com a cabeça.

— Badri disse que checou as coordenadas do estagiário e que estavam corretas, e ele já tinha dito a Gilchrist que o desvio fora mínimo — disse, lamentando que Badri não tivesse respondido diretamente quando ele perguntou sobre o desvio.

— O que mais pode ter dado errado? — perguntou Mary.

— Não sei. Qualquer coisa. Só que ela está lá, sozinha, na Idade Média.

Mary pousou a xícara na mesinha.

— Talvez ela esteja mais segura do que nós aqui. Vamos ter um número muito maior de doentes. Influenza é uma coisa que se alastra como fogo no capim seco, e a quarentena só vai piorar isso. A equipe médica é sempre o grupo mais exposto.

Se os profissionais caírem doentes, ou se os estoques de antimicrobióticos se esgotarem, este século vai passar a ganhar um ranking de dez.

Ela passou a mão, com cansaço, pelo cabelo:

— Desculpe, é só cansaço. Não estamos na Idade Média, afinal. Não é nem o século XX. Temos metabolizadores, adjuvantes e, se este for o vírus da Carolina do Norte, também um análogo e uma vacina. Mas continuo alegre de ver Colin e Kivrin em segurança, longe daqui.

— Sim, em segurança na Idade Média — rebateu Dunworthy.

— Entre os degoladores — disse Mary, sorrindo.

A porta se abriu com barulho. Um adolescente alto, louro, com pés enormes e um agasalho de rúgbi entrou, gotejando no tapete.

— Colin! — exclamou Mary.

— Aí está você — disse Colin. — Andei por toda parte à sua procura.

TRANSCRITO DO LIVRO DO JUÍZO FINAL
(000893-000898)

Sr. Dunworthy, *ad adjuvandum me festina.*

(Tradução: Venha logo em meu socorro.)

LIVRO DOIS

Naquele inverno sombrio
gelado o vento gemeu
terra dura como ferro
água fria endureceu.
Tombou a neve, tombou, tombou,
neve na neve tombou,
naquele inverno sombrio
que passou.

Christina Rossetti

10

O fogo estava apagado. Kivrin ainda sentia o cheiro de fumaça no quarto, mas sabia que era um fogo ardendo em outro local. Não admira, pensou ela, só apareceram chaminés na Inglaterra no fim do século XIV, e estamos apenas em 1320. E, assim que esse pensamento se formou na sua mente, veio a consciência de todo o resto: estou em 1320 e doente. Tenho febre.

Por algum tempo não conseguiu avançar além disso. Havia uma paz tão grande em estar deitada ali, descansando. Sentia-se desgastada, como se tivesse atravessado um longo suplício que arrancara todas as suas forças. Imaginei que fossem me queimar na fogueira, pensou ela. Lembrava-se de ter se debatido contra eles e contra as chamas que se erguiam, lambiam suas mãos, queimavam seu cabelo.

Tiveram que cortar meu cabelo, pensou ela, perguntando-se depois se isso era uma lembrança ou um delírio. Estava cansada demais para erguer a mão até a cabeça, cansada até para lembrar. Andei muito doente, ponderou. Eles me deram a extrema-unção. "Não tenha medo", dissera. "Você vai voltar de novo para casa." *Requiscat in pace*. E dormiu.

Quando Kivrin voltou a acordar, estava escuro no quarto, e um sino tocava ao longe. Ela tinha a impressão de que o sino estava tocando há um longo tempo, como aquele sino solitário tinha tocado quando ela acordou depois do salto. De repente, começou outro a tocar, tão próximo que parecia ser ali do lado de fora da janela, suplantando todos os outros carrilhões com seu dobre. Kivrin pensou que eram as matinas, e pareceu se lembrar daquele sino tocando daquele jeito, antes, um dobre irregular, meio fora de tom, em compasso com a batida do seu coração, mas era impossível.

Ela devia ter sonhado. Sonhou que estava sendo queimada na fogueira. Sonhou que o cabelo fora cortado. Sonhou que os contemps falavam uma língua que ela não conseguia entender.

O sino mais próximo parou, e os outros ainda continuaram por algum tempo, como que aproveitando a oportunidade para se fazerem ouvir, e Kivrin se lembrou disso também. Há quanto tempo estava ali? Antes era de noite, e agora estava amanhecendo. Parecia ter sido uma única noite, mas agora se lembrava dos rostos se curvando sobre ela. Quando a mulher trouxe aquela xícara, e depois quando apareceu o padre, e com ele o degolador, ela pudera ver todos com muita clareza, sem o bruxulear daquela vela insegura. E nos intervalos ela lembrava da escuridão e da luz enfumaçada das velas de sebo e dos sinos, tocando, parando, voltando a tocar.

Ela sentiu uma pontada súbita de pânico. Há quanto tempo estaria deitada ali? E se tivesse passado semanas doente e perdido o dia do reencontro? Mas isso era impossível. Uma pessoa não fica delirando durante semanas, mesmo que tenha febre tifoide, e ela não podia ter contraído febre tifoide. Tinha feito todas as inoculações.

Estava frio no quarto, como se o fogo tivesse se apagado durante a noite. Ela apalpou a cama em busca das cobertas, e apareceram mãos do meio das trevas e puxaram alguma coisa macia que lhe cobriu os ombros.

— Obrigada — disse Kivrin, e adormeceu.

Depois ela acordou de frio, com a sensação de ter cochilado apenas alguns minutos, embora agora já houvesse um pouco mais de luz no quarto. A claridade vinha de uma janela estreita embutida na parede de pedra. A janela estava aberta, e era por ali que o frio surgia.

Uma mulher estava parada, na ponta dos pés em um banco de pedra, embaixo da janela, amarrando um pano para cobrir aquela abertura. Usava uma roupa preta e uma touca branca como de freira, e por um instante Kivrin pensou que estava num convento, e depois lembrou que as mulheres nos anos 1300 cobriam o cabelo depois que se casavam. Somente moças solteiras usavam o cabelo solto e descoberto.

A mulher não parecia velha o bastante para ser casada, ou para ser uma freira. Kivrin tinha visto uma mulher no quarto enquanto esteve doente, mas era uma mulher muito mais velha. Quando agarrou aquelas mãos no delírio, eram mãos ásperas e enrugadas, e a mulher tinha voz rouca pela idade, embora talvez isso também fizesse parte do delírio.

A mulher inclinou-se diante da luz que brotava da janela. A touca branca recebia reflexos amarelos, e não era um roupão que ela vestia, e sim uma túnica parecida com a de Kivrin, com um capote verde-escuro por cima. A peça era mal tingida e parecia ter sido feita do pano de um saco de aniagem, com uma trama de fios tão larga que Kivrin podia ver através dela mesmo àquela luz incerta. Devia ser uma serva, então, mas servas não usavam toucas de linho nem carregavam molhos de chaves como o que Kivrin via pendurado no cinto dela. Tinha que ser alguém de certa importância, a governanta, talvez.

E aquele era um lugar importante. Provavelmente não um castelo, porque a parede a que a cama estava encostada não era de pedra, e sim de madeira com mau acabamento. Ainda assim, devia ser a casa senhorial de alguém da primeira linha de nobreza, um barão menor, ou talvez até um título mais alto. A cama em que estava deitada era de verdade, com um dossel de madeira suspenso, tapeçarias pendentes e lençóis de linho: não era um simples catre, e as cobertas eram de pele. O banco de pedra junto à janela exibia algumas almofadas bordadas.

A mulher amarrou o pano em saliências da pedra que se projetavam dos lados da janela, desceu do banco de pedra e inclinou-se para pegar alguma coisa. Kivrin não podia ver o que era porque tinha a visão obstruída pelas tapeçarias penduradas em volta da cama, que eram de tecidos pesados, quase tapetes, e haviam sido puxadas para o lado e atadas com uma corda.

A mulher endireitou-se novamente, segurando uma tigela de madeira. Depois, agarrando as saias com a mão livre, voltou a subir no banco e começou a escovar algo espesso no pano. Kivrin pensou que era óleo. Não, cera. Linho encerado usado no lugar do vidro, nas janelas. O vidro era considerado comum nas casas senhoriais do século XIV. Dizia-se que os nobres levavam as vidraças com a bagagem e a mobília quando se mudavam para outra casa.

Preciso registrar isso no recorde, pensou Kivrin. Algumas casas da nobreza não tinham janelas de vidro, e então ela ergueu as mãos mas, como o esforço de mantê-las juntas no ar foi grande demais, acabou as deixando cair sobre as cobertas.

A mulher lançou um olhar distraído na direção da cama e depois voltou a se concentrar na janela, besuntando o tecido com movimentos longos, descansados. Devo estar melhorando, refletiu Kivrin. Essa mulher passava o tempo inteiro junto à cama quando eu estava pior. Voltou a pensar quanto tempo teria se passado. Vou ter que descobrir, disse para si mesma, e depois situar o local do salto.

Não podia ser muito longe. Se aquele era o vilarejo para onde ela pretendia ter ido, o local do salto não estaria a mais de um quilômetro e meio de distância. Ela tentou lembrar quanto tempo levara a viagem até o vilarejo. Parecia ter sido uma eternidade. O degolador a pôs em cima de um cavalo branco, que tinha sininhos nos arneses. Só que, no fim, ele não era um degolador, e sim um homem jovem e simpático, com cabelo ruivo.

Precisaria perguntar o nome do vilarejo para onde fora trazida: tinha a esperança de que fosse Skendgate. No entanto, mesmo que não fosse, bastaria o nome para ela saber em que direção estava o local do salto. E é claro, assim que ela estivesse um pouco mais forte, eles poderiam lhe mostrar onde era.

Como é o nome deste vilarejo para onde vocês me trouxeram? Ela não tinha conseguido encontrar as palavras na noite anterior, mas isso por causa da febre, sem dúvida. Agora, não haveria problema. O sr. Latimer tinha passado meses melhorando a pronúncia dela. Eles com certeza conseguiriam entendê-la. *In whatte londe am I* ou mesmo *Whatte be thisse holding*? e, por mais que houvesse alguma variação do dialeto local, o intérprete a corrigiria automaticamente.

— *Whatte place hast thou brotte me*? — perguntou Kivrin.

A mulher se virou, parecendo surpresa. Desceu de cima do banco, ainda segurando a tigela numa mão e uma escova na outra, só que na verdade não era uma escova, Kivrin pôde ver melhor quando ela se aproximou da cama. Era uma colher de madeira achatada, de concha bem rasa.

— *Gottebae plaise tthar tleve* — disse a mulher, segurando a colher e a tigela à frente do corpo. — *Beth naught agast*.

O intérprete deveria traduzir imediatamente aquelas palavras. Talvez a pronúncia de Kivrin estivesse longe do alvo, tão longe que a mulher chegasse a pensar que ela estava falando uma língua estrangeira e tentasse lhe responder num francês ou alemão desajeitado.

— *Whatte place hast thou brotte me*? — repetiu Kivrin bem devagar, para que o intérprete tivesse tempo de traduzir o que ela estava falando.

— *Wick londebay yae comen lawdayke awtreen godelae deynorm andoar sic straunguwlondes. Spekefaw eek waenoot awfthy taloorbrede.*

— *Lawyes sharess loostee*? — disse uma voz.

A mulher virou-se para olhar para uma porta que Kivrin não conseguia avistar, e outra mulher surgiu, bem mais velha, o rosto por baixo de uma touca pregueada. Aquelas eram as mãos que Kivrin lembrava do seu delírio, ásperas e velhas. Ela usava uma corrente de prata e trazia na mão um pequeno cofre de couro. Parecia com o baú que Kivrin trouxera no salto, mas bem menor, e reforçado com ferro em vez de latão. Ela pousou o cofre sobre o banco de pedra junto à janela.

— *Auf specheryit darmayt*?

Ela lembrou também a voz, áspera e soando quase zangada, falando com a mulher que estava junto à cama como se esta fosse uma serva. Bem, talvez fosse mesmo, e a mulher mais velha fosse a dona daquela casa, embora sua touca não fosse mais branca nem suas vestes mais finas. Só que não havia argola de chaves no seu cinto, e agora Kivrin se lembrava de que não era a governanta que conduzia as chaves, e sim a dona da casa.

A dona da casa senhorial trajava linho amarelado e tecido de aniagem mal tingido, o que significava que a roupa de Kivrin estava toda errada, tão errada quanto as pronúncias de Latimer, tão errada quanto as garantias da dra. Ahrens de que ela não contrairia nenhuma das doenças medievais.

— Tomei todas as minhas inoculações — murmurou ela, e as duas mulheres se viraram para olhá-la.

— *Ellavih swot wardesdoor feenden iss*? — perguntou vivamente a mulher mais velha.

Seria a mãe da mulher mais nova, ou a sogra, ou uma enfermeira? Kivrin não tinha ideia. Nenhuma das palavras que ela dissera, nem mesmo um nome próprio ou uma forma de tratamento, parecia se destacar entre os sons.

— *Maetinkerr woun dahest wexe hoordoumbe* — disse a mulher mais jovem.

— *Nor nayte bawcows derouthe* — respondeu a mais velha.

Nada. Frases mais curtas supostamente eram mais fáceis de traduzir, mas Kivrin não podia sequer afirmar que elas trocaram uma só palavra ou várias.

A mulher mais jovem ergueu o queixo com ar zangado.

— *Certessan, shreevadwomn wolde nadae seyvous* — disse bruscamente.

Kivrin imaginou se as duas estariam discutindo o que fariam com ela. Puxou a coberta com mãos fracas, como se assim pudesse se arrastar para longe, e a mulher mais jovem pousou imediatamente a tigela e a colher de madeira, e foi até a cama.

— *Spaegun yovor tongawn glais*? — perguntou ela, e pelo que Kivrin conseguia entender aquilo tanto podia ser "Bom dia" como "Está se sentindo melhor?" ou, quem sabe, "Vamos queimar você amanhã cedinho". Talvez a doença estivesse atrapalhando o funcionamento do intérprete. Talvez quando a febre baixasse ela começasse a entender tudo que diziam.

A mulher velha ajoelhou-se junto à cama, segurando uma caixinha prateada presa a uma corrente, e começou a rezar. A mais jovem inclinou-se para examinar a testa de Kivrin e depois lhe apalpou a parte de trás da cabeça, fazendo um movimento que repuxou os cabelos de Kivrin, que compreendeu que elas deviam ter posto ataduras no ferimento em sua testa. Kivrin tocou com os dedos nas ataduras e depois procurou as madeixas em volta, mas não havia nada ali. Seu cabelo terminava numa franja desigual, logo abaixo das orelhas.

— *Vae motten tiyez thynt* — disse a mulher jovem, preocupada. — *Far thotyiwort wount sorr.*

Ela estava dando a Kivrin uma espécie de explicação, mesmo que Kivrin não pudesse entender, embora até desconfiasse: tinha estado muito doente, tão doente que chegou a pensar que seu cabelo estava em chamas. Ela lembrou de alguém — a mulher mais velha? — tentando conter suas mãos enquanto se debatia selvagemente contra o fogo. Não tinham tido alternativa.

Além do mais, Kivrin odiava aquela massa revolta de cabelo e o tempo interminável que levava para passar a escova, e tinha se preocupado pensando como seria que as mulheres medievais usavam o cabelo, se faziam tranças ou não, e imaginando como neste mundo conseguiria passar duas semanas inteiras sem lavá-lo. Devia estar feliz por elas terem feito o corte, mas tudo que conseguia lembrar era Joana d'Arc, que tinha cabelo curto e foi queimada na fogueira.

A mulher jovem tinha afastado as mãos de Kivrin das ataduras e agora olhava para ela com expressão amedrontada. Kivrin sorriu para ela, um sorriso incerto, e ela sorriu de volta: tinha um buraco onde dois dentes estavam faltando, do lado direito, e o dente junto ao buraco era marrom, mas quando sorria ela não parecia mais velha do que uma estudante do primeiro ano.

Ela terminou de desatar e largou a bandagem em cima da coberta. Era feita do mesmo linho amarelado da touca, mas rasgada em faixas desfiadas, com manchas marrons de sangue seco. Havia mais sangue do que Kivrin imaginara. O ferimento forjado pelo sr. Gilchrist devia ter começado a sangrar de novo.

A mulher tocou a testa de Kivrin, nervosa, como se não estivesse certa sobre o que fazer.

— *Vexeyaw hongroot*? — perguntou ela, pondo uma mão na nuca de Kivrin e a ajudando a erguer a cabeça.

A cabeça parecia leve, leve. Deve ser por causa do meu cabelo, pensou Kivrin.

A mulher mais velha estendeu para a jovem uma tigela de madeira, e ela a levou aos lábios de Kivrin, que bebeu devagarinho, com cuidado, pensando meio confusa que aquela era a mesma tigela usada para pôr a cera. Não era, e também não era a mesma bebida que tinham lhe dado antes. Era um mingau ralo, granuloso, menos amargo do que a bebida da noite passada, e que deixava na boca uma sensação gordurosa.

— *Thasholde nayive gros vitaille towayte* — disse a mulher velha, a voz áspera de impaciência e de queixa.

Só pode ser a sogra dela, pensou Kivrin.

— *Shimote lese hoor fource* — respondeu a jovem, mansamente.

O mingau tinha um gosto bom. Kivrin tentou tomar tudo, mas depois de alguns goles sentiu-se exausta.

A mulher mais jovem entregou a tigela para a mais velha, que tinha dado a volta para ficar ao lado da cama, também, e ajudou a abaixar a cabeça de Kivrin até o travesseiro. A mulher mais jovem recolheu a bandagem ensanguentada, tocou de novo a testa de Kivrin, como se estivesse debatendo consigo mesma se devia pôr a bandagem de volta ou não, e depois a estendeu para a mulher mais velha, que a colocou, com a tigela, no baú que devia haver aos pés da cama.

— *Lo, liggethsteallouw* — disse a jovem, sorrindo seu sorriso esburacado, e o tom daquelas palavras era inconfundível, ainda que Kivrin não reconhecesse uma única palavra. A mulher pedira que dormisse. Kivrin fechou os olhos.

— *Durmidde shoalausbrekkeynow* — disse a mulher velha, e as duas saíram do quarto e fecharam a porta.

Kivrin repetiu as frases devagar para si, tentando captar alguma palavra conhecida. O intérprete deveria melhorar sua capacidade de separar fonemas e reconhecer padrões sintáticos, e não apenas armazenar vocabulário em inglês médio, mas ela estava com a sensação de que aquele idioma era o servo-croata.

E talvez seja, pensou. Quem pode saber para onde me levaram? Eu estava delirando. Talvez o degolador tenha me colocado num barco e atravessado o Canal. Ela sabia que isso não era possível, pois recordava a maior parte da viagem noturna, mesmo que essa lembrança tivesse o aspecto desconjuntado de um sonho. Caí do cavalo, pensou ela, e um homem ruivo me levantou. E passamos por uma igreja.

Ela franziu a testa, tentando lembrar algo mais a respeito da direção tomada durante a viagem. Tinham se embrenhado na floresta, afastando-se dos arbustos, antes de chegarem a uma estrada que se dividia em duas, e foi ali que ela escorregou e caiu do cavalo. Se pudesse achar aquela bifurcação da estrada, talvez conseguisse chegar ao local do salto. A bifurcação ficava a pouca distância da torre.

Porém, se o salto tinha acontecido assim tão perto, ela estava em Skendgate e as mulheres estavam falando inglês médio, mas, se estavam falando inglês médio, por que não conseguia entender?

Talvez eu tenha batido com a cabeça quando caí do cavalo e isso danificou de algum modo o intérprete, cogitou, mas não batera com a cabeça no chão. Tinha apenas se soltado e deslizado para baixo, até se ver sentada no chão. É a febre, pensou. De algum modo ela está impedindo o intérprete de reconhecer as palavras.

Mas ele reconheceu o latim, continuou sua mente, e uma pequena pontada de pânico começou a alfinetar seu peito. Ele reconheceu o latim, e eu não posso estar doente. Tomei todas as vacinas. Lembrou de repente que sua inoculação antiviral tinha coçado e formado um caroço embaixo do braço, mas a dra. Ahrens a examinara antes do salto. A dra. Ahrens disse que estava tudo normal. E nenhuma das outras vacinas *coçou*, a não ser a da peste, pensou. E eu não estou com nenhum dos sintomas.

Vítimas da peste tinham grandes caroços embaixo do braço e na parte interna da coxa. Vomitavam sangue, e os vasos sanguíneos por baixo da pele se rompiam e ficavam enegrecidos. Não era a peste então, mas o que seria, e como teria contraído? Tinha sido vacinada contra todas as principais enfermidades de 1320 e, de qualquer modo, não fora exposta a nenhuma doença. Os sintomas tinham começado logo após o salto, antes de ter encontrado seja lá quem fosse. Micróbios não ficam simplesmente boiando perto do local de um salto, esperando que alguém aparecesse ali de repente. Tinham que ser espalhados pelo contato ou por um espirro ou por pulgas. A Peste Negra tinha se espalhado pelas pulgas.

Não é a peste, repetiu de si para si, com firmeza. Quem tem a peste não fica se preocupando se tem ou não. Está ocupada morrendo.

Não era a peste. As pulgas que disseminaram a doença se alojavam em ratos e em seres humanos, e não no meio de um bosque. Além disso, a Peste Negra não chegara à Inglaterra antes de 1348. Devia ser alguma doença medieval que a dra. Ahrens não conhecia. Existiram na Idade Média doenças das mais estranhas, como o mal do rei, a dança de são Vito e mil febres sem nome. Devia ser uma dessas, e seu sistema imunológico precisou de algum tempo para poder perceber o que era e começar a reagir. Só que a luta já tinha começado, e sua temperatura abaixara um pouco e logo o intérprete estaria funcionando. Tudo que ela precisava fazer era descansar e esperar até se sentir melhor. Consolada por aquela ideia, fechou os olhos novamente e voltou a dormir.

Quando Kivrin sentiu o toque, abriu os olhos. Era a sogra, examinando e virando suas mãos de um lado, depois do outro. Ela esfregava seu indicador rachado nas costas de cada mão de Kivrin, examinando as unhas. Assim que viu que os olhos de Kivrin estavam abertos, soltou as mãos, com um gesto de desagrado, e disse:

— *Sheavost ahvheigh parage attelest, baht hoore der wikkonasshae haswfolletwe*?

Nada. Kivrin tinha esperado que, de algum modo, enquanto dormia, os ampliadores do intérprete tivessem classificado e decifrado todas as palavras ouvidas, de modo que, ao despertar, ela o encontraria em pleno funcionamento. No entanto, aquelas palavras permaneciam ininteligíveis. Soavam um pouco como francês, com seus finais omitidos e inflexões ascendentes bem delicadas, mas Kivrin conhecia o francês normando — o sr. Dunworthy a obrigara a aprender — e não conseguia extrair nada daquelas palavras.

— *Hastow naydepesse*? — disse a mulher velha.

Soava como uma pergunta, mas tudo em francês soava como pergunta.

A mulher segurou o braço de Kivrin com uma mão áspera e pôs o outro braço em volta dela, como se querendo ajudá-la a levantar. Estou doente demais para ficar de pé, pensou Kivrin. Por que ela quer me fazer levantar? Para me interrogar? Para me queimar?

A mulher jovem entrou no quarto, carregando uma taça. Colocou em cima do banco junto à janela e veio pegar no outro braço de Kivrin.

— *Hastontee natour yowrese*? — perguntou, com o sorriso esburacado para Kivrin, que pensou que talvez elas estivessem a levando ao banheiro, e fez um esforço para sentar na cama e pousar os pés no chão.

Ficou tonta no mesmo momento. Sentou, as pernas nuas balançando no lado da cama tão alta, e esperou aquilo passar. Estava vestida com uma bata de linho, e nada mais. Pensou onde estariam suas roupas. Pelo menos tinham colocado aquela bata nela. As pessoas na Idade Média em geral não usavam nada para dormir.

As pessoas na Idade Média também não tinham instalações sanitárias internas, pensou, esperando não ter que ir lá fora para ter acesso a uma privada. Às vezes os castelos dispunham de cubículos fechados, ou de recantos sobre um poço vertical, cujo fundo tinha que ser periodicamente limpo, mas ali não era um castelo.

A jovem pôs um lençol fino mas dobrado por cima dos ombros de Kivrin, como um xale, e as duas a ajudaram a ficar de pé. O chão de tábuas era gelado. Ela deu alguns passos e toda a tontura voltou. Nunca vou conseguir chegar lá fora, pensou.

— *Wotan shay wootes nawdaor youse der jordane*? — disse a mais velha com voz cortante, e Kivrin julgou ter reconhecido "jardin", a palavra francesa para jardim, mas por que as duas estariam discutindo a respeito de jardins?

— *Thanway maunhollp anhour* — respondeu a jovem, passando o próprio braço na cintura de Kivrin e pondo o braço dela por cima dos seus ombros. A velha segurou o outro braço com ambas as mãos. A idosa mal chegava ao ombro de Kivrin, e a jovem não parecia pesar mais do que quarenta e cinco quilos, mas as duas juntas conseguiram ajudá-la a andar por todo o comprimento da cama.

Kivrin ficava mais tonta a cada passo. Nunca vou conseguir chegar lá fora, pensou, mas as três se detiveram ao alcançar os pés da cama. Havia um baú ali, uma caixa baixa de madeira com um pássaro ou talvez um anjo entalhado na tampa. Sobre ele, havia uma bacia de madeira cheia de água, a bandagem ensanguentada que envolvera a cabeça de Kivrin e uma bacia menor, vazia. Como estivera concentrada para não cair, Kivrin não percebeu o que era senão quando a mulher mais velha disse:

— *Swoune nawmaydar oupondre yorresette*. — Fez um gesto de levantar as pesadas saias e sentar-se ali.

Um penico, pensou Kivrin, com gratidão. Sr. Dunworthy, penicos eram usados nas casas senhoriais dos vilarejos do interior em 1320. Ela anuiu, indicando que compreendera, e aceitou a ajuda das duas para abaixar-se ali, embora a tontura fosse tal que ela precisasse segurar-se às tapeçarias pesadas que pendiam da cama para não cair. Seu peito doeu tanto quando tentou se erguer de novo que ela dobrou o corpo para a frente.

— *Maisry*! — gritou a mulher mais velha em direção à porta. — *Maisry, com undtvae holpoon*!

A inflexão indicava claramente que estava chamando alguém — Marjorie? Mary? — para vir ajudar. No entanto, como ninguém apareceu, talvez Kivrin tivesse se enganado também quanto àquilo.

Ela se endireitou um pouco, experimentando até onde ia a dor. Tentou ficar ereta e, embora a dor tivesse diminuído um pouco, as duas tiveram que praticamente carregá-la de volta para a cama. Estava exausta quando por fim se deitou e puxou sobre si as cobertas. Fechou os olhos.

— *Slaeponpon donu paw daton* — disse a moça, que devia estar falando "descanse", ou "tente dormir agora", mas Kivrin ainda não decifrava coisa alguma. O intérprete está quebrado, pensou, e a pequena pontada de pânico começou a se formar mais uma vez, pior ainda do que a dor no peito.

Não pode ter se quebrado, refletiu. Não é uma máquina, e sim uma sintaxe química e um amplificador de memória. Não pode ter quebrado. No entanto, só podia funcionar com as palavras que tinha em sua memória, e obviamente o inglês médio do sr. Latimer fora inútil. "*Whan that Aprille with his shoures sote...*" A pronúncia do sr. Latimer devia estar tão longe da realidade que o intérprete não reconhecia o que estava ouvindo como as mesmas palavras. Porém, isso não significava que estivesse com defeito, apenas que precisava recolher novos dados e que as poucas frases registradas até aquele momento ainda não tinham sido suficientes.

Ele reconheceu o latim, pensou ela, sentindo a pontada de pânico de novo, mas resistindo. Ele tinha conseguido reconhecer o latim porque o ritual da extrema-unção era um texto pronto. Ele sabia quais palavras deviam estar ali. Já as palavras ditas pelas mulheres não eram algo pronto, mas ainda assim eram decifráveis. Nomes próprios, formas de tratamento, substantivos, verbos e frases preposicionais apareceriam em posições fixas que se repetiam outra e outra vez. Como seriam rapidamente destacadas do restante, o intérprete poderia usá-las como chave para testar o resto do código. O que Kivrin precisava fazer agora era colher mais dados, ouvir o que era dito sem tentar entender e deixar o intérprete trabalhar.

— *Thin keowre hoorwoun desmoortale*? — perguntou a jovem.

— *Got tallon wottes* — respondeu a velha.

Um sino começou a tocar, bem longe. Kivrin abriu os olhos. As duas mulheres estavam olhando para a janela, mesmo não podendo enxergar através do linho.

— *Bere wichebay gansanon* — disse a jovem.

A mulher mais velha não respondeu. Estava olhando a janela, como se pudesse enxergar através do pano de linho esticado, as mãos com dedos entrelaçados como se estivesse rezando.

— *Aydreddit ister fayve riblaun* — comentou a jovem e, a despeito de sua resolução, Kivrin tentou interpretar aquelas palavras como "está na hora das vésperas" ou "é o toque das vésperas", mas não eram as vésperas. O sino continuou dobrando, mas desta vez sem o acompanhamento dos outros sinos. Ela imaginou se aquele seria o mesmo sino que escutara antes, tocando sozinho no final da tarde.

A mulher idosa virou-se abruptamente.

— *Nay, Elwiss, itbahn diwolffin.* — Apanhou o penico de cima do baú. — *Gawynha thesspyd...*

Da direção da porta brotou o ruído de um tumulto, um som de passos subindo escadas às carreiras, e uma voz de criança gritando:

— *Modder*! *Eysmertemay*!

Uma garotinha irrompeu quarto adentro, com as tranças louras e as tiras do gorro se agitando soltas, quase esbarrando na idosa, que empunhava o penico. Seu rostinho redondo estava avermelhado e manchado de lágrimas.

— *Wol yadothoos forshame ahnyous*! — grunhiu para ela a mulher idosa, erguendo a vasilha traiçoeira para fora do seu alcance. — *Yowe maun naroonso inhus.*

A garotinha não lhe deu atenção. Correu direto para a moça jovem, aos soluços.

— *Rawzamun hattmay smerte, Modder*!

Kivrin soltou um arquejo. *Modder*. Aquilo tinha que ser "mãe".

A garotinha ergueu os braços, e a mãe, oh, sim, com certeza que era a mãe, a levantou. A pequena envolveu o pescoço da mãe com os braços e começou a chorar.

— *Shh, ahnyous, shh* — disse a mãe. É o som gutural de um "G", pensou Kivrin. Um "G" alemão seco. "Shh, Agnes, shh."

Ainda com a menina no colo, a mãe sentou-se junto à janela. Enxugou as lágrimas da criança com a borda da touca.

— *Spekenaw dothass bifel, Agnes.*

Sim, com certeza era Agnes. E "*speken*" era "speak", dizer. "Diga para mim o que aconteceu."

— *Shayoss mayswerte*! — disse Agnes, apontando para outra criança que acabava de entrar no quarto. A segunda garota era consideravelmente mais velha, uns nove ou dez anos pelo menos. Tinha cabelos longos e castanhos que desciam até as costas, presos por um lenço azul-escuro.

— *Itgan naso, ahnyous* — começou ela. — *Tha pighte rennin gawn derstayres.* — Não havia como não perceber a mistura de afeto e de desdém. A garota de cabelo castanho não se parecia com a menininha loura, mas Kivrin apostaria que era sua irmã mais velha. — *Shay pighte renninge ahndist eyres, modder.*

"Modder" de novo, e "shay" devia ser "she", ela, e "pighte" devia ser "caiu". Soava como francês, mas a chave para tudo aquilo devia ser o alemão. Kivrin quase podia sentir as coisas se encaixando.

— *Na comfitte hoor thusselwys* — disse a mulher idosa. — *She hathnau wowndes. Hoor teres been fornaught mais gain thy pitye.*

— *Hoor nay ganful bloody* — disse a moça, mas Kivrin não ouviu. Estava prestando atenção agora à tradução do intérprete, ainda desajeitada e evidentemente com alguns segundos de atraso, mas uma tradução.

"Não é para mimar ela assim, Eliwys. Ela não se machucou. O choro é só para chamar atenção."

E a mãe, cujo nome era Eliwys: "O joelho dela está sangrando".

— *Rossmunt, brangund oorwarsted frommecofre* — continuou ela, apontando os pés da cama, e o intérprete acompanhou: "Rosemund, traga aquele pano em cima do baú". A garota mais velha foi imediatamente até o baú, aos pés da cama.

A menina mais velha era Rosemund, a pequenininha era Agnes, e aquela mãe incrivelmente jovem em sua túnica e touca era Eliwys.

Rosemund ergueu um pano esfiapado que devia ser o que Eliwys desenrolara da cabeça ferida de Kivrin.

— Não toque! Não toque! — gritou Agnes, e Kivrin nem teria precisado do intérprete, que continuava com certo atraso, para entender o sentido.

— Só quero colocar o pano para estancar o sangue — disse Eliwys, recebendo o pano da mão de Rosemund. Agnes tentou empurrar a mão dela. "O pano não vai..." Houve uma lacuna, como se o intérprete desconhecesse uma palavra, e depois: "...você, Agnes". A palavra faltante era evidentemente ferir ou machucar, e Kivrin imaginou se o intérprete não tinha a palavra na memória e por que não fornecera um termo aproximado, deduzido do contexto.

"...vai *penaunce*", gritou Agnes, e o intérprete ecoou: "Vai..." e depois uma lacuna de silêncio. A lacuna era calculada de modo a deixar que Kivrin ouvisse a palavra original e tentasse deduzir seu significado. Não era uma má ideia, mas o intérprete estava tão atrasado em relação ao tempo do diálogo real que Kivrin não pôde ouvir a palavra. Se o intérprete fizesse isso todas as vezes em que não reconhecesse uma palavra, ela estaria com um problema.

— Vai *penaunce* — gritou Agnes, empurrando a mão da mãe para longe do seu joelho. "Vai dor", cochichou o intérprete, e Kivrin sentiu alívio por ele ter finalmente encontrado algo, mesmo "dor" não sendo um verbo.

— Como foi que você caiu? — perguntou Eliwys, para distrair Agnes.

— Subiu a escada correndo — disse Rosemund. — Ela veio correndo para dar a notícia de que... chegou.

O intérprete deixou uma lacuna de novo, mas desta vez Kivrin captou a palavra original. Gawyn, que era provavelmente um nome próprio.

E o intérprete parecia ter chegado à mesma conclusão porque, quando Agnes gritou "*Eu* é que ia contar à mãe que Gawyn chegou!", o intérprete já o incluiu na frase traduzida.

— *Eu* é que ia contar — repetiu Agnes, agora chorando de verdade, e enterrou o rosto no corpo da mãe, que prontamente aproveitou para terminar de prender a bandagem ao joelho da garota.

— Pode me contar agora — disse ela.

Agnes sacudiu a cabeça escondida.

— A bandagem está muito frouxa, minha nora — disse a mulher velha. — Você precisa amarrar mais forte, ou daqui a pouco ela vai cair.

A bandagem parecia bem apertada para Kivrin, e era evidente que qualquer tentativa de apertá-la ainda mais resultaria em mais gritos e choro. A mulher continuava segurando o penico com ambas as mãos. Kivrin ficou pensando por que ela ainda não tinha ido esvaziá-lo.

— Shhh, shh — fez Eliwys, balançando a garota com carinho e lhe dando tapinhas nas costas. — Eu preferiria que você contasse.

— O orgulho cai com uma queda — sentenciou a idosa, parecendo determinada a fazer Agnes chorar. — A culpa é sua se caiu. Não devia subir a escada correndo.

— Gawyn estava montando uma égua branca? — perguntou Eliwys.

Uma égua branca. Kivrin imaginou se Gawyn seria o homem que a colocara no cavalo e a trouxera até aquela casa.

— Não — disse Agnes, e o tom da resposta indicava que a mãe tinha feito algum tipo de piada. — Estava montando o garanhão negro, Gringolet. E se aproximou de onde eu estava e disse: Minha boa dama Agnes, quero falar com sua mãe.

— Rosemund, sua irmã se machucou por causa de você e da sua falta de cuidado — disse a mulher velha que, como não tinha conseguido aborrecer Agnes, decidiu buscar outra vítima. — Por que não cuidou dela?

— Eu estava bordando — respondeu Rosemund, olhando para a mãe em busca de apoio. — Era Maisry quem devia estar de olho nela.

— Maisry saiu para ver Gawyn — disse Agnes, sentando-se ereta no colo da mãe.

— E para conversar com o rapaz do estábulo — completou a velha, indo até a porta e gritando lá para fora: — Maisry!

Maisry. Era este o nome que a velha tinha chamado antes, e agora o intérprete não estava mais deixando lacunas quando surgiam os nomes próprios. Kivrin não sabia quem era Maisry, provavelmente uma serva. Ainda assim, se o andamento das coisas podia ser o indicativo de algo, Maisry talvez teria problemas. A velha parecia disposta a encontrar uma vítima, e a ausente Maisry parecia a pessoa ideal.

— Maisry! — gritou a mulher outra vez, e o nome ecoou.

Rosemund aproveitou a oportunidade para ir para junto da mãe.

— Gawyn nos pediu para dizer que pede licença para vir falar com você.

— Ele está esperando lá embaixo? — perguntou Eliwys.

— Não. Primeiro ele foi à igreja para falar sobre a dama com o padre Rock.

O orgulho cai com uma queda. O intérprete evidentemente estava ficando confiante demais. Padre Rolfe talvez, ou padre Pedro. Certamente não seria padre Rock.

— Por que ele foi falar com o padre Rock? — perguntou a idosa, voltando ao quarto.

Kivrin tentou escutar a palavra real por trás daquele sussurro enlouquecedor que era a tradução. Roche. A palavra francesa para "rock". O padre Roche.

— Talvez ele tenha ficado sabendo sobre a dama — sugeriu Eliwys, olhando na direção de Kivrin. Pela primeira vez, alguém dava uma indicação de que sabiam que Kivrin estava ali no quarto. Kivrin fechou os olhos depressa, fingindo que estava dormindo, para que continuassem falando sobre ela.

— Gawyn cavalgou hoje de manhã em busca dos malfeitores — prosseguiu Eliwys. Kivrin abriu somente uma frestazinha dos olhos, mas a outra não estava mais olhando direto para ela. — Talvez tenha encontrado eles. — Ela se curvou e atou as pontas soltas da touca de linho de Agnes. — Agnes, vá para a igreja com Rosemund e diga a Gawyn que iremos falar com ele no salão. A dama está dormindo. Não devemos perturbá-la.

Agnes disparou para a porta, gritando:

— Sou *eu* que vou dizer a ele, Rosemund.

— Rosemund, deixe sua irmã dizer — falou alto Eliwys, enquanto as duas se afastavam. — Agnes, não corra.

As garotas desapareceram porta afora e pela escada abaixo, obviamente correndo.

— Rosemund já é quase mulher — disse a idosa. — Não convém que fique mandando recado para os homens a serviço do seu marido. Coisas ruins podem acontecer se suas filhas estiverem sem vigilância. Seria mais apropriado pedir uma ama para elas em Oxenford.

— Não — respondeu Eliwys com uma firmeza que Kivrin não seria capaz de supor. — Maisry pode tomar conta delas.

— Maisry não consegue tomar conta nem das ovelhas. Não devíamos ter vindo de Bath com tanta pressa. Com certeza podíamos ter esperado até...

Alguma coisa. O intérprete tinha deixado novamente uma lacuna ali, e Kivrin não reconheceu a frase, mas tinha captado os fatos mais importantes. Estavam vindo de Bath. Estavam perto de Oxford.

— Deixe Gawyn trazer uma ama. E alguma das mulheres com as sanguessugas para cuidar da dama.

— Não vamos mandar trazer ninguém — disse Eliwys.

— Para... — Outro nome de lugar que o intérprete não resolveu. — Lady Yvolde tem reputação contra ferimentos. Ela ficaria satisfeita se pudesse nos ceder uma das suas camareiras para servir de ama.

— Não — repetiu Eliwys. — Nós mesmas vamos cuidar dela. O padre Roche...

— Padre Roche — disse a outra, com menosprezo. — Ele não sabe nada de medicina.

Mas eu entendi tudo que ele disse, pensou Kivrin. Ela lembrava a voz tranquila cantando os derradeiros ritos, aquele toque suave em sua testa, em suas palmas, nas solas dos seus pés. Ele lhe dissera para não temer e perguntara seu nome, antes de pegar na sua mão.

— Se a dama for de berço nobre, gostaria que dissessem que você deixou um padre ignorante do vilarejo cuidar dela? — perguntou a mulher mais velha. — Lady Yvolde...

— Nós não vamos mandar buscar ninguém — cortou Eliwys, e pela primeira vez Kivrin percebeu que ela estava com medo. — Meu marido disse para esperarmos aqui até ele voltar.

— Ele devia ter vindo conosco.

— Você sabe que ele não pôde. Virá assim que puder. Eu preciso ir falar com Gawyn — disse Eliwys, passando pela outra mulher e indo para a porta. — Gawyn me contou que faria uma busca no local onde encontrou a dama para procurar algum sinal dos que a atacaram. Talvez ele tenha encontrado alguma coisa que ajude a dizer quem ela é.

No local onde encontrou a dama... Gawyn era o homem que a encontrara, o homem de cabelo ruivo e rosto bom que a ajudara a subir no cavalo e a trouxera para ali. Esta parte, pelo menos, ela não tinha sonhado, embora talvez tivesse imaginado o cavalo branco. Ele a trouxera para lá. E sabia onde era o local do salto.

— Espere — disse Kivrin, que soergueu o corpo, apoiando-se no travesseiro. — Espere. Por favor. Eu queria falar com Gawyn.

As mulheres pararam. Eliwys aproximou-se da cama e parou do lado, com expressão de alarme.

— Eu queria falar com o homem chamado Gawyn — disse Kivrin, com todo cuidado, esperando um pouco antes de cada palavra até ter a tradução. Depois de certa altura, o processo deveria se tornar automático, mas por enquanto ela pensava a palavra e esperava até que o intérprete a traduzisse, e então repetia o som em voz alta. — Eu devo conferir esse lugar onde ele me achou.

Eliwys pousou a mão na testa de Kivrin, que a afastou com um gesto impaciente.

— Eu queria falar com Gawyn.

— Ela não tem febre, Imeyne — disse Eliwys para a outra mulher. — E mesmo assim tenta falar, embora saiba que nós não entendemos.

— Ela fala numa língua estrangeira — respondeu Imeyne, fazendo aquilo soar como se fosse um crime. — Talvez seja uma espiã francesa.

— Eu não estou falando francês — se defendeu Kivrin. — Estou falando inglês médio.

— Talvez seja latim — disse Eliwys. — O padre Roche disse que ela falou em latim durante a confissão.

— O padre Roche mal sabe o Paternoster — disse Imeyne. — Precisamos mandá-la para...

Aquele nome irreconhecível de novo. Kersey? Courcy?

— Eu queria falar com Gawyn — disse Kivrin em latim.

— Não — respondeu Eliwys. — Vamos esperar pelo meu marido.

A mulher velha deu meia-volta, irritada, e o conteúdo do penico balançou, salpicando gotas na manga. Ela a esfregou na saia e saiu porta afora, batendo com força ao passar. Eliwys fez o gesto de ir na direção dela.

Kivrin agarrou-lhe as mãos.

— Por que não me entende? — perguntou ela. — Eu entendo você. Eu preciso falar com Gawyn. Ele precisa me dizer onde é o local do salto.

Eliwys desvencilhou-se das mãos dela.

— Vamos, vamos, não deve chorar — ficou dizendo ela, com bondade. — Tente dormir. Você precisa descansar para poder ir para casa.

TRANSCRITO DO LIVRO DO JUÍZO FINAL
(000915-001284)

Estou cheia de problemas, sr. Dunworthy. Não sei onde estou e não consigo falar o idioma. Aconteceu alguma coisa com o intérprete. Entendo uma parte do que os contemps dizem, mas eles não entendem nada do que falo. E isso nem é o pior.

Peguei uma espécie de doença. Não sei o que é. Não é a peste, porque não tenho nenhum dos sintomas e já estou começando a melhorar. Além disso, tomei vacina contra a peste. Tomei todas as inoculações, o reforço de células-T e tudo, mas talvez algo não tenha funcionado ou então se trata de alguma doença da Idade Média para a qual não temos vacinas.

Os sintomas são dor de cabeça, febre e tontura, e eu sinto dor no peito sempre que tento me mover. Tive delírios durante algum tempo, e não sei onde estou. Um homem chamado Gawyn me trouxe para cá no seu cavalo, mas eu não lembro muita coisa da viagem, exceto que estava escuro e pareceu levar horas. Espero estar errada e espero que a febre tenha dado a impressão de que o trajeto foi mais longo. Tomara que eu esteja mesmo no vilarejo da srta. Montoya.

Talvez seja Skendgate. Lembro que há uma igreja, e acho que estou numa casa senhorial. Estou num quarto ou num sótão, e não é simplesmente um mezanino porque há escadas, então significa no mínimo a casa de um pequeno barão. Há uma janela e, assim que a tontura diminuir, vou subir num banco de pedra junto dela e tentar avistar a igreja. Ela tem um sino, que tocou as vésperas ainda há pouco. Como a igreja do vilarejo da srta. Montoya não tinha campanário, temo que não esteja no lugar certo. Sei que estamos bastante próximos de Oxford, porque uma das contemps falou em mandar buscar uma médica de lá. É perto também de um vilarejo chamado Kersey ou Courcy, que não aparece nos mapas da srta. Montoya que eu memorizei, mas pode ser que seja o nome do dono das terras.

Por estar meio desnorteada, também não tenho certeza quanto à minha localização temporal. Tenho procurado lembrar, e acho que estou aqui há dois dias, mas pode ter sido mais. Não posso perguntar que dia é porque eles não me entendem, e não posso tentar levantar da cama sem cair, e eles cortaram meu cabelo bem curto, e não sei o que fazer. O que aconteceu? Por que o intérprete não funciona? Por que o reforço de células-T não funcionou também?

(Pausa)

Tem um rato embaixo da cama. Posso ouvi-lo escarafunchando no escuro.

11

Eles não conseguiam entendê-la. Kivrin tentou se comunicar com Eliwys, tentou *obrigá-la* a entender, mas ela se limitava a sorrir com bondade e, sem compreender, dizia para Kivrin descansar.

— Por favor — pediu Kivrin, quando Eliwys se dirigiu para a porta. — Não saia. Isso é importante. Gawyn é o único que sabe onde fica o local do salto.

— Durma — disse Eliwys. — Voltarei em breve.

— Precisa deixar que eu o veja — insistiu Kivrin em desespero, mas Eliwys já estava na soleira. — Não sei onde foi que saltei.

Houve uma série de ruídos vindos da escada. Eliwys abriu a porta e disse:

— Agnes, já pedi que fosse dizer...

Ela parou no meio da frase e recuou um passo. Não pareceu amedrontada ou mesmo inquieta, mas a mão na porta tremeu um pouco, como se tivesse preferido bater a porta com força, e o coração de Kivrin disparou. É agora, pensou ela, apavorada. Vieram me levar para a fogueira.

— Bom dia, minha dama — disse uma voz de homem. — Sua filha Rosemund comentou que eu encontraria a senhora no salão, mas não a vi lá.

Ele entrou no quarto. Kivrin não podia ver seu rosto. Ele estava parado ao pé da cama, escondido de sua vista pelas tapeçarias penduradas. Kivrin tentou virar o pescoço a fim de enxergar aquele homem, mas o movimento fez sua cabeça rodopiar. Ela se deitou e relaxou.

— Achei que a encontraria na companhia da dama ferida — prosseguiu o homem. Estava usando um gibão acolchoado e calções de couro. E uma espada, que Kivrin ouviu tilintar quando ele deu um passo à frente. — Como está ela?

— Está melhor hoje — respondeu Eliwys. — A mãe do meu marido foi preparar uma infusão para pôr nos ferimentos.

Ela tinha afastado a mão da porta. O comentário dele sobre "sua filha Rosemund" indicava sem dúvida que aquele era Gawyn, o homem que ela havia enviado à caça dos agressores de Kivrin, mas Eliwys deu mais dois passos para trás, o rosto assumindo uma expressão resguardada, alerta. A sensação de perigo passou rapidamente pela mente de Kivrin, que de repente pensou se não teria afinal de contas sonhado com um dos degoladores alardeados pelo sr. Dunworthy, se aquele homem de rosto cruel poderia ser Gawyn.

— Encontrou algo que revele a identidade da dama? — perguntou Eliwys, com cuidado.

— Não — respondeu ele. — Seus bens devem ter sido roubados, e os cavalos também. Espero que ela possa contar algo sobre os ladrões, quantos eram, de onde surgiram.

— Receio que ela não possa dizer nada — comentou Eliwys.

— Ela é muda? — perguntou ele, dando um passo.

Agora Kivrin podia vê-lo direito. Não era tão alto quanto ela lembrava, e seu cabelo parecia menos ruivo do que louro à luz do dia, mas seu rosto ainda estampava uma expressão de bondade, a mesma de quando ele a ajudou a subir no cavalo. No garanhão negro, Gringolet, depois que ele a encontrou na clareira.

Aquele homem não era o degolador: ela tinha imaginado aquilo, criado uma imagem a partir do delírio e dos receios do sr. Dunworthy com o cavalo branco e as canções de Natal. Também devia estar confundindo as reações de Eliwys, assim como confundira as intenções das duas mulheres quando a levantaram para usar o penico.

— Ela não é muda, mas fala numa língua estranha, que eu não conheço — disse Eliwys. — Receio que os ferimentos tenham perturbado seu espírito. — Ela aproximou-se da cama, acompanhada por Gawyn. — Boa dama, eu trouxe o *privé* do meu marido, Gawyn.

— Bom dia, senhora — cumprimentou Gawyn, falando devagar e de maneira bem distinta, como se achasse que Kivrin era surda.

— Foi Gawyn que a encontrou no bosque — disse Eliwys.

Onde no bosque?, pensou Kivrin desesperadamente.

— Fico feliz em ver que seus ferimentos estão sarando — começou Gawyn, dando ênfase a cada palavra. — Poderia me dizer algo sobre os agressores?

Não sei se vou poder dizer coisa alguma, pensou ela, com medo de falar e de também não ser compreendida por ele. Gawyn precisava entendê-la. Ele sabia o local do salto.

— Quantos homens eram? — quis saber Gawyn. — Estavam a cavalo?

Onde você me encontrou?, pensou ela, enfatizando as palavras como Gawyn fizera. Esperou que o intérprete trabalhasse a frase inteira, ouviu com atenção as entoações de voz, examinando-as de acordo com as lições de linguagem que o sr. Dunworthy lhe dera.

Gawyn e Eliwys estavam à espera, olhando para ela com atenção. Kivrin respirou fundo.

— Onde você me encontrou?

Os dois trocaram um olhar rápido, ele surpreso, ela como quem dizia "*Viu?*".

— Ela falava assim naquela noite — comentou ele. — Pensei que era por causa do ferimento.

— Eu também — disse Eliwys. — A mãe do meu marido acha que ela é da França.

Ele abanou a cabeça.

— Não, não é francês o que ela fala. — Virou-se para Kivrin. — Minha boa dama — disse, quase gritando — está vindo de outras terras?

Sim, pensou Kivrin, de outra terra, e o único caminho de volta é aquele, naquele lugar que somente você sabe onde fica.

— Onde você me encontrou? — repetiu ela.

— Tudo que ela tinha foi roubado — disse Gawyn —, mas a carroça era de boa feitura, e ela trazia muitas caixas.

Eliwys assentiu.

— Receio que ela seja de berço nobre e que seu povo a esteja procurando.

— Em que parte da floresta você me *encontrou*? — indagou Kivrin, elevando a voz.

— Estamos deixando ela nervosa — comentou Eliwys, inclinando-se sobre Kivrin e dando tapinhas suaves na sua cabeça. — Shhh. Descanse. — Ela afastou--se da cama, acompanhada por Gawyn.

— Gostaria que eu cavalgasse até Bath, onde está Lord Guillaume? — perguntou Gawyn, agora encoberto pelas tapeçarias.

Eliwys deu alguns passos para trás, como fizera quando Gawyn entrou, como se tivesse receio. No entanto, os dois ficaram lado a lado junto à cama, as mãos quase se tocando, e falaram como se fossem velhos amigos. Esse receio devia vir de alguma outra coisa.

— Gostaria que eu trouxesse seu marido? — quis saber Gawyn.

— Não — respondeu Eliwys, de cabeça baixa, olhando para as mãos. — Ele já tem muitas preocupações e não pode sair de lá enquanto não concluir o julgamento. E incumbiu o senhor de ficar e nos proteger.

— Com sua permissão, então, retornarei para o lugar onde a dama foi atacada e procurarei mais um pouco.

— Faça isso — concordou Eliwys, ainda sem olhar para ele. — Com a pressa, talvez alguma coisa tenha caído, alguma coisa que nos diga algo sobre ela.

O lugar onde a dama foi atacada, recitou Kivrin bem baixinho, tentando distinguir e memorizar as palavras de Gawyn por trás da tradução do intérprete. O lugar onde eu fui atacada.

— Vou me retirar e cavalgar de novo — disse Gawyn.

Eliwys ergueu os olhos para ele.

— Agora? — questionou. — Está escurecendo.

— Mostre para mim o lugar onde eu fui atacada — disse Kivrin.

— Eu não tenho medo do escuro, Lady Eliwys — respondeu ele, afastando-se, a espada tilintando.

— Preciso ir com você — disse Kivrin.

Mas não adiantou de nada. Os dois já tinham saído, e o intérprete estava com defeito. Ela tinha se iludido ao achar que ele estava funcionando. Kivrin estava entendendo o que diziam por causa das aulas do sr. Dunworthy, não por causa do intérprete, e talvez estivesse apenas se enganando e achando que entendia alguma coisa.

Talvez a conversa não tivesse sido absolutamente a respeito de quem era ela, mas sobre algo bem diferente: encontrar uma ovelha desgarrada, ou quem sabe submeter Kivrin a um tribunal.

Lady Eliwys tinha fechado a porta ao sair, e agora Kivrin não escutava nada. Mesmo o sino que dobrava ali perto tinha silenciado, e a luz através do linho encerado era de um pálido azul. Estava escurecendo.

Gawyn dissera que cavalgaria de volta até o local do salto. Se aquela janela desse para o pátio, Kivrin talvez conseguisse pelo menos ver em que direção ele partia. Não fica muito longe, ele mencionara. Se ela visse pelo menos a direção, poderia achar o lugar sozinha.

Ergueu o corpo na cama, mas só esse esforço já bastou para que a dor no peito a apunhalasse de novo. Tentou sentar, as pernas estavam bambas, e teve tontura. Recostou-se de novo no travesseiro e fechou os olhos.

Tontura, febre e dor no peito. Seriam sintomas do quê? Varíola começava com febre e calafrios, e as pústulas não surgiam senão no segundo ou terceiro dia. Ela ergueu o braço para ver se tinha algum indício. Não fazia ideia de há quanto tempo estava doente, mas não poderia ser varíola, cujo período de incubação é de dez a vinte e um dias. Dez dias atrás ela estava num hospital de Oxford, e o vírus da varíola fora extinto há cerca de cem anos.

Ela não esteve no hospital sendo vacinada contra tudo: varíola, febre tifoide, cólera, peste? Então como podia ser uma dessas doenças? E, se não fosse uma dessas, seria o quê? A dança de são Vito? Kivrin já pensara nisso, uma das enfermidades contra a qual não fora vacinada. No entanto, ela tivera o sistema imunológico reforçado, também, para enfrentar qualquer infecção.

Houve um barulho de pés correndo escada acima.

— Mãe! — gritou uma voz que ela já reconhecia como de Agnes. — Rosemund não esperou!

Ela não invadiu o quarto com a mesma violência de antes, porque desta vez a porta estava fechada e teve que empurrá-la mas, assim que se esgueirou pela abertura, correu para o banco junto à janela, chorando.

— Mãe! Era *eu* quem ia contar a Gawyn! — soluçou, detendo-se quando viu que a mãe não estava ali. Kivrin reparou que as lágrimas pararam no mesmo instante.

Agnes ficou cerca de um minuto perto da janela, como se estivesse deliberando sobre a possibilidade de fazer esta cena da próxima vez, e depois voltou a correr para a porta. No meio do caminho, ela viu Kivrin e parou.

— Eu sei quem é você — disse ela, aproximando-se do lado da cama. Ela mal tinha altura suficiente para olhar por cima do colchão. As tiras do gorro já tinham se desatado de novo. — É a dama que Gawyn encontrou no bosque.

Kivrin receou que sua resposta, com certeza toda distorcida pelo intérprete, pudesse assustar a menina. Ergueu o corpo um pouco sobre o travesseiro e fez um sinal afirmativo.

— O que houve com seu cabelo? — quis saber Agnes. — Os ladrões levaram também?

Kivrin sacudiu a cabeça que não, sorrindo àquela ideia peculiar.

— Maisry disse que os ladrões roubaram a sua língua — disse Agnes. Apontou a testa de Kivrin: — Machucou a cabeça?

Kivrin anuiu.

— Eu machuquei meu joelho — disse ela, e tentou segurá-lo com as duas mãos para que Kivrin pudesse ver as ataduras manchadas.

A mulher mais velha estava certa, afinal. As bandagens estavam escorregando. Kivrin podia ver o ferimento por baixo. Tinha imaginado uma pele esfolada apenas, mas o corte parecia profundo.

Agnes pulou num pé só, largou o joelho ferido e voltou a se encostar na cama.

— Você vai morrer?

Não sei, pensou Kivrin, lembrando a dor no peito. A taxa de mortalidade da varíola fora de setenta e cinco por cento em 1320, e o sistema imunológico reforçado não estava dando conta.

— Irmão Hubard morreu — comentou Agnes, muito séria. — E Gilbert. Ele caiu do cavalo. Eu vi. A cabeça dele estava toda vermelha. Rosemund disse que o irmão Hubard morreu da doença azul.

Kivrin ficou imaginando o que seria a doença azul (asfixia, talvez, ou apoplexia) e se perguntou se Hubard seria o capelão que a sogra de Eliwys estava tão ansiosa para repor. Era comum que as pessoas das classes nobres viajassem levando seus próprios sacerdotes. O padre Roche, aparentemente, era apenas o vigário local, talvez não tivesse um alto grau de educação, poderia até ser analfabeto, embora ela tivesse entendido perfeitamente o latim falado por ele. Além disso, ele fora tão bondoso, segurando a mão dela e dizendo que não tivesse medo. Há pessoas boas na Idade Média, sr. Dunworthy, pensou ela. O padre Roche e Eliwys e Agnes.

— Meu pai disse que vai trazer uma pega para mim quando voltar de Bath — disse Agnes. — É um bom pássaro. Adeliza tem um falcão. Ela me deixa segurar ele às vezes. — Ela dobrou e ergueu o braço, o pequeno punho cerrado como se houvesse ali um falcão pousado sobre a luva de couro. — Eu tenho um cão.

— Como é o nome do seu cão? — perguntou Kivrin.

— Blackie — respondeu Agnes, embora Kivrin tivesse certeza de que aquilo era apenas a versão do intérprete. Era mais provável que a menina tivesse dito Blackamon ou Blakkin. — Ele é preto. Você tem um cão?

Kivrin estava surpresa demais para responder. Ela falara e alguém tinha entendido. Agnes nem sequer reagira como se aquela pronúncia fosse diferente. Kivrin tinha falado sem pensar no intérprete nem esperar que ele traduzisse, e talvez fosse esse o segredo.

— Não, eu não tenho um cão — respondeu ela enfim, tentando repetir o que fizera antes.

— Eu vou ensinar minha pega a falar. Vou começar ensinando "bom dia, Agnes".

— Onde está o seu cão? — indagou Kivrin, tentando de novo. Tinha impressão de que as palavras soavam diferentes, mais leves, e com aquela murmurante inflexão francesa que ouvira na voz da mulher jovem.

— Você quer ver Blackie? Ele está no estábulo — respondeu ela. Parecia uma resposta direta, mas o modo como Agnes falava tornava difícil saber. Ela podia estar apenas informando algo. Para ter certeza, Kivrin teria que perguntar algo totalmente fora do assunto e que pudesse ter apenas uma resposta.

Agnes estava alisando as peles macias em cima da cama e cantarolando baixinho.

— Como você se chama? — perguntou Kivrin, tentando deixar que o intérprete controlasse suas palavras. Ele traduziu sua frase moderna em algo semelhante a "Qual é sua graça?", que Kivrin não sabia se era correto ou não, mas Agnes não hesitou.

— Agnes — respondeu prontamente. — Meu pai disse que eu posso ganhar um falcão quando for grande o bastante para cavalgar a égua. Eu tenho um pônei. — Ela parou de alisar as peles, apoiou os cotovelos na borda da cama e pousou o queixo nas mãozinhas. — Eu sei o seu nome — revelou ela, com expressão confiada e cheia de triunfo. — É Katherine.

— O quê? — hesitou Kivrin, sem entender. Onde eles tinham ido buscar aquele "Katherine"? O seu nome era para ser Isabel. Será que eles estariam pensando que sabiam quem ela era?

— Rosemund disse que ninguém sabia seu nome — continuou a menina, arrogante —, mas eu ouvi o padre Roche dizer a Gawyn que você se chamava Katherine. Rosemund disse que você não conseguia falar, mas você *consegue*.

Kivrin teve uma súbita lembrança do padre se inclinando, o rosto obscurecido pelas chamas que pareciam estar diante dela o tempo todo, perguntando em latim: "Como é o seu nome, para que possa confessar?".

Lembrou-se também dela própria tentando formar a palavra com a boca tão seca, mal conseguindo falar, com medo de morrer e ninguém nunca chegar a saber o que tinha acontecido.

— Você se chama mesmo Katherine? — perguntou Agnes, e Kivrin podia ouvir com clareza a voz da menina por baixo da tradução do intérprete. Parecia a sua própria voz.

— Sim — respondeu Kivrin, quase chorando.

— Blackie tem um... — disse Agnes. O intérprete não captou a palavra. *Karette*? *Chavette*? — É vermelho. Você quer ver? — e, antes que Kivrin pudesse detê-la, a menina saiu correndo e passou pela porta entreaberta.

Kivrin aguardou, com esperança de que ela voltasse e que uma *karette* não fosse algo vivo. Desejaria ter perguntado onde estava e há quanto tempo, ainda que Agnes provavelmente fosse pequena demais para saber. A menina não parecia ter mais do que três anos, embora decerto fosse bem menor do que uma garota moderna da mesma idade. Cinco, então, ou quem sabe seis. Eu devia ter perguntado quantos anos ela tinha, pensou Kivrin, e depois se lembrou que talvez a menina nem soubesse. Quando Joana d'Arc foi interrogada pelos inquisidores, também não sabia a própria idade.

Pelo menos, posso fazer perguntas, pensou Kivrin. O intérprete não estava com defeito, afinal. Talvez tivesse ficado temporariamente retardado por diferenças de pronúncia, ou talvez afetado pela febre dela, mas estava tudo bem agora, e Gawyn sabia onde era o lugar e poderia mostrar.

Kivrin sentou-se bem ereta, encostada aos travesseiros de modo a avistar a porta. Com o esforço, o peito e a cabeça doeram, e ela ficou tonta. Ansiosa, tocou na própria testa e depois nas bochechas. Pareciam quentes, mas podia ser porque suas mãos estavam frias. O quarto estava bastante frio, e durante a breve caminhada até o penico ela não tinha visto nenhum braseiro ou mesmo uma panela com brasas.

Será que naquela época já se usavam panelas fechadas, com brasas, para aquecer as camas? Era possível. De outra maneira, como as pessoas poderiam ter sobrevivido à Pequena Era Glacial? Estava tão frio.

Ela começou a tremer. A febre devia estar voltando. Será que isso era possível? Em História da Medicina, ela estudara sobre febres que se interrompiam, deixando o paciente alquebrado, mas as febres não voltavam, não é? Claro que voltavam. E a malária? Tremores, dor de cabeça, suor, febre recorrente. Claro que voltavam.

Bem, aquilo evidentemente não era malária. Malária nunca fora endêmica na Inglaterra, não existiam mosquitos em Oxford no meio do inverno, jamais tinham existido, e os sintomas eram outros. Ela não tinha suado nem um pouco, e os calafrios que sentia eram por causa da febre.

O tifo provoca dor de cabeça e uma febre muito alta, e era transmitido por piolhos e também por pulgas de rato. Esses dois fatores eram endêmicos na Inglaterra na Idade Média e provavelmente endêmicos na cama onde ela deitava agora, mas tinham um período de incubação longo, de quase duas semanas.

Já o tempo de incubação da febre tifoide era de poucos dias, e causava dor de cabeça, dores nas juntas e também febre alta. Kivrin não achava que fosse uma febre recorrente, mas lembrava que em geral era mais alta durante a noite, então talvez diminuísse ao longo do dia e depois do anoitecer voltasse.

Kivrin pensou que horas seriam. Eliwys dissera: "Está escurecendo", e da janela coberta com o pano vinha uma luz azulada, mas os dias eram curtos no mês de dezembro. Talvez estivessem no meio da tarde. Ela sentia sono, mas isso não era suficiente para determinar a doença. Tinha passado o tempo todo dormindo e acordando.

Sonolência era um dos sintomas da febre tifoide. Ela tentou lembrar os outros que ouvira no curso intensivo da dra. Ahrens sobre medicina medieval. Sangramento do nariz, língua saburrosa, brotoejas cor-de-rosa. As brotoejas não deviam aparecer antes do sétimo ou oitavo dia, mas Kivrin puxou a bata para cima e olhou para a barriga e para o peito. Nada de brotoejas, então não era febre tifoide. Nem varíola. Com a varíola, as pústulas começavam a aparecer no segundo ou terceiro dia.

Pensou no que teria acontecido com Agnes. Talvez alguém, mesmo com atraso, tivesse tido o bom senso de proibir a entrada da menina no quarto da doente, ou talvez Maisry, pouco confiável, estivesse mesmo de olho nela. O mais provável era que Agnes tivesse parado para ver seu cãozinho no estábulo e esquecido que ia mostrar seu *chavette* a Kivrin.

A peste começava com dor de cabeça e febre. Não pode ser a peste, pensou Kivrin. Não estou com nenhum dos sintomas. *Bulbos* que crescem até o tamanho de laranjas, língua que incha até preencher todo o espaço da boca, hemorragias subcutâneas que deixam o corpo inteiro enegrecido. Não estou com a peste.

Deveria ser alguma espécie de gripe. Era a única doença que vinha assim de repente, e a dra. Ahrens ficara chateada com aquela mudança de data feita pelo sr. Gilchrist porque, como os antivirais não estariam fazendo pleno efeito senão pelo dia quinze, ela estaria com uma imunidade apenas parcial. Tinha que ser a gripe. Qual era o tratamento para gripe? Antivirais, repouso, líquido.

Muito bem, então repouse, pensou ela, e fechou os olhos.

Não se lembrava de ter pegado no sono, mas devia ter dormido um pouco, porque de repente as mulheres estavam de volta ao quarto, conversando, e Kivrin não recordava o momento em que entraram.

— O que disse Gawyn? — perguntou a mulher mais velha, que estava fazendo algo com uma colher e uma tigela, amassando alguma coisa na face interna do recipiente com a colher. O baú reforçado de ferro estava aberto junto dela, e a idosa enfiou a mão ali e tirou uma pequena bolsa de pano, salpicou o conteúdo na tigela e ficou mexendo de novo.

— Ele não achou nada que indicasse a origem da dama. Os pertences foram roubados, os baús foram quebrados e esvaziados de tudo que possibilitasse uma identificação. Mas ele disse que a carroça dela é de boa feitura. Com certeza, ela é de boa família.

— E com certeza a família está à procura dela — acrescentou a mulher idosa, que colocara a tigela de lado e agora rasgava tiras de tecido, com um som áspero. — Temos que mandar alguém para Oxenford e dizer que ela está em segurança conosco.

— Não — disse Eliwys, e Kivrin podia ouvir a resistência em sua voz. — Não para Oxenford.

— O que foi que você ouviu?

— Eu não ouvi nada — respondeu Eliwys. — Sei apenas que o meu senhor disse que não devíamos sair daqui. Ele chegará dentro de uma semana, se tudo correr bem.

— Se tudo tivesse corrido bem, ele estaria aqui conosco agora.

— O julgamento mal começou. Talvez neste exato momento ele já esteja a caminho de casa.

— Ou talvez... — Outro daqueles nomes intraduzíveis. Seria Torquil? — ... esteja prestes a ser enforcado, e meu filho junto. Ele não devia ter se envolvido com aquele assunto.

— É amigo dele, e inocente das acusações.

— É um tolo, e meu filho mais tolo ainda por testemunhar a seu favor. Um verdadeiro amigo teria sugerido que fugisse de Bath. — Ela voltou a mexer com a colher dentro da tigela. — Preciso de mostarda para isto — disse, e foi na direção da porta. — Maisry! — chamou, e logo voltou a sentar e a rasgar tiras de pano. — Gawyn não encontrou nenhuma das pessoas que acompanhavam a dama?

Eliwys sentou no banco junto à janela.

— Não. Nem os cavalos. Nem o cavalo dela.

Entrou no quarto uma garota com o rosto cheio de marcas e cabelo oleoso balançando à frente. Sem dúvida não era Maisry, a que ficava de conversinhas com os rapazes do estábulo em vez de vigiar as crianças de quem tomava conta. Ela dobrou o joelho, numa reverência com algo de tropeção, e disse:

— *Wotwardstu, Lawttymayeen*?

Oh, não, pensou Kivrin. O que foi que houve agora com o intérprete?

— Traga aquele pote de mostarda que tem na cozinha e não demore — ordenou a mulher idosa, e a garota voltou para a porta. — Cadê Agnes e Rosemund? Por que não estão com você?

— *Shiyrouthamay* — respondeu ela, carrancuda.

Eliwys ficou de pé.

— Fale direito — disse, com voz cortante.

— Elas estão escondendo (algo) de mim.

Não era problema com o intérprete, então. Era apenas a diferença entre o inglês normando que os nobres falavam e o dialeto dos camponeses, ainda soando a saxão, sendo que nenhum dos dois se parecia com o inglês médio que o sr. Latimer jubilosamente ensinara a ela.

— Estava indo procurar as duas quando Lady Imeyne chamou, minha boa senhora — disse Maisry, e o intérprete captou tudo, embora isso custasse alguns segundos, dando uma lentidão à fala de Maisry, o que podia ou não corresponder à realidade.

— Onde estava procurando por elas? No estábulo? — questionou Eliwys, batendo com as mãos abertas, com força, dos dois lados da cabeça de Maisry, como um par de címbalos. Maisry gritou e levou a mão esquerda, bem suja, ao ouvido. Kivrin se encolheu entre os travesseiros.

— Vá, traga a mostarda para Lady Imeyne e encontre Agnes.

Maisry aquiesceu, sem parecer tão amedrontada assim, mas ainda com a mão junto à orelha. Fez aos tropeções nova mesura e saiu bem mais depressa do que tinha entrado. Parecia menos incomodada diante daquela violência repentina do que Kivrin, que ficou pensando que Lady Imeyne demoraria muito a receber sua mostarda.

A rapidez e a calma daquele gesto de violência deixaram Kivrin surpresa. Eliwys nem sequer parecera estar zangada e, assim que Maisry saiu, voltou para o banco junto à janela, sentou, e disse com calma:

— A dama não poderia ser levada mesmo que a família aparecesse. Ela pode ficar conosco até a volta do meu marido. Ele estará aqui no Natal, com certeza.

Houve um barulho na escada. Kivrin pensou que tinha errado e que a pancada na orelha acabara surtindo efeito. Agnes entrou correndo, apertando algo de encontro ao peito.

— Agnes! — disse Eliwys. — O que veio fazer aqui?

— Eu trouxe meu... — O intérprete ainda não tinha resolvido aquela palavra. *Charette*? — para mostrar à dama.

— Você é uma criança muito má por estar se escondendo de Maisry e por ter vindo perturbar a dama — disse Imeyne. — Ela está sofrendo muito com os ferimentos.

— Mas ela me disse que queria ver! — Ela ergueu o objeto bem alto. Era um carrinho de brinquedo. Uma carroça com duas rodas, pintada de vermelho e dourado.

— Deus condena as pessoas que prestam falso testemunho aos tormentos eternos — sentenciou Imeyne, agarrando de modo brusco a menina. — A dama não pode falar. Você sabe muito bem.

— Ela falou comigo — insistiu Agnes, teimosa.

Era só o que faltava, pensou Kivrin. Tormentos eternos. Que coisa horrível com que ameaçar uma criança. Mas aquilo era a Idade Média, um tempo em que os padres falavam o dia inteiro no fim dos tempos, no juízo final e nos sofrimentos do inferno.

— Ela me disse que queria ver minha carroça — prosseguiu Agnes. — Ela disse que não tinha um cão.

— Você está inventando histórias — disse Eliwys. — A dama não pode falar.

Kivrin pensou que precisava dar um basta naquilo, ou ela ia bater nos ouvidos da filha também. Ela se arrastou para a frente com os cotovelos. Ficou sem fôlego pelo esforço.

— Eu falei com Agnes — começou ela, rezando para que o intérprete fizesse o que devia fazer. Se ele apresentasse nova falha e acabasse rendendo a Agnes um bofetão, seria a gota d'água. — Eu pedi a ela que trouxesse o carrinho para me mostrar.

As mulheres se viraram para encarar Kivrin. Os olhos de Eliwys se arregalaram. A mulher idosa pareceu atônita e depois zangada, como se achasse que Kivrin estava enganando as duas.

— Viu? Eu disse — falou Agnes, indo até a cama com o carrinho.

Kivrin voltou a se recostar no travesseiro, exausta.

— Que lugar é este? — perguntou.

Eliwys precisou de alguns instantes para se recompor.

— Você repousa em segurança na casa do meu senhor e marido... — O intérprete teve algum problema com o nome, embora soasse como Guillaume D'Iverie ou Devereaux.

Eliwys a fitava com ansiedade.

— O *privé* do meu marido a encontrou no bosque e a trouxe para cá. Você foi atacada por ladrões e ficou ferida. Quem a atacou?

— Eu não sei — respondeu Kivrin.

— Eu me chamo Eliwys, e esta é a mãe do meu marido, Lady Imeyne. Como é o seu nome?

E agora chegava o momento de contar a história longamente preparada. Ela dissera ao padre que seu nome era Katherine, mas Lady Imeyne já tinha deixado bem claro que não colocava fé em nada que o clérigo dissesse. Nem sequer acreditara que Kivrin pudesse falar latim. Kivrin poderia dizer que ele entendera mal, que seu nome era Isabel de Beauvrier. Podia dizer que no delírio falara sem querer o nome de sua mãe ou de sua irmã. Podia dizer que estava rezando para santa Catarina.

— De que família você é? — quis saber Lady Imeyne.

Era uma boa história. Poderia firmar uma identidade, além de uma posição na sociedade, e garantiria que ninguém tentaria entrar em contato. O Yorkshire ficava muito longe, e a estrada norte estava quase intransitável.

— Para onde se dirigia? — indagou Eliwys.

Medieval tinha pesquisado minuciosamente a meteorologia e as condições das estradas. Chovera todos os dias ao longo de duas semanas de dezembro, e uma geada forte congelou a água parada nas estradas até o final de janeiro. Só que ela tinha visto a estrada para Oxford. Estava seca e limpa. Sem contar que Medieval também pesquisara com cuidado a cor da túnica e a predominância de janelas de vidro entre as classes mais altas. Assim como a língua, nos menores detalhes.

— Não lembro, não — disse Kivrin.

— Não? — repetiu Eliwys, virando-se para Lady Imeyne. — Ela diz que não lembra nada.

Elas pensam que eu disse "nada" em vez de "não", refletiu Kivrin. Em inglês médio, a pronúncia das duas palavras não se diferenciava. Elas pensam que eu não me lembro de coisa alguma.

— É o ferimento — sugeriu Eliwys. — Abalou a memória.

— Não... não... — disse Kivrin.

Ela não estava ali para fingir amnésia, e sim para ser Isabel de Beauvrier, de East Riding. Só porque as estradas estavam secas não significava que não estivessem intransponíveis mais ao norte, e Eliwys não queria deixar Gawyn se afastar dali nem para ir a Oxford procurar informações sobre ela ou a Bath para trazer seu marido. Com certeza não mandaria o *privé* para East Riding.

— Não consegue se lembrar nem do seu nome? — perguntou Lady Imeyne, com impaciência, inclinando-se tanto que Kivrin sentiu seu hálito. A idosa também devia ter dentes estragados.

— Como se chama?

O sr. Latimer dissera que Isabel era o nome mais comum de mulher nos anos 1300. Até que ponto Katherine era recorrente? Medieval não sabia os nomes das filhas. E se Yorkshire afinal não fosse tão distante assim, e Lady Imeyne conhecesse a família? Consideraria isso uma prova a mais de que ela era espiã. No entanto, o melhor era ficar com o nome mais comum e dizer que era Isabel de Beauvrier. A velha ficaria mais do que contente em acreditar que o padre ouvira o nome errado. Serviria como uma prova a mais da ignorância e da incompetência dele, outra razão para mandar trazer um novo capelão de Bath. Mas ele tinha segurado na mão de Kivrin e dito a ela para não ter medo.

— Meu nome é Katherine — respondeu ela.

TRANSCRITO DO LIVRO DO JUÍZO FINAL
(001300-002018)

Eu não sou a única pessoa que está metida em problemas, sr. Dunworthy. Acho que os contemps que me acolheram aqui também estão.

O senhor desta casa, Lord Guillaume, não está presente. Está em Bath, testemunhando no julgamento de um amigo, o que aparentemente é algo que acarreta algum perigo. Sua mãe, Lady Imeyne, chamou o filho de tolo por se envolver nisso, e Lady Eliwys, a esposa, parece preocupada e nervosa.

A família veio para cá às pressas e sem servos. As mulheres nobres deste século tinham pelo menos uma criada pessoal, mas nem Imeyne nem Eliwys têm uma. Além disso, elas deixaram para trás a ama das crianças: as duas filhinhas de Guillaume estão aqui. Lady Imeyne queria mandar buscar outra, mas Lady Eliwys não permitiu.

Acho que Lord Guillaume espera enfrentar problemas e mandou as mulheres para cá por questão de segurança. Ou talvez o problema já tenha acontecido: Agnes, a mais nova das duas garotas, me falou sobre a morte de um capelão e de alguém chamado Gilbert, cuja cabeça "estava toda vermelha". Talvez já tenha acontecido derramamento de sangue, e as mulheres fugiram para cá para se proteger. Um dos *privés* de Lord Guillaume veio com elas e anda armado.

Não houve nenhum levante significativo contra Eduardo II em Oxfordshire em 1320, embora ninguém estivesse muito satisfeito com o rei ou com o seu favorito, Hugo Despenser, e houvesse tramas e pequenas escaramuças por toda parte. Dois dos barões, Lancaster e Mortimer, tomaram trinta e seis propriedades rurais das mãos dos Despenser naquele ano... quer dizer, neste ano. Lord Guillaume, ou o amigo dele, pode ter se envolvido numa dessas disputas.

Pode ser algo completamente diferente, é claro, uma disputa por terras ou qualquer coisa assim. As pessoas nos anos 1300 passavam tanto tempo nos tribunais quanto os contemps do final do século XX. Mas eu não acho que seja só isso. Lady Eliwys dá um pulo quando escuta qualquer barulho e proibiu Lady Imeyne de avisar os vizinhos que estão aqui.

Suponho que de certa maneira isso seja uma boa coisa. Se não estão dizendo a ninguém que estão aqui, também não falarão a ninguém sobre mim, nem mandarão mensageiros para descobrir quem sou eu. Porém, existe uma chance de homens armados aparecerem a qualquer momento metendo o pé na porta.

Ou de Gawyn, a única pessoa que sabe com exatidão o local onde saltei, morrer ao defender a propriedade.

(Pausa)

15 de dezembro de 1320 (Calendário Antigo). O intérprete já está funcionando, mais ou menos, e os contemps parecem entender o que eu digo. Compreendo eles, embora o inglês médio que falem não tenha semelhança com o que o sr. Latimer me ensinou. É cheio de inflexões e tem uma sonoridade muito suave e francesa. O sr. Latimer não reconheceria nem sequer seu "'Whan that Aprille with his shoures sote".

O intérprete traduz o que os contemps dizem com a sintaxe e algumas das palavras intactas, e a princípio eu tentei usar o mesmo vocabulário, dizendo formas antigas para "sim" e "não", e coisas como "nada recordo do que aconteceu alhures", mas pensar dessa maneira faz com que nada funcione. O intérprete passa uma eternidade para propor uma tradução, e fico gaguejando e esbarrando na pronúncia. Então, apenas falo em meu inglês moderno e espero que o que sai da minha boca esteja mais ou menos certo, e que o intérprete não esteja esquartejando as expressões idiomáticas e as inflexões. Deus sabe como estou falando. Como uma espiã francesa, provavelmente.

A linguagem não é a única coisa longe da perfeição. Minha roupa está toda errada, o tecido tem uma trama fina demais, e o azul é muito brilhante, seja tingido com anil ou não. Não vi nenhuma cor vívida por aqui. Sou muito alta, meus dentes são sadios demais e minhas mãos estão erradas, apesar dos dias de trabalho na escavação. Deviam não apenas estar mais sujas, como também cobertas de frieiras. As mãos de todos, mesmo das crianças, estão rachadas e sangrando. Afinal de contas, é dezembro.

15 de dezembro. Ouvi parte de uma discussão entre Lady Imeyne e Lady Eliwys a respeito de buscarem um substituto para o capelão que morreu, e Imeyne disse: "Há tempo mais do que suficiente para que ele venha. Faltam dez dias inteiros para a missa do Natal". Portanto, diga ao sr. Gilchrist que já estabeleci minha localização temporal, pelo menos. Mas não sei a que distância estou do local do salto. Tentei lembrar como Gawyn me trouxe até aqui, mas toda aquela noite está embaralhada e parte das recordações nem sequer aconteceu. Eu me lembro de um cavalo branco com sininhos que tocavam canções de Natal, como o carrilhão da Carfax Tower.

15 de dezembro aqui significa véspera de Natal aí, e vocês estarão tomando xerez nas festas e depois caminhando até a St. Mary the Virgin para o serviço religioso ecumênico. É duro compreender que vocês todos estão a setecentos anos

de distância. Continuo pensando que, se eu conseguisse sair da cama (o que não consigo porque fico tonta, e acho que minha temperatura voltou a subir) e abrisse a porta, não encontraria um salão medieval, e sim o laboratório do Brasenose e vocês todos me esperando: Badri, a dra. Ahrens e o senhor, sr. Dunworthy, limpando os óculos e dizendo: "Eu não falei?". Quem me dera.

12

Lady Imeyne não acreditou na história de que Kivrin estava com amnésia. Quando Agnes trouxe o cão, um cãozinho preto e pequeno, com patas enormes, disse a Kivrin:

— Este é o meu cão, Lady Kivrin. — Estendeu o animal para Kivrin, segurando-o pela barriga. — Pode alisar o pelo dele. Lembra como é?

— Lembro — disse Kivrin, tirando o cão dos dedos muito apertados da menina e acariciando os pelos macios. — Você não devia estar costurando agora?

Agnes pegou o cão de volta.

— Minha avó foi discutir com o caseiro, e Maisry foi para o estábulo. — Ela girou o corpo do cãozinho e deu-lhe um beijo. — Então eu vim falar com você. Minha avó está muito zangada. O caseiro e toda a família dele estavam morando no salão quando chegamos. — Ela beijou de novo o cãozinho. — Minha avó diz que a esposa do caseiro é que faz ele pecar.

Avó. Agnes não tinha dito nada igual a "avó". A palavra nem existia até o século XVIII, mas o intérprete agora estava dando saltos enormes, desconcertantes, embora mantivesse intacta a confusão de Agnes ao pronunciar "Katherine" e às vezes deixasse lacunas em lugares onde o sentido ficaria óbvio pelo contexto. Kivrin teve esperança de que seu subconsciente soubesse o que estava fazendo.

— Você é uma *dutra*, Lady Kivrin? — quis saber Agnes.

Seu subconsciente visivelmente não sabia o que estava fazendo.

— Uma o quê? — perguntou.

— Uma *dutra* — repetiu Agnes. O cão estava tentando desesperadamente escapar de suas mãos. — Minha avó disse que você é uma. Ela diz que uma esposa fugindo para se encontrar com o amante teria boas razões para dizer que não se lembra de nada.

Uma adúltera. Bem, pelo menos era melhor do que ser espiã francesa. Ou talvez Lady Imeyne pensasse que ela era as duas coisas.

Agnes beijou de novo o cãozinho.

— Minha avó disse que uma mulher não tem nenhuma razão para viajar pelo bosque no inverno.

Lady Imeyne tinha razão, pensou Kivrin, e o sr. Dunworthy também. Ela ainda não tinha conseguido descobrir o local do salto, embora tivesse pedido para falar com Gawyn quando Lady Eliwys apareceu pela manhã para lavar seu rosto.

"Ele está cavalgando para tentar encontrar os malfeitores que atacaram você", dissera Eliwys, passando algum tipo de remédio nas têmporas de Kivrin, algo que cheirava a alho e queimava horrivelmente. "Lembra alguma coisa deles?"

Kivrin balançara a cabeça, rezando para que sua falsa amnésia não resultasse no enforcamento de algum pobre aldeão. Ela não poderia dizer "Não, não foi ele", já que dizia não se lembrar de nada.

Talvez não devesse ter dito que não lembrava coisa alguma. A probabilidade de que elas conhecessem os Beauvrier era muito pequena, e a ausência de uma explicação sua tinha evidentemente deixado Imeyne com ainda mais suspeitas em relação a ela.

Agnes estava tentando colocar seu gorro no cachorrinho.

— Há lobos na floresta — disse ela. — Gawyn matou um com o machado.

— Agnes, Gawyn contou a você como foi que me encontrou? — indagou Kivrin.

— Olha, Blackie gosta de usar meu gorro — disse a menina, amarrando as tiras com um nó sufocante.

— Ele não parece estar gostando — comentou Kivrin. — Onde foi que Gawyn me encontrou?

— No bosque — respondeu Agnes. O cachorro se desvencilhou do gorro e quase caiu da cama. Agnes colocou o bichinho no centro da cama e o ergueu, segurando as patas dianteiras. — Blackie sabe dançar.

— Deixe eu pegar ele um pouco — pediu Kivrin para salvar o pobre animal, que agasalhou nos braços. — Em que parte do bosque Gawyn me encontrou?

Agnes ficou na ponta dos pés, tentando ver o cão.

— Blackie está dormindo — sussurrou ela.

O cão estava adormecido, exausto dos carinhos de Agnes. Kivrin o colocou de lado, com cuidado, sobre as cobertas.

— O lugar onde ele me achou era longe daqui?

— Era — respondeu Agnes, e Kivrin percebeu que ela não fazia ideia.

Era inútil. Agnes obviamente não sabia de nada. Ela teria mesmo que conversar com Gawyn.

— Gawyn já voltou?

— Voltou — respondeu Agnes, acariciando o cãozinho adormecido. — Quer falar com ele?

— Quero — respondeu Kivrin.

— Mas você *é* uma *dutra*?

Era difícil acompanhar os saltos da conversa de Agnes.

— Não — disse ela, atinando de repente que deveria ser incapaz de se lembrar de algo. — Eu não lembro de nada do que eu sou.

Agnes brincou com Blackie.

— Minha avó disse que só uma *dutra* insistiria tanto para conversar com Gawyn.

A porta se abriu e Rosemund entrou.

— Estão procurando você por toda parte, sua bobona — começou, com as mãos nos quadris.

— Eu estava falando com Lady Kivrin — disse Agnes, lançando um olhar ansioso para a coberta onde Blackie jazia, quase invisível de encontro à pele negra do cobertor. Aparentemente, não era permitido trazer o cão para dentro da casa. Kivrin puxou e deixou o cobertor mais alto, para que Rosemund não visse o animal.

— A mãe disse que a dama precisa descansar para ficar boa dos ferimentos — rebateu Rosemund, com severidade. — Venha, tenho que avisar à avó que encontrei você — avisou, conduzindo a menina para fora do quarto.

Kivrin olhou as duas saírem, esperando ansiosamente que Agnes não comentasse com Lady Imeyne que tinha pedido mais uma vez para falar com Gawyn. Imaginava que tinha uma boa desculpa para querer conversar com ele, e que todos entenderiam que estava ansiosa para descobrir algo sobre seus pertences e sobre os salteadores. No entanto, era "inadequado" para mulheres nobres solteiras, em 1320, "a ousadia" de pedir para conversar com homens jovens.

Eliwys podia falar com ele porque era a chefe de casa na ausência do marido, patrão dele, e Lady Imeyne era a mãe do patrão, mas Kivrin deveria ter esperado até que Gawyn lhe dirigisse a palavra e só então respondido, "com toda a discrição que cabe a uma donzela". Mas eu preciso falar com ele, pensou. Gawyn é o único que sabe o local do salto.

Agnes voltou a toda velocidade e agarrou o cão adormecido.

— Minha avó está muito zangada. Ela pensou que eu tivesse caído no poço — disse, e sumiu novamente.

E sem dúvida a avó tinha dado um tapa-ouvidos em Maisry por causa disso, pensou Kivrin. Maisry já tinha se metido numa encrenca naquele dia por ter perdido Agnes de vista quando esta veio mostrar a Kivrin a corrente de prata de Lady Imeyne, que a pequena disse ser um "requilário", palavra que frustrou o intérprete. Dentro daquela caixinha pendurada, disse ela a Kivrin, havia um pedaço do sudário de santo Estêvão. Maisry tinha levado um tapa na cara de Imeyne por ter deixado Agnes pegar no relicário e por não a vigiar de perto, mas não por ter deixado a menina entrar no quarto da doente.

Nenhuma delas parecia preocupada com o fato de as meninas se aproximarem de Kivrin nem parecia perceber que podiam contrair aquela doença. Nem Eliwys nem Imeyne tinham tomado a menor precaução ao cuidar da doente.

Os contemps não compreendiam a mecânica da transmissão das doenças, é claro — acreditavam que era uma consequência do pecado e que as epidemias eram um castigo divino —, mas sabiam da existência do contágio. O lema da época da Peste Negra era "Fuja depressa, fique longe, demore muito", e antes daquilo já se punham em prática algumas quarentenas.

Mas não aqui, pensou Kivrin. E se as crianças contraíssem a doença? Ou o padre Roche?

Ele mantivera um contato muito próximo durante a febre, segurando a mão de Kivrin, perguntando seu nome. Ela franziu a testa, tentando recordar aquela noite. Tinha caído do cavalo, e depois havia um fogo aceso. Não, isso ela imaginara em seu delírio. Assim como o cavalo branco. O cavalo de Gawyn era preto.

Tinham cavalgado pelo bosque e descido uma encosta, passando por uma igreja, e o degolador tinha... Não, não adiantava. Aquela noite era um pesadelo disforme cheio de rostos ameaçadores e sinos e labaredas. Mesmo a hora do salto era uma lembrança difusa, pouco clara. Havia um carvalho e alguns salgueiros, e ela estava sentada contra a roda da carroça porque se sentia tão tonta, e o degolador... Não, ela tinha imaginado o degolador. E o cavalo branco. Talvez tivesse imaginado a igreja também.

Tinha que perguntar a Gawyn onde era o local do salto, mas não diante de Lady Imeyne, que a considerava uma adúltera. Tinha que ficar boa, recuperar força suficiente para levantar da cama, descer a escada, ir até o estábulo, encontrar Gawyn e conversar com ele a sós. *Tinha* que melhorar.

Estava agora um pouco melhor, embora ainda fraca demais para ir sozinha ao penico. A tontura tinha passado, assim como a febre, mas o fôlego continuava curto. Aparentemente, todos também achavam que estava melhor. Tinham deixado Kivrin sozinha durante a maior parte da manhã, e Eliwys se demorou apenas o necessário para esfregar na sua testa aquele unguento malcheiroso. Para que eu não faça avanços indecentes na direção de Gawyn, pensou Kivrin.

Tentou não se preocupar com o que Agnes contara, nem com os antivirais e os motivos para não terem funcionado, nem com a distância que estava do local do salto, e se concentrar apenas em recuperar as forças. Ninguém apareceu durante toda a tarde, e ela começou a se exercitar sentando na cama e passando as pernas para fora. Quando Maisry apareceu com uma lamparina para ajudá-la a ir ao penico, ela conseguiu retornar sozinha à cama.

Esfriou bastante à noite, e quando Agnes entrou no quarto pela manhã estava trajando uma capa vermelha com capuz, de um tecido de lã bem encorpado, e luvas de pele branca, cobrindo a palma da mão.

— Quer ver minha fivela de prata? Ganhei do Sir Bloet. Vou trazê-la amanhã. Não posso voltar hoje, porque vamos cortar o madeiro de Yule.

— O madeiro de Yule? — perguntou Kivrin, alarmada. O corte cerimonial desse tronco de árvore não deveria ocorrer senão no dia 24, e ela tinha calculado estar no dia 17. Teria entendido mal a fala de Lady Imeyne?

— Isso — confirmou Agnes. — Aqui em casa, só fazemos isso na véspera do Natal, mas parece que vem uma tempestade, e minha avó quer que seja feito agora, enquanto o tempo está bom.

Vem uma tempestade, pensou Kivrin. Se caísse neve, como ela poderia achar o local do salto? A carroça e as caixas continuavam lá mas, com o acúmulo de alguns centímetros de neve, ela jamais encontraria aquela estrada de novo.

— Vai todo mundo para cortar o madeiro? — quis saber Kivrin.

— Não. O padre Roche chamou minha mãe para ir ver um aldeão doente.

Isso explicava por que Imeyne estava agindo como tirana, maltratando Maisry e o caseiro e acusando Kivrin de adultério.

— Sua avó vai com você?

— Vai. E vou no meu pônei.

— Rosemund também vai?

— Vai, sim.

— E o caseiro?

— Também! — exclamou ela, impaciente. — Vai toda a aldeia.

— Gawyn vai?

— *Não*! — respondeu ela, como se fosse óbvio. — Tenho que passar no estábulo para me despedir de Blackie — avisou, já correndo.

Lady Imeyne iria, assim como o caseiro. Já Lady Eliwys estava em outro lugar, cuidando de um aldeão que ficara doente. E Gawyn, por alguma razão que era óbvia para Agnes mas não para ela, não iria. Talvez tivesse acompanhado Eliwys. No entanto, se tivesse ficado ali para vigiar a casa, ela poderia falar com ele a sós.

Maisry iria, era óbvio. Quando trouxe o café da manhã para Kivrin, estava com um poncho marrom e áspero, e tinha peças de couro amarradas em volta das pernas. Ela ajudou Kivrin a ir ao penico, levou-o para fora, voltou trazendo um braseiro cheio de brasas vermelhas, movendo-se com mais segurança e iniciativa do que Kivrin vira até então.

Kivrin esperou uma hora depois que Maisry saiu, até ter certeza de que todos já tinham partido, então levantou da cama, foi até o banco junto à janela e afastou a cortina de linho. Não dava para ver nada a não ser galhos de árvores e um céu cinzento e escuro, mas o ar de fora estava mais frio do que o de dentro do quarto. Ela subiu no banco.

A janela dava para o pátio, que estava vazio. O largo portão de madeira estava aberto. As lajes do pátio e dos tetos baixos em volta estavam molhadas. Kivrin estendeu o braço para fora, temendo que já houvesse neve caindo, mas não sentiu nenhuma umidade. Desceu, segurando-se nas pedras geladas, e foi se aconchegar junto ao braseiro.

Ele quase não produzia calor. Kivrin apertou os braços com força em torno do peito, tremendo dentro daquele camisolão tão fino. Começou a pensar no que teriam feito com suas roupas. Na Idade Média, as roupas ficavam geralmente penduradas em varas, perto da cama, mas naquele quarto não havia varas nem ganchos.

As roupas estavam no baú aos pés da cama, dobradas com cuidado. Kivrin trouxe todas as peças para fora, cheia de gratidão por ver até as botas ali, e sentou--se sobre a tampa fechada do baú um longo tempo, esperando a respiração voltar ao normal.

Eu tenho que falar com Gawyn esta manhã, pensou ela, concentrando as poucas forças do corpo. É a única hora em que todo mundo vai estar longe. E depois vai nevar.

Ela se vestiu, ficando sentada o máximo possível, apoiando-se numa das colunas do dossel da cama para enfiar os calções e as botas, e depois se virou e foi para o colchão. Vou descansar alguns minutos, só para me esquentar um pouco, pensou ela, adormecendo no mesmo instante.

Foi acordada pelo sino lá do sudoeste, o mesmo que escutara quando chegou. Tinha tocado durante todo o dia anterior, antes de parar de repente, e Eliwys fora até a janela, ficando parada ali por algum tempo, como se tentando ver o que acontecera. A luz da janela estava agora mais atenuada, mas talvez fossem apenas as nuvens que estavam mais pesadas, mais baixas. Kivrin jogou a capa sobre os ombros e abriu a porta. A escada era íngreme, presa à parede de pedra e sem corrimão. Agnes tivera sorte de ter apenas cortado o joelho. Podia muito bem ter caído de ponta-cabeça no piso lá embaixo. Kivrin manteve uma mão roçando a parede, e a meio caminho parou para descansar, olhando o salão.

Estou mesmo aqui, pensou ela. É mesmo 1320. O meio do aposento tinha um brilho vermelho carregado pelas brasas, e havia um pouco de luz saindo pela abertura destinada à fumaça e através das janelas altas e estreitas, mas o resto do salão estava mergulhado na sombra.

Ela parou onde estava, olhando para dentro daquela penumbra enfumaçada, tentando ver se havia alguém ali. A cadeira mais alta, com encosto e braços cheios de entalhaduras, estava encostada na parede do fundo, e a cadeira de Lady Eliwys, um pouco menor e menos ornada, ficava bem ao lado. Havia tapeçarias penduradas nas paredes por trás delas, e uma escada de madeira na extremidade, subindo até o que parecia ser um sótão. Pesadas mesas de madeira se enfileiravam ao longo da parede, junto aos largos bancos, e havia um banco mais estreito perto da parede ali abaixo da escada. Era um banco de dois lugares, separado por um biombo.

Kivrin terminou de descer os degraus e andou na ponta dos pés ao longo desse biombo, as botas rangendo alto sobre os juncos secos espalhados no chão. O biombo era na verdade uma divisória, uma parede interna para bloquear a corrente de ar que vinha da porta.

Às vezes aqueles biombos formavam uma sala separada, com uma cama embutida em armário em cada extremidade, mas por trás daquele via-se apenas uma passagem estreita, onde Kivrin achou os ganchos de pendurar roupa que não vira antes. Não havia nenhum casaco ali agora. Muito bom, pensou, saíram mesmo todos.

A porta estava aberta. No chão, perto dela, Kivrin viu um par de botas velhas, um balde de madeira e o carrinho de brinquedo de Agnes. Kivrin se deteve na pequena antessala para recuperar o fôlego que já faltava, desejando ser capaz de sentar só por um momento, então olhou para fora da porta, cheia de precaução, e depois saiu.

Não havia ninguém no pátio cercado de muros. O chão era forrado com lajes achatadas e amarelas, mas bem no centro havia um cocho de água feito de um largo tronco escavado, cercado de lama. Havia um misto de marcas de cascos de animais e de pegadas humanas, e muitas poças de água barrenta. Uma esquálida galinha estava bebendo sem medo numa das poças. Criavam galinhas só por conta dos ovos. As principais aves para alimentação nos anos 1300 eram pombos e andorinhas.

Também havia um pombal perto do portão, e a construção com telhado de sapê bem ao lado devia ser a cozinha, ao passo que as demais construções menores seriam despensas. O estábulo, com suas portas muito largas, despontava do outro lado, próximo a uma passagem estreita, e depois se descortinava o grande celeiro de pedra.

Tentou o estábulo primeiro. O cãozinho de Agnes veio pulando ao seu encontro, as patas desajeitadas, latindo feliz, e ela precisou levá-lo para dentro do estábulo às pressas e fechar a pesada porta de madeira. Gawyn claramente não estava ali. Também não estava no celeiro, nem na cozinha, nem nas demais construções, e a maior se revelou o local de fabricação de cerveja. Agnes dissera que ele não acompanharia a procissão do corte do madeiro como se isso fosse algo óbvio, e Kivrin presumira que ele tinha que ficar ali para proteger a casa, mas agora cogitava se ele não teria ido com Eliwys para visitar o aldeão doente.

Nesse caso, pensou ela, vou ter que descobrir sozinha onde foi que saltei. Começou a caminhar de volta na direção do estábulo, mas no meio do caminho se deteve. Fraca como estava, nunca seria capaz de montar sozinha num daqueles cavalos e, mesmo que conseguisse subir, ficaria tonta demais para manter-se lá em cima. E tonta demais para sair por aí, procurando o local. Mas não tenho escolha, pensou. Todos saíram e daqui a pouco vai nevar.

Ela olhou o portão e depois a passagem estreita entre o celeiro e o estábulo, tentando decidir para onde seguiria. Eles tinham descido uma encosta e passado por uma igreja. Lembrava-se de ter ouvido o sino. Embora não recordasse ter visto o portão ou o pátio, aquele teria sido o caminho de chegada mais provável.

Ela caminhou pelas lajes, afugentando as galinhas que foram se refugiar com alarido nas proximidades do poço, e olhou pelo portão aberto até onde ia a estrada. Ela cruzava um riacho por uma ponte de troncos e traçava uma sinuosa linha até se perder entre as árvores, ao sul. Mas não havia nenhuma colina, nenhuma igreja, nenhum vilarejo, nenhum indício de que o local do salto ficasse naquela direção.

Tinha que haver uma igreja. Ela ouvira o sino quando estava deitada. Voltou para o pátio e começou a seguir ao longo da trilha enlameada. Passou por uma pocilga feita com varas, com dois porcos imundos dentro, e chegou até a privada, de cheiro inconfundível. Por um momento, receou que aquela trilha conduzisse apenas à privada, mas ela continuava depois e se abria para um relvado.

E lá estava o vilarejo. E a igreja, do lado oposto do relvado, do jeito que Kivrin recordava, e atrás se descortinava a colina por onde tinham descido.

A relva não parecia bem uma relva. Era apenas um espaço de terra maltratada, com cabanas de um lado, e do outro um córrego ladeado por um renque de salgueiros, mas havia uma vaca pastando no que restava do capim e uma cabra amarrada a um carvalho de galhos nus. As cabanas se amontoavam por entre pilhas de feno e montes de esterco e, quanto mais distantes da casa principal, menores e mais toscas eram. Apesar disso, mesmo a cabana mais próxima da casa, que devia ser a moradia do caseiro, não passava de uma choça. Tudo ali era menor e mais sujo e mais malfeito do que as ilustrações dos vids de História. Somente a igreja tinha a aparência que se imaginava ter.

O campanário ficava separado, entre a igreja e a relva. Fora visivelmente construído depois da igreja, que tinha janelas normandas em arco arredondado e pedras cinzentas. A torre era redonda e alta, e as pedras eram mais amareladas, quase cor de ouro.

Uma trilha, não mais larga do que a estrada perto do local do salto, fazia a ligação entre a igreja e o campanário com a colina, perdendo-se entre as árvores.

Foi por este caminho que viemos, pensou Kivrin, começando a atravessar a vegetação. Porém, assim que saiu da proximidade protetora do celeiro, foi atingida pelo vento, que passou através de sua capa como se nada houvesse ali, dando-lhe uma punhalada no peito. Kivrin repuxou a capa até o pescoço, prendeu-a contra o peito com a mão espalmada e seguiu em frente.

O sino lá a sudoeste começou a tocar. Ela pensou o que significaria aquilo. Eliwys e Imeyne tiveram uma conversa a respeito, mas isso foi antes de conseguir compreender o que as duas falavam e, quando o sino começou a tocar na véspera, Eliwys agiu como se nem tivesse escutado. Talvez tivesse algo a ver com o Advento. Os sinos deviam tocar ao anoitecer na véspera do Natal e depois de novo, durante uma hora, após a meia-noite, isso ela lembrava. Talvez também tocassem em outros horários durante o Advento.

A trilha estava lamacenta e revolta. O peito de Kivrin tinha começado a doer. Ela apertou a mão com mais força e continuou, tentando acelerar o passo. Pôde ver algum movimento ao longe, no campo. Deviam ser os aldeões voltando da derrubada do madeiro ou recolhendo os animais. Ela não conseguia avistá-los com clareza. Tinha a impressão de que naquele canto já estava nevando. Precisava se apressar.

O vento chicoteava sua capa e fazia folhas secas dançarem à sua volta. A vaca foi se afastando do relvado, de cabeça baixa, buscando o abrigo das cabanas, que não representavam abrigo algum. Pareciam pouco mais altas do que Kivrin, como se construídas com estacas e amontoadas ali, e não barravam o vento nem um pouco.

O sino continuava tocando, um dobre lento, constante, e Kivrin percebeu que tinha diminuído o passo para se ajustar àquela cadência. Não devia fazer isso. Precisava se apressar, já que podia nevar a qualquer momento. No entanto, quando apertou o passo, a dor no peito ficou tão aguda que começou a tossir. Parou, curvando-se sobre si mesma, tossindo sem parar.

Não conseguiria. Não seja tola, você tem que achar aquele local, pensou ela. Você está doente. Precisa voltar para casa. Vá até a igreja e descanse lá dentro por um minuto.

Ela voltou a andar, esforçando-se para não tossir, mas não adiantou. Não conseguia respirar. Não alcançaria nem a igreja, quanto mais o local do salto. Você tem que chegar lá, gritou para si, por cima da dor. Você precisa ter forças para chegar.

Parou de novo, curvando-se por conta da intensidade da dor. Se antes receava que algum aldeão surgisse em meio às cabanas, agora desejava que aparecesse alguém para ajudá-la a voltar para a casa grande. Mas não apareceria ninguém. Estavam todos longe durante aquela ventania gelada, derrubando o madeiro de Yule e recolhendo os animais. Ela olhou para os campos. Os vultos distantes que avistara há pouco tinham desaparecido.

Estava agora à altura da última cabana. Depois, viam-se apenas alguns alpendres desarrumados, onde imaginou que não devia viver ninguém, e sem dúvida estava certa. Deviam ser apenas depósitos de grãos, ou currais, e mais adiante, a uma distância não tão grande assim, a igreja. Talvez se eu for mais devagar, cogitou ela, partindo de novo na direção da igreja. Seu peito estremecia a cada passo. Parou, oscilando um pouco. Não posso desmaiar aqui, pensou. Ninguém sabe onde eu estou.

Virou-se e olhou para a casa grande. Não conseguiria sequer chegar ao salão. Vou ter que sentar aqui, refletiu, mas não havia onde sentar naquela trilha lamacenta. Lady Eliwys estava cuidando de um aldeão, já Lady Imeyne e as garotas e o vilarejo inteiro estavam cortando o madeiro de Yule. Ninguém sabe onde eu estou.

O vento ficou mais forte, soprando não mais em rajadas, mas numa pressão direta e constante através dos campos. Preciso tentar voltar para a casa, pensou Kivrin, mas também não ia conseguir. Mesmo se manter de pé ali exigia um grande esforço. Se houvesse um lugar, ela sentaria no chão, mas o espaço entre as cabanas até as cercas era lama pura. Teria que entrar numa das cabanas.

Uma cerca cambaia feita com galhos de árvores enrolados em volta de estacas protegia a cabana. A cerca mal chegava ao joelho de Kivrin e não conseguiria barrar a passagem sequer de um gato, quanto mais das ovelhas ou das vacas, a que a proteção se destinava. Somente o portão tinha estacas que chegavam até a altura do peito, e Kivrin apoiou-se numa delas, cheia de gratidão.

— Olá — gritou por entre a ventania. — Tem alguém aí?

A porta da frente estava a apenas alguns passos do portão, e uma cabana como aquela não podia ser à prova de som. Nem sequer era à prova de vento. Kivrin podia ver um buraco na parede, num ponto onde o barro e a palha tinham se rachado e se desprendido das varas entrecruzadas por baixo. Com certeza podiam ouvi-la. Ela ergueu o laço de couro que mantinha o portão fechado, entrou e foi bater à porta baixa, feita de tábuas.

Não houve resposta, como Kivrin esperava. Gritou de novo: "Tem alguém aí?", sem nem ao menos se dar o trabalho de esperar a tradução do intérprete, e tentou erguer a tranca de madeira atravessada diante da porta. Era pesada demais. Tentou empurrá-la para o lado, para que a extremidade saísse de uma das aberturas nas laterais, mas não conseguiu. Embora a cabana desse a impressão de que o vento poderia arrastá-la a qualquer momento, Kivrin não conseguia nem abrir a porta. Teria que dizer ao sr. Dunworthy que as cabanas medievais não eram tão frágeis quanto aparentavam. Apoiou o corpo na porta, apertando o peito.

Ouviu um ruído às suas costas e se virou, já dizendo: "Desculpe ter invadido seu jardim". Era a vaca, espichando a cabeça distraidamente por cima da cerca e mexendo com o focinho numas folhas ressequidas que mal alcançava.

Kivrin precisava voltar para a casa. Apoiou-se no portão e conseguiu sair, certificando-se de prendê-lo de novo com o laço de couro. Depois se apoiou nas costas ossudas da vaca, que acompanhou Kivrin por alguns passos, como se achasse que estava sendo conduzida para ser ordenhada, antes de voltar em direção ao jardim.

De repente, a porta de uma daquelas choças onde era impossível que morasse alguém foi aberta, e um menino descalço saiu. Ele parou, parecendo amedrontado.

Kivrin tentou endireitar o corpo.

— Por favor — disse, respirando com força entre a pronúncia das palavras — posso descansar um pouco na sua casa?

O garoto ficou olhando para ela sem ação, o queixo caído. Era horrivelmente magro, e os braços e as pernas não eram mais grossos do que as estacas da cerca.

— Por favor, corra e chame alguém. Diga que eu estou doente.

Ele não consegue correr mais do que eu, pensou ela, assim que acabou de falar. Os pés do menino estavam azulados de frio. A boca parecia cheia de feridas, e as bochechas e o lábio superior estavam manchados de sangue seco que tinha escorrido do nariz. Ele tem escorbuto. Está ainda pior do que eu, refletiu Kivrin, mas pediu outra vez:

— Corra para a casa e peça para alguém vir aqui.

O garoto fez o sinal da cruz com uma mão rachada, esquelética.

— *Bighaull emeurdroud ooghattund enblastbardey* — disse, recuando para dentro da choça.

Oh, não, pensou Kivrin, desesperançada. Ele não me entende, e não tenho forças para tentar com mais afinco.

— Por favor, me ajude — pediu ela, e o garoto a olhou quase como se tivesse compreendido. Deu um passo na direção dela mas, em seguida, disparou a correr para a igreja. — Espere! — gritou Kivrin.

O garoto passou pela vaca, contornou a cerca e sumiu por trás da cabana. Kivrin olhou para dentro da choça, que mal merecia este nome. Parecia mais um lugar de guardar feno, e havia capim e pedaços de sapê enfiados nos espaços entre as estacas. A porta era um trançado de varas amarradas com uma corda escura, o tipo de porta que uma pessoa com um bom pulmão podia botar abaixo com um sopro, e o menino a deixara aberta. Kivrin pisou na soleira, que era um pouco elevada, e entrou.

Dentro estava escuro e tão enfumaçado que ela não conseguia enxergar direito. O cheiro era terrível. Como um estábulo. Pior do que um estábulo. Ao odor de cocheira misturavam-se a fumaça e o mofo e o fedor repulsivo dos ratos. Kivrin precisou abaixar a testa para cruzar a porta e, quando se endireitou, bateu com a cabeça nas varas que serviam de caibros.

Não havia nenhum lugar para sentar, se é que morava alguém dentro daquela cabana. O chão estava coberto de sacos e de instrumentos, como se ali fosse um local de trabalho, e não se via nenhuma mobília, a não ser uma mesa desigual cujas pernas rústicas se espalhavam de maneira irregular a partir do centro. Mas sobre a mesa havia uma tigela de madeira e a ponta de um pão, e no centro da choça, no único espaço vazio, despontava um pequeno fogo ardendo num buraco raso escavado no chão.

Era aquele o lugar de origem de toda a fumaceira, ainda que no teto, mesmo por cima, havia um buraco aberto para que a fumaça escapasse. Era um fogo miúdo, alguns gravetos apenas, mas os outros buracos nas paredes de barro mal assentado e no teto também puxavam a fumaça, e a ventania, que vinha de toda parte, fazia a fumaceira dançar de um lado para outro dentro da choça acanhada. Kivrin começou a tossir, o que foi um erro terrível. Seu peito parecia que se partiria em dois a cada espasmo.

Apertando os dentes para reprimir a tosse, ela desabou em cima de um saco de cebolas, segurando-se a uma pá encostada ao lado e àquela parede precária. Sentiu-se melhor assim que sentou, mesmo estando tão frio lá dentro que ela podia ver o próprio hálito. Imagina como deve ser o cheiro disto aqui no verão, pensou ela. Enrolou a capa em volta do corpo, repuxando a barra inferior, como um lençol, em volta dos joelhos.

Uma corrente de ar gelado soprava ao longo do chão. Kivrin envolveu os pés num pedaço da capa, pegou um atiçador que estava próximo e mexeu naquela débil fogueira. As chamas se elevaram um pouco mais animadas, iluminando e fazendo aquele espaço parecer cada vez mais um barracão de trabalho. Um telheiro rebaixado fora construído num dos lados, provavelmente para estábulo, porque estava separado do resto do ambiente por uma cerca ainda menor do que a do lado de fora. As chamas não clareavam o suficiente para que fosse possível enxergar esse recanto, mas Kivrin percebeu sons de movimento por lá.

Um porco, talvez, embora os porcos daqueles campônios já devessem ter sido todos mortos àquela altura do ano. De repente era uma cabra de leite. Kivrin atiçou o fogo de novo, tentando jogar mais luz para aquele lado.

O barulho vinha de perto daquela patética cerca, onde ela viu uma gaiola em forma de cúpula. Era algo completamente deslocado naquele recanto imundo, com suas faixas curvas de metal, sua intrincada porta, sua alça cheia de adornos. Dentro da gaiola, com os olhos cintilando à luz do fogo atiçado por Kivrin, estava um rato.

Meio sentado, as patinhas dianteiras segurando o pedaço de queijo que o levara à prisão, o roedor estava olhando para Kivrin. Havia vários outros fragmentos de queijo, esfarelados e provavelmente cobertos de bolor, espalhados pelo piso da gaiola. Mais comida do que na cabana inteira, pensou Kivrin, sentada muito quieta na saca de cebolas cheia de saliências. Ninguém diria que eles tinham alguma coisa que valesse a pena proteger dos ratos.

Ela já tinha visto um rato antes, é claro, em História da Psic, e também quando foi testada para fobias durante o primeiro ano, mas não eram iguais a este. Ninguém vira um rato igual àquele, na Inglaterra pelo menos, em cinquenta anos. Era um rato bem bonito, na verdade, com pelo negro e sedoso, não muito maior do que o rato branco do laboratório de História da Psic, nem tão grande quanto o rato marrom usado em seu teste.

Parecia também mais limpo do que o rato marrom, que dava a impressão de ter sido arrancado dos esgotos, dos ralos e dos túneis de onde certamente fora recolhido, com seu pelo duro, de cor marrom fosca e com a cauda obscenamente nua e comprida. Quando ela começou a estudar a Idade Média, fora incapaz de entender como os contemps tinham tolerado aquelas coisas repugnantes em seus celeiros, quanto mais nas suas casas. A ideia de um daqueles roedores andando na parede perto da sua cama a enchia de nojo. Mas aquele rato era na verdade de aparência bastante limpa, com olhinhos negros e pelo lustroso. Sem dúvida era mais limpo do que Maisry, e talvez mais inteligente. Sua aparência era inofensiva.

Como se concordando com ela, o rato mordiscou o queijo que segurava.

— Mas você não é inofensivo. Você vai ser o flagelo da Idade Média — sentenciou ela.

O rato largou o pedaço de queijo e deu um passo à frente, os bigodes fremindo. Suas patinhas cor-de-rosa agarraram duas das barras de metal e pareciam fazer um apelo.

— Não posso deixar você sair, sabe? — disse Kivrin, e as orelhas do roedor se ergueram, como se ele a entendesse. — Você devora grãos que são preciosos, contamina a comida e leva pulgas, e daqui a vinte e oito anos você e seus amigos vão liquidar metade da população da Europa. É com você que Lady Imeyne devia estar se preocupando, e não com espiãs francesas ou padres pouco letrados. — O rato ficou olhando para ela. — Eu gostaria de soltar você, mas não posso. A Peste

Negra foi muito cruel do jeito que ocorreu. Matou metade da Europa. Se eu soltar você, seus descendentes podem deixar as coisas ainda piores.

O rato largou as barras e começou a correr no interior da gaiola, esbarrando na grade, correndo freneticamente em círculos, num movimento desordenado.

— Se eu pudesse, soltava — disse Kivrin. Como o fogo estava quase extinto, ela o avivou de novo, mas quase que só restavam cinzas. A porta, que ela deixara aberta na esperança de que o menino trouxesse alguém, bateu com força e se fechou, mergulhando a choupana na escuridão.

Eles nunca vão saber onde me procurar, pensou Kivrin, ciente de que nem tinham começado a fazer isso ainda. Todos achavam que ela continuava no quarto lá de cima, dormindo. Lady Imeyne só daria uma olhada nela quando fosse a hora de levar sua ceia. Não começariam a procurá-la senão depois das vésperas, e àquela altura já teria escurecido.

Tudo estava quieto dentro da choupana. O vento parecia ter amainado. Kivrin não ouvia nenhum barulho do rato. Um graveto estalou no fogo, e algumas fagulhas saltaram e caíram no chão.

Ninguém sabe onde eu estou, pensou ela, levando a mão ao peito como se tivesse sido apunhalada. Ninguém sabe onde eu estou. Nem mesmo o sr. Dunworthy.

Mas com certeza isso não era verdade. Lady Eliwys podia ter voltado cedo e subido para aplicar o unguento, ou talvez Imeyne tivesse mandado Maisry de volta para casa, ou quem sabe aquele menino tivesse corrido para trazer alguns homens que trabalhavam no campo, e eles estariam ali a qualquer minuto, mesmo a porta estando fechada. E mesmo que ninguém percebesse seu sumiço antes das vésperas, eles tinham archotes e lampiões, e os pais do menino com escorbuto voltariam para casa para preparar a ceia e acabariam a encontrando, e logo mandariam buscar alguém da casa. Não importa o que aconteça, você não está completamente só, disse ela a si mesma, e esse pensamento a reconfortou.

Porque ela estava completamente só. Tentara se convencer do contrário, de que alguma leitura dos números relativos à rede mostraria a Gilchrist e Montoya que alguma coisa saíra errada, que o sr. Dunworthy faria Badri checar tudo repetidas vezes, que de algum modo eles perceberiam que houvera um erro e deixariam o salto em aberto para ela. Mas isso não aconteceria. Não tinham ideia de onde ela estava, sabiam tão pouco quanto Agnes e Lady Eliwys. Pensavam que ela estava em toda segurança em Skendgate, estudando a Idade Média, com o local do salto sob controle e o recorde cheio até a metade de observações sobre costumes exóticos e a rotatividade das colheitas. Não perceberiam que ela desaparecera senão quando ativassem a rede dali a duas semanas.

— E quando acontecer vai ser no escuro — murmurou Kivrin.

Ficou sentada, observando o fogo, que estava quase apagado. Em volta, ela não conseguia avistar mais nenhum graveto. Imaginou se aquele garoto teria sido deixado em casa com a incumbência de ir buscar mais lenha, e como pretendiam acender a fogueira ali quando anoitecesse.

Estava sozinha, o fogo se extinguia e ninguém sabia onde ela estava, a não ser o rato destinado a matar metade da Europa. Kivrin ficou de pé, voltou a bater com a cabeça nas varas que sustentavam o teto, empurrou a porta e saiu.

Ainda não se via ninguém pelos campos ao redor. O vento amainara, e ela podia ouvir com clareza um sino badalando a sudoeste. Alguns flocos de neve desciam esvoaçando do céu cinzento. O pequeno promontório onde se situava a igreja estava totalmente coberto de neve. Kivrin começou a andar na direção da igreja.

Outro sino começou a tocar, mais ao sul e mais próximo. O som agudo e metálico indicava tratar-se de um sino menor. Batia com regularidade, também, mas um pouquinho depois do primeiro sino, de modo a soar como um eco.

— Kivrin! Lady Kivrin! — gritou Agnes. — Onde estava?! — Ela correu até pertinho de Kivrin, o rostinho redondo vermelho da corrida ou do frio. Ou da excitação. — Procuramos você por toda parte. — Ela correu de volta na direção de onde viera, gritando. — Achei ela! Achei ela!

— Não, você não achou — disse Rosemund. — Nós todas vimos ela.

Rosemund se apressou, adiantando-se a Lady Imeyne e a Maisry, que estava com o poncho puído jogado sobre os ombros e tinha as orelhas bem avermelhadas. Parecia emburrada, o que provavelmente significava que tinha levado a culpa pelo sumiço de Kivrin, ou então achava que ia levar, ou quem sabe estivesse apenas com frio. Já Lady Imeyne parecia furiosa.

— Você não sabia que era Kivrin — berrou Agnes, correndo para ficar com Kivrin ao seu lado. — Você disse que não tinha certeza se era Kivrin. *Eu* descobri ela.

Rosemund ignorou a irmã e agarrou o braço de Kivrin.

— O que aconteceu? Por que saiu da cama? — perguntou ela, ansiosa. — Gawyn foi falar com você e descobriu que você tinha desaparecido.

Gawyn foi me procurar, pensou Kivrin, sentindo-se fraca. Gawyn, que sabe o lugar exato do salto, apareceu para falar comigo e eu não estava lá.

— Sim, ele foi procurar você para contar que não encontrou sinal nenhum dos homens que a atacaram...

Lady Imeyne juntou-se a elas nesse ponto.

— Para onde estava indo? — perguntou ela, e suas palavras soavam como uma acusação.

— Não achei o caminho de volta — respondeu Kivrin, tentando imaginar o que dizer para justificar a perambulação pelo vilarejo.

— Foi se encontrar com alguém? — indagou Lady Imeyne, e agora sim era *mesmo* uma acusação.

— Como é que ela poderia encontrar alguém? — quis saber Rosemund. — Ela não conhece ninguém aqui e não se lembra de ninguém que conhecia antes.

— Fui procurar o lugar onde fui encontrada — disse Kivrin, tentando se apoiar em Rosemund. — Pensei que se visse os meus pertences eu poderia...

— ... lembrar melhor — completou Rosemund. — Mas...

— Não devia ter arriscado sua saúde por isso — cortou Lady Imeyne. — Gawyn trouxe tudo para cá, hoje.

— Tudo? — perguntou Kivrin.

— Tudinho — respondeu Rosemund. — A carroça e todas as suas caixas.

O segundo sino parou de tocar, e o primeiro prosseguiu sozinho, cadenciado, vagaroso, e aquilo com certeza era um funeral. Parecia a morte da esperança propriamente dita. Gawyn trouxera tudo para a casa grande.

— Não é certo deixar Lady Katherine aqui falando, num clima como este — disse Rosemund, soando como sua mãe. — Ela esteve doente e deve ser levada para dentro antes que pegue um resfriado.

Já peguei, pensou Kivrin. Gawyn trouxera tudo para a casa, todos os indícios de onde acontecera o salto. Até mesmo a carroça.

— A culpa disso é sua, Maisry — sentenciou Lady Imeyne, empurrando Maisry para que ela segurasse o outro braço de Kivrin. — Não devia ter deixado a dama sozinha.

Kivrin encolheu-se para se afastar da sujeira de Maisry.

— Consegue andar? — perguntou Rosemund, já se vergando um pouco sob o peso de Kivrin. — Quer que tragam a égua?

— Não — respondeu Kivrin. Por algum motivo aquele pensamento era insuportável: ser levada de volta como uma prisioneira em cima de um cavalo tilintante. — Não — repetiu. — Posso andar.

Teve que se apoiar com todo o peso no braço de Rosemund e também no sujíssimo braço de Maisry, e aquilo tudo levou um tempo enorme, mas ela conseguiu. Passou pelas cabanas e depois pela casa do caseiro, e pelos porcos cheios de curiosidade, e finalmente chegou ao pátio. O tronco de um freixo enorme estava estendido nas pedras, diante do celeiro, com as raízes retorcidas agarrando os flocos de neve.

— Ela vai acabar morrendo se continuar fazendo essas coisas — disse Lady Imeyne, fazendo um gesto para que Maisry abrisse a porta. — Não há dúvida de que vai ter uma recaída.

Começou a nevar com força. Maisry abriu a porta, que tinha uma tramela parecida com a da gaiola do rato. Devia ter deixado o roedor fugir, pensou Kivrin, seja ou não uma praga. Devia ter deixado que sumisse.

Lady Imeyne fez um gesto chamando Maisry, que veio de novo segurar no braço de Kivrin.

— Não — disse ela, afastando a mão da outra e depois a de Rosemund, antes de conseguir caminhar sozinha sem ajuda, cruzando a porta e mergulhando na escuridão lá dentro.

TRANSCRITO DO LIVRO DO JUÍZO FINAL
(005982-013198)

18 de dezembro de 1320 (Calendário Antigo). Acho que estou com pneumonia. Tentei encontrar o local do salto, mas não consegui, e acabei tendo uma espécie de recaída ou coisa assim. Sinto uma pontada de dor muito forte nas costelas toda vez que encho os pulmões, e ao tossir, o que acontece o tempo todo, é como se tudo dentro de mim estivesse se fazendo em pedaços. Tentei me sentar há alguns minutos e fiquei banhada de suor no mesmo instante. Acho também que minha temperatura voltou a subir. Todos esses sintomas, de acordo com a dra. Ahrens, indicam pneumonia.

Lady Eliwys ainda não retornou. Lady Imeyne colocou no meu peito uma cataplasma horrivelmente fedida e mandou chamar a mulher do caseiro. Achei que pretendia brigar com ela por ter meio que invadido a casa grande mas, quando a mulher apareceu, carregando um bebê de seis meses, Imeyne disse: "O ferimento provocou febre nos pulmões", e a mulher examinou minhas têmporas. Saiu em seguida e voltou depois, sem o bebê e com uma tigela cheia de um chá amargo. Talvez fosse casca de salgueiro ou algo assim, porque minha febre começou a baixar e as costelas agora já não doem tanto.

A esposa do caseiro é pequena e magra, com um rosto anguloso e cabelo grisalho. Acho que Lady Imeyne provavelmente tem razão quando diz que ela induz o caseiro "ao pecado". Ela veio trajando uma túnica com bordas de pele e mangas tão longas que quase arrastavam no chão, e com o bebê envolto num lençol de linho muito bem tecido. Ela fala com uma espécie de sotaque arrastado que parece uma tentativa de imitar o modo de falar de Lady Imeyne.

"A classe média embrionária", como diria o sr. Latimer, *nouveau riche* e esperando sua oportunidade, que chegará daqui a trinta anos, quando a Peste Negra vingar e um terço da aristocracia for varrido da Terra.

— Foi esta a dama achada no bosque? — perguntou a Lady Imeyne assim que chegou, e não havia nenhuma humildade aparente nos seus modos. Ela sorriu para Imeyne como se fossem velhas amigas e se aproximou da cama.

— Foi — respondeu Imeyne, dando um jeito de encaixar impaciência, desdém e desagrado numa única sílaba.

A esposa do caseiro não deu muita atenção. Chegou até pertinho da cama e depois recuou. Era a primeira pessoa a reagir como se aquilo pudesse ser contagioso.

— Será que ela está com a febre (alguma coisa)?

O intérprete não registrou a palavra, e eu também não ouvi direito por causa do sotaque peculiar da mulher. Flourinen? Florentina?

— Ela tem um ferimento na cabeça, que provocou a febre nos pulmões — respondeu Imeyne com aspereza.

A mulher do caseiro assentiu.

— O padre Roche nos contou como encontrou a dama no bosque, com Gawyn.

Imeyne se empertigou ao vê-la usar o nome de Gawyn com tal familiaridade, a mulher do caseiro percebeu e se apressou a ir ferver mais casca de salgueiro. Chegou a fazer uma ligeira reverência diante de Lady Imeyne quando saiu pela segunda vez.

Rosemund veio me fazer companhia após a saída de Imeyne (acho que a designaram para evitar que eu escapasse pela segunda vez) e perguntei a ela se era verdade que o padre Roche estava com Gawyn no momento em que fui encontrada.

— Não — respondeu ela. — Gawyn encontrou o padre Roche no caminho quando trazia você. Ele pediu para o padre Roche cuidar de você enquanto procurava os malfeitores, mas não encontrou ninguém. Então, ele e o padre Roche trouxeram você para cá. Não se preocupe. Gawyn trouxe seus pertences para a casa.

Não me lembro de o padre Roche estar lá, exceto no quarto, quando cuidou de mim. De qualquer maneira, se for verdade e se Gawyn não o encontrou longe demais do local do salto, talvez ele também saiba onde é.

(Pausa)

Tenho pensado nas palavras de Lady Imeyne. "O ferimento na cabeça provocou febre nos pulmões", disse ela. Acho que nenhuma pessoa aqui imagina que eu estou enferma. Deixam as crianças entrar no quarto de uma doente a qualquer instante, sem parecer sentir o menor receio, com exceção da mulher do caseiro. Assim que Lady Imeyne comentou que eu estava com "febre nos pulmões", ela se aproximou da cama sem hesitar. Mas estava visivelmente preocupada com a possibilidade de minha doença ser contagiosa.

Quando perguntei a Rosemund por que não tinha acompanhado sua mãe na visita ao aldeão, ela respondeu, como se fosse uma coisa óbvia: "Ela me proibiu de ir. O aldeão está doente".

Acho que eles não sabem que estou doente. Não apresentei nenhum sinal ou sintoma externo de doença, como pústulas ou brotoejas, e acho que eles atribuem minha febre e meu delírio aos meus ferimentos. Feridas muitas vezes infeccionam, e havia casos frequentes de envenenamento do sangue. Não havia motivo para manter as meninas longe de uma pessoa machucada.

Além disso, nenhuma delas contraiu algo. Já se passaram cinco dias e, se isso for um vírus, o período de incubação deveria ser de apenas doze a quarenta e oito horas. A dra. Ahrens disse que o período de maior risco de contágio é o anterior ao aparecimento dos sintomas, de modo que talvez eu não estivesse mais contagiosa quando as meninas começaram a vir. Ou talvez seja alguma coisa que elas já tiveram e são imunes. A mulher do caseiro perguntou se eu já tivera a Febre Florentina? Febre Flahntin?, e o sr. Gilchrist está convencido de que houve uma epidemia de influenza em 1320. Talvez tenha sido isso o que eu peguei.

Agora é de tarde. Rosemund está sentada no banco junto à janela, costurando um pedaço de linho com uma linha vermelho-escura, e Blackie está dormindo aqui ao meu lado. Andei pensando no quanto o senhor tinha razão, sr. Dunworthy. Eu não estava mesmo preparada, e tudo está sendo completamente diferente do que eu havia imaginado. Mas o senhor estava equivocado quando dizia que não pareceria um conto de fadas.

Para todo lado que olho, enxergo coisas que são de contos de fadas: o casaco e o chapeuzinho vermelho de Agnes, e a gaiola do rato, e as tigelas de mingau, e as cabanas do vilarejo feitas de palha e de varas, cabanas que um lobo poderia derrubar apenas com meio sopro.

O campanário se parece com a tal torre onde Rapunzel ficou presa, e Rosemund, curvada sobre o seu bordado, com o cabelo escuro e o gorro branco e as maçãs vermelhas do rosto, parece mais do que tudo a Branca de Neve.

(Pausa)

Acho que a febre voltou. Sinto cheiro de fumaça no quarto. Lady Imeyne está rezando, ajoelhada ao pé da cama, segurando seu *Livro das Horas*. Rosemund me contou que voltaram a pedir ajuda à mulher do caseiro. Lady Imeyne despreza essa mulher. Eu devo estar muito doente para que ela mande chamá-la.

Será que vão mandar buscar o padre? Se fizerem isso, preciso perguntar se ele sabe onde foi que Gawyn me encontrou. Está tão quente aqui. Essa parte não se parece nem um pouco com um conto de fadas. Eles aqui só mandam chamar um padre quando a pessoa está morrendo, mas Probabilidade diz que havia 72 por cento de chance de morrer de pneumonia nos anos 1300. Espero que ele venha logo, para me dizer onde é o local do salto e pegar na minha mão.

13

Mais dois casos, ambos de estudantes, foram registrados enquanto Mary interrogava Colin sobre como conseguira entrar na área de quarentena.

— Foi muito *fácil* — respondeu Colin, indignado. — Eles só estão impedindo as pessoas de sair, não de entrar! — Estava pronto para dar mais detalhes quando um funcionário entrou.

Mary pediu a Dunworthy para acompanhá-la até a Emergência para ver se podia identificar os dois pacientes.

— E *você* fica aqui — disse ela a Colin. — Já causou confusões demais para uma noite.

Dunworthy não reconheceu nenhum, mas isso não teve importância. Os dois estavam conscientes e lúcidos, e já estavam passando a um funcionário os nomes de todos com quem tiveram contato quando Dunworthy e Mary chegaram. Ele olhou para ambos com atenção e depois abanou a cabeça.

— Os dois podiam fazer parte daquela multidão na High Street. Não consigo lembrar — disse ele.

— Tudo bem — reconfortou Mary. — Pode ir para casa, se quiser.

— Pensei que precisava esperar aqui até sair o resultado do exame de sangue — comentou ele.

— Ah, mas isso só vai sair lá pelas... — começou ela, olhando o relógio. — Meu Deus, são mais de seis horas.

— Vou lá em cima dar uma olhada em Badri — avisou ele. — Depois vou ficar na sala de espera.

Badri estava dormindo, disse a enfermeira.

— Eu não acordaria ele.

— Não, claro que não — concordou Dunworthy, e desceu de volta para a sala de espera.

Colin estava sentado no meio do aposento, com as pernas cruzadas, remexendo na mochila.

— Onde está minha tia-avó Mary? — perguntou. — Ela está meio chateada porque eu vim para cá, não é?

— Ela achava que você estava em segurança, em Londres — respondeu Dunworthy. — Sua mãe disse que o trem onde você estava tinha sido detido em Barton.

— E foi. Eles mandaram todo mundo descer e entrar noutro trem para voltar para Londres.

— E durante a baldeação você se perdeu?

— *Não*. Acabei ouvindo sem querer uma conversa sobre quarentena, sobre como havia uma doença terrível por aqui e todo mundo acabaria morrendo e tudo o mais... — Ele se interrompeu para voltar a remexer na mochila. Retirou e depois substituiu uma porção de coisas, vids, um vidder de bolso e um par de tênis sujos e puídos. Era parente de Mary, sem dúvida. — E eu não queria ficar preso lá com Eric e perder toda esta animação.

— Eric?

— O cara que vive com minha mãe. — Ele tirou de algum lugar uma enorme bola vermelha de chiclete, desprendeu alguns pedaços do papel laminado e colocou na boca, ficando com um inchaço na bochecha. — Eric é a pessoa mais absolutamente necrótica que existe no mundo inteiro — continuou, a boca cheia de chiclete. — Tem um apartamento em Kent e não há absolutamente *nada* que se possa fazer por lá.

— Então você desceu do trem em Barton. O que fez então? Veio a pé até Oxford?

Ele tirou o chiclete da boca. A bola não estava mais vermelha, e sim com uma coloração manchada de verde-azulado. Colin examinou a goma com olhar crítico por todos os ângulos e voltou a colocá-la na boca.

— Claro que não. Barton fica muito longe daqui. Peguei um táxi.

— Claro — disse Dunworthy.

— Falei para o motorista que estava realizando uma reportagem sobre a quarentena para o jornal da minha escola e queria fazer vídeos das barricadas. Como trazia meu vidder comigo, sabe, me pareceu uma coisa lógica. — Ele ergueu o vidder de bolso para ilustrar, antes de guardá-lo no interior da mochila e voltar a mexer dentro dela.

— Ele acreditou?

— Acho que sim. Quando perguntou qual era minha escola, eu disparei, bem ofendido: "O senhor devia ser capaz de saber". Ele disse St. Edward, e eu respondi: "É claro". Ele deve ter acreditado. Até porque me trouxe ao perímetro, não foi?

E eu preocupado com o que Kivrin faria caso não aparecesse nenhum viajante amistoso, pensou Dunworthy.

— E o que fez então, contou a mesma história à polícia?

Colin puxou uma jaqueta verde de lã com capuz, enrolou-a como uma trouxa e colocou em cima da mochila aberta.

— Não. No fim das contas, era uma história muito fraca. O que eu quero dizer é, que tipo de imagem a gente pode querer? Não tipo um incêndio, certo? Então eu só fui até o guarda como se quisesse perguntar alguma coisa sobre a quarentena e, no último instante, só dei um passo de lado, me abaixei e passei por baixo do cordão de isolamento.

— Eles não foram atrás de você?

— Claro. Mas só por algumas ruas. Estão trabalhando para evitar que as pessoas saiam, não que entrem. Depois tive que andar mais de um quilômetro para encontrar uma cabine de onde pudesse ligar.

Provavelmente tinha chovido durante todo aquele percurso mas Colin nem tocara no assunto, e não havia um guarda-chuva dobrável entre suas coisas.

— A parte mais difícil foi encontrar Mary — comentou ele, deitando-se ao comprido, a cabeça apoiada na mochila. — Fui para o apartamento dela, mas minha tia-avó não estava lá. Pensei que ela talvez estivesse esperando por mim na estação do metrô, mas a estação estava fechada. — Ele sentou-se, arrumou de outra maneira a trouxa feita com a jaqueta e deitou de novo. — Então pensei: ela é médica, deve estar no hospital.

Ele voltou a se sentar, deu uns socos na mochila até deixá-la no formato que queria, deitou e fechou os olhos. Dunworthy recostou-se na poltrona pouco confortável, sentindo inveja do jovem. Colin já estava quase dormindo, nem um pouco perturbado ou assustado com as próprias aventuras. Tinha caminhado por metade de Oxford no meio da noite, ou talvez tivesse pegado outros táxis, ou até tirado alguma bicicleta desmontável de dentro daquela mochila, completamente sozinho em meio a uma chuva gelada de inverno e, apesar disso, não estava nada inquieto pela aventura.

Kivrin estava bem. Se o vilarejo não estivesse onde eles imaginavam, ela andaria até encontrá-lo, ou pegaria um táxi, ou estaria deitada com a cabeça sobre uma trouxa formada pela capa, dormindo o indomável sono da juventude.

Mary entrou na sala.

— Os dois estudantes estiveram numa festa em Headington na noite passada — disse ela, abaixando a voz quando viu Colin deitado.

— Badri também esteve lá — cochichou Dunworthy.

— Eu sei. Um esteve ao lado dele na pista. Ficaram lá das nove da noite às duas da manhã, o que significa de vinte e cinco a trinta horas, dentro do período de incubação de quarenta e oito horas, se é que Badri infectou alguém.

— Não acha que foi Badri?

— Acho que o mais provável é que os três tenham sido infectados por uma mesma pessoa, provavelmente alguém que Badri encontrou mais cedo naquela noite, e os outros só algum tempo depois.

— Um portador do vírus?

Ela abanou a cabeça.

— As pessoas em geral não transmitem mixovírus sem também terem contraído a doença, mas ele ou ela talvez tivesse tido apenas manifestações leves, ou estivesse ignorando os sintomas.

Dunworthy pensou em Badri desmaiando sobre o console e ficou imaginando como era possível ignorar sintomas como aqueles.

— E se essa pessoa esteve na Carolina do Sul quatro dias atrás... — continuou Mary.

— Então você consegue fazer a ligação deste vírus com o vírus norte-americano.

— E você pare de se preocupar com Kivrin. Ela não estava na festa em Headington — disse ela. — Claro que a conexão se faz através de um número maior de elos.

Ela franziu a testa, e Dunworthy pensou, um número maior de elos que não deram entrada num hospital ou nem sequer ligaram para um médico. Diversos elos que ignoraram os sintomas.

Aparentemente Mary estava pensando o mesmo.

— Essas suas sineiras chegaram quando à Inglaterra?

— Não sei. Mas só chegaram a Oxford na tarde de hoje, depois que Badri já estava trabalhando na rede.

— Bem, pergunte a elas, em todo caso. Quando desembarcaram, onde estiveram, se alguma delas adoeceu. Talvez alguma tenha conhecidos em Oxford e tenha vindo antes das outras. Vocês têm estudantes americanos na graduação?

— Não. Mas Montoya é americana.

— Não tinha pensado nisso — disse Mary. — Há quanto tempo ela está aqui?

— Todo o semestre. Mas ela pode ter tido contato com alguém que veio dos Estados Unidos.

— Vou perguntar quando ela vier fazer o próximo exame — disse Mary. — Gostaria que você perguntasse a Badri se ele conhece algum norte-americano ou estudantes que possam ter viajado aos Estados Unidos, feito intercâmbio, essas coisas.

— Ele está dormindo.

— Você também deveria estar. Estou brincando. — Deu umas pancadinhas na manga do casaco dele. — Não preciso esperar até as sete horas. Vou mandar alguém aqui para tirar seu sangue e sua pressão, e você pode ir para a cama. — Pegou no pulso de Dunworthy e olhou o monitor de temperatura. — Algum calafrio?

— Não.

— Dor de cabeça?

— Um pouco.

— É porque está exausto. — Ela largou o pulso dele. — Vou mandar alguém agora mesmo.

Ela olhou para Colin, estirado no piso.

— Colin também precisa ser testado, pelo menos até termos certeza de que o contágio ocorre por gotículas.

A boca do rapaz estava aberta, mas a bola de goma de mascar estava presa com firmeza na bochecha. Dunworthy imaginou se aquilo podia redundar em sufocação.

— Por falar em Colin, não acharia melhor que eu o levasse comigo para Balliol? — perguntou Dunworthy

Ela mostrou-se imediatamente agradecida.

— Poderia fazer isso? Não gostaria de dar trabalho, mas dificilmente voltarei para casa antes de tudo isto aqui estar sob controle. — Ela suspirou. — Pobre menino. Espero que esse Natal não esteja de todo arruinado.

— Eu não me preocuparia muito com isso.

— Bem, fico muito grata — disse Mary. — Vou já providenciar os testes.

Ela saiu. Colin sentou-se imediatamente.

— Que tipo de testes? — perguntou. — Isso quer dizer que eu posso estar com o vírus?

— Espero sinceramente que não — respondeu Dunworthy, pensando no rosto congestionado de Badri, na dificuldade de respirar.

— Mas posso estar.

— As chances são mínimas. Eu não ficaria preocupado.

— Eu não estou preocupado. — Ele estendeu o braço. — Acho que está aparecendo aqui uma brotoeja — comentou ele, rapidamente, apontando uma manchinha.

— Isso não é sintoma de vírus. Pegue suas coisas, você vem comigo depois dos exames. — Ele apanhou o cachecol e o sobretudo na cadeira onde os deixara.

— Quais são os sintomas então?

— Febre, dificuldade de respirar.

A sacola de compras de Mary estava no chão, junto à poltrona de Latimer. Dunworthy resolveu que seria melhor levá-la.

A enfermeira entrou, trazendo a bandeja para os exames.

— Estou sentindo calor — disse Colin, segurando a garganta, com dramaticidade. — Não consigo respirar.

A enfermeira recuou um passo, assustada, agarrando a bandeja.

Dunworthy segurou Colin pelo braço.

— Não se preocupe — disse ele à enfermeira. — Não passa de um caso de envenenamento por chiclete.

Colin sorriu e descobriu o braço, sem medo para fazer o exame, depois jogou o casaco dentro da mochila e vestiu a jaqueta ainda úmida, enquanto Dunworthy cedia seu material de exame.

— A dra. Ahrens avisou que o senhor e o garoto não precisavam esperar pelos resultados — disse a enfermeira, e saiu.

Dunworthy pôs o sobretudo, apanhou a sacola de Mary e conduziu Colin pelo corredor até saírem da Emergência. Não viu Mary em parte alguma, mas ela dissera que não precisavam esperar, sem falar que de repente ele estava tão cansado que mal conseguia manter-se de pé.

Saíram. Estava começando a clarear, mas continuava chovendo. Dunworthy hesitou, parado no portão principal do hospital, pensando se deveria chamar um táxi, mas não queria correr o risco de Gilchrist aparecer para fazer o teste antes de o táxi chegar, nem de ter que ficar escutando os seus planos de como pretendia mandar Kivrin para a Peste Negra e depois para a Batalha de Agincourt. Achou e abriu o guarda-chuva de Mary.

— Graças aos céus que ainda está aqui — disse Montoya, derrapando e parando a bicicleta, entre salpicos de água. — Preciso encontrar Basingame.

Você e todos nós, pensou Dunworthy, imaginando onde ela teria ido durante todas aquelas conversas telefônicas.

Montoya desceu do banco, encaixou a bicicleta numa baia e trancou o cadeado.

— A secretária de Basingame diz que ninguém sabe onde ele está. Acredita nisso?

— Acredito — respondeu Dunworthy. — Andei tentando durante quase todo o dia hoje, quer dizer, ontem, e não consegui achá-lo. Ele está passando o feriado em algum lugar na Escócia, ninguém sabe exatamente onde. Pescando, segundo a esposa.

— Nesta época do ano? Quem iria daqui até a Escócia para pescar em dezembro? A esposa com certeza sabe onde ele está ou deve ter um número de contato ou algo assim.

Dunworthy abanou a cabeça.

— Mas isso é ridículo! — exclamou ela. — Tive um trabalho absurdo para conseguir que o Serviço Nacional de Saúde me concedesse acesso à escavação, e agora Basingame está de férias! — Ela enfiou a mão no casaco impermeável e tirou um maço de folhas de papel de cores variadas. — Eles concordaram em abrir uma exceção para mim se o diretor do curso de História assinar uma declaração atestando que a escavação é um projeto necessário e essencial para a universidade. Como é que ele pode sumir de uma hora para outra sem avisar ninguém? — Ela bateu com os papéis na perna, e gotas d'água saltaram. — Preciso que ele assine isto antes que o sítio fique todo inundado. Onde está Gilchrist?

— Deve estar aqui logo, logo, para o exame de sangue. Se conseguir falar com Basingame, diga que ele precisa voltar para cá imediatamente. Avise que estamos sob quarentena, que talvez uma historiadora esteja perdida e que o técnico está doente demais para poder nos ajudar.

— Pescando! — disse Montoya com menosprezo, entrando no hospital. — Se minha escavação for arruinada, ele vai ter que explicar muita coisa.

— Vamos agora — disse Dunworthy a Colin, ansioso para sair dali antes que aparecesse mais alguém.

Segurou o guarda-chuva de modo a também cobrir Colin, mas logo desistiu. O garoto caminhava depressa à frente, conseguindo acertar praticamente todas as poças d'água, e daí a pouco estava se virando, olhando as vitrines.

Não havia ninguém na rua, embora Dunworthy não soubesse dizer se o motivo era a quarentena ou o fato de ser muito cedo. Talvez todo mundo esteja dormindo, pensou ele, e a gente possa entrar e ir direto para a cama.

— Pensei que mais coisas aconteceriam — disse Colin, parecendo desapontado. — Sabe, sirenes, aquilo tudo.

— E as carroças dos mortos percorrendo as ruas, aos gritos de "tragam seus mortos"? — perguntou Dunworthy. — Você devia ter ido era com Kivrin. As quarentenas da Idade Média eram muito mais movimentadas do que deverá ser esta, com apenas quatro casos e uma vacina que está a caminho, vinda dos Estados Unidos.

— Quem é essa tal de Kivrin? Sua filha?

— Minha aluna. Ela acabou de viajar para 1320.

— Viagem no tempo? Apocalíptico!

Viraram a esquina na Broad.

— A Idade Média! — disse Colin. — É Napoleão, não é mesmo? Trafalgar, aquilo tudo?

— É a Guerra dos Cem Anos — respondeu Dunworthy, e Colin fez cara de quem não estava entendendo nada. O que estarão ensinando aos jovens nas escolas de hoje em dia?, pensou ele. — Cavaleiros, damas, castelos...

— As Cruzadas?

— Cruzadas foram um pouquinho antes disso.

— Era para lá que eu queria ir. Para as Cruzadas.

Estavam chegando ao portão do Balliol.

— Vamos continuar sem fazer barulho agora — sussurrou Dunworthy. — Todos devem estar dormindo.

Não havia ninguém na portaria nem no pátio quadrangular. Luzes estavam acesas no hall; provavelmente as sineiras estavam tomando o café da manhã, mas não havia luzes no salão principal nem no Salvin. Se os dois conseguissem subir a escada em silêncio, e se Colin não resolvesse anunciar de repente que estava com fome, chegariam ao aposento em segurança.

— Pssst — fez Dunworthy, virando-se para advertir Colin, que tinha parado no meio do pátio e tirado da boca a goma de mascar para examinar a cor, que era agora de um roxo enegrecido. — Não queremos acordar todo mundo aqui — disse ele, levando o dedo aos lábios.

Ao se virar, Dunworthy esbarrou em cheio num casal que cruzava a porta. Os pombinhos estavam vestindo capas de chuva de plástico e se abraçavam com ardor. O rapaz não demonstrou ter percebido o esbarrão, mas a jovem se desvencilhou e pareceu assustada. Tinha cabelo ruivo bem curto e usava um uniforme de estudante de enfermaria por baixo da capa. O rapaz era William Gaddson.

— O comportamento de vocês é inadequado para este lugar e para esta hora — disse Dunworthy, com severidade. — Demonstrações públicas de afeto são estritamente proibidas nesta faculdade. Também não é uma atitude aconselhável porque sua mãe pode aparecer aqui a qualquer momento.

— Minha mãe? — perguntou ele, parecendo tão alarmado quanto o próprio Dunworthy quando vira a sra. Gaddson surgir no corredor do hospital de valise em punho. — Aqui? Em Oxford? O que ela veio fazer aqui? Pensei que a gente estava de quarentena.

— E está, mas o amor de uma mãe desconhece barreiras. Ela está preocupada com a sua saúde, assim como eu, considerando as circunstâncias. — Ele franziu a testa para William e para a moça, que deu uma risadinha. — Minha sugestão é que escolte sua companheira de delito até a casa dela e depois comece os preparativos para a chegada de sua mãe.

— Preparativos? — repetiu ele, parecendo abalado de fato. — Quer dizer que ela vem para ficar?

— Receio que ela não tenha outra opção. Estamos em quarentena.

As luzes se acenderam de repente na escada, e Finch apareceu.

— Graças aos céus que chegou, sr. Dunworthy — disse ele.

Trazia na mão uma papelada de folhas coloridas, que mostrou a Dunworthy.

— O Serviço Nacional de Saúde acaba de nos mandar mais *trinta* pessoas detidas. Falei que não tínhamos mais espaço, mas não deram ouvidos. Já não sei o que fazer. Nós simplesmente não temos recursos para abrigar tanta gente.

— Papel higiênico — disse Dunworthy.

— Sim! — disse Finch, brandindo as folhas. — E comida. Somente nesta manhã metade do estoque dos ovos e do bacon foi consumida.

— Ovos e bacon? — indagou Colin. — Sobrou algum?

Finch lançou um olhar interrogativo para Colin e depois para Dunworthy.

— É o sobrinho da dra. Ahrens — explicou Dunworthy. — Ele vai ficar no quarto comigo — disse, antes que Finch recomeçasse.

— Muito bem, então, porque eu *simplesmente* não consigo encontrar espaço para mais uma pessoa.

— Nós dois passamos a noite acordados, Finch, de modo que...

— Aqui está a lista atualizada dos nossos suprimentos, feita agora pela manhã. — Entregou a Dunworthy uma folha úmida de papel. — Como pode ver...

— Finch, aprecio muito sua preocupação com os suprimentos, mas com certeza isso pode esperar até...

— Esta é uma lista das chamadas telefônicas para o senhor. Os telefonemas que o senhor precisa retornar estão marcados com asterisco. Já esta é a lista dos seus compromissos. O vigário gostaria que estivesse em St. Mary às seis e quinze de amanhã para ensaiar o serviço natalino.

— Vou retornar os telefonemas, mas somente *depois* que eu...

— A dra. Ahrens ligou duas vezes. Ela quer saber o que descobriu com relação às sineiras.

Dunworthy desistiu.

— Mande as novas pessoas retidas para Warren e Basevi, três em cada quarto. Há colchões extras no porão embaixo da sala principal.

Finch abriu a boca para protestar.

— Elas vão ter que se conformar com o cheiro de tinta.

Dunworthy estendeu para Colin o guarda-chuva e a sacola de Mary.

— Vá até aquele prédio, cujas luzes do salão estão acesas — disse ele, apontando a porta. — Diga aos funcionários que deseja comer alguma coisa e depois peça a um deles que conduza você até os meus aposentos.

Virou-se para William, que estava com as mãos ocupadas por baixo da capa de plástico da garota.

— Sr. Gaddson, arrume um táxi para sua cúmplice. Depois, descubra os estudantes que permaneceram aqui durante o feriado e pergunte se estiveram nos Estados Unidos semana passada ou se tiveram contato com alguém que esteve. Prepare uma lista. O senhor não esteve recentemente nos Estados Unidos, não é?

— Não, senhor — respondeu o rapaz, afastando as mãos da enfermeira. — Estive aqui este tempo todo, estudando Petrarca.

— Ah, claro, Petrarca — alfinetou Dunworthy. — Pergunte a esses estudantes o que sabem sobre as atividades de Badri Chaudhuri de segunda-feira para cá, e depois fale com os funcionários. Preciso saber onde cada um foi e com quem esteve. Quero o mesmo tipo de levantamento com relação a Kivrin Engle. Faça direito o trabalho e evite futuras manifestações de afeto em público. Se conseguir, posso dar um jeito para que o quarto de sua mãe fique o mais longe possível do seu.

— Obrigado, senhor — disse William. — Isso vai ser muito importante para mim.

— Agora, Finch, pode me dizer onde posso encontrar a sra. Taylor?

Finch entregou a ele mais uma porção de folhas impressas, contendo as referências de todos os aposentos ocupados, mas a sra. Taylor não era citada. Estava no salão comum menor, com outras sineiras e aparentemente com outras pessoas detidas que esperavam a transferência.

Assim que Dunworthy entrou, uma mulher imponente, com casaco de peles, agarrou seu braço.

— O senhor é o encarregado daqui?

Claro que não, pensou Dunworthy, que respondeu:

— Sou.

— Bem, o que vão fazer para disponibilizar um lugar decente para todo mundo dormir? Ficamos acordadas a noite inteira.

— Eu também fiquei, senhora — respondeu Dunworthy, receoso de que aquela fosse a sra. Taylor. Ela parecia mais frágil e menos perigosa ao telefone, mas as aparências enganam, e o sotaque e a atitude eram inconfundíveis.

— Não é a sra. Taylor, por acaso?

— Eu sou a sra. Taylor — disse uma mulher numa das poltronas de braços. Ela ficou de pé: parecia bem mais magra do que ao telefone e muito menos zangada. — Falei com o senhor ao telefone, mais cedo — e pelo tom da sua voz era como se os dois tivessem participado de um agradável bate-papo sobre as complexidades da arte do dobre de sinos. — Esta aqui é a sra. Piantini, a nossa tenor — completou ela, indicando a mulher do casaco de peles.

A sra. Piantini parecia capaz de arrancar o Great Tom dos alicerces. Ela tinha certeza absoluta de não saber da existência de vírus algum nos últimos tempos.

— Eu poderia falar a sós com a senhora por um instante, sra. Taylor? — Ele a conduziu para o corredor. — Conseguiu cancelar o seu concerto em Ely?

— Consegui — respondeu ela. — E o de Norwich. Todos foram muito compreensivos. — Ela inclinou-se ansiosa para a frente. — É verdade que é cólera?

— Cólera? — repetiu Dunworthy, sem entender.

— Uma das mulheres que vieram da estação disse que era cólera, que alguém trouxera a doença da Índia e que as pessoas estavam morrendo como moscas.

Ao que parecia não tinha sido uma boa noite de sono, e sim o medo, que produzira aquela mudança em sua atitude. Se Dunworthy dissesse que foram registrados apenas quatro casos, ela exigiria ser levada para Ely no mesmo segundo.

— Parece que se trata de um mixovírus — disse ele, medindo as palavras. — Quando seu grupo chegou à Inglaterra?

Os olhos dela se arregalaram.

— Estão achando que fomos nós que trouxemos isso? Nós não estivemos na Índia.

— Existe a possibilidade de ser o mesmo mixovírus relatado na Carolina do Sul. Alguma integrante do grupo é da Carolina do Sul?

— Não — respondeu ela. — Somos todas do Colorado, exceto a sra. Piantini, que é do Wyoming. Além do mais, nenhuma de nós está doente.

— Há quanto tempo estão na Inglaterra?

— Três semanas. Visitamos todas as sedes do Conselho Tradicional. Tocamos "Boston Treble Bob" em St. Katherine, e também "Post Office Caters" com três sineiras da sede de Bury St. Edmund, mas é claro que nenhum era um dobre novo. Agora, "Chicago Surprise Minor"...

— E chegaram todas a Oxford somente ontem pela manhã?

— Isso.

— Nenhuma chegou antes para conhecer melhor a cidade ou para rever amigos?

— Não — respondeu ela, parecendo chocada. — Estamos em turnê, sr. Dunworthy, não em uma viagem de férias.

— A senhora mencionou que ninguém do grupo ficou doente?

Ela abanou a cabeça.

— Não podemos nos dar ao luxo de adoecer. Somos apenas seis.

— Obrigado pela ajuda — disse Dunworthy, guiando a sineira de volta ao salão comum.

Depois de sair, ligou para Mary. Como não conseguiu localizá-la, deixou um recado e começou a repassar os asteriscos de Finch. Ligou para Andrews, para o Jesus College, para a secretária de Basingame e para St. Mary, sem nenhum sucesso. Desligou, fez uma pausa de cinco minutos e tentou de novo. Durante um dos intervalos, Mary retornou.

— Por que não está dormindo ainda? — questionou ela. — Você parece exausto.

— Falei com as sineiras. Estão na Inglaterra há três semanas. Nenhuma esteve em Oxford antes da manhã de ontem e nenhuma está doente. Quer que eu volte aí para interrogar Badri?

— Acho que não vai adiantar. Ele não está consciente.

— Estou tentando ligar para o Jesus College para saber que informação eles têm sobre as idas e vindas de Badri.

— Ótimo. Fale com a senhoria dele. E durma um pouco. Não quero ver você adoecendo. — Fez uma pausa. — Já temos seis casos novos.

— Algum da Carolina do Sul?

— Não. E ninguém que pudesse ter mantido contato com Badri. De modo que ele continua sendo nosso paciente zero. E Colin, está bem?

— Está tomando o café da manhã. Está bem. Não se preocupe com ele.

Dunworthy não conseguiu se recolher antes de uma e meia da tarde. Precisou de duas horas inteiras para conferir todos os asteriscos da lista de Finch e mais outra hora para descobrir onde Badri morava. A senhoria não estava em casa, e quando Dunworthy voltou Finch insistiu em repassar com ele a lista completa de suprimentos.

Dunworthy enfim conseguiu se ver livre do secretário ao prometer que telefonaria para o SNS e pediria mais papel higiênico. Foi quando voltou aos seus aposentos.

Colin tinha se encolhido na poltrona junto à janela, a cabeça sobre a trouxa de roupas, cobrindo-se com uma manta de viagem de crochê que não chegava nem aos seus pés. Dunworthy pegou um lençol dobrado ao pé da cama, cobriu o garoto e sentou no sofá para tirar os sapatos.

Estava quase cansado demais para fazer aquilo, embora soubesse que se arrependeria mais tarde se acabasse dormindo com a roupa que vestia. Esse era um privilégio dos jovens e de quem não tinha artrite. Colin acordaria repousado, apesar de um sono com botões apertados e mangas muito justas. Kivrin podia se enrolar naquela capa tão fina e dormir com a cabeça apoiada num toco, nem por isso ficaria indisposta. Já se ele dormisse com um travesseiro a menos, ou de camisa, acordaria com o corpo duro e cheio de cãibras. E, se continuasse sentado ali com os sapatos nas mãos, nunca chegaria à cama.

Ergueu-se da cadeira, ainda segurando os sapatos, apagou a luz e entrou no quarto. Vestiu o pijama e armou a cama, que parecia infinitamente convidativa.

Vou adormecer antes de encostar a cabeça no travesseiro, pensou ele, tirando os óculos. Deitou na cama e puxou as cobertas por cima de si. Vou adormecer antes mesmo de apagar a lâmpada, pensou ele, e apagou a lâmpada.

Havia uma escassa luz emanando da janela, uma fresta de cinza-escuro se destacando ao fundo de um emaranhado de trepadeiras de um cinza ainda mais escuro. A chuva caía de leve sobre as folhas grossas. Eu devia ter puxado as cortinas, pensou, mas agora estava cansado demais para levantar outra vez.

Pelo menos Kivrin não teria que enfrentar muita chuva. Era a Pequena Era Glacial. Haveria neve, no máximo. Os contemps costumavam dormir todos juntos, amontoados, junto ao fogo, e quando enfim ocorreu a alguém inventar a chaminé e a lareira, esses melhoramentos não chegaram aos vilarejos de Oxfordshire senão em meados do século XV. Mas Kivrin não se preocuparia, pois se encolheria igual a Colin e dormiria o sono fácil e subestimado da juventude.

Dunworthy imaginou se já teria parado de chover. Não ouvia mais o tamborilar das gotas na janela. Talvez a chuva tivesse se reduzido a mera neblina, ou estivesse prestes a desabar mais uma vez. O dia estava muito escuro, e ainda estava cedo para o sol se pôr. Ele puxou o braço debaixo das cobertas e olhou os números luminosos no relógio. Duas horas, ainda. Seriam seis da tarde onde Kivrin se encontrava. Precisava tentar ligar de novo para Andrews assim que acordasse, para que ele lesse o fix e pudesse afirmar com exatidão onde e quando ela estava.

Badri afirmara a Gilchrist que havia um desvio mínimo, que checara duas vezes os cálculos de coordenadas feitos pelo estagiário e que estava tudo correto, mas agora Dunworthy queria ter certeza. Gilchrist não tomara precauções, e mesmo com precauções, as coisas podiam dar errado. O dia inteiro fora uma prova disso.

Badri tinha tomado todos os antivirais. A mãe de Colin levara o filho ao metrô e lhe dera dinheiro extra. Na primeira vez que Dunworthy saltara para Londres, quase não tinha voltado, mesmo tomando incontáveis precauções.

Fora um salto bate e volta para testar a rede. Trinta anos apenas. Dunworthy precisava atravessar a Trafalgar Square, tomar o metrô de Charing Cross até Paddington, e apanhar o trem das 10h48 para Oxford, onde a rede principal seria aberta. Eles tinham garantido tempo de sobra, analisado inúmeras vezes a rede, pesquisado o guia ferroviário e os horários dos trens, checado duas vezes as datas impressas no dinheiro. No entanto, quando chegou à estação de Charing Cross, o metrô estava fechado. O guichê de compra de passagens estava com as luzes apagadas, e uma grade de ferro fora abaixada bloqueando a entrada e o acesso às roletas de madeira.

Ele puxou o lençol para cobrir o ombro. Diversas coisas podiam ter acontecido por ocasião do salto, coisas que não passaram pela mente de ninguém. A mãe de Colin nunca teria pensado que aquele trem teria o percurso interrompido em Barton. Eles nunca tinham pensado que Badri poderia de repente desmaiar em cima do console.

Mary tem razão, pensou ele, eu tenho um quê de sra. Gaddson. Kivrin superou uma infinidade de obstáculos para poder saltar para a Idade Média. Mesmo que algo saia errado, ela é capaz de enfrentar. Colin não admitiu que uma coisa insignificante como uma quarentena se interpusesse em seu caminho.

Sem falar que, no fim das contas, ele próprio acabou conseguindo voltar de Londres. Tinha esmurrado a grade fechada, disparado de volta pela escada e lido a sinalização de novo, pensando que talvez tivesse errado alguma indicação. Não tinha. Procurou um relógio. Talvez tivesse havido um desvio maior do que as checagens sugeriam, pensou, e o metrô já estivesse fechado até a manhã seguinte. Só que o relógio por cima da entrada indicava nove e quinze.

— Acidente — avisou um homem de aparência deplorável, com um boné sujo na cabeça. — A linha está fechada até que limpem tudinho.

— M-mas eu preciso pegar a linha Bakerloo — gaguejou ele para o homem, que apenas se afastou com passos arrastados.

Dunworthy ficou ali, olhando para a estação às escuras, incapaz de pensar em algo. Não trouxera dinheiro suficiente para um táxi, e Paddington ficava do lado oposto de Londres. Nunca chegaria ao local às 10:48.

— Que que tá acontecendo? — perguntou um rapaz de casaco de couro negro e cabelo moicano espetado verde. Dunworthy mal conseguiu entender o que ele dissera. Um punk, pensou. O rapaz deu outro passo à frente, ameaçador.

— Paddington — disse ele, e aquilo saiu como pouco mais que um guincho.

O punk enfiou a mão no bolso do casaco para pegar o que Dunworthy teve certeza que seria um canivete. Mas o que saiu dali foi um bilhete de metrô em papel laminado, e depois o garoto começou a examinar o mapa no verso.

— Vai pra District ou pra Sahcle, do Embankment. Desce em Craven Street e vira à esquerda.

Dunworthy percorreu o trajeto inteiro, esperando a todo instante que uma quadrilha punk caísse sobre ele para roubar seu dinheiro historicamente plausível e, quando chegou ao Embankment, não fazia ideia de como usar a máquina de bilhetes.

Uma mulher com duas crianças o ajudou, digitando o destino e o valor para ele, mostrando como se introduzia o tíquete na catraca. Ele chegou a Paddington com tempo de sobra.

"Será que não havia uma só pessoa *de bem* na Idade Média?", perguntara Kivrin, e é claro que havia. Rapazes com canivetes ou com mapas de metrô sempre existiram em todas as épocas. O mesmo valia para mulheres conduzindo crianças e para as sras. Gaddson e os srs. Latimer. E os srs. Gilchrist.

Ele se virou para o outro lado. "Ela vai ficar bem", disse em voz alta, mas não tanto, para não acordar Colin. "A Idade Média não tem chances com minha melhor aluna." Puxou de novo o lençol por cima do ombro e fechou os olhos, pensando no rapaz do moicano espetado verde inclinando o rosto sobre o mapa. Só que a imagem que se impôs, flutuando em primeiro plano, foi a da grade de ferro fechada, interpondo-se entre ele e as roletas mecânicas, com a estação mergulhada nas trevas como pano de fundo.

TRANSCRITO DO LIVRO DO JUÍZO FINAL
(015104-016615)

19 de dezembro de 1320 (Calendário Antigo). Estou me sentindo melhor. Consigo respirar umas três ou quatro vezes seguidas antes de começar a tossir, e hoje de manhã estava até com fome, embora não contasse com aquele mingau oleoso que Maisry acabou trazendo. Eu seria capaz de matar por um prato de bacon com ovos.

E por um banho. Estou completamente imunda. Desde que cheguei aqui, além da minha testa, nada no meu corpo foi lavado, e nos dois últimos dias Lady Imeyne grudou em meu peito faixas de linho cobertas de uma pasta malcheirosa. Entre uma cataplasma e outra, suores intermitentes e uma cama que não é trocada desde os anos 1200. Estou fedendo muito, e meu cabelo, embora curto, está fervilhando. E olhe que sou a pessoa mais limpa por aqui.

A dra. Ahrens estava certa quando quis cauterizar meu nariz. Todo mundo aqui (até mesmo as menininhas) cheira terrivelmente mal, e isso que estamos no auge do inverno e faz um frio glacial. Não consigo imaginar como será a situação no verão. Todos aqui têm pulgas. Lady Imeyne para e se coça bem no meio de uma oração, e quando Agnes abaixou a meia, para me mostrar como estava o joelho, vi marcas vermelhas de mordidas em toda sua perna.

Eliwys, Imeyne e Rosemund têm rostos relativamente limpos, mas não lavam as mãos, mesmo depois de esvaziar o penico, e o conceito de lavar pratos e de trocar colchões ainda não foi inventado. Por essa infinidade de indícios, todos já deviam ter morrido de infecções mas, exceto pelo escorbuto e por muitos dentes estragados, todas as pessoas aqui parecem ter boa saúde. Mesmo o joelho de Agnes está sarando muito bem. Todos os dias ela vem me mostrar a casca da ferida. E sua fivela de prata, e seu cavaleiro de madeira, e o pobre do Blackie, amado em excesso.

Ela é um verdadeiro baú de informações, passando a maioria delas sem que eu precise pedir. Rosemund está "no ano treze", o que significa que tem doze anos, e o quarto onde estão cuidando de mim é seu pavilhão. Custa imaginar que daqui a pouco ela terá idade para casar, e por isso tem direito a um "pavilhão de donzela", mas nessa época com frequência as garotas eram casadas aos catorze ou quinze anos. Eliwys dificilmente devia ser mais velha do que isso quando casou. Agnes também me contou que tem três irmãos mais velhos, e que todos ficaram em Bath, com o pai.

O sino que toca a sudoeste é Swindone. Agnes sabe o nome de todos os sinos só ao ouvi-los tocar. Aquele mais distante e que sempre toca primeiro é o sino de

Osney, o predecessor do Great Tom. Os sinos duplos ficam em Courcy, onde Sir Bloet mora, e os dois mais próximos são Witenie e Esthcote. Isso quer dizer que minha localização é próxima a Skendgate, e que o local bem poderia ser Skendgate. Tem alguns freixos, um tamanho aproximado, e a igreja fica no mesmo local. Acho que Montoya apenas não localizou ainda o campanário. Infelizmente, o nome do vilarejo é a única coisa que Agnes não sabe.

Ela sabia onde estava Gawyn. Contou que ele estava longe, perseguindo os malfeitores. "E quando achar vai acabar com eles, assim, com a espada", disse ela, demonstrando com Blackie. Não tenho certeza de que seja possível confiar em tudo que ela me conta. Ela diz que o rei Eduardo está na França, e que o padre Roche viu o Diabo, todo vestido de preto e cavalgando um garanhão negro.

Essa última coisa é possível. (Que o padre tenha contado isso, não que tenha visto o Diabo.) A linha entre o mundo material e o mundo espiritual só foi traçada com clareza na Renascença, e os contemps têm o tempo todo visões de anjos, do Juízo Final e da Virgem Maria.

Lady Imeyne vive se queixando do quanto o padre Roche é iletrado, ignorante e incompetente. Ela continua tentando convencer Eliwys a mandar Gawyn trazer um padre para Osney. Quando pedi que chamasse o padre para rezar comigo (avaliei que tal pedido não poderia ser considerado ousado demais), Lady Imeyne me deu um recital de meia hora descrevendo como ele tinha esquecido uma parte do *Venite*, como apagava as velas soprando, em vez de apertar os pavios, o que gastava muita cera, e como vivia enchendo a cabeça dos servos com crendices supersticiosas (sem dúvida a respeito do Diabo e seu cavalo).

Padres de vilarejo, nos anos 1300, eram meros campônios que aprenderam a missa de cor, arranhando o latim. Para mim todos aqui cheiram igual, mas a nobreza via os seus servos como uma espécie totalmente diferente, e tenho certeza de que a alma aristocrática de Imeyne ficava ofendida ante a sugestão de confessar seus pecados a um mero aldeão!

Ele é sem dúvida tão supersticioso e iletrado quanto ela diz. Mas não é incompetente. Ele pegou na minha mão quando eu estava morrendo. Ele me disse para não ter medo. E eu não tive.

(Pausa)

Estou melhor, mesmo aos solavancos. Hoje à tarde passei meia hora sentada, e à noite desci para a ceia. Lady Eliwys trouxe para mim uma túnica marrom de lã rústica e um casaco solto cor de mostarda, além de uma espécie de lenço para cobrir meu cabelo curto (como não foi uma touca com coifa, Eliwys deve ainda pensar que eu sou uma donzela, a despeito de toda a tagarelice de Imeyne sobre as "*dutras*").

Só não sei se minhas roupas eram inadequadas ou boas demais para serem usadas no dia a dia. Eliwys não comentou nada. Ela e Imeyne me ajudaram a me vestir. Pensei em perguntar se podia me lavar antes de pôr as novas roupas, mas estou com medo de fazer qualquer coisa que possa deixar Imeyne ainda mais desconfiada.

Ela ficou espiando enquanto eu apertava os cordões e atava os cadarços, e não tirou os olhos de mim durante o jantar inteiro. Sentei entre as duas meninas e dividi com elas um pão enorme, seco, com a comida por cima. O caseiro foi relegado ao extremo oposto da mesa, e Maisry não foi vista em momento algum. De acordo com o sr. Latimer, o padre da paróquia comia na mesa do senhor, mas Lady Imeyne provavelmente não gosta também das maneiras do padre Roche à mesa.

Comemos carne, acho que de veado, e pão. A carne tinha gosto de canela, de sal e de falta de refrigeração, e o pão estava duro como pedra, mas era muito melhor do que aquele mingau, e acho que não cometi nenhum deslize.

Mesmo assim, tenho certeza de que estou cometendo deslizes o tempo todo, e é por isso que Lady Imeyne suspeita tanto de mim. Minhas roupas, minhas mãos, provavelmente a estrutura das minhas frases, estão ligeira ou nem tão ligeiramente assim equivocadas. Tudo isso contribui para que eu pareça estrangeira, peculiar — uma coisa suspeita.

Lady Eliwys está preocupada demais com o marido e com o julgamento para perceber meus equívocos, e as meninas são muito novas. Só que Lady Imeyne repara em tudo e está provavelmente compilando sobre mim uma lista semelhante à que tem sobre o padre Roche. Graças aos céus eu não disse que era Isabel de Beauvrier. Ela viajaria até Yorkshire, com ou sem inverno, para me flagrar na mentira.

Gawyn apareceu após a ceia. Maisry enfim deu as caras, com uma orelha avermelhada e trazendo uma tigela de madeira com cerveja clara, e arrastou os bancos mais para perto do fogo, que alimentou com alguns troncos de pinheiro, enquanto as mulheres cosiam à luz das chamas.

Gawyn surgiu e se deteve diante dos biombos, visivelmente de volta de uma jornada dura, e por um momento ninguém notou sua presença. Rosemund estava concentrada no bordado, Agnes puxava o carrinho para lá e para cá com o cavaleiro em cima, e Eliwys estava falando energicamente com Imeyne a respeito do aldeão, que ao que parece não se encontra muito bem. Como a fumaça da lenha fazia meu peito doer, afastei o rosto, tentando evitar a tosse. Foi quando vi Gawyn parado ali, olhando para Eliwys.

Depois de um instante, Agnes passou o carrinho por cima do pé de Imeyne, que declarou que ela era filha legítima do Demo, e Gawyn por fim entrou no salão. Abaixei os olhos e rezei para que ele se dirigisse a mim.

Ele fez isso, curvando um joelho diante do banco onde eu estava sentada.

— Boa dama, estou feliz em ver que melhorou — disse ele.

Eu não fazia ideia do que era apropriado dizer, se é que precisava dizer algo. Abaixei a cabeça ainda mais.

Ele continuou com um joelho pousado no chão, como um servo.

— Fiquei sabendo que não lembra nada a respeito dos seus agressores, Lady Katherine, é verdade?

— É verdade — murmurei.

— Nem dos seus servos, para onde podem ter fugido?

Abanei a cabeça, ainda de olhos baixos.

Ele se virou para Eliwys.

— Trago novidades sobre os bandidos, Lady Eliwys. Achei o rastro deles. Estavam em grande número e tinham cavalos.

Até então, meu medo era de ouvi-lo dizer que tinham capturado e enforcado algum pobre camponês que andava apanhando lenha.

— Peço a sua licença para perseguir o bando e vingar a dama — disse ele, olhando para Eliwys.

Eliwys parecia incomodada, cautelosa, tal como estava na visita anterior dele.

— Meu marido disse para esperarmos aqui até ele voltar. E incumbiu o senhor de ficar e nos proteger. Não parta.

— Ainda não ceou — disse Lady Imeyne num tom de quem dava o assunto por encerrado.

Gawyn ficou de pé.

— Agradeço sua bondade, senhor — disse eu, depressa. — Sei que me encontrou no bosque. — Respirei bem fundo e tossi. — Quero fazer um pedido, poderia me mostrar o lugar onde me achou?

Eu tinha tentado dizer coisas demais, e com muita pressa. Comecei a tossir, enchi demais os pulmões e logo estava me contorcendo de dor.

Quando enfim consegui controlar a tosse, Imeyne tinha servido carne e queijo na mesa para Gawyn, e Eliwys voltara a costurar, de modo que continuei sem saber de nada.

Não, não é verdade. Sei por que Eliwys parecia tão cautelosa quando Gawyn chegou e por que ele inventou aquela história sobre um bando de ladrões. E soube o que queria dizer toda aquela conversa a respeito de "*dutras*".

Prestei atenção quando ele parou na porta, observando Eliwys, e não precisei de um intérprete para ler no seu rosto. Ele evidentemente está apaixonado pela esposa do seu senhor.

14

Dunworthy dormiu sem interrupções até a manhã seguinte.

— Seu secretário quis acordá-lo, mas eu não deixei. Ele me pediu para entregar isto — disse Colin, estendendo uma papelada para ele.

— Que horas são? — perguntou Dunworthy, sentando meio entrevado na cama.

— Oito e meia — respondeu Colin. — Todas as sineiras e todos os detidos estão tomando o café da manhã no salão. Aveia. — Ele fez um som de engasgo. — É absolutamente necrótico. Aquele seu secretário disse que vamos ter que racionar os ovos e o bacon por causa da quarentena.

— Oito e meia da manhã — repetiu Dunworthy, piscando com olhos míopes na direção da janela. Estava tudo tão sombrio e melancólico como na hora em que ele adormecera. — Meu Deus, eu precisava ter voltado ao hospital para falar com Badri.

— Eu sei — disse Colin. — A tia-avó Mary pediu para deixar o senhor dormindo, porque de qualquer modo não poderia fazer perguntas a Badri. Ele está fazendo exames.

— Ela ligou? — perguntou Dunworthy, tateando na cabeceira em busca dos óculos.

— Eu fui lá de manhã cedo. Para fazer meu exame de sangue. A tia-avó Mary pediu para dizer que precisamos ir lá fazer exames somente uma vez por dia.

Ele enganchou as ponteiras dos óculos atrás das orelhas e olhou para Colin.

— Ela avisou se o vírus já foi identificado?

— Hm-hmmm — respondeu Colin, com uma protuberância na bochecha. Dunworthy ficou se perguntando se a bola de chiclete permanecera dentro da boca a noite inteira, e nesse caso por que não diminuíra de tamanho. — Ela mandou para o senhor essas listas de contato. — Estendeu a papelada para Dunworthy. — A senhora que encontramos na saída do hospital também ligou. Aquela da bicicleta.

— Montoya?

— Isso. Ela queria saber se o senhor sabe como entrar em contato com a esposa do sr. Basingame. Eu disse que o senhor ligaria para ela. Sabe quando o correio passa aqui?

— O correio? — indagou Dunworthy, remexendo na pilha de papéis.

— É. Minha mãe não teve tempo de comprar os presentes para mandá-los por mim — informou Colin. — Disse que enviaria pelo correio. Acha que a quarentena pode causar algum atraso?

Alguns dos papéis que Colin passara estavam com as folhas coladas, sem dúvida devido às pausas de Colin para examinar a goma de mascar, e a maioria da papelada não parecia ser listas de contatos, e sim vários memorandos enviados por Finch. Uma das saídas de aquecedor em Salvin estava bloqueada. O Serviço Nacional de Saúde ordenou todos os moradores de Oxford e arredores que evitassem contato com pessoas infectadas. O sr. Basingame estava em Torquay para passar o Natal. O papel higiênico estava acabando.

— O senhor não acha, não é mesmo? Que pode haver atraso?

— Atraso do quê? — perguntou Dunworthy.

— Do *correio*! — respondeu Colin, com desagrado. — A quarentena não pode atrasar as entregas, ou pode? A que horas o correio costuma passar?

— Às dez — disse Dunworthy, folheando os memorandos, colocando todos numa só pilha e abrindo um grande envelope pardo. — No Natal, normalmente atrasa um pouco por causa de todos os pacotes e cartões de Natal.

As páginas grampeadas dentro do envelope também não eram listas de contatos, mas o relatório de William Gaddson sobre as andanças de Badri e de Kivrin, digitado com clareza e organizado em seções de manhã, tarde e noite para cada dia. Parecia algo muito mais bem-feito do que qualquer trabalho já entregue por ele. Impressionante como a salutar presença de uma mãe pode significar um estímulo.

— Não sei por que é assim — continuava Colin. — Quer dizer, como não é gente nem nada, não é contagioso, certo? Quando passa, onde é colocado?

— O quê?

— O *correio*.

— Na portaria — disse Dunworthy, lendo o relatório sobre Badri.

Badri fora de novo ao local da rede na terça-feira à tarde, depois que esteve no Balliol. Finch conversara com ele às duas horas, quando Badri perguntou onde estava o sr. Dunworthy, e de novo um pouco antes das três, quando Badri lhe entregou o bilhete. A certa altura entre as duas e as três horas, John Yi, um aluno do terceiro ano, viu Badri cruzar o pátio e entrar no laboratório, aparentemente à procura de alguém.

Às três, o porteiro do Brasenose registrou a entrada de Badri, que trabalhou na rede até sete e meia. Depois, o técnico voltou para seu apartamento, trocou de roupa e foi à tal festa.

Dunworthy ligou para Latimer.

— Em que horário o senhor esteve na rede durante a tarde de terça-feira?

Latimer piscou atarantado para ele, da telinha.

— Terça? — indagou, olhando em volta como se tivesse perdido algo. — Isso foi ontem?

— Na véspera do salto — respondeu Dunworthy. — O senhor foi para a biblioteca Bodleian durante a tarde.

Ele aquiesceu.

— Ela queria saber como poderia dizer: "Socorro, fui atacada por ladrões".

Dunworthy presumiu que "ela" se referia a Kivrin.

— O senhor e Kivrin se encontraram na Bodleian ou no Brasenose?

Ele pôs a mão no queixo, matutando.

— Tivemos que trabalhar noite adentro, decidindo a melhor maneira de pronunciar — respondeu ele. — A queda das inflexões pronominais já estava muito adiantada nos anos 1300, mas ainda não era completa.

— Kivrin veio se encontrar com o senhor aqui na rede?

— Na rede...? — repetiu Latimer, hesitante.

— No laboratório, no Brasenose — cortou Dunworthy.

— Brasenose? O serviço da véspera de Natal não vai ser no Brasenose, vai?

— O serviço da véspera de Natal?

— O vigário comentou que gostaria que eu fizesse a leitura da bênção — disse Latimer. — Vai ser mesmo no Brasenose?

— Não. O senhor se encontrou com Kivrin na tarde de terça-feira, para trabalhar na pronúncia dela. Onde foi o encontro?

— A palavra "ladrões" estava difícil de traduzir. Ela deriva do Inglês Antigo "*theaf*", mas o...

Aquilo era absurdo.

— O serviço da véspera de Natal vai ocorrer na St. Mary the Virgin, às sete — disse Dunworthy, e desligou.

Ligou para o porteiro do Brasenose, que *continuava* decorando a árvore, e pediu que procurasse o nome de Kivrin nos registros de entrada. Não havia ocorrências da entrada dela ali na tarde de terça-feira.

Sentando em frente ao console, Dunworthy digitou as tabelas dos contatos, com os acréscimos mais recentes do relatório de William. Kivrin não vira Badri na terça. Terça de manhã, ela estivera no Hospital e logo em seguida com ele, Dunworthy. Na tarde da terça-feira, estivera com Latimer, e Badri já teria partido para sua festa em Headington, bem antes de ela e de Latimer saírem da biblioteca Bodleian.

Na segunda, das três em diante, Kivrin ficou no hospital, mas ainda havia um espaço vazio entre o meio-dia e as duas e meia, quando ela talvez pudesse ter encontrado Badri.

Dunworthy examinou as listas de contatos, que tinham preenchido de novo. A de Montoya tinha poucas linhas, com os contatos de quarta de manhã, mas nenhum da segunda e da terça, e nenhuma referência a Badri. Dunworthy se perguntou o porquê, e então se lembrou de que ela havia chegado depois que Mary passara as instruções de como preencher os formulários.

Talvez Montoya tivesse visto Badri antes da quarta-feira de manhã, ou talvez soubesse onde ele tinha passado aquele intervalo entre o meio-dia e as duas e meia da tarde de segunda.

— Quando a srta. Montoya ligou, ela deixou o número de telefone? — perguntou a Colin. Como não houve resposta, ergueu os olhos. — Colin?

Ele não estava no quarto nem no outro aposento, embora a mochila continuasse ali, com o conteúdo todo espalhado no tapete.

Dunworthy procurou o número de Montoya no Brasenose e ligou para lá, sem esperar uma resposta. Se ela ainda estava à procura de Basingame, isso significava que não tinha conseguido permissão para ir até a escavação, e estaria sem dúvida no SNS ou no National Trust, sacudindo todos até que declarassem o sítio de "valor incomparável".

Vestiu-se e foi até o salão, procurando Colin. Continuava chovendo, e o céu tinha o mesmo cinza encharcado das pedras do pavimento e da casca das árvores. Ele tinha a esperança de que as sineiras e os funcionários já tivessem tomado café e se retirado, mas era uma esperança vã. Começou a ouvir a confusão de vozes antes de chegar à metade do pátio.

— Graças aos céus que chegou, senhor — disse Finch, indo encontrá-lo na porta. — O SNS acabou de ligar. Eles querem mandar mais vinte pessoas.

— Diga a eles que não podemos — respondeu Dunworthy, olhando a multidão por alto. — Recebemos ordens de não entrar em contato com pessoas infectadas. Você viu o sobrinho da dra. Ahrens?

— Estava bem aqui — comentou Finch, olhando por cima das cabeças das mulheres, mas a essa altura Dunworthy já localizara o garoto. Estava na ponta da longa mesa cheia de sineiras, e passava manteiga numa pilha de torradas.

Dunworthy foi até lá.

— Quando a srta. Montoya ligou, ela disse como podia ser contatada?

— Aquela da bicicleta? — indagou Colin, passando marmelada por cima da manteiga.

— Isso.

— Não, ela não disse.

— Vai querer café da manhã, senhor? — quis saber Finch. — Receio que não haja mais bacon nem ovos, e estamos ficando com pouca marmelada... — acrescentou, fazendo uma cara feia para Colin. — Mas temos aveia e...

— Chá, somente — cortou Dunworthy. — Ela não mencionou de onde estava ligando?

— Sente-se — disse a sra. Taylor. — Estou precisando muito falar com o senhor a respeito do nosso "Chicago Surprise".

— O que foi exatamente que Montoya disse? — perguntou Dunworthy a Colin.

— Que ninguém ligava para o fato de que sua escavação estava sendo arruinada e que um elo insubstituível com o passado estava se perdendo. Também comentou que tipo de pessoa era capaz de sair para pescar em pleno inverno — respondeu Colin, raspando a marmelada das faces internas da tigela.

— Estamos quase sem chá — disse Finch, servindo a Dunworthy uma xícara bastante pálida.

Dunworthy sentou à mesa.

— Gostaria de um pouco de chocolate, Colin? Ou um copo de leite? — perguntou.

— Estamos quase sem leite — se intrometeu Finch.

— Não quero nada, obrigado — disse Colin, apertando uma fatia de torrada contra a outra. — Vou levar isto aqui comigo e estarei na portaria, esperando o correio.

— O vigário telefonou — disse Finch. — Pediu para avisar que o senhor só precisa ficar lá no serviço religioso até seis e meia.

— Vão manter o serviço de véspera de Natal? — indagou Dunworthy. — Não acho que muita gente vai aparecer, nestas circunstâncias.

— Ele disse que o Comitê Intereclesiástico votou pela manutenção, mesmo assim — informou Finch, pondo um quarto de colher de chá de leite na palidez do chá e estendendo a xícara para ele. — Ele acredita que dar seguimento a todos os procedimentos usuais ajuda a manter o moral elevado.

— Vamos executar diversas peças nas sinetas — acrescentou a sra. Taylor. — Não substitui um dobre de sinos de verdade, é claro, mas já é alguma coisa. O padre da Sagrada Igreja Re-Formada vai ler trechos da "Missa em Tempo de Peste".

— Ah! — exclamou Dunworthy. — Vai ajudar a subir o moral, sem dúvida.

— Vou ter que ir? — perguntou Colin.

— Ele não tem por que sair daqui, nesta chuva — disse a sra. Gaddson, aparecendo como uma harpia, com uma grande tigela de mingau de aveia, que colocou à frente de Colin. — E também não tem por que ficar se expondo aos germes nas correntes de ar de dentro de uma igreja. Ele pode ficar aqui comigo durante o serviço religioso — sentenciou ela, puxando uma cadeira e sentando-se atrás dele. — Sente e coma seu mingau.

Colin olhou para Dunworthy, desamparado.

— Colin, eu deixei o número do telefone da srta. Montoya nos meus aposentos. Você poderia dar um pulo lá em cima e pegá-lo para mim?

— Claro! — exclamou o garoto, e sumiu em disparada.

— Quando esse menino pegar a gripe indiana — começou a sra. Gaddson —, espero que o senhor se lembre de que estimulou os deploráveis hábitos alimentares dele. Para mim, está mais do que claro o que causou esta epidemia. Má nutrição e uma completa falta de disciplina. É uma desgraça o modo como estão administrando este lugar. Pedi para ficar próxima do meu filho William, mas me designaram um quarto num prédio completamente diferente e...

— Receio que terá que resolver a questão com Finch — cortou Dunworthy, ficando de pé e embrulhando num guardanapo as torradas com marmelada de Colin. — Estão precisando de mim na Emergência — anunciou, e escapuliu antes que a sra. Gaddson pudesse recomeçar.

Voltou para os seus aposentos e ligou para Andrews. A linha deu ocupada. Ligou para o número da escavação, contando com a remota chance de que Montoya tivesse conseguido uma autorização para sair da quarentena, mas ninguém atendeu. Ligou para Andrews mais uma vez. Por incrível que pareça, a linha estava livre. Tocou três vezes e caiu na caixa postal.

— Aqui é o sr. Dunworthy — disse ele, que hesitou antes de passar o número dos seus aposentos. — Preciso falar com você imediatamente. É importante.

Desligou, guardou o aparelho no bolso, pegou o guarda-chuva e a torrada de Colin, e atravessou o pátio.

Colin estava encolhido sob um abrigo ao lado da portaria, olhando com ansiedade a estrada que conduzia a Carfax.

— Estou indo à Emergência para ver o técnico que trabalha para mim e conversar com sua tia-avó Mary — avisou Dunworthy, estendendo o embrulho feito com o guardanapo. — Gostaria de ir comigo?

— Não, obrigado — agradeceu Colin. — Não quero perder o correio.

— Bem, por tudo neste mundo, vá lá em cima e volte de casaco, antes que a sra. Gaddson venha lá de dentro encher os seus ouvidos.

— A chata já veio — disse ele. — Tentou me obrigar a usar um cachecol. Um cachecol! — Ele voltou a olhar com ansiedade para a rua. — Ignorei ela.

— Não tinha pensado nisso — comentou Dunworthy. — Devo voltar a tempo para o almoço. Se precisar de alguma coisa, peça a Finch.

— Mmmm — fez Colin, visivelmente sem ouvir nada.

Dunworthy ficou pensando no que a mãe do menino estaria enviando para merecer tamanha devoção. Com certeza não era um cachecol.

Ele enrolou o próprio cachecol em volta do pescoço e partiu na direção da Emergência, embaixo de chuva. Havia poucas pessoas na rua, e todas se mantinham afastadas. Uma mulher chegou a descer da calçada para não passar perto demais de Dunworthy.

Se não fosse pelo carrilhão que badalava, "It Came Upon the Midnight Clear", ninguém faria ideia de que era véspera de Natal. Não havia um só pedestre carregando presentes ou pinheirinhos, não havia ninguém com pacotes de qualquer espécie. Era como se a quarentena tivesse nocauteado e apagado completamente a noção de Natal daquelas mentes.

Bem, e não era assim mesmo? Ele próprio nem sequer cogitara comprar presentes ou montar uma árvore. Pensou em Colin encolhido junto à portaria do Balliol à espera do correio, e desejou que a mãe do garoto tivesse pelo menos se lembrado de mandar seus presentes. Quando voltasse deveria parar em algum lugar e achar uma lembrança para Colin, um brinquedo, um vid, alguma coisa assim, tudo menos um cachecol.

Na Emergência, foi imediatamente conduzido para a Ala de Isolamento e levado para falar com os casos mais recentes.

— É essencial que possamos estabelecer uma conexão com alguém dos Estados Unidos — disse Mary. — Há um empecilho junto ao CMI. Não há ninguém de plantão que seja capaz de fazer o sequenciamento, por causa do feriado. Claro que em teoria eles estão a postos o tempo inteiro, mas parece que é depois do Natal que costumam enfrentar problemas: intoxicações alimentares, excessos que se disfarçam de vírus. Por isso, nos dias anteriores, eles procuram se poupar. De qualquer modo, o CCD em Atlanta concordou em mandar um protótipo da vacina para o CMI sem uma identificação positiva, mas eles não podem começar a fabricar enquanto não tivermos uma conexão nítida.

Ela conduziu Dunworthy ao longo de um corredor cheio de cordões de isolamento.

— Todos os casos se assemelham com o perfil do vírus da Carolina do Sul: febre alta, dores no corpo, complicações pulmonares secundárias, mas infelizmente isso não prova nada ainda. — Ela parou à entrada de uma ala do hospital. — Você achou alguém dos Estados Unidos entre os contatos de Badri que possa ser uma conexão?

— Não, mas ainda há muitas lacunas. Quer que eu fale com ele também?

Ela hesitou.

— Ele está pior — deduziu Dunworthy.

— Está. Ele desenvolveu uma pneumonia. Não sei se vai conseguir dizer alguma coisa. A febre continua muito alta, o que corresponde ao perfil. Estamos aplicando antimicrobiais e adjuvantes a que o vírus da Carolina do Sul é sensível. — Ela abriu a porta, dando acesso àquela ala. — Esta tabela aqui registra todos os últimos casos recebidos. Pergunte à enfermeira encarregada qual é a cama em que cada um está. — Ela digitou apressadamente alguma coisa no console aos pés da primeira cama. Na tela se acendeu um gráfico que se ramificava e se entrelaçava, como as grandes faias do pátio. — Você não se incomoda de cuidar de Colin por mais uma noite, não é?

— Nem um pouco.

— Oh, que bom. Duvido muito que eu possa voltar para casa antes de amanhã, e ficaria preocupada se ele tivesse que ficar sozinho no apartamento. Ao que tudo indica, a única pessoa que dá importância a isso sou eu — disse ela, zangada. — Enfim consegui falar com Deirdre em Kent, e ela não estava nem um pouco apreensiva. "Oh, estão de quarentena?", perguntou ela. "Ando tão atarefada que nem vi as notícias." E aí começa a me contar dos planos que faz com o cara que vive com ela, sugerindo com muita clareza que não teria muito tempo para dedicar a Colin e que estava feliz por se ver livre dele. Em alguns momentos, chego a me convencer de que ela não é minha sobrinha.

— Será que ela enviou os presentes de Colin? Sabe algo a respeito? Ele disse que chegariam pelo correio.

— Tenho certeza de que ela estava *ocupada* demais para comprar, quanto mais para despachar no correio. Na última vez que Colin passou o Natal comigo, o presente dele só chegou na Epifania. Ah, por falar nisso, você sabe o que aconteceu com a minha sacola de compras? Os meus presentes para Colin estão lá.

— Está comigo no Balliol — respondeu ele.

— Oh, que bom. Não acabei de fazer minhas compras, mas se você embrulhar direitinho o cachecol e as outras coisas, ele vai ter algo embaixo da árvore, não é mesmo? — Ela ficou de pé. — Se achar qualquer conexão possível, me comunique imediatamente. Como pode ver, já localizamos muitos dos contatos secundários de Badri, mas essas pessoas podem ser apenas ligações cruzadas enquanto a conexão fundamental está em mais alguém.

Assim que Mary saiu, Dunworthy sentou junto à cama da mulher com a sombrinha cor de lavanda.

— Sra. Breen? — chamou ele. — Receio que precise me responder algumas perguntas.

O rosto dela estava muito vermelho, e a respiração soava difícil como a de Badri, mas ela respondeu sem pestanejar e com clareza. Não, não fora aos Estados Unidos no mês passado. Não, não conhecia nenhum norte-americano nem ninguém que tivesse posto os pés nos Estados Unidos. Tomara o metrô em Londres para passar o dia fazendo compras, "Na Blackwell, sabe?", e percorrera Oxford inteira entrando em lojas, e depois caminhara para a estação do metrô, e lá havia pelo menos umas quinhentas pessoas com quem entrara em contato e que podiam ser a conexão que Mary estava buscando.

Dunworthy ficou ocupado até depois das duas horas, até conseguir interrogar os contatos primários e somar outros contatos à lista. Nenhum era o contato dos Estados Unidos, embora tenha descoberto que havia mais duas pessoas que foram à festa em Headington.

Ele subiu para a Ala de Isolamento mesmo sem muita esperança de que Badri pudesse responder a alguma pergunta, mas encontrou o técnico com uma aparência melhor. Estava dormindo quando Dunworthy entrou, mas a um toque leve na mão seus olhos se abriram e focaram-se nele.

— Sr. Dunworthy — disse ele, com voz fraca e rouca. — O que está fazendo aqui?

Dunworthy sentou junto da cama.

— Como está se sentindo?

— É esquisito, as coisas que a gente sonha. Eu pensei... eu tive tanta dor de cabeça...

— Preciso fazer algumas perguntas, Badri. Você se lembra de quem viu na festa em Headington?

— Havia tanta gente — respondeu ele, e engoliu, como se a garganta doesse. — A maioria eu não sei quem era.

— Lembra quem tirou para dançar?

— Elizabeth... — começou ele, quase coaxando. — Sisu qualquer coisa, não sei o sobrenome dela — murmurou ele. — E Elizabeth Yakamoto.

Aproximou-se deles a enfermeira de rosto lúgubre.

— Está na hora do seu raio X — disse ela, sem olhar para Badri. — Precisa sair, sr. Dunworthy.

— Pode me dar somente mais alguns minutos? É importante — pediu ele, mas ela já estava tamborilando em cima do console com as chaves.

Ele se inclinou sobre a cama.

— Badri, quando você conseguiu o fix, de quanto foi o desvio?

— Sr. Dunworthy — insistiu a enfermeira.

Dunworthy a ignorou.

— Foi um desvio maior do que você esperava?

— Não — respondeu Badri, com a voz carregada. Levou a mão à garganta.

— De quanto foi o desvio?

— Quatro horas — sussurrou Badri, e Dunworthy permitiu que fosse conduzido para fora.

Quatro horas. Kivrin dera o salto ao meio-dia e meia. Isso a jogaria para quatro e meia, perto do pôr do sol, mas ainda com luz bastante para que pudesse ver onde estava, tempo suficiente até para ir andando até Skendgate, se necessário.

Foi à procura de Mary e passou os nomes das duas garotas com quem Badri tinha dançado. Mary checou a lista com as últimas internações. Como nenhuma delas estava lá, Mary disse a ele que podia ir para casa, depois de lhe tirar a temperatura e o sangue para que não precisasse voltar de novo. Dunworthy estava pronto para sair quando Sisu Fairchild foi trazida. Não conseguiu chegar em casa senão na hora do chá.

Colin não estava nem na portaria nem no salão principal, onde Finch se lamentava por estar quase sem manteiga e açúcar.

— Onde está o sobrinho da dra. Ahrens? — perguntou Dunworthy.

— Esperou junto à portaria a manhã toda — informou Finch, contando com ansiedade os torrões de açúcar. — O correio passou somente por volta de uma da tarde, e depois ele foi até o apartamento da tia-avó para ver se a remessa não teria sido enviada para lá. Percebi que não foi, pois ele voltou muito abatido, e então, cerca de meia hora atrás, ele disse de repente, "Acabei de pensar uma coisa", e disparou. Talvez tenha pensado em algum outro lugar para onde pudessem ter mandado a remessa.

Mas não tem remessa, pensou Dunworthy.

— A que horas fecham as lojas hoje? — perguntou ele a Finch.

— Numa véspera de Natal?! Oh, já fecharam, senhor. Sempre fecham cedo na véspera de Natal, e algumas lojas chegam a fechar ao meio-dia por falta de clientes. Senhor, tenho aqui certo número de mensagens...

— Vão ter que esperar — interrompeu Dunworthy, recolhendo o guarda-chuva e partindo outra vez.

Finch estava certo. As lojas estavam todas fechadas. Ele desceu até a Blackwell, imaginando que pelo menos a livraria estaria aberta, mas encontrou tudo trancado também. Já tinham tirado toda a vantagem das vendas possíveis naquela situação, contudo. Na vitrine, bem arrumados entre casas cobertas de neve num vilarejo vitoriano de brinquedo, viam-se livros médicos de autoajuda, compêndios sobre remédios e um livro de bolso em cores berrantes intitulado *O riso é o caminho para uma saúde perfeita*.

Por fim, Dunworthy encontrou uma agência dos correios ainda aberta em High, mas ali só havia cigarros, doces baratos e um mostruário cheio de cartões de felicitações, nada que pudesse ser dado de presente a um garoto de doze anos. Ele saiu sem comprar nada mas depois voltou e comprou o equivalente a uma libra esterlina em caramelos, uma bola de goma de mascar do tamanho de um pequeno asteroide e alguns pacotinhos de balas que pareciam tabletes de sabão. Não era muito, mas Mary tinha dito que comprara outras coisas.

As outras coisas revelaram-se um par de meias de lã cinzenta, ainda mais medonhas do que o cachecol, e um vid de enriquecimento de vocabulário. Havia Christmas crackers, pelo menos, e folhas de papel de presente, mas um par de meias e um monte de caramelos dificilmente seriam um bom presente de Natal. Ele olhou em volta no escritório, procurando algo que pudesse servir.

Colin tinha dito "Apocalíptico!" quando Dunworthy contou que Kivrin estava na Idade Média. Ele tirou da estante *A Era da Cavalaria*. Tinha apenas ilustrações comuns, nenhuma holo, mas era o melhor que podia conseguir sem muita antecedência. Embrulhou às pressas o livro e o resto dos presentes, trocou de roupa, e apressou-se na direção da St. Mary the Virgin embaixo de um aguaceiro, correndo de cabeça baixa através do pátio deserto da Bodleian e tentando evitar o jorro das calhas sobre a rua.

Ninguém em perfeito juízo compareceria àquele serviço religioso. No ano anterior o tempo estava seco, e ainda assim a igreja contava apenas com metade da ocupação. Kivrin estava com ele. Tinha ficado ali durante o feriado para estudar, e ele a encontrara na Bodleian e insistiu para que ela tomasse um xerez na festa de despedida e depois fosse à igreja.

— Eu não devia estar fazendo isso — disse ela, a caminho da igreja. — Devia estar pesquisando.

— Pode pesquisar lá na St. Mary the Virgin. Foi construída em 1139 e continua tudo como era na Idade Média, inclusive o sistema de aquecimento.

— O serviço ecumênico também é autêntico, imagino — alfinetou ela.

— Não tenho dúvida de que em espírito é tão bem-intencionado e tão repleto de tolices quanto qualquer missa medieval — respondeu ele.

Dunworthy se apressou na descida no caminho estreito perto do Brasenose e abriu a porta da St. Mary, deixando sair um hausto de ar quente. Seus óculos se embaçaram. Ele se deteve no nártex e limpou as lentes na ponta do cachecol, mas voltaram a se embaçar no mesmo instante.

— O vigário está procurando pelo senhor — avisou Colin. Usava casaco e camisa, e o cabelo estava penteado. Estendeu para Dunworthy um missal de uma grande pilha que carregava.

— Pensei que você ficaria no alojamento — disse Dunworthy.

— Com a sra. Gaddson? Que ideia mais necrótica. Até a igreja é melhor do que isso, então eu disse à sra. Taylor que queria ajudar a carregar as sinetas.

— E o vigário também pediu sua ajuda — acrescentou Dunworthy, ainda tentando limpar as lentes. — Teve alguma coisa para fazer?

— Está brincando? A igreja está cheia.

Dunworthy espiou para dentro da nave. Os bancos já estavam todos cheios, e algumas cadeiras dobráveis estavam sendo instaladas nos fundos.

— Oh, que bom, está aqui — disse o vigário, aparecendo às voltas com uma braçada de hinários. — Desculpe o calor. É a fornalha. O National Trust não permite a troca por um modelo moderno, e por outro lado é quase impossível achar peças para estes modelos de combustível fóssil. No momento é o termostato que está com defeito. O aquecimento liga e desliga. — Ele puxou duas folhas de papel de dentro do bolso da sotaina e olhou para elas. — Por acaso viu o sr. Latimer? Contamos com ele para ler a bênção.

— Não vi — respondeu Dunworthy. — Mas ainda hoje lembrei ele da hora.

— Sim, bem, ano passado ele misturou as informações e chegou uma hora mais cedo. — Ele estendeu para Dunworthy uma das folhas de papel. — Aqui está seu texto da Escritura. É da *Bíblia do Rei Jaime*, este ano. A Igreja do Milênio insistiu, mas pelo menos não é a Versão Popular como no ano passado. A *Bíblia do Rei Jaime* pode ser arcaica, mas pelo menos não é criminosa.

A porta se abriu. Abaixando e fechando guarda-chuvas e sacudindo a água dos chapéus, algumas pessoas entraram, receberam de Colin os missais e se dirigiram para a nave da igreja.

— Sabia que devíamos ter marcado para a Christ Church — disse o vigário.

— O que tanta gente faz aqui? — questionou Dunworthy. — Será que essas pessoas não percebem que estamos em pleno surto epidêmico?

— Sempre é assim — comentou o vigário. — Lembro muito bem os tempos iniciais da Pandemia. As maiores coletas que já fizemos. Mais tarde será difícil arrancar essas pessoas de suas casas, mas por enquanto elas querem o calor humano, querem conforto.

— E é tocante — acrescentou o padre da Sagrada Igreja Re-Formada. Ele vestia uma camisa preta de gola alta, calças largas, uma alva xadrez em verde e vermelho. — É possível ver o mesmo fenômeno em tempo de guerra. Essas pessoas vêm pelo drama que há na coisa toda.

— E isso espalha o contágio duas vezes mais rápido, creio eu — disse Dunworthy. — Ninguém disse a eles que o vírus é contagioso?

— Pretendo dizer — respondeu o vigário. — Sua leitura das Escrituras vem logo depois das sineiras. Houve uma mudança. Mais uma vez a Igreja do Milênio. Lucas, capítulo 2, do versículo 1 ao 19. — Ele se afastou, distribuindo hinários.

— Onde está a sua aluna Kivrin Engle? — perguntou o padre. — Senti a falta dela na missa em latim de hoje à tarde.

— Ela está em 1320, espero que no vilarejo de Skendgate e ao abrigo da chuva.

— Oh, que bom — comentou o padre. — Ela queria tanto ir. E que sorte que esteja sendo poupada de tudo isto aqui.

— Temos mesmo — disse Dunworthy. — Bem, acho que preciso agora dar pelo menos uma passada de olhos nas Escrituras.

Ele passou para a nave principal da igreja. Ali dentro estava ainda mais quente, com um cheiro pesado de lã úmida e pedras úmidas. Velas de laser ardiam palidamente nas janelas e no altar. As sineiras estavam arrumando duas grandes mesas diante do altar, e cobrindo-as com pesadas toalhas de lã. Dunworthy aproximou-se do atril e abriu a *Bíblia* no livro de Lucas.

"E assim se passou naqueles tempos, em que saiu um decreto de César Augusto, de que todo o mundo teria que ser taxado", leu ele em silêncio.

O inglês da *Bíblia do Rei Jaime* é arcaico, pensou ele. E onde Kivrin está, isso ainda não foi escrito.

Saiu à procura de Colin. Continuavam entrando mais pessoas. O padre da Sagrada Igreja Re-Formada e o imã muçulmano foram até o oriel trazer mais cadeiras, e o vigário ficou ajustando o termostato da fornalha.

— Reservei duas cadeiras para nós na segunda fila — disse Colin. — Sabe o que a sra. Gaddson fez durante o chá? Jogou fora meu chiclete. Disse que estava coberto de germes. Ainda bem que a minha mãe não é assim. — Ele arrumou as bordas dos papéis dobrados, cuja pilha já tinha diminuído visivelmente. — O que acho que aconteceu é que os presentes não puderam passar, por causa da quarentena, entende? Quer dizer, é provável que precisava mandar primeiro as provisões e outras coisas. — Ele voltou a alinhar a pilha de papéis já alinhada.

— É bem possível — concordou Dunworthy. — Quando gostaria de abrir os seus outros presentes? Esta noite ou amanhã cedinho?

Colin tentou aparentar despreocupação.

— Na manhã de Natal, se possível.

Distribuiu um missal e um sorriso deslumbrante a uma senhora num impermeável amarelo.

— Bem — disse ela, com rispidez, arrancando o papel da mão do garoto. — Fico feliz em ver que *alguém* ainda mantém o espírito do Natal, mesmo com uma epidemia mortal acontecendo.

Dunworthy entrou e sentou-se. Toda a atenção dispensada à fornalha pelo vigário não parecia estar obtendo bons resultados. Ele tirou o cachecol e o sobretudo, e guardou, enrolados, na cadeira vizinha.

Tinha sido um frio glacial no ano passado. "Extremamente autêntico", Kivrin murmurara para ele, "e as Escrituras também. *Por volta desse tempo, os políticos resolveram aumentar os impostos em cima dos contribuintes*", disse ela, citando a

Versão Popular. Sorriu para ele. "A *Bíblia* da Idade Média também estava numa linguagem que eles não compreendiam."

Colin apareceu e sentou em cima do sobretudo e do cachecol de Dunworthy. O padre da Sagrada Igreja Re-Formada levantou-se, foi se esgueirando por entre as mesas das sineiras e a parte dianteira do altar.

— Oremos — disse ele.

No piso, havia fileiras de genuflexórios, e todo mundo se ajoelhou.

— "Ó Deus, vós que mandais estas aflições sobre nós, dizei ao vosso anjo destruidor, detém vossa mão, e que essa terra não se veja desolada, e que não se destrua cada alma humana."

Era tudo que o nosso moral precisava, pensou Dunworthy.

— "Como nos dias em que o Senhor enviou uma pestilência sobre Israel, e morreram ali, nos povos de Dan a Bersebá, setenta mil homens, assim estamos agora no meio de uma aflição e vos imploramos para que afasteis dos vossos fiéis o fogo da vossa cólera."

A tubulação do aquecimento começou a chocalhar, mas nem isso foi capaz de deter o padre. Ele continuou por uns bons cinco minutos, citando um sem-número de casos em que Deus esmagou os incorretos e "trouxe a peste para o seu seio", e terminou pedindo a todos que se erguessem e cantassem "God Rest Ye Merry, Gentlemen, Let Nothing You Dismay".

Montoya enfiou-se entre os bancos e sentou ao lado de Colin.

— Passei o dia *inteiro* no SNS tentando conseguir uma autorização para sair — cochichou ela. — Parece que eles acham que eu quero sair correndo como uma doida espalhando um vírus. Eu *expliquei* que tudo que queria era ir para a escavação, que não tem lá ninguém para ser infectado, mas pensa que me deram atenção?

Ela se virou para Colin.

— Se eu conseguir a autorização, vou precisar de voluntários para me ajudar. O que acha de trabalhar desenterrando corpos?

— Ele não pode — se antecipou Dunworthy, com rapidez. — A tia-avó dele não permite. — Ele se inclinou para ela, à frente de Colin, e murmurou: — Estou tentando determinar o paradeiro de Badri Chaudhuri na segunda-feira à tarde, do meio-dia até as duas e meia. Por acaso você viu ele?

— Psssst — fez a mulher que tinha falado com Colin à entrada.

Montoya abanou a cabeça.

— Eu estava com Kivrin, repassando o mapa e a planta baixa de Skendgate — sussurrou ela de volta.

— Onde? Na escavação?

— Não, no Brasenose.

— E Badri não estava lá? — perguntou Dunworthy, mas não havia razão nenhuma para que Badri estivesse no Brasenose. Ele não pedira a Badri para operar a rede senão quando se encontrou com o técnico, a partir das duas e meia.

— Não — cochichou Montoya.

— Pssssssst — sibilou a mulher.

— Ficou quanto tempo com Kivrin?

— Das dez até a hora em que ela teve que entrar no hospital, às três, acho — sussurrou Montoya.

— *Psssst*!...

— Vou ter que sair, vou recitar uma "Prece ao Grande Espírito" — sussurrou Montoya, ficando de pé e afastando-se lateralmente até sair da fila de cadeiras.

Ela leu o canto indígena norte-americano, e depois as sineiras, com luvas brancas e rostos cheios de determinação, tocaram "O Christ Who Interfaces with the World", que soava parecido com alguém percutindo num encanamento.

— Elas são absolutamente necróticas, não são? — murmurou Colin pondo o missal à frente do rosto.

— É música atonal de fins do século XX — murmurou de volta Dunworthy. — A intenção é parecer horrível.

Quando as sineiras deram a impressão de ter encerrado sua parte, Dunworthy se dirigiu ao atril e leu as Escrituras.

— "E assim se passou naqueles tempos, em que saiu um decreto de César Augusto, de que todo o mundo teria que ser taxado..."

Montoya voltou a se levantar e a passar por Colin até chegar à parte lateral da nave, por onde desapareceu rumo à porta. Dunworthy gostaria de ter perguntado a ela se vira Badri em algum momento na segunda-feira, e se sabia de algum norte-americano com quem o técnico pudesse ter tido contato.

Poderia fazer essas perguntas no dia seguinte, quando fossem tirar sangue para os exames. Ele já tinha descoberto a coisa mais importante: que Kivrin não se encontrara com Badri na tarde da segunda-feira. Montoya disse que esteve com ela das dez da manhã às três da tarde, quando Kivrin foi para o hospital. A essa altura, Badri já estava no Balliol para a reunião com ele e, como o técnico chegara de Londres apenas ao meio-dia, não poderia tê-la contaminado.

— "E o anjo lhes disse, não temei: Porque, vede, eu vos trago tempos de grande júbilo, o qual será de todos..."

Ninguém parecia estar prestando atenção. A mulher que falara com Colin estava tentando se desvencilhar do casaco, e todos já tiraram os seus e se abanavam com os missais.

Dunworthy pensou no serviço religioso do ano passado e em Kivrin, ajoelhada no chão de pedra, olhos pregados nele enquanto lia. Ela também não estava prestando atenção: estava imaginando como seria uma véspera de Natal em 1320, quando as escrituras eram lidas em latim e as velas tremeluziam junto das janelas.

Imagino se está sendo como ela imaginava, pensou ele, e depois se lembrou que lá não era Natal ainda. Onde ela estava ainda faltavam umas duas semanas. Se é que ela estava mesmo lá. Se é que ela estava bem.

— "... mas Maria guardou todas essas coisas, e as pesou com todo cuidado dentro do seu coração" — concluiu Dunworthy, que voltou a sentar no seu lugar.

O imã anunciou em seguida os horários dos serviços religiosos de Natal em todas as igrejas, depois leu o boletim do SNS explicando como evitar contato com pessoas infectadas. O vigário principiou seu sermão.

— Existem *aqueles* que acreditam que doenças são uma punição enviada por Deus — disse ele, lançando um olhar duro para o padre da Sagrada Igreja Re-Formada. — No entanto, Cristo passou a sua vida curando os enfermos e, se estivesse aqui, sem dúvida estaria curando quem padece com este vírus, do mesmo modo que curou o leproso samaritano. — A partir deste ponto, ele decolou numa conferência de dez minutos sobre como se proteger da influenza. Enumerou todos os sintomas e explicou como se dava a transmissão através de gotículas.

— Bebam muito líquido e descansem — concluiu ele, erguendo as mãos por trás do púlpito como se estivesse dando uma bênção. — E, ao primeiro sinal de algum desses sintomas, liguem para o seu médico.

As sineiras voltaram a pôr suas luvas brancas e acompanharam o órgão em "Angels From the Realms of Glory", que até soou reconhecível.

A ministra da Igreja Unitária Convertida subiu ao púlpito.

— Nesta mesma noite, mais de dois mil anos atrás, Deus enviou o Seu Filho, Seu precioso filho, para o nosso mundo. Podem imaginar que amor inacreditável foi preciso para proceder assim? Naquela noite, Jesus deixou seu posto celestial e veio para um mundo cheio de perigos e de enfermidades — prosseguiu a ministra. — Veio como um bebê inocente e indefeso, sem nada conhecer do Mal e das traições que viria a conhecer no futuro. Como Deus teria sido capaz de mandar Seu único filho, Seu precioso filho, para um perigo tão grande? A resposta é amor. Amor!

— Ou incompetência — murmurou Dunworthy.

Colin ergueu os olhos, que estavam examinando a nova goma de mascar, e o encarou.

E depois que Ele deixou o filho ir, Ele se preocupou com isso em cada minuto, pensou Dunworthy. Imagino se ele terá tentado cancelar tudo.

— Cristo veio a este mundo por amor, e por amor estava disposto, ou melhor, ansioso, para vir.

Tem razão, pensou ele. As coordenadas estão corretas. Houve apenas quatro horas de desvio. Ela não foi exposta ao vírus. Está em segurança em Skendgate, com a data de reencontro marcada e o gravador já pela metade de observações, está bem de saúde e animada e, felizmente, sem saber de nada que acontece aqui.

— Ele foi enviado ao nosso mundo para nos ajudar em nossos problemas e atribulações — dizia a ministra.

O vigário estava gesticulando para chamar a atenção de Dunworthy. Ele se inclinou à frente de Colin, aproximando o ouvido.

— Acabei de ser informado que o sr. Latimer está doente — sussurrou o vigário, entregando a Dunworthy uma folha dobrada de papel. — Poderia, por favor, ler a bênção?

— ... um mensageiro de Deus, um emissário do amor — concluiu a ministra, e foi se sentar.

Dunworthy rumou para o atril.

— Por favor, podem ficar de pé para a bênção? — pediu ele, abrindo a folha e olhando para ela. As primeiras palavras impressas eram: "Ó, Senhor, detende vossa mão carregada de ira"...

Ele amassou e enfiou o papel no bolso.

— Pai Misericordioso — disse ele —, protegei aqueles que estão ausentes e distantes de nós, e fazei com que voltem para casa em segurança.

TRANSCRITO DO LIVRO DO JUÍZO FINAL
(035850-037745)

20 de dezembro de 1320. Estou quase totalmente boa. Minhas células-T reforçadas e os antivirais ou alguma outra coisa até que enfim ganharam a batalha. Já posso respirar sem sentir dor, não tenho mais tosse e me sinto tão disposta que poderia ir a pé daqui até o local do salto, se eu soubesse onde é.

O corte na minha cabeça também sarou. Lady Eliwys olhou-o pela manhã e saiu para trazer Imeyne para examinar. "É um milagre", disse Eliwys, achando aquilo ótimo, mas Imeyne fez uma cara ainda mais suspeita. O próximo passo é ela declarar que eu sou uma bruxa.

De imediato ficou claro que, como eu não sou mais uma inválida, passo a ser um problema. Além de Imeyne pensar que eu estou espionando ou então roubando as colheres, existe a dificuldade de estabelecer quem eu sou — ou seja, qual é o meu status e de que maneira devo ser tratada —, e Eliwys não tem tempo nem energia para lidar com isso.

Ela já tem problemas de sobra. Lord Guillaume ainda não chegou, o seu *privé* está apaixonado por ela, e o Natal se aproxima. Ela recrutou metade do vilarejo como criados ou como cozinheiros, e falta certo número de suprimentos essenciais, sendo que Imeyne insiste para que mandem buscá-los em Oxford ou Courcy. Agnes contribui para o problema porque está sempre atrapalhando as pessoas e tentando escapar do controle de Maisry.

— Deve mandar pedir uma camareira a Sir Bloet — disse Imeyne, depois que encontraram a menina brincando na parte mais alta do celeiro. — E que tragam açúcar, também. Estamos sem açúcar para a ambrosia e os doces.

Eliwys pareceu exasperada.

— Meu marido disse para...

— Eu posso tomar conta de Agnes — interrompi, rezando para que o intérprete tivesse traduzido corretamente "camareira" e para que o que constava nos vids de História fosse verdade: que a posição para cuidar de uma criança era muitas vezes preenchida por mulheres de sangue nobre. Ao que tudo indica, era verdade. Eliwys pareceu grata no mesmo instante, e Imeyne não fez cara mais feia do que o usual. De modo que agora eu cuido de Agnes. E aparentemente de Rosemund, que hoje de manhã me pediu ajuda no bordado.

As vantagens de ser ama de Agnes e Rosemund é poder fazer todas as perguntas a respeito do pai delas e do vilarejo, e poder sair com as duas para o estábulo e a igreja e procurar pelo padre ou por Gawyn. A desvantagem é que muita coisa não chega até as meninas. Já houve uma vez em que Eliwys parou de falar com Imeyne assim que Agnes e eu entramos no salão, e quando perguntei a Rosemund por que a família tinha decidido ficar ali, ela respondeu: "Meu pai acha que o ar é mais saudável em Ashencote".

É a primeira vez que alguém menciona o nome do vilarejo. Não existe nenhum Ashencote no mapa nem no *Livro do juízo final*. Suponho que possa ser mais um caso de "vilarejo perdido". Com uma população de quarenta habitantes, o povoado pode perfeitamente ter sido varrido pela Peste Negra, ou ter sido absorvido por uma das cidades nos arredores, mas continuo achando que se trata de Skendgate.

Perguntei às meninas se sabiam de algum lugar chamado Skendgate, e Rosemund disse que nunca ouvira falar, o que não prova coisa alguma, uma vez que não moram propriamente aqui. Porém, parece que Agnes perguntou a Maisry, que também não sabia. A primeira referência escrita a um "portão", "gate", que era na verdade uma "represa", não ocorreu senão em 1360, e muitos dos topônimos anglo-saxônicos foram substituídos por nomes normandizados ou batizados em homenagem aos novos donos. O que não é um bom sinal para Guillaume D'Iverie, e para o desfecho do julgamento do qual ainda não voltou. A menos que este seja um vilarejo completamente diferente, o que não seria um bom sinal para mim.

(Pausa)

Ao que tudo indica, os sentimentos de amor cortês que Gawyn alimenta por Eliwys não entram em conflito com suas relações com os servos. Pedi a Agnes para me mostrar o seu pônei no estábulo, esperando que Gawyn estivesse por lá. Ele estava numa das baias, com Maisry, produzindo ruídos e arquejos nem um pouco corteses. Maisry não parecia mais assustada do que o de sempre, e suas mãos estavam segurando as saias erguidas acima da cintura, e não tapando os ouvidos, de modo que aparentemente não era estupro. Não era *l'amour courtois* tampouco.

Tive que distrair Agnes depressa e conduzi-la para fora do estábulo. Falei que gostaria de cruzar a relva e ir até o campanário. Entramos lá, fiquei olhando aquela corda tão pesada.

— O padre Roche toca esse sino quando uma pessoa morre — contou Agnes. — Se não tocar, o Diabo vem e carrega as almas dos mortos, que não podem mais ir para o céu.

Suponho que seja mais um capítulo da tagarelice supersticiosa que tanto irrita Lady Imeyne.

Agnes queria tocar o sino, mas consegui convencê-la a entrarmos na igreja para procurar o padre Roche.

O padre Roche não se encontrava. Agnes falou que ele provavelmente estaria ainda com o aldeão doente, "que não morre por mais mirrado que fique", ou rezando em algum outro lugar.

— O padre Roche gosta de rezar na floresta — comentou ela, olhando para o altar através das treliças.

A igreja é normanda, com uma ala central, pilastras de arenito e um chão de grandes lajes. As janelas com vitrais são muito estreitas e pequenas, e suas cores são escuras. Não deixam passar quase que luz nenhuma. A meio caminho ao longo da nave, há um túmulo, um apenas, que pode ser aquele em que eu trabalhei na escavação. Tem em cima a efígie de um cavaleiro, suas armas gravadas em luvas de metal cruzadas sobre o peito, com a espada junto ao corpo. Em um lado, as palavras talhadas na pedra rezam: *Requiescat cum Sanctis tuis in aeternum*. Descanse entre os Teus santos para sempre. O túmulo lá na escavação tem uma inscrição que começa com *Requiescat*, mas era tudo que fora escavado até o momento.

Agnes contou que o túmulo é do seu avô, que morreu de uma febre "muito tempo atrás", mas ele parece bastante novo e, por isso, muito diferente do túmulo que vi na escavação. Conta com uma porção de adereços que o túmulo da escavação não tem, mas podem ter se partido ou se desgastado com o tempo.

Exceto pelo túmulo e por uma estátua tosca, a nave está completamente vazia. Como os contemps assistem à missa de pé, não há bancos, e a prática de encher a nave com memoriais e monumentos não teve início senão nos anos 1500.

Um biombo com treliça de madeira entalhada, do século XII, separa a nave e os recessos mais obscuros do presbitério e do altar. Por cima deste, de cada lado do crucifixo, há duas pinturas rústicas do Juízo Final. Uma mostra os fiéis entrando no paraíso, e a outra os pecadores sendo enviados para o inferno, mas as duas são muito parecidas, pintadas em tintas fortes, vermelho e azul, com personagens em expressões atônitas.

O altar é simples, coberto com um pano comum de linho, com dois candelabros de prata de cada lado. A estátua toscamente esculpida não é da Virgem, como imaginei, mas de Catarina de Alexandria. A santa tem o mesmo corpo reduzido e a cabeça aumentada das esculturas do pré-Renascimento, e uma coifa estranha, quadrada, que acaba por trás das orelhas. Está parada, segurando num braço uma criança do tamanho de uma boneca, e com a outra mão uma roda. Havia uma pequena vela amarelada e fogareiros a óleo no chão, diante dela.

— Lady Kivrin, o padre Roche diz que você é uma santa — comentou Agnes, quando saímos.

Era fácil perceber como se dera a confusão neste caso, e imaginei se teria acontecido o mesmo com o sino e com o Diabo no cavalo negro.

— Eu recebi meu nome em homenagem a santa Catarina — disse eu —, assim como você recebeu o seu por causa da santa Agnes. Mas nem eu nem você somos santas.

Ela abanou a cabeça.

— O padre Roche disse que nos últimos dias Deus vai mandar os seus santos para os pecadores. Ele disse que, quando alguém reza, está falando na língua que Deus fala.

Tenho tentado ser cuidadosa ao usar o recorde, e registrado as observações somente quando estou sozinha no quarto, mas não posso saber o que aconteceu quando estive doente. Lembro que ficava pedindo ajuda ao padre e que vocês viessem me buscar e me levar de volta. Se o padre Roche me escutou falando inglês moderno, pode muito bem ter imaginado que eu estava falando em transe. Pelo menos ele pensa que eu sou uma santa, e não uma bruxa, mas Lady Imeyne também estava no quarto durante minha doença e preciso redobrar o cuidado.

(Pausa)

Fui de novo ao estábulo (depois de me assegurar que Maisry estava na cozinha), mas Gawyn não se encontrava lá, nem Gringolet, ao contrário das minhas caixas e dos pedaços desconjuntados da carroça. Gawyn deve ter feito uma dúzia de viagens para poder trazer aquilo. Examinei tudo, e não achei o pequeno baú forrado de latão. Espero que Gawyn não tenha achado e que continue à beira da estrada, onde o deixei. Se continuar, já deve estar completamente coberto pela neve, mas hoje o sol saiu e a neve está começando a derreter.

15

Kivrin se recuperou da pneumonia tão rápido que se convenceu de que tinha algo a ver com a ativação do seu sistema imunológico. A dor no peito cessou de repente, e o corte na testa sarou como que por mágica.

Imeyne a examinava cheia de desconfiança, como se achasse que Kivrin tinha fingido estar ferida, e Kivrin estava aliviada por ter insistido que o ferimento fosse verdadeiro.

— Deve agradecer a Deus por ter curado você neste dia de Sabbath — disse ela, em tom de reprovação, e se ajoelhou junto à cama.

Imeyne tinha ido à missa e estava usando o seu relicário de prata ao pescoço. Juntou toda a correntinha entre as palmas das mãos, exatamente como eu faço com o recorde, pensou Kivrin, e recitou o Paternoster, depois ficou de pé.

— Gostaria de ter ido à missa com vocês — disse Kivrin.

Imeyne fungou.

— Achei que você estava muito doente — alfinetou ela, com uma ênfase cheia de insinuações na palavra "doente". — E não foi uma missa muito boa.

Ela lançou-se então numa descrição dos pecados do padre Roche: ele lera o Evangelho antes do Kyrie, sua alva estava manchada com cera de vela, ele esquecera uma parte do Confiteor Deo. Fazer aquela lista de erros parecia melhorar o seu humor e, ao terminar, Imeyne deu uns tapinhas na mão de Kivrin, dizendo:

— Você ainda não sarou completamente. Vai ficar na cama por mais um dia.

Kivrin obedeceu, usando aquele tempo para gravar observações, descrevendo a casa grande, o vilarejo, as pessoas que tinha conhecido até então. O caseiro apareceu com uma vasilha cheia do chá amargo da sua esposa. Era um homem moreno, troncudo, que parecia pouco à vontade no gibão dominical, com um cinto com fivela de prata rebuscado demais. Também apareceu um garoto da idade de Rosemund, para dizer a Eliwys que a pata dianteira da égua estava machucada. Já o padre não deu o ar da graça.

— Ele foi ouvir a confissão do aldeão — disse Agnes.

Agnes continuava sendo uma excelente informante, respondendo com presteza às perguntas de Kivrin, quer soubesse ou não as respostas, e distribuindo uma infinidade de informações sobre o vilarejo e seus moradores. Rosemund era mais calada, mais preocupada em parecer adulta.

— Agnes, é muito infantil falar assim. Precisa ficar de olho na língua — dizia ela reiteradas vezes, um comentário que felizmente não ocasionava a menor reação por parte de Agnes.

Rosemund chegou a falar sobre seus irmãos e sobre o pai, que "Prometeu que chegaria no Natal, sem falta". Era visível que idolatrava o pai e sentia muito a falta dele. "Queria ser um menino", comentou quando Agnes estava mostrando a Kivrin o *penny* de prata que ganhara de Sir Bloet. "Então eu teria ficado com papai em Bath."

Tomando conta das meninas e juntando trechos das conversas de Eliwys e de Imeyne, somando tudo isso às suas próprias observações, Kivrin foi montando pouco a pouco o quebra-cabeça daquele vilarejo. Era menor do que Probabilidade havia previsto que seria Skendgate, pequeno até mesmo para um vilarejo medieval. Pelos cálculos de Kivrin, ali não haveria mais do que umas quarenta pessoas, incluindo a família de Lord Guillaume e a do caseiro, que tinha mais cinco filhos, além do bebê.

Havia dois pastores e vários camponeses, mas aquela era "a propriedade mais pobre de Guillaume", contou Imeyne, ao lamentar outra vez que a família teria que passar ali a festa de Natal. A esposa do caseiro era a principal alpinista social, e a família de Maisry era aquela em que ninguém presta para nada. Kivrin gravava tudo, as estatísticas e as fofocas, mãos postas em sinal de prece toda vez que tinha uma chance.

A neve que começou naquele fim de tarde em que a trouxeram de volta para a casa grande continuou caindo a noite inteira e entrou pela tarde do dia seguinte, deixando uma camada de uns trinta centímetros. No primeiro dia em que Kivrin ficou de pé, choveu e ela teve a esperança de que o aguaceiro derretesse a neve, mas tudo que a chuva fez foi transformá-la em gelo duro.

Receava não ser mais capaz de identificar o local do salto sem a ajuda da carroça e das caixas como ponto de referência. Tinha que dar um jeito de perguntar a Gawyn, mas falar era mais fácil do que agir. Gawyn só entrava no salão para as refeições ou para perguntar alguma coisa a Eliwys e, como Imeyne estava sempre por ali e de olho quando ele aparecia, ela não se atrevia a abordá-lo.

Kivrin começou a levar as meninas para pequenos passeios, em volta do pátio, pelo vilarejo, na esperança de acabar cruzando com Gawyn, mas ele nunca estava no celeiro nem no estábulo. Gringolet também não. Kivrin chegou a se perguntar se o *privé* teria partido atrás dos ladrões, apesar das ordens de Eliwys, mas Rosemund disse que fora caçar.

— Está abatendo cervos para a festa do Natal — comentou ela.

Ninguém dava atenção aos lugares aonde ia com as meninas ou ao tempo que passavam juntas. Lady Eliwys anuiu distraidamente quando Kivrin perguntou se podia levá-las ao estábulo, e Lady Imeyne nem sequer disse a Agnes para se agasalhar melhor com a capa ou usar luvas. Era como se tivessem repassado as crianças para os cuidados de Kivrin e se esquecido delas.

Estavam todas muito atarefadas com os preparativos para o Natal. Eliwys recrutara as mocinhas e as anciãs locais, e agora estavam todas assando e cozinhando. Mataram dois porcos e mais da metade dos pombos, que também foram depenados. O pátio estava coberto de penas e com o cheiro de pão saindo do forno.

Nos anos 1300, o Natal era uma celebração de duas semanas, com festas e jogos e danças, mas Kivrin estava surpresa de ver que Eliwys manteria tudo, apesar das circunstâncias. Ela devia estar convicta de que Lord Guillaume chegaria mesmo para o Natal, cumprindo a promessa.

Imeyne supervisionou a limpeza da sala principal, queixando-se o tempo todo das precárias condições do local e da falta de ajudantes decentes. Pela manhã, ela trouxe o caseiro e outro homem para abaixar as pesadas mesas que estavam apoiadas à parede e deitá-las em cima dos cavaletes. No momento, supervisionava Maisry e uma mulher com o pescoço marcado pelas cicatrizes de escrófulas. As duas esfregavam a mesa com areia e escovas duras.

— Não tem mais lavanda — Imeyne informou a Eliwys. — E também não temos a quantidade certa de juncos novos para cobrir o chão.

— Vamos ter que nos contentar com o que temos, então — respondeu Eliwys.

— Também não temos açúcar para a ambrosia, e está faltando canela. Em Courcy, temos provisões de sobra. Seríamos bem recebidas por Sir Bloet.

Kivrin estava ajudando Agnes a calçar as botas e aprontando a garota para um novo passeio ao estábulo. Ergueu o rosto, alarmada.

— É uma viagem de apenas metade de um dia — disse Imeyne. — O capelão de Lady Yvolde será o responsável por celebrar a missa e...

Kivrin não ouviu o resto porque Agnes disse:

— Meu pônei se chama Sarraceno.

— Hmm — fez Kivrin, tentando escutar a conversa. Natal era uma época em que a nobreza costumava fazer visitas. Ela deveria ter pensado nisso antes. Eles reuniam todos os pertences e ficavam na casa de outra família por semanas, ou até a Epifania, pelo menos. Se fossem para Courcy, podiam querer ficar lá até bem depois da data marcada para Kivrin comparecer ao reencontro.

— Meu pai chamou ele assim porque Sarraceno tem um coração de pagão — acrescentou Agnes.

— Sir Bloet não vai ficar nada satisfeito quando souber que estivemos tão perto durante as festas de Yule e não fomos fazer uma visita — comentou Lady Imeyne. — Ele vai achar que o noivado está enfrentando problemas.

— Não podemos passar as festas de Yule em Courcy — se intrometeu Rosemund, que estava sentada no banco, de frente para Kivrin e Agnes, mas se levantou ao pronunciar aquelas palavras. — Papai prometeu que viria passar o Natal, sem falta. Ele ficaria aborrecido se chegasse e não nos encontrasse.

Imeyne virou-se carrancuda para Rosemund.

— Ele ficaria aborrecido se soubesse que as filhas estão tão mal-educadas que falam quando têm vontade e se metem em assuntos que não são da conta delas. — Ela se virou para Eliwys, que olhava tudo, preocupada. — Meu filho com certeza não demoraria a nos procurar em Courcy.

— Meu marido disse para esperarmos aqui até ele voltar — retorquiu Eliwys. — Ele vai ficar satisfeito ao ver que obedecemos.

Ela foi até o fogo e recolheu as costuras de Rosemund, pondo claramente um ponto final à conversa.

Mas não por muito tempo, pensou Kivrin, observando Imeyne. A velha contraiu os lábios com raiva e apontou um local da mesa. A mulher com pescoço marcado apressou-se a ir limpá-lo.

Imeyne não deixaria as coisas assim. Abordaria de novo o assunto, enfileirando um argumento atrás do outro, explicando que deviam ir para os domínios de Sir Bloet, que dispunha de açúcar, de juncos e de canela. E de um capelão letrado e capaz de rezar uma missa de Natal. Lady Imeyne estava firmemente decidida a não ouvir a missa rezada pelo padre Roche. E Eliwys estava cada vez mais preocupada à medida que o tempo ia passando. Talvez ela decidisse de repente ir até Courcy em busca de auxílio. Ou quem sabe até viajar de volta para Bath. Kivrin precisava achar o local do salto.

Atou as tiras penduradas da touca de Agnes e puxou o capuz do casaco para cobrir a cabeça dela.

— Eu montava o Sarraceno todos os dias, em Bath — disse Agnes. — Eu queria poder montar aqui também. Eu levaria meu cachorro.

— Cachorros não andam a cavalo — rebateu Rosemund. — Eles correm ao lado.

Agnes contraiu os lábios, com teimosia.

— Blackie é muito pequeno para correr.

— Por que você não pode montar aqui? — perguntou Kivrin, para contornar o conflito.

— Não tem ninguém para ir conosco — respondeu Rosemund. — Em Bath, uma ama e um dos *privés* do meu pai nos acompanhava.

Um dos *privés* do meu pai. Gawyn poderia acompanhá-las, assim ela teria uma oportunidade não só de perguntar onde era o local, como de ser levada até lá. Gawyn estava ali. Kivrin o vira no pátio naquela manhã, e por isso sugerira a visita ao estábulo. Mas poder cavalgar ao lado dele era melhor ainda.

Imeyne aproximou-se de onde Eliwys estava sentada.

— Se vamos mesmo continuar aqui, precisamos de caça para preparar a torta de Natal.

Lady Eliwys pousou sua costura de lado e ficou de pé.

— Vou pedir ao caseiro que vá caçar com seu filho mais velho — avisou ela, com calma.

— Nesse caso não vai restar ninguém para colher a hera e o azevinho.

— Padre Roche vai colher hoje — respondeu Eliwys.

— Ele colhe para a igreja. Não vai querer nenhuma planta para decorar o salão? — perguntou Imeyne.

— Nós podemos trazer — disse Kivrin.

Eliwys e Imeyne se voltaram ao mesmo tempo para olhar para ela. Um erro, pensou Kivrin. Estava tão concentrada em descobrir uma maneira de falar com Gawyn que esquecera todo o resto, e agora tinha falado sem que elas lhe dirigissem antes a palavra, metendo-se em assuntos que obviamente não lhe diziam respeito. Lady Imeyne ficaria ainda mais convencida de que devia ir pra Courcy e de que estava na hora de arranjar uma ama mais apropriada para as meninas.

— Peço desculpas se falei num momento impróprio, boa senhora — continuou ela, abaixando a cabeça. — Sei que há muitos preparativos e poucas pessoas para fazer tudo. Agnes, Rosemund e eu poderíamos ir até o bosque e trazer o azevinho, sem problema.

— Isso mesmo — disse Agnes. — Eu posso ir no Sarraceno.

Eliwys começou a dizer algo, mas foi interrompida por Imeyne:

— Então não tem medo do bosque, embora até bem pouco ainda estivesse ferida?

Erro em cima de erro. Ela, que dizia ter sido atacada e abandonada à morte, estava agora se oferecendo para voltar com duas meninas para o mesmo bosque.

— Não pretendia que fôssemos sozinhas — disse Kivrin, com a esperança de não estar piorando as coisas ainda mais. — Agnes me disse que já cavalgou por ali, acompanhada por um dos *privés* do seu marido.

— Sim! — gritou Agnes. — Gawyn pode ir com a gente, e Blackie também.

— Gawyn não está — disse Imeyne, e logo se virou para ficar observando as mulheres que raspavam e limpavam a mesa, e tudo ficou em silêncio.

— Para onde foi ele? — indagou Eliwys com tranquilidade, mas suas bochechas se inflamaram de vermelho.

Imeyne arrebatou um trapo das mãos de Maisry e começou a esfregar uma mancha da mesa.

— Ele foi fazer algo para mim.

— Mandou ele para Courcy — disse Eliwys, e era uma afirmativa, não uma pergunta.

Imeyne girou o corpo para encará-la.

— Não convém estarmos tão perto de Courcy e não mandar pelo menos um cumprimento. Sir Bloet pode pensar que o estamos evitando e, nos tempos atuais, não podemos nos dar ao luxo de atrair a irritação de um homem tão poderoso...

— Meu marido disse que não deveríamos dizer a ninguém onde estávamos — interrompeu Eliwys.

— Meu *filho* não nos ordenou causar desagrado a Sir Bloet, nem perder sua boa vontade, ainda mais agora que podemos vir a precisar muito dela.

— O que mandou Gawyn dizer a Sir Bloet?

— Pedi que transmitisse nossos cumprimentos — respondeu Imeyne, torcendo o trapo entre as mãos. — Pedi para avisar que ficaríamos felizes em recebê-los no Natal. — Ela ergueu o queixo, desafiadora. — Não havia outra coisa a fazer, já que as duas famílias em breve serão unidas pelo casamento. Eles vão trazer provisões para a festa, servos...

— E o capelão de Lady Yvolde para celebrar a missa? — indagou Eliwys, com frieza.

— Eles vêm para cá? — quis saber Rosemund, que tinha se levantado, derrubando o pano de costura no chão.

Eliwys e Imeyne olharam para ela com o rosto pálido, como se tivessem se esquecido de que havia mais alguém na sala, e então Eliwys se virou para Kivrin.

— Lady Katherine, não ia com as meninas colher as plantas para enfeitar o salão? — perguntou.

— Sem Gawyn não podemos ir — objetou Agnes.

— O padre Roche pode acompanhar vocês — disse Eliwys.

— Sim, boa senhora — falou Kivrin, pegando na mão de Agnes para saírem do salão.

— Eles vêm para cá? — voltou a perguntar Rosemund, e seu rosto estava tão vermelho quanto o da sua mãe.

— Eu não sei — respondeu Eliwys. — Vá com sua irmã e com Lady Katherine.

— Eu vou no Sarraceno — avisou Agnes, soltando-se da mão de Kivrin e disparando para fora.

Rosemund pareceu querer dizer alguma coisa e depois foi buscar a capa que estava guardada no espaço entre os biombos.

— Maisry, essa mesa já parece boa. Vá trazendo o saleiro e a baixela de prata que estão no baú do sótão — ordenou Eliwys.

A mulher com cicatrizes de escrófulas bateu em retirada e a própria Maisry não relutou em subir a escada. Kivrin pôs e amarrou a capa às pressas, antes que lady Imeyne dissesse mais alguma coisa sobre ser atacada, mas as duas mulheres continuaram em silêncio. As duas estavam de pé, e Imeyne continuava apertando e torcendo nas mãos aquele trapo, visivelmente à espera de que Kivrin e Rosemund se fossem dali.

— Será que...— disse Rosemund, e saiu correndo atrás de Agnes.

Kivrin apressou-se em seguir as meninas. Gawyn estava fora, mas ela obtivera permissão para ir ao bosque e conseguira transporte. Além disso, o padre iria com elas. Rosemund dissera que Gawyn tinha encontrado o padre na estrada, quando estava trazendo Kivrin para a casa grande. Talvez Gawyn tivesse levado o padre para mostrar a clareira.

Kivrin cruzou o pátio praticamente correndo até o estábulo, com medo de que Eliwys gritasse lá de cima a qualquer minuto, avisando que tinha mudado de ideia, que ela ainda não estava de todo recuperada, que o bosque era perigoso.

Parece que as garotas tinham pensado a mesma coisa. Agnes já estava montada no pônei, e Rosemund estava apertando a cilha da sela de sua égua. O pônei não era bem um pônei: era um vigoroso alazão, apenas um pouco menor do que a égua de Rosemund, e Agnes parecia incrivelmente alta naquela sela com espaldar alto. O garoto que viera avisar Eliwys sobre a pata da égua estava segurando as rédeas do animal.

— Não fique com essa cara, Cob! — disse Rosemund para ele. — Ponha a sela no ruão para Lady Katherine!

Ele com obediência largou as rédeas, que Agnes agarrou, depois de se inclinar muito para a frente.

— *Não é* a égua da minha mãe! — avisou Rosemund. — É o *ruão*!

— A gente vai até igreja, Sarraceno — começou Agnes —, avisar o padre Roche que vamos colher as plantas com ele e depois vamos galopar. Sarraceno adora galopar. — Ela se inclinou bastante, a fim de acariciar a crina curta do animal, e Kivrin teve que se conter para não tentar segurá-la.

A menina era visivelmente capaz de cavalgar sozinha. Nem Rosemund nem o garoto que estava selando o outro cavalo davam a Agnes a menor atenção. Mas ela parecia tão minúscula, encarapitada no alto daquela sela, com sua botinha de sola macia no estribo encurtado, e passava a impressão de ser tão capaz de cavalgar com segurança quanto de andar sem correr.

Cob terminou de selar o ruão e o conduziu para fora, onde ficou à espera.

— Cob! — berrou Rosemund, com rudeza. O garoto aproximou-se, curvou o corpo e cruzou com força os dedos das mãos. Rosemund apoiou o pé ali e com um impulso subiu para a sela. — Não fique aí parado como um bobo. Ajude Lady Katherine.

Ele se aproximou desajeitado, para ajudar Kivrin, que hesitou, imaginando o que haveria de errado com Rosemund. A garota estava visivelmente afetada pela notícia de que Gawyn tinha ido até a propriedade de Sir Bloet. Rosemund não parecia saber grande coisa sobre o julgamento em que seu pai estava envolvido, mas talvez soubesse bem mais do que Kivrin pensava, ou mesmo do que pensavam sua mãe e sua avó.

"Um homem tão poderoso quanto Sir Bloet", mencionara Imeyne, e "ainda mais agora que podemos vir a precisar da boa vontade dele". Talvez o convite de Imeyne não fosse tão egoísta quanto parecia. Talvez significasse que Lord Guillaume estava com um problema muito mais sério do que Eliwys imaginava, e Rosemund, sempre sentada quietinha e costurando, tinha percebido.

— Cob! — gritou Rosemund, embora ele estivesse apenas esperando que Kivrin se decidisse a montar. — Por causa de sua demora vamos nos perder do padre Roche.

Kivrin deu um sorriso para tranquilizar Cob, e pôs as mãos nos ombros do garoto. Uma das primeiras coisas que o sr. Dunworthy a forçara a fazer foram aulas de montaria, e ela se saíra bastante bem. A sela lateral não fora introduzida antes dos anos 1390, felizmente, e as selas medievais costumavam ter arção e patilha mais altos. Aquela sela era ainda mais alta, no espaldar, do que a sela usada por ela no treinamento.

Se alguém cair, é mais provável que seja eu do que Agnes, pensou ela, olhando a garota instalada com confiança no seu pônei. Não estava nem sequer se segurando: tinha o corpo virado para um lado, mexendo em alguma coisa nos alforjes presos à sela.

— Vamos, vamos logo! — pediu Rosemund, impaciente.

— Sir Bloet disse que vai me dar um cabresto de prata para Sarraceno — comentou Agnes, ainda mexendo nos alforjes.

— Agnes! Pare com essa demora e venha logo — insistiu Rosemund.

— Sir Bloet disse que vai trazer o cabresto quando vier passar a Páscoa aqui.

— Agnes! — chamou outra vez Rosemund. — Venha! Vai chover!

— Não, não vai — respondeu Agnes, despreocupada. — Sir Bloet...

Rosemund virou-se para a irmã, furiosa.

— Oh, então você agora manda no clima? Você não passa de um bebê! Um bebê chorão!

— Rosemund! Não fale assim com sua irmã — intercedeu Kivrin, aproximando-se da égua de Rosemund e segurando as rédeas jogadas distraidamente. — O que foi, Rosemund? Está preocupada com alguma coisa?

Rosemund puxou as rédeas com a mão, apertando com força.

— Só com o fato de nos atrasarmos aqui por dar ouvidos às bobagens desse *bebê* chorão.

Kivrin largou as rédeas, franzindo a testa, e deixou Cob cruzar os dedos para que ela pisasse e subisse na sela. Nunca tinha visto Rosemund agir daquela maneira.

Cavalgaram ao longo do pátio, passando pelas pocilgas agora vazias e saindo para a relva. Era um dia de nuvens carregadas, com uma faixa mais baixa de nuvens brancas e nada de vento. Rosemund tinha razão quando dizia que "vai chover". Havia no ar frio uma textura úmida, empapada. Ela bateu os calcanhares no cavalo, fazendo-o apressar o passo.

Era visível que o vilarejo estava se preparando para o Natal. Subia fumaça de todas as cabanas e, lá no extremo do relvado, dois homens estavam partindo e jogando lenha numa pilha já alta. Um enorme pedaço de carne escurecida (a cabra?) estava assando num espeto sobre brasas ao lado da cabana do caseiro, cuja esposa estava parada diante da choupana, ordenhando a vaca magricela em que Kivrin se encostara no dia em que saiu sozinha para tentar achar o local do salto. Kivrin tivera uma séria discussão com o sr. Dunworthy para decidir se precisava ou não aprender a ordenhar. Ela argumentara que as vacas não eram ordenhadas durante o inverno nos anos 1300, que os contemps as deixavam secar e usavam leite de cabra para fazer queijo. Dissera também que cabras não eram usadas como alimento.

— Agnes! — disse Rosemund, furiosa.

Kivrin ergueu os olhos. Agnes detivera o cavalo e estava girando o corpo para trás e mexendo na sela outra vez. Obedientemente ela voltou a fazer o cavalo avançar, mas Rosemund disse "Não vou mais esperar por você, seu bebê!" e fustigou o cavalo, partindo a trote, espantando galinhas e quase derrubando uma menina descalça que passava com uma braçada de gravetos.

— Rosemund! — gritou Kivrin, mas a garota já estava fora do alcance da voz, e Kivrin não queria ir atrás dela e deixar Agnes sozinha.

— Sua irmã está aborrecida porque precisamos colher azevinho? — perguntou ela a Agnes, sabendo bem que a razão não era aquela, mas com a esperança de que a menina desse alguma informação nova.

— Ela é sempre do contra. Minha avó vai ficar furiosa se vir que ela está montando como uma criança — respondeu Agnes, passando a trotar decorosamente com seu pônei, cruzando o relvado, um modelo de maturidade, cumprimentando os aldeões com pequenos gestos da cabeça.

A menina que Rosemund quase tinha atropelado estava parada, olhando para elas com a boca aberta. A esposa do caseiro levantou a vista quando elas passaram, sorriu e continuou ordenhando, mas os homens que estavam partindo lenha tiraram os gorros e fizeram uma reverência.

Elas passaram na frente da cabana onde Kivrin se abrigara no dia que tentou encontrar o salto, a mesma onde fora parar justamente quando Gawyn estava trazendo todas as suas coisas para a casa grande.

— Agnes, o padre Roche estava com vocês quando foram buscar o madeiro de Yule? — indagou Kivrin.

— Estava — disse Agnes. — Ele tinha que abençoar.

— Oh — fez Kivrin, desapontada. Esperava que talvez ele tivesse ido com Gawyn para ajudar a trazer os pertences dela, e que assim soubesse onde era o local. — Alguém ajudou Gawyn a trazer as minhas coisas para a casa?

— Não — respondeu Agnes, e Kivrin não podia saber se estava falando a verdade ou não. — Gawyn é muito forte. Ele matou quatro lobos com a espada.

Isso parecia improvável, mas resgatar uma donzela perdida no bosque também. E era bem visível que ele era capaz de fazer qualquer coisa para conquistar o amor de Eliwys, mesmo que fosse preciso trazer aquela carroça na cabeça.

— O padre Roche também é forte — continuou Agnes.

— O padre Roche *não* está — avisou Rosemund, já apeada junto ao cavalo. Tinha amarrado as rédeas do animal num portão coberto e estava parada no pátio de entrada, com as mãos nos quadris.

— Olhou dentro da igreja? — perguntou Kivrin.

— Não — respondeu Rosemund, carrancuda. — Mas veja como o tempo esfriou. O padre Roche não é bobo de ficar aqui esperando que comece a nevar.

— Vamos olhar dentro da igreja — disse Kivrin, desmontando e estendendo os braços para pegar Agnes. — Venha, Agnes.

— Não — objetou Agnes, soando quase tão teimosa quanto a irmã. — Eu espero aqui com Sarraceno. — Deu pancadinhas de leve na crina dele.

— Sarraceno vai ficar bem — insistiu Kivrin, agarrando e trazendo a menina para o chão. — Vamos. Primeiro vamos olhar lá dentro. — Pegou a mão da pequena e abriu o portão coberto que dava acesso ao pátio.

Agnes não protestou, mas ficou o tempo todo olhando ansiosa para os cavalos, por cima do ombro.

— Sarraceno não gosta de ficar sozinho.

Rosemund parou no meio do pátio e olhou em volta, com as mãos nos quadris.

— O que está escondendo lá, sua pestinha? Roubou maçãs e escondeu nos alforjes?

— Não! — disse Agnes, alarmada, mas Rosemund já partia decidida rumo ao pônei. — Fique longe! O pônei não é seu! — gritou Agnes. — É meu!

Bem, não vamos precisar ir à procura do padre, pensou Kivrin. Se ele estiver aqui, vai sair para ver que barulho é este.

Rosemund estava desafivelando um alforje.

— Ora, ora! — disse ela, erguendo o cãozinho de Agnes pelo couro da nuca.

— Oh, Agnes! — exclamou Kivrin.

— Você é uma menina muito má — disse Rosemund. — Eu devia levar seu cão para o rio e afogá-lo. — Ela virou-se naquela direção.

— Não! — gritou Agnes, correndo para o portão coberto. Rosemund imediatamente ergueu o cachorrinho, tirando-o do alcance da irmã.

Isto já está indo longe demais, pensou Kivrin, caminhando até lá e tirando o cãozinho das mãos de Rosemund.

— Agnes, pare de gritar. Sua irmã não vai maltratar seu cão.

O cãozinho se agitava junto ao pescoço de Kivrin, tentando lamber seu rosto.

— Agnes, não se pode trazer um cão em cima de um cavalo. Blackie não conseguiria respirar dentro desse alforje.

— Eu posso carregar ele — disse Agnes, mas já sem muita esperança. — Blackie queria andar no pônei.

— Ele já deu um belo passeio até aqui — disse Kivrin, com firmeza. — E vai dar outro, até o estábulo. Rosemund, leve Blackie de volta para o estábulo. — Ele agora tentava morder sua orelha. Ela entregou o cãozinho a Rosemund, que o agarrou de novo pelo couro da nuca. — Ele ainda é bebê, Agnes. Tem que ir agora para perto da mãe e dormir.

— Você que é bebê, Agnes! — vociferou Rosemund, com tal fúria que Kivrin reconsiderou confiar-lhe o cãozinho. — Botar um cachorro em cima de um cavalo! E agora vamos perder ainda mais tempo para levar ele de volta! Só queria já crescer logo e não ter que ficar andando com bebês!

Ela montou, ainda segurando o cão pelo couro. No entanto, assim que se acomodou na sela, envolveu o filhote com ternura com a beira da capa, e o agasalhou junto ao peito. Tomou as rédeas com a mão livre e fez o cavalo dar meia-volta.

— O padre Roche *com certeza* já saiu a esta hora! — disse com raiva, e saiu galopando.

Kivrin receava que ela tivesse razão. Aquela barulheira seria o bastante para fazer levantar os mortos das suas tumbas, mas não apareceu ninguém na igreja. Ele sem dúvida devia ter saído antes da chegada delas, e agora estava longe. Ainda assim, Kivrin pegou Agnes pela mão e foi com ela para dentro da igreja.

— Rosemund é uma menina muito má — comentou Agnes.

Kivrin se sentiu inclinada a concordar com ela, mas não podia externar isso, assim como não podia defender Rosemund, de modo que não disse nada.

— E eu não sou um bebê — prosseguiu Agnes, erguendo os olhos para Kivrin em busca de confirmação, mas também não havia nada a ser dito.

Kivrin empurrou a pesada porta e olhou para dentro da igreja.

Não havia ninguém ali. A nave estava mergulhada numa escuridão quase total, porque o dia acinzentado lá fora mandava pouca luz através das janelas estreitas com seus vitrais. Apesar disso, a claridade que entrava pela porta aberta era suficiente para mostrar que o lugar estava vazio.

— Talvez ele esteja no presbitério — disse Agnes, passando por Kivrin. Ela entrou na nave, ajoelhou-se, fez o sinal da cruz, e olhou impaciente para Kivrin por cima do ombro.

Também não havia ninguém no presbitério. Dali Kivrin pôde ver que não havia velas acesas no altar, mas Agnes não ficaria satisfeita enquanto elas não revistassem a igreja por completo. Kivrin ajoelhou-se e também se persignou, e as duas andaram ao longo de um biombo de treliça que mergulhava na escuridão. As velas em frente à estátua de santa Catarina estavam apagadas. Kivrin podia sentir o cheiro pungente do sebo e da fumaça. Imaginou se o padre Roche as teria apagado antes de sair. O fogo devia ser um grande problema, mesmo para uma igreja de pedra, e ali não havia os pratinhos votivos onde as velas podiam arder protegidas até o fim.

Agnes foi direto ao final do biombo, pressionou o rosto contra uma abertura na madeira e gritou:

— Padre Roche! — Virou-se imediatamente e anunciou: — Não está aqui, Lady Kivrin, talvez esteja na casa dele! — avisou, e saiu correndo pela porta privativa do padre.

Kivrin estava certa de que Agnes não deveria estar fazendo aquilo mas, como não podia fazer mais do que segui-la, cruzou o pátio da igreja até a casa mais próxima.

Devia ser a do padre, porque Agnes já estava plantada diante da porta, berrando "Padre Roche!". Além disso, é claro que a casa do padre devia ser perto da igreja, mas mesmo assim Kivrin estava surpresa.

A cabana era tão desconjuntada quanto aquela onde ela havia se abrigado, e não era muito maior. Era costume o padre receber um dízimo da colheita e da criação de gado, mas naquele espaço estreito não havia animal nenhum exceto algumas galinhas descarnadas, e meia braçada de lenha empilhada à frente.

Agnes tinha começado a bater à porta, que parecia tão frágil quanto a cabana, e Kivrin receou que a menina botasse a porta abaixo para entrar, mas antes que chegasse mais perto Agnes virou-se e disse:

— Talvez ele esteja no campanário.

— Não, acho que não — respondeu Kivrin, agarrando a mão de Agnes antes que ela disparasse pelos campos afora. Começaram a voltar para o portão coberto. — O padre Roche não vai tocar o sino agora, só nas vésperas.

— Ele pode querer — disse Agnes, inclinando a cabeça como se querendo escutar alguma coisa.

Kivrin também prestou atenção, mas não distinguiu nenhum som, e percebeu de repente que o sino a sudoeste tinha parado. Ele tocara quase ininterruptamente enquanto ela estivera com pneumonia, e também o ouvira quando foi ao estábulo pela segunda vez, à procura de Gawyn, mas não lembrava se depois disso tinha voltado a tocar ou não.

— Ouviu isso, Lady Kivrin? — perguntou Agnes, arrancando a mão dos dedos de Kivrin e disparando não em direção ao campanário, mas ao lado norte da igreja, que contornou. — Está vendo? — gritou, apontando o que acabava de avistar. — Ele não saiu!

Era o burrinho branco do padre, mastigando com placidez o capim que se projetava por entre a neve. Estava preso por uma corda e tinha vários sacos vazios jogados às suas costas, sacos obviamente destinados a recolher a hera e o azevinho.

— Ele *está* no campanário, eu sabia — disse Agnes, e correu outra vez para lá.

Kivrin seguiu a menina, dando a volta inteira à igreja e chegando ao pátio. Viu Agnes desaparecer no interior do campanário e esperou, pensando onde mais poderiam procurar por ele. Talvez estivesse cuidando de algum doente numa das cabanas.

Ela viu de relance um movimento através de uma janela da igreja. Uma luz. Talvez enquanto estavam olhando o burro, nos fundos, ele tivesse voltado pela frente. Ela empurrou a porta da entrada privativa do padre e olhou para dentro. Uma vela fora acesa aos pés da estátua de santa Catarina. Podia ver o fraco clarão aos pés da estátua.

— Padre Roche! — chamou, baixinho.

Não houve resposta. Ela deu um passo para dentro, deixando a porta se fechar às suas costas, e foi até a estátua.

A vela estava colocada entre os blocos de pedra que eram os dois pés da estátua. A face áspera e o cabelo de santa Catarina estavam mergulhados na sombra, erguendo-se de maneira protetora sobre a pequena silhueta que deveria representar uma criança. Kivrin abaixou-se e recolheu a vela. Tinha acabado de ser acesa. Nem sequer começara a derreter o sebo em volta do pavio.

Kivrin olhou ao longo da nave. Não conseguia enxergar nada só com a luz da vela que iluminava o chão e os pés da estátua de santa Catarina, deixando o resto da igreja em total escuridão.

Deu alguns passos, ainda segurando a vela.

— Padre Roche?

Tudo estava em silêncio no interior da igreja, tal como estivera no bosque no dia de sua chegada. Era silencioso demais, como se, de pé por trás do túmulo ou de alguma das pilastras, houvesse alguém esperando.

— Padre Roche! — disse em alto e bom som. — Está aí?

Não houve resposta, somente aquele silêncio contido, como se à espera. Não havia ninguém no bosque, pensou, e deu mais alguns passos dentro daquela área mais sombria. Não havia ninguém ao lado do túmulo. O marido de Imeyne jazia de mãos postas sobre o peito, a espada bem perto, pacífica e silente. Também não havia ninguém na porta. Agora ela podia ver, apesar da luz ofuscante da vela acesa. Não tinha ninguém ali.

Ela sentia o coração martelando como naquele dia do bosque, tão alto que podia cobrir o som de passos, ou de respiração, ou de alguém parado ali, à espera. Deu meia-volta, a chama traçando um rastro de fogo durante esse movimento.

Ele estava bem atrás dela. A vela quase se apagou. A chama diminuiu, crepitando, mas logo voltou a crescer, clareando o rosto de degolador, de baixo para cima, tal como fora com o lampião.

— O que quer? — perguntou Kivrin, sem fôlego, quase sem conseguir emitir aquelas palavras. — Como entrou aqui?

O degolador não respondeu. Ficou apenas olhando para ela do jeito que olhara na clareira. Não foi fruto da minha imaginação, pensou ela, assustada. Ele estava lá. Ele tinha tentado... o quê? Roubá-la? Estuprá-la? E foi afugentado por Gawyn.

Ela recuou um passo.

— Eu perguntei: O que quer? Quem é você?

Ela estava falando inglês moderno. Podia ouvir o idioma ecoando naquele espaço frio de pedra. Oh, não, pensou ela, tomara que o intérprete não quebre logo agora.

— O que está fazendo aqui? — indagou ela, forçando-se a falar mais devagar e ouvindo sua própria voz dizendo *Whette wolde thou withe me*?

Ele estendeu a mão para ela, uma mão enorme, suja e avermelhada, a mão de um degolador, como se quisesse tocar-lhe os cabelos bem curtinhos.

— Vá embora — disse ela, recuando mais um passo e esbarrando no túmulo. A vela se apagou. — Não sei quem é você nem o que quer, mas é melhor ir embora daqui. — Era inglês moderno de novo, mas não tinha importância, o que ele queria era atacá-la, era matá-la e onde estava o padre? — Padre Roche! — gritou ela, desesperada. — Padre Roche!

Um som ecoou da porta, uma batida forte e na sequência o raspar de madeira sobre pedra, até que Agnes escancarou a porta.

— Aí está você — disse Agnes, feliz. — Procurei você por toda parte.

O degolador olhou para a porta.

— Agnes! — gritou Kivrin. — Corra!

A menina ficou imóvel, a mão ainda apoiada na porta.

— Desapareça daqui! — berrou Kivrin, e percebeu com horror que continuava falando inglês moderno. Qual era a palavra para "corra"?

O degolador deu mais um passo até Kivrin, que se encolheu contra o túmulo.

— *Renne*! Fuja, Agnes! — bradou, e então a porta bateu com estrondo. Kivrin disparou pelo chão de pedra e cruzou a porta atrás da menina, largando a vela durante a corrida.

Agnes já estava quase no portão coberto, mas parou assim que Kivrin surgiu na porta e correu de volta em sua direção.

— Não! — gritou Kivrin, acenando que se afastasse. — Corra!

— É um lobo? — perguntou Agnes, de olhos arregalados.

Não havia tempo para explicar nem para convencê-la a correr. Os homens que vira cortando lenha já tinham ido embora. Ela pegou Agnes no colo e correu para os cavalos.

— Havia um homem mau na igreja — disse ela, acomodando a menina em sua sela.

— Um homem mau? — repetiu Agnes, ignorando as rédeas estendidas por Kivrin. — Foi um dos que atacaram você no bosque?

— Foi — respondeu Kivrin, tentando desatar as próprias rédeas. — Deve cavalgar o mais depressa possível para sua casa. Não pare por nada.

— Eu não vi ele — disse Agnes.

Provavelmente não. Como tinha vindo do lado de fora, não poderia enxergar muita coisa na igreja às escuras.

— Foi o mesmo homem que roubou suas coisas e suas roupas e machucou sua cabeça?

— Foi — confirmou Kivrin, segurando com firmeza as rédeas e tentando desamarrar o nó.

— O homem mau estava escondido no túmulo?

— Como é?! — perguntou Kivrin. Não conseguia desatar o nó, pois o couro estava muito seco. Olhou ansiosa para a porta da igreja.

— Eu vi você e o padre Roche perto do túmulo. O homem mau estava escondido no túmulo do meu avô?

16

O padre Roche.

Os dedos de Kivrin afrouxaram as rédeas.

— O padre Roche?

— Eu fui ao campanário, mas não o achei lá. Ele estava na igreja — disse Agnes. — Por que o homem mau estava se escondendo no túmulo do meu avô, Lady Kivrin?

O padre Roche. Mas não podia ser. O padre Roche tinha lhe dado a extrema--unção. Tinha untado sua testa e as palmas das suas mãos.

— O homem mau vai machucar o padre Roche? — perguntou Agnes.

Não podia ser o padre Roche. O padre Roche tinha segurado sua mão e dito para não ter medo. Tentou evocar o rosto do padre. Ele tinha se inclinado sobre ela e perguntado o seu nome, mas Kivrin não conseguiu ver o rosto por causa daquela fumaça toda.

Enquanto ele estava concedendo a extrema-unção, ela tinha visto o degolador, tinha ficado com medo porque permitiram a entrada dele no quarto, e tentara escapulir. Mas não era degolador nenhum. Era o padre Roche.

— O homem mau vai vir? — questionou Agnes, olhando ansiosa a porta da igreja.

Tudo se encaixava. O degolador que se inclinara sobre ela na clareira, pondo-a em cima do cavalo. Kivrin tinha pensado que era uma visão do seu delírio, mas não era. Era o padre Roche, que aparecera para ajudar Gawyn a levá-la para a casa grande.

— O homem mau não vem — respondeu Kivrin. — Não existe homem mau nenhum.

— Ele está escondido na igreja?

— Não, eu me enganei. Não tem nenhum homem mau por aqui.

Agnes não parecia convencida.

— Mas você gritou — disse ela.

Kivrin podia ouvir a menina muito bem dizendo à avó: "Lady Katherine e o padre Roche estavam sozinhos na igreja e ela saiu gritando". Lady Imeyne se deleitaria em poder acrescentar esse fato à litania dos pecados do padre. E à lista das atitudes suspeitas de Kivrin.

— Eu sei que gritei. Estava escuro lá dentro da igreja. O padre Roche apareceu de repente perto de mim e eu me assustei — explicou Kivrin.

— Mas era o padre Roche! — disse Agnes, em um tom como se não conseguisse imaginar alguém com medo dele.

— Quando você e Rosemund brincam de esconde-esconde e ela de repente pula atrás de você, você não grita? — disse Kivrin, em desespero.

— Uma vez Rosemund se escondeu no sótão quando eu estava procurando meu cão, e ela pulou lá de cima. Eu tive tanto medo que soltei um grito. Assim, olhe. — E a menina desferiu um grito agudo de gelar o sangue de qualquer um. — E outra vez estava escuro no salão e Gawyn pulou de trás dos biombos e fez "*Huuu!*" e eu gritei e...

— Isso mesmo — interrompeu Kivrin. — Estava escuro na igreja.

— O padre Roche pulou em cima de você e fez "*Huuu!*"?

Sim, pensou Kivrin. Ele se inclinou sobre mim, e eu pensei que era um degolador.

— Não — respondeu ela. — Ele não fez nada.

— Nós ainda vamos colher o azevinho com o padre Roche?

Se eu não o afugentei daqui, pensou Kivrin. Se ele já não saiu durante essa nossa conversa.

Ela ergueu os braços, pegou Agnes e a colocou no chão.

— Vamos. Temos que encontrá-lo.

Não sabia o que faria se ele tivesse ido embora. Não podia levar Agnes de volta para a casa, porque a menina contaria a Lady Imeyne sobre os gritos. E não podia retornar sem dar uma explicação ao padre Roche. Que explicação? Que ela o confundiu com um ladrão, um estuprador? Que ela pensou que ele não passava de fruto do seu delírio?

— Vamos ter que entrar na igreja de novo? — quis saber Agnes, relutante.

— Está tudo bem. Não tem ninguém lá a não ser o padre Roche.

Apesar de Kivrin tentar tranquilizá-la, Agnes se recusava a entrar na igreja. Quando Kivrin abriu a porta, a menina escondeu a cabeça nas suas saias e agarrou-se a suas pernas.

— Está tudo bem — disse Kivrin, olhando o interior da nave. Ele não estava mais perto do túmulo. A porta se fechou por trás das duas. Ela ficou parada, Agnes agarrada às suas pernas, e esperou que os olhos se acostumassem com a escuridão. — Não precisa ter medo de nada.

Ele não é degolador, pensou mais uma vez, tentando se convencer. Não precisa ter medo de nada. Ele lhe deu a extrema-unção e segurou sua mão. Apesar disso, o coração dela martelava.

— O homem mau está aí? — sussurrou Agnes, apertando a cabeça contra os joelhos de Kivrin.

— Não existe nenhum homem mau — respondeu ela, e então o avistou.

Estava parado diante da estátua de santa Catarina, segurando a vela que Kivrin derrubara. Ele se curvou, colocou de novo a vela diante da estátua e se levantou.

Ela chegara a pensar que podia ser tudo uma ilusão provocada pelo escuro e pela chama da vela, iluminando aquele rosto de baixo para cima, e que no fim o padre não fosse o degolador, mas era. Naquela noite, ele tinha a cabeça coberta por um capuz, e por isso Kivrin não fora capaz de ver sua tonsura, mas ele estava inclinado diante da estátua do jeito que se inclinara diante dela. O coração voltou a martelar.

— Onde está o padre Roche? — perguntou Agnes, erguendo a cabeça. — Ah, lá está — disse, e correu para ele.

— Não! — exclamou Kivrin, indo atrás dela. — Você não...

— Padre Roche! — gritou Agnes. — Padre Roche! Estávamos procurando você. — Era evidente que já tinha esquecido o homem mau por completo. — Olhamos na igreja e na casa, mas não tinha ninguém lá.

Ela disparou até ele, que se virou, se abaixou e pegou Agnes no colo, tudo num movimento único.

— Procurei no campanário e nada — continuou Agnes, sem o menor traço de medo. — Rosemund disse que você já tinha saído.

Kivrin se deteve rente à última pilastra, esperando que o ritmo do coração baixasse um pouco.

— Estava se escondendo? — perguntou Agnes, pondo o braço em volta do pescoço dele, num gesto confiante. — Uma vez Rosemund se escondeu no celeiro e pulou lá de cima sobre mim. Eu chorei bem alto.

— Por que estava me procurando, Agnes? — perguntou ele. — Tem alguém doente?

Pronunciou Agnes como *Agnus*, e falava com um sotaque muito parecido com o do garoto com escorbuto. O intérprete fez uma curta pausa antes de traduzir aquelas palavras, e Kivrin teve a surpresa passageira de não estar entendendo. Havia entendido tudo que ele falara no quarto, durante a doença.

Ele deve ter falado comigo em latim, pensou ela, porque a voz era inconfundível. Era a mesma voz que pronunciara os rituais da extrema-unção, a mesma voz que dissera para não ter medo. E ela não teve medo. Ao som daquela voz, o seu coração logo se acalmou.

— Não, não tem ninguém doente — respondeu Agnes. — Queremos ir com você para colher a hera e o azevinho para enfeitar o salão. Lady Kivrin e Rosemund e Sarraceno e eu.

Ao ouvir as palavras "Lady Kivrin", Roche se virou e a avistou ali parada, junto à pilastra. Ele pôs Agnes no chão.

Kivrin apoiou a mão na pilastra para se equilibrar.

— Peço perdão, santo padre — disse. — Lamento ter gritado e fugido do senhor. Como estava escuro, não o reconheci...

O intérprete, com meio-tempo de atraso, traduziu assim: "Eu não o conheci".

— Ela não conhece nada — interrompeu Agnes. — Depois que o homem mau bateu na cabeça dela, não se lembra de nada, somente do nome.

— Sim, me contaram — disse ele, ainda olhando para Kivrin. — É verdade que não tem nenhuma lembrança de por que veio parar entre nós?

Ela sentiu o mesmo impulso de revelar toda a verdade que experimentara quando ele perguntou como era seu nome. Sou uma historiadora, era o que ela queria dizer. Vim para cá para observar vocês, só que adoeci e não sei onde está o lugar para saltar de volta.

— Ela não lembra *nada,* não sabe quem é — disse Agnes. — Não lembrava nem mesmo como falar. Eu que tive que ensinar.

— Não lembra quem é? — perguntou ele.

— Não — respondeu Kivrin.

— Nem nada sobre como veio parar aqui?

Pelo menos nessa pergunta não precisava mentir.

— Não — respondeu. — Só que o senhor e Gawyn me trouxeram para a casa grande.

Agnes estava visivelmente entediada com aquela conversa.

— Podemos ir agora com o senhor colher o azevinho?

Ele fez que não ouviu. Estendeu a mão como se fosse abençoar Kivrin, mas em vez disso tocou na testa, e ela percebeu qual era o gesto que tentara esboçar antes, perto do túmulo.

— Você não tem mais a ferida — observou ele.

— Ela sarou — respondeu ela.

— A gente precisa ir *agora* — disse Agnes, puxando o braço de Roche.

Ele ergueu a mão, como se fosse tocar de novo a testa dela, mas recolheu.

— Não tenha medo — disse ele. — Deus a enviou para perto de nós com algum bom propósito.

Não. Não enviou mesmo, pensou Kivrin. Não foi Ele quem me mandou para cá, e sim Medieval. Apesar disso, ela se sentiu reconfortada.

— Obrigada — disse.

— Eu quero ir *já*! — insistiu Agnes, puxando o braço de Kivrin. — Vá pegar o seu burrinho — pediu ela ao padre Roche —, e vamos buscar Rosemund.

Agnes saiu apressada pela nave, e Kivrin não teve escolha senão ir atrás dela para evitar que corresse. A porta se escancarou pouco antes de elas chegarem lá, e surgiu a figura de Rosemund, piscando os olhos.

— Está chovendo. Acharam o padre Roche?

— Levou Blackie para o estábulo? — perguntou Agnes.

— Levei. Então, como estava tarde, o padre já tinha saído, não é?

— Não. Ele está aqui, e vamos todos juntos. Ele estava na igreja, e Lady Kivrin...

— Ele foi buscar o burrinho — cortou Kivrin, impedindo que Agnes desfiasse a história completa do que acontecera.

— Eu tive muito medo naquela vez que você pulou em cima de mim no sótão, Rosemund — começou Agnes, mas Rosemund já estava de volta ao cavalo.

Não estava chovendo, mas havia uma neblina bem fina no ar. Kivrin ajudou Agnes a subir na sela e montou no alazão, usando uma grade do portão como degrau. O padre Roche trouxe o burro lá de trás, e eles pegaram a estradinha que se afastava da igreja e passava por um aglomerado de árvores, cruzava um pasto meio coberto de neve e chegava por fim ao bosque.

— Têm lobos naquele bosque — comentou Agnes. — Gawyn já matou um.

Kivrin mal lhe dava ouvidos. Estava observando o padre Roche, que caminhava ao lado do burro, tentando lembrar a noite em que ele a trouxe para a casa grande. Rosemund dissera que Gawyn encontrara o padre na estrada e recebera a ajuda dele para levá-la pelo resto do trajeto até a casa, mas isso não estava confirmado.

Ele tinha se inclinado sobre ela quando estava encostada na roda da carroça. Ela viu seu rosto à luz bruxuleante do fogo. Ele disse alguma coisa que ela não chegou a entender. E então ela disse: "Diga ao sr. Dunworthy que venha me buscar".

— Rosemund não sabe cavalgar direito como uma moça — alfinetou Agnes, muito empinada.

Rosemund havia ultrapassado o burrinho e já estava quase fora da vista na curva da estrada, esperando com impaciência que os três a alcançassem.

— Rosemund! — chamou Kivrin, e Rosemund galopou de volta, puxando as rédeas da égua quando estava quase colidindo com o burro.

— Será que não podemos ir mais rápido? — cobrou ela, fazendo um rodopio no chão e depois seguindo em frente com o grupo. — Nunca vamos terminar isso antes que chova.

Estavam agora cavalgando por um mato espesso, a estrada virando uma mera trilha de cavalo. Kivrin olhou as árvores, tentando lembrar se já vira aquela paisagem. Passaram por um renque de salgueiros, mas que estava situado longe demais da estrada. Por perto, corria um fio d'água com uma fina camada de gelo.

Havia um grande sicômoro do outro lado da trilha, numa pequena clareira, todo carregado de visco. Além, havia uma aleia de sorveiras, erguendo-se a espaços tão regulares que só poderiam ter sido plantadas por alguém. Ela não se lembrava de ter visto nada daquilo antes.

Fora trazida por aquela estrada e esperava que isso ajudasse a avivar alguma recordação, mas nada ali parecia familiar. Tudo era muito escuro, e ela estava muito doente.

Só se lembrava mesmo do salto, embora tivesse a mesma qualidade brumosa, irreal, do trajeto para a casa grande. Existia ali uma clareira, um carvalho e um renque de salgueiros. E o rosto do padre Roche descendo sobre o dela, quando ela estava sentada, encostada à roda da carroça.

Ele já devia estar acompanhando Gawyn quando o *privé* a encontrou, ou então Gawyn a trouxera de volta para a clareira. Ela conseguiu ver o rosto do padre com clareza na luz do fogo. E, depois caiu do cavalo, na bifurcação.

Ainda não tinham chegado a nenhuma bifurcação. Ela não vira nenhuma trilha em volta, embora soubesse que havia sendas por ali, ligando os vilarejos e conduzindo aos campos e à cabana do aldeão doente que Eliwys fora visitar.

Subiram uma colina suave e, uma vez no topo, o padre Roche olhou para trás para ver se as três o seguiam. Ele sabe onde é o local do salto, pensou Kivrin. Esperava que ele soubesse onde era, que Gawyn tivesse explicado a ele ou pelo menos mencionado uma estrada próxima, mas nem era preciso. O padre Roche já sabia onde era o local. Ele estava lá.

Agnes e Kivrin chegaram ao topo da colina, mas tudo o que se via eram árvores e, abaixo, mais árvores. Deviam estar na floresta de Wychwood, mas nesse caso haveria cerca de cem quilômetros quadrados onde o salto podia estar localizado. Ela nunca acharia o local sozinha. Mal podia enxergar a dez metros, no meio de todo aquele matagal.

Ficou espantada de ver como a vegetação era fechada, quando desceram do lado oposto da colina. Com certeza não havia trilhas por entre o mato ali. Mal haveria espaço, e as pequenas brechas estavam atulhadas de galhos caídos e folhagem misturada e neve.

Ela estava equivocada sobre não reconhecer nada. Conhecia muito bem aquele lugar. Era a floresta onde a Branca de Neve se perdia, e Joãozinho e Maria, e todos aqueles príncipes. A mata abrigava lobos, e ursos, quem sabe até casinhas de bruxas, e era dali que vinham todas aquelas histórias da Idade Média, não era? Não duvidava. Qualquer um podia se perder ali.

Roche se deteve e ficou parado ao lado do burro, até que Rosemund se aproximasse e os dois ficassem emparelhados. Kivrin imaginou com escárnio se ele tinha se perdido do caminho certo. Porém, assim que ficaram todos juntos, ele se embrenhou numa passagem no mato, pegando uma nova trilha que não era visível da estrada principal.

Rosemund não poderia ultrapassar o padre Roche e seu burro sem empurrá-los para o lado, mas seguia os dois bem de perto, pisando nas pegadas do burro, e Kivrin voltou a pensar no que estaria deixando a menina tão inquieta. "Sir Bloet tem muitos amigos poderosos", dissera Lady Imeyne. A velha o considerava um aliado, mas Kivrin tinha dúvidas se ele realmente era, ou se Sir Guillaume segredara a Rosemund algo sobre aquele homem a ponto de deixar a filha tão sobressaltada com a possibilidade de sua chegada a Ashencote.

Seguiram um pouco por aquela trilha, passaram por um renque de salgueiros semelhante ao do local do salto, depois abandonaram a trilha, cruzando um aglomerado de abetos e chegando por fim a um azevinho.

Kivrin pensara em arbustos de azevinho, como os que havia no pátio do Brasenose, mas aquela era uma árvore. Despontava sobre eles, estendendo seus galhos por cima dos abetos, com bagas de um vermelho vivo brotando por entre a folhagem luzidia.

Padre Roche começou a retirar os sacos presos ao lombo do burro, e Agnes tentava ajudá-lo. Rosemund tirou do cinto uma faquinha de lâmina achatada e começou a cortar os galhos mais baixos, cobertos de folhas pontudas.

Kivrin abriu caminho pela neve até o lado oposto da árvore. Tinha visto de relance alguma coisa branca e pensou que fosse o aglomerado de bétulas de que se lembrava, mas não passava de um galho longo, caído, preso entre duas árvores e coberto de neve.

Agnes apareceu, com Roche atrás dela, com um punhal de aspecto ameaçador. Kivrin tinha pensado que o fato de saber agora quem ele era produziria alguma transformação, mas ele continuava com o semblante de um degolador, ali, parado junto da pequenina Agnes.

Ele estendeu para ela um dos sacos rústicos.

— Deve manter o saco aberto, assim — disse ele, inclinando-se para mostrar como a boca do saco devia ser mantida aberta. — Eu coloco os galhos.

Ele começou a desbastar os ramos, ignorando as folhas espinhosas. Kivrin foi recebendo os ramos das mãos dele e pondo com cuidado no saco, evitando que as folhas endurecidas se partissem.

— Padre Roche — começou ela —, queria agradecer por me ajudar quando estive doente, e também por me trazer para a casa quando...

— Quando você caiu — completou ele, golpeando um ramo mais resistente.

Ela pretendia dizer "quando fui atacada por ladrões", e ficou surpresa com a resposta dele. Lembrou que caíra do cavalo e pensou se teria sido neste momento que o padre topou com eles. Mas, se fosse, já teriam se afastado bastante do local do salto, e ele não poderia saber onde era. Além disso, ela se lembrava dele *lá*, no próprio local.

Não havia razão para ficar especulando.

— Por acaso sabe onde fica o local onde Gawyn me encontrou? — perguntou ela, e prendeu a respiração.

— Sei — respondeu ele, serrando um galho mais grosso.

Ela sentiu uma tontura de alívio. Ele sabia onde ficava o local.

— É longe daqui?

— Não — disse ele, agarrando o galho com força e arrancando.

— Poderia me levar até lá? — pediu Kivrin.

— Por que quer ir lá? — quis saber Agnes, afastando bem os braços para abrir mais a boca do saco. — E se os homens maus continuarem rondando por perto?

Roche estava olhando para ela como se pensasse a mesma coisa.

— Eu acho que, se vir de novo o lugar, posso lembrar quem sou e de onde vim — explicou ela.

Ele lhe entregou o galho, estendendo-o de uma maneira que ela não se ferisse ao pegar.

— Vou levar você lá — falou ele.

— Obrigada — disse Kivrin.

Obrigada. Ela colocou o galho junto dos outros. Depois Roche amarrou a boca do saco e o colocou no ombro.

Rosemund apareceu, arrastando o outro saco sobre a neve.

— Não acabaram ainda? — perguntou.

Roche também pegou o saco que ela trazia e amarrou os dois no lombo do burro. Kivrin ergueu Agnes até a sela do pônei e ajudou Rosemund a montar, e o padre Roche se ajoelhou e cruzou as mãos para que ela pudesse alcançar o estribo.

Ele tinha ajudado a colocá-la de volta no cavalo branco depois da queda. "Quando você caiu." Kivrin se lembrava daquelas mãos enormes, importantes para que ela se mantivesse firme. No entanto, como naquele momento eles já tinham se afastado muito do local do salto, por que Gawyn levaria o padre de volta até lá? Ela não se lembrava de ter voltado, mas tudo era tão borrado, tão confuso. Em seu delírio, podia ter parecido que era muito mais distante.

Roche reconduziu o burro através dos abetos até a trilha, e voltaram pelo mesmo caminho por onde tinham vindo. Rosemund esperou que ele se distanciasse um pouco e depois disse, num tom de voz igual ao de Imeyne:

— Para onde ele está indo? A hera não fica nessa direção.

— Estamos indo ver o lugar onde Lady Katherine foi atacada — disse Agnes.

Rosemund olhou com suspeita para Kivrin.

— Por que quer ir lá? — perguntou ela. — As coisas dela já estão na nossa casa.

— Ela acha que se vir o lugar pode se lembrar de alguma coisa — comentou Agnes. — Lady Kivrin, se por acaso se lembrar de alguma coisa, vai ter que voltar para sua casa?

— É claro — disse Rosemund. — Ela precisa voltar para a família dela. Não pode ficar conosco para sempre. — Estava falando aquilo apenas para provocar Agnes, e conseguiu.

— Ela *pode*! — gritou Agnes. — Ela vai ser nossa ama!

— E por que ela ia preferir ficar ao lado de um bebê chorão como você? — alfinetou Rosemund, fazendo o cavalo se adiantar num trote.

— Eu não sou bebê! — berrou Agnes para as costas dela. — *Você* que é um bebê! — Ela trouxe o pônei para perto de Kivrin. — Não quero que você vá para longe de mim.

— Eu não vou para longe de você — disse ela. — Precisamos seguir, o padre Roche está esperando.

Ele esperava as duas na estrada e, assim que elas emparelharam com ele, voltou a caminhar. Rosemund já ia lá na frente, avançando pelo caminho coberto de neve, salpicando flocos brancos ao redor.

Cruzaram um pequeno córrego e chegaram a uma bifurcação. O caminho por onde seguiam fazia uma curva para a direita, e a outra direção avançava em linha reta por cerca de cem metros, e depois dava uma guinada brusca para a esquerda. Rosemund estava parada na encruzilhada, sacudindo a cabeça com impaciência, o cavalo revolvia o chão com os cascos.

Numa bifurcação assim caí do cavalo branco, pensou Kivrin, tentando lembrar as árvores, a estrada, o pequeno córrego, qualquer coisa. Havia dezenas de bifurcações nas trilhas que cortavam por todos os lados a floresta de Wychwood, e não havia nenhuma razão para imaginar que fosse logo aquela, mas aparentemente era. O padre Roche virou à direita, avançou alguns metros e então se embrenhou entre as árvores do bosque, puxando o burrinho atrás de si.

Não havia salgueiros no lugar onde ele abandonou a estrada, nem uma colina. Ele devia estar seguindo pelo caminho por onde Gawyn a trouxe. Kivrin se lembrava de terem percorrido um bom trecho de bosque antes de chegarem à bifurcação.

Seguiram o padre por entre as árvores, Rosemund na retaguarda, mas logo foram forçadas a apear e seguir puxando os cavalos. Roche não estava percorrendo nenhuma trilha que Kivrin conseguisse enxergar. Ele avançava pela neve, curvando-se diante dos galhos baixos que derramavam neve sobre sua cabeça, ou rodeava uma moita eriçada de espinheiro.

Kivrin tentou memorizar o ambiente ao redor para poder voltar sozinha depois, mas tudo parecia igual. Enquanto houvesse neve no chão, seria possível acompanhar as pegadas deles e dos cavalos. Ela teria que voltar ali mais tarde e deixar marcas nos troncos, ou amarrar pedaços de pano ou de qualquer coisa. Ou espalhar pedaços de pão, como Joãozinho e Maria.

Agora entendia como os dois irmãos, ou a Branca de Neve, ou tantos príncipes, se perdiam nos bosques com tanta facilidade. Tinham avançado apenas uns cem metros e Kivrin, olhando para trás, já não fazia mais ideia do lado que ficava a estrada, mesmo vendo os rastros na neve. Joãozinho e Maria podiam ter andado meses a fio sem achar o caminho de casa, ou mesmo o caminho da casa da bruxa.

O burro do padre parou.

— O que foi? — indagou Kivrin.

O padre Roche trouxe o burro para um lado e amarrou o animal a um tronco de amieiro.

— O lugar é aqui.

Não era o mesmo lugar. Mal chegava a ser uma clareira, apenas um trecho onde um grande carvalho espalhara seus ramos, impedindo o crescimento de outras árvores. Formava quase uma tenda e, por baixo dele, o chão mal estava salpicado de neve.

— Podemos acender um fogo? — perguntou Agnes, andando por baixo dos galhos até os vestígios da fogueira de um acampamento. Um tronco caído fora arrastado até perto da fogueira, e Agnes sentou sobre ele. — Estou com frio — disse ela, remexendo nos carvões com a ponta da bota.

A fogueira não tinha queimado durante muito tempo. Os galhos mal estavam chamuscados. Alguém jogara terra com os pés para apagar o fogo. O padre Roche tinha se agachado diante dela, a luz das chamas bruxuleando em seu rosto.

— E então? — perguntou Rosemund, impaciente. — Já está lembrando?

Ela estivera ali. Lembrava-se da fogueira. Tinha pensado que estavam preparando o fogo para queimá-la viva. Mas não podia ser. Roche estivera no local do salto. Recordava-se do vulto inclinando-se, enquanto estava encostada à roda da carroça.

— Tem certeza de que foi aqui que Gawyn me encontrou?

— Tenho — respondeu ele, franzindo a testa.

— Se o homem mau vier, vou lutar contra ele com a minha adaga — alardeou Agnes, puxando e esgrimindo no ar um dos galhos chamuscados da fogueira apagada. A ponta carbonizada se partiu. Agnes se agachou, puxou outro galho queimado e sentou no chão, encostada no tronco, batendo com os galhos um no outro. Lascas de carvão saltaram para todos os lados.

Kivrin olhou para Agnes. Ela própria havia ficado encostada ao tronco, enquanto eles preparavam o fogo, e Gawyn se inclinara sobre ela, o cabelo rubro à luz das chamas, falando algo que ela não entendeu. Depois ele apagou o fogo, chutando terra com as botas, e a fumaça subiu e entrou nos olhos dela.

— Já se lembrou de quem era? — quis saber Agnes, jogando os galhos de volta para o monte de cinzas.

Roche a encarava com o cenho franzido.

— Está se sentindo mal, Lady Katherine? — perguntou.

— Não — respondeu ela, tentando sorrir. — Eu só... eu só achava que, se visse o lugar onde fui atacada, acabaria me lembrando.

Ele a encarou com ar solene por um momento, como fizera na igreja, em seguida se virou e foi em direção ao burro.

— Venha — disse ele.

— Está lembrando? — insistiu Agnes, batendo palmas com as mãos enluvadas de pele, sujas de fuligem.

— Agnes! — exclamou Rosemund. — Veja como você sujou suas luvas. — Ela deu um puxão forte em Agnes, pondo a irmã de pé. — E estragou sua capa, sentando na neve. Sua menina má!

Kivrin separou as duas.

— Rosemund, desamarre o pônei de Agnes — ordenou ela. — Está na hora de ir colher a hera. — Ela tirou a neve acumulada na capa de Agnes e tentou sem sucesso limpar as luvas de pele branca.

Padre Roche estava parado junto ao burro, esperando por elas, ainda com aquela expressão estranha e severa no rosto.

— Limparemos suas luvas quando chegarmos em casa — disse ela, bem depressa. — Vamos, precisamos seguir o padre Roche.

Kivrin pegou as rédeas da égua e acompanhou as garotas e o padre no retorno pelo caminho seguido até ali. Depois de alguns metros, pegaram outro rumo que quase imediatamente desembocou numa estrada. Ela não avistou a bifurcação, e imaginou se estariam agora num ponto mais à frente da mesma estrada ou se aquela seria uma vereda diferente. Tudo parecia igual, salgueiros, pequenas clareiras, carvalhos.

Agora estava claro o que tinha ocorrido. Gawyn tentara levá-la para a casa grande, mas ela estava muito doente e acabou caindo do cavalo. Então ele a levou para dentro do bosque, acendeu uma fogueira e a deixou encostada ao tronco caído, enquanto buscava ajuda.

Ou então ele tinha preparado a fogueira com a intenção de ficar ali até o amanhecer, quando o padre Roche viu as chamas e ofereceu ajuda, e os dois conseguiram levá-la para a casa. O padre Roche não tinha ideia de onde ficava o local do salto. Presumira que Gawyn a encontrara ali, embaixo do carvalho.

A imagem dele inclinando-se enquanto ela estava sentada contra a roda da carroça fazia parte do seu delírio. Ela havia inventado tudo aquilo, assim como inventara os sinos, e a fogueira de sacrifício, e o cavalo branco.

— Aonde vai ele agora? — perguntou Rosemund, rabugenta, e Kivrin teve vontade de dar-lhe um tapa. — Existe hera bem perto da nossa casa, e agora está começando a chover.

Ela tinha razão. A neblina estava se transformando em chuvisco.

— Já podíamos ter feito tudo e voltado, se Agnes não fosse um bebê chorão e não tivesse trazido seu cachorro! — Ela partiu a galope e tomou a dianteira de novo, e Kivrin nem sequer tentou detê-la.

— Rosemund é uma caipira — disse Agnes.

— É mesmo — concordou Kivrin. — Por que será que está agindo desse jeito?

— É por causa de Sir Bloet — respondeu Agnes. — Ela vai se casar com ele.

— O quê?! — exclamou Kivrin. Imeyne comentara alguma coisa a respeito de um casamento, mas ela imaginava que se tratava de uma cerimônia entre uma das filhas de Sir Bloet e um dos filhos de Lord Guillaume. — Como Sir Bloet pode se casar com Rosemund? Ele já não é casado com Lady Yvolde?

— Não — objetou Agnes, parecendo surpresa. — Lady Yvolde é a irmã de Sir Bloet.

— Mas Rosemund não tem idade ainda — comentou Kivrin.

Porém, sabia que não era verdade. As garotas nos anos 1300 costumavam ser prometidas antes da idade adequada, às vezes desde o nascimento. O casamento na Idade Média era um negócio, um modo de reunir terras e de aumentar a posição social, e Rosemund sem dúvida fora preparada desde a idade de Agnes para se casar com alguém como Sir Bloet. Ainda assim, vieram à mente de Kivrin, em enxurrada, todas as histórias medievais que conhecia sobre garotinhas virgens casando com velhotes lúbricos e desdentados.

— Será que Rosemund gosta de Sir Bloet? — indagou Kivrin.

Era óbvio que não gostava. Tinha se tornado uma garota insuportável, mal-humorada e quase histérica desde que soubera da chegada dele.

— *Eu* gosto — respondeu Agnes. — Ele vai me dar um cabresto de prata quando eles se casarem.

Kivrin olhou para Rosemund lá adiante, esperando por eles na estrada. Sir Bloet talvez não fosse velho e lúbrico. Ela estava presumindo, assim como presumira que Lady Yvolde era a esposa dele. Talvez fosse jovem, e o mau humor de Rosemund se devesse apenas ao nervosismo. Ou talvez ela mudasse de atitude em relação a ele antes do casamento. As garotas normalmente não se casavam antes dos catorze ou quinze anos, não antes de começarem a apresentar sinais de maturação.

— Para quando está marcado o casamento? — perguntou Kivrin.

— Para a Páscoa — respondeu Agnes.

Tinham chegado a outra bifurcação. Esta era bem mais estreita, e os dois caminhos seguiam quase paralelos ao longo de uns cem metros, antes do que Rosemund tinha escolhido começar a subir uma elevação.

Doze anos e se casaria em três meses. Não admira que Lady Eliwys não quisesse deixar Sir Bloet ficar sabendo que elas estavam ali. Talvez não aprovasse casar Rosemund tão nova, talvez aquele noivado tivesse sido acertado apenas para ajudar a tirar o pai da garota de alguma enrascada.

Rosemund cavalgou até o topo da colina e de lá de volta até o padre Roche.

— Para onde está nos levando? — questionou. — Saímos do bosque muito cedo.

— Estamos quase lá — respondeu o padre, tranquilo.

Ela fez a égua dar meia-volta e galopou colina acima até desaparecer, mas logo surgiu de novo, chegando até bem perto de onde vinham Kivrin e Agnes e, em seguida, fazendo a égua dar uma volta brusca e galopando de novo para diante. Como o rato na gaiola, pensou Kivrin, agitando-se febrilmente em busca de uma saída.

O chuvisco estava virando chuva de verdade. O padre Roche estendeu o capuz por cima da cabeça tonsurada, puxando o burro colina acima. O animal patinhou com segurança até o topo da inclinação, e ali se deteve. O padre puxou pelas rédeas, mas o burro resistiu.

Kivrin e Agnes se aproximaram.

— O que houve? — perguntou Kivrin.

— Vamos, Balaam — disse o padre Roche, agarrando outra vez as rédeas com aquelas mãos enormes, mas o animal não se mexeu, debatendo-se, fincando na lama as patas traseiras e recuando o corpo até parecer que estava quase sentado.

— Talvez ele não goste de chuva — disse Agnes.

— Podemos ajudar? — perguntou Kivrin.

— Não — respondeu o padre, fazendo um sinal para que continuassem avançando. — Sigam em frente. Ele fica melhor quando os cavalos não estão próximos.

Roche enrolou as rédeas em volta do pulso e foi para trás do burro, como se pretendesse empurrá-lo. Kivrin ultrapassou o topo da colina com Agnes, olhando por cima do ombro para ter certeza de que o padre não estava sendo derrubado com um coice na cabeça. Começaram a descer o lado oposto.

A floresta abaixo estava meio oculta pela chuva, que já derretia a neve da estrada, transformando o sopé da colina num verdadeiro lamaçal. Havia moitas cerradas de ambos os lados, cobertas de neve. Rosemund estava parada na crista de outra colina mais adiante. Havia árvore somente até metade da subida, e mais acima um terreno coberto pela neve. E do outro lado, pensou Kivrin, um campo aberto e uma vista da estrada e de Oxford.

— Aonde está indo, Kivrin? Espere! — gritou Agnes.

Só que Kivrin já descera a colina a galope e se apeava do alazão, sacudindo com força as moitas cobertas de neve para ver se eram salgueiros. Eram, e por trás deles ela avistou a copa de um grande carvalho. Jogou as rédeas do alazão por cima dos galhos avermelhados dos salgueiros e entrou no matagal. Os galhos dos salgueiros estavam colados pela neve. Bateu neles com força, provocando uma chuva de neve sobre si. Um bando de pássaros levantou voo, grasnando. Ela abriu caminho com dificuldade por entre os ramos cobertos de neve e foi avançando até a colina que tinha que estar ali. E estava.

Assim como o carvalho, e depois, longe da estrada, o aglomerado de bétulas, com seus troncos brancos, que pareciam um clarão entre as árvores. Tinha que ser ali o local.

Mas não parecia. A clareira antes era menor, não? E o carvalho tinha mais folhas, mais ninhos. Havia agora uma moita de abrunheiro de um lado da clareira, com seus brotos negro-arroxeados surgindo por entre espinhos ameaçadores. Ela não se lembrava de ter visto aquilo ali. Sem dúvida se lembraria se visse, certo?

É a neve, pensou, está fazendo a clareira parecer maior. Havia cerca de meio metro de neve, lisa, intocada. Era como se ninguém jamais tivesse posto os pés ali.

— É aqui o lugar que o padre Roche escolheu para colher a hera? — perguntou Rosemund, avançando com dificuldade. Ela parou e olhou em torno, com as mãos nos quadris. — Não tem hera nenhuma aqui.

Havia hera, não? Enrolada em volta da base do carvalho, e com cogumelos? É a neve, pensou Kivrin. A neve cobrira todos os detalhes possíveis de reconhecer. Assim como os sulcos nos pontos onde Gawyn arrastara a carroça e as caixas.

O baú reforçado com latão! Gawyn não o trouxera para a casa grande. Ele não tinha visto o cofre, porque ela o escondera na relva, junto da estrada.

Ela passou por Rosemund e se embrenhou de novo entre os salgueiros, sem nem sequer tentar evitar a chuva de neve que desabou sobre sua cabeça. O cofre também devia estar soterrado, mas a neve não era tão profunda perto da estrada, e o cofre tinha cerca de quarenta centímetros de altura.

— Lady Katherine! — gritou Rosemund, às suas costas. — Para onde está indo *agora*?

— Kivrin! — berrou Agnes, num eco patético. Havia tentado descer sozinha do pônei no meio da estrada, mas seu pé ficara preso no estribo. — Lady Kivrin, venha aqui!

Kivrin olhou aturdida para ela por um momento, e depois para a colina.

Padre Roche continuava no topo, lutando com o burro. Ela precisava encontrar o cofre antes que ele chegasse ali.

— Fique aí no seu pônei, Agnes — disse ela, e começou a escavar a neve nas imediações dos salgueiros.

— O que está procurando? — perguntou Rosemund. — Aqui não tem hera.

— Lady Kivrin, venha agora mesmo! — insistiu Agnes.

Talvez a neve tivesse envergado os salgueiros, e o cofre estivesse enfiado mais embaixo das árvores. Kivrin se inclinou, agarrando os galhos finos, quebradiços, e tentando afastar a neve para o lado. Mas o cofre não estava lá, como percebeu assim que começou. Os salgueiros tinham protegido a relva e o solo por baixo dela. Havia apenas alguns centímetros de neve. No entanto, se o local era aquele, tinha que estar ali, pensou Kivrin, a cabeça embotada. Se o local era mesmo aquele.

— Lady Kivrin! — berrou Agnes, e Kivrin virou-se para olhar para ela. A menina tinha conseguido descer do pônei e vinha correndo em sua direção.

— Não corra... — começou Kivrin.

Porém, mal teve tempo de terminar essas palavras: Agnes tropeçou numa raiz e desabou.

A queda a deixou sem fôlego, mas Kivrin e Rosemund já estavam junto dela antes que começasse a chorar. Kivrin a envolveu nos braços e pressionou suas costas com a mão, para empertigar a menina e ajudar a respiração.

Agnes arquejou, então encheu os pulmões e começou a gritar com estridência.

— Vá e traga o padre Roche — disse Kivrin para Rosemund. — Ele está no topo da colina. O burro dele está empacado.

— Ele já está vindo — respondeu Rosemund.

Kivrin virou a cabeça. O padre estava correndo desajeitadamente colina abaixo, sem o burro, e ela quase gritou "Não corra!" também para ele, mas Roche não poderia ouvi-la com a gritaria de Agnes.

— Pssst — fez Kivrin. — Você está bem. Ficou sem fôlego, só isso.

O padre Roche chegou até onde elas estavam, e Agnes imediatamente se jogou em seus braços. Ele pegou a menina no colo.

— Psiu, *Agnus* — disse com aquela voz profunda e reconfortante. — Não chore. — Os gritos dela foram baixando e deram lugar a soluços.

— Onde se machucou? — perguntou Kivrin, limpando a neve da capa de Agnes. — Arranhou as mãos?

O padre Roche mudou a posição da menina nos braços para que Kivrin pudesse tirar-lhe as luvas de pele. As mãos de Agnes estavam avermelhadas, mas não tinham arranhões.

— Onde se machucou?

— Ela não se machucou — disse Rosemund. — Está chorando porque é um bebê.

— Eu *não sou* um bebê! — rebateu Agnes, com tal força que quase caiu do colo do padre Roche. — Eu bati com meu joelho no chão!

— Qual deles? — indagou Kivrin. — O que já estava machucado?

— Sim! Não olhe! — gritou ela, quando Kivrin tentou segurar sua perna.

— Tudo bem, não vou olhar — disse Kivrin. Como o joelho ainda tinha uma ferida, talvez a casca tivesse sido arrancada com a queda. A menos que estivesse sangrando bastante, a ponto de vazar através da calça de couro, não havia por que fazer a garota sentir mais frio ainda tirando-a ali na neve. — Mas vou olhar quando chegarmos em casa.

— Podemos voltar agora? — perguntou Agnes.

Kivrin olhou desesperançada para o matagal. O lugar tinha que ser aquele. Os salgueiros, a clareira, aquela colina sem árvores. Tinha que ser. Talvez ela tivesse empurrado o cofre mais para dentro do mato do que imaginava, e com a neve...

— Eu quero ir para casa *agora*! — insistiu Agnes, e começou a soluçar. — Estou com *frio*!

— Tudo bem — concordou Kivrin.

As luvas da menina estavam molhadas demais para que as calçasse de novo. Kivrin tirou as luvas emprestadas que estava usando e colocou na menina. As luvas subiam até o braço de Agnes, que se divertia muito com aquilo, e Kivrin chegou a achar que ela tinha se esquecido do joelho mas, quando o padre Roche tentou colocá-la de novo no pônei, ela chorou:

— Quero ir com Kivrin!

Kivrin concordou de novo e subiu no alazão. O padre Roche lhe entregou a menina e foi puxando o pônei de volta à colina. O burro estava parado lá no topo, na beira da estrada, mastigando o capim que brotava por entre a camada fina de neve.

Kivrin olhou de volta para o mato, sob a chuva, tentando avistar a clareira. Sim, o lugar é esse, disse ela para si mesma, mas sem ter certeza. Mesmo a colina, vista dali, tinha uma aparência ligeiramente diferente.

O padre Roche recolheu as rédeas do burro, que no mesmo instante se retesou todo e enterrou os cascos no chão. No entanto, assim que o padre virou a cabeça e começou a descer a colina puxando o pônei de Agnes, ele seguiu sem protestar.

A chuva estava derretendo a neve, e a égua de Rosemund patinou um pouco quando ela partiu a galope de volta ao ponto onde a estrada se bifurcava, o que a levou a reduzir o trote.

Na encruzilhada seguinte, Roche tomou o lado esquerdo. Havia salgueiros ao longo da estrada, e carvalhos, e lamaçais ao pé de cada colina.

— Vamos para casa agora, Kivrin? — perguntou Agnes, tremendo de frio contra o corpo dela.

— Vamos — respondeu Kivrin, puxado a barra da capa para cobrir a menina. — Seu joelho ainda dói?

— Não. Nós não colhemos a hera. — Ela se empertigou e girou o corpo para olhar para Kivrin. — Você lembrou quem é quando viu o lugar?

— Não — respondeu Kivrin.

— Que bom — disse Agnes, voltando a se aconchegar contra ela. — Agora você pode ficar conosco para sempre.

17

Andrews não telefonou para Dunworthy senão no fim da tarde do dia de Natal. Colin, é claro, tinha insistido em acordar num horário desumano para abrir os presentes.

— Vai ficar na cama o dia inteiro? — perguntou ele, enquanto Dunworthy tateava à procura dos óculos. — São quase oito horas.

Na verdade, não passava de seis e quinze, e lá fora tudo ainda estava escuro, não dava sequer para ver se continuava chovendo. Colin tinha dormido muito mais do que ele. Depois do serviço religioso ecumênico, Dunworthy mandou Colin de volta para o Balliol e seguiu para o hospital para ter notícias de Latimer.

— Ele tem febre, mas os pulmões não foram afetados até agora — disse Mary. — Chegou aqui às cinco, disse que tinha começado a sentir uma dor de cabeça e um pouco de confusão mental por volta da uma da tarde. Quarenta e oito horas cravadas. Óbvio que não é preciso perguntar quem o contaminou. E *você*, como está?

Ela o segurou para fazer o exame de sangue, e logo depois apareceu um novo caso, e ele esperou para ver se conhecia a pessoa. Era mais de uma da manhã quando finalmente foi dormir.

Colin estendeu para Dunworthy um Christmas cracker e insistiu que ele o rasgasse, pusesse na cabeça a coroa de papel amarela e lesse em voz alta a frase da tirinha de papel. Ela dizia: "Quando é mais provável que as renas de Papai Noel entrem na casa? Quando a porta estiver aberta".

Colin já estava usando uma coroa de papel vermelha. Sentou no chão e abriu os presentes. As balas fizeram um grande sucesso.

— Olhe só — disse Colin, estirando a língua. — Cada uma deixa de uma cor diferente.

De fato era assim, e não só a língua como os dentes e os lábios também mudaram de cor.

Ele pareceu satisfeito com o livro, embora fosse óbvio que preferia holos. Virou as páginas, olhando as ilustrações.

— Olhe só isto — apontou ele, passando o volume para as mãos de Dunworthy, que ainda estava tentando acordar.

Era a tumba de um cavaleiro, com a efígie convencional da armadura entalhada em cima. O rosto e a postura eram a imagem viva da expressão de descanso eterno, mas do lado, num friso, como uma janela aberta para o interior da tumba, o cadáver do cavaleiro se esforçava para sair do ataúde, com as carnes desfeitas tombando como farrapos, as mãos de esqueleto contraindo-se em garras desvairadas, o rosto uma caveira de horror com órbitas vazias. Vermes se esgueiravam entre suas pernas, por cima e por baixo de sua espada. "Oxfordshire, c. 1350", dizia a legenda. "Um exemplo das macabras decorações de tumbas predominantes na época da peste bubônica."

— Não é apocalíptico? — perguntou Colin, com deleite.

Ele foi até bastante generoso com relação ao cachecol.

— Acho que o que vale é a intenção, não é mesmo? — perguntou, erguendo por uma ponta, e completando, depois de um instante: — Talvez eu possa usá-lo quando for visitar os doentes, que não vão ligar para a aparência dele.

— Visitar que doentes? — perguntou Dunworthy.

Colin ergueu-se do chão, foi até a mochila e começou a remexer dentro dela.

— O vigário me perguntou ontem à noite se eu poderia dar uma mãozinha para ele, checar as pessoas, levar remédio para elas, essas coisas. — Ele tirou uma sacola de papel lá de dentro. — Este é o seu presente — disse, estendendo-o para Dunworthy. — Não está embrulhado — acrescentou, desnecessariamente. — Finch disse que precisamos poupar papel por causa da epidemia.

Dunworthy abriu a sacola e tirou de dentro uma caderneta vermelha e fina.

— É uma agenda — avisou Colin. — Para que o senhor marque os dias até a sua garota voltar. — Ele abriu a primeira página. — Veja só, eu pedi uma que tivesse dezembro.

— Obrigado — disse Dunworthy, abrindo a agenda. Natal. O Massacre dos Inocentes. Ano-Novo. Epifania.

— Muito gentil da sua parte — disse.

— Eu queria presentear o senhor com um modelo em miniatura da Carfax Tower que toca "I Heard the Bells on Christmas Day" — disse Colin —, mas custava vinte libras!

O telefone tocou, e Colin e Dunworthy mergulharam para atender.

— Aposto que é minha mãe — disse Colin.

Era Mary, ligando da Emergência.

— Como está se sentindo?

— Sonolento — respondeu Dunworthy.

Colin sorriu para ele.

— Como está Latimer? — perguntou Dunworthy.

— Bem... — disse Mary, que ainda estava de jaleco, mas tinha penteado o cabelo e parecia de bom humor. — Parece que o caso dele não é muito grave. Conseguimos estabelecer uma ligação com o vírus da Carolina do Sul.

— Latimer esteve na Carolina do Sul?

— Não. Um dos estudantes que pedi para você interrogar ontem à noite... Meu Deus, não, duas noites atrás. Estou perdendo a noção do tempo. Um daqueles que estavam na festa em Headington. Ele mentiu de início porque matou aulas no colégio para se encontrar com uma garota e deixou um amigo em seu lugar.

— Ele foi para a Carolina do Sul?

— Não, para Londres, mas a moça era dos Estados Unidos. Ela veio do Texas e fez conexão num voo em Charleston, na Carolina do Sul. O CDC está trabalhando para descobrir que outros casos passaram por esse aeroporto. Poderia falar com Colin? Quero desejar um feliz Natal para ele.

Dunworthy passou o aparelho a Colin, que logo passou a recitar os presentes que recebera, sem esquecer da frase que havia no seu Christmas cracker.

— O sr. Dunworthy me deu um livro sobre a Idade Média. — Ele ergueu a obra para que aparecesse na tela. — Sabia que eles cortavam a cabeça das pessoas por roubo e depois espetavam ao longo da ponte de Londres?

— Agradeça a ela pelo cachecol, mas não diga que está ajudando o vigário — sussurrou Dunworthy.

No entanto, Colin já estava devolvendo o aparelho para ele, dizendo:

— Ela quer falar com o senhor.

— Parece que você está cuidando dele muito bem — começou Mary. — Fico muito grata. Ainda não tive tempo de ir em casa, e detestaria saber que ele passou o Natal sozinho. Imagino que os presentes prometidos pela mãe dele não tenham chegado ainda, não é?

— Não — respondeu Dunworthy com cautela, lançando um olhar para Colin, que observava as ilustrações do livro sobre a era medieval.

— Nem para telefonar — comentou Mary, com desgosto. — A criatura não tem uma gota de sangue materno nas veias. Colin poderia estar num hospital com uma febre de quarenta graus e ela nem estaria sabendo, não acha?

— Como está Badri? — perguntou Dunworthy.

— A febre baixou um pouco de manhã, mas ele continua com os pulmões comprometidos. Hoje está entrando na sintamicina. Os casos da Carolina do Sul responderam bem ao tratamento. — Ela prometeu tentar encontrá-los para a ceia de Natal e desligou.

Colin ergueu os olhos do livro.

— Sabia que na Idade Média eles queimavam pessoas na fogueira?

Mary não veio nem telefonou, assim como Andrews. Dunworthy mandou Colin tomar o café da manhã no salão e tentou ligar para o técnico, mas todas as linhas estavam ocupadas, "por conta da alta demanda do feriado", informou a voz do computador, que obviamente não fora reprogramado desde o começo da quarentena. Depois a voz eletrônica o aconselhou a adiar todas as ligações não essenciais até o dia seguinte. Dunworthy tentou mais duas vezes, com o mesmo resultado.

Nisso, Finch apareceu, trazendo uma bandeja.

— Tudo bem, senhor? — perguntou ele, ansioso. — Não está doente?

— Não estou. Estou esperando um telefonema.

— Oh, graças aos céus, senhor. Quando não apareceu para o café, cheguei a temer o pior. — Ele retirou a tampa da bandeja, toda salpicada de chuva. — Receio que seja um café da manhã de Natal muito pobre, mas a verdade é que estamos quase sem ovos. Não sei como será a ceia de Natal. Não há mais um só ganso em todo este perímetro.

A verdade é que era um café da manhã dos mais respeitáveis, um ovo cozido, arenques, bolo inglês com geleia.

— Pensei num pudim de Natal, senhor, mas estamos quase sem conhaque — disse Finch, puxando um envelope de plástico debaixo da bandeja e entregando a Dunworthy, que o abriu.

No alto havia um aviso do SNS dizendo: PRIMEIROS SINTOMAS DE INFLUENZA. 1) DESORIENTAÇÃO. 2) DOR DE CABEÇA. 3) DORES MUSCULARES. EVITE CONTRAIR A DOENÇA. USE ININTERRUPTAMENTE SUA MÁSCARA REGULAMENTAR DO SNS.

— Máscara? — perguntou Dunworthy.

— O SNS entregou um bocado delas hoje pela manhã — disse Finch. — Não sei como vamos conseguir lavar tudo. O sabão está quase acabando.

Havia quatro outros avisos, todos no mesmo tom, e um bilhete de William Gaddson que trazia em anexo, grampeada, uma cópia do extrato do cartão de crédito de Badri de segunda-feira, dia 20 de dezembro. Badri tinha aparentemente passado aquele tempo entre o meio-dia e as duas e meia da tarde fazendo compras de Natal. Comprara quatro livros de bolso na Blackwell. Um cachecol vermelho, e um carrilhão digital em miniatura, na Debenham. Que maravilha. Isso significava dezenas de contatos a mais.

Colin chegou trazendo bolinhos embrulhados num lenço. Continuava usando a coroa de papel, cuja aparência estava bem pior depois de levar chuva.

— Deixaria todo mundo muito mais tranquilo, senhor, se fosse até o salão depois de receber seu telefonema — disse Finch. — Sobretudo a sra. Gaddson, que está comentando que o senhor tem o vírus, contraído por causa da péssima ventilação nos dormitórios.

— Depois passarei lá, para salvar as aparências — prometeu Dunworthy.

Finch foi até a porta e se virou.

— Sobre a sra. Gaddson, senhor. Ela está se comportando de maneira pavorosa, criticando nossa instituição e exigindo ser alojada perto do filho. Ela está minando o moral coletivo.

— Não diga — disse Colin, pondo o embrulho de bolinhos em cima da mesa. — A chata me disse que pãezinhos quentes prejudicavam meu sistema imunológico.

— Não haverá algum tipo de trabalho voluntário que ela possa assumir na Emergência ou em outro lugar? — perguntou Finch. — Para que fique longe da faculdade?

— Não sei se temos o direito de impor a presença dela aos doentes indefesos. Pode ser fatal. Que tal o vigário? Ele estava em busca de voluntários para pequenas tarefas.

— O vigário?! — exclamou Colin. — Tenha dó, sr. Dunworthy. *Eu* estou trabalhando para o vigário.

— O padre da Sagrada Igreja Re-Formada, então — sugeriu Dunworthy. — Ele gosta de recitar a "Missa em Tempo de Peste" para levantar o moral. Os dois devem se dar maravilhosamente bem.

— Vou ligar para ele agora mesmo — disse Finch, e saiu.

Dunworthy tomou todo o café, exceto pelos bolinhos, que Colin confiscou, e depois foi levar a bandeja vazia para o salão, deixando ordens a Colin para que o procurasse *imediatamente* no caso de um telefonema do técnico. Continuava chovendo lá fora, as árvores estavam escuras e gotejantes, e as luzes natalinas, salpicadas de gotas de chuva.

Todos continuavam à mesa, fora as sineiras, que estavam agrupadas de um lado com suas luvas brancas, as pequenas sinetas arrumadas em seus lugares da mesa. Finch estava fazendo uma demonstração de como usar as máscaras distribuídas pelo SNS, puxando as fitas adesivas de ambos os lados e aplicando-as sobre as maçãs do rosto.

— Não está com uma aparência muito boa, sr. Dunworthy — disse a sra. Gaddson. — Não admira. As condições aqui são chocantes. Fico espantada por não ter acontecido uma epidemia aqui muito antes. Péssima ventilação, funcionários pouco cooperativos. O sr. Finch foi muito rude comigo quando falei que queria ficar alojada perto do meu filho. Ele disse que, como *eu* escolhi vir para Oxford durante uma quarentena, tinha que aceitar qualquer acomodação que me fosse oferecida.

Colin chegou correndo e deslizando sobre o piso.

— Alguém quer falar com o senhor no telefone — anunciou ele.

Dunworthy tentou rodear a mulher, mas ela se interpôs solidamente diante dele.

— Eu deixei bem claro para o sr. Finch que *ele* poderia ficar tranquilamente em casa enquanto seu filho corria perigo, mas eu não!

— Receio que eu tenha um telefonema para atender — disse Dunworthy.

— Falei para ele que nenhuma mãe de verdade se ausentaria quando seu filho está sozinho e doente num lugar distante.

— *Sr. Dunworthy*! — insistiu Colin. — Venha!

— É claro que o senhor não faz a menor ideia do que eu estou falando. Veja essa criança! — Ela agarrou Colin pelo braço. — Correndo embaixo dessa chuva, sem sequer um casaco!

Dunworthy aproveitou aquele movimento para seguir adiante.

— O senhor visivelmente não se importa se este garotinho pegar a gripe indiana — disse ela. Colin sacudiu o braço e se desvencilhou. — Deixa o coitado se encher de bolinhos e andar por aí ensopado de chuva.

Dunworthy atravessou o pátio a toda pressa, com Colin nos calcanhares.

— Não vou ficar surpresa se depois vier uma confirmação de que esse vírus teve origem no Balliol — gritou a sra. Gaddson lá atrás. — Pura negligência, é isso o que é. Pura negligência!

Dunworthy invadiu o aposento e agarrou o telefone. Estava sem imagem.

— Andrews! — gritou ele. — Você está aí? Não consigo ver você.

— O sistema está congestionado — respondeu Montoya. — Cortaram os canais de imagem. Aqui é Lupe Montoya. O sr. Basingame prefere salmão ou truta?

— O quê?! — exclamou Dunworthy, franzindo a testa para a tela em branco.

— Passei a manhã ligando para agências da Escócia especializadas em turismo de pesca. Isso *quando* conseguia completar as ligações. Dizem que a direção tomada por ele depende do que estava pensando em pescar, salmão ou truta. Conhece os amigos do sr. Basingame? Talvez haja algum parceiro de pesca na universidade que possa saber.

— Não sei — disse Dunworthy. — Srta. Montoya, lamento muito mas estou esperando uma ligação importantíssima...

— Já tentei tudo, hotéis, pousadas, marinas, até o barbeiro dele. Localizei a esposa em Torquay, e ela disse que ele não contou para onde ia. Espero que isso não seja um sinal de que o sr. Basingame está por aí com outra mulher, e não na Escócia.

— Srta. Montoya, eu não posso conceber...

— Pois é, mas é isso mesmo: por que não há uma só pessoa que saiba para onde ele foi? E por que ele ainda não ligou para ninguém aqui, agora que a epidemia já saiu em todos os jornais e em todos os vids?

— Srta. Montoya, eu...

— Bem, imagino que eu vou ter que localizar agências de pesca especializadas em salmão e em trutas. Se eu achar ele, aviso.

Ela desligou. Dunworthy pousou o aparelho e ficou olhando para a tela, com a certeza absoluta de que Andrews tinha ligado para falar com ele enquanto estava com Montoya na linha.

— O senhor não comentou que havia muitas epidemias na Idade Média? — perguntou Colin, sentado junto à janela com o livro medieval nos joelhos, comendo bolinhos.

— Sim.

— Bem, eu não estou achando nada parecido neste livro. Como se soletra?

— Tente "Peste Negra" — disse Dunworthy.

Dunworthy esperou ansiosamente durante uns quinze minutos e tentou ligar para Andrews de novo. A rede continuava ocupada.

— Sabia que a Peste Negra foi em Oxford? — indagou Colin. Ele havia devorado todos os bolinhos, e agora atacava os tabletes de sabão. — No Natal! Igualzinho a nós!

— A influenza nem se compara com a peste — respondeu ele, de olho no telefone, como se pudesse obrigá-lo a tocar. — A Peste Negra matou entre um terço e metade da Europa.

— Eu sei — disse Colin. — Sem falar que a peste foi muito mais interessante. Ela era propagada através dos ratos, e as pessoas ficavam com aqueles enormes bobos...

— Bulbos.

— Aqueles enormes bulbos que apareciam embaixo dos braços e ficavam pretos e inchavam até ficarem enormes, e então você morria! Isso que temos não chega nem perto — comentou ele, soando meio desapontado.

— Não mesmo.

— E a nossa é só uma doença. Porque havia três tipos de peste: bubônica, é essa aí, que tem os bulbos, pneumônica — disse ele, pronunciando "pi" — que entra nos seus pulmões e você tosse sangue, e sepeteciss...

— Septicêmica.

— Septicêmica, que entra na sua corrente sanguínea e mata você em três horas, deixando seu corpo inteiramente negro! Não é apocalíptico?

— É — respondeu Dunworthy.

O telefone tocou um pouco depois das onze, e Dunworthy abriu de novo o aparelho, mas era Mary, dizendo que não poderia participar da ceia.

— Tivemos cinco novos casos agora pela manhã.

— Iremos para a Emergência assim que eu receber o telefonema que estou esperando — prometeu Dunworthy. — Um dos meus técnicos vai me ligar. Eu preciso dizer a ele que venha aqui, para verificar o fix.

Mary ficou atenta.

— Já conferiu isso com Gilchrist?

— Com Gilchrist?! A única coisa em que ele pensa é mandar Kivrin para a Peste Negra!

— Mesmo assim não acho que você deva fazer isso sem avisar a ele. Gilchrist *é* o diretor em exercício e não faz sentido comprar briga com ele. Se alguma coisa *não saiu* como devia e Andrews tiver que abortar o salto, você vai precisar da cooperação de Gilchrist. — Ela sorriu para Dunworthy. — Quando vier, conversaremos melhor. E quando estiver aqui quero que tome uma inoculação.

— Pensei que estava esperando pelo análogo da vacina.

— E estava, mas o modo como os primeiros casos estão respondendo ao tratamento utilizado em Atlanta não é nada animador. Alguns apresentam uma ligeira melhora, mas Badri piorou, no mínimo. Quero que todas as pessoas do grupo de alto risco recebam um reforço de células-T.

Quando deu meio-dia, Andrews ainda não havia ligado. Dunworthy mandou Colin para a Emergência, para ser inoculado. O garoto voltou fazendo cara feia.

— Foi tão ruim assim? — quis saber Dunworthy.

— Até pior — respondeu Colin, jogando-se na poltrona perto da janela. — A sra. Gaddson me viu voltar. Exigiu saber onde estive e depois me perguntou por que eu fui inoculado e William não. — Ele lançou um olhar de reprovação a Dunworthy. — Bem, isso magoa, viu? Ela disse que, se tinha alguém do grupo de alto risco, era o pobre William, e que estavam agindo com despotismo me vacinando no lugar dele.

— Nepotismo.

— Nepotismo. Espero que o padre arranje para ela um trabalho absolutamente cadavérico.

— Como está sua tia-avó Mary?

— Acabei não vendo ela. Estavam todos muito ocupados, os corredores cheios de macas e tudo o mais.

Colin e Dunworthy se revezaram para ir jantar no salão. Colin voltou em menos de quinze minutos.

— As sineiras começaram a tocar — disse ele. — O sr. Finch pediu para dizer ao senhor que estamos sem açúcar e sem manteiga, e quase sem creme. — Ele puxou um pastelzinho de geleia do bolso do casaco. — Como é possível que eles nunca fiquem sem couve?

Depois de pedir para Colin anotar todos os recados e ir buscá-lo correndo caso Andrews ligasse, Dunworthy foi para o salão. As sineiras estavam a todo vapor, retinindo um cânone de Mozart.

Finch estendeu-lhe um prato que parecia ser quase todo de couves.

— Receio que estamos quase sem peru, senhor — disse ele. — Ainda bem que chegou. Está quase na hora da mensagem de Natal de Sua Majestade.

As sineiras encerraram o Mozart sob aplausos entusiásticos e a sra. Taylor aproximou-se, ainda com as luvas brancas calçadas.

— Oh, aí está o senhor — disse ela. — Senti sua falta durante o café da manhã, sr. Dunworthy. O sr. Finch nos disse que o senhor é a pessoa adequada para ouvir nosso pedido. Precisamos de uma sala de ensaios.

Ele sentiu-se tentado a dizer: "Eu não sabia que vocês ensaiavam". Porém, apenas mastigou a couve.

— Uma sala de ensaios? — repetiu.

— Isso. Para que possamos praticar o nosso "Chicago Surprise Minor". Combinei com o decano da Christ Church que vamos tocar aqui na véspera de Ano-Novo, mas precisamos de um lugar para ensaiar. Eu disse ao sr. Finch que aquela sala grande em Beard seria perfei...

— O salão comum principal.

— Tudo bem, mas o sr. Finch disse que o salão estava sendo usado como depósito de suprimentos.

Que suprimentos?, pensou Dunworthy. De acordo com Finch, estavam praticamente sem nada mais além de couves.

— E ele disse que as salas de conferências estão sendo reservadas para a enfermaria. Precisamos de um lugar tranquilo onde possamos nos concentrar direito. O "Chicago Surprise Minor" é muito complexo. As mudanças de entrada e saída e as alterações do desfecho exigem concentração total. E além disso existem os toques especiais.

— Sem dúvida — anuiu Dunworthy.

— A sala não precisa ser muito grande, mas tem que ser num lugar isolado. Temos ensaiado aqui, no salão de jantar, mas é um entra e sai de gente o tempo inteiro, e a tenor acaba errando.

— Tenho certeza de que podemos achar alguma coisa.

— Claro que com sete sinetas deveríamos estar fazendo triplos. O North American Council tocou "Philadelphia Triples" aqui no ano passado, uma apresentação muito fraca, pelo que fiquei sabendo. O tenor estava um compasso atrasado e com uma execução terrível. Mais uma razão para uma boa sala de ensaio. O modo de percutir é da maior importância.

— É claro — disse Dunworthy.

A sra. Gaddson apareceu na porta do lado oposto, com ar determinado e maternal.

— Sinto muito, estou esperando um interurbano importantíssimo — avisou ele, erguendo-se de tal forma que a sra. Taylor ficasse entre ele e a sra. Gaddson.

— Ah, um telefonema — disse a sra. Taylor, abanando a cabeça. — Vocês, ingleses! Metade do tempo não entendo as palavras que usam.

Dunworthy escapou pela porta da despensa, depois de prometer à sra. Taylor que encontraria a sala ideal para que elas agitassem suas sinetas, e voltou para seus aposentos. Andrews não tinha ligado. Havia um recado apenas, de Montoya:

— Ela pediu para dizer: "Não se incomode" — falou Colin.

— Só isso? Mais nada?

— Mais nada. Ela disse: "Diga ao sr. Dunworthy que não se incomode".

Dunworthy pensou se por algum milagre Montoya teria localizado Basingame e conseguido sua assinatura, ou se tinha apenas descoberto que ele preferia salmão ou truta. Pensou em retornar o telefonema, mas cogitou que talvez a rede desocupasse justamente naquele momento e que Andrews ligasse.

O que não aconteceu. Não recebeu nenhuma ligação antes das quatro da tarde.

— Peço mil desculpas por não ter ligado antes — disse Andrews.

A ligação estava sem imagem, mas Dunworthy podia ouvir música e conversas ao fundo.

— Estive fora até ontem à noite, e hoje tive muita dificuldade em responder seu recado — disse Andrews. — As linhas estão congestionadas, o corre-corre das festas, o senhor sabe. Estou tentando desde...

— Preciso que venha a Oxford — interrompeu Dunworthy. — Preciso que verifique um fix para mim.

— Claro, senhor — respondeu Andrews, prontamente. — Quando?

— O quanto antes. Que tal hoje à noite?

— Oh — fez Andrews, com um pouco menos de presteza. — Poderia ser amanhã? Como a pessoa com quem vivo só vai chegar tarde da noite, planejamos nosso Natal para amanhã. Mas eu poderia pegar o trem durante a tarde ou começo da noite. Pode ser assim, ou há um prazo limite para ver o fix?

— O fix já foi estabelecido, mas o técnico adoeceu com um vírus, e eu preciso de alguém para a leitura — disse Dunworthy. Houve uma explosão de gargalhadas do lado de Andrews. Dunworthy ergueu a voz. — A que horas acha que pode estar aqui?

— Não tenho certeza. Posso telefonar amanhã e avisar assim que pegar o metrô?

— Tudo bem, mas você só pode vir de metrô até Barton. Vai precisar pegar um táxi de lá até o perímetro. Darei um jeito para que o deixem passar. Tudo bem, Andrews?

Não houve resposta, embora Dunworthy continuasse ouvindo música do outro lado.

— Andrews? — chamou Dunworthy. — Ainda está aí?

Uma ligação sem imagem era algo de enlouquecer.

— Sim, senhor — respondeu Andrews, agora um pouco mais cauteloso. — O que foi mesmo que me pediu para fazer?

— Ler um fix. Já foi estabelecido, mas o técnico...

— Não, a outra parte. Sobre pegar o metrô até Barton.

— Pegue o metrô até Barton — repetiu Dunworthy, falando alto e com cuidado. — Ele só vai até esse ponto. De Barton, você vai precisar pegar um táxi até o perímetro da quarentena.

— Quarentena?

— Sim — respondeu Dunworthy, irritado. — Darei um jeito para que você possa entrar na área da quarentena.

— Que tipo de quarentena?

— Um vírus — disse ele. — Não ouviu nada a respeito?

— Não, senhor. Eu estava operando um salto presencial em Florença. Só voltei hoje à tarde. É grave? — Ele não parecia amedrontado, apenas interessado.

— Oitenta e um casos, até agora — informou Dunworthy.

— Oitenta e dois — corrigiu Colin, sentado junto à janela.

— Mas já identificaram o vírus, e as vacinas estão em andamento. Até agora não houve casos fatais.

— Mas aposto que tem uma porção de casos de pessoas sem sorte que queriam passar o Natal em casa — disse Andrews. — Ligo para o senhor pela manhã, então, assim que eu souber que horas devo chegar.

— Está bem — gritou Dunworthy, mas sem ter certeza de que Andrews o ouvia por conta de todo aquele barulho ao fundo. — Estarei esperando.

— Certo — disse Andrews.

Houve mais uma explosão de gargalhadas ao fundo, e depois silêncio, quando ele desligou.

— Ele vem? — perguntou Colin.

— Vem. Amanhã. — Ele digitou o número de Gilchrist.

Gilchrist apareceu na telinha, sentado à escrivaninha e com ar beligerante.

— Sr. Dunworthy, se sua intenção é trazer a srta. Engle de volta...

Bem que eu faria isso, se pudesse, pensou Dunworthy. Ficou imaginando se Gilchrist não percebia que àquela altura Kivrin já teria abandonado o local do salto, e não estaria mais lá se eles abrissem a rede.

— Não — começou ele. — Consegui localizar um técnico que pode vir verificar o fix.

— Sr. Dunworthy, talvez eu deva recordar...

— Eu tenho total consciência de que este salto é responsabilidade do senhor — interrompeu Dunworthy, tentando manter-se calmo. — Estou só tentando ajudar. Como sei da dificuldade de encontrar técnicos durante os feriados, telefonei para um em Reading. Ele pode vir amanhã.

Gilchrist apertou os lábios, num gesto de desaprovação.

— Nada disso seria necessário se o *seu* técnico não tivesse adoecido mas, já que adoeceu, suponho que não haja outro jeito. Peça ao novo técnico que se apresente a mim assim que chegar.

Dunworthy conseguiu se despedir com educação mas, assim que a tela se apagou, bateu a tampa do aparelho com toda força, voltou a abri-la e começou a digitar números com rápidas estocadas. Tinha que achar Basingame nem que isso custasse uma tarde inteira.

Só que o computador apareceu e informou que todas as linhas estavam sendo utilizadas naquele momento. Dunworthy pousou o fone e ficou olhando a tela apagada.

— Está esperando outro telefonema? — indagou Colin.

— Não.

— Então não podíamos dar um pulo no hospital? Tenho um presente para a tia-avó Mary.

E lá eu posso preparar o terreno para que Andrews seja admitido dentro da área da quarentena, pensou Dunworthy.

— Excelente ideia. E você pode usar seu cachecol novo.

Colin o enfiou no bolso do casaco.

— Ponho quando chegar lá — disse, sorrindo. — Não quero que ninguém me veja assim pelo caminho.

Não havia ninguém para vê-los. As ruas estavam completamente desertas, e eles não viram sequer bicicletas ou táxis. Dunworthy lembrou-se do comentário do vigário de que, quando a epidemia se instalasse, as pessoas ficariam trancadas em suas casas. Ou era isso ou tinham evitado sair pelo som do carrilhão da Carfax, que não apenas estava badalando "The Carol of the Bells" mas parecia muito alto, ecoando pelas ruas fantasmas. Ou quem sabe todos estivessem dormitando depois dos excessos da ceia de Natal. Ou eram espertos o bastante para não sair em plena chuva.

Não viram ninguém até chegar ao hospital. Em frente à Emergência, uma mulher vestindo agasalhos Burberry erguia uma placa com os dizeres: FORA, DOENÇAS ESTRANGEIRAS. Um homem com máscara protetora no rosto abriu a porta para os dois e estendeu para Dunworthy um formulário úmido.

Dunworthy foi até a mesa da recepção perguntar por Mary e depois começou a ler o formulário. Ele dizia, em letras garrafais: COMBATA A INFLUENZA, VOTE PELA SEPARAÇÃO DA COMUNIDADE EUROPEIA. Abaixo, um texto que começava com o seguinte parágrafo:

Por que você tem que ficar distante das pessoas que mais ama em pleno Natal? Por que você foi forçado a ficar em Oxford? Por que você está correndo o perigo de contrair essa doença e morrer? *Porque a Comunidade Europeia permite que estrangeiros contaminados entrem na Inglaterra, e a Inglaterra não pode sequer opinar sobre o tema. Um imigrante indiano, portador de um vírus mortal...*

Dunworthy não prosseguiu na leitura. Virou o verso da folha. Lá estava escrito: *Um voto pela separação é um voto pela saúde. Comitê por uma Grã-Bretanha independente.*

Mary apareceu, e Colin agarrou o cachecol enfiado no bolso e enrolou rapidamente a peça em volta do pescoço.

— Feliz Natal — disse ele. — Obrigado pelo cachecol. Posso abrir o seu Christmas cracker?

— Claro, por favor — pediu Mary.

Parecia cansada. Estava vestindo o mesmo jaleco de dois dias atrás. Alguém pregara um ramo de azevinho na lapela.

Colin rasgou o Christmas cracker.

— Ponha o chapéu — disse ele, desdobrando uma coroa de papel azul.

— Você conseguiu descansar um pouco? — perguntou Dunworthy.

— Um pouco — respondeu ela, pondo a coroa de papel sobre o cabelo grisalho em desalinho. — Tivemos mais trinta casos de meio-dia para cá, e eu passei a maior parte do dia tentando conseguir a sequência com o CMI, mas a rede está sempre ocupada.

— Eu sei — disse Dunworthy. — Será que posso falar com Badri?

— Só por um ou dois minutos. — Ela franziu a testa. — Ele não está respondendo de modo algum à sintamicina, e o mesmo vale para os dois estudantes que estavam na festa de Headington. Beverly Breen melhorou um pouco. — Ela voltou a franzir a testa. — Isso me deixa preocupada. Você já recebeu o seu reforço?

— Ainda não. Colin já.

— E dói como o diabo — avisou Colin, desdobrando a tirinha de papel de dentro do cracker. — Posso ler sua frase?

Ela anuiu.

— Vou precisar trazer um técnico para dentro da área de quarentena amanhã, para verificar o fix de Kivrin. O que devo fazer? — quis saber Dunworthy.

— Nada, pelo que sei. Estão tentando impedir a saída das pessoas, não a entrada.

Uma funcionária puxou Mary de lado e começou a falar com ela em voz baixa e num tom de urgência.

— Tenho que ir — disse ela. — Não quero que saiam daqui até que você receba seu reforço. Volte para baixo depois que falar com Badri. Colin, você fica aqui e espera pelo sr. Dunworthy.

Dunworthy subiu até a Ala de Isolamento. Não havia ninguém à mesa de recepção, de modo que, antes de entrar, enfiou por conta própria um traje contra contaminação, lembrando-se de colocar as luvas por último.

A enfermeira simpática que manifestara tanto interesse por William estava tomando o pulso de Badri, com os olhos grudados nas telas. Dunworthy se deteve ao pé da cama.

Mary mencionara que Badri não estava respondendo bem ao tratamento, mas mesmo assim Dunworthy ficou chocado com seu aspecto. O rosto estava outra vez rubro de febre, os olhos pareciam machucados, como se atingidos com socos. O braço direito estava acoplado a um complicado shunt e cheio de manchas roxas na parte interna do cotovelo. O esquerdo estava pior ainda, todo enegrecido ao longo do antebraço.

— Badri? — chamou ele, e a enfermeira abanou a cabeça.

— Pode ficar só um instante — avisou ela.

Dunworthy concordou.

Ela pousou o braço flácido de Badri junto ao corpo, digitou alguma coisa no console e saiu.

Dunworthy sentou ao lado da cama e olhou para os monitores. Todos pareciam a mesma coisa, todos indecifráveis, gráficos e animações e números que não paravam de brotar, mas que não lhe diziam nada. Olhou para Badri, que jazia ali parecendo abatido, derrotado. Tocou de leve na mão dele e levantou-se para sair.

— Foram os ratos — murmurou Badri.

— Badri — disse ele, baixinho. — É o sr. Dunworthy.

— Sr. Dunworthy... — repetiu Badri, mas não abriu os olhos. — Estou morrendo, não é?

Dunworthy sentiu uma fisgada de medo.

— Não, não está — disse com vivacidade. — De onde tirou essa ideia?

— Sempre é fatal — respondeu Badri.

— O quê?

Badri não respondeu. Dunworthy sentou outra vez junto do técnico e ficou ali até que a enfermeira entrasse de novo no quarto, mas Badri não voltou a falar.

— Sr. Dunworthy? — disse ela. — Ele precisa de repouso.

— Eu sei.

Dunworthy caminhou até a porta e de lá voltou a olhar para Badri estirado na cama. Abriu a porta.

— Matou todo mundo — disse Badri. — Metade da Europa.

Quando desceu, Colin estava de pé junto à mesa da recepcionista, comentando seus presentes de Natal.

— Os presentes de mamãe não chegaram por causa da quarentena. O correio não se esqueceria de entregar.

Dunworthy avisou a recepcionista a respeito do reforço de células-T e ela assentiu e disse:

— Só um momento.

Os dois se sentaram para esperar. Matou todo mundo, pensou Dunworthy. Metade da Europa.

— Não pude ler a frase para a tia-avó Mary — comentou Colin. — Quer ouvir? — Não esperou pela resposta. — "Onde estava Papai Noel quando as luzes se apagaram?" — Esperou a resposta, cheio de expectativa.

Dunworthy abanou a cabeça.

— *No escuro*!

O garoto tirou do bolso, desembrulhou e enfiou na boca uma bola de chiclete.

— Está preocupado com aquela sua garota, não é?

— Estou.

Ele dobrou o papel da goma de mascar até produzir um bloquinho compacto.

— O que eu não entendo é: por que não pode ir buscar ela lá?

— Porque ela não está lá. Temos que esperar pelo reencontro.

— Não, quer dizer: por que não pode ir até a mesma época e pegar ela enquanto ainda está lá? Antes que alguma coisa aconteça? Quer dizer, vocês podem ir para lá a qualquer hora, basta querer, não é?

— Não — respondeu Dunworthy. — Você pode *mandar* um historiador para qualquer época mas, depois que ele está lá, a rede só pode funcionar em tempo real. Você chegou a estudar paradoxos na escola?

— Estudei — disse Colin, mas não parecia muito confiante. — São como aquelas regras de viajar no tempo?

— O *continuum* espaço-tempo não admite paradoxos — explicou Dunworthy. — Seria um paradoxo se Kivrin fizesse acontecer alguma coisa que não aconteceu, ou se ela causasse um anacronismo.

Colin continuava com cara de quem não estava entendendo.

— Um dos paradoxos é que ninguém pode estar em dois lugares ao mesmo tempo — prosseguiu Dunworthy. — Ela já está no passado há quatro dias. Não há nada que possamos fazer para mudar isso. É fato consumado.

— Quando é que ela volta, então?

— Quando ela viajou, o técnico estabeleceu aquilo que chamamos de fix. O fix diz exatamente onde ela está e age como uma... como uma... — Ele procurou um termo que fosse compreensível. — Uma corda. Ele amarra os dois tempos, de modo que a rede possa ser aberta de novo num determinado momento, para que ela possa ser trazida de volta.

— Tipo, "Pego você na igreja depois das seis"?

— Exatamente. É o que chamamos de reencontro. O de Kivrin está marcado para daqui a duas semanas, 28 de dezembro. Nesse dia, o técnico vai abrir a rede, e Kivrin vai poder voltar.

— Pensei que o senhor tinha dito que o tempo lá era o mesmo daqui. Como pode o dia 28 ser daqui a duas semanas?

— Eles usavam um calendário diferente do nosso na Idade Média. Lá é 17 de dezembro. A *nossa* data para o reencontro é 6 de janeiro. — Se ela estiver lá, pensou. Se eu conseguir encontrar um técnico capaz de abrir a rede.

Colin tirou da boca a goma de mascar e olhou pensativo para ela. Estava de um azul cheio de manchas, e parecia um mapa da Lua. Voltou a colocá-la na boca.

— Quer dizer que, se eu fosse para a Idade Média no dia 26 de dezembro, eu poderia ter duas festas de Natal.

— Sim, suponho que sim.

— Apocalíptico — disse ele. Tinha desdobrado o papel da goma de mascar e agora estava dobrando de novo, num volume ainda menor. — Acho que se esqueceram do senhor, não acha?

— Está começando a parecer — respondeu Dunworthy, que deteve o primeiro funcionário que passou por ali e explicou que estava esperando pelo reforço de células-T.

— Ah, é? — perguntou o homem, surpreso. — Vou tentar me informar. — E desapareceu no interior da Emergência.

Esperaram mais tempo. "Foram os ratos", dissera Badri. Já naquela primeira noite ele havia perguntado a Dunworthy: "Em que ano estamos?". Mas ele afirmara que o desvio fora mínimo. E que os cálculos do estagiário estavam corretos.

Colin tirou da boca a goma de mascar e a examinou, várias vezes, notando as mudanças de cor.

— Se alguma coisa terrível acontecesse, vocês poderiam violar as regras? — indagou ele, contemplando a bola. — Se ela perdesse um braço ou morresse ou fosse despedaçada por uma bomba, coisas desse tipo.

— Não há regras, Colin. Há leis científicas. Não podemos violar uma lei científica, mesmo querendo. Se tentarmos reverter fatos que já aconteceram, a rede simplesmente não vai abrir.

Colin cuspiu o chiclete no papel e embrulhou com cuidado.

— Tenho certeza de que sua garota está bem — falou. Guardou a goma embrulhada no bolso do casaco e tirou de lá um pacote volumoso. — Esqueci de entregar o presente de Natal para a tia-avó Mary — disse ele.

Antes que Dunworthy tivesse tempo de mandá-lo esperar, Colin deu um pulo e correu para dentro da Emergência, cruzou a porta e voltou na mesma velocidade.

— Diabos! A chata da sra. Gaddson está aqui! — avisou. — E vindo para cá!

Dunworthy ficou de pé.

— Era só o que faltava.

— Por aqui! — disse Colin. — Eu entrei pela porta dos fundos na noite em que vim para cá. — Ele partiu correndo noutra direção. — Venha!

Dunworthy não conseguiria correr, mas caminhou a passos rápidos pelo labirinto de corredores, guiado por Colin, até uma entrada de serviço que dava para uma ruazinha lateral. Um homem-sanduíche, carregando duas placas enormes, estava parado do lado de fora da porta, em plena chuva. Suas placas diziam: O QUE MAIS TEMÍAMOS CHEGOU, algo que parecia estranhamente adequado.

— Vou me certificar de que ela não viu a gente — disse Colin, partindo como uma flecha para a entrada.

O homem estendeu um panfleto para Dunworthy. O FIM DOS TEMPOS ESTÁ CHEGANDO!, dizia, em temíveis letras garrafais. "É preciso temer a Deus, porque a hora do julgamento está vindo. Apocalipse, 14:7."

Colin apareceu na esquina e acenou para Dunworthy.

— Tudo bem! — disse ele, ainda sem fôlego. — Ela está lá dentro, gritando com a recepcionista.

Dunworthy devolveu o panfleto ao homem e foi atrás de Colin, que o conduziu ao longo da rua lateral até a Woodstock Road. Dunworthy olhou com ansiedade para a porta da Emergência, mas não viu ninguém, nem mesmo o pessoal da manifestação contra a Comunidade Europeia.

Colin disparou a correr ao longo de mais um quarteirão, antes de reduzir o passo. Tirou do bolso o pacote de tabletes de sabão e ofereceu um a Dunworthy.

Ele recusou, agradecendo.

Colin pôs um tablete cor-de-rosa na boca e disse, sem muita clareza na voz:

— Esse é o melhor Natal que eu já tive.

Dunworthy meditou sobre este sentimento por algumas quadras. O carrilhão estava massacrando "In the Bleak Midwinter", o que também parecia adequado, e as ruas continuavam desertas, mas quando se aproximaram da Broad uma figura familiar correu na direção deles, encolhendo-se sob a chuva.

— É o sr. Finch — disse Colin.

— Deus do céu! — exclamou Dunworthy. — O que estará faltando agora?

— Espero que seja a couve.

Finch ergueu o rosto ao ouvir o som das vozes deles.

— Aí está o senhor, sr. Dunworthy. Graças aos céus. Procurei o senhor por toda parte.

— Qual o problema? — perguntou Dunworthy. — Já falei para a sra. Taylor que providenciaria uma sala de ensaio.

— Não é isso. São as pessoas detidas. Duas delas estão com o vírus.

TRANSCRITO DO LIVRO DO JUÍZO FINAL
(032631-034122)

21 de dezembro de 1320 (Calendário Antigo). O padre Roche não sabe onde é o local do salto. Pedi que me levasse ao lugar onde topou com Gawyn, mas mesmo estar na clareira não clareou minhas lembranças. É óbvio que Gawyn não esbarrou com ele senão quando já se encontrava muito longe do local, e a essa altura eu já estava em pleno delírio.

E percebi hoje que nunca serei capaz de achar o local sozinha. O bosque é muito grande, está cheio de clareiras e de carvalhos e de salgueiros que parecem todos iguais, agora que está nevando. Eu deveria ter assinalado o lugar com algo mais além do cofre.

Gawyn vai ter que me mostrar onde foi, e ele ainda não voltou. Rosemund me disse que é apenas meio dia de cavalgada daqui até Courcy, mas que ele provavelmente vai passar a noite lá por causa da chuva.

Está chovendo forte desde que voltamos, e suponho que eu devia estar feliz porque o aguaceiro vai derreter a neve. Porém, ao mesmo tempo, a chuva me impede de sair e procurar o local, sem contar que faz um frio glacial aqui na casa grande. Todos estão vestindo seus agasalhos e se amontoando perto do fogo.

E as pessoas do vilarejo, o que *fazem*? Suas cabanas mal conseguem barrar o vento, e aquela onde entrei não tinha nem sinal de um mero lençol. Devem estar congelando, literalmente, e Rosemund disse que o caseiro comentou que vai chover até a véspera de Natal.

Rosemund me pediu desculpas por seu péssimo comportamento no bosque e disse: “Eu estava com raiva da minha irmã”.

Agnes não tinha nada a ver com aquilo. A irritação de Rosemund obviamente teve origem na notícia de que seu noivo fora convidado para o Natal, e assim que tive uma chance de estar a sós com ela perguntei se estava preocupada com o futuro casamento.

— Meu pai combinou tudo — disse ela, manejando a agulha. — Ficamos noivos na festa de são Martinho. Vamos casar na Páscoa.

— Com o seu consentimento? — perguntei.

— É um bom acordo — respondeu ela. — Sir Bloet tem uma posição elevada e é dono de terras vizinhas às do meu pai.

— Você gosta dele?

Ela cravou a agulha no tecido do cosedor.

— Meu pai nunca deixaria que alguma coisa ruim me acontecesse — disse, puxando o longo fio atrás da agulha.

Não quis falar mais nada, e tudo que pude extrair de Agnes foi que Sir Bloet era bom e tinha lhe dado uma moeda de prata, sem dúvida como parte dos presentes do noivado.

Agnes estava preocupada demais com o joelho para falar de outra coisa. Parou de se queixar no meio do caminho para casa, mas depois mancou com exagero quando a ajudei a descer do cavalo. Achei que estava apenas querendo chamar atenção, mas quando olhei de perto vi que a casca da ferida fora completamente arrancada. A região em volta estava inchada e vermelha.

Lavei a ferida, envolvi a área no pano mais limpo que consegui achar (receio que fosse uma das coifas de Imeyne: achei a peça no baú aos pés da cama) e fiz com que Agnes se sentasse quietinha junto ao fogo para brincar com seu boneco cavaleiro, mas estou preocupada. Se infeccionar, pode virar algo sério. Não havia antimicrobiais nos anos 1300.

Eliwys também está preocupada. É bem claro que acreditava que Gawyn estaria de volta hoje à noite, e passou o dia indo para os biombos e espreitando pela porta. Ainda não sei direito o que ela sente por ele. Às vezes, como hoje, tenho impressão de que ama Gawyn e tem medo de pensar nas consequências disso. Adultério era um pecado mortal aos olhos da Igreja, e muitas vezes era algo também perigoso. Ainda assim, na maior parte do tempo estou convencida de que o *amour* dele não é correspondido, absolutamente, e que ela vive tão preocupada com o marido que nem percebe a existência do rapaz.

A dama pura e inatingível era o ideal dos romances cortesãos, mas é claro que Gawyn não sabe se o seu amor é correspondido ou não. O fato de ter me resgatado no bosque e de sair em perseguição aos meus ladrões não passa de uma tentativa de impressioná-la (e seria muito mais impressionante se de fato existisse um bando de vinte malfeitores, todos com espadas e maças de guerra e machados). Ele evidentemente faria qualquer coisa para conquistar Eliwys, e Lady Imeyne sabe disso. Deve ser por isso, acho, que ela o mandou para Courcy.

18

Quando por fim chegaram ao Balliol, outros dois detidos tinham caído de cama com o vírus. Dunworthy mandou Colin para seus aposentos e ajudou Finch a levar os doentes para a cama e ligar para o hospital.

— Todas as nossas ambulâncias estão ocupadas — disse a atendente. — Mandaremos uma assim que for possível.

O "assim que for possível" ocorreu à meia-noite. Dunworthy conseguiu se recolher apenas depois de uma da manhã.

Colin estava adormecido no colchão que Dunworthy colocara para ele. *A Era da Cavalaria* estava junto da sua cabeça. Dunworthy chegou a pensar se valeria a pena recolher o livro, mas teve medo de acordar o garoto. Foi direto para a cama.

Kivrin não podia estar no meio da peste. Badri falara num desvio de quatro horas, e a peste não tinha atingido a Inglaterra senão em 1348. Kivrin fora enviada para 1320.

Ele se virou para o outro lado e cerrou os olhos com força. Ela não podia estar no meio da peste. Badri estava delirando. Tinha falado todo tipo de insanidades, desde tampas e porcelanas quebradas a ratos. Nada daquilo fazia sentido. Era a voz da febre. Ele dissera a Dunworthy para registrar. Tinha lhe passado notas imaginárias. Nada daquilo significava alguma coisa.

"Foram os ratos", comentara Badri. Os contemps não sabiam que a peste era espalhada pelas pulgas nos ratos. Não faziam a menor ideia da causa da doença. Tinham acusado todo mundo: os judeus, as bruxas, os loucos. Tinham assassinado pessoas com retardo e enforcado mulheres idosas. Tinham queimado gente na fogueira.

Ele levantou da cama e caminhou em silêncio até a sala ao lado. Foi na ponta dos pés até o colchão de Colin e retirou *A era da cavalaria* que estava encostado à cabeça do garoto, que se mexeu mas não acordou.

Dunworthy sentou-se junto da janela e procurou a Peste Negra no livro. Ela tivera início na China em 1333, propagando-se para o Oeste através de navios mercantes até Messina, na Sicília, e dali para Pisa. Espalhara-se por toda a Itália (oitenta mil mortos em Siena, cem mil em Florença, trezentos mil em Roma) e pela França, antes de cruzar o Canal da Mancha. Alcançou a Inglaterra em 1348, "um pouco antes da festa de são João Batista", no dia 24 de junho.

Isso indicava uma diferença de vinte e oito anos. Badri tinha se preocupado com a possibilidade de um desvio muito grande, mas ele estava falando em termos de semanas, não de anos.

Inclinando-se sobre o colchão de Colin, ele tirou da estante o *Pandemias* de Fitzwiller.

— O que está fazendo? — perguntou Colin, sonolento.

— Lendo sobre a Peste Negra — sussurrou ele. — Vá dormir.

— Eles não chamavam assim — murmurou Colin, com a boca cheia de goma de mascar. Ele virou de lado, enrolando-se nos lençóis. — Chamavam de doença azul.

Dunworthy pegou e levou os dois livros para a cama. Fitzwiller datava a chegada da Peste na Inglaterra como no dia de são Pedro, 29 de junho, em 1348. A Peste alcançou Oxford em dezembro, Londres em outubro de 1349, e depois se espalhou para o norte e também através do Canal da Mancha até os Países Baixos e a Noruega. Chegou a todas as partes, menos à Boêmia e à Polônia, que ficou de quarentena, e curiosamente a algumas partes da Escócia.

Quando acabou, tinha varrido o interior da Inglaterra como um Anjo da Morte, devastando vilarejos inteiros, sem deixar sequer alguém para dar a extrema-unção ou enterrar os corpos em decomposição. Em um mosteiro, morreram todos os monges, menos um.

O único sobrevivente, John Clyn, deixou um registro: "E, para que coisas que devem ser lembradas não sucumbam ao tempo nem se desvaneçam da memória dos que virão depois de nós", escreveu ele, "eu, vendo tantos males e vendo o mundo, por assim dizer, sob a garra do Maligno, e estando eu próprio como se já entre os mortos, eu, esperando pela morte, deliberei deixar por escrito todas as coisas que testemunhei".

Ele descreveu tudo, como um verdadeiro historiador, e ao que tudo indica morreu depois, completamente só. Sua caligrafia no manuscrito se limita a se perder num risco sem direção, e abaixo, com outra letra, alguém escreveu: "Aqui, ao que parece, o autor morreu".

Alguém bateu à porta. Era Finch, trajando um roupão, com os olhos vermelhos e agitado.

— Mais uma pessoa detida adoeceu, senhor — informou.

Dunworthy pôs o dedo nos lábios e saiu para o corredor com ele.

— Ligou para o hospital?

— Liguei, senhor, e me avisaram que pode demorar algumas horas até haver uma ambulância disponível. Pediram que essa senhora ficasse em isolamento e recebesse rimantadina e suco de laranja.

— Algo que, imagino, está quase acabando — disse Dunworthy, irritado.

— Está, senhor, mas não é este o problema. Ela não quer colaborar.

Dunworthy pediu a Finch que esperasse do lado de fora enquanto ele se vestia e colocava a máscara facial, e depois os dois desceram até Salvin. Havia um agrupamento de detidos diante de uma porta, todos trajando uma combinação variada de roupas de baixo, casacos e lençóis. Somente alguns tinham a máscara facial. Depois de amanhã, todos vão cair de cama, pensou Dunworthy.

— Graças aos céus que está aqui — disse um, com fervor. — Não podemos fazer nada por ela.

Finch conduziu Dunworthy para dentro, onde a mulher estava sentada na cama, muito empertigada. Era uma senhora idosa, com cabelos brancos e ralos, e tinha os mesmos olhos acesos de febre e a mesma expressão frenética e alerta de Badri naquela primeira noite.

— Vá embora! — disse ela assim que avistou Finch, ameaçando lhe dar um tapa. Virou os olhos ardentes para Dunworthy. — Papai! — exclamou, e depois fez um beicinho. — Eu fui muito má — disse, com voz infantil. — Comi o bolo de aniversário todinho, e agora minha barriga está doendo.

— Entende o que eu falei, senhor? — indagou Finch.

— Os índios estão vindo, papai? — perguntou ela. — Não gosto de índios. Eles têm arcos e flechas.

Somente ao amanhecer conseguiram finalmente levá-la para um dos colchões colocados numa das salas de conferências. Dunworthy a certa altura teve que dizer: "Papai quer que a menininha deite e fique bem quieta". Assim que ela se acalmou, a ambulância apareceu.

— Papai! — gritou ela, quando as portas da ambulância foram se fechando. — Não me deixe aqui sozinha!

— Oh, céus — disse Finch quando a ambulância se afastou. — Passa da hora do café. Espero que não tenham comido todo o bacon.

Ele saiu para fazer o racionamento da comida, e Dunworthy se dirigiu para seus aposentos, para esperar o telefonema de Andrews. Colin já vinha descendo a escada, comendo uma fatia de torrada e enfiando o casaco.

— O vigário quer uma mãozinha para angariar roupas para as pessoas detidas — disse ele, com a boca cheia de torrada. — A tia-avó Mary telefonou. Quer que ligue para ela.

— Andrews não ligou?

— Não.

— As ligações estão com imagem?

— Não.

— Ponha sua máscara — ordenou Dunworthy, enquanto o garoto se afastava. — E o cachecol!

Ligou para Mary e esperou impaciente durante uns cinco minutos, até que ela veio ao fone.

— James! — disse ela. — É Badri. Está perguntando por você.

— Está melhor, então?

— Não. A febre continua muito alta, e ele está muito agitado. Fica chamando por você e insiste que tem alguma coisa para lhe dizer. Está resvalando para um estado perigoso. Se você puder vir e falar com ele, talvez se acalme.

— Ele falou alguma coisa sobre a Peste?

— A *Peste*?! — repetiu ela, parecendo incomodada. — Não me diga que você aderiu a esses boatos ridículos que estão circulando, James, dizendo que é o cólera, que é a dengue, que é o retorno da Pandemia...

— Não — respondeu Dunworthy. — Estou apenas me referindo a Badri. Na noite passada, ele disse: "matou metade da Europa" e "foram os ratos".

— Ele está delirando, James. É a febre. Não significa nada.

Ela tem razão, pensou ele. A mulher falara de índios com arco e flecha, mas ninguém sairia por causa disso à procura dos sioux. Ela pensara num bolo de aniversário como a explicação para estar se sentindo doente, e Badri pensou na Peste. Não queria dizer nada.

Não obstante, disse para Mary que iria de imediato ao hospital ver Badri e saiu à procura de Finch. Andrews não tinha especificado a que horas ligaria, mas Dunworthy não podia correr o risco de deixar o telefone sem ninguém por perto. Deveria ter pedido a Colin para ficar, enquanto conversava com Mary.

Finch provavelmente estaria no salão, defendendo o bacon com a própria vida. Dunworthy deixou o fone fora do gancho, para parecer que estava ocupado, e cruzou o pátio até o salão.

A sra. Taylor veio ao seu encontro na porta.

— Já estava indo à sua procura — começou ela. — Fiquei sabendo que um dos detidos adoeceu com o vírus esta noite.

— Isso mesmo — disse ele, olhando em torno do salão à procura de Finch.

— Oh, céus. Suponho então que todos nós fomos expostos.

Ele não via Finch em lugar algum.

— De quanto tempo é o período de incubação? — perguntou a sra. Taylor.

— De doze a quarenta e oito horas — respondeu ele, pescoço esticado, tentando ver por cima das cabeças das pessoas.

— Isso é terrível! — exclamou a sra. Taylor. — E se uma de nós adoecer bem no meio do concerto? Nós pertencemos ao Tradicional, o senhor sabe, não somos do Conselho. As regras são bem explícitas.

Ele ficou se perguntando por que o Tradicional, seja lá o que fosse, achou por bem ter regras relativas a sineiras com influenza.

— A Regra Três, por exemplo — prosseguiu a sra. Taylor. — "Cada pessoa deve tocar o seu sino sem interrupções." Não podemos colocar outra pessoa durante o recital se uma de nós adoecer de repente. E vai prejudicar o ritmo.

Ele teve a rápida visão de uma das sineiras, com suas luvas brancas, desabando no chão e sendo chutada para longe para não quebrar o ritmo.

— Existe algum sintoma prévio? — perguntou a sra. Taylor.

— Não — respondeu ele.

— A circular distribuída pelo SNS fala de desorientação, febre e dor de cabeça, mas isso de nada adianta. Os sinos sempre nos dão dor de cabeça.

Posso imaginar, pensou ele, agora à procura de William Gaddson ou de algum estudante que pudesse deixar de sentinela junto ao telefone.

— Se fôssemos do Conselho, é claro, não haveria problema. Eles permitem a substituição dos músicos a torto e a direito. Durante um concerto de "Tittum Bob Maxims", em Ork, contaram com dezenove sineiras. Dezenove! Não sei como conseguem chamar isso de concerto.

Nenhum dos seus alunos estava ali no salão, Finch sem dúvida tinha se barricado na despensa, e Colin já saíra há muito tempo.

— Tem certeza de que ainda precisam de uma sala para ensaios? — perguntou à sra. Taylor.

— Tenho. A menos que uma de nós adoeça dessa coisa. Claro, podíamos fazer stedmans, mas não seria a mesma coisa, não acha?

— Deixarei que usem meus aposentos se prometerem que atenderão o telefone e receberão meus recados. Estou esperando um telefonema importante, de fora, um interurbano, e é essencial para mim que haja alguém por perto o tempo inteiro.

Ele foi mostrar o local à sra. Taylor.

— Oh, não é muito grande, não é mesmo? — comentou ela. — Não estou certa de que haja espaço para todas. Posso afastar os móveis?

— Pode fazer o que quiser, desde que atendam o telefone e anotem os recados. Estou esperando uma ligação do sr. Andrews. Digam a ele que não precisa de autorização para penetrar na área da quarentena. Digam para ir direto para o Brasenose, que me encontrarei com ele lá.

— Bem, está tudo certo, acho — disse ela, como se estivesse fazendo um favor. — Pelo menos é melhor do que aquela cafeteria cheia de correntes de ar.

Depois de deixar a sra. Taylor arrastando móveis, ainda sem ter certeza de que agia certo ao confiar aquela missão a ela, Dunworthy apressou-se ao encontro de Badri. Seu técnico tinha alguma coisa para lhe dizer. *Matou todo mundo. Metade da Europa.*

A chuva diminuíra até uma neblina leve, e os manifestantes contra a Comunidade Europeia estavam todos agrupados à entrada do hospital. O grupo ganhara reforço de uma porção de jovens da idade de Colin, usando máscaras negras e gritando as palavras de ordem "Libertem meu povo!".

Um dos manifestantes agarrou Dunworthy pelo braço.

— O governo não tem o direito de manter você aqui contra a sua vontade — vociferou ele, aproximando seu rosto mascarado do rosto também mascarado de Dunworthy.

— Não seja bobo — rebateu Dunworthy. — Estão querendo começar outra Pandemia?

O rapaz largou seu braço, parecendo confuso, e Dunworthy esgueirou-se para dentro do prédio.

A Emergência estava lotada de pacientes deitados em macas. Um deles estava perto do elevador. Parada ao lado dele, uma enfermeira de aspecto imponente, trajando um volumoso SPG, lia alguma passagem de um livro encapado em plástico.

— "Recordaste de um inocente que tenha perecido?" — leu ela, e Dunworthy percebeu com alarme que não era uma enfermeira, e sim a sra. Gaddson. — "Onde já se viu que justos fossem exterminados?"

Ela se interrompeu e folheou as páginas finas da *Bíblia*, à procura de outro trecho encorajador, e Dunworthy cortou por um corredor lateral e dali pelas escadas, eternamente grato ao SNS pela distribuição de máscaras faciais.

— "Iahweh te ferirá com tísica e febre" — entoou a mulher, e sua voz ressoou no corredor enquanto Dunworthy se afastava — "com inflamação, delírio, secura, ferrugem e mofo".

E os ferirá com a sra. Gaddson, pensou ele, e ela fará a leitura das Escrituras para manter elevado o moral.

Pelas escadas, Dunworthy seguiu até a Ala de Isolamento, que aparentemente ocupava agora quase a totalidade do primeiro andar.

— Ah, *aqui* está o senhor — disse a enfermeira, a estudante lourinha e bonita de novo. Ele pensou se deveria preveni-la da proximidade da sra. Gaddson.

— Já estava quase desistindo — prosseguiu ela. — Ele chamou pelo senhor a manhã inteira. — Ela lhe estendeu um kit de SPG, ele colocou as vestimentas de segurança e a seguiu para dentro do quarto.

— Ele estava agitadíssimo chamando o senhor há cerca de meia hora — comentou ela, sussurrando. — Insistiu o tempo todo que tinha algo para lhe dizer. Está um pouco melhor agora.

Badri, de fato, parecia bem melhor. Tinha perdido aquela vermelhidão congestionada do rosto e, embora sua pele morena continuasse pálida, ele estava mais parecido com o Badri de sempre. Estava parcialmente erguido, encostado numa pilha de travesseiros, os joelhos levantados, as mãos apoiadas de leve sobre eles, os dedos curvos. Tinha os olhos fechados.

— Badri — chamou a enfermeira, inclinando-se e pondo a mão enluvada sobre o ombro dele —, o sr. Dunworthy está aqui.

Ele abriu os olhos.

— Sr. Dunworthy?

— Isso mesmo — respondeu ela, apontando para o outro lado da cama. — Não falei que ele estava vindo?

Badri se empertigou um pouco mais junto aos travesseiros, mas sem fitar Dunworthy. Estava olhando diretamente para a frente.

— Estou aqui, Badri — disse Dunworthy, movendo-se para entrar no campo de visão dele. — O que você queria me dizer?

Badri continuava olhando para a frente, e suas mãos começaram a se mexer inquietas sobre os joelhos. Dunworthy lançou um olhar para a enfermeira.

— Ele tem feito isto — comentou ela. — Parece que está digitando. — Ela observou os monitores e saiu do quarto.

Ele estava mesmo digitando, os pulsos pousados nos joelhos, os dedos batendo no lençol numa sequência complexa. Seus olhos fitavam alguma coisa à frente — uma tela? — e depois de algum tempo ele franziu a testa.

— Isso não pode estar certo — comentou, e começou a digitar rapidamente.

— O que é, Badri? — perguntou Dunworthy. — O que está errado?

— Deve haver um erro — disse Badri, inclinando-se um pouco para o lado. — Passe para mim uma leitura linha por linha direta do TAA.

Dunworthy percebeu que ele estava falando no microfone do console. Está lendo o fix, pensou.

— O que não está correto aí, Badri?

— O desvio — respondeu Badri, os olhos pregados no monitor imaginário. — Checar a leitura — disse ao ouvido do console. — Não *pode* estar correto.

— O que há de errado com o desvio? — indagou Dunworthy. — Foi um desvio maior do que você esperava?

Badri não respondeu. Digitou por alguns instantes, fez uma pausa, olhando o monitor, e começou a digitar freneticamente.

— Quanto de desvio, Badri? — quis saber Dunworthy.

Ele digitou durante um minuto inteiro, depois parou e ergueu os olhos para Dunworthy.

— Tão preocupado — disse, pensativo.

— Preocupado com o quê, Badri? — perguntou Dunworthy.

Badri jogou de repente o lençol para um lado e agarrou a grade lateral da cama.

— Preciso achar o sr. Dunworthy — respondeu, tentando arrancar a cânula do braço, puxando a fita adesiva.

Os monitores atrás se alteraram de repente, e os gráficos deram piques bruscos para cima, soltando bipes. Lá fora, em algum lugar, um alarme começou a tocar.

— Não deve fazer isso — disse Dunworthy, estendendo os braços, tentando detê-lo.

— Ele está no pub — falou Badri, repuxando e rasgando a fita.

Os monitores todos saltaram para uma linha reta, alongando-se horizontalmente.

— Desconectado — disse uma voz de computador. — Desconectado.

A enfermeira entrou às pressas.

— Oh, já é a segunda vez que ele faz isso — comentou ela. — Sr. Chaudhuri, não deve fazer mais isso. Vai acabar arrancando sua cânula.

— Vá chamar o sr. Dunworthy, agora mesmo — disse ele. — Tem alguma coisa errada. — Mesmo assim, ele voltou a se recostar na cama, e deixou a enfermeira cobri-lo. — Por que ele não vem?

Dunworthy esperou enquanto a enfermeira voltava a aplicar fita adesiva à cânula e reiniciava as telas. Ficou observando Badri. Parecia desgastado, apático, quase entediado. Um novo hematoma estava se formando acima da cânula.

A enfermeira retirou-se, comentando:

— Acho que o melhor é pedir um sedativo para ele.

Assim que ela saiu, Dunworthy disse:

— Badri, aqui é Dunworthy. Você queria me dizer alguma coisa. Olhe para mim, Badri. O que foi? O que deu errado?

Badri olhou para ele, mas sem expressão.

— Houve um desvio muito grande, Badri? Kivrin está na Peste Negra?

— Não tenho tempo — respondeu Badri. — Eu estive fora no sábado e no domingo. — Ele fez de novo o movimento de digitar, os dedos movimentando-se incessantemente sobre o lençol. — Isso não pode estar certo.

A enfermeira entrou trazendo o remédio.

— Oh, que bom — disse ele, e sua expressão relaxou e descontraiu, como se um enorme peso tivesse sido tirado de seus ombros. — Não sei o que aconteceu. Tive uma dor de cabeça tão grande.

Ele fechou os olhos antes mesmo que a enfermeira terminasse de plugar o frasco na cânula, e começou a roncar bem de leve.

Ela conduziu Dunworthy para fora.

— Se ele acordar e chamar pelo senhor de novo, como posso avisá-lo? — perguntou.

Passou a ela seu telefone.

— O que foi exatamente que ele falou? — indagou, enquanto despia as roupas de proteção. — Quando eu não estava aqui?

— Ele ficou repetindo o seu nome e dizendo que precisava encontrar o senhor para dizer alguma coisa muito importante.

— Falou algo a respeito de ratos? — quis saber.

— Não. Por um momento ele disse que precisava encontrar Karen, ou Katherine...

— Kivrin.

Ele anuiu.

— Isso. Ele disse: Tenho que encontrar Kivrin. O laboratório está aberto? E então falou alguma coisa a respeito de um cordeiro, mas nada sobre ratos, até onde eu lembre. Na maior parte do tempo não entendo o que ele diz.

Ele jogou as luvas dentro do saco.

— Quero que anote tudo que ele disser. Com exceção das partes que não entender — acrescentou ele, antes que ela pudesse fazer uma objeção. — Mas anote o resto. Voltarei aqui hoje à tarde.

— Vou tentar — disse ela. — Mas a maior parte é sem sentido.

Ele desceu as escadas. A maior parte era sem sentido, devaneios febris que não diziam nada. Dunworthy saiu e ficou à procura de um táxi. Queria chegar ao Balliol o mais depressa possível, falar com Andrews, pedir para que lesse o fix.

"Isso não pode estar certo", dissera Badri, e tinha que ser alguma coisa referente ao desvio. Será que ele fizera uma leitura equivocada dos números, pensando que tinham sido apenas quatro horas, e depois descoberto... o quê? Que eram quatro anos? Ou vinte e oito?

— Vai chegar mais depressa se for andando — comentou alguém. Era o rapaz com máscara. — Se está esperando um táxi, vai ficar aí para sempre. Foram todos requisitados pelo maldito governo.

O manifestante apontou para um táxi que acabava de entrar e parar à porta da Emergência. Havia uma placa do SNS afixada ao vidro lateral.

Dunworthy agradeceu ao rapaz e partiu em direção ao Balliol. Estava chovendo de novo, e ele andou depressa, com a esperança de que Andrews já tivesse telefonado e que àquela hora já estivesse a caminho. "Vá chamar o sr. Dunworthy, agora mesmo", dissera Badri. "Tem alguma coisa errada." Ele estava visivelmente revivendo no delírio as ações que tomou assim que estabeleceu o fix, quando correu embaixo de chuva até o pub O Cordeiro e a Cruz para ir buscá-lo. "Isso não pode estar certo", foram as suas palavras.

Dunworthy cruzou o pátio quase correndo e subiu para seus aposentos. Sua preocupação era se a sra. Taylor teria ou não conseguido ouvir o toque do telefone em meio a um bimbalhar de campainhas. No entanto, quando abriu a porta, encontrou as sineiras em círculo, de pé, no meio da saleta, de máscara no rosto, os braços erguidos e as mãos juntas como num gesto de súplica, abaixando as mãos diante do corpo e curvando os joelhos, num silêncio solene.

— O secretário do sr. Basingame ligou — informou a sra. Taylor, erguendo-se e abaixando-se. — Disse que acha que o sr. Basingame está em algum lugar nas Terras Altas. E o sr. Andrews pediu que ligasse. Ele acabou de telefonar.

Dunworthy ligou imediatamente, sentindo um alívio imenso. Enquanto esperava que Andrews atendesse, ficou observando o curioso número e tentando entender se a ordem tinha um padrão. A sra. Taylor parecia sacudir-se numa base semirregular, mas as outras faziam curvaturas sem nenhuma regularidade perceptível. A maior delas, a sra. Piantini, estava contando baixinho, o cenho franzido de concentração.

— Consegui autorização para que você entre na área de quarentena. A que horas você vem? — perguntou Dunworthy, assim que Andrews atendeu.

— Estive pensando nisso, senhor — disse o técnico. A ligação tinha imagem, mas estava muito borrada para que Dunworthy pudesse ver a expressão no rosto do interlocutor. — Acho que não seria uma boa ideia. Estive assistindo aos vids a respeito da quarentena. Dizem que esse vírus indiano é extremamente contagioso, senhor.

— Você não vai ter que entrar em contato com nenhum dos doentes — objetou Dunworthy. — Posso dar um jeito de conduzir você direto para o laboratório do Brasenose. Vai estar perfeitamente seguro. Isso é da maior importância.

— Sim, senhor, mas é que os vids dizem que isto pode ter sido causado pelo sistema de aquecimento da universidade.

— O sistema de aquecimento?! — repetiu Dunworthy. — A universidade não tem sistema de aquecimento, e os sistemas específicos de cada unidade têm mais de cem anos e são incapazes de aquecer, quanto mais de contaminar alguém. — As sineiras voltaram-se todas ao mesmo tempo para olhar para ele, mas sem sair do ritmo. — Isso não tem nada a ver com o aquecimento. Nem com a Índia, nem com a ira divina. Começou na Carolina do Sul. A vacina já está a caminho. É totalmente seguro.

Andrews parecia obstinado.

— Mesmo assim, senhor, continuo achando que ir para aí não seria uma boa ideia.

As sineiras pararam abruptamente.

— Desculpem — disse a sra. Piantini, e elas recomeçaram.

— Nós precisamos verificar esse fix. Estamos com uma historiadora em 1320, e não sabemos de quanto foi o desvio. Posso providenciar um adicional de insalubridade para você — disse Dunworthy, e então percebeu que aquela não era a melhor abordagem. — Posso dar um jeito de você ficar isolado, conseguir vestes anticontágio ou...

— Posso ler o fix daqui — interrompeu Andrews. — Tenho uma amiga que é capaz de fazer a conexão de acesso. Ela estuda em Shrewsbury. — Ele fez uma pausa. — É o máximo que posso fazer. Sinto muito.

— Desculpem — disse a sra. Piantini outra vez.

— Não, não, seu sino vem em segundo — comentou a sra. Taylor. — Você toca dois-três e sobe e desce, e três-quatro para baixo, e depois um puxão completo. E mantenha os olhos nas colegas, não no chão. Um, dois e vai!

Elas recomeçaram o minueto.

— Eu simplesmente não posso correr esse risco — argumentou Andrews. Estava bem claro que ele não seria persuadido.

— Como se chama sua amiga de Shrewsbury? — quis saber Dunworthy.

— Polly Wilson — respondeu Andrew, demonstrando alívio. Ele passou a Dunworthy o número do telefone. — Diga a ela que precisa de uma leitura remota, solicitação IA, e ponte de transmissão. Eu estarei neste número aqui.

Ele esboçou o gesto de desligar.

— Espere! — exclamou Dunworthy, atraindo um olhar de reprovação das sineiras. — Qual seria o desvio máximo num salto para 1320?

— Não faço ideia — disse Andrews prontamente. — Desvio é uma coisa difícil de arriscar. Muitos fatores envolvidos.

— Uma estimativa — pediu Dunworthy. — Poderia chegar a vinte e oito anos?

— Vinte e oito *anos*? — repetiu Andrews, e o seu tom de voz atônito foi como uma rajada de alívio para Dunworthy. — Oh, acredito que não. A tendência geral é haver desvios maiores à medida que se salta para um passado mais distante, mas esse aumento não é exponencial. A checagem dos parâmetros pode dizer isso para o senhor.

— Medieval não fez a checagem.

— Eles mandaram uma historiadora ao passado sem checar os parâmetros? — questionou Andrews, que parecia chocado de verdade.

— Sem checar os parâmetros, sem testes não tripulados, sem testes de reconhecimento — acrescentou Dunworthy. — Por isso é essencial fazer a verificação desse fix. Quero que você faça algo para mim.

Andrews se retesou.

— Não precisa vir aqui para isso — acrescentou Dunworthy rapidamente. — O Jesus College tem um sistema de rede em Londres. Quero que você vá até lá e faça a checagem de parâmetros para um salto ao meio-dia de 13 de dezembro de 1320.

— Quais são as coordenadas locais?

— Não sei. Vou obter quando for ao Brasenose. Quero que você me telefone neste número assim que tiver determinado qual seria o desvio máximo. Pode fazer isso?

— Posso — respondeu ele, mas apresentava de novo um semblante dubitativo.

— Ótimo. Vou ligar para Polly Wilson. Leitura remota, solicitação IA e ponte de transmissão. Aviso você assim que ela estiver com tudo pronto no Brasenose — disse Dunworthy, e desligou antes que Andrews mudasse de ideia.

Ficou segurando o aparelho e observando as sineiras. A ordem mudava a cada vez, mas a sra. Piantini, aparentemente, não voltou a errar a contagem.

Ligou para Polly Wilson e repassou as especificações dadas por Andrews, imaginando se ela também teria assistido aos vids e se também estaria com receio dos aquecedores do Brasenose, mas ela respondeu sem hesitação:

— Vou ter que encontrar um portal. Vejo o senhor lá, em quarenta e cinco minutos.

Ele deixou as sineiras ainda se movendo e seguiu para o Brasenose. A chuva voltara a diminuir, e havia mais gente na rua, embora muitas lojas continuassem fechadas. Seja lá quem estivesse cuidando do carrilhão da Carfax Tower tinha adoecido também ou esquecido tudo devido à quarentena. O carrilhão prosseguia tocando "Bring a Torch, Jeanette, Isabella" ou possivelmente "O Tannenbaum".

Havia três manifestantes diante da loja de comida indiana e mais uma meia dúzia à frente do Brasenose, segurando a várias mãos uma enorme faixa que dizia: VIAGENS NO TEMPO SÃO PREJUDICIAIS À SAÚDE. Ele reconheceu uma moça, a que estava na ponta: era a jovem paramédica da ambulância.

Sistema de aquecimento e Comunidade Europeia e viagens no tempo. Durante a Pandemia, fora o programa de guerra bacteriológica dos Estados Unidos e o ar-condicionado. Na Idade Média, puseram a culpa das epidemias em Satã e no aparecimento de cometas. Sem dúvida, quando fosse revelado que o vírus tinha origem na Carolina do Sul, diriam que a culpa era dos Confederados ou então do frango frito do KFC.

Ele cruzou o portão e foi à recepção. A árvore de Natal estava numa extremidade do balcão, um anjo debruçado sobre ela.

— Uma aluna de Shrewsbury vem se encontrar comigo aqui para montar um equipamento de comunicação — disse ele ao porteiro. — Precisamos do laboratório.

— O laboratório está com restrições, senhor — avisou o porteiro.

— Restrições?

— Sim, senhor. Está trancado, e tenho ordem de não deixar ninguém entrar.

— Por quê? O que aconteceu?

— É por causa da epidemia, senhor.

— A epidemia?

— Isso. Talvez seja o caso de falar com o sr. Gilchrist, senhor.

— Talvez seja. Diga a ele que estou aqui e que preciso ter acesso ao laboratório.

— Receio que ele não esteja no momento.

— E onde está?

— No hospital, creio eu. Ele...

Dunworthy não esperou para ouvir o resto. Na metade do caminho para o hospital, ocorreu-lhe que talvez Polly Wilson ficasse à sua espera sem ter a menor ideia de onde ele tinha ido e, ao avistar o hospital, pensou que Gilchrist poderia estar ali porque adoecera também.

Bem feito, pensou, ele merece. No entanto, Gilchrist estava na saleta de espera, de máscara facial, em perfeita saúde, arregaçando a manga diante da enfermeira, que esperava de injeção em punho.

— Seu porteiro disse que o laboratório está sob restrição — disse Dunworthy, interpondo-se entre os dois. — Preciso entrar lá. Encontrei uma técnica que pode fazer uma leitura remota do fix. Precisamos instalar um equipamento de transmissão.

— Receio que não seja possível — respondeu Gilchrist. — O laboratório está sob quarentena até que a origem do vírus seja estabelecida.

— A origem do vírus?! — comentou ele, com incredulidade. — O vírus teve origem na Carolina do Sul.

— Só teremos certeza quando houver uma identificação positiva. Enquanto isso, achei que o melhor a fazer era minimizar os riscos para a universidade, restringindo o acesso ao laboratório. Agora, se me permite, estou aqui para receber o meu reforço de sistema imunológico — disse, tentando contornar Dunworthy e se aproximar da enfermeira.

Dunworthy o deteve pelo braço.

— *Quais* riscos?

— Tem havido um considerável clamor público de que o vírus possa ter sido transmitido através da rede.

— Clamor público? Você se refere àquela meia dúzia de patetas com uma faixa diante do seu portão?

— Estamos em um hospital, sr. Dunworthy. Abaixe a voz, por favor — pediu a enfermeira.

Ele a ignorou.

— Tem havido um "considerável clamor público", como diz você, de que o vírus possa ter sido causado por leis de imigração muito liberais. Tem intenção de se separar da Comunidade Europeia também?

O queixo de Gilchrist se ergueu, e as rugas se acentuaram nas laterais do seu nariz, visíveis até por baixo da máscara.

— Como diretor em exercício da Faculdade de História, minha responsabilidade é agir nos melhores interesses da universidade. Nossa posição nesta comunidade, como tenho certeza de que o senhor sabe, depende da preservação da simpatia dos seus habitantes. Achei que seria importante acalmar os temores da população e fechar o laboratório até recebermos o sequenciamento do vírus. Se de fato ficar comprovado que o vírus é da Carolina do Sul, então o laboratório será reaberto imediatamente, é claro.

— E, enquanto isso, o que fazemos em relação a *Kivrin*?

— Se não abaixar a voz, vou ser obrigada a relatar o fato à dra. Ahrens — ameaçou a enfermeira.

— Excelente — respondeu Dunworthy. — Vá buscá-la. Preciso que ela explique ao sr. Gilchrist como ele está sendo ridículo. Esse vírus não pode ter passado através da rede.

A enfermeira saiu pisando firme.

— Se os seus manifestantes são tão despreparados a ponto de não entender as leis da física — prosseguiu Dunworthy —, eles provavelmente não vão compreender o que é um *salto*. A rede foi aberta apenas para dar acesso a 1320, não para trazer algo *de* lá. Nada pode chegar até nós vindo do passado.

— Se for assim, então a srta. Engle não corre perigo, e não faremos mal a ninguém se esperarmos até o resultado do sequenciamento.

— Como não corre perigo? O senhor não sabe nem onde ela está.

— Seu técnico obteve o fix, relatou que o salto foi bem-sucedido e que havia apenas um mínimo de desvio — disse Gilchrist, que desarregaçou a manga da camisa e abotoou o punho. — Para mim, basta saber que a srta. Engle está onde deveria estar.

— Muito bem, para mim não. Nem bastará enquanto eu não tiver certeza de que Kivrin chegou sã e salva.

— Talvez eu deva recordar mais uma vez que a srta. Engle está sob a minha responsabilidade, não a sua, sr. Dunworthy. — Ele enfiou o casaco. — Tenho que fazer o que eu achar melhor.

— E acha melhor interditar provisoriamente o laboratório por causa de meia dúzia de malucos — disse ele, com amargura. — Também existe um "considerável clamor público" de que o vírus seja um castigo de Deus. O que pretende fazer para preservar a simpatia dos moradores daqui? Levar mártires para a fogueira?

— Não gosto desses seus comentários nem de sua interferência constante em assuntos que não são da sua conta. O senhor parece decidido, desde o começo, a sabotar Medieval e dificultar seu acesso às viagens temporais. E, como se não bastasse, agora parece decidido a desrespeitar minha autoridade. Talvez eu deva recordar que sou o diretor em exercício da faculdade de história na ausência do sr. Basingame, e nesta qualidade...

— O senhor não passa de um tolo, de um ignorante metido a besta que nunca deveria ter ocupado um cargo em Medieval nem se encarregado da segurança de Kivrin.

— Não vejo propósito em prosseguir nesta discussão — falou Gilchrist. — O laboratório está interditado e ficará assim até a divulgação do resultado do sequenciamento.

E ao fim dessas palavras ele se retirou.

Dunworthy partiu atrás dele e quase colidiu com Mary. Ela estava usando o traje de proteção e lendo uma planilha.

— Não vai acreditar no que Gilchrist fez desta vez — começou. — Depois de ser convencido por um grupo de manifestantes de que o vírus veio através da rede, ele interditou o laboratório.

Ela não disse nada, nem sequer ergueu os olhos da planilha.

— Badri disse hoje cedo que os números do desvio não podem estar certos — prosseguiu Dunworthy. — Ficou repetindo "tem alguma coisa errada".

Ela lançou para ele um olhar distraído e voltou a examinar a planilha.

— Estou com uma técnica pronta para ler o fix de Kivrin por via remota, mas Gilchrist trancou as portas — continuou. — Você precisa falar com ele e dizer que já se sabe com certeza que o vírus teve origem na Carolina do Sul.

— Não teve.

— Como assim, não teve? O sequenciamento chegou?

Ela abanou a cabeça.

— O CMI localizou a técnica deles, mas ela ainda está trabalhando no sequenciamento. As leituras preliminares indicam que não é o vírus da Carolina do Sul. — Ele ergueu os olhos para ele. — E eu sei que não é. — Olhou para a planilha. — O vírus da Carolina do Sul tem taxa zero de mortalidade.

— O que quer dizer? Alguma coisa aconteceu com Badri?

— Não — respondeu ela, dobrando e segurando a planilha contra o peito. — Beverly Breen.

Dunworthy deve ter ficado branco. Pensava que ela ia dizer "Latimer".

— A mulher com a sombrinha cor de lavanda — acrescentou Mary, que parecia zangada. — Ela acaba de falecer.

TRANSCRITO DO LIVRO DO JUÍZO FINAL
(046381-054957)

22 de dezembro de 1320 (Calendário Antigo). O joelho de Agnes piorou: está vermelho e doendo (um eufemismo, já que ela grita quando eu tento tocar nele), e ela mal consegue andar. Não sei o que fazer: se eu contar a Lady Imeyne, ela vai pôr mais uma das suas cataplasmas e vai piorar tudo, e Eliwys vive distraída e visivelmente preocupada.

Gawyn ainda não voltou. Deveria ter chegado ao meio-dia de ontem e, quando não apareceu nem na hora das vésperas, Eliwys acusou Imeyne de tê-lo mandado para Oxford.

— Mandei ele para Courcy, já disse — falou Imeyne, num tom de defensiva. — Sem dúvida ficou retido com a chuva.

— Só para Courcy? — insistiu Eliwys, zangada. — Não terá mandado ele a outro lugar, para trazer um novo capelão?

Imeyne se levantou.

— O padre Roche não é a pessoa adequada para rezar a Missa de Natal, caso Sir Bloet chegue com sua comitiva — rebateu ela. — Quer passar vergonha diante do noivo de Rosemund?

Eliwys estava completamente lívida.

— Para onde mandou ele?

— Mandei Gawyn levar uma mensagem ao bispo, dizendo que você precisa de um capelão.

— Mandou Gawyn para Bath? — perguntou Eliwys, erguendo a mão como se fosse bater em Imeyne.

— Não. Apenas a Cirencestre. O arquidiácono deve ficar na abadia durante as festas de Yule. Pedi a Gawyn que lhe entregasse a mensagem. Um dos acólitos levará o recado até Bath. Embora eu tenha certeza de que as coisas não podem estar tão ruins em Bath a ponto de Gawyn não poder ir até lá, senão meu filho já teria se retirado.

— Seu *filho* não vai ficar satisfeito quando souber que você desobedeceu uma ordem. Ele disse que deveríamos ficar aqui até que chegasse, e isso incluía Gawyn.

Ela ainda parecia furiosa, e quando abaixou a mão foi com o punho cerrado, como se tivesse vontade de esbofetear os ouvidos de Imeyne como fazia com os de Maisry. Mas a cor tinha voltado ao seu rosto no momento em que Imeyne mencionara "Cirencestre", e acho que ela ficou pelo menos um pouco aliviada.

"As coisas não podem estar tão ruins em Bath a ponto de Gawyn não poder ir até lá", disse Imeyne. Só que é óbvio que Eliwys não pensa assim. Será que ela tem medo de que Gawyn caia numa armadilha ou que possa atrair os inimigos de Lord Guillaume para cá? E será que as coisas estão tão "ruins" que Guillaume não pode sair de Bath?

Talvez as três coisas juntas. Eliwys foi até a porta olhar para a chuva lá fora uma dúzia de vezes durante a manhã de hoje, e está tão irritada quanto Rosemund estava lá no bosque. Ainda há pouco ela perguntou se Imeyne tinha certeza de que o arquidiácono estava em Cirencestre. Está visivelmente receosa de que, se o religioso não estiver lá, Gawyn tenha que ir pessoalmente a Bath levar a mensagem.

O medo de Eliwys contaminou todo mundo. Lady Imeyne se recolheu num canto com seu relicário, para rezar. Agnes choraminga, e Rosemund está sentada com o bordado no colo, olhando para ele sem ver.

(Pausa)

Levei Agnes para ver o padre Roche hoje à tarde. O joelho da menina estava muito pior. Ela não conseguia andar, e aparentemente havia o começo de uma mancha vermelha um pouco acima. Não pude ter certeza, porque todo o joelho estava vermelho e inchado, mas tive medo de esperar demais.

Não havia cura para infecções sanguíneas em 1320, e ela machucou o joelho por culpa minha. Se eu não tivesse insistido em procurar o local do salto, ela não teria caído. Sei que teoricamente os paradoxos não permitem que minha presença aqui tenha qualquer efeito sobre a vida dos contemps, mas não quero arriscar. Teoricamente, também, eu não devia ter adoecido.

Por isso, quando Imeyne subiu ao sótão, levei Agnes para a igreja para que o padre desse uma olhada. Estava chovendo de novo quando chegamos lá, mas Agnes não se queixava por estar molhada, o que me amedrontou mais do que a mancha vermelha.

A igreja estava escura e com cheiro de mofo. Ouvi a voz do padre Roche na parte dianteira, soando como se ele estivesse se dirigindo a alguém.

— Lord Guillaume ainda não chegou de Bath — dizia. — Temo pela segurança dele.

Pensei que talvez Gawyn tivesse voltado e, como eu queria saber o que diziam sobre o julgamento, não avancei mais. Fiquei parada com Agnes no colo, escutando.

— Está chovendo há dois dias — disse Roche — e tem soprado um vento cortante do oeste. Tivemos que recolher o rebanho de ovelhas que estava no campo.

Depois de um minuto espreitando no interior escuro da nave, forçando os olhos, finalmente o avistei. Estava de joelhos diante do biombo que protege a cruz, as mãos enormes com os dedos cruzados em oração.

— O bebê do caseiro está com cólicas no estômago e não consegue segurar o leite que toma. O aldeão Tabord está muito doente.

Ele não estava rezando em latim, e sua voz não trazia nada daquela cantilena da Sagrada Igreja Re-Formada ou da oratória do vigário. O padre soava coloquial e prático, como eu devo estar soando agora, enquanto me dirijo ao senhor.

Deus devia parecer algo muito real aos contemps dos anos 1300, mais vívido do que o mundo material que habitavam.

"Você vai voltar de novo para casa", dissera o padre Roche quando eu estava doente, e devia ser assim que os contemps pensavam: que a vida do corpo é ilusória e sem importância, e que a vida de verdade é a da alma imortal, como se eles estivessem no mundo apenas de passagem, como eu estou de passagem pelo século deles, mas não tenho visto muitas demonstrações dessa concepção. Eliwys murmura obedientemente seus "*aves*" durante as vésperas e as matinas, e depois se levanta e limpa a poeira da saia como se suas preces não tivessem nada a ver com seus problemas com as meninas, o marido ou Gawyn. E Imeyne, apesar do seu relicário e do seu *Livro das Horas*, preocupa-se apenas com sua posição social. Eu não tinha experimentado nenhuma prova de que Deus era real para eles antes de estar ali na igreja úmida, ouvindo o padre Roche.

Fico pensando se ele consegue visualizar Deus e o Paraíso com tanta clareza quanto eu visualizo o senhor e Oxford, a chuva caindo no pátio, e os seus óculos embaçados a ponto de precisar tirá-los e secá-los com o cachecol. Penso se aquilo tudo parece ao padre tão próximo, e igualmente difícil de alcançar, quanto o senhor parece a mim.

— Livrai nossas almas do mal e conduzi-nos em paz ao Paraíso — pediu o padre.

Como se obedecendo a uma deixa, Agnes ergueu-se no meu colo e disse:

— Eu quero o padre Roche.

O padre se levantou e veio em nossa direção.

— O que é isso? Quem está aí?

— Sou eu, Lady Katherine — respondi. — Eu trouxe Agnes comigo. O joelho dela está... — O quê? Infeccionado? — Gostaria que o senhor desse uma olhada.

Ele tentou olhar mas, como estava muito escuro ali na igreja, nos levou para sua casa. Lá estava apenas um pouco menos sombrio. A casa não era muito maior do que a cabana onde eu tinha me abrigado, nem mais alta. O padre se manteve meio curvado todo o tempo que estivemos lá, para não bater com a cabeça nos caibros.

Ele abriu a persiana da única janela que havia, o que fez a chuva entrar, e depois acendeu uma vela de sebo e deitou Agnes em cima de uma mesa rústica de madeira. Desenrolou a bandagem, e a menina tentou se afastar.

— Se ficar quieta, *Agnus*, eu conto como foi que Cristo veio do céu aqui para a Terra — prometeu ele.

— No dia de Natal — disse Agnes.

Roche apalpou em volta do ferimento, tocando as partes inchadas com a ponta do dedo, enquanto falava:

— E os pastores ficaram receosos, porque não sabiam que luz resplandecente era aquela. Nem que sons eram aqueles que ouviam, como sinos que tocavam no céu. Mas mesmo assim entenderam que era o anjo de Deus que havia descido entre os homens.

Agnes tinha gritado e empurrado minhas mãos quando tentei examinar seu joelho, mas ela deixou que Roche apalpasse a área machucada com aqueles dedos enormes. Havia de fato o começo de uma mancha vermelha. Roche tocou nela de leve e aproximou a vela de sebo.

— E de terras muito distantes — continuou ele, olhando o ferimento bem de perto — vieram três reis trazendo presentes.

Tocou com cuidado na mancha vermelha e depois cruzou os dedos das mãos, como se fosse começar a rezar, e eu pensei: não reze, *faça* alguma coisa.

Ele abaixou as mãos e olhou para mim.

— Receio que a ferida esteja envenenada — comentou. — Farei uma infusão de hissopo para puxar o veneno.

Ele andou até uma espécie rústica de lareira, remexeu em algumas brasas mornas, e derramou numa panela de ferro um pouco da água que havia num balde.

O balde era sujo, a panela era suja, as mãos com que apalpou a ferida de Agnes estavam sujas, e eu ali, parada, olhando o padre botar aquela panela imunda no fogo e remexer num saco imundo, lamentava ter vindo. Ele não era mais preparado que Imeyne. Uma infusão de folhas e sementes curaria uma infecção sanguínea tanto quanto uma das cataplasmas de Imeyne, e as rezas também não ajudariam em nada, mesmo que ele falasse com Deus como se Ele realmente estivesse ali.

Quase perguntei: "Isso é tudo que pode fazer?", mas percebi que estaria pedindo o impossível. A cura de uma infecção se dava através de penicilina, reforço de células-T, antissépticos, e ele não tinha nada daquilo dentro do seu saco de estopa.

Lembro-me do sr. Gilchrist falando sobre médicos medievais numa de suas aulas. Ele comentou o quanto eram tolos ao aplicarem sangrias nas pessoas e tratá-las com arsênico e urina de cabra durante a Peste Negra. Mas o que ele esperava que fizessem? Eles não tinham análogos nem antimicrobiais. Não sabiam sequer o que causava a doença. O padre Roche, ali diante de mim, esfarelando pétalas e folhas secas entre os dedos sujos, estava fazendo o melhor que podia.

— Tem vinho? — perguntei. — Vinho velho?

A cerveja deles tem pouquíssimo álcool, e o vinho não muito, mas quanto mais antiga for a bebida maior o teor alcoólico, e álcool é antisséptico.

— Lembrei que, se for derramado vinho velho numa ferida, isso às vezes controla uma infecção — falei.

Ele não perguntou o que queria dizer "infecção" ou como eu era capaz de me lembrar daquilo se não conseguia me lembrar de nada. Correu imediatamente até a igreja e trouxe uma garrafa de barro cheia de um vinho de cheiro muito forte, e eu embebi a bandagem e lavei a ferida de Agnes.

Trouxe a garrafa comigo para a casa grande e escondi embaixo da cama no pavilhão de Rosemund (porque era vinho de missa e tudo de que Imeyne precisaria para fazer Roche ser queimado como herege). Desse modo, posso continuar fazendo a limpeza do joelho de Agnes. Antes de ela ir para a cama, derramei um pouco do vinho direto na ferida.

19

Choveu até a véspera de Natal, uma chuva forte, arrastada pelo vento e que se infiltrava através da saída da fumaça no teto e fazia o fogo chiar e fumegar.

Kivrin derramava vinho no ferimento de Agnes sempre que tinha oportunidade, e na tarde do dia 23 o joelho da menina parecia melhor. Ainda estava inchado, mas a mancha vermelha tinha desaparecido. Kivrin correu até a igreja, cobrindo a cabeça com a capa, para avisar o padre Roche, mas ele não estava lá.

Nem Imeyne nem Eliwys tinham percebido o machucado no joelho de Agnes. Estavam as duas às voltas para tentar deixar a casa pronta para receber a família de Sir Bloet, caso viesse de fato, limpando o quarto do sótão para servir de dormitório para as mulheres, espalhando pétalas de rosa sobre os juncos do salão, assando uma variedade espantosa de pães, pudins e tortas, incluindo algo grotesco em forma de Menino Jesus na manjedoura, com massas trançadas formando os cueiros.

À tarde, o padre Roche veio à casa grande, encharcado e trêmulo de frio. Tinha ido colher hera para o salão, em plena chuva. Imeyne não estava — fora para a cozinha assar o Menino Jesus — e Kivrin convidou Roche a entrar e a secar a roupa junto do fogo.

Ela chamou Maisry e, como a mocinha não apareceu, cruzou o pátio e foi pessoalmente à cozinha buscar para o padre uma caneca de cerveja. Quando voltou, Maisry estava sentada no banco ao lado do padre, erguendo com a mão o cabelo sujo e empastado, e Roche estava pondo gordura de ganso em seu ouvido. Assim que ela viu Kivrin, bateu com a mão no ouvido, provavelmente destruindo todo o tratamento, e correu para fora.

— O joelho de Agnes está melhor — disse Kivrin. — O inchaço diminuiu e está se formando outra casca.

Ele não pareceu surpreso, e ela ficou imaginando se teria se enganado e se de fato não fora mesmo algum tipo de envenenamento de sangue.

Durante a noite, a chuva transformou-se em neve.

— Eles não virão — disse Lady Eliwys, na manhã seguinte, parecendo aliviada.

Kivrin foi obrigada a concordar com ela: durante a noite o acúmulo de neve chegou a trinta centímetros, e ela continuava caindo sem trégua. Até Imeyne já parecia resignada à ausência dos convivas, embora continuasse com os preparativos, trazendo tábuas de cortar carne lá do sótão e gritando o tempo todo por Maisry.

Por volta do meio-dia a nevasca parou de repente, às duas da tarde o tempo começou a clarear, e Eliwys ordenou que todos vestissem suas melhores roupas. Kivrin ajudou a vestir as meninas, surpresa com a elegância daquelas blusas de seda. Agnes tinha uma túnica de veludo vermelho-escuro para usar por cima e sua fivela de prata. Já a túnica de Rosemund era verde-clara com mangas longas com fendas e tinha um corpete curto que deixava à mostra o bordado da camisa amarela. Ninguém comentou nada sobre o que Kivrin devia vestir, mas depois que ela desfez as tranças das garotas e escovou seus cabelos, soltando-os sobre os ombros, Agnes disse: "Você tem que usar sua roupa azul", e foi tirar a túnica do baú aos pés da cama. A peça agora parecia menos deslocada na comparação com as roupas elegantes das meninas, mas mesmo assim seu tecido era de trama muito fina, e a cor azul era muito forte.

Ela não sabia o que fazer com o próprio cabelo. Moças solteiras usavam os cabelos soltos nas ocasiões festivas, atados apenas com uma fita ou uma faixa, mas seu cabelo era curto demais para isso, e apenas mulheres casadas cobriam a cabeça. No entanto, ela não podia simplesmente deixar a cabeleira descoberta, pois o cabelo mal cortado tinha uma aparência horrível.

Ao que tudo indica, Eliwys pensava parecido. Quando Kivrin trouxe as garotas para o andar de baixo, ela mordeu o lábio inferior e mandou que Maisry subisse ao sótão e trouxesse um véu fino, semitransparente, que atou com uma fita no meio da cabeça de Kivrin, de modo que os cabelos da frente aparecessem, mas que a parte de trás do corte, mais irregular, ficasse coberta.

O nervosismo de Eliwys parecia ter voltado com a melhora no tempo. Ela deu um pulo quando Maisry entrou de repente pela porta principal e desferiu um bofetão por ter sujado o piso com as botas enlameadas. De um momento para outro, lembrou uma dúzia de coisas que não tinham ficado prontas e começou a reclamar de todo mundo. Quando Lady Imeyne disse pela décima vez "Se tivéssemos ido para Courcy...", ela só faltou arrancar a cabeça da sogra.

Kivrin tinha pensado que seria uma má ideia vestir Agnes antes do último minuto possível, e já pelo meio da tarde a menina sujara as mangas bordadas e derramara farinha num lado inteiro da saia bordada.

Ao fim da tarde Gawyn ainda não tinha voltado, todos estavam com os nervos à flor da pele, e as orelhas de Maisry estavam mais vermelhas do que nunca.

Quando Lady Imeyne disse a Kivrin para levar seis velas de cera de abelha para o padre Roche, ela sentiu alívio com essa oportunidade de levar as meninas para fora da casa grande.

— Diga a ele que as velas devem durar por todas as duas missas — avisou Imeyne, com irritação. — E que belas missas vão ser. Devíamos ter ido para Courcy.

Kivrin pôs a capa em Agnes, chamou Rosemund e as três puseram-se a caminho para a igreja. O padre Roche não estava lá. Uma grande vela amarelada, com marcas em toda sua extensão, reinava no meio do altar, apagada. Ele iria acendê-la ao pôr do sol e usá-la para marcar a passagem das horas até a meia-noite. De joelhos, na igreja gelada.

Ele também não estava em casa. Kivrin deixou as velas em cima da mesa. Ao voltar pelo relvado, avistaram o burrico de Roche junto ao portão coberto, lambendo a neve.

— Esquecemos de dar de comer aos animais — disse Agnes.

— Dar de comer aos animais? — perguntou Kivrin, com cuidado, pensando nas roupas.

— É véspera de Natal — comentou Agnes. — Na sua casa não alimentam os animais?

— Ela não se lembra — disse Rosemund. — Na véspera de Natal nós alimentamos os animais em honra do Senhor, que nasceu num estábulo.

— Você não se lembra de nada do Natal, então? — quis saber Agnes.

— Um pouco — respondeu Kivrin, pensando em Oxford na véspera de Natal, as lojas na Carfax decoradas com pinheiros de plástico e luzes laser, apinhadas de clientes de última hora, a High cheia de bicicletas, e a Magdalen Tower despontando, difusa, por entre a neve.

— Primeiro eles tocam os sinos e depois todos comem e depois vem a Missa e depois o madeiro de Yule — disse Agnes.

— Você trocou tudo. Primeiro acendemos o madeiro de Yule, e depois vamos para a missa — corrigiu Rosemund.

— *Primeiro* tocam os sinos — insistiu Agnes, fazendo cara furiosa para Rosemund. — E a missa é depois.

Foram até o estábulo pegar um saco de aveia e um pouco de feno e levaram para alimentar os cavalos. Gringolet não estava na baia, o que significava que Gawyn ainda não voltara. Kivrin precisava falar com ele assim que retornasse. O reencontro estava a menos de uma semana, e ela ainda não fazia ideia de onde ficava o local do salto. Além disso, com a vinda de Lord Guillaume, tudo podia mudar.

Eliwys adiara a decisão do que fariam com Kivrin para quando o marido voltasse, e pela manhã dissera às filhas que esperava a chegada dele para aquele mesmo dia. Talvez Lord Guillaume decidisse levar Kivrin para Oxford, ou Londres, para procurar seus parentes, ou talvez Sir Bloet se oferecesse para levá-la com sua família quando voltasse para Courcy. Ela precisava falar com Gawyn o quanto antes. Com a casa cheia de hóspedes, talvez ficasse mais fácil vê-lo a sós, e com toda a agitação do Natal talvez pudesse até convencer o *privé* a levá-la ao local.

Kivrin demorou-se o máximo que pôde cuidando dos cavalos, na esperança de que Gawyn aparecesse, mas Agnes ficou entediada e pediu que dessem milho às galinhas. Kivrin então sugeriu que alimentassem a vaca do caseiro.

— Mas a vaca não é nossa — objetou Agnes.

— Ela me ajudou naquele dia em que eu estava doente — respondeu Kivrin, pensando em como tinha se apoiado ao dorso magro da vaca, no dia em que tentara achar o local do salto. — Quero retribuir a bondade dela.

Passaram pela pocilga, agora sem porcos, e Agnes comentou:

— Pobres porquinhos. Eu podia dar uma maçã para eles agora.

— O céu está escuro de novo ao norte — observou Rosemund. — Acho que eles não virão.

— Ah, virão, sim — discordou Agnes. — Sir Bloet me prometeu um presente.

A vaca do caseiro estava quase no mesmo local em que Kivrin a encontrara antes, atrás da penúltima cabana, comendo o que parecia ser a última trepadeira, já quase enegrecida.

— Feliz Natal, Lady Vaca — disse Agnes, estendendo para o animal uma braçada de feno, a mais de um metro de distância.

— Elas só falam quando dá meia-noite — comentou Rosemund.

— Eu queria voltar aqui para vê-la quando for meia-noite, Lady Kivrin — falou Agnes.

A vaca avançou um passo. Agnes recuou.

— Você não pode, boba. Vai estar na missa — lembrou Rosemund.

A vaca esticou o pescoço e avançou um passo, adiantando uma pata enorme. Agnes bateu em retirada. Kivrin deu à vaca um punhado de feno.

Agnes observou a cena com inveja.

— Se todos vão estar na missa — disse ela —, então como sabem que os animais falam?

Boa pergunta, pensou Kivrin.

— Foi o padre Roche quem disse — respondeu Rosemund.

Agnes saiu de trás da saia de Kivrin e pegou mais um punhado de feno.

— E o que os animais dizem? — indagou, apontando vagamente na direção da vaca.

— Dizem que você não sabe como dar comida a eles — sentenciou Rosemund.

— Não, *não* dizem — falou Agnes, estendendo a mão. A vaca tentou abocanhar o feno, boca escancarada, dentes à mostra. Agnes atirou o feno no focinho dela e correu de volta para trás de Kivrin. — Elas rezam para o Nosso Senhor. Foi o padre Roche quem disse.

Ouviu-se um tropel de cavalos. Agnes disparou por entre as cabanas.

— Eles vieram! — gritou ela, correndo de volta. — Sir Bloet chegou! Eu vi! Estão passando pelo portão agora!

Kivrin amontoou às pressas o resto do feno diante da vaca. Rosemund tirou um pouco de aveia do saco e alimentou o animal, deixando que abocanhasse a comida na palma de sua mão.

— Venha, Rosemund! — berrou Agnes. — Sir Bloet chegou!

Rosemund esfregou as mãos, limpando os resíduos de aveia.

— Acho que vou dar de comer ao burro do padre Roche — comentou ela, partindo em direção à igreja, sem sequer olhar para a casa grande.

— Mas eles *chegaram*, Rosemund — gritou Agnes, correndo para a irmã. — Não quer ver o que trouxeram?!

Obviamente, não. Rosemund já estava ao lado do burrico, que tinha encontrado um tufo de capim rabo-de-raposa se projetando para fora da neve, junto ao portão coberto. A menina se inclinou e colocou um punhado de aveia perto do focinho do burro, que mostrou completo desinteresse. Depois ela se endireitou, a mão atrás das costas, o longo cabelo escuro ocultando o rosto.

— Rosemund! — exclamou Agnes, o rosto vermelho de frustração. — Não está ouvindo? *Chegaram*!

O burro afastou a aveia com o focinho e voltou a cravar os dentes amarelados num tufo do capim. Rosemund continuou oferecendo aveia para o animal.

— Rosemund, pode deixar que eu alimento o burro — sugeriu Kivrin. — Você tem que ir receber os hóspedes.

— Sir Bloet disse que ia me trazer um presente — disse Agnes.

Rosemund abriu as mãos e deixou a aveia cair.

— Se você gosta tanto de Sir Bloet, por que não pede ao pai para se casar com ele? — questionou ela, tomando o caminho de casa.

— Mas eu sou muito pequena! — rebateu Agnes.

Rosemund também, pensou Kivrin, pegando a mão de Agnes e indo atrás da mocinha. Rosemund caminhava depressa à frente, o queixo erguido, nem se preocupando em erguer a barra da saia que arrastava na neve, ignorando os insistentes apelos de Agnes para que esperasse por elas.

O grupo de cavaleiros já tinha chegado ao pátio, e Rosemund se encontrava à altura da pocilga. Kivrin apressou o passo, puxando Agnes, que começou a correr, de modo que chegaram todas ao pátio ao mesmo tempo. Kivrin se deteve, surpresa.

Ela imaginara uma reunião formal, com a família inteira à porta, recitando frases formais e sorrindo com educação, mas estava parecendo mais o primeiro dia de um semestre letivo, com todo mundo carregando caixas e sacos, saudando-se com exclamações e abraços, falando e rindo ao mesmo tempo. Ninguém sentira a ausência de Rosemund. Uma mulher corpulenta, usando uma enorme coifa engomada, ergueu Agnes nos braços e beijou seu rosto, enquanto três mocinhas se agrupavam em volta de Rosemund aos gritinhos.

Criados, visivelmente em suas melhores roupas festivas, carregaram cestos cobertos e um enorme ganso para a cozinha, e conduziram os cavalos para o estábulo. Gawyn, ainda montado em Gringolet, estava inclinado na sela, conversando com Imeyne. Kivrin ouviu quando ele comentou: "Não, o bispo está em Wiveliscombe", mas Imeyne não pareceu muito descontente, de modo que ele devia ter entregue a mensagem ao arquidiácono.

Imeyne se virou para ajudar a descer do cavalo uma moça que usava uma túnica azul ainda mais intensa do que a de Kivrin, e a conduziu até Eliwys, sorridente. Eliwys também era só sorrisos.

Kivrin tentou adivinhar quem seria Sir Bloet, mas havia pelo menos uma meia dúzia de homens montados, todos empunhando rédeas prateadas e usando capas de pele. Nenhum tinha aparência decrépita, graças aos céus, e um ou dois eram bastante apresentáveis. Ela se virou para perguntar a Agnes quem era Sir Bloet, mas a menina ainda estava envolvida nos braços da mulher de coifa, que lhe dava tapinhas na cabeça, dizendo, "Cresceu tanto, quase não reconheci você!". Kivrin reprimiu um sorriso. Algumas coisas nunca mudam.

Muitos dos recém-chegados tinham cabelos ruivos, inclusive uma mulher quase tão idosa quanto Imeyne, mas que ainda usava o cabelo cor-de-rosa desbotado solto às costas, como uma mocinha. Tinha uma boca murcha, amargurada, e parecia pouco satisfeita com o modo como os criados estavam descarregando as bagagens. Ela arrancou uma pesada cesta das mãos de um serviçal, que a carregava com dificuldade, e repassou para um homem gordo, numa túnica de veludo verde.

Ele também tinha cabelo ruivo, tal como o mais bem-apessoado dos rapazes, que devia ter pouco menos de trinta anos, rosto redondo, franco, coberto de sardas, e uma expressão pelo menos agradável.

— Sir Bloet! — gritou Agnes, e passou correndo por Kivrin para se agarrar aos joelhos do homem gordo.

Oh, não, pensou Kivrin. Ela imaginara que o gordo era casado com a megera de tranças cor-de-rosa ou com a outra da coifa enorme. Aquele homem tinha cinquenta anos no mínimo, mais de cento e vinte quilos, e quando sorriu para Agnes seus dentes grandes eram escuros e cariados.

— Não trouxe uma joia para mim? — perguntou Agnes, puxando a barra da sua túnica.

— Claro — respondeu ele, olhando na direção de Rosemund, que estava conversando com as garotas. — Para você e para sua irmã.

— Vou buscar ela — disse Agnes, e disparou em direção a Rosemund antes que Kivrin pudesse intervir. Bloet caminhou pesadamente atrás dela. As garotas deram risadinhas e recuaram quando ele se aproximou. Rosemund lançou um olhar mortífero para Agnes e depois sorriu e estendeu a mão para ele.

— Boa tarde e seja bem-vindo, senhor — disse ela.

Seu queixo estava erguido até onde era possível, e havia dois círculos de um vermelho febril na palidez das suas maçãs do rosto, mas Bloet aparentemente interpretou isso como sinais de timidez e excitação. Pegou os dedos miúdos com seus dedos gordos e disse:

— Com certeza não vai cumprimentar seu marido com tanta formalidade quando chegar a primavera.

Os círculos ficaram ainda mais vermelhos.

— Ainda é inverno, senhor.

— Será primavera muito em breve — disse ele, e riu, mostrando os dentes marrons.

— Onde está minha joia? — exigiu Agnes.

— Agnes, não seja tão mesquinha — disse Eliwys, aproximando-se e ficando entre as filhas. — Pedir presentes não é uma maneira adequada de receber visitas. — Sorriu para ele e, se estava receosa quanto ao casamento, não deu o menor sinal. Parecia mais descontraída do que Kivrin a vira até então.

— Eu prometi uma pequena joia à minha cunhada. — Bloet sorriu mexendo no apertado cinto e tirando de lá uma pequena bolsa de pano — e um presente de noivado à minha prometida. — Ele remexeu na bolsa e puxou um broche cravejado de pedras. — Uma prova de amor para minha noiva — acrescentou, abrindo o fecho. — Para que pense em mim toda vez que estiver usando.

Ele se adiantou, respirando com força, para prendê-lo na capa de Rosemund. Tomara que ele tenha um derrame, pensou Kivrin. Rosemund ficou parada como uma estátua, o rosto intensamente corado, enquanto aquelas mãos gordas se moviam em volta do seu pescoço.

— Rubis! — exclamou Eliwys, deliciada. — Não vai agradecer seu noivo por um presente tão distinto, Rosemund?

— Muito obrigada pelo broche — disse Rosemund, numa voz sem animação.

— E onde está a *minha* joia?! — quis saber Agnes, dançando num pé, depois no outro, enquanto ele remexia outra vez na bolsa e tirava de lá alguma coisa, que trouxe na mão fechada. Inclinou-se para Agnes, ainda respirando com dificuldade, e abriu os dedos.

— É um sino! — gritou ela, com deleite, erguendo e sacudindo o objeto na ponta dos dedos. Era de latão, redondo, como os sininhos das rédeas de um cavalo, e com um aro de metal no topo.

Agnes insistiu para que Kivrin a levasse ao pavilhão para buscar uma fita e enfiá-la no aro de metal, para usar o sininho no pulso, como um bracelete.

— Meu pai trouxe esta fita da feira para mim — disse ela, tirando-a de dentro do baú onde as roupas de Kivrin estavam guardadas. A fita estava tingida de forma desigual e era tão dura que Kivrin teve dificuldade em fazê-la passar por dentro da abertura. Mesmo as fitas mais baratas de uma loja simples ou as fitas de papel usadas para amarrar presentes de Natal eram melhores do que aquela, tratada como um tesouro.

Kivrin atou a fita em torno do pulso de Agnes, e as duas voltaram para baixo. A agitação de carregar e desempacotar coisas tinha se transferido para o salão, com os criados trazendo para dentro baús e roupas de cama e o que parecia uma versão antiga das grandes sacolas de viagem. Kivrin não precisava ter se preocupado com a possibilidade de Sir Bloet e os outros quererem levá-la para longe dali. A impressão que dava era que tinham vindo para ficar pelo restante do inverno.

Também não tinha que ter se preocupado com a possibilidade de discutirem seu destino. Nenhum tinha sequer lançado um olhar em sua direção, mesmo quando Agnes insistiu que fossem até sua mãe para lhe mostrar o bracelete. Eliwys estava concentrada em uma conversa com Sir Bloet, Gawyn e o rapaz ruivo bem--apessoado, que devia ser um filho ou sobrinho dele. No entanto, Eliwys estava retorcendo as mãos de novo. As notícias de Bath não deviam ser boas.

Lady Imeyne estava na extremidade do salão, conversando com a mulher corpulenta e um homem pálido com roupas de clérigo. Pela expressão estampada em seu rosto, evidentemente estava se queixando do padre Roche.

Kivrin aproveitou o ruído e a confusão para puxar Rosemund de lado e perguntar quem eram todos. O homem pálido era o capelão de Sir Bloet, como ela tinha desconfiado. A moça da túnica azul brilhante era a filha adotiva. A mulher corpulenta com coifa engomada era a esposa do irmão de Sir Bloet, que viera de Dorset. Os dois rapazes ruivos e as meninas amigas de Rosemund eram filhas dela. Sir Bloet não tinha crianças.

O que era a razão de estar se casando com uma, claro, aparentemente com a aprovação de todos. A continuidade da linha hereditária era a preocupação mais importante de todas em 1320. Quanto mais jovem a mulher, maior a chance de gerar uma boa quantidade de herdeiros, para que ao menos um chegasse à idade adulta, mesmo que a mãe não tivesse a mesma sorte.

A megera de cabelo cor-de-rosa desbotado era, horror dos horrores, Lady Yvolde, a irmã solteira de Sir Bloet. Morava com ele em Courcy. Ao vê-la gritar com a pobre Maisry por deixar cair um cesto, Kivrin percebeu que Lady Yvolde trazia uma argola cheia de chaves presa ao cinto, o que significava que cabia a ela a administração da casa, ou pelo menos seria assim até a Páscoa. A pobre Rosemund não teria a menor chance de competir.

— Quem são todos os outros? — questionou Kivrin, na esperança de que entre eles Rosemund tivesse pelo menos um aliado.

— Criados — respondeu Rosemund, como se aquilo fosse óbvio, e correu para se juntar às amigas.

Havia pelo menos uns vinte deles, sem contar os pajens cuidando dos cavalos, e ninguém, nem mesmo Eliwys, parecia demonstrar surpresa com aquela quantidade. Kivrin lera que as casas nobres tinham dezenas de servos, mas pensara que esses números eram exagerados. Eliwys e Imeyne quase não contavam com criados à disposição, e tinham posto praticamente todo o vilarejo para trabalhar nas festividades de Yule. Embora Kivrin tivesse atribuído isso à situação momentânea de emergência, também acreditara que aqueles números para o total de criados numa casa grande rural eram um exagero. Visivelmente não eram.

Havia um enxame de criados pelo salão servindo a ceia. Kivrin até aquele momento não sabia se fariam uma refeição noturna ou não, já que a véspera de Natal era dia de jejuar. No entanto, assim que o capelão pálido terminou de ler as vésperas, por ordem de Imeyne, evidentemente, a horda de criados irrompeu salão adentro trazendo uma refeição composta de pão, sangria e arenque seco, imerso em vinho antes de ser assado.

Agnes estava tão excitada que quase não comeu e, depois que a ceia foi retirada, se recusou a sentar quietinha junto ao fogo, dando voltas e voltas pelo salão, badalando o sininho e perseguindo os cachorros.

Os criados de Sir Bloet e o caseiro trouxeram juntos o madeiro de Yule e o arremessaram no fogo, espalhando fagulhas por toda parte. As mulheres recuaram, dando risadas, e as crianças gritaram de prazer. Rosemund, a criança mais velha da casa, acendeu o toro com um graveto guardado do madeiro do ano anterior, tocando com ele, escrupulosamente, na ponta de uma das raízes retorcidas. Houve risinhos e aplausos quando o fogo pegou, e Agnes agitou frenética o braço que fazia tocar o sino.

Rosemund dissera, mais cedo, que as crianças tinham licença para ficar acordadas para a missa à meia-noite, mas Kivrin esperava convencer Agnes a deitar pelo menos um pouquinho com ela no banco e a tirar uma soneca. Porém, Agnes foi ficando cada vez mais agitada ao longo da noite, gritando e tocando o sino até que Kivrin foi forçada a tirá-lo do braço dela.

As mulheres se sentaram perto do fogo, conversando baixo. Os homens ficaram em pequenos grupos, braços cruzados sobre o peito, e diversas vezes foram todos para o lado de fora, exceto o capelão, e voltaram batendo com os pés para tirar o excesso de neve e rindo alto. Era evidente, pelos rostos avermelhados e pelo olhar de desaprovação de Imeyne, que tinham ido tomar cerveja, quebrando o jejum.

Quando entraram de volta pela terceira vez, Bloet sentou diante do fogo e estendeu as pernas, observando as mocinhas. As três garotas risonhas e Rosemund estavam brincando de cabra-cega. Quando Rosemund, de olhos vendados, aproximou-se dos bancos, Bloet estendeu o braço e a puxou, fazendo-a cair no seu colo. Todo mundo riu.

Imeyne passou toda a longa noite sentada ao lado do capelão, desfiando para ele todas as queixas que tinha do padre Roche. Era ignorante, era desajeitado, recitara o Confiteor antes do Adjutorum durante a missa de domingo passado. E o padre devia estar lá de joelhos naquela igreja gelada, pensou Kivrin, enquanto o capelão aquecia as mãos ao fogo e abanava a cabeça com desaprovação.

O fogo se reduziu a brasas ardentes. Rosemund escorregou do colo de Bloet e retomou a brincadeira interrompida. Gawyn descreveu como havia matado seis lobos, sem tirar os olhos de Eliwys. O capelão contou a história da mulher moribunda que fez uma confissão falsa. Quando ele tocou a testa dela com os santos óleos, a pele fumegou e enegreceu, diante dos seus olhos.

Na metade da narrativa do capelão, Gawyn ficou de pé, esfregou as mãos diante do fogo, e foi para o banco comprido de madeira na entrada. Sentou-se e arrancou as botas.

Um minuto depois, Eliwys se levantou e foi até onde ele estava. Kivrin não pôde escutar o que ela disse ao *privé*, mas ele se pôs de pé, ainda segurando uma das botas.

— O julgamento foi adiado — Kivrin ouviu-o dizendo a Eliwys. — O juiz encarregado adoeceu.

Ela também não escutou a resposta de Eliwys, mas Gawyn aquiesceu e disse:

— É uma boa notícia. O novo juiz é de Swindone e menos simpático ao rei Eduardo. — Apesar disso, nenhum dos dois dava a impressão de que as notícias fossem boas. Eliwys estava quase tão lívida quanto ficara na ocasião em que Imeyne dissera que tinha enviado Gawyn para Courcy.

Ela ficou girando com nervosismo o grosso anel no dedo. Gawyn voltou a sentar, limpou a sujeira de juncos grudada às meias e calçou as botas, e depois ergueu o rosto e disse alguma coisa. Eliwys virou a cabeça de lado, e Kivrin não pôde ver a expressão de seu rosto por causa das sombras, mas conseguia ver o semblante de Gawyn.

Bem como todo o resto do salão, pensou Kivrin, olhando depressa em volta para ver se o casal fora surpreendido. Imeyne continuava se queixando para o capelão, mas a irmã de Sir Bloet estava observando, a boca contraída de censura, e o mesmo valia para o próprio Bloet e os outros homens, do lado oposto do fogo.

Kivrin tinha um pouco de esperança de poder conversar com Gawyn ao longo da noite, mas agora era óbvio que não poderia, diante de tantos olhares. Um sino tocou, e Eliwys teve um sobressalto, olhando para a porta.

— É o dobre de sinos anunciando a morte do demônio — disse o capelão, baixinho, e até as crianças interromperam suas brincadeiras para escutar.

Em alguns vilarejos, os contemps estavam dando um toque do sino para cada ano desde o nascimento de Cristo. Na maioria, tinham começado a tocar apenas uma hora antes da meia-noite, e Kivrin não acreditava que Roche e até o capelão soubessem contar o bastante para assinalar todos os anos, mas por via das dúvidas ela foi contando as badaladas.

Três criados entraram, trazendo troncos e aparas de lenha, e voltaram a alimentar o fogo. As chamas se ergueram luminosas, jogando sombras enormes e distorcidas sobre as paredes. Agnes deu um pulo e ficou apontando, enquanto um dos sobrinhos de Sir Bloet fazia um coelho usando as mãos.

O sr. Latimer dissera que os contemps costumavam ler o futuro nas sombras do fogo do madeiro de Yule. Ela pensou no que o futuro estaria reservando a todos eles, com Lord Guillaume numa situação arriscada e todos eles em perigo.

O rei confiscava as terras e as propriedades de sentenciados. Talvez a família fosse obrigada a ir viver na França, ou a aceitar a caridade de Sir Bloet e aguentar esnobações da esposa do caseiro.

Ou talvez Lord Guillaume voltasse para casa naquela mesma noite com boas notícias e um falcão para Agnes, e todos viveriam felizes para sempre. Menos Eliwys. E Rosemund. O que será que aconteceria com a menina?

O que será que já aconteceu, pensou Kivrin, divagando. O veredito já foi proferido e Lord Guillaume já voltou para casa e ficou sabendo de tudo entre Gawyn e Eliwys. Rosemund já foi entregue a Sir Bloet. E Agnes enfim cresceu e se casou e depois morreu de parto, ou de infecção sanguínea, ou do cólera, ou de pneumonia.

Eles todos já morreram, pensou ela, sem conseguir acreditar. Eles todos estão mortos há setecentos anos.

— Olhem! — gritou Agnes. — Rosemund não tem cabeça!

Ela apontou para as sombras distorcidas que o fogo projetava nas paredes ao ser avivado. A sombra de Rosemund, estranhamente alongada, acabava nos ombros.

Um dos meninos ruivos correu para Agnes.

— Eu também não tenho cabeça! — berrou ele, dando pulinhos na ponta dos pés para mudar o formato de sua sombra.

— Você não tem cabeça, Rosemund — repetiu Agnes, feliz. — Você vai morrer antes do fim do ano.

— Não diga essas coisas! — ordenou Eliwys, partindo em direção à filha. Todos ergueram a vista.

— Kivrin tem cabeça — disse Agnes. — Eu tenho cabeça, mas a pobre da Rosemund não tem.

Eliwys agarrou Agnes pelos braços.

— Essas brincadeiras são muito bobas! Não diga essas coisas! — repetiu ela.

— Mas a sombra... — disse Agnes, olhando em volta e dando a impressão de que ia chorar.

— Vá sentar junto de Lady Katherine e fique quieta — mandou Eliwys, trazendo a garota até onde Kivrin estava e praticamente a jogando sobre o banco. — Você está muito levada.

Agnes encolheu-se contra Kivrin, tentando decidir se valia ou não a pena chorar. Kivrin a esta altura tinha perdido a conta, mas recomeçou de onde fora interrompida. Quarenta e seis, quarenta e sete.

— Quero meu sininho — pediu Agnes, descendo do banco.

— Não, vamos sentar aqui e ficar quietas — disse Kivrin, pegando Agnes de volta no colo.

— Fale do Natal.

— Não sei, Agnes, eu não lembro.

— Não lembra *nada* que possa me contar?

Lembro tudo, pensou Kivrin. As lojas repletas de guirlandas, de cetim e de mylar e de veludo, em vermelho e dourado e azul, cores mais brilhantes do que a da minha capa tingida com anil, e por toda parte as luzes e a música. E os sinos do Great Tom e da Magdalen Tower e as cantigas natalinas.

Ela pensou no carrilhão da Carfax tentando tocar "It Came Upon the Midnight Clear" e nas velhas e cansadas cançonetas nas lojas ao longo da High. Canções que ainda nem foram escritas, pensou Kivrin, experimentando uma onda súbita de saudade.

— Queria tocar meu sininho — insistiu Agnes, debatendo-se para sair do colo de Kivrin. — Me dê! — ordenou ela, estendendo o pulso.

— Posso amarrar o sino em você se prometer que fica deitada no banco comigo — propôs Kivrin.

A menina começou a fazer beicinho de novo.

— Vou ter que dormir?

— Não. Vou contar uma história para você — disse Kivrin, desamarrando o sino do próprio pulso, onde o guardara em segurança.

— Era uma vez... — começou ela, e então parou, imaginando se "era uma vez" já era usado em 1320, e que tipo de histórias os contemps contavam para as crianças. Histórias sobre lobos e sobre bruxas, cuja pele se enegrecia quando recebiam a extrema-unção.

— Era uma vez uma donzela — prosseguiu ela, começando a amarrar a fita no pulso rechonchudo de Agnes. A fita vermelha já estava se desfiando nas pontas: não suportaria muitos nós feitos e desfeitos. Ela se inclinou mais. — Uma donzela que vivia...

— É esta a donzela? — perguntou uma voz de mulher.

Kivrin ergueu os olhos. Era Yvolde, a irmã de Bloet, que estava ao lado de Imeyne e olhou para Kivrin com a boca contraída em desaprovação, antes de abanar a cabeça.

— Não, não é a filha de Uluric — disse ela. — A filha de Uluric é pequena e tem cabelos escuros.

— Nem é a pupila de De Ferrer? — indagou Imeyne.

— Essa já morreu — respondeu Yvolde. — Não se lembra de nada sobre quem é? — perguntou ela a Kivrin.

— Não, boa senhora — disse Kivrin, lembrando, tarde demais, que devia manter os olhos recatadamente voltados para o chão.

— Ela levou uma pancada na cabeça — informou Agnes.

— Apesar disso, ela lembra o próprio nome e sabe falar. É de boa família?

— Não me lembro de minha família, boa senhora — respondeu Kivrin, tentando manter a voz gentil.

Yvolde fungou.

— Ela fala como quem é do oeste. Mandaram alguém a Bath atrás de notícias?

— Não — disse Imeyne. — A esposa do meu filho prefere esperar a chegada dele. Não ouviram nada de Oxenford?

— Não, mas tem muita gente doente lá — observou Yvolde.

Rosemund se aproximou.

— Conhece a família de Lady Katherine, Lady Yvolde? — perguntou a menina.

Yvolde voltou seu olhar contraído para ela.

— Não. Onde está o broche que ganhou de meu irmão?

— Eu... está na minha capa — gaguejou Rosemund.

— Não honra os presentes que ganha a ponto de usá-los?

— Vá buscá-lo — ordenou Imeyne. — Quero ver esse broche.

Rosemund ergueu o queixo, mas se encaminhou para o local onde os casacos e as capas estavam pendurados.

— Ela mostra tão pouco interesse pelos presentes do meu irmão quanto pela presença dele — comentou Yvolde. — Não falou com ele nem uma vez durante a ceia.

Rosemund voltou, trazendo sua capa verde com o broche preso, e mostrou a joia em silêncio a Imeyne.

— Quero ver também — disse Agnes, e Rosemund se inclinou para mostrar à irmã.

O broche tinha pedras vermelhas incrustadas num anel de ouro, com um alfinete no centro. Não tinha dobradiça, precisava ser encostado ao tecido e cravado ali. Em volta do anel havia as seguintes letras: *Io suiicen lui dami amo*.

— O que isso significa? — perguntou Agnes, apontando as letras em volta do círculo dourado.

— Não sei — respondeu Rosemund, num tom que claramente deixava subentendido *e não estou interessada em saber*.

A mandíbula de Yvolde se contraiu, e Kivrin se apressou a dizer:

— Significa: "Estou aqui no lugar do amigo que amo", Agnes.

Então percebeu horrorizada o que acabava de fazer. Ergueu os olhos para Imeyne, mas aparentemente ela não tinha percebido nada.

— Essas palavras deviam estar no seu peito, e não penduradas numa parede — disse Imeyne, pegando e pregando o broche na frente da túnica de Rosemund.

— E você deveria estar ao lado do meu irmão, como convém a uma noiva — acrescentou Yvolde —, e não participando de brincadeiras de crianças.

Ela apontou para onde Bloet estava sentado, perto do fogo, quase dormindo e evidentemente derrubado pelas inúmeras escapadas ao lado de fora. Rosemund lançou um olhar suplicante para Kivrin.

— Vá até lá e agradeça a Sir Bloet por um presente tão generoso — mandou Imeyne, com frieza.

Rosemund entregou a capa a Kivrin e foi em direção ao noivo.

— Venha, Agnes. Você precisa descansar — falou Kivrin.

— Quero ouvir o dobre de sinos anunciando a morte do demônio — objetou Agnes.

— Lady Katherine — disse Yvolde, e havia uma ênfase estranha no modo como pronunciou a palavra "Lady" —, acabou de contar que não se lembrava de nada. Só que leu sem dificuldade o broche de Rosemund. Por acaso sabe ler?

Sim, sei ler, pensou Kivrin, algo que menos de um terço dos contemps sabe, e mulheres, menos ainda.

Ela olhou para Imeyne, que a encarava do mesmo modo como em sua primeira manhã ali, quando experimentara o tecido de suas roupas e examinara suas mãos.

— Não — respondeu Kivrin, olhando Yvolde diretamente nos olhos. — Receio que não sou capaz de ler nem mesmo o Paternoster. Seu irmão disse o que as palavras significavam quando deu o broche a Rosemund.

— Não, não disse — desmentiu Agnes.

— Você estava ocupada demais com seu sininho — disse Kivrin, pensando: Lady Yvolde jamais vai acreditar nisso, vai passar a limpo com o irmão, que vai revelar que nunca me dirigiu a palavra.

Mas Yvolde pareceu se dar por satisfeita.

— Não acredito que alguém como ela seja capaz de ler — disse ela a Imeyne. Estendeu a mão à outra, e as duas foram na direção de Sir Bloet.

Kivrin desabou no banco.

— Quero o meu sino — disse Agnes.

— Só amarro de novo se você se deitar.

Agnes arrastou-se para deitar no colo dela.

— Primeiro me conte a história. Havia uma donzela...

— Havia uma donzela... — recomeçou Kivrin.

Ela olhou para Imeyne e Yvolde. As duas tinham sentado ao lado de Sir Bloet e conversavam com Rosemund. A mocinha disse algo, com o queixo erguido e o rosto muito vermelho. Sir Bloet deu uma gargalhada, e sua mão se cerrou sobre o broche, e depois deslizou sobre o peito de Rosemund.

— *Havia uma donzela* — insistiu Agnes.

— ... que vivia pertinho de uma grande floresta — prosseguiu Kivrin. — "Nunca entre na floresta sozinha", dizia o pai dela...

— Mas ela não dava atenção — falou Agnes, bocejando.

— Não, não dava. O pai amava e se preocupava com a filha, mas ela não dava atenção.

— O que havia na floresta? — quis saber Agnes, encolhendo-se contra Kivrin.

Kivrin puxou a capa de Rosemund para cobrir a menina. Degoladores e ladrões, pensou ela. E homens velhos e lúbricos e suas irmãs megeras. E amantes proibidos. E maridos. E juízes.

— Todo tipo de coisas perigosas.

— Lobos — comentou Agnes, sonolenta.

— Sim, lobos — concordou Kivrin, mirando Imeyne e Yvolde. As duas tinham dado as costas a Sir Bloet e estavam olhando para ela e falando baixo.

— O que aconteceu com ela? — indagou Agnes, sonolenta, os olhos quase se fechando.

Kivrin abraçou-a com força.

— Não sei — murmurou. — Eu não sei.

20

Agnes não devia ter adormecido nem há cinco minutos quando o sino parou e então começou a tocar de novo, mais depressa, chamando todos para a missa.

— O padre Roche começou a tocar mais cedo. Ainda não é meia-noite — disse Lady Imeyne.

Mal tinha acabado de falar quando todos os outros sinos começaram: Wychlade e Bureford e, mais longe a leste, longe demais para parecer mais do que o sopro de um eco, os sinos de Oxford.

Há os sinos de Osney e da Carfax, pensou Kivrin, e imaginou se eles estariam tocando naquela mesma noite.

Sir Bloet ficou de pé com dificuldade e ajudou a irmã a se erguer. Um criado aproximou-se trazendo suas capas e uma manta forrada com pele de esquilo. As mocinhas pegaram suas capas numa pilha e colocaram as peças nos ombros, sem parar de conversar. Lady Imeyne sacudiu Maisry, que tinha adormecido sobre o banco de madeira, e mandou que fosse buscar o *Livro das Horas*. Aos bocejos, Maisry encaminhou-se para a escada do sótão. Rosemund se aproximou e, com cuidados exagerados, retirou sua capa, que tinha escorregado dos ombros de Agnes.

Agnes estava dormindo como pedra. Kivrin hesitou em acordá-la, mas sabia que mesmo meninas de cinco anos exaustas não estavam dispensadas da missa.

— Agnes — chamou, com delicadeza.

— Vai ter que carregá-la para a igreja — disse Rosemund, às voltas com o broche de ouro de Sir Bloet. O filho mais novo do caseiro aproximou-se de Kivrin, trazendo sua capa branca, que arrastava nos juncos espalhados no chão.

— Agnes — repetiu Kivrin, sacudindo um pouquinho a menina, admirada de que não tivesse despertado com o som do sino. Parecia mais forte e mais próximo do que quando tocava as matinas e as vésperas, suas badaladas quase engolindo as dos outros sinos.

Os olhos de Agnes se abriram.

— Você não me chamou — disse ela sonolenta para Rosemund, e depois mais alto, à medida que foi despertando. — Você prometeu que me chamava!

— Vista sua capa — pediu Kivrin. — Estamos indo para a igreja.

— Kivrin, eu quero usar meu sino.

— Você está usando — avisou Kivrin, tentando colocar a capa vermelha na menina sem espetar o pescoço com o alfinete do fecho.

— Não, não estou — rebateu Agnes, procurando no braço. — Eu quero usar *meu sino*!

— Aqui está — disse Rosemund, apanhando-o no chão. — Deve ter caído do seu braço. Mas não pode usar agora. Este sino está nos chamando para a missa. Os sininhos de Natal vêm depois.

— Não vou tocar com ele — argumentou Agnes. — Só quero colocar.

Kivrin não acreditou naquelas palavras nem por um instante, mas todos os outros já estavam prontos. Um dos homens de Sir Bloet estava usando um tição do fogo para acender as lanternas de chifre e distribuí-las entre os criados. Kivrin amarrou às pressas o sino no pulso de Agnes e conduziu a garota pela mão.

Lady Eliwys pousou a mão na mão erguida que Sir Bloet lhe oferecia. Lady Imeyne fez um sinal a Kivrin para que fosse logo atrás com as meninas, e os demais se agruparam em seguida, solenes, como se em uma procissão, Lady Imeyne ao lado da irmã de Sir Bloet, e depois todo o resto da comitiva de Sir Bloet. Lady Eliwys e Sir Bloet conduziram o grupo na saída para o pátio, através do portão e por fim atravessando o relvado.

Tinha parado de nevar, e dava para ver as estrelas. O vilarejo jazia silencioso sob seu manto de neve. Congelado no tempo, pensou Kivrin. As construções precárias pareciam diferentes, as cercas bambas e as imundas cabanas de barro e palha surgindo atenuadas pela neve. As lanternas lançavam seus raios nas facetas cristalinas dos flocos de neve, fazendo-os cintilar como joias, mas foram as estrelas que fizeram Kivrin prender a respiração, centenas de estrelas, milhares de estrelas, todas cintilando como diamantes do ar gelado. "Está brilhando", disse Agnes, e Kivrin não entendeu se ela estava falando da neve ou do céu.

O sino dobrava cadenciado, calmo, e seu som voltava a soar diferente ali ao ar livre e gelado — não que estivesse mais alto, e sim mais cheio e, de certo modo, mais claro. Kivrin já podia ouvir melhor as outras badaladas e reconhecer os sinos, Esthcote e Witenie e Chertelintone, mas todos eles também soando de outra maneira agora. Tentou escutar o sino de Swindone, que estivera tocando durante todo aquele tempo, mas não conseguiu. Também não conseguiu ouvir os sinos de Oxford. Pensou se não teria apenas imaginado todos eles.

— Você está tocando seu sino, Agnes — disse Rosemund.

— Não estou — negou Agnes. — Estou só andando.

— Olhem só a igreja — interferiu Kivrin. — Não está bonita?

A igreja flamejava como um farol no extremo oposto do relvado, acesa por dentro e por fora, os vitrais das janelas projetando luzes bruxuleantes cor de rubi e de safira sobre a neve. Havia luzes em torno dela também, iluminando o pátio dos fundos até o campanário. Tochas. Ela podia aspirar de longe a fumaça alcatroada. Havia outras tochas espalhadas conduzindo até os campos nevados, serpenteando ao longo da colina que conduzia à igreja.

Kivrin pensou de repente em Oxford na véspera do Natal, as lojas iluminadas para as compras de última hora e as janelas do Brasenose brilhando com luz amarela sobre o pátio. E a árvore de Natal no Balliol, toda iluminada pelos lasers multicoloridos.

— Eu gostaria que tivéssemos ido ficar na casa de vocês para o Yule — disse Lady Imeyne para Lady Yvolde. — Lá teríamos um padre de verdade para dizer as missas. O padre daqui mal consegue dizer o Paternoster.

O padre daqui passava horas ajoelhado numa igreja gelada, pensou Kivrin, horas ajoelhado e usando calças rasgadas nos joelhos, e agora o padre daqui está tocando este sino pesado que precisa ser dobrado durante uma hora sem parar, e daqui a pouco vai realizar uma complicada cerimônia que é forçado a saber de cor, porque não sabe ler.

— Vai ser um pobre sermão e uma pobre missa — suspirou Lady Imeyne.

— Ah, mas há tanta gente que não ama Deus nos dias de hoje — comentou Lady Yvolde. — Temos que pedir ao Senhor que dê um jeito neste mundo e mostre aos homens o caminho da virtude.

Kivrin imaginou que não era aquela a resposta que Lady Imeyne esperava ouvir.

— Mandei uma mensagem ao bispo de Bath para que nos enviasse um capelão — continuou Imeyne. — Mas ele não chegou ainda.

— Meu irmão diz que Bath está passando por problemas sérios — avisou Yvolde.

Estavam quase chegando ao pátio da igreja. Kivrin já conseguia ver alguns rostos, iluminados pelas tochas fumegantes e pelos pequenos lampiões a óleo que algumas mulheres carregavam. Aqueles rostos, avermelhados pela luz que clareava de baixo para cima, pareciam um tanto sinistros. O sr. Dunworthy pensaria que era uma turba enfurecida, reunindo-se para queimar alguém na fogueira. É o efeito da luz, pensou ela. Todo mundo à luz de uma tocha tem aparência de degolador. Não admira que um dia inventassem a eletricidade.

Chegaram ao pátio. Kivrin reconheceu algumas pessoas próximas das portas da igreja: o garoto com escorbuto que fugira dela, duas moças que tinham ajudado com os assados para a festa, e também Cob. A esposa do caseiro estava usando uma capa com gola de arminho e segurando um lampião de metal com quatro pequenos painéis de vidro de verdade. Conversava animadamente com a mulher de cicatrizes de escrófulas que a ajudara a colocar o azevinho. Estavam todos conversando e se mexendo para se manter aquecidos, e um homem de barba negra ria tão alto que sua tocha oscilou até chegar perigosamente perto do véu da esposa do caseiro.

As autoridades da igreja acabaram extinguindo a missa da meia-noite por causa das bebedeiras e dos excessos, lembrou Kivrin, e sem dúvida alguns daqueles aldeões davam a impressão de ter passado a noite quebrando o jejum. O caseiro conversava animadamente com um homem de aparência rude, que Rosemund apontou como sendo o pai de Maisry. Os dois estampavam rostos corados devido às chamas das tochas ou à bebida, ou às duas coisas, mas o modo de agir era mais alegre do que perigoso. O caseiro pontuava cada colocação com tapas fortes e sonoros no ombro do pai de Maisry, e cada vez que fazia isso o outro homem gargalhava, uma gargalhada alegre e resignada que fez Kivrin considerá-lo mais inteligente do que parecia.

A esposa do caseiro agarrou e sacudiu a manga da roupa do marido, mas assim que Lady Eliwys e Sir Bloet atravessaram o portão coberto o pai de Maisry e ele recuaram prontamente, deixando livre a passagem para a entrada da igreja. Todos os outros fizeram o mesmo, quedando-se em silêncio enquanto a comitiva cruzava o pátio e entrava pela porta principal, e só depois recomeçaram a falar, mas agora num tom mais baixo, à medida que por sua vez foram entrando.

Sir Bloet desafivelou e entregou a espada a um criado, e assim como Lady Eliwys se ajoelhou e se benzeu assim que cruzaram a porta. Voltaram a caminhar até perto do biombo de junco, e lá voltaram a se ajoelhar.

Kivrin e as meninas seguiram logo atrás. Quando Agnes fez o sinal da cruz, seu sininho ressoou no vazio da igreja. Vou ter que tirar isso dela, pensou Kivrin, e imaginou se para desamarrar o objeto deveria sair da procissão e levar Agnes para a parte lateral, perto do túmulo do marido de Lady Imeyne, mas esta estava esperando com impaciência à porta, junto à irmã de Sir Bloet.

Ela conduziu as meninas lá para a frente. Sir Bloet já tinha ficado de pé outra vez. Eliwys ficou de joelhos um pouco mais de tempo e só depois se ergueu, e Sir Bloet a acompanhou até a ala norte da igreja, fez uma ligeira reverência e afastou-se para tomar lugar no lado reservado aos homens.

Kivrin ajoelhou-se com as meninas, rezando para que Agnes não fizesse muito barulho quando se benzesse de novo. Não fez, mas quando se ergueu enganchou o pé na barra da túnica de Kivrin e, ao se reequilibrar, produziu quase tanto barulho quanto o sino que ainda dobrava com força do lado de fora. Lady Imeyne, é claro, estava bem atrás delas, e fulminou Kivrin com o olhar.

Kivrin conduziu as meninas para o lado de Eliwys. Lady Imeyne se ajoelhou, mas Lady Yvolde apenas inclinou de leve a cabeça. Assim que Imeyne se ergueu, um criado apressou-se a trazer um genuflexório coberto de veludo escuro, que colocou no chão, perto de Rosemund, para que Lady Yvolde se ajoelhasse. Outro criado colocara um diante de Sir Bloet, no lado dos homens, e estava ajudando o amo a se ajoelhar. Sir Bloet bufou e agarrou-se ao braço do criado ao arriar o corpanzil, e seu rosto ficou muito vermelho.

Kivrin contemplou com nostalgia o genuflexório de Lady Yvolde, pensando nas almofadas de plástico na parte de trás dos bancos da igreja de St. Mary. Nunca percebera a bênção que aquilo representava, nem a bênção que eram aqueles duros bancos de madeira, até que se ergueram todos outra vez e ela lembrou que teriam de permanecer de pé durante todo o serviço religioso.

O chão estava frio, assim como a igreja, apesar de todas as luzes. Em sua maioria não passavam de pequenas vasilhas de metal, colocadas acesas ao longo das paredes e diante da estátua de santa Catarina envolta em azevinhos, embora no peitoril de cada uma das janelas houvesse uma vela amarelada alta, delgada, acesa. Apesar disso, o efeito provavelmente não era o que o padre Roche tinha a intenção de produzir. As chamas brilhantes faziam apenas os vitrais ficarem escuros, quase negros.

Havia outras velas amareladas nos candelabros de prata de ambos os lados do altar, o azevinho estava amontoado diante delas e ao longo da borda superior do biombo, e o padre Roche fixara as velas de cera de Lady Imeyne por entre as folhas reluzentes e pontiagudas. Fizera um trabalho de decoração da igreja capaz de satisfazer até Lady Imeyne, pensou Kivrin, e olhou para ela.

Lady Imeyne segurava o relicário entre as mãos postas, mas seus olhos estavam abertos, e ela fitava o topo do biombo de junco. Tinha a boca contraída num sinal de desaprovação, e Kivrin imaginou que não era ali que ela esperava ver as velas, embora fosse o local mais indicado para elas. Dali clareavam o crucifixo e as pinturas do Juízo Final e lançavam luz sobre quase toda a nave da igreja.

As velas faziam a igreja parecer diferente, mais intimista, mais familiar, como a St. Mary numa véspera de Natal. Ela fora com Dunworthy ao serviço religioso ecumênico no Natal do ano anterior. Sua ideia inicial era ir à missa de meia-noite da Sagrada Igreja Re-Formada para ouvir a celebração rezada em latim, mas não houve missa da meia-noite. Como o padre fora convidado a ler o evangelho no serviço ecumênico, a missa fora transferida para as quatro da tarde.

Agnes estava mexendo no sininho outra vez. Lady Imeyne virou-se e fez cara feia para ela por trás das mãos piedosamente postas, e Rosemund curvou-se diante de Kivrin para fazer um *psssst* para a irmã.

— Não deve tocar nesse sino antes do fim da missa — sussurrou Kivrin, inclinando-se sobre Agnes para que ninguém a escutasse.

— Eu *não* toquei — sussurrou Agnes em resposta, só que numa voz que podia ser ouvida na igreja inteira. — A fita está muito apertada, olhe!

Kivrin não via nada disso. Na verdade, se tivesse disposto de tempo para atar a fita com mais força, o sino não estaria tocando a cada movimento da menina, mas sabia que era impossível travar uma discussão com uma criança cansada quando a missa estava para começar a qualquer instante. Ela tentou encontrar o nó.

Agnes devia ter procurado tirar a fita em volta do pulso, porque a fita, já bem esgarçada, estava apertada num nó muito firme. Kivrin tentou agarrar as pontas com as unhas, sempre mantendo um olho nas pessoas às suas costas. O serviço religioso começaria com uma procissão, o padre Roche seguido pelos seus acólitos, se é que tinha algum, caminhando ao longo da nave, trazendo a água benta e cantando o Asperges.

Kivrin puxou a fita e as duas pontas, mas acabou apertando o nó a tal ponto que não havia esperança de tirar aquilo a não ser cortando. Ao menos conseguiu deixar a fita mais frouxa em volta do pulso, o que ainda não era o suficiente para poder tirá-la por inteiro. Ela lançou um olhar para a porta da igreja. O sino tinha parado, mas ainda não havia sinal do padre Roche nem espaço para sua entrada. O povo do vilarejo se amontoara na entrada, ocupando toda a parte traseira da nave. Alguém tinha erguido um menino por cima do túmulo do marido de Imeyne e o segurava lá no alto para que ele pudesse ver tudo, mas por enquanto não havia nada para ser visto.

Ela voltou a tentar desatar o sino. Conseguiu enfiar dois dedos por baixo e forçar a fita, para ver se a esticava um pouco.

— Não *rasgue*! — exclamou Agnes naquele sussurro teatral que podia ser ouvido na igreja inteira. Kivrin segurou o sino e fez a fita dar um giro em volta do pulso da menina, para que ela pudesse prender o sino na palma da mão.

— Segure assim — sussurrou, cerrando os dedos da menina sobre o objeto. — Com força.

Agnes cerrou o pequeno punho, obediente. Kivrin colocou a outra mão da menina sobre o punho cerrado, imitando uma atitude de prece, e disse baixinho:

— Se segurar o sino com força, ele não vai tocar.

Agnes prontamente pressionou as mãos sobre a testa, numa atitude de fé angelical.

— Boa menina — comentou Kivrin, e passou o braço em volta dela.

Olhou de novo para as portas da igreja. Ainda estavam fechadas. Soltou um suspiro de alívio e voltou o rosto para o altar.

O padre Roche estava lá. Usava uma estola branca bordada e uma alva amarelada com a barra mais desfiada do que a fita de Agnes, e segurava um livro.

Ele tinha obviamente esperado por ela, tinha obviamente ficado observando enquanto ela cuidava de Agnes, mas não havia censura no seu rosto, nem mesmo impaciência. Aquele rosto tinha uma expressão totalmente diversa, e Kivrin de repente se lembrou do sr. Dunworthy, de pé, observando-a através daquela parede divisória de vidro.

Lady Imeyne limpou a garganta, com um som que era quase um grunhido, e ele pareceu voltar a si. Estendeu o livro para Cob, que trajava uma batina encardida e sapatos de couro grandes demais para ele, e ajoelhou-se diante do altar. Então pediu o livro de volta e começou a recitar as Escrituras.

Kivrin repetiu as palavras para si no mesmo ritmo, pensando em latim e ouvindo o eco da tradução do intérprete.

— "A quem vistes, pastores?" — recitou Roche em latim, iniciando o responsório. — "Falai, dizei-nos quem apareceu sobre a Terra."

Ele se deteve, franzindo o rosto ao olhar para Kivrin.

Esqueceu a passagem, pensou ela. Olhou ansiosa para Imeyne, esperando que ela não percebesse que estava faltando uma parte, mas Imeyne tinha erguido a cabeça e fazia uma expressão carrancuda para Roche, enquanto sua mandíbula se retesava contra a touca de seda.

Roche continuava franzindo o rosto para Kivrin.

— "Falai, quem foi que ouviu?" — prosseguiu ele, e ela soltou um suspiro de alívio. — "Dizei-nos quem apareceu."

Tinha se equivocado. Ela moveu os lábios formando a frase seguinte, torcendo para que ele entendesse. "Nós vimos a criança recém-nascida."

Ele não deu nenhuma indicação de ter entendido, embora estivesse olhando diretamente para ela.

— "Eu vi..." — seguiu ele, e parou de novo.

— "Nós vimos a criança recém-nascida" — sussurrou Kivrin, e sentiu que Lady Imeyne se virava para olhá-la.

— "E os anjos cantando louvores ao Senhor" — disse Roche, e isso também era um equívoco, mas fez Lady Imeyne voltar-se para a frente com um olhar de reprovação sobre o padre.

O bispo ouviria falar sobre aquilo, sem dúvida, bem como sobre as velas e a roupa esfarrapada, e quem sabe quantos outros erros e omissões ele tivesse cometido.

— "Falai, o que vistes?" — fez Kivrin movendo a boca, e ele pareceu voltar a si de repente.

— "Falai, o que vistes?" — disse ele, com clareza. — "E dizei-nos do nascimento de Cristo. Nós vimos a criança recém-nascida, e os anjos cantando louvores ao Senhor."

Ele começou o Confiteor Deo, e Kivrin murmurou junto, mas ele foi até o fim sem cometer equívocos. Ela começou a relaxar um pouco, embora continuasse a observá-lo quando ele foi até o altar para o Oramus Te.

Usava uma batina preta por baixo da alva, e ambas as vestes pareciam ter sido ricos tecidos um dia. Eram pequenas demais para Roche, e Kivrin pôde ver uns bons dez centímetros das meias marrons surradas, por baixo da barra da batina, quando ele se inclinou diante do altar. A alva e a batina provavelmente tinham pertencido ao padre anterior, ou então eram peças descartadas pelo capelão de Imeyne.

O padre na Sagrada Igreja Re-Formada usava uma alva de poliéster sobre um casaco marrom e jeans. Havia assegurado a Kivrin que a missa era inteira autêntica, a despeito de estar sendo rezada no meio da tarde. A antífona datava do século VIII, explicou ele, e as descrições cruéis e detalhadas da via-crúcis eram cópias exatas das de Turim. Mas a igreja era uma papelaria reformada, como altar fora usada uma mesa desdobrável, e lá fora o carrilhão da Carfax se dedicava a destruir "It Came Upon the Midnight Clear".

— *Kyrie eleison* — disse Cob, mãos postas em oração.

— *Kyrie eleison* — repetiu o padre Roche.

— *Christe eleison* — disse Cob.

— *Christe eleison* — interferiu Agnes, radiante.

Kivrin fez para ela sinal de silêncio, o dedo nos lábios. Senhor tende piedade. Cristo tende piedade. Senhor tende piedade.

Eles haviam recitado o Kyrie naquele serviço ecumênico provavelmente devido a algum acordo que o padre da Sagrada Igreja Re-Formada fizera com o vigário, uma retribuição por ter mudado o horário da missa. O ministro da Igreja do Milênio tinha se recusado a recitar aquela oração e ficara o tempo todo lançando um olhar gélido de desaprovação. Como Lady Imeyne.

O padre Roche parecia estar bem agora. Disse a Gloria e o gradual sem cometer falhas, e começou o Evangelho.

— *Initium sancti Evangelii secundum Luke* — começou ele, recitando hesitantemente em latim. — "Ora, aconteceu que naqueles dias foi promulgado um decreto de César Augusto determinando que fosse realizado um censo."

O vigário tinha lido aqueles mesmos versículos na St. Mary. Lera da *Versão Popular da Bíblia*, por insistência da Igreja do Milênio. Embora o começo fosse "Por volta desse tempo, os políticos resolveram aumentar os impostos em cima dos contribuintes", tratava-se do mesmo evangelho que agora o padre Roche estava laboriosamente recitando.

— "E de repente juntou-se ao anjo uma multidão vinda das hostes celestiais louvando a Deus e dizendo, Glória a Deus nas alturas, e paz na Terra aos homens de boa-vontade." — O padre Roche beijou o evangelho. — *Per evangelica dicta deleantur nostro delicta.*

O sermão viria em seguida, se houvesse algum. Na maioria das igrejas de vilarejos, o padre só pregava o sermão nas missas mais importantes, e mesmo nesse caso normalmente não passava de uma lição de catecismo, da listagem dos sete pecados mortais ou das sete obras de misericórdia. A missa da manhã de Natal talvez fosse a melhor ocasião para o sermão.

Mas o padre Roche se adiantou para a frente da ala central (que quase se fechou outra vez quando os moradores do vilarejo se encostaram às pilastras ou uns nos outros, tentando achar uma posição mais confortável) e começou a falar.

— Nos dias em que Cristo desceu dos céus para a Terra, Deus mandou sinais para que os homens soubessem da sua vinda, e quando chegarem os últimos dias também nós receberemos sinais. Haverá fome e pestilência, e Satã cavalgará à solta pela Terra.

Oh, não, pensou Kivrin, não fale no diabo montado num cavalo preto.

Ela relanceou o olhar para Imeyne. A velha parecia furiosa, mas pouco importava o que Roche dissesse, pensou Kivrin. Estava determinada a enxergar erros e falhas para poder relatar ao bispo. Lady Yvolde parecia levemente irritada, e todo o restante do público tinha aquele ar de paciência cansada de quem escuta um sermão, não importa em que século. Kivrin tinha visto aquela mesma expressão na St. Mary, no Natal anterior.

O sermão na St. Mary fora sobre reciclagem de lixo, e o decano da Christ Church abrira sua fala perguntando: "A Cristandade começou num estábulo. Será que vai terminar num esgoto?".

Mas não fazia diferença. Era meia-noite, e a St. Mary tinha um piso de pedra e um altar de verdade, e quando Kivrin fechou os olhos foi capaz de abstrair a nave acarpetada da igreja e os guarda-chuvas e as velas laser. Afastou a almofadinha de plástico, ajoelhou no chão de pedra e imaginou como seria aquilo tudo na Idade Média.

O sr. Dunworthy dissera que a Idade Média não seria nada do que ela imaginava, e para variar tinha razão. Mas se enganava quanto a esta missa. Ela tinha imaginado exatamente assim, o chão de pedra e o murmúrio do Kyrie, o cheiro de incenso e de sebo, e o frio.

— O Senhor virá trazendo o fogo e a pestilência, e tudo perecerá — prosseguiu Roche. — Mas mesmo nos últimos dias a misericórdia de Deus não nos abandonará. Ele nos mandará auxílio e conforto, e nos conduzirá em segurança ao céu.

Em segurança ao céu. Ela pensou no sr. Dunworthy. "Não vá", pediu ele. "Não vai ser nada do que você imagina." E ele tinha razão. Ele sempre tinha razão.

Mas mesmo o sr. Dunworthy, com todos os seus receios sobre varíola e degoladores e queima de bruxas, nunca teria imaginado que ela se perderia. Que ela não saberia onde era o local do salto a menos de uma semana para o reencontro. Ela olhou para Gawyn, do outro lado da nave da igreja, que não tirava os olhos de Eliwys. Tinha que falar com ele depois da missa.

O padre Roche foi até o altar para começar a missa propriamente dita. Agnes se apoiou em Kivrin, que pôs o braço em volta da menina. Pobrezinha, devia estar exausta. Acordada desde antes do amanhecer e o dia todo correndo. Kivrin imaginou quanto tempo a missa ainda demoraria.

O serviço religioso da St. Mary demorara uma hora e quinze, e lá pela metade do ofertório o bip da dra. Ahrens tocou.

— É um parto — sussurrou ela para Kivrin e Dunworthy ao se levantar para sair. — Muito apropriado.

Será que estão na igreja agora, pensou ela, e só depois lembrou que lá não era Natal. Seu Natal tinha sido três dias depois que ela chegara ali, enquanto ainda estava doente. Seria o quê, então? Dia 2 de janeiro, os feriados de fim de ano já acabando, as decorações sendo removidas e guardadas.

Estava começando a ficar mais quente no interior da igreja, e as velas pareciam estar consumindo todo o ar. Kivrin ouvia às suas costas as pessoas mudando de posição e arrastando os pés enquanto o padre Roche avançava ao longo do ritual da missa e Agnes se aninhava mais e mais contra ela. Ficou grata quando chegaram ao Sanctus e ela pôde se ajoelhar.

Tentou imaginar Oxford no dia 2 de janeiro, as lojas anunciando as liquidações de Ano-Novo, o carrilhão da Carfax agora em silêncio. A dra. Ahrens estaria na Emergência cuidando de quem exagerou nas festas e o sr. Dunworthy estaria se preparando para o início do próximo período letivo. Não, não estaria, pensou ela, e o visualizou olhando por trás do vidro da divisória. Ele está preocupado comigo.

O padre Roche ergueu o cálice, ajoelhou-se, beijou o altar. Houve um ruído maior de pés se movimentando, e alguns sussurros do lado dos homens. Ela olhou naquela direção. Gawyn estava agachado sobre os calcanhares, o rosto cheio de tédio. Sir Bloet estava adormecido.

Assim como Agnes. A menina apagara tão completamente sobre Kivrin que não seria possível acordá-la para ouvir o Paternoster. Kivrin nem tentou. Quando todos se levantaram, ela aproveitou a oportunidade para ajeitar o corpo da menina e colocá-la numa posição mais confortável. O joelho de Kivrin estava doendo. Ela devia ter ajoelhado justo sobre a depressão entre duas lajes. Mudou de posição, erguendo ligeiramente o joelho e colocando uma dobra da capa embaixo dele.

O padre Roche pôs um pedaço de pão no cálice e disse a Haec Commixtio, e todos se ajoelharam para o Agnus Dei.

— *Agnus Dei, qui tollis peccata mundi: miserere nobis* — entoou ele. — Cordeiro de Deus, que tirais os pecados do mundo, tende piedade de nós.

Agnus Dei. Cordeiro de Deus. Kivrin sorriu olhando para Agnes. Ela dormia profundamente, seu corpo inerte ao lado, a boca aberta, mas o punho ainda cerrado com força sobre o sininho. Minha cordeira, pensou Kivrin.

Quando se ajoelharam nas pedras do piso da St. Mary, Kivrin havia imaginado as velas e o frio, mas não Lady Imeyne, à espera de que Roche cometesse algum erro ao longo da missa, nem Eliwys, ou Gawyn, ou Rosemund. Nem o padre Roche, com seu rosto de degolador e suas meias puídas.

E nunca em cem anos, nem em setecentos e trinta e quatro anos, ela poderia ter imaginado Agnes, com seu cachorrinho e seus acessos malcriados, e seu joelho infeccionado. Foi bom ter vindo, pensou ela. Apesar de tudo.

O padre Roche fez o sinal da cruz com o cálice e bebeu.

— *Dominus vobiscum* — disse ele.

Houve um zum-zum-zum geral por trás de Kivrin. A parte principal do espetáculo tinha acabado, e as pessoas estavam indo logo embora para evitar o aperto. Aparentemente não havia deferência alguma para com a família do senhor quando o assunto era ir embora. Nem sequer esperavam estar do lado de fora para começar a falar. Kivrin mal conseguiu ouvir as palavras do encerramento.

— *Ite, Missa est* — falou o padre Roche por sobre o barulho, e Lady Imeyne já saiu andando pela nave afora antes mesmo que o padre abaixasse a mão erguida, e ia como quem vai a Bath imediatamente queixar-se ao bispo.

— Viu as velas de sebo no altar? — comentou ela com Lady Yvolde. — Eu *avisei* para ele usar as velas de cera que mandei.

Lady Yvolde abanou a cabeça e lançou um olhar sombrio para o padre Roche, e as duas se afastaram, com Rosemund em seus calcanhares.

Obviamente, se pudesse evitar, Rosemund não pretendia caminhar de volta para a casa grande na companhia de Sir Bloet e esta era a melhor maneira. O grupo dos aldeões tinha se fechado em volta das três mulheres, conversando e rindo. Quando Bloet, bufando e arquejando, conseguisse ficar de pé, elas já estariam a caminho de casa.

Kivrin também teve dificuldade para se levantar. Seu pé ficara dormente, e Agnes estava apagada.

— Agnes — chamou ela. — Acorde. Hora de ir para casa.

Sir Bloet tinha ficado de pé, o rosto quase roxo pelo esforço, e veio até o outro lado para oferecer o braço a Eliwys.

— Sua filha adormeceu — comentou ele.

— Sim — disse Eliwys, olhando para Agnes.

Ela tomou o braço dele e os dois se encaminharam para a porta.

— Seu marido não veio como prometeu.

— Não. — Kivrin ouviu quando Eliwys respondeu. Os dedos dela se cerraram em torno do braço dele.

Do lado de fora, os sinos começaram a tocar todos ao mesmo tempo, desorganizados, num badalar caótico. Soava maravilhosamente.

— Agnes — voltou a chamar Kivrin, sacudindo-a. — Está na hora de tocar seu sino.

Ela nem se moveu. Kivrin tentou colocar a menina adormecida sobre o ombro. Os braços dela caíram, frouxos, por cima, e o sininho soou.

— Você esperou a noite toda para tocar seu sino — disse Kivrin, apoiando-se sobre um dos joelhos. — Acorde, cordeirinha.

Olhou em volta para ver se alguém viria ajudá-la. Não havia quase ninguém mais na igreja. Cob estava verificando as janelas, apagando os pavios das velas entre os dedos rachados. Gawyn e os sobrinhos de Sir Bloet estavam no fundo da nave, afivelando os cintos com as espadas. O padre Roche não estava ali, e ela pensou se seria ele quem estava dobrando o sino com tamanho entusiasmo.

Seu pé dormente estava começando a formigar, e ela o moveu dentro do sapato fino e depois buscou apoiar o peso sobre ele. A sensação era terrível, mas ela conseguiu. Puxou Agnes mais para cima sobre o ombro e tentou ficar de pé. Seu pé enganchou na barra da capa, e ela vacilou para a frente.

Gawyn a segurou.

— Boa Lady Katherine, minha Lady Eliwys me pediu que viesse auxiliar — disse ele, ajudando Kivrin a se equilibrar. Ele ergueu Agnes nos braços como se fosse uma pluma, colocou a menina no ombro e se encaminhou para a saída, com Kivrin manquejando logo atrás.

— Obrigada — agradeceu Kivrin quando saíram para o pátio ainda apinhado de gente. — Eu estava achando que meus braços iam cair.

— Ela é uma garota pesada — falou ele.

O sino de Agnes escorregou do seu braço e caiu na neve, soando com os demais durante a queda. Kivrin abaixou-se e o apanhou. O nó da fita estava pequeno demais para ser visto, e as pontas estavam se desmanchando em fios, mas no momento em que pegou na fita o nó se desfez. Kivrin a amarrou de novo ao pulso pendente de Agnes com uma pequena laçada.

— Fico alegre em poder ajudar uma dama em apuros — disse Gawyn, mas ela nem escutou.

Estavam sozinhos caminhando pelo relvado. O resto da família já estava quase no portão da casa grande. Ela podia ver o caseiro erguendo o lampião sobre Lady Imeyne e Lady Yvolde quando elas cruzaram o umbral. Havia ainda uma porção de gente no pátio da igreja. Alguém acendera uma fogueira perto da estrada, e havia pessoas em volta, aquecendo as mãos e passando entre si uma tigela de madeira. Porém, naquele trecho, já quase chegando ao meio do relvado, estavam sozinhos. Ali estava a oportunidade que Kivrin imaginara que não viria.

— Quero agradecer por tentar achar os ladrões que me atacaram e por me tirar do bosque e me trazer — começou ela. — Quando me encontrou, eu estava muito longe daqui? Será que poderia me mostrar esse lugar?

Ele se deteve e olhou para ela.

— Não lhe contaram? — perguntou. — Todos os caixotes e os objetos que encontrei lá foram trazidos para a casa grande. Os ladrões devem ter levado seus pertences. Eu fui atrás deles, mas nada encontrei.

Ele recomeçou a andar.

— Sim, sei que trouxe minhas caixas para cá. Obrigada. Mas não é por isso que eu gostaria que me mostrasse o lugar onde me encontrou — disse Kivrin rapidamente, receosa de que emparelhassem com os demais antes de terem terminado a conversa.

Lady Imeyne tinha parado e estava olhando para trás. Kivrin precisava da resposta dele antes que Imeyne mandasse o caseiro ver o que estava detendo os dois.

— Eu perdi a memória quando fui ferida pelos ladrões — continuou ela. — Achei que, se eu pudesse olhar o lugar onde fui encontrada, isso me ajudaria a lembrar alguma coisa.

Ele parou de novo e ficou olhando para a estrada, para além da igreja. Havia luzes por lá, oscilantes, trêmulas e cada vez mais próximas. Retardatários para a missa?

— O senhor é o único que sabe onde fica o local — prosseguiu Kivrin. — Não gostaria de incomodá-lo, mas se pudesse pelo menos me dizer onde fica, eu teria...

— Não existe nada lá — interrompeu ele distraidamente, ainda observando as luzes. — Eu trouxe sua carroça e suas caixas para a casa grande.

— Eu *sei* — disse Kivrin — e agradeço, mas...

— Está tudo no estábulo — explicou.

Ele se virou ao ouvir um barulho de cavalos. As luzes oscilantes eram tochas carregadas por homens montados, que ultrapassaram a igreja e o vilarejo a galope. Eram pelo menos uma meia dúzia, e sofrearam as rédeas no ponto onde Lady Eliwys e os outros estavam parados.

É o marido dela, pensou Kivrin, mas antes que pudesse terminar o pensamento Gawyn tinha jogado Agnes em seus braços e começado a disparar na direção do grupo, puxando a espada enquanto corria.

Oh, não, pensou Kivrin, e começou a correr também, desajeitadamente, sob o peso da menina. Não era o marido, e sim os homens que estavam à procura delas, o motivo por que estavam se escondendo, o motivo por que Eliwys tinha ficado tão zangada com Imeyne por revelar a Sir Bloet a presença da família ali.

Os homens com as tochas tinham apeado dos cavalos. Eliwys avançou para um dos três homens ainda montados e ali caiu de joelhos, como se tivesse sido golpeada.

Não, oh, não, pensou Kivrin, já sem fôlego, com o sininho de Agnes tocando atabalhoadamente enquanto corria.

Gawyn correu em direção ao grupo, a espada refletindo as luzes das tochas, e logo ele caiu de joelhos também. Eliwys ergueu-se e deu uns passos em direção aos homens montados, o braço erguido num gesto de boas-vindas.

Kivrin parou, sem fôlego. Sir Bloet se adiantou também, ajoelhou-se, ficou de pé. Os homens montados jogaram para trás os capuzes. Estavam usando uma espécie de chapéu ou de coroa. Gawyn, ainda de joelhos, embainhou sua espada. Um dos homens montados ergueu a mão, e alguma coisa cintilou.

— O que é? — perguntou Agnes, sonolenta.

— Não sei — respondeu Kivrin.

Agnes girou o corpo nos braços de Kivrin para olhar.

— São os três reis — disse ela, espantada.

TRANSCRITO DO LIVRO DO JUÍZO FINAL
(064996-065537)

Véspera de Natal 1320 (Calendário Antigo). Chegou aqui um emissário do bispo, com mais dois religiosos. Chegaram a cavalo logo depois da missa da meia-noite. Lady Imeyne está encantada, convicta de que vieram em resposta ao seu pedido por um novo capelão, mas não estou muito convencida. Vieram sem criados, e há certo nervosismo entre eles, como se estivessem em alguma missão secreta e urgente.

Tem que ser algo relacionado a Lord Guillaume, embora os tribunais sejam uma corte secular, não eclesiástica. Talvez o bispo seja amigo de Lord Guillaume ou do rei Eduardo II, e eles vieram para firmar com Eliwys algum tipo de acordo para que o marido seja libertado.

Sejam lá quais forem as razões da presença, chegaram com toda pompa. Agnes pensou que eram os reis magos assim que os viu, e de fato eles têm um porte de realeza. O emissário do bispo tem um rosto magro, aristocrático, e os três se vestem como reis. Um deles tem uma capa roxa de veludo, com uma cruz branca de seda bordada atrás.

Lady Imeyne imediatamente se colou a ele, repetindo a ladainha a respeito do quão ignorante, desajeitado e inaceitável é o padre Roche. "Ele não merece uma paróquia", disse ela. Infelizmente (e felizmente para o padre Roche), o emissário do bispo não era aquele (é apenas seu secretário), e sim o de capa vermelha, também um indivíduo impressionante, com bordados dourados e barra de zibelina.

O terceiro é um monge cisterciense — pelo menos, veste o hábito branco dessa ordem, embora de uma lã ainda mais finamente tecida do que minha capa. Além disso, usa uma corda de seda na cintura e, em cada um dos dedos gordos, tem um anel próprio de um rei. Apesar disso, não se comporta como um monge. Ele e o emissário pediram vinho antes mesmo de desmontar, e é visível que o secretário já havia bebido um bocado antes de chegarem aqui. Ele escorregou ainda há pouco, ao descer do cavalo, e teve que entrar na casa amparado pelo monge gordo.

(Pausa)

Parece que eu estava enganada sobre a razão da presença deles aqui. Eliwys e Sir Bloet se afastaram para um canto com o emissário do bispo, assim que entraram na casa, mas só falaram entre si durante alguns minutos, e tudo que pude escutar foi quando ela disse a Imeyne: "Não ouviram nada sobre Guillaume".

Imeyne não pareceu surpresa nem muito preocupada com as notícias. É bem visível que pensa que eles estão aqui para trazer um novo capelão, e ela se desdobra em gentilezas, insistindo para que a ceia de Natal seja trazida imediatamente e que o emissário do bispo fique no principal assento. Eles parecem mais interessados em beber do que em comer. Imeyne lhes serviu pessoalmente taças de vinho, e eles já beberam tudo e pediram mais. O secretário segurou a saia de Maisry quando ela trouxe a jarra, agarrou-a com uma mão e enfiou a outra embaixo. Ela, é claro, protegeu os ouvidos com as mãos.

A única coisa boa quanto a essa presença é que eles aumentaram tremendamente a confusão geral. Tive apenas um instante muito breve para conversar com Gawyn, mas em algum momento do dia de amanhã com certeza poderei falar com ele sem que ninguém repare — sobretudo quando a atenção de Imeyne estiver toda voltada para o emissário do bispo, que agora acaba de tomar a jarra das mãos de Maisry e servir por conta própria o vinho. Vou poder perguntar a Gawyn onde é o local do salto. Há tempo de sobra. Tenho quase uma semana.

21

Duas outras pessoas morreram no dia 28, ambas casos primários que estiveram na festa em Headington, e Latimer sofreu um derrame.

— Ele teve uma miocardite, que causou uma tromboembolia — disse Mary, quando telefonou. — Nesse momento, não está reagindo.

A esta altura, metade dos detidos sob abrigo de Dunworthy já fora derrubada pelo vírus, e na Emergência só havia espaço para os casos mais graves. Dunworthy e Finch, acompanhados por um detido (descoberto por William) que estudara enfermagem durante um ano, distribuíram temps e suco de laranja em turnos sucessivos. Dunworthy improvisou colchonetes e medicou os doentes.

E começou a se preocupar. Quando contou a Mary a respeito de Badri ter falado "isso não pode estar certo" e "foram os ratos", ela respondera:

— É a febre, James. Eles não estão falando coisa com coisa. Estou com um paciente que não para de falar dos elefantes da rainha.

Mas ele não conseguia tirar da cabeça a ideia de que Kivrin estava em 1348. "Em que ano estamos?", dissera Badri naquela primeira noite, além de "isso não pode estar certo".

Após a discussão com Gilchrist, Dunworthy telefonou para Andrews e disse que seria impossível conseguir acesso à rede no Brasenose.

— Não importa — comentou Andrews. — As coordenadas locacionais não são tão importantes quanto as temporais. Vou obter latitude e longitude da escavação, com o pessoal lá do Jesus College. Já falei a respeito de checar os parâmetros, e eles disseram que tudo bem.

O visual tinha sumido de novo nas ligações, mas Andrews parecia nervoso, como se recease que Dunworthy voltasse a abordar a possibilidade de uma ida dele a Oxford.

— Fiz uma breve pesquisa a respeito de desvios — prosseguiu ele. — Teoricamente não há limites, mas na prática o desvio mínimo é sempre maior que zero, mesmo em áreas desabitadas. O desvio máximo nunca ultrapassou cinco anos, e todos foram em saltos não tripulados. O maior desvio num salto tripulado foi um remoto para o século XVII. Duzentos e vinte e seis dias.

— Poderia ser alguma outra coisa? — perguntou Dunworthy. — Alguma coisa além do desvio poderia ter dado errado?

— Se as coordenadas estão corretas, não — sentenciou Andrews, que prometeu dar notícias assim que acabasse de checar os parâmetros.

Um desvio de cinco anos significava 1325. A peste ainda não começara nem mesmo na China. Sem falar que Badri dissera a Gilchrist que o desvio fora mínimo. E o problema não podia ser com as coordenadas. Badri checara tudo antes de adoecer. Apesar disso, o medo continuou a afligir Dunworthy, que passou os poucos momentos de sossego que teve telefonando para outros técnicos, tentando achar alguém disposto a vir ler o fix quando o sequenciamento chegasse e Gilchrist abrisse o laboratório de novo. O resultado devia ter chegado na véspera, mas quando Mary ligou para ele disse que estavam ainda esperando.

Ela voltou a telefonar no fim da tarde.

— Pode separar uma ala para nós? — perguntou.

As ligações estavam sendo transmitidas em visual novamente. Mary parecia ter dormido usando aquele traje de proteção, e a máscara pendia do seu pescoço pendurada por uma tira.

— Já separei, não? — indagou ele. — Está lotada de pessoas detidas. Tivemos trinta e um casos agora à tarde.

— Tem espaço para separar outra? Não precisa ser agora — disse Mary, cansada. — Mas cedo ou tarde vou precisar, sim. Estamos chegando aqui ao limite da nossa capacidade, e vários integrantes da equipe médica ou adoeceram ou estão se recusando a vir.

— O sequenciamento ainda não chegou? — quis saber ele.

— Não. O CMI ligou há pouco. O primeiro resultado apresentou falhas e precisaram recomeçar do princípio. Acham que vai ficar para amanhã. Trabalham agora com a hipótese do vírus uruguaio. — Ela deu um sorriso desalentado. — Você acha que Badri teve contato com alguém do Uruguai? Bem, em quanto tempo acha que pode aprontar os leitos?

— Hoje à noite — respondeu Dunworthy.

Mas Finch informou que estavam quase sem colchonetes, e ele precisou ir até o SNS pedir mais uma dúzia. Só conseguiram preparar a nova ala, em duas salas de aulas, antes do amanhecer.

Enquanto o ajudava a arrumar os colchonetes e a forrar as camas, Finch avisou que estavam ficando sem lençóis limpos, máscaras faciais e papel higiênico.

— Não temos o bastante nem para os detidos — disse, enfiando as bordas de um lençol sob o colchão —, quanto mais para os pacientes. Também não temos ataduras.

— Não é uma guerra — respondeu Dunworthy. — Duvido que apareça alguém ferido. Pesquisou se algum outro colégio de Oxford dispõe de técnicos?

— Sim, senhor. Telefonei para todos, mas nenhum deles tem. — Ele prendeu um travesseiro com o queixo contra o pescoço. — Espalhei cartazes pedindo a todos que economizassem papel higiênico, mas não deu resultado. As americanas, em particular, gastam muitos rolos. — Ele enfiou a fronha no travesseiro de baixo para cima. — Apesar disso, fico com muita pena. Helen está acamada desde ontem à noite, o senhor sabe, e elas não têm substituta.

— Helen?

— A sra. Piantini. A tenor. Está com febre de 39,7. Elas não vão ter como apresentar o seu "Chicago Surprise".

O que provavelmente é uma bênção, pensou Dunworthy.

— Pergunte a elas se ainda estão de olho nos meus telefonemas, mesmo que tenham parado de ensaiar — pediu ele. — Estou esperando algumas ligações importantíssimas. Andrews retornou?

— Não, senhor, ainda não. E as ligações estão sem visual. — Ele bateu no travesseiro para amaciá-lo. — É uma pena esse problema com o dobre. Elas podem executar os stedmans, é claro, mas é muito batido. Pena que não tenham alternativa.

— Você fez a lista dos técnicos?

— Fiz, senhor — confirmou Finch, engalfinhando-se com um colchonete revolto. Fez um gesto com a cabeça. — Está ali, perto do quadro-negro.

Dunworthy pegou a papelada e olhou a folha de cima. Estava preenchida com uma coluna de números, todos com os dígitos de um a seis, em diferentes ordens.

— Não é isto — disse Finch, tirando as folhas da mão dele. — Estas aqui são as mudanças usadas no "Chicago Surprise". — Ele separou e entregou uma folha a Dunworthy. — Aqui está. Listei todos os técnicos por colégio e incluí endereços e telefones.

Colin entrou nesse momento, com o casaco molhado, carregando um rolo de fita adesiva e um embrulho coberto de plastene.

— O vigário me pediu para colar estes cartazes em todas as alas — informou ele, exibindo um anúncio que dizia: "Desorientação e dificuldade de concatenar as ideias? Confusão mental pode ser um indício de que você contraiu o vírus".

Ele rasgou uma tira da fita adesiva e prendeu o cartaz no quadro-negro.

— Quando fui colar os cartazes na Emergência, o que vocês imaginam que a chata da sra. Gaddson estava fazendo? — questionou ele, tirando da pilha outro cartaz, que dizia: USE SUA MÁSCARA FACIAL. Ele prendeu o anúncio na parede por cima do colchonete que Finch estava arrumando. — Estava lendo a *Bíblia* para os doentes! — Ele guardou a fita adesiva no bolso. — Espero que *eu* não acabe pegando isso. — Colocou o resto dos cartazes embaixo do braço e foi em direção à porta.

— Use sua máscara facial — disse Dunworthy.

Colin sorriu.

— Foi isso que a chata disse. E disse mais: que o Senhor castigaria aqueles que não escutam a voz dos justos. — Ele tirou de outro bolso o cachecol cinza. — Eu uso *isto* em vez de máscara — falou, amarrando a echarpe por cima do nariz e da boca, no estilo bandoleiro.

— Esse tecido não protege você de vírus microscópicos — avisou Dunworthy.

— Eu sei. Mas a cor afugenta todos eles — rebateu o garoto, disparando porta afora.

Dunworthy ligou para Mary para avisar que a nova ala estava pronta, mas não conseguiu completar a ligação, de modo que foi a pé até o Hospital. A chuva diminuíra um pouco, e havia pessoas na rua, a maioria de máscaras, voltando do armazém ou fazendo fila diante das farmácias. No entanto, pairava sobre a rua inteira um silêncio pouco natural.

Alguém desligou o carrilhão, pensou Dunworthy, e quase lamentou isso.

Mary estava em sua sala, olhando para um monitor.

— O sequenciamento chegou — disse ela, antes que ele pudesse falar sobre a nova ala.

— Já comunicou a Gilchrist? — perguntou ele, rapidamente.

— Não — respondeu ela. — Não é o vírus do Uruguai, nem o da Carolina do Sul.

— E o que é?

— É um H9N2. Os vírus da Carolina do Sul e do Uruguai são H3.

— Então, de onde ele veio?

— O CMI não sabe. Não é um vírus conhecido. Provavelmente nunca foi sequenciado antes. — Ela estendeu uma folha impressa. — Tem sete pontos de mutação, o que explica por que está matando gente.

Ele olhou a folha. Estava coberta por colunas de números, como a lista de mudanças do "Chicago Surprise", e era igualmente ininteligível.

— Tem que vir de algum lugar — comentou ele.

— Não necessariamente. Como a cada dez anos, mais ou menos, ocorre uma mudança antigênica com potencial epidêmico, o vírus pode ter se originado em Badri. — Ela pegou a folha impressa de volta. — Você sabe se nas proximidades de onde ele mora existem criadouros de gado ou aviários?

— Criadouros de gado? Ele mora num apartamento em Headington.

— Variações mutantes são produzidas às vezes pela interseção entre um vírus avícola e uma variante humana. O CMI quer checar todos os contatos possíveis com aves, bem como exposição a radioatividade. Mutações virais são causadas às vezes por raios X. — Ela olhou a folha impressa como se aquilo fizesse sentido. — É uma mutação pouco usual. Não há recombinação dos genes de hemaglutinina, somente uma mutação pontual muito grande.

Não era de admirar que ela não houvesse avisado Gilchrist. Ele dissera que abriria o laboratório quando o sequenciamento chegasse, mas essas últimas notícias só serviriam para convencê-lo do contrário.

— Há cura para isso?

— Haverá, assim que se possa produzir um análogo. E uma vacina. Já estão trabalhando no protótipo.

— Quanto vai demorar?

— De três a cinco dias para o protótipo, depois mais uns cinco dias para a fabricação, caso não encontrarem nenhum problema em duplicar as proteínas. Devemos estar em condições de aplicar a vacina em dez dias.

Dez dias. E esse era o prazo para *começarem* o processo de imunização. Quanto tempo levaria para imunizar a área de quarentena? Uma semana? Duas? Quanto tempo antes que Gilchrist e os manifestantes idiotas considerassem seguro abrir o laboratório?

— Tempo demais — disse Dunworthy.

— Eu sei — concordou Mary, e suspirou. — Deus sabe quantos casos ainda teremos até lá. Só hoje de manhã apareceram mais vinte.

— Acha que é uma variante mutante?

Ela pensou um pouco.

— Não, acho mais provável que Badri tenha apanhado de alguém na festa em Headington. Deve ter havido algum hindu-novo por lá, ou alguém dos terrenos, ou alguém mais que não acredita em antivirais ou em medicina moderna. A gripe do ganso canadense de 2010, como você se lembra, foi rastreada e teve origem confirmada numa comunidade de Ciência Cristã. Existe uma origem. E vamos encontrar.

— E enquanto isso, o que acontece com Kivrin? E se chegar o dia do reencontro e ainda não tiverem descoberto a origem do vírus? A volta de Kivrin está marcada para 6 de janeiro. Acha que até lá terão encontrado a origem?

— Não sei — respondeu ela, cansada. — Talvez ela não queira voltar para um século que está rapidamente merecendo um índice 10. Talvez ela prefira ficar em 1320.

Se estiver mesmo em 1320, pensou Dunworthy, e subiu ao quarto de Badri. Ele não tinha falado mais em ratos desde a noite de Natal. Estava de volta àquela tarde no Balliol quando fora à procura de Dunworthy no pub. "Laboratório?", murmurou ele quando viu Dunworthy. Tentou debilmente lhe estender um "bilhete" e depois afundou no sono, exausto pelo esforço.

Dunworthy ficou alguns minutos, antes de ir procurar Gilchrist.

A chuva estava mais forte quando chegou ao Brasenose. O grupo de manifestantes estava se amontoando embaixo da faixa de protesto, tremendo de frio.

O porteiro estava na mesa de recepção, removendo as decorações da pequena árvore de Natal. Lançou uma olhadela para Dunworthy e pareceu subitamente alarmado. Dunworthy passou por ele e cruzou o portão.

— Não pode entrar aí, sr. Dunworthy — gritou o porteiro por trás dele. — O colégio está interditado.

Dunworthy caminhou ao longo do pátio. Os aposentos de Gilchrist ficavam no prédio atrás do laboratório. Apressou-se naquela direção, temendo que o porteiro o alcançasse e tentasse detê-lo.

O laboratório ostentava um grande cartaz amarelo ACESSO SOMENTE PARA PESSOAL AUTORIZADO e um alarme eletrônico preso ao portal.

— Sr. Dunworthy — chamou Gilchrist, avançando até ele sob a chuva. O porteiro devia ter ligado. — O laboratório está interditado.

— Vim para falar com o senhor — disse Dunworthy.

O porteiro se aproximou, arrastando atrás de si uma guirlanda de papel laminado.

— Quer que eu telefone para os guardas? — perguntou.

— Não é preciso — respondeu Gilchrist. E para Dunworthy: — Vamos subir aos meus aposentos. Tenho uma coisa que preciso mostrar para o senhor.

Ele conduziu Dunworthy para seu escritório, sentou-se por trás de uma mesa atulhada e colocou uma máscara complicada, cheia de filtros.

— Falei há pouco com o CMI — começou ele, com voz oca, como se vinda de longe. — É um vírus ainda não sequenciado, de origem desconhecida.

— Acaba de ser sequenciado — disse Dunworthy — e o análogo e a vacina ficarão prontos dentro de alguns dias. A dra. Ahrens concordou em dar ao Brasenose prioridade na imunização, e estou tentando localizar um técnico que possa ler o fix assim que a imunização for concluída.

— Receio que seja impossível — disse Gilchrist, com voz oca. — Estou dirigindo uma pesquisa sobre a incidência de influenza nos anos 1300. Há indícios claros de que uma série de epidemias de influenza na primeira metade do século XIV enfraqueceu gravemente a população, diminuindo sua resistência para enfrentar a Peste Negra. — Ele pegou um livro de aparência antiga. — Encontrei seis referências independentes a surtos ocorridos entre outubro de 1318 e fevereiro de 1321. — Ergueu o livro e começou a ler. — "Depois da época da colheita, surgiu em Dorset uma febre tão forte que matou muitas pessoas. Essa febre começava com dor de cabeça e confusão em todas as partes do corpo. Os médicos aplicaram sangria nos pacientes, mas mesmo assim morreram muitos."

Uma febre. Numa era de febres e tifoides e cóleras e sarampos, todos produzindo "dor de cabeça e confusão em todas as partes".

— Mil, trezentos e dezenove. Os tribunais de Bath do ano anterior foram cancelados — comentou Gilchrist, erguendo outro livro. — "Uma doença do peito surgiu na corte, de modo que não sobrou ninguém, nem juízes nem jurados, para ouvir os casos" — leu Gilchrist, e lançou um olhar para Dunworthy por cima da máscara. — O senhor disse que o clamor público com relação à rede não passava de histeria sem fundamento. Só que aparentemente se baseia em fatos históricos bastante sólidos.

Fatos históricos bastante sólidos. Referências a febres e doenças do peito que podiam ser qualquer coisa, infecção sanguínea, tifo, qualquer doença entre centenas de doenças anônimas. Não valia a pena discutir sobre nada daquilo.

— O vírus não pode ter passado através da rede — disse ele. — Já foram realizados saltos ao tempo da Pandemia, às batalhas da Primeira Guerra Mundial em que foi utilizado o gás de mostarda, a Tel Aviv. Século XX enviou equipamento de detecção à catedral de são Paulo dois dias depois do bombardeio de Londres. Nada passou de lá para cá.

— Isso é o que o senhor diz. — Ele ergueu uma folha impressa. — Probabilidade indica uma possibilidade de 0,003 por cento de um micro-organismo ser transmitido através da rede, e uma chance de 22,1 por cento de um mixovírus viável estar presente na área crítica quando a rede foi aberta.

— Onde o senhor obtém esses números, pelo amor de Deus?! — questionou Dunworthy. — Tira de uma cartola? De acordo com Probabilidade — rebateu ele, pondo uma ênfase maldosa na palavra — havia apenas uma chance de 0,04 por cento de alguém estar presente quando Kivrin deu o salto, uma probabilidade que o senhor considerou insignificante.

— Vírus são organismos excepcionalmente resistentes — disse Gilchrist. — Existem registros de casos em que ficaram adormecidos por longos períodos de tempo, expostos a temperaturas extremas e à umidade, e continuaram ativos. Sob certas condições, formam cristais que retêm indefinidamente sua estrutura. Quando mergulhados de novo numa solução, voltam a ter o poder de infectar. Já foram encontrados mosaicos de cristais de tabaco, viáveis, datando do século XVI. Existe um risco significativo de que um vírus penetre na rede quando ela é aberta, e nessas circunstâncias não posso permitir isso.

— O vírus *não pode* ter vindo pela rede — insistiu Dunworthy.

— Então por que está tão ansioso para fazer alguém ler o fix?

— *Porque...* — começou Dunworthy, e fez uma pausa para retomar o autocontrole. — Porque a leitura do fix nos dirá se o salto correu normalmente ou se alguma coisa saiu errada.

— Ah, admite então a possibilidade de um erro, não é? — perguntou Gilchrist. — Então, por que não pode ter havido um erro que permitiu a passagem do vírus através da rede? Enquanto existir essa possibilidade, o laboratório vai continuar interditado. Tenho certeza de que o sr. Basingame aprovará meus procedimentos.

Basingame, pensou Dunworthy. Esta era a questão. Não tinha nada a ver com vírus nem com manifestantes nem tampouco com "doenças do peito" de 1318. Tudo aquilo era para que ele pudesse se justificar diante de Basingame.

Gilchrist era o diretor em exercício durante a ausência de Basingame e tinha atualizado às pressas o ranking, supervisionado às pressas um salto no tempo, sem dúvida com a intenção de surpreender Basingame, quando do seu retorno, com um brilhante *fait accompli*. Só que não tinha dado certo. Pelo contrário, o que tinha em mãos agora era uma epidemia, uma historiadora perdida e manifestantes diante da faculdade. Sua única preocupação agora era achar uma maneira de vindicar suas ações e salvar a própria pele, mesmo que isso significasse sacrificar Kivrin.

— E quanto a Kivrin? Será que ela aprova os procedimentos adotados pelo senhor?

— A srta. Engle estava perfeitamente consciente dos riscos, quando se apresentou por livre e espontânea vontade para ir a 1320 — respondeu Gilchrist.

— Estava consciente de que o senhor pretendia abandoná-la à própria sorte?

— Esta conversa está terminada, sr. Dunworthy — disse Gilchrist, levantando-se. — Vou abrir o laboratório apenas quando a origem do vírus tiver sido estabelecida e quando alguém provar, de maneira que me pareça satisfatória, que não há chances de que o vírus tenha surgido através da rede.

Ele conduziu Dunworthy até a saída. O porteiro estava à espera do lado de fora da porta.

— Eu não pretendo deixar que abandone Kivrin à própria sorte — avisou Dunworthy.

Gilchrist contraiu os lábios por baixo da máscara.

— E eu não pretendo deixar que o senhor coloque em perigo a saúde desta comunidade. — Ele se virou para o porteiro. — Acompanhe o sr. Dunworthy até o portão. Se ele tentar entrar no Brasenose de novo, telefone para a polícia.

Depois dessa ordem, bateu a porta.

O porteiro caminhou ao lado de Dunworthy ao longo do pátio, vigiando-o como se ele pudesse se tornar perigoso a qualquer momento.

Bem que eu poderia, pensou Dunworthy.

— Preciso usar seu telefone — disse Dunworthy, quando chegaram ao portão. — Assunto de interesse da Universidade.

O porteiro pareceu nervoso, mas pôs um telefone em cima do balcão e ficou vigiando enquanto Dunworthy digitava o número do Balliol. Quando Finch atendeu, ele disse:

— Precisamos localizar Basingame. É uma emergência. Ligue para o Departamento de Licenças de Pesca da Escócia e faça uma lista de hotéis e pousadas. E me passe o número de Polly Wilson.

Anotou o número, desligou, começou a digitar os números mas mudou de ideia e ligou para Mary.

— Quero ajudar a descobrir a origem do vírus — disse ele.

— Gilchrist não quis abrir a rede — presumiu ela.

— Isso mesmo — anuiu ele. — O que posso fazer para ajudar nesse rastreamento?

— O mesmo que estava fazendo quando pesquisou os contatos primários. Rastreie os contatos e investigue as possibilidades que mencionei: exposição a radioatividade, proximidade com aviários ou criadouros de gado, religiões que proíbem o uso de antivirais. Você vai precisar das planilhas de contatos.

— Mandarei Colin buscar aí — disse ele.

— Pedirei a alguém para deixar uma cópia pronta. Também seria bom você checar os contatos de Badri nos últimos seis dias, caso ele venha a ser a origem do vírus. O tempo de incubação de um reservatório pode ser mais longo do que o de uma contaminação pessoa a pessoa.

— William vai ficar encarregado disso — respondeu ele.

Devolveu o telefone ao porteiro, que imediatamente contornou o balcão e o acompanhou até a saída. Dunworthy se surpreendeu quando o homem não quis segui-lo até o Balliol.

Assim que chegou lá, ligou para Polly Wilson.

— Existe algum modo de acessar o console da rede sem ter acesso ao laboratório? — indagou. — Você pode entrar lá diretamente através do computador da Universidade?

— Não sei — disse ela. — O computador da Universidade é protegido. Posso improvisar um aríete ou um *worm* a partir do console do Balliol. Preciso ver antes quais são os protocolos de segurança. Já tem um técnico para ler o material, caso eu consiga o acesso?

— Estou providenciando — avisou ele, e desligou.

Colin entrou, pingando, em busca de outro rolo de fita adesiva.

— Já soube que o sequenciamento chegou e é um vírus *mutante*?

— Já — respondeu Dunworthy. — Quero que vá à Emergência e traga a planilha de contatos que está com sua tia-avó.

Colin largou no chão a pilha de cartazes. O de cima dizia: "Não tenha uma recaída".

— Estão comentando que é alguma espécie de arma biológica — disse o garoto. — Estão dizendo que escapou de um laboratório.

Não do de Gilchrist, pensou ele, com amargura.

— Sabe onde está William Gaddson?

— Não. — Colin fez uma careta. — Deve estar em algum lance de escada *beijando* alguém.

Estava na despensa, abraçado a uma das detidas. Dunworthy pediu para ele descobrir por onde Badri andara entre a quinta-feira e o domingo de manhã, e para obter uma cópia das despesas do cartão de crédito de Basingame no mês de dezembro. Em seguida, voltou aos seus aposentos para telefonar para os técnicos.

Um deles estava operando uma rede para o Século XIX em Moscou, e dois tinham ido esquiar. Os outros não estavam em casa, ou talvez, alertados por Andrews, preferiram não atender.

Colin trouxe as planilhas de contatos. Um desastre. Ninguém fizera uma tentativa de relacionar as informações, exceto possíveis conexões com americanos, e havia um número enorme de interações. Metade dos primários estivera na festa em Headington, dois terços fizeram compras de Natal, e todos, com exceção de dois, andaram de metrô. Era como procurar uma agulha num palheiro.

Ele passou metade da noite checando a religião dos listados e batendo referências cruzadas. Quarenta e dois eram anglicanos; nove, da Sagrada Igreja Re-Formada; dezessete não tinham filiação. Oito eram estudantes do Shrewsbury College; onze estiveram na fila em uma loja da Debenham para ver o Papai Noel; nove trabalharam na escavação de Montoya; trinta fizeram compras na Blackwell.

Vinte e um tinham contatos cruzados com pelo menos dois secundários, e o Papai Noel da Debenham entrara em contato com trinta e dois (com exceção de onze, todos num pub depois do trabalho), mas nenhum podia ser rastreado até os contatos primários, com exceção de Badri.

Pela manhã, Mary trouxe a lista de novos casos. Estava usando SPG, mas sem máscara.

— As camas estão prontas? — quis saber.

— Estão. Temos duas alas com dez camas cada.

— Ótimo. Vou precisar de todas.

Ajudaram os pacientes a se transferir para as alas improvisadas e a se instalar nas camas, deixando-os aos cuidados da jovem enfermeira de William.

— Mandaremos os que precisam de maca assim que tivermos uma ambulância disponível — avisou Mary, cruzando de volta o pátio com Dunworthy.

A chuva havia parado completamente e o céu estava mais claro, como se o tempo pudesse abrir a qualquer momento.

— Quando vai chegar o análogo? — perguntou ele.

— Mais dois dias pelo menos — respondeu ela.

Chegaram ao portão. Ela se encostou à parede de pedra.

— Quando tudo isso acabar, quem vai viajar através da rede sou eu — falou ela. — Para um século onde não haja epidemias, onde não haja ninguém esperando ou se preocupando ou impotente em uma maca. — Passou a mão pelo cabelo grisalho. — Algum século que não tenha índice 10. — Sorriu. — Mas não existe nenhum, não é mesmo?

Ele abanou a cabeça.

— Já contei sobre o Vale dos Reis? — perguntou ela.

— Você já me disse que esteve lá na época da Pandemia.

Ela assentiu.

— Como o Cairo estava sob quarentena, tivemos que pegar o voo em Adis Abeba, e no caminho dei uma gorjeta ao taxista para que nos levasse ao Vale dos Reis. Eu queria ver o túmulo de Tuntankamon — observou ela. — Foi uma grande bobagem. A Pandemia já tinha chegado até Luxor, e quase fomos alcançados pela quarentena. Atiraram duas vezes contra nós. — Ela abanou a cabeça. — Podíamos ter morrido. Minha irmã se recusou a deixar o carro, mas eu desci os degraus, fui até a porta do túmulo e pensei, era assim que estava quando Howard Carter o descobriu.

Ela olhou para Dunworthy como se não o visse, e continuou recordando.

— Quando o túmulo foi descoberto, a porta estava trancada, e eles deveriam ter ficado esperando que as autoridades competentes viessem abrir a câmara. Carter fez uma abertura na porta, enfiou a mão com uma vela e se curvou para olhar lá dentro. — A voz dela ficou mais baixa. — Lord Carnavon perguntou, "Pode ver alguma coisa?", e Carter respondeu, "Sim, coisas maravilhosas".

Ela fechou os olhos.

— Nunca vou esquecer aquilo, eles parados diante daquela porta trancada. Consigo ver a cena com clareza até hoje. — Ela abriu os olhos. — Talvez seja o lugar para onde eu queira ir depois que acabar isso tudo. Para a abertura do túmulo do rei Tut.

Ela se afastou da parede.

— Ih, veja só, está chovendo de novo. Tenho que voltar. Vou mandar quem precisa de maca assim que uma ambulância ficar disponível. — Ela lançou um olhar penetrante para ele. — Por que não está usando sua máscara?

— Faz os meus óculos ficarem embaçados. Por que não está usando a sua?

— As máscaras estão acabando. Você já fez o seu reforço de células-T, não?

Ele abanou a cabeça.

— Não tive tempo.

— Pois trate de arranjar — disse ela. — E use a máscara. Você não vai poder ajudar Kivrin se adoecer.

Não estou podendo ajudar agora, pensou ele, caminhando de volta para seus aposentos. Não consigo entrar no laboratório, nem trazer um técnico a Oxford, nem localizar Basingame. Tentou imaginar para onde mais poderia estender sua pesquisa. Já tinha contatado todos os agentes de viagem e todos os guias de pesca e todas as locadoras de barcos na Escócia. Não havia sinal do homem. Talvez Montoya tivesse razão e ele não estivesse mesmo na Escócia, e sim em algum lugar dos trópicos, com uma amante.

Montoya. Tinha se esquecido dela completamente. Não a via desde o serviço religioso da véspera de Natal. Ela estava procurando Basingame para que ele assinasse uma autorização permitindo que fosse à escavação. Depois tinha telefonado no dia de Natal para perguntar se Basingame costumava pescar salmão ou truta. Depois ligou outra vez para dizer: "Não se incomode". O que podia significar que ela descobrira não só se ele preferia salmão ou truta, mas o próprio Basingame.

Subiu a escada rumo ao dormitório. Se Montoya tivesse encontrado Basingame e obtido a autorização, teria ido para a escavação sem perder tempo. Não esperaria para avisar os outros. Dunworthy nem sequer tinha certeza de que Montoya sabia que ele também estava à procura de Basingame.

Sem dúvida Basingame teria voltado imediatamente assim que Montoya falasse a respeito da quarentena, a menos que tivesse ficado retido pelo mau tempo ou por estradas bloqueadas. Ou talvez Montoya não tivesse mencionado a quarentena. Obcecada pela escavação como estava, talvez tivesse dito apenas que precisava da assinatura dele.

Ao chegar aos seus aposentos, encontrou a sra. Taylor, suas quatro sineiras ainda com saúde, e Finch. Estavam formando um círculo e dobrando os joelhos. Finch segurava um papel e murmurava baixinho uma contagem.

— Eu estava indo agora mesmo para a ala dos doentes falar com as enfermeiras — disse ele, encabulado. — Aqui está o relatório de William. — Entregou um papel a Dunworthy e sumiu dali às pressas.

A sra. Taylor e o seu quarteto recolheram as caixas de suas sinetas de mão.

— Uma tal de srta. Wilson ligou — disse a sra. Taylor. — Pediu para dizer que um aríete não vai funcionar, e que o senhor terá que entrar através do console do Brasenose.

— Obrigado — agradeceu Dunworthy.

Ela saiu, acompanhada em fila indiana por suas quatro sineiras.

Ele ligou para a escavação. Nenhuma resposta. Ligou para o apartamento de Montoya, depois para a sala dela no Brasenose, para a escavação de novo. Nenhuma resposta. Ligou mais uma vez para o apartamento e deixou tocando, enquanto dava uma olhada no relatório de William. Badri passara todo o sábado e a manhã de domingo trabalhando na escavação. William devia ter feito contato com Montoya para saber aquela informação.

Ele pensou de repente na própria escavação. Ficava no campo, na região de Witney, numa fazenda administrada pelo National Trust. Talvez houvesse ali patos, ou galinhas, ou porcos, ou os três. E Badri passara um dia e meio trabalhando no local, cavando na lama, uma oportunidade perfeita para entrar em contato com um reservatório do vírus.

Colin entrou, molhado até os ossos.

— Os cartazes acabaram — disse ele, remexendo na mochila. — Londres vai mandar mais, amanhã. — Ele achou a bola de goma de mascar e enfiou na boca, com fiapos e tudo. — Sabe quem está aí na sua escada? — perguntou, jogando-se na cadeira junto da janela e abrindo o livro sobre Idade Média. — William e uma dessas garotas. Beijando e conversando e aquele nhem-nhem-nhem todo. Mal tive espaço para passar.

Dunworthy abriu a porta. William se separou com relutância de uma morena miudinha com um agasalho da Burberry e se aproximou.

— Sabe onde está a srta. Montoya? — perguntou Dunworthy.

— Não. O SNS disse que ela está na escavação, mas ela não atende o telefone. Talvez esteja perto da igreja ou em algum lugar da fazenda em que não possa ouvir. Pensei em usar um screamer, mas depois lembrei dessa garota que estuda Arqueohistória e... — ele fez um gesto indicando a moreninha. — Bem, ela me disse que viu a escala da escavação e que o nome de Badri aparecia no sábado e no domingo.

— Um screamer? O que é isso?

— Um aparelho plugado na linha que aumenta o volume do toque no outro lado. Caso a outra pessoa esteja no jardim, ou no banheiro, algo assim.

— Pode plugar um desses aqui no meu telefone?

— Para mim é um pouco complicado. Mas conheço uma aluna que pode dar um jeito. Tenho o número dela anotado no meu quarto. — Ele saiu, de mãos dadas com a moreninha.

— Sabe, se a srta. Montoya estiver na escavação, eu posso ajudar o senhor a passar pelo perímetro — comentou Colin, tirando a goma de mascar da boca e examinando. — É fácil. Há uma porção de lugares que não estão sendo vigiados. Os guardas não gostam de ficar na chuva.

— Não pretendo furar o perímetro da quarentena. A ideia é que a epidemia pare, não que se espalhe — argumentou ele.

— Foi assim que a Peste Negra se espalhou — disse Colin, examinando a goma, que estava com uma cor amarela bem doentia. — Eles tentavam fugir dela, mas tudo que conseguiam era carregar consigo.

William enfiou a cabeça pela porta.

— Ela disse que levaria uns dois dias para instalar no seu telefone, mas o dela já tem um, se quiser usar.

Colin estendeu o braço e agarrou o casaco.

— Posso ir junto?

— Não — respondeu Dunworthy. — E trate de trocar essas roupas molhadas. Não quero que pegue o vírus.

Ele desceu as escadas com William.

— Ela é aluna de graduação no Shrewsbury — disse William, tomando a dianteira sob a chuva.

Colin alcançou os dois quando estavam no meio do pátio.

— Não vou ficar doente. Eu tomei o reforço — avisou ele. — Na Peste Negra não havia quarentena, por isso ela se espalhou por toda parte. — Ele tirou o cachecol do bolso do casaco. — A Botley Road é um bom lugar para furar o perímetro. Tem um pub na esquina, perto do bloqueio, e de vez em quando o guarda vai tomar alguma coisa para se esquentar.

— Feche o casaco — ordenou Dunworthy.

A garota, afinal de contas, era Polly Wilson. Ela disse a Dunworthy que estivera trabalhando num traidor óptico capaz de invadir o console, mas ainda não estava pronto. Dunworthy ligou para a escavação, mas não teve resposta.

— Deixe tocar — falou Polly. — Talvez ela esteja a certa distância. O screamer tem um alcance de cerca de quinhentos metros.

Ele deixou tocar durante dez minutos, depois pousou o receptor, esperou cinco minutos, tentou de novo e deixou tocar por quinze minutos antes de dar o braço a torcer. Polly lançava longos olhares a William, e Colin tiritava dentro do casaco encharcado. Dunworthy levou o garoto de volta para seus aposentos e o pôs na cama.

— Talvez eu possa cruzar o perímetro e pedir para ela ligar para cá — sugeriu Colin, guardando a goma de mascar de volta na mochila. — Caso o senhor esteja com receio de ir porque é muito velho. Eu levo jeito para furar perímetros.

Dunworthy esperou até que William aparecesse na manhã seguinte e depois voltou para o Shrewsbury e tentou de novo, mas sem resultado.

— Vou programar para tocar a intervalos de meia hora — disse Polly, acompanhando Dunworthy até o portão. — O senhor saberia me dizer se William tem outras namoradas?

— Não, não saberia — respondeu Dunworthy.

O som de sinos brotou de repente da direção da Christ Church, em badaladas altas por entre a chuva.

— Alguém ligou de novo esse carrilhão horrível? — indagou Polly, inclinando-se para olhar para fora.

— Não — disse ele. — São as sineiras americanas. — Ele esticou a cabeça na direção do som, tentando determinar se a sra. Taylor tinha optado por stedmans, mas conseguia distinguir seis sinos, os antigos sinos de Osney: Douce e Gabriel e Marie, um após o outro, Clement e Hautclerc e Taylor. — Elas e Finch.

Soavam bastante bem, não como o carrilhão digital nem como "O Christ Who Interfaces With The World". Tocavam um som alto e claro, e Dunworthy quase podia ver as sineiras formando um círculo no campanário, curvando os joelhos e erguendo os braços, enquanto Finch acompanhava a lista de mudanças.

"Cada pessoa deve tocar o seu sino sem interrupções", dissera a sra. Taylor. Dunworthy não experimentara outra coisa senão interrupções, mas mesmo assim se sentia estranhamente reanimado. A sra. Taylor não pudera levar suas sineiras para a apresentação de véspera de Natal em Norwich, mas se mantivera fiel aos seus sinos, e agora tocavam de maneira ensurdecedora, num delírio que enchia as alturas, como uma celebração, uma vitória. Como uma manhã de Natal. Ele encontraria Montoya. E Basingame. Ou um técnico que não tivesse medo da quarentena. Ele encontraria Kivrin.

O telefone estava tocando quando voltou ao Balliol. Ele subiu correndo a escada, com a esperança de que fosse Polly. Era Montoya.

— Dunworthy? Oi. É Lupe Montoya. O que está acontecendo?

— Onde você está? — perguntou ele.

— Na escavação — respondeu ela, mas isso era visível.

Na tela, Montoya aparecia diante da nave em ruínas da igreja, no sítio medieval meio escavado. Dunworthy viu por que ela queria tanto voltar ao local. Havia mais de trinta centímetros de água em alguns pontos. Ela havia espalhado uma enorme variedade de lonas e de plásticos sobre as áreas já cavadas, mas a chuva gotejava em uma dúzia de pontos diferentes, e em outros as lonas vergavam com o peso da água, que se derramava pelas bordas em verdadeiras cascatas. Tudo ali — as lápides, as lâmpadas portáteis firmadas com presilhas, as pás enfileiradas contra a parede — estava coberto de lama.

Montoya estava coberta de lama, também. Usava seu casaco de terrorista e perneiras de pescador que subiam até a coxa, como as que Basingame, onde quer que estivesse, deveria estar usando. Estava coberta de umidade e sujeira, e a mão com que segurava o telefone tinha uma camada de lama seca.

— Estou ligando para você há dias — disse Dunworthy.

— Não posso ouvir o telefone por causa da bomba de água. — Ela fez um gesto indicando algo fora do campo visual do aparelho, presumivelmente a bomba, embora Dunworthy não ouvisse nada além do gotejar da chuva sobre as lonas. — Uma correia quebrou agora e não tenho como substituir. Então ouvi os sinos. Isso quer dizer que a quarentena acabou?

— Longe disso — falou ele. — Estamos no meio de uma epidemia em larga escala. Setecentos e oitenta casos e dezesseis mortes. Não tem lido os jornais?

— Não vi nada nem ninguém desde que vim para cá. Passei os últimos seis dias tentando evitar que este maldito lugar seja alagado, mas não posso dar conta de tudo sozinha. Ainda mais sem a bomba. — Ela afastou o pesado cabelo negro do rosto com uma mão suja. — Por que os sinos estão tocando, então, se a quarentena não acabou?

— É o dobre "Chicago Surprise Minor".

Ela pareceu irritada.

— Se a quarentena é tão grave assim, por que não procuram fazer algo útil?

Os sinos são úteis, pensou ele. Fizeram você telefonar para mim.

— Eu arranjaria trabalho bastante para todas elas aqui. — Ela afastou de novo o cabelo para trás. Parecia tão cansada quanto Mary. — Eu tinha alguma esperança de que acabassem com a quarentena para que pudesse trazer um pessoal para trabalhar aqui. Quanto tempo mais acha que vai durar?

Tempo demais, pensou ele, olhando uma verdadeira cachoeira que desabava por entre as lonas. Você nunca vai conseguir a tempo a ajuda necessária.

— Preciso de algumas informações sobre Basingame e Badri Chaudhuri — comentou ele. — Estamos tentando rastrear a origem do vírus e precisamos saber de todas as pessoas que entraram em contato com Badri. Ele trabalhou aí na escavação no dia 18 e na manhã de 19. Quem mais esteve na escala durante esse período?

— Eu estive.

— Quem mais?

— Ninguém. Tive uma dificuldade terrível em conseguir ajudantes durante dezembro inteiro. Todos os meus estudantes de Arqueohistória viajaram assim que começou o feriado. Precisei recolher voluntários onde consegui.

— Tem certeza de que só vocês dois trabalharam aí?

— Tenho. Lembro disso porque abrimos o túmulo do cavaleiro no sábado e tivemos muita dificuldade para erguer a tampa de pedra. Gillian Ledbetter estava escalada para trabalhar no sábado, mas ligou de última hora dizendo que tinha um compromisso.

Com William, pensou Dunworthy.

— Alguém mais esteve aí com Badri no domingo?

— Ele só veio para cá de manhã, quando não havia ninguém. Precisou sair depois porque ia a Londres. Escute, tenho que ir agora. Se não vai aparecer ninguém para me ajudar por enquanto, devo voltar ao trabalho. — Ela começou a afastar o receptor do ouvido.

— Espere! — gritou Dunworthy. — Não desligue.

Ela pôs de volta o receptor no ouvido. Parecia impaciente.

— Tenho que fazer outras perguntas. É muito importante. Quanto mais depressa a origem do vírus for rastreada, mais depressa a quarentena acabará e você poderá conseguir ajuda na escavação.

Montoya não pareceu muito convencida, mas digitou um código, pôs o receptor de volta no aparelho e disse:

— Não se importa se eu continuar trabalhando enquanto a gente conversa?

— Não — respondeu Dunworthy, aliviado. — Vá em frente. Fique à vontade.

Ela saiu de quadro abruptamente, retornou, e digitou outra coisa.

— Desculpe, está fora de alcance — disse, e a tela ficou embaralhada enquanto ela, presumivelmente, levava o aparelho para seu local de trabalho.

Quando a imagem reapareceu, Montoya estava agachada à beira de um buraco lamacento junto a um túmulo de pedra. Dunworthy considerou que seria o tal cuja tampa de pedra ela e Badri quase tinham deixado cair no chão.

A tampa mostrava a efígie de um cavaleiro trajando armadura completa, os braços cruzados sobre a cota de malha no peito, de modo que as mãos nas pesadas couraças pousavam nos ombros e a espada estava aos seus pés. Encostada num ângulo precário à lateral do túmulo, a enorme tampa de pedra tapava as letras da inscrição. *Requiesc...* era tudo o que ele conseguia ver. *Requiescat in pace*. Descanse em paz. Uma bênção a que o cavaleiro, obviamente, não tivera direito. Seu rosto adormecido sob o elmo parecia ter um ar de desaprovação.

Por cima da abertura do túmulo, Montoya estendera uma fina capa de plastene, que estava toda salpicada de gotas d'água. Dunworthy imaginou se o lado oposto do túmulo ostentava a mórbida imagem entalhada do horror que havia dentro, como o que vira na ilustração de Colin, e se seria algo tão horrendo quanto a realidade. Água gotejava sem parar de cima do túmulo, fazendo o plástico afundar com o peso.

Montoya endireitou o corpo, trazendo nas mãos uma caixa achatada coberta de lama.

— E então? — começou ela, colocando a caixa sobre a quina do túmulo. — Você disse que tinha mais perguntas?

— Sim — respondeu ele. — Você mencionou que não havia mais ninguém durante o tempo que Badri passou aí.

— Não havia — repetiu ela, limpando o suor da testa. — Puxa, está um forno isto aqui — observou, despindo e pendurando o casaco de terrorista na tampa de pedra.

— E quanto a moradores locais e pessoas sem laços com a escavação?

— Se alguém tivesse aparecido aqui, eu teria recrutado. — Ela começou a remexer na lama no interior da caixa, extraindo várias pedras marrons. — Essa tampa de pedra pesa uma tonelada e foi só removermos que começou a chover. Eu teria chamado qualquer um que aparecesse para nos ajudar, mas este lugar fica muito distante, ninguém passa por aqui.

— E quanto à equipe do National Trust?

Ela colocou as pedras uma a uma dentro d'água, para limpá-las.

— Só aparecem durante o verão — respondeu.

Dunworthy tinha a esperança de que alguém ali na escavação acabasse se revelando a fonte de contaminação, de que Badri tivesse entrado em contato com algum morador local, ou com um membro do National Trust, ou quem sabe com algum caçador de patos que tinha se perdido. Só que os mixovírus não têm meros "portadores". Esse misterioso personagem deveria já estar sofrendo os efeitos da doença, e Mary fizera contato com todos os hospitais e todas as clínicas da Inglaterra. Não havia nenhum caso de contaminação fora do perímetro da quarentena.

Montoya segurou as pedras uma por uma junto à lâmpada alimentada por bateria, presa a um dos pedestais, girando-as contra os raios brilhantes, examinando as arestas ainda incrustadas de terra.

— E o que me diz sobre aves?

— Aves?! — exclamou Montoya, como se ele estivesse sugerindo que ela arregimentasse aves para ajudar a mover a tampa de pedra.

— O vírus pode ser disseminado através de aves. Patos, gansos, galinhas — disse ele, mesmo sem ter muita certeza a respeito dessas últimas. — Existem aves por aí?

— Galinhas?! — repetiu ela, com uma pedra meio erguida de encontro à luz.

— De vez em quando os vírus são produzidos pela interseção entre vírus humanos e animais — explicou ele. — Aves domésticas são os reservatórios mais comuns, mas às vezes até peixes podem ser responsáveis por isso. Ou porcos. Tem porcos aí na escavação?

Ela continuava o encarando como se ele estivesse dizendo algum absurdo. Dunworthy insistiu:

— Essa escavação fica numa fazenda que pertence ao National Trust, não é isso?

— Fica, mas a fazenda em si fica a quilômetros daqui. Estamos no meio de um campo de cevada. Por aqui não há porcos, nem pássaros, nem peixes — falou ela, voltando a examinar as pedras.

Nada de aves, de porcos, nenhum contato local. A fonte do vírus também não estava ali na escavação. Talvez não estivesse em lugar nenhum, e a influenza de Badri fosse uma mutação espontânea, como Mary afirmara que ocorria de vez em quando, algo que surgia do nada e se abatia sobre Oxford do mesmo modo como a peste se abatera sobre a população inadvertida nos arredores daquela igreja.

Montoya estava erguendo as pedras diante da luz mais uma vez, raspando com a ponta da unha eventuais crostas de lama e depois esfregando a superfície, e ele percebeu de repente que o que ela estava examinando eram ossos. Vértebras, possivelmente, ou o dedão do pé do cavaleiro. *Requiescat in pace.*

Ela achou um que, aparentemente, era o que estava procurando, um osso desigual do tamanho de uma noz, com um lado abaulado. Ela despejou todos os outros de volta à caixa, mexeu no bolso da camisa até extrair uma escova de dentes de cabo curto e começou a esfregar as partes côncavas, com o cenho franzido.

Gilchrist jamais aceitaria uma mutação espontânea como a origem de tudo. Estava encantado demais com a ideia de que um vírus qualquer do século XIV chegara pela rede. E encantado demais com sua própria autoridade como diretor em exercício da faculdade de História para dar o braço a torcer, mesmo se Dunworthy tivesse encontrado patos nadando nos charcos em volta da igreja.

— Preciso fazer contato com Basingame — falou. — Onde ele está?

— Basingame?! — repetiu ela, contraindo a testa para o osso. — Não faço ideia.

— Mas... pensei que você tinha localizado ele. Quando você me ligou no Natal disse que precisava encontrar Basingame para poder conseguir uma liberação do SNS.

— Eu sei. Passei dois dias ligando para todas as agências de pesca de truta e de salmão na Escócia, e então decidi que não podia mais esperar. Se quer saber, não acredito que ele esteja na Escócia. — Ela puxou um canivete do bolso do jeans e começou a raspar a aresta irregular do osso. — Por falar no SNS, poderia me fazer um favor? Ligo o tempo todo para o número deles e só dá ocupado. Poderia dar um pulo rápido lá e dizer a eles que eu preciso de mais ajudantes? Diga que a escavação tem valor histórico incomparável e que vai ser danificada irremediavelmente se não me mandarem pelo menos cinco voluntários. E uma bomba d'água.

O canivete enganchou no osso. Ela franziu a testa e raspou com mais força.

— E como conseguiu a autorização de Basingame, se não sabia onde ele estava? Pelo que eu tinha entendido, a liberação precisava da assinatura dele.

— Precisava sim — disse ela. Uma lasca de osso voou de repente e foi parar em cima da capa de plastene. Ela examinou o osso e colocou de volta na caixa, já sem franzir a testa. — Eu falsifiquei.

Ela voltou a se agachar junto ao túmulo e começou a exumar outros ossos. Parecia tão concentrada na tarefa quanto Colin ao examinar seu chiclete. Dunworthy se perguntou se ela ao menos lembrava que Kivrin estava no passado remoto, ou se já se esquecera dela, como parecia ter se esquecido da epidemia.

Ele desligou, pensando que Montoya talvez nem percebesse, e foi a pé até a Emergência, para comunicar a Mary o que descobrira e para falar outra vez com os contatos secundários, em busca da origem do vírus. Estava chovendo forte, a água jorrava das biqueiras e em certo local estava arrastando coisas de valor histórico incomparável.

Com a ajuda de Finch, as sineiras continuavam em plena atividade, tocando seus instrumentos alternadamente, na ordem determinada, dobrando os joelhos e tão concentradas em seus sinos quanto Montoya em seu trabalho. O som se propagava alto, pesado, através do temporal, como um alarme, como um grito de socorro.

TRANSCRITO DO LIVRO DO JUÍZO FINAL
(066440-066879)

Véspera de Natal 1320 (Calendário Antigo). Não tenho tanto tempo quanto pensava. Agora mesmo, quando voltei da cozinha, Rosemund veio dizer que Lady Imeyne queria falar comigo. Imeyne estava concentrada numa conversa intensa com o emissário do bispo e, pela sua expressão, imaginei que estava desfiando as contas dos pecados do padre Roche mas, quando me aproximei com Rosemund, ela apontou para mim e disse:

— É esta a mulher de quem falei.

Mulher, não "donzela", e o tom de suas palavras era crítico, quase acusatório. Fiquei pensando se ela teria comentado com o emissário do bispo sua teoria de que eu era uma espiã francesa.

— Ela diz que não se lembra de nada — prosseguiu Lady Imeyne —, mas mesmo assim é capaz de falar e de ler. — Ela se voltou para Rosemund. — Onde está o seu broche?

— Preso na minha capa, guardada lá no sótão — respondeu Rosemund.

— Vá buscar.

Rosemund saiu, relutante. Assim que ela se afastou, Imeyne disse:

— Sir Bloet trouxe um broche para minha neta, com palavras escritas em latim. — Olhou para mim com ar de triunfo. — Ela disse o que significava, e à noite, na igreja, pronunciou as palavras da missa antes mesmo que o padre recitasse.

— Quem lhe ensinou as letras? — perguntou o emissário do bispo, a voz pastosa pelo efeito do vinho.

Pensei em responder que Sir Bloet dissera o significado das palavras, mas receei que ele já houvesse negado o fato.

— Não sei — respondi. — Não tenho lembrança da minha vida antes de ser atacada no bosque, porque levei uma pancada na cabeça.

— Quando ela despertou falou numa língua que ninguém conhece — disse Imeyne, como se isso fosse mais uma prova, mas eu não fazia uma ideia clara de qual era a acusação nem do envolvimento do emissário do bispo. — Santo Padre, irá para Oxenford quando nos deixar?

— Sim — respondeu ele, com cautela. — Não podemos ficar aqui mais do que alguns dias.

— Eu gostaria que levassem ela para as boas irmãs de Godstow.

— Não vamos para Godstow — respondeu ele, visivelmente como uma desculpa para não atender aquele pedido. O convento ficava a menos de dez quilômetros de Oxford. — Mas perguntarei ao bispo se há notícias da mulher quando voltar e lhe mandarei uma mensagem.

— Acredito que ela seja freira porque fala em latim e conhece as palavras da missa — disse Imeyne. — Pensei que, se ela fosse levada, seria possível perguntar aos demais conventos quem ela pode ser.

O emissário do bispo pareceu ainda mais nervoso, mas concordou. Assim, só tenho tempo até a partida deles. Alguns dias, segundo suas palavras, e com sorte isso significa que eles não partirão antes das comemorações do Massacre dos Inocentes. De qualquer maneira, pretendo levar Agnes para a cama e conversar com Gawyn o mais depressa possível.

22

Kivrin não conseguiu levar Agnes para a cama senão quase ao amanhecer. A chegada dos "três reis", como ela continuava chamando, a despertara por completo, e a menina se recusava até mesmo a ficar deitada, com medo de perder alguma coisa, apesar de estar visivelmente exausta.

Colada a Kivrin, que tentava ajudar Eliwys a servir a comida do banquete, ficou choramingando o tempo todo que estava com fome e depois, quando as mesas finalmente foram postas e a ceia começou, recusou-se a comer.

Kivrin não tinha tempo para convencer a menina. Havia um pátio a atravessar e pratos e mais pratos a serem levados da cozinha para o salão: bandejas com carne de veado e porco assado e uma torta tão grande que, quando a crosta foi partida, Kivrin esperou a qualquer momento ver uma revoada de melros irromper lá de dentro. De acordo com o padre da Sagrada Igreja Re-Formada, era observado o jejum entre a missa da meia-noite e a missa principal da manhã de Natal, mas todos, inclusive o emissário do bispo, fartaram-se de faisão assado e pato e guisado de coelho ao molho de açafrão. E beberam. Os "três reis" pediam mais vinho o tempo todo.

Já tinham bebido mais do que o bastante. O monge estava lançando olhares lúbricos para Maisry, e o secretário, que já chegara bêbado, estava quase sob a mesa. O emissário do bispo bebia mais do que os outros dois, gesticulando o tempo inteiro para que Rosemund trouxesse a jarra de cerveja com especiarias, e seus gestos ficavam mais enérgicos e menos claros a cada caneca que bebia.

Muito bem, pensou Kivrin. Talvez ele fique tão bêbado que se esqueça de ter prometido a Lady Imeyne que me levaria para o convento de Godstow. Kivrin levou a tigela para Gawyn, esperando uma oportunidade para perguntar onde ficava o local do salto, mas ele estava dando gargalhadas com alguns dos homens de Sir Bloet, que pediram a ela que trouxesse cerveja e mais carne. Quando conseguiu voltar para junto de Agnes, a garotinha estava ferrada no sono, com a cabeça quase caída sobre as fatias de pão branco. Kivrin ergueu a pequena com cuidado e começou a levá-la para cima, para o pavilhão de Rosemund.

No alto da escada, a porta se abriu.

— Lady Katherine — disse Eliwys, os braços cheios de lençóis. — Ainda bem que está aqui. Preciso de sua ajuda.

Agnes se mexeu.

— Traga os lençóis de linho que estão no sótão — pediu Eliwys. — Os clérigos vão dormir nesta cama, e a irmã de Sir Bloet e as outras damas no sótão.

— Onde vou dormir? — quis saber Agnes, desvencilhando-se dos braços de Kivrin.

— Vamos todas dormir no celeiro — respondeu Eliwys. — Mas você vai ter que esperar até que todas as camas fiquem prontas, Agnes. Vá brincar.

Agnes não precisava de muito incentivo. Desceu correndo a escada, agitando o pulso para fazer soar o sininho.

Eliwys estendeu as cobertas para Kivrin.

— Leve estes lençóis aqui para o sótão e traga as colchas brancas de pele, que estão no baú entalhado do meu marido.

— Quantos dias acha que o emissário do bispo e os demais vão ficar aqui? — perguntou Kivrin.

— Ainda não sei — respondeu Eliwys, parecendo preocupada. — Espero que não seja mais do que duas semanas, ou não vamos ter comida suficiente. Não se esqueça de trazer os melhores travesseiros.

Duas semanas era mais do que suficiente, ia além do prazo para o reencontro, e os homens com certeza não pareciam estar com pressa para sair dali. Quando Kivrin desceu do sótão com os lençóis, o emissário do bispo dormia sentado na cadeira principal, roncando alto, e o secretário estava com os pés em cima da mesa. O monge havia encurralado uma das criadas de Sir Bloet num recanto e tentava tirar o lenço que cobria a cabeça dela. Gawyn não estava em parte alguma.

Kivrin levou os lençóis e os cobertores para Eliwys, depois se ofereceu para levar outras cobertas para o celeiro.

— Agnes está muito cansada — disse. — Posso botá-la para dormir logo.

Eliwys concordou distraidamente, enquanto desamarrotava um dos pesados travesseiros, e Kivrin desceu depressa a escada, indo para o pátio. Gawyn não estava no local de fabricação de cerveja. Ela demorou-se nas proximidades da privada até que dois dos rapazes ruivos emergiram lá de dentro, olharam para ela com curiosidade e foram para o celeiro. Talvez Gawyn tivesse se afastado com Maisry outra vez, ou estivesse no relvado tomando parte nas celebrações do pessoal do vilarejo. Ela podia ouvir o som das risadas enquanto espalhava a palha nas tábuas nuas da parte alta do celeiro.

Estendeu sobre a palha todas as peles e as colchas de retalhos, desceu, saiu e foi até a passagem para ver se via Gawyn. Os contemps tinham acendido uma grande fogueira diante da igreja e estavam em volta, aquecendo as mãos e bebendo em enormes chifres ocos. Ela avistou o rosto avermelhado do pai de Maisry e o do bailio à luz das chamas, mas não achou Gawyn.

Ele também não estava no pátio da igreja. Rosemund estava de pé junto ao portão, embrulhada na capa.

— O que está fazendo aqui fora, neste frio? — perguntou Kivrin.

— Esperando meu pai — respondeu Rosemund. — Gawyn disse que espera a chegada dele para antes do amanhecer.

— Você viu Gawyn?

— Sim. Está no estábulo.

Kivrin voltou os olhos ansiosos para o estábulo.

— Aqui está muito frio. Vá para dentro de casa, e eu peço a Gawyn que avise assim que seu pai chegar.

— Não, vou esperar aqui. Ele prometeu que viria para o Natal — disse Rosemund, e sua voz tremeu um pouquinho.

Kivrin ergueu um pouco mais o lampião. Rosemund não estava chorando, mas suas bochechas estavam bem vermelhas. Kivrin imaginou o que Sir Bloet teria aprontado dessa vez para fazer Rosemund se esconder daquele modo. Ou talvez ela tivesse se assustado com o monge ou com o secretário bêbado.

Kivrin pegou no braço dela.

— Tanto pode esperar aqui quanto na cozinha, e lá está mais quente — sugeriu.

Rosemund aquiesceu.

— Meu pai prometeu que viria sem falta.

Para fazer o quê?, pensou Kivrin. Expulsar os clérigos? Romper o noivado da filha com Sir Bloet? "Meu pai nunca deixaria que alguma coisa ruim me acontecesse", dissera ela a Kivrin, mas Lord Guillaume não estava numa posição que lhe permitisse cancelar um noivado com o acordo matrimonial já assinado, o que atrairia a inimizade de Sir Bloet, que tinha "muitos amigos poderosos".

Kivrin levou Rosemund para a cozinha e pediu a Maisry que esquentasse uma caneca de vinho para ela.

— Vou dizer a Gawyn para buscar você assim que seu pai chegar — disse ela, e foi ao estábulo, mas Gawyn não estava lá.

Ela entrou na casa grande, imaginando se Imeyne teria mandado o privé cumprir alguma tarefa. Porém, Imeyne estava sentada ao lado do emissário do bispo, visivelmente acordado a contragosto, e falava enfaticamente com ele. Já Gawyn estava sentado perto do fogo, cercado pelos homens de Sir Bloet, inclusive os dois que saíram da privada. Sir Bloet também estava sentado perto das chamas, com sua cunhada e Eliwys.

Kivrin se afundou no banco ao lado dos biombos. Não teria chance sequer de chegar perto do privé, quanto mais de fazer perguntas sobre o local do salto.

— Devolve ele! — lamuriou-se Agnes.

Ela e as outras crianças estavam no alto da escada do pavilhão, e os meninos passavam Blackie de mãos em mãos, alisando o filhote e apalpando suas orelhas. Agnes devia ter ido ao estábulo buscar o cãozinho enquanto Kivrin estava no celeiro.

— Esse cão é *meu*! — exclamou ela, tentando agarrar Blackie. O menino afastou o filhote das mãos dela. — Devolve ele agora!

Kivrin ficou de pé.

— Quando eu passava pelo bosque, encontrei uma donzela — Gawyn estava falando em voz bem alta. — Tinha sido atacada por ladrões e estava muito ferida, com a cabeça aberta ao meio e sangrando muito.

Kivrin hesitou, olhou em direção a Agnes, que estava esmurrando o braço do menino, e sentou-se de novo.

— Bela dama, disse eu, quem fez isso? — prosseguiu Gawyn. — Mas ela não podia responder, porque estava muito ferida.

Agnes já havia recebido o cãozinho de volta e estava agarrada a ele. Kivrin poderia ir ajudar a pobrezinha, mas preferiu ficar onde estava, movendo-se um pouco para o lado para ser capaz de enxergar além da coifa da cunhada de Sir Bloet. Conte a eles onde me achou, pediu ela, fazendo pensamento positivo na direção de Gawyn. Conte a eles em que ponto do bosque.

— Sou seu vassalo e vou achar esses malfeitores, eu disse, mas não posso deixá-la aqui numa situação tão difícil — continuou ele, olhando para Eliwys. — Então ela se recuperou e me pediu para ir atrás dos ladrões que a atacaram.

Eliwys ficou de pé e caminhou para a porta. Ficou ali por alguns instantes, parecendo ansiosa, depois voltou e sentou-se outra vez.

— Não! — gritou Agnes.

Um dos sobrinhos ruivos de Sir Bloet tinha retomado Blackie e levantava o filhote acima da cabeça com uma mão. Se Kivrin não intercedesse logo, acabariam matando o cãozinho de tantos apertos. Além disso, não fazia muito sentido ficar sentada ali escutando mais uma vez o Resgate da Donzela no Bosque, cuja finalidade não era a de relatar os fatos, e sim impressionar Eliwys. Kivrin foi em direção às crianças.

— Quando encontrei os rastros, os ladrões não estavam muito longe — seguia Gawyn. — Então comecei a seguir o bando, esporeando meu cavalo.

O sobrinho de Sir Bloet estava pendurando Blackie pelas patas dianteiras, e o cãozinho gania de maneira patética.

— Kivrin! — gritou Agnes, quando a avistou.

A menina agarrou-se às pernas dela. O sobrinho de Sir Bloet estendeu imediatamente o cãozinho para ela e recuou, enquanto o resto da criançada se dispersava.

— Você pegou Blackie de volta! — exclamou Agnes, tentando segurar o cão.

Kivrin abanou a cabeça.

— Hora de ir para a cama — falou.

— Eu *não estou* cansada! — rebateu Agnes, num choramingo pouco convincente, esfregando os olhos.

— Mas Blackie está — disse Kivrin, ficando de cócoras diante de Agnes. — E ele não vai conseguir descansar se você não for deitar com ele.

Este argumento pareceu interessar a menina e, antes que pudesse inventar uma resposta, Kivrin lhe devolveu Blackie, colocando o filhote nos seus braços como se fosse um bebê. Depois pegou Agnes no colo.

— Blackie espera que você conte uma história para ele — comentou, ao chegar à porta.

— Sem demora eu me vi num lugar que não conhecia — prosseguia Gawyn. — Uma floresta escura!

Kivrin carregou a garota com o cão através do pátio.

— Blackie gosta de histórias sobre gatos — mencionou Agnes, embalando o cãozinho nos braços.

— Então deve contar uma história de gatos para ele — disse Kivrin.

Ela segurou o cão enquanto Agnes subia a escada de madeira que dava acesso à parte alta do celeiro. Blackie já estava dormindo, exausto depois de ser trocado tanto de mãos. Kivrin deitou o filhote na palha, ao lado da esteira da menina.

— Uma gata malvada — disse Agnes, agarrando Blackie de novo. — Eu não vou dormir. Vou deitar um pouquinho com Blackie, então não preciso tirar esta roupa.

— Não, não precisa — concordou Kivrin, cobrindo Agnes e Blackie com uma pele bem pesada. Ali no celeiro era frio demais para alguém se despir.

— Blackie podia usar meu sininho — sugeriu Agnes, tentando fazer a fita passar pela cabeça do cão.

— Não, não pode — respondeu Kivrin.

Ela confiscou o sino e estendeu outra pele sobre a garota. Depois, deitou-se ao lado de Agnes, que aninhou seu pequeno corpo junto ao de Kivrin.

— Era uma vez uma gata muito malvada — começou Agnes, bocejando. — O pai dela a proibiu de entrar na floresta, mas ela não ligou e desobedeceu.

A menina lutou bravamente contra o sono, esfregando os olhos e inventando aventuras para a gatinha malvada, mas a escuridão e a quentura das peles acabaram vencendo.

Kivrin continuou deitada, esperou até que a respiração de Agnes se tornasse leve e regular, e em seguida retirou com cuidado Blackie dos braços da menina e deitou o filhote na palha.

Agnes, mesmo adormecida, franziu a testa e estendeu os braços, e Kivrin a abraçou. Tinha que levantar logo e procurar Gawyn. O reencontro seria em menos de uma semana.

Agnes se agitou e encolheu-se mais para perto, com o cabelo roçando o rosto de Kivrin.

E como vou poder deixar você para trás?, pensou Kivrin. E Rosemund? E o padre Roche? E adormeceu.

Quando acordou, era quase dia claro e Rosemund estava adormecida ao lado de Agnes. Kivrin deixou as duas irmãs dormindo, desceu a escada e cruzou o pátio, com receio de ter perdido o sino da missa, mas Gawyn continuava a postos junto ao fogo, e o emissário do bispo ainda estava sentado na cadeira, escutando Lady Imeyne.

O monge estava sentado num recanto, com o braço em volta de Maisry, mas o secretário não podia ser visto em parte alguma. Devia ter perdido os sentidos e sido levado para a cama.

As crianças também deviam estar todas dormindo, e aparentemente algumas das mulheres tinham subido para descansar no sótão. Kivrin não conseguiu ver nem a irmã nem a cunhada de Sir Bloet.

— Pare, escudeiro!, eu gritei — dizia Gawyn. — Quero enfrentá-lo em um duelo leal!

Kivrin pensou se ainda era a história do Resgate ou se ele já tinha enveredado pelas aventuras de Lancelote. Impossível dizer e, se o propósito daquilo era impressionar Eliwys, não estava adiantando muito. Ela não se encontrava presente no salão. A plateia de Gawyn, ou o que restava dela, também não parecia muito animada. Dois dos homens estavam jogando dados sem muito entusiasmo no banco onde sentavam, e Sir Bloet dormia, com o queixo tombado sobre a pança avantajada.

Tudo indicava que Kivrin não tinha perdido nenhuma oportunidade de falar com Gawyn por ter cochilado, e aparentemente não teria outra chance tão cedo. Bem que podia ter ficado no celeiro, dormindo ao lado de Agnes. Teria que criar uma oportunidade: surpreender Gawyn no trajeto para a privada ou emparelhar com ele no caminho para a missa e murmurar: "Me encontre depois no estábulo".

Os clérigos não davam indícios de que bateriam em retirada enquanto ainda houvesse vinho, mas era arriscado não ter uma margem de segurança. Talvez os homens quisessem sair para caçar no dia seguinte, ou o tempo mudasse. Além disso, mesmo que o grupo de clérigos fosse embora ou permanecesse ali, faltavam apenas cinco dias para o reencontro. Não, quatro. Já estavam no dia de Natal.

— Ele me deu um golpe violento — prosseguia Gawyn, ficando de pé para ilustrar. — Se tivesse acertado, teria rachado minha cabeça ao meio.

— Lady Katherine — disse Imeyne.

A velha tinha se levantado e fazia um gesto chamando Kivrin. O emissário do bispo olhava com expressão de interesse para ela, e seu coração começou a bater com força, imaginando que tipo de maldade aqueles dois estariam tramando. No entanto, antes que tivesse cruzado o salão, Imeyne se ergueu e trouxe até ela alguma coisa embrulhada num tecido de linho.

— Preciso que leve isto para o padre Roche, para a missa — pediu ela, afastando a borda do pano para que Kivrin visse as velas de cera. — Diga a ele para colocar estas velas *sobre o altar* e para não apagar a chama puxando os pavios, porque se quebram. Diga a ele para decorar a igreja à altura, para que o emissário do bispo possa assistir à missa do Natal. Quero que a igreja esteja parecendo um local do Senhor, e não uma pocilga. E diga a ele que vista uma batina limpa.

Quer dizer então que vai ter a missa do modo que deseja, pensou Kivrin, apressando-se a cruzar o pátio rumo à igreja. E que já deu um jeito de se ver livre de mim. Só o que falta agora é se livrar do padre Roche, persuadindo o emissário do bispo a dispensá-lo ou a levá-lo para a abadia de Bicester.

Não havia ninguém na relva. A fogueira estava a ponto de se extinguir, brilhando palidamente à luz acinzentada do amanhecer, e a neve que se derretera em volta do fogo começava a se congelar em pequenas poças. Os aldeões já deviam estar na cama há muito tempo, e ela imaginou se o padre Roche também já teria se recolhido, mas não se via fumaça em sua casa, e ninguém respondeu quando ela bateu à porta. Seguiu ao longo do caminho que conduzia à porta lateral da igreja. Dentro continuava escuro, e mais frio do que estivera à meia-noite.

— Padre Roche! — chamou Kivrin, baixinho, e avançou tateando na direção da estátua de santa Catarina.

Ele não respondeu, mas ela podia ouvir o murmúrio de sua voz. Ele estava por trás do biombo de treliças, ajoelhado diante do altar.

— Senhor, guiai com segurança na volta para o seu lar estes que viajaram de tão longe em plena noite — pedia ele, e ao ouvir aquela voz Kivrin se lembrou de quando estava doente e aquela mesma voz soara tão firme e reconfortante por entre as chamas. E se lembrou também do sr. Dunworthy. Ela não voltou a chamar, ficou onde estava, encostada à estátua gélida da santa, escutando na escuridão.

— Sir Bloet e família vieram de Courcy para a missa, assim como todos os seus criados — disse ele — e Theodulf Freeman, de Henefelde. Parou de nevar ontem à noite, e o céu ficou limpo e claro para a noite do nascimento sagrado do Cristo — continuou ele, num tom coloquial, que soava parecido com o dela quando, com as mãos postas, falava para o recorde. Número de pessoas presentes à missa, boletim meteorológico.

A luz estava começando a surgir nas janelas, e ela via Roche através da filigrana trançada do biombo, a batina esfiapada e a barra manchada de lama, o rosto rude e de aparência cruel se comparado ao semblante aristocrático do emissário do bispo ou ao rosto fino do secretário.

— Nesta noite abençoada, ao final da missa, chegou aqui um emissário do bispo, com dois clérigos, todos três homens de muito saber e de muita bondade — prosseguiu Roche.

Não se deixe enganar pelo ouro e pelas roupas pomposas, pensou Kivrin. O senhor vale dez deles. "O emissário do bispo ficou encarregado de rezar a missa do Natal", dissera Imeyne, que não pareceu nem um pouco preocupada com o fato de que o religioso não havia jejuado, nem se dado ao trabalho de ir até a igreja fazer seus preparativos. O senhor vale cinquenta deles, pensou Kivrin. Cem.

— De Oxenford chegaram notícias de doença. O aldeão Tobord está melhorando, embora eu o tenha proibido de comparecer à missa. Uctreda estava fraca demais para vir. Levei sopa, mas ela não tomou. Walthef vomitou depois da dança, por ter bebido muita cerveja. Gytha queimou a mão na fogueira quando tentou puxar um tição. Eu nada temerei, mesmo que os últimos dias estejam próximos, os dias de ira e do juízo final, porque Vós nos mandastes muito auxílio.

Muito auxílio. Ele não receberia muito auxílio se Kivrin permanecesse ali escutando por muito tempo mais. O sol já nascera e, diante da luz rósea e dourada que brotava das janelas, ela podia ver as gotas duras de cera penduradas nos castiçais, a tisna acumulada na base das velas, uma grande gota de cera sobre a toalha do altar. O dia da ira e do juízo final seriam as palavras mais apropriadas para descrever o que aconteceria se a igreja estivesse naquelas condições quando Lady Imeyne adentrasse o recinto para acompanhar a missa.

— Padre Roche — chamou ela.

Roche virou-se na mesma hora e tentou ficar de pé, com as pernas visivelmente entorpecidas pelo frio. Pareceu surpreso, até mesmo assustado, e Kivrin disse, depressa:

— É Katherine.

E deu um passo para dentro da luz de uma das janelas, para que pudesse ser vista.

Ele fez o sinal da cruz, ainda parecendo assustado, e ela se perguntou se ele não estaria cochilando enquanto rezava, ainda sem ter acordado por completo.

— Lady Imeyne me mandou trazer estas velas — disse ela, contornando o biombo para vê-lo de perto. — Ela me pediu para dizer ao senhor que as velas devem ficar nos castiçais de prata que estão nos lados do altar. Também me pediu para dizer...

Ela se deteve, constrangida de transmitir os decretos de Imeyne, e prosseguiu:

— Vim ajudar o senhor a preparar a igreja para a missa. Como posso dar minha contribuição? Devo lustrar os castiçais? — perguntou ela, estendendo as velas envoltas no pano.

Ele não recebeu as velas nem respondeu nada, e ela franziu a testa, imaginando se em sua ansiedade para protegê-lo da ira de Imeyne não teria infringido alguma regra. As mulheres não tinham permissão para manusear os utensílios ou os recipientes usados na missa. Talvez não pudessem pegar nos castiçais, também.

— Será que tenho permissão para ajudar? — indagou ela. — Não deveria ter vindo aqui no santuário?

Roche pareceu voltar a si de repente.

— Não há nenhum lugar onde uma serva de Deus não possa ir — respondeu ele, recebendo e colocando as velas oferecidas em cima do altar. — Mas alguém como você não deveria estar fazendo uma tarefa tão humilde.

— É uma tarefa para Deus — apressou-se a dizer ela, retirando as velas queimadas pela metade que estavam enfiadas nos braços dos castiçais. Havia filetes sólidos de cera de cada lado. — Vamos precisar de um pouco de areia e uma faca para raspar esta cera.

Ele saiu imediatamente e, enquanto esteve fora, ela tirou às pressas as velas no biombo, substituindo-as por velas de sebo.

Ele voltou trazendo a areia, um punhado de trapos sujos e um substituto muito precário para uma faca, mas que cortava a cera. Kivrin começou trabalhando na toalha do altar, raspando o pingo de cera, ansiosa, por não saber se dispunham de muito tempo. O emissário do bispo não manifestara nenhuma pressa em se erguer da cadeira e se preparar para a missa, mas ninguém seria capaz de saber quanto tempo ele resistiria a uma pressão de Imeyne.

Também não me resta muito tempo, pensou ela, lustrando os castiçais. Dissera a si mesma que tinha tempo de sobra, mas acabara passando a noite inteira tentando abordar Gawyn e nem sequer tinha conseguido uma aproximação. Quem sabe no dia seguinte o privé cismasse de ir à caça ou a um Resgate das Donzelas, ou talvez o emissário do bispo e seus aduladores bebessem todo o vinho e decidissem partir à procura de mais, levando-a com eles.

"Não há nenhum lugar onde uma serva de Deus não possa ir", dissera Roche. Com exceção do local do salto, pensou ela. Com exceção da minha casa.

Ela esfregou vigorosamente a areia úmida sobre a cera incrustada na borda do castiçal, e de repente um pedacinho voou e foi bater na vela que Roche estava desbastando.

— Desculpe — disse ela. — Lady Imeyne...

E se deteve.

De nada adiantava revelar que seria mandada para longe. Se ele tentasse interceder junto a Lady Imeyne, isso acabaria apenas piorando as coisas, e ela não queria ser a culpada por uma deportação do padre para Osney.

Roche estava esperando que ela terminasse a frase.

— Lady Imeyne me pediu para avisar o senhor que o emissário do bispo vai rezar a missa — disse ela.

— Será uma ocasião abençoada a de ouvir uma palavra sagrada como essa, no dia do nascimento de Cristo Jesus — falou ele, pousando no altar o cálice bem polido.

O dia do nascimento do Cristo Jesus. Ela tentou visualizar como estaria a igreja de St. Mary the Virgin naquela manhã, a música e o calor, as velas a laser cintilando nos castiçais de aço inoxidável, mas foi como algo apenas imaginado, difuso, irreal.

Ela colocou os castiçais de pé em extremidades opostas do altar. Tinham um brilho fosco à luminosidade multicor das janelas. Enfiou ali três velas de Imeyne e trouxe o castiçal da esquerda mais para perto, para equilibrar a luz.

Não havia nada que ela pudesse fazer quanto àquela batina, e Imeyne sabia muito bem que era a única que Roche tinha. Ele havia manchado a manga esquerda na areia molhada, e ela a limpou com a mão.

— Preciso ir acordar Agnes e Rosemund para assistirem à missa — comentou ela, limpando a poeira da parte da frente da túnica, e depois continuou, quase como se não percebesse: — Lady Imeyne pediu ao emissário do bispo que me levasse para o convento em Godstow.

— Deus mandou você para junto de nós para nos ajudar — disse Roche. — Ele não permitirá que seja levada.

Quem me dera poder acreditar, pensou Kivrin, enquanto cruzava o relvado. Ainda não se via nenhum sinal de vida, embora houvesse fumaça saindo de um ou dois tetos. A vaca tinha sido trazida para fora e estava mordiscando o capim perto da fogueira, onde a neve havia derretido. Talvez todo mundo esteja dormindo e eu possa acordar Gawyn e perguntar onde é o local do salto, cogitou, e nisso viu Rosemund e Agnes vindo na sua direção. Estavam as duas com uma aparência exausta. A túnica de veludo verde de Rosemund estava coberta de fiapos de palha e poeira de feno, e o cabelo de Agnes estava na mesma situação. A pequena se soltou de Rosemund assim que avistou Kivrin, e correu para ela.

— Você devia estar dormindo — disse Kivrin, limpando a palha aderida à roupa vermelha da menina.

— Vieram uns homens — comentou Agnes. — Eles acordaram a gente.

Kivrin lançou um olhar interrogativo para Rosemund.

— Seu pai chegou?

— Não — respondeu ela. — Eu não conheço eles. Acho que devem ser criados do emissário do bispo.

Eram mesmo. Havia quatro deles, todos monges (embora não pertencentes à mesma ordem do monge cisterciense), e dois burros sobrecarregados. Era óbvio que somente agora estavam conseguindo alcançar o seu senhor. Descarregaram dois grandes baús enquanto Kivrin e as meninas olhavam a cena, e depois várias bolsas de lã rústica, e um enorme barril de vinho.

— Devem estar planejando ficar por muito tempo — observou Agnes.

— Sim — concordou Kivrin. "Deus mandou você para junto de nós. Ele não permitirá que seja levada." — Vamos — disse ela, com alegria. — Vou pentear seu cabelo.

Ela levou Agnes para dentro e aprontou a menina. Aquele sono tão curto não havia melhorado muito a disposição da pequena, que se recusou a ficar de pé e parada enquanto Kivrin penteava seu cabelo. Kivrin precisou se esforçar até a hora da missa para conseguir desembaraçá-lo por inteiro, e Agnes continuou choramingando durante todo o trajeto até a igreja.

Aparentemente, havia tanta vestimenta quanto vinho na bagagem dos religiosos. O emissário do bispo estava trajando uma casula de veludo negro sobre suas roupas brancas resplandecentes, e o monge também reluzia em metros e metros de samito e de bordados áureos. O secretário não estava à vista, assim como o padre Roche, provavelmente exilado do local devido à batina suja. Kivrin olhou para a parte de trás da igreja, na esperança de que ele estivesse ali para testemunhar o momento sagrado, mas não o avistou entre os aldeões.

Estes também pareciam fatigados, e alguns estavam visivelmente de ressaca. Tal como o emissário do bispo, que matraqueou as palavras da missa numa voz sem entonação e com um sotaque que Kivrin mal conseguiu entender. Nada daquilo se assemelhava ao latim do padre Roche. Nem ao que Latimer e o padre da Sagrada Igreja Re-Formada haviam ensinado. As vogais estavam todas erradas e o "c" em "excelsis" soava quase como um "z". Ela pensou em Latimer, martelando em aula o som das vogais longas, e no padre da Sagrada Igreja Re-Formada insistindo em "c como em carne", ou no "verdadeiro latim".

E era o verdadeiro latim, pensou ela. "Não vou abandonar você", dissera ele, assim como: "Não tenha medo". E eu compreendi.

À medida que a missa avançava, o emissário entoava as partes cantadas cada vez mais depressa, como se estivesse louco para que aquilo acabasse logo. Lady Imeyne dava a impressão de não perceber. Parecia presunçosa e serena, convicta de estar fazendo o bem, e anuindo com aprovação durante o sermão inteiro, que parecia tratar do desapego às coisas do mundo.

Quando se amontoaram à saída, no entanto, ela parou na porta da igreja e olhou para o campanário, os lábios contraídos com desaprovação. E agora, o quê?, pensou Kivrin. Uma mancha de poeira no sino?

— Viu a aparência daquela igreja, Lady Yvolde? — perguntou Imeyne, irritada, à irmã de Sir Bloet, por cima do toque do sino. — Ele não colocou velas nas janelas do santuário, apenas fogareiros a óleo, como os camponeses usam. — Ela parou. — Preciso voltar e falar com ele a respeito disso. Ele fez nossa Casa cair em desgraça diante do bispo.

Marchou na direção do campanário, o rosto contraído com a fúria dos justos. E se ele *tivesse* colocado velas nas janelas, pensou Kivrin, teriam sido velas do tipo errado ou colocadas na posição errada. Ou ele teria apagado os pavios da maneira errada. Ela gostaria de poder avisar Roche de algum modo, mas Imeyne a esta altura já estava na metade do caminho para o campanário e Agnes puxava o braço de Kivrin com insistência.

— Estou cansada — disse ela. — Quero ir para a cama.

Kivrin levou Agnes para o celeiro, desviando dos aldeões que davam início a mais uma rodada de folguedos. Jogaram lenha nova na fogueira, e muitas jovens se deram as mãos e passaram a dançar em volta do fogo. Agnes deitou-se de boa vontade sobre a palha, mas se levantou logo em seguida e, antes mesmo que Kivrin alcançasse a casa, apareceu trotando no seu encalço.

— Agnes — disse Kivrin com severidade, as mãos nos quadris. — O que está fazendo de pé? Você não disse que estava cansada?

— Blackie está doente.

— Doente? — perguntou Kivrin. — O que tem de errado com ele?

— Ele está doente — repetiu Agnes, agarrando a mão de Kivrin e conduzindo-a de volta até o celeiro. As duas subiram para a parte alta. Blackie estava sobre a palha, já sem vida. — Pode fazer uma cataplasma para ele?

Kivrin ergueu o cãozinho nas mãos e voltou a pousá-lo depressa. Já apresentava alguma rigidez.

— Oh, Agnes, receio que ele esteja morto.

Agnes agachou-se e olhou bem de perto o filhote, muito interessada.

— O capelão da minha avó também morreu — disse ela. — Blackie teve uma febre?

Blackie tinha sido muito manipulado, pensou Kivrin. Tinha sido passado de mão em mão, apertado, atropelado, quase sufocado. Morrera de excesso de carinho. E logo no Natal, embora Agnes não parecesse muito incomodada.

— Vai haver um funeral? — perguntou a menina, tocando com cautela na orelha de Blackie com a ponta do dedo.

Não, pensou Kivrin. Na Idade Média não havia enterros de cães numa caixa de sapatos. Os contemps se livravam dos animais mortos simplesmente atirando os corpos no meio do mato cerrado ou em um rio, para a correnteza levar.

— Vamos enterrá-lo no bosque — respondeu Kivrin, mesmo sem saber como fariam isso, com o chão todo gelado. — Embaixo de uma árvore.

Pela primeira vez Agnes pareceu triste.

— O padre Roche precisa enterrar Blackie na igreja — disse ela.

O padre Roche faria praticamente qualquer coisa por Agnes, mas Kivrin não conseguia imaginá-lo cumprindo um rito funerário cristão em honra de um animal. A ideia de que animais de estimação fossem criaturas dotadas de alma não se tornaria popular senão no século XIX, e mesmo os vitorianos não chegaram a exigir sepultamento cristão para seus cães e gatos.

— Eu direi a oração dos mortos — falou Kivrin.

— O padre Roche tem que enterrar na igreja — insistiu Agnes, fazendo biquinho com os lábios. — E depois tocar o sino.

— Só podemos enterrá-lo depois do Natal — Kivrin apressou-se a dizer. — Depois do Natal perguntarei ao padre Roche o que ele pode fazer.

Pensou no que faria com o corpo por enquanto. Não podia deixá-lo no mesmo lugar onde as garotas dormiam.

— Venha, vamos levar Blackie para baixo — falou ela.

Recolheu o cãozinho, tentando não fazer uma careta, e desceu a escada com ele.

Olhou em torno à procura de uma caixa ou de um saco onde pudesse guardar o filhote, mas não encontrou nada. Por fim, colocou Blackie num recanto, por trás de uma segadeira, e pediu a Agnes que trouxesse alguns punhados de palha para cobri-lo.

Agnes jogou a palha sobre o corpo.

— Se o padre Roche não tocar o sino, Blackie não vai poder entrar no céu — explicou ela, e começou a chorar.

Kivrin precisou de meia hora para acalmá-la. Embalou a menina nos braços, limpando os vestígios das lágrimas em seu rosto e dizendo: "Pssst, pssst".

Ouviu barulho vindo do pátio. Imaginou se as comemorações natalinas tinham se transferido para lá. Ou se os homens estavam se preparando para ir à caça. Podia ouvir os relinchos dos cavalos.

— Vamos ver o que está acontecendo no pátio — disse ela. — Talvez seu pai tenha chegado.

Agnes sentou-se, limpando o nariz.

— Vou contar a ele sobre Blackie — comentou ela, saltando do colo de Kivrin.

As duas saíram para o pátio, que estava tomado de pessoas e de cavalos.

— O que estão fazendo? — quis saber Agnes.

— Eu não sei — respondeu Kivrin, mas para ela era muito claro o que estavam fazendo.

Cob retirava do estábulo o garanhão branco do emissário do bispo, e os servos buscavam os sacos e as caixas que tinham guardado pela manhã. Lady Eliwys estava parada à porta, olhando ansiosa para a agitação.

— Eles estão indo embora? — perguntou Agnes.

— Não — respondeu Kivrin. Não. Não podem estar indo embora. Eu ainda não sei onde é o local do salto.

O monge apareceu, trajando seu hábito branco e sua capa. Cob entrou de novo no estábulo e voltou a sair, desta vez trazendo uma sela e a égua que Kivrin montara quando foram buscar o azevinho.

— *Sim*, estão indo embora — afirmou Agnes.

— Eu sei — disse Kivrin. — Estou vendo.

23

Kivrin agarrou a mão de Agnes e bateu em retirada para a segurança do celeiro. Precisava esconder-se até que partissem todos.

— Para onde estamos indo? — indagou Agnes.

Kivrin esquivou-se rápido de dois criados de Sir Bloet carregando um baú.

— Lá para cima — respondeu ela.

Agnes parou no mesmo segundo.

— Eu não vou ficar deitada! — lamuriou-se ela. — Eu não estou cansada!

— Lady Katherine! — chamou alguém do outro lado do pátio.

Kivrin pegou Agnes no colo e voltou a partir para o celeiro.

— Eu não estou cansada! — gritou Agnes. — *Não* estou!

Rosemund chegou correndo.

— Lady Katherine! Não me ouviu? Minha mãe está chamando. O emissário do bispo está indo embora.

Ela agarrou o braço de Kivrin, a obrigando a se virar na direção da casa grande.

Eliwys estava parada à porta, olhando agora para as três, e o emissário do bispo tinha acabado de sair e estava imóvel ao lado dela, com sua capa vermelha. Kivrin não viu Imeyne em parte alguma. Devia estar dentro da casa, arrumando a bagagem de Kivrin.

— O emissário tem um assunto urgente para resolver em Bernecestre — disse Rosemund, conduzindo Kivrin para a casa. — E Sir Bloet vai com eles — acrescentou, esboçando um sorriso rápido e feliz para Kivrin. — Sir Bloet disse que vai acompanhá-los até Courcy, para que eles durmam lá nesta noite e possam estar em Bernecestre amanhã.

Bernecestre. Bicester. Pelo menos não era Godstow. Mas Godstow ficava no caminho.

— Qual é o assunto urgente?

— Não sei — respondeu Rosemund, como se não tivesse importância.

Kivrin imaginou que, para a menina, era justamente isso. Sir Bloet estava indo embora, e isso era tudo que importava. Rosemund avançou, alegre, por entre o tumulto de criados, bagagens e cavalos, guiando Kivrin até a mãe.

O emissário do bispo estava falando a um dos seus criados, e Eliwys observava a cena, de cenho franzido. Nenhum dos dois perceberia se ela se virasse de repente e caminhasse rápido para trás de uma das portas do estábulo, agora escancaradas, mas Rosemund a agarrava firme pela manga e a arrastava para frente.

— Rosemund, eu tenho que voltar ao celeiro. Deixei minha capa... — começou ela.

— Mãe! — gritou Agnes, já correndo para Eliwys e quase desaparecendo embaixo de um dos cavalos. O animal relinchou e sacudiu a cabeça, e um criado mergulhou para segurar as rédeas.

— Agnes! — gritou Rosemund, e largou a manga de Kivrin, mas era tarde demais. Eliwys e o emissário do bispo já tinham avistado as três, e estavam andando em direção a elas.

— Não deve sair correndo pelo meio dos cavalos — repreendeu Eliwys, abraçando Agnes.

— Meu cachorrinho morreu — falou Agnes.

— Isso não é motivo para correr assim — disse Eliwys, e Kivrin soube que ela nem sequer escutara a filha. Eliwys virou-se para dar atenção ao emissário do bispo.

— Diga ao seu marido que ficamos gratos pelo empréstimo dos cavalos, com o revezamento, os nossos estarão descansados até a jornada para Bernecestre — agradeceu ele, que também parecia meio distraído. — Mandarei um dos servos de Courcy trazer de volta os animais.

— Quer ver meu cão? — perguntou Agnes, puxando a saia da mãe.

— Pssss — fez Eliwys.

— Meu secretário não seguirá viagem conosco nesta tarde — prosseguiu o emissário. — Creio que ele estava alegre demais durante a noite, e agora sente o desconforto de ter bebido muito. Peço que seja indulgente, minha boa senhora, permitindo-lhe que fique até se recuperar.

— Claro que sim — anuiu Eliwys. — Há alguma coisa que possamos fazer para ajudar? A mãe do meu marido...

— Não. Basta deixá-lo em paz. O sono é a única coisa que pode ajudar uma cabeça que dói. Ele estará bem quando chegar a noite — disse ele, também com aparência de quem se excedera nas comemorações.

Parecia nervoso, desatento, como se estivesse com uma dor de cabeça muito forte, e seu rosto aristocrático tinha uma cor cinzenta à luz da manhã. Ele estremeceu e puxou a capa em volta do corpo.

Ele mal havia olhado para Kivrin, e ela imaginou se no meio de tanta pressa ele teria esquecido a promessa feita a Lady Imeyne. Olhou ansiosa para o portão, esperando que Imeyne ainda estivesse repreendendo o padre Roche e que não aparecesse de repente para cobrar a promessa.

— Lamento que meu marido não esteja aqui — disse Eliwys — e que não tenha sido possível oferecer uma recepção melhor. Meu marido...

— Tenho que dar instruções aos meus criados — interrompeu ele.

Estendeu a mão e Eliwys dobrou o joelho e beijou seu anel. Antes que pudesse se erguer, ele já partia apressado em direção ao estábulo. Eliwys o acompanhou com os olhos, preocupada.

— Quer ver como ele ficou? — perguntou Agnes.

— Agora não — respondeu Eliwys. — Rosemund, precisa ir se despedir de Sir Bloet e de Lady Yvolde.

— Ele ficou frio — disse Agnes.

Eliwys virou-se para Kivrin.

— Lady Katherine, sabe onde está Lady Imeyne?

— Ela ficou para trás, na igreja, quando viemos — falou.

— Talvez ainda esteja fazendo suas preces — observou Eliwys. Ficou na ponta dos pés e examinou o pátio abarrotado. — *Onde* estará Maisry?

Escondida, pensou Kivrin, que é exatamente como eu deveria estar.

— Quer que eu procure ela? — indagou Rosemund.

— Não. Você precisa se despedir de Sir Bloet — observou Eliwys. — Lady Katherine, vá buscar Lady Imeyne na igreja, para que ela possa dar adeus ao emissário do bispo. Rosemund, o que ainda está esperando? Deve ir se despedir do seu noivo...

— Vou procurar Lady Imeyne — disse Kivrin, pensando: Vou sair e, se ela ainda estiver na igreja, desvio por trás das cabanas e vou me esconder no bosque.

Ela se virou para ir. Dois criados de Sir Bloet vinham lutando contra o peso de um baú enorme, que colocaram no chão com uma pancada surda, bem diante dela. O baú caiu de lado. Ela recuou e deu a volta, procurando não andar atrás dos cavalos.

— Espere! — chamou Rosemund, alcançando Kivrin e agarrando sua manga. — Tem que vir comigo para dar adeus a Sir Bloet.

— Rosemund... — começou Kivrin, olhando de longe a passagem que conduzia à igreja. A qualquer instante, Lady Imeyne podia aparecer ali, agarrando seu *Livro das Horas*.

— Por favor — pediu Rosemund, que parecia pálida e amedrontada.

— Rosemund...

— Vai ser só um segundinho e depois você pode ir buscar minha avó. — Ela começou a puxar Kivrin para o estábulo. — Ande, vamos agora, a cunhada está com ele.

Enquanto observava seu cavalo ser selado, Sir Bloet conversava com aquela senhora da coifa extraordinária, que não estava menos enorme pela manhã, mas tinha visivelmente sido posta às pressas. Pendia bastante para um lado.

— Que assunto urgente é esse para que mandem chamar o emissário do bispo? — estava ela perguntando.

Ele abanou a cabeça, a testa franzida, e depois sorriu para Rosemund e deu um passo à frente. Ela recuou, agarrando-se com força a Kivrin.

A cunhada bamboleou a touca na direção de Rosemund e prosseguiu:

— Ele recebeu alguma mensagem de Bath?

— Não apareceu nenhum mensageiro nem na noite passada nem agora pela manhã — respondeu Sir Bloet.

— Se não apareceu nenhum mensageiro, por que então ele não se referiu a esse assunto urgente logo quando chegou? — quis saber a cunhada.

— Não sei — respondeu ele, impaciente. — Fique aqui. Preciso me despedir da minha noiva.

Ele pegou a mão de Rosemund, e Kivrin viu o esforço que ela fez para não puxar a mão de volta.

— Adeus, Sir Bloet — disse ela, muito rígida.

— É assim que se despede do seu marido? — questionou ele. — Nem um beijo de despedida?

Rosemund deu um passo à frente, beijou às pressas aquele rosto e imediatamente voltou a se colocar fora de alcance.

— Agradeço pelo broche que me deu de presente — falou ela.

Bloet abaixou os olhos do rosto pálido dela até a abertura da túnica, na altura do pescoço.

— "Estou aqui no lugar do amigo que amo" — recitou ele, tocando o broche com o dedo.

Agnes irrompeu no local, gritando "Sir Bloet, Sir Bloet!", e ele apanhou e ergueu a menina nos braços.

— Vim para dar tchau — avisou ela. — Meu cachorrinho morreu.

— Vou trazer para você um cão como presente do casamento — disse ele. — Mas só se me der um beijo.

Agnes jogou os braços em volta do pescoço dele e plantou um beijo barulhento em cada bochecha rosada.

— Você não é tão avarenta de beijos quanto sua irmã — comentou Sir Bloet, pondo a menina de volta no chão. Ele olhou para Rosemund. — Ou será que você também vai dar dois beijos no seu marido?

Rosemund não respondeu nada.

Ele deu um passo à frente e alisou com os dedos o broche.

— *Io suiicien lui dami amo* — recitou ele, pondo as mãos sobre os ombros dela. — Deve se lembrar de mim todas as vezes que puser esse broche. — Ele se inclinou e lhe deu um beijou no pescoço.

Rosemund não recuou, mas o sangue fugiu todo do seu rosto.

Ele a soltou.

— Virei buscar você na Páscoa — falou, e aquilo soou como uma ameaça.

— Vai me trazer um cãozinho negro? — quis saber Agnes.

Lady Yvolde aproximou-se do grupo, queixando-se:

— O que os seus criados fizeram com a minha capa de viagem?

— Vou procurá-la — disse Rosemund, e correu de volta para a casa, ainda rebocando Kivrin.

Assim que se viram em segurança, longe de Sir Bloet, Kivrin disse:

— Preciso encontrar Lady Imeyne. Veja, eles estão quase prontos para partir.

Era verdade. Aquele aglomerado de criados e caixas e cavalos tinha aos poucos assumido o formato de um cortejo, e Cob já estava abrindo o portão. Os cavalos que os três reis tinham montado na noite anterior estavam agora carregados de baús e sacos, as rédeas amarradas juntas. A cunhada de Sir Bloet e suas irmãs já estavam sobre as montarias, e o emissário do bispo, ao lado da égua de Eliwys, apertava a cilha da sela.

Mais alguns minutos, pensou Kivrin, basta que ela fique na igreja mais alguns minutos, e então eles já terão ido embora.

— Sua mãe me encarregou de encontrar Lady Imeyne — prosseguiu Kivrin.

— Precisa vir comigo ao salão, primeiro — disse Rosemund.

A mão que segurava o braço de Kivrin ainda tremia.

— Rosemund, não tenho tempo...

— Por favor — pediu ela. — E se ele entrar no salão e eu estiver sozinha?

Kivrin pensou no beijo que Sir Bloet dera no pescoço da menina.

— Eu vou com você — disse Kivrin —, mas se apresse.

Cruzaram o pátio correndo, atravessaram a porta, e quase colidiram em cheio com o monge. Ele estava descendo a escada do pavilhão, e tinha um aspecto irritado, ou de ressaca. Encaminhou-se para os biombos sem nem sequer olhar para elas.

Não havia ninguém mais no salão. A mesa continuava repleta de taças e de pratos de carne, e o fogo, entregue à própria sorte, ainda ardia, fumaçando.

— A capa de Lady Yvolde está no sótão. Espere aqui — disse Rosemund, e subiu a escada correndo, como se Sir Bloet viesse em sua perseguição.

Kivrin foi para perto dos biombos, de onde podia olhar para o lado de fora. O emissário do bispo estava parado junto da égua de Eliwys, com uma das mãos pousada no arção da sela, ouvindo o que o monge lhe dizia, bem próximo. Kivrin ergueu os olhos para a porta fechada do pavilhão, imaginando se o secretário, lá dentro, estaria mesmo de ressaca ou tivera algum tipo de discórdia com o seu superior. Os gestos do monge eram visivelmente de alguém incomodado.

— Aqui está — falou Rosemund, descendo a escada, apoiando-se com uma mão e trazendo na outra a capa dobrada. — Leve para Lady Yvolde, por favor. Vai levar só um minuto.

Era a chance que Kivrin estava esperando.

— Está bem — respondeu ela, tirando a capa das mãos de Rosemund e indo para a porta.

Assim que chegasse ao pátio, mandaria qualquer dos criados entregar a capa à irmã de Sir Bloet e iria direto para a passagem que conduzia ao relvado. Por favor, rezou Kivrin, que ela se demore na igreja mais alguns minutos. Eu só preciso chegar ao relvado. Ela cruzou a porta e quase colidiu com Lady Imeyne.

— Por que não está pronta para a viagem? — questionou Imeyne, olhando a capa que ela levava nos braços. — Onde está a *sua* capa?

Kivrin relanceou o olhar até o emissário do bispo. Ele estava segurando o arção da sela com as mãos e se preparava para colocar o pé nas mãos que Cob lhe estendia, com dedos trançados. O monge já estava montado.

— Minha capa está na igreja — disse Kivrin. — Vou buscá-la.

— Não vai dar tempo. Eles já estão saindo.

Kivrin olhou desesperada através do pátio inteiro, mas todos que avistou estavam fora do seu alcance: Eliwys estava parada ao lado de Gawyn, perto do estábulo; Agnes conversava animadamente com uma das sobrinhas de Sir Bloet; Rosemund não estava visível, provavelmente escondida dentro da casa.

— Lady Yvolde pediu que lhe levassem esta capa — informou Kivrin.

— Maisry pode fazer isso — avisou Imeyne. — Maisry!

Tomara que ainda esteja escondida, pensou Kivrin, com fervor.

— *Maisry*! — gritou Imeyne, e Maisry surgiu, se esgueirando pela porta do local de fabricação de cerveja, a mão cobrindo a orelha. Lady Imeyne arrebatou a capa das mãos de Kivrin e jogou contra Maisry. — Pare de vadiar e leve isto para Lady Yvolde — ordenou ela, secamente.

Depois agarrou Kivrin pelo pulso.

— Venha — sentenciou ela, já rumando em direção ao emissário do bispo. — Santo pai, esqueceu-se de Lady Katherine, que nos prometeu levar consigo até Godstow.

— Não vamos para Godstow — disse ele, e com certo esforço elevou-se no ar e pousou na sela. — Seguiremos para Bernecestre.

Gawyn já estava montado e conduzia Gringolet lentamente para o portão. Está indo com eles, pensou Kivrin. Talvez no trajeto até Courcy eu possa convencê-lo a me levar para o local do salto. Talvez eu possa convencê-lo a me dizer onde é, e então me separo do grupo e vou procurar sozinha.

— Será que ela não poderia acompanhá-los então até Bernecestre e de lá ser escoltada por algum monge até Godstow? Prefiro que ela seja devolvida a um convento.

— Não vai dar tempo — sentenciou o emissário, recolhendo as rédeas com a mão.

Imeyne agarrou o manto escarlate dele.

— Por que estão indo embora de repente? Foram ofendidos por alguém?

O emissário olhou para o monge, que segurava as rédeas da égua de Kivrin.

— Não — disse. Fez um vago sinal da cruz na direção de Imeyne. — *Dominus vobiscum, et cum spiritu tuo* — murmurou, olhando acintosamente para a mão que lhe agarrava o manto.

— E quanto ao novo capelão? — insistiu ela.

— Deixo aí o meu secretário para que lhe sirva de capelão — respondeu ele.

Está mentindo, pensou Kivrin, e pregou os olhos nele. O emissário trocou com o monge outro olhar, um olhar às escondidas, e Kivrin imaginou se o tal assunto urgente não seria apenas a necessidade de ficar longe daquela mulher.

— Seu secretário?! — repetiu Lady Imeyne, satisfeita, e largou o manto.

O emissário do bispo tocou com as esporas na montaria e atravessou galopando o pátio, quase passando por cima de Agnes, que se esquivou com rapidez e correu até Kivrin, afundando a cabeça na sua saia. O monge montou na égua de Kivrin e acompanhou o emissário.

— Vá com Deus, santo pai — disse bem alto Lady Imeyne, mas ele já cruzava o portão.

E de repente todos já haviam desaparecido. Gawyn afastou-se por último, com um galope exibicionista para ser notado por Eliwys. No fim das contas, não tinham levado Kivrin para Godstow, para longe do local do salto. Ela estava tão aliviada que nem sequer se incomodou com o fato de Gawyn estar seguindo entre eles. Era menos de meio dia de cavalgada até Courcy. Talvez à noite ele já estivesse de volta.

Todo mundo parecia aliviado, ou talvez fosse apenas a redução de atividade de uma tarde de Natal, além do fato de que todos tinham ficado acordados até o amanhecer. Ninguém fez um movimento no sentido de limpar as mesas, que ainda estavam repletas de travessas gordurosas e tigelas de comida devorada pela metade. Eliwys desabou na cadeira mais alta, os braços pendendo de lado, olhando para a mesa com indiferença. Depois de alguns minutos, ela chamou Maisry e, ao não obter resposta, não voltou a chamar. Encostou a cabeça no espaldar entalhado da cadeira e fechou os olhos.

Rosemund subiu ao sótão para se deitar um pouco, e Agnes sentou junto de Kivrin perto do fogo e pôs a cabeça em seu colo, brincando distraidamente com seu sininho.

Somente Lady Imeyne não cedeu à fadiga e ao langor da tarde.

— Acho que pedirei ao novo capelão para fazer as preces — disse ela, e subiu a escada para bater à porta do pavilhão.

Eliwys esboçou um fraco protesto, com os olhos ainda fechados, dizendo que, segundo o emissário do bispo, o secretário pedira para não ser perturbado, mas Imeyne bateu à porta várias vezes, com força, sem nenhum resultado. Ela esperou alguns minutos, bateu de novo e depois desceu a escada e ajoelhou-se lá embaixo para ler o seu *Livro das Horas*, sempre mantendo um olho na porta fechada para poder avistar o secretário assim que ele voltasse a aparecer.

Agnes deu pancadinhas no sino, de leve, com o dedo, soltando enormes bocejos.

— Por que não vai para a parte alta do celeiro e deita um pouco com sua irmã? — sugeriu Kivrin.

— Eu não estou *cansada* — respondeu Agnes, sentando-se. — Conte o que aconteceu com a donzela que o pai proibiu de entrar na floresta.

— Só conto se deitar — disse Kivrin, e começou a narrar a história.

Agnes não aguentou acordada duas frases.

Somente ao entardecer Kivrin se lembrou do cãozinho da menina. Àquela altura, todos dormiam, até Lady Imeyne, que desistira do secretário e subira para dormir no sótão. Maisry viera para o salão a certo momento, e estava enfiada embaixo de uma mesa, roncando sonoramente.

Cheia de cuidados, Kivrin puxou os joelhos de baixo da cabeça de Agnes e saiu para enterrar o cachorro. Não havia ninguém no pátio. Os restos de uma fogueira ainda brilhavam no centro do relvado, mas não havia ninguém por perto. Os aldeões deviam estar também tirando sua soneca de Natal.

Kivrin apanhou o corpo de Blackie e foi ao estábulo à procura de uma pá de madeira. Lá dentro, como encontrou apenas o pônei de Agnes, franziu a testa, pensando como o secretário poderia ir ao encontro do emissário do bispo em Courcy. Quem sabe o emissário não tivesse mentido, afinal de contas, e o secretário fosse ficar mesmo como novo capelão, querendo ou não.

Kivrin carregou a pá e o corpo do cãozinho, cada vez mais rígido, contornou a igreja e foi para o lado norte. Colocou o filhote no chão e começou a atacar a terra enregelada.

O chão estava, literalmente, duro como pedra. A pá de madeira não conseguia sequer deixar uma rachadura, mesmo quando Kivrin apoiava seu próprio peso, com ambos os pés. Ela subiu a colina até o começo do bosque, escavou a neve na base de um carvalho, e enterrou o cão no húmus das folhas caídas.

— *Requiescat in pace* — sentenciou, para poder dizer a Agnes que o filhote tivera um digno funeral cristão, e voltou a descer a colina.

Desejou que Gawyn estivesse voltando naquele momento. Poderia pedir a ele que a levasse ao local do salto enquanto todos na casa grande dormiam.

Caminhou devagar cruzando o relvado, aguçando o ouvido para ver se escutava o ruído de um cavalo. Gawyn viria provavelmente pela estrada principal. Ela encostou a pá à cerca de varas que fechava a pocilga e deu a volta à casa grande indo até o portão, mas não ouviu nada.

A luz da tarde começou a empalidecer. Se Gawyn não chegasse logo, ficaria escuro demais para cavalgar até o local do salto. Dentro de meia hora, o padre Roche tocaria as vésperas, o que acordaria todo mundo. De qualquer modo, como Gawyn teria que cuidar do cavalo, independentemente da hora que chegasse, ela podia se esgueirar até o estábulo e perguntar se ele podia levá-la até o local do salto, na manhã seguinte.

Ou talvez ele pudesse apenas dizer onde era, traçar algum mapa de modo a que ela pudesse achar o lugar por conta própria. Assim não precisaria entrar no bosque sozinha com ele e, se Lady Imeyne encarregasse o privé de alguma tarefa no dia marcado para o reencontro, Kivrin poderia montar num dos cavalos e chegar lá sozinha.

Ficou parada perto do portão até começar a sentir frio e então regressou, acompanhando a parede, passando pela pocilga e chegando ao pátio. O pátio continuava deserto, mas Rosemund estava na antessala, vestindo uma capa.

— Onde você esteve? — perguntou. — Procurei você por toda parte. O secretário...

O coração de Kivrin disparou.

— O que foi? Ele vai viajar?

Ele havia despertado de sua ressaca, pronto para viajar. E fora convencido por Lady Imeyne a levar Kivrin para Godstow. Só podia ser isso.

— Não — respondeu Rosemund, voltando para o salão, que estava vazio. Eliwys e Imeyne deviam estar as duas lá em cima no pavilhão com ele. A menina soltou o broche dado por Sir Bloet e tirou a capa. — Ele está doente. O padre Roche me mandou procurar você — disse ela, e começou a subir a escada.

— Doente? — repetiu Kivrin.

— Sim. Minha avó mandou Maisry ao pavilhão levar alguma coisa para ele comer.

Para depois mandá-lo trabalhar, pensou Kivrin, seguindo a menina escada acima.

— E Maisry encontrou o secretário doente?

— Sim. Ele está com febre.

Ele está de ressaca, pensou Kivrin, franzindo a testa. Mas Roche era capaz de reconhecer os efeitos da bebida, mesmo que Lady Imeyne não pudesse ou não quisesse.

Um pensamento terrível lhe ocorreu. Ele está dormindo na minha cama, pensou ela. Ele pegou o meu vírus.

— Quais são os sintomas que ele tem? — perguntou.

Rosemund abriu a porta.

Mal havia lugar para todos naquele quarto tão pequeno. O padre Roche estava junto da cama, e Eliwys um pouco atrás, de pé, com a mão pousada na cabeça de Agnes. Maisry estava meio escondida perto da janela. Lady Imeyne estava ajoelhada no chão, aos pés da cama, diante do seu cofre medicinal, atarefada na preparação de uma das suas nauseantes cataplasmas. Um outro cheiro também pairava no quarto, um cheiro doentio e tão forte que prevalecia sobre a mostarda e o alho-poró do unguento.

Todos, exceto Agnes, estavam com expressão de medo. Agnes parecia interessada, tal como ficara em relação a Blackie, e Kivrin pensou, Ele está morto, ele contraiu minha doença e morreu. Mas aquele pensamento era ridículo. Ela estava ali desde meados de dezembro, o que significaria um período de incubação de quase duas semanas. Além disso, ninguém mais tinha adoecido, nem mesmo o padre Roche, ou Eliwys, e os dois tinham ficado constantemente à cabeceira da cama ao longo da sua doença.

Ela olhou para o secretário. Estava deitado e descoberto, usando um camisolão, mas sem ceroulas por baixo. Suas demais roupas estavam amontoadas ao pé da cama, com a capa roxa arrastando no chão. O camisolão era de seda amarela, e os cordões tinham sido afrouxados, de modo que os lados estavam quase todo abertos até a altura do peito, mas Kivrin não prestou atenção em sua pele sem pelos nem nas bordas pregadas com arminho nas mangas do camisolão. Ele estava doente. Eu nunca estive tão mal assim, pensou Kivrin, nem mesmo quando quase morri.

Ela se aproximou da cama. Seu pé esbarrou numa garrafa de barro ainda com algum vinho dentro, fazendo o recipiente rolar para baixo da cama. O secretário fez uma expressão de dor. Outra garrafa, com a tampa ainda lacrada, estava pousada na cabeceira da cama.

— Ele comeu comida gordurosa em excesso — disse Lady Imeyne, amassando alguma coisa na sua tigela de pedra.

Porém, aquilo com certeza não era uma intoxicação alimentar. Nem tinha a ver com a bebida, apesar das garrafas. Ele está doente, pensou Kivrin, terrivelmente doente.

O secretário respirava muito depressa pela boca aberta, arquejando como o pobre Blackie, a língua meio esticada para fora. Estava muito vermelha e parecia inchada. O rosto era de um vermelho mais escuro e tinha uma expressão deformada, como se ele estivesse cheio de terror.

Ela pensou se seria possível que ele tivesse sido envenenado. O emissário do bispo estava tão ansioso para ir embora dali que quase atropelara Agnes. Também pedira a Eliwys que não perturbasse o secretário. A igreja fazia coisas desse tipo nos anos 1300, não é? Mortes misteriosas num mosteiro, numa catedral. Mortes convenientes.

Mas não fazia sentido. O emissário do bispo e o monge não sairiam às pressas dando instruções para que ninguém perturbasse o homem quando o propósito do envenenamento era fazer crer que se tratava de botulismo, ou peritonite, ou dúzias de outras complicações inclassificáveis de que as pessoas morriam na Idade Média. E por que o emissário do bispo envenenaria um dos seus subordinados quando poderia apenas dispensá-lo, tal como Lady Imeyne queria dispensar o padre Roche.

— É o cólera? — perguntou Lady Eliwys.

Não, pensou Kivrin, tentando lembrar os sintomas. Diarreia aguda e vômitos, com perda maciça de fluidos corporais. Expressão contraída, desidratação, cianose, uma sede terrível.

— Está com sede? — indagou ela.

O secretário não deu sinal de ter escutado. Seus olhos estavam semicerrados, e pareciam inchados também.

Kivrin pôs a mão na testa dele. O doente contraiu o rosto um pouco, os olhos vermelhos se abriram e voltaram a se fechar.

— Ele está ardendo em febre — disse Kivrin, enquanto pensava. Cólera não produz uma febre tão intensa. — Me tragam um pedaço de pano molhado.

— Maisry! — chamou Eliwys.

Só que Rosemund já estava ali, estendendo o mesmo trapo imundo que fora usado em Kivrin.

Pelo menos estava fresco. Kivrin dobrou o pano em retângulo, enquanto observava o rosto do secretário, que continuava arquejando. Quando ela pousou o pano molhado ao longo de sua testa, aquele rosto se contorceu, como se aquilo fosse doloroso. O homem apertou a mão de encontro à barriga. Apendicite?, se perguntou Kivrin. Não, essa inflamação costumava ser acompanhada por febre baixa. A febre tifoide podia provocar temperaturas de até 40 graus, embora normalmente não no princípio. Também fazia dilatar o baço, o que com frequência resultava em dor abdominal.

— Sente dor? — questionou ela. — Mostre para mim onde dói?

Os olhos dele voltaram a se entreabrir, e as mãos se moveram inquietas por cima do lençol. Aquele era um sintoma da febre tifoide, aquele gesto de beliscar algo sem parar, mas somente nos últimos estágios, oito ou nove dias com a doença já em progresso. Ela imaginou se ele já teria vindo doente.

Na chegada, ele cambaleara ao apear do cavalo e tinha sido amparado pelo monge. No entanto, comera e bebera à farta durante a festa, e havia assediado Maisry. Não poderia estar muito doente, e a tifoide se manifestava aos poucos, começando com uma dor de cabeça e apenas um pouco de febre. Não atingiria 39 graus antes da terceira semana.

Kivrin inclinou-se mais, puxando o camisolão frouxo para o lado, à procura de brotoejas com o cor-de-rosa característico da tifoide. Não havia nenhuma. A parte lateral do pescoço do secretário parecia um pouco inchada, mas gânglios intumescidos acompanhavam praticamente qualquer infecção. Ela puxou a manga dele. Não havia manchas cor-de-rosa no braço, mas as unhas estavam com uma coloração marrom-azulada, o que significava carência de oxigênio. Cianose. Um dos sintomas do cólera.

— Ele vomitou ou esvaziou os intestinos? — perguntou ela.

— Não — respondeu Lady Imeyne, espalhando uma pasta esverdeada sobre um pedaço de tecido. — Ele comeu muito açúcar e muitas especiarias, e isso produziu a febre no seu sangue.

Não podia ser cólera se não havia vômitos, sem contar que a febre era muito alta. Talvez fosse mesmo o vírus dela, afinal de contas, mas Kivrin não sentira nenhuma dor no estômago, e sua língua não inchara daquela maneira.

O secretário ergueu a mão e puxou o pano que lhe cobria a testa, largando-o no travesseiro, antes de deixar o braço cair de lado. Kivrin apanhou o trapo. Estava completamente seco. E o que mais, além de um vírus, podia causar uma febre tão alta? Não conseguia pensar em outra coisa senão febre tifoide.

— O nariz dele sangrou? — ela perguntou a Roche.

— Não — disse Rosemund, dando um passo à frente e tirando o trapo da mão de Kivrin. — Não vi nenhum sinal de sangue.

— Molhe o pano na água fria, mas não torça — pediu Kivrin. — Padre Roche, preciso que o senhor levante o tronco dele.

Roche aplicou as mãos aos ombros do doente e o ergueu. Não havia vestígios de sangue sobre o travesseiro de linho.

Roche voltou a deitar o secretário.

— Pensa que é a febre tifoide? — indagou ele, e havia algo curioso, quase esperançoso no tom de sua voz.

— Não sei — respondeu Kivrin.

Rosemund estendeu a Kivrin o trapo. A menina havia obedecido as ordens ao pé da letra: o pedaço de pano estava gotejando água gelada.

Kivrin se inclinou sobre a cama e colocou o trapo sobre a testa ardente do secretário.

Ele sacudiu os braços, brusca, violentamente, jogando o pano para longe da mão de Kivrin, e sentou na cama, brandindo as mãos contra ela, chutando a esmo com os pés. Seu punho fechado atingiu num lado da perna de Kivrin, fazendo-a dobrar os joelhos e quase cair da cama.

— Desculpe, desculpe — pediu Kivrin, tentando se reequilibrar e ao mesmo tempo segurar aquelas mãos. — Desculpe.

Os olhos dele, injetados de sangue, estavam bem abertos agora, olhando direto para a frente.

— *Gloriam tuam* — entoou ele numa voz estranha, aguda, quase um grito.

— Desculpe — insistiu Kivrin, que conseguiu agarrar um pulso dele, mas recebeu da outra mão um soco em cheio no peito.

— *Requiem aeternam dona eis* — rugiu o homem, pondo-se de joelhos sobre o colchão e logo em seguida de pé. — *Et lux perpetua luceat eis.*

Kivrin percebeu de repente que ele estava tentando cantar a missa dos mortos.

O padre Roche agarrou pelo camisolão o secretário, que reagiu aos pontapés, se desvencilhou e continuou desferindo chutes enquanto girava em torno de si mesmo, como se estivesse dançando.

— *Miserere nobis.*

Ele estava quase junto à parede, em uma posição difícil de alcançar, batendo nas tábuas com os pés e agitando os braços enquanto girava, parecendo nem sequer perceber.

— Quando estiver ao alcance, temos que agarrar pelos tornozelos e derrubá-lo — disse Kivrin.

O padre Roche concordou, quase sem fôlego. Os outros continuavam petrificados, sem nem sequer esboçar um movimento para conter o homem. Imeyne continuava de joelhos. Maisry enfiou-se completamente no vão largo da janela, cobrindo os ouvidos com as mãos e fechando os olhos com força. Rosemund tinha apanhado o trapo úmido e o estendia, como se achasse que Kivrin fosse tentar colocá-lo de novo na testa do doente. Agnes olhava boquiaberta o corpo seminu do secretário.

Ele deu outro giro e se virou para o grupo, as mãos batendo descontroladas sobre os cordões que fechavam a frente do camisolão, tentando se livrar da peça.

— Agora — disse Kivrin.

Ela e o padre agarraram e puxaram os tornozelos. O secretário caiu sobre um joelho, e então, agitando os braços com toda força, desvencilhou-se e pulou da cama direto em cima de Rosemund. Ela ergueu as mãos no ar, ainda segurando o pano, e ele a atingiu em cheio no peito.

— *Miserere nobis* — repetiu, e os dois rolaram no chão.

— Agarrem os braços, antes que ele possa machucá-la — disse Kivrin, mas o secretário tinha parado de agitar os braços.

Estava deitado sobre Rosemund, imóvel, a boca quase tocando a dela, os braços caídos e frouxos de ambos os lados.

O padre Roche agarrou um dos braços do secretário, que não resistiu, e tirou aquele corpo de cima de Rosemund. O doente caiu de lado, respirando em haustos curtos, mas já sem arquejar.

— Ele morreu? — perguntou Agnes e, como se a voz dela tivesse libertado os outros de algum tipo de encantamento, todos avançaram ao mesmo tempo.

Lady Imeyne ficou de pé com dificuldade, amparando-se a uma das colunas do dossel da cama.

— Blackie morreu — prosseguiu Agnes, agarrando-se às saias da mãe.

— Ele não morreu — disse Imeyne, ajoelhando-se junto ao religioso. — A febre do sangue subiu para o cérebro. Acontece muito.

Não, não acontece, pensou Kivrin. Nunca ouvi falar de nenhuma doença com um sintoma desses. O que poderia ser? Meningite espinhal? Epilepsia?

Ela se agachou junto de Rosemund. A menina estava deitada no chão com o corpo todo enrijecido, os olhos cerrados, as mãos fechadas com força, exibindo os nós brancos dos dedos.

— Ele machucou você? — perguntou Kivrin.

Rosemund abriu os olhos.

— Ele me derrubou — respondeu ela, a voz ainda um pouco trêmula.

— Consegue ficar de pé? — quis saber Kivrin.

Ela assentiu, e Eliwys avançou alguns passos, ainda com Agnes grudada à sua saia. As duas ajudaram Rosemund a se levantar.

— Meu pé está doendo — disse ela, apoiando-se na mãe, mas daí a pouco já conseguia firmar sobre ele o peso do corpo. — Ele... assim de repente...

Eliwys ajudou a filha a caminhar até os pés da cama e a sentar em cima do baú entalhado. Agnes escalou o baú e acomodou-se junto da irmã.

— O secretário do bispo pulou em cima de você — comentou ela.

O doente murmurou alguma coisa, e Rosemund olhou para ele, amedrontada.

— Ele vai se levantar de novo? — perguntou a Eliwys.

— Não — respondeu Eliwys, mas ajudou Rosemund a se levantar de novo e a conduziu para a porta. — Leve sua irmã para perto do fogo e fique sentada com ela — disse para Agnes.

Agnes tomou o braço de Rosemund, conduzindo-a para fora.

— Quando o secretário morrer vai ser enterrado no pátio da igreja — ia dizendo ela, enquanto desciam. — Como Blackie.

O secretário parecia já morto, com os olhos entreabertos e vidrados. O padre Roche ajoelhou-se ao lado dele e o ergueu por sobre o ombro, sem dificuldade. O homem ficou com a cabeça para baixo e os braços balançando, como Agnes quando Kivrin a carregara de volta após a missa da meia-noite. Kivrin apressou-se a puxar o lençol para um lado, e Roche voltou a deitar o doente na cama.

— Temos que puxar a febre que está no cérebro — avisou Imeyne, voltando à cataplasma. — Foram as especiarias que levaram febre para a cabeça dele.

— Não — sussurrou Kivrin baixinho, lançando um olhar para o religioso.

Ele estava deitado de costas, com os braços esticados, as palmas para cima. O camisolão fino estava rasgado do alto até a cintura, e caíra por completo do ombro esquerdo, de modo que o braço aberto estava todo exposto. Embaixo da axila havia um inchaço vermelho.

— Não — repetiu ela, sem voz.

O inchaço era de um vermelho vivo e quase do tamanho de um ovo. Febre alta, língua inchada, intoxicação do sistema nervoso, bulbos embaixo dos braços e na virilha.

Kivrin deu um passo atrás, afastando-se da cama.

— Não pode ser — disse ela. — Deve ser outra coisa.

Tinha que ser outra coisa. Uma queimadura. Ou uma úlcera de algum tipo. Ela estendeu a mão, puxando e afastando a manga.

As mãos do secretário estremeceram. Roche inclinou-se para agarrar e manter aqueles pulsos presos contra a cama. O inchaço era duro ao toque, e a pele em volta tinha manchas roxas e negras.

— Não pode — disse Kivrin. — Ainda é 1320.

— Isso vai puxar a febre dele — comentou Imeyne, que ficou de pé, bem empertigada, estendendo a cataplasma à frente. — Afaste a roupa do corpo dele, para que eu possa aplicar a cataplasma — ordenou ela, aproximando-se da cama.

— Não! — exclamou Kivrin, erguendo as mãos para detê-la. — Fique longe! Não toque nele!

— Está falando coisas sem razão — rebateu Imeyne. Ela olhou para Roche. — Isso não passa de uma febre do estômago.

— Não é uma febre! — falou Kivrin, e virou-se para Roche. — Solte as mãos dele e se afaste. Isso não é febre. É a peste.

Todos eles (Roche e Imeyne e Eliwys) olharam para ela com o mesmo ar estúpido de Maisry.

Eles nem sequer sabem do que se trata, pensou ela, em desespero. Porque não existe ainda, não havia ainda a Peste Negra. Mesmo na China não começou senão em 1333. E só chegou à Inglaterra em 1348.

— Mas é mesmo a peste — prosseguiu Kivrin. — Ele apresenta todos os sintomas. O bulbo e a língua inchada e a hemorragia por baixo da pele.

— É somente uma febre do estômago — insistiu Imeyne, e empurrou Kivrin para se aproximar da cama.

— Não... — pediu Kivrin, mas Imeyne já havia parado, segurando o recipiente da cataplasma sobre o corpo do doente.

— Deus tenha misericórdia de nós — disse Imeyne, e recuou, ainda segurando a vasilha.

— É a doença azul? — perguntou Eliwys, amedrontada.

E de repente Kivrin percebeu tudo. Aquela família não tinha se recolhido ali por causa do julgamento, nem porque Lord Guillaume estava tendo problemas com o rei. Ele enviara os seus para lá porque a peste estava em Bath.

"Nossa ama morreu", dissera Agnes. Assim como o capelão de Lady Imeyne, o irmão Hubard. "Rosemund disse que o irmão Hubard morreu da doença azul", tinha comentado Agnes. E Sir Bloet a certa altura mencionara que o julgamento estava atrasado porque o juiz tinha adoecido. Era por isso que Eliwys não queria que ninguém soubesse que estavam em Courcy e por que ficara tão zangada quando Imeyne mandou Gawyn em busca do bispo. Porque a peste estava em Bath. Mas não podia ser. A Peste Negra tinha chegado em Bath apenas no outono de 1348.

— Em que ano estamos? — perguntou Kivrin.

As mulheres a encararam com rosto inexpressivo, Imeyne ainda segurando a cataplasma esquecida. Kivrin voltou-se para Roche.

— Em que ano estamos?

— Está passando mal, Lady Katherine? — perguntou ele, ansioso, estendendo a mão para o pulso de Kivrin, como se receasse que ela também tivesse um daqueles ataques.

Ela afastou as mãos num gesto brusco.

— Me diga qual é o ano.

— É o vigésimo primeiro ano do reino de Eduardo III — disse Eliwys.

Terceiro, não segundo. Em seu pânico, ela não conseguia lembrar quando Eduardo III havia reinado.

— Qual é o *ano*? — insistiu ela.

— *Anno domini* — respondeu o secretário, da cama. Tentou umedecer os lábios com a língua inchada. — Mil trezentos e quarenta e oito.

LIVRO TRÊS

Sepultei com as minhas próprias mãos cinco dos meus filhos numa única cova... Sem sinos, sem lágrimas. É o fim do mundo.

Agnolo di Tura
Siena, 1347

24

Dunworthy passou os dois dias seguintes ligando para todos os nomes de técnicos da lista de Finch e para todas as agências de pesca da Escócia, e ajudando a montar mais uma ala de enfermos no Bulkeley-Johnson. Das pessoas detidas no colégio, mais quinze tinham contraído o vírus, entre elas a sra. Taylor, que um dia desabou quando ainda faltavam quarenta e nove toques para terminar o número.

— Ela apagou por completo e largou o sino — relatou Finch. — O sino deu uma volta completa, fazendo um barulho infernal, e a corda chicoteou ao redor como uma coisa viva. Acabou se enrolando no meu pescoço e quase me estrangulou. A sra. Taylor queria continuar, depois que voltou a si, mas é claro que já era tarde. Gostaria que conversasse com ela, sr. Dunworthy. Ela está bastante desanimada. Diz que nunca vai se perdoar por ter decepcionado as outras. Eu disse para ela não se sentir culpada, que às vezes as coisas simplesmente acontecem além do nosso controle, o senhor não acha?

— Acho — respondeu Dunworthy.

Ele não conseguira ainda nem sequer fazer contato com algum técnico, quanto mais convencê-lo que fosse a Oxford, e também não tinha localizado Basingame. Ele e Finch telefonaram para todos os hotéis da Escócia, e depois para cada pousada e cada chalé para alugar. William conseguira cópias dos extratos do cartão de crédito de Basingame, mas não constava nenhuma compra de isca nem de botas de cano longo em alguma longínqua cidade escocesa, como Dunworthy havia secretamente esperado, nem qualquer débito após o dia 15 de dezembro.

A rede de telefonia estava ficando cada vez pior. A imagem sumira das ligações, e a mensagem gravada, anunciando que devido à epidemia todas as linhas estavam ocupadas, interrompia quase todas as chamadas que ele tentava fazer depois de pressionar apenas dois algarismos.

Ele não se preocupava tanto com Kivrin porque a carregava consigo para onde quer que fosse, um fardo pesado, enquanto digitava um telefone após outro, esperava por ambulâncias, escutava as lamúrias da sra. Gaddson. Andrews não retornara seus recados, ou talvez não tivesse podido completar a ligação. Badri fazia monólogos confusos sobre a morte, que as enfermeiras aplicadamente registravam em pedaços de papel. Enquanto esperava que os técnicos, os guias de pesca ou alguém mais atendesse o telefone, ele examinava as frases de Badri à procura de pistas. "Negra", dissera Badri. E também "laboratório" e "Europa".

A rede de telefonia continuou a piorar. A gravação já entrava quando ele digitava o primeiro algarismo e inúmeras vezes ele não obteve nem sinal. Desistiu por algum tempo e dedicou-se a estudar as planilhas de contatos. William conseguira cópias dos registros médicos confidenciais das pessoas que eram contatos primários, e Dunworthy examinou as fichas com cuidado, procurando tratamentos de raios X ou visitas ao dentista. Um dos primários fizera um raio X do maxilar, mas assim que olhou melhor Dunworthy percebeu que fora no dia 24, depois que a epidemia já tinha começado.

Foi até o hospital para perguntar aos primários que estavam lúcidos se tinham animal de estimação ou se haviam caçado patos recentemente. Os corredores estavam abarrotados de macas com pacientes deitados. Havia verdadeiros engarrafamentos diante da porta da Emergência e bloqueando o acesso ao elevador. Não havia como contornar aquilo, e ele usou as escadas.

A enfermeira loura de William esbarrou com ele na porta da Ala de Isolamento. Usava uma touca branca e uma máscara.

— Receio que não possa entrar — disse ela, erguendo uma mão enluvada.

Badri morreu, pensou ele.

— O sr. Chaudhuri está pior? — perguntou.

— Não. Na verdade, parece que está reagindo melhor agora. Mas acabou nosso estoque de trajes de segurança. Londres prometeu que mandará uma remessa amanhã. Os funcionários do hospital estão se virando com trajes de pano, mas não temos o bastante para ceder às visitas. — Ela remexeu no bolso e tirou um pedaço de papel. — Anotei isto aqui que ele disse — falou ela, estendendo o papel. — Receio que a maior parte tenha sido ininteligível. Ele menciona o nome do senhor e o de... Kivrin?... é isso mesmo?

Dunworthy aquiesceu, olhando para o papel.

— Às vezes são palavras isoladas, mas na maioria do tempo não faz sentido.

Ela tentara escrever foneticamente e, quando entendia uma palavra, sublinhava. "Não pode", Badri dissera, e "ratos" e "tão preocupado".

No domingo de manhã, metade dos detidos já estava com a doença, e quem não tinha adoecido ainda cuidava dos demais. Dunworthy e Finch já tinham desistido de todos os planos de colocar esse pessoal em alas, e em todo caso não haveria colchonetes suficientes. Deixaram os doentes nas camas em que já dormiam ou os transferiram com cama e tudo para as instalações do Salvin, para evitar que os enfermeiros improvisados se desgastassem demais.

As sineiras iam adoecendo, uma a uma, e Dunworthy ajudou a instalar algumas na velha biblioteca. A sra. Taylor, que ainda conseguia andar, insistiu em visitá-las.

— É o mínimo que posso fazer — disse, arfando pelo esforço de caminhar ao longo do corredor —, depois que abandonei elas dessa maneira.

Dunworthy ajudou a sra. Taylor a se recolher ao colchão de ar que William tinha levado lá para cima, e a cobriu com um lençol.

— "O espírito está pronto, mas a carne é fraca" — disse ele.

Também se sentia fraco, cansado até a medula dos ossos devido à falta de sono e aos sucessivos fracassos. Finalmente tinha conseguido, nos intervalos entre ferver água para o chá e lavar os urinóis, fazer contato com uma técnica do Magdalen.

— Ela está no hospital — dissera a mãe da moça, parecendo cansada e preocupada.

— Ela adoeceu quando?

— No dia de Natal.

Um lampejo de esperança. Talvez a técnica do Magdalen fosse a origem.

— Sua filha apresentava que sintomas? — perguntou rapidamente. — Dor de cabeça? Febre? Desorientação?

— Ruptura do apêndice — disse ela.

Na manhã de segunda, três quartos dos detidos estavam doentes. Chegaram ao fim, como Finch previa, os estoques de roupas de cama, de máscaras do SNS e, mais urgente ainda, de temps, de antimicrobióticos e de aspirina.

— Tentei ligar para o hospital pedindo mais — disse Finch, exibindo uma lista a Dunworthy —, mas os telefones estão todos mudos.

Dunworthy partiu para o hospital para trazer os suprimentos.

A rua em frente à Emergência estava engarrafada, um aglomerado caótico de ambulâncias e táxis e manifestantes com um cartaz proclamando "O primeiro-ministro nos abandonou à morte". Ao se esgueirar entre eles e chegar até a porta, Dunworthy viu Colin, que se aproximava. Estava molhado, como sempre, rosto corado, nariz vermelho do frio. O casaco estava desabotoado.

— Os telefones estão mudos — comentou ele. — Rede sobrecarregada. Estou levando os recados. — Ele puxou um maço desorganizado de papéis do bolso do casaco. — Precisa mandar mensagem para alguém?

Sim, pensou ele. Para Andrews. Para Basingame. Para Kivrin.

— Não — respondeu.

Colin enfiou os papéis, já úmidos, de volta no bolso.

— Vou indo então. Se estiver procurando minha tia-avó Mary, ela está na Emergência. Acabaram de chegar cinco novos casos. Uma família inteira. O bebê estava morto — acrescentou ele, e partiu a toda por entre os carros parados.

Dunworthy conseguiu abrir caminho até a Emergência e apresentou sua lista ao administrador-geral, que o encaminhou para o Setor de Suprimentos. Os corredores continuavam abarrotados de macas com rodas, embora ali estivessem todas alinhadas ao longo de ambas as paredes, de modo que havia uma passagem estreita no meio. Curvada sobre uma das macas, havia uma enfermeira com máscara cor-de-rosa e touca lendo algo para um dos pacientes.

— "O Senhor fará com que a peste se apegue a ti" — recitou ela, e Dunworthy percebeu tarde demais que era a sra. Gaddson, mas ela estava tão concentrada na leitura que nem ergueu a vista. — "Até que te elimine do solo em que estás entrando."

A peste se apegará a ti, repetiu ele em silêncio, e pensou em Badri. "Foram os ratos", dissera ele. "Matou todo mundo. Metade da Europa."

Kivrin não pode estar em meio à Peste Negra, pensou ele, virando o corredor na direção do Setor de Suprimentos. Andrews garantira que o desvio máximo era de cinco anos. Em 1325, a peste ainda sequer começara na China. Andrews mencionara também que as duas únicas coisas que não teriam abortado automaticamente o salto eram o desvio e as coordenadas, e Badri, quando ainda tinha condições de responder às perguntas de Dunworthy, insistiu que checara as coordenadas de Puhalski.

Ele entrou no Setor de Suprimentos. Não havia ninguém na recepção. Ele tocou a sineta.

Todas as vezes que Dunworthy conseguira falar com Badri, o técnico tinha respondido que as coordenadas do estagiário estavam corretas, mas seus dedos se moviam nervosamente sobre o lençol, digitando, digitando o fix. *Isso não pode estar certo. Tem alguma coisa errada.*

Tocou a sineta de novo, e uma freira-enfermeira emergiu por entre as prateleiras. Fora visivelmente recrutada entre os aposentados para atender a emergências. Teria uns noventa anos pelo menos, e o jaleco branco estava amarelado pelo tempo, mas ainda engomado e bem durinho. As juntas estalaram quando ela se inclinou para receber a lista.

— Tem autorização para receber o material?

— Não — respondeu ele.

Ela devolveu a lista e um formulário em três páginas.

— Todas as ordens têm que ser autorizadas pelo chefe de ala.

— Não temos chefe de ala — falou ele, começando a dar sinais de raiva. — Não temos ala. Temos cinquenta pessoas detidas em dois dormitórios, e os suprimentos estão acabando.

— Em casos assim, a autorização tem que ser assinada pelo médico encarregado.

— A médica encarregada está com uma enfermaria cheia de pacientes para cuidar. Ela não tem tempo de assinar autorizações. Estamos no meio de uma epidemia.

— Estou sabendo — disse a enfermeira, com frieza. — Todas as autorizações têm que ser assinadas pelo médico encarregado — repetiu ela, já caminhando de volta, com as juntas rangendo, para o meio das prateleiras.

Dunworthy voltou para a Emergência. Mary não estava mais lá. O administrador sugeriu que conferisse a Ala de Isolamento, mas ela também não estava ali. Ele considerou a possibilidade de falsificar a assinatura de Mary, mas precisava vê-la pessoalmente para falar sobre a impossibilidade de conseguir um técnico, a impossibilidade de passar por cima da autoridade de Gilchrist e abrir a rede. Não conseguia obter uma simples aspirina, e já estavam em 3 de janeiro.

Por fim, esbarrou em Mary no laboratório. Ela estava falando ao telefone, então aparentemente a rede estava funcionando outra vez, embora o visual fosse só chuvisco. Ela nem estava olhando para a tela, e sim para o console, que apresentava no monitor o mapa de todas as ramificações dos contatos.

— Qual é a dificuldade, exatamente? — estava questionando ela. — Vocês disseram que tudo estaria aqui dois dias atrás.

Houve uma pausa enquanto o interlocutor perdido no chuvisco dava alguma desculpa.

— Como assim, foi mandado de volta? — perguntou ela, com incredulidade. — Estou aqui com umas mil pessoas doentes de influenza.

Houve outra pausa. Mary digitou alguma coisa no console, e um mapa diferente apareceu.

— Bem, envie de novo! — gritou ela. — Preciso disso agora! Tem gente morrendo aqui! Preciso desse material aqui em... alô? Está me ouvindo?

A tela apagou. Ela se virou ao desligar o aparelho e viu Dunworthy. Fez um sinal para que entrasse.

— Alô! — exclamou ao telefone. — Alôôô?... — Bateu o aparelho com força. — Os telefones não funcionam, metade da minha equipe contraiu o vírus, e os análogos ainda não chegaram porque algum idiota não permitiu a entrada na área de quarentena — disse, zangada.

Ela desabou no assento diante do console e esfregou os dedos com força no rosto.

— Desculpa — pediu ela. — Está sendo um dia terrível. Esta tarde três pacientes morreram ao chegar ao hospital. Uma das vítimas era um bebê de seis meses.

Ela continuava usando o ramo de azevinho na lapela do jaleco. O ramo e o jaleco estavam surrados, e Mary tinha uma expressão indescritível de cansaço, as linhas em volta da boca formando sulcos profundos no rosto. Ele imaginou há quanto tempo ela não dormia, e se ela própria saberia dizer, caso alguém perguntasse.

Ela esfregou dois dedos ao longo das linhas acima dos olhos.

— A gente nunca se acostuma com a ideia de que não pode fazer nada — disse ela.

— Eu sei.

Ela ergueu os olhos para Dunworthy, quase como se só então tivesse percebido sua presença ali.

— Está precisando de alguma coisa, James?

Ela estava sem dormir, sem receber ajuda e tinha lidado com três óbitos naquele dia, um deles de um bebê. Já estava com problemas demais na cabeça para poder se preocupar com Kivrin.

— Não — respondeu ele, e estendeu o formulário. — Sua assinatura, apenas.

Ela assinou sem olhar.

— Fui falar com Gilchrist hoje de manhã — disse ela, devolvendo as folhas assinadas.

Ele olhou para ela, surpreso demais para falar.

— Fui ver se conseguia convencê-lo a abrir a rede mais cedo. Expliquei que não é preciso esperar até a imunização completa. Basta imunizar o grupo de risco atingido pelo vírus para eliminar com eficiência os vetores de contágio.

— E nenhum dos seus argumentos surtiu o menor efeito.

— Não. Ele está plenamente convencido de que o vírus chegou aqui vindo do passado. — Mary suspirou. — Ele rabiscou gráficos mostrando os padrões cíclicos de mutações dos mixovírus tipo A. De acordo com sua teoria, um dos mixovírus tipo A existentes em 1318-1319 era um H9N2. — Ela esfregou a testa de novo. — Ele não vai abrir o laboratório enquanto não acontecer a imunização completa e a quarentena não for suspensa.

— E isso será quando? — perguntou ele, mesmo já fazendo uma ideia.

— A quarentena precisa ser mantida até sete dias depois da imunização completa ou catorze dias depois do último caso registrado — respondeu ela, como se estivesse comunicando uma má notícia.

Último caso registrado. Duas semanas sem incidência alguma.

— Quanto tempo levaria uma imunização em escala nacional?

— Assim que tivermos quantidade suficiente de vacinas, não demora muito. A vacinação contra a Pandemia só levou dezoito dias.

Dezoito dias. Depois de haver vacina suficiente. Final de janeiro.

— Será tarde demais — disse ele.

— Eu sei. Temos que identificar a origem do vírus de modo preciso, só isso. — Ela desviou o rosto para o console. — Você sabe, a resposta já está aqui. Nós apenas estamos olhando para o lugar errado. — Ela tocou nas teclas abrindo um novo gráfico. — Estou rodando aqui uma série de correlações, procurando estudantes de veterinária, contatos primários que morem perto de um zoológico, endereços na zona rural. Esta lista aqui é de secundários registrados em DeBrett, caçadores de tetrazes e tudo mais. Só que o mais próximo que algum deles chegou de uma ave domesticada foi quando comeu ganso no Natal.

Ela abriu a planilha com os contatos. Badri continuava no topo da lista. Ela ficou sentada bastante tempo olhando para aquele nome, tão distante quanto Montoya ao contemplar os seus ossos.

— A primeira coisa que um médico precisa aprender é não colocar um peso grande demais nas costas quando perde um paciente — disse, e Dunworthy ficou pensando se ela se referia a Kivrin ou a Badri.

— Eu vou dar um jeito de abrir a rede — falou ele.

— Espero que sim — suspirou ela.

A resposta não estava nos gráficos dos contatos nem nos seus pontos em comum. Estava em Badri, cujo nome era ainda, apesar de todo o interrogatório a que foram submetidos os primários e de todas as pistas falsas, a origem de tudo. Badri era o paciente zero, e em algum instante nos quatro ou seis dias antes do salto havia entrado em contato com um reservatório do vírus.

Dunworthy subiu ao quarto para vê-lo. Havia um enfermeiro na mesinha do lado de fora do quarto de Badri, um rapaz alto e nervoso que parecia não ter mais de dezessete anos.

— Onde está... — começou Dunworthy, e só então percebeu que não sabia o nome da enfermeira loura.

— Ela adoeceu também — disse o rapaz. — Ontem. Ela foi a vigésima enfermeira da equipe médica a cair doente com o vírus, e eles não têm mais substitutos. Pediram a ajuda de estudantes do terceiro ano. Na verdade, eu ainda sou do primeiro, mas já tive treinamento em primeiros socorros.

Ontem. Um dia inteiro tinha se passado, então, sem ninguém para anotar o que Badri dissera.

— Lembra alguma coisa que Badri possa ter falado durante o tempo em que esteve tomando conta dele? — perguntou, sem muita esperança. Um estudante de primeiro ano. — Alguma palavra, alguma frase que você tenha conseguido entender?

— É o sr. Dunworthy, não é isso? — perguntou o rapaz, estendendo um kit de SPGS. — Eloise mencionou que o senhor estava interessado em tudo que o paciente dissesse.

Dunworthy vestiu os trajes, que tinham acabado de chegar. Eram brancos, marcados com pequenas cruzes negras ao longo da abertura traseira do jaleco. Ele imaginou onde será que tinham conseguido aquele material.

— Ela ficou bem doente, mas não parava um segundo de repetir o quanto isso era importante.

O rapaz conduziu Dunworthy para o quarto de Badri, olhou para a tela acima da cama, e depois para o doente. Pelo menos ele olha para o paciente, pensou Dunworthy.

Badri estava deitado com os braços por cima do cobertor, movendo as mãos, que pareciam como as mãos da ilustração do livro de Colin sobre a tumba de um cavaleiro. Seus olhos estavam abertos e fundos, mas ele não olhou para Dunworthy nem para o enfermeiro, nem sequer para o cobertor, que suas mãos inquietas não conseguiam segurar.

— Já tinha estudado o tema, mas nunca tinha visto até agora — comentou o rapaz. — É um sintoma terminal comum em casos respiratórios. — Ele foi até o console, digitou alguma coisa e apontou para o canto superior esquerdo da tela. — Anotei tudo isto.

Tinha anotado, sim, até o que era ininteligível. Escrevera foneticamente, com reticências para representar as pausas, e usando (sic) depois de palavras incertas. "Metade", escrevera ele, e "*picape* (sic)" e "Por que ele não vem?".

— A maioria das anotações é de ontem — acrescentou o rapaz, movendo o cursor para a parte de baixo da tela. — Ele falou um pouco hoje de manhã. Agora, é claro, parou de falar.

Dunworthy se sentou junto da cama e pegou na mão de Badri. Estava fria como gelo, mesmo através da luva impermeável. Ele olhou para a tela com a temperatura. Badri não tinha mais febre, nem aquele rubor escuro que viera com ela. Parecia ter perdido toda a cor. Sua pele estava da cor de cinza molhada.

— Badri — chamou. — Aqui é Dunworthy. Preciso fazer algumas perguntas.

Não houve resposta. Uma mão, frouxa e fria, continuou na mão enluvada de Dunworthy, e a outra prosseguiu se movendo, como se tentasse apanhar alguma coisa sobre o cobertor.

— A dra. Ahrens acha que você pode ter contraído a doença de algum animal, um pato selvagem, um ganso.

O enfermeiro olhou com interesse para Dunworthy, e depois de novo para Badri, como se tivesse a expectativa de testemunhar outro fato inédito da medicina.

— Badri, você se lembra? Você teve algum tipo de contato com patos ou gansos na semana anterior ao salto?

A mão de Badri se moveu. Dunworthy franziu a testa enquanto observava, pensando se seria uma tentativa de comunicar alguma coisa. Porém, quando ele a soltou um pouco, aqueles dedos magros e descarnados apenas reagiram como que tentando se desvencilhar dos seus dedos, da sua palma, do seu pulso.

Dunworthy sentiu-se envergonhado, de repente, de estar ali maltratando Badri com perguntas, quando o rapaz já não ouvia, já não percebia que havia alguém ali, já não se importava com nada.

Ele pousou a mão de Badri de volta sobre o cobertor.

— Descanse — disse ele, dando umas pancadinhas de leve. — Procure descansar.

— Duvido que ele esteja escutando — falou o enfermeiro. — Quando chegam a esse estágio não estão nada lúcidos.

— Sim, eu sei — concordou Dunworthy.

Mas continuou sentado ali.

O enfermeiro ajustou um tubo de soro, examinou-o com nervosismo e ajustou de novo. Olhou ansioso para Badri, ajustou o soro pela terceira vez e enfim saiu. Dunworthy ficou sentado, olhando os dedos de Badri, que pareciam estar pegando placidamente coisas minúsculas em cima do cobertor, ou tentando erguer a coberta mas sem conseguir segurá-la. Tentando se prender a algo. De vez em quando, ele murmurava alguma coisa, baixo demais para se ouvir. Dunworthy fez um afago leve no braço dele, de cima a baixo. Depois de algum tempo, os gestos de Badri ficaram mais vagarosos, embora Dunworthy não soubesse se isso era um bom ou um mau sinal.

— Cemitério — disse Badri.

— Não — falou Dunworthy. — Não.

Ficou mais tempo ali, fazendo afago no braço de Badri, mas depois de algum tempo achou que isso o deixava mais agitado. Levantou-se.

— Tente descansar — disse mais uma vez, e saiu.

O enfermeiro estava sentado à mesinha, lendo um exemplar de *Cuidados com pacientes*.

— Por favor, me avise quando... — começou Dunworthy, e então percebeu que não conseguiria terminar a frase. — Me avise. Por favor.

— Sim, senhor — concordou o rapaz. — Onde vai estar?

Ele remexeu nos bolsos à procura de um pedaço de papel para anotar e acabou encontrando a lista dos suprimentos em falta. Tinha quase esquecido.

— Estou no Balliol — respondeu. — Mande um mensageiro.

Voltou para o Setor de Suprimentos.

— Isso aqui não foi preenchido completamente — disse a velha, num tom seco, quando Dunworthy entregou o formulário assinado.

— Já consegui a assinatura — respondeu Dunworthy, entregando a lista. — Pode preencher o resto.

Ela examinou a lista com desaprovação.

— Não temos máscaras nem temps. — Ela pegou um pequeno frasco de aspirinas. — Também estamos sem sintamicina e sem AZL.

O frasco de aspirina continha talvez vinte comprimidos. Ele guardou o medicamento no bolso e saiu para a High, até encontrar uma farmácia. Um pequeno grupo de manifestantes fincava pé sob a chuva, erguendo cartazes onde se liam NÃO É JUSTO e PREÇOS ABUSIVOS. Dunworthy entrou. No estabelecimento também as máscaras haviam acabado e os temps e as aspirinas estavam a preços escandalosos. Ele comprou tudo que havia.

Passou a noite distribuindo os medicamentos e examinando o gráfico sobre Badri, em busca de algum vestígio sobre a origem do vírus. Badri realizara um salto presencial para Século XIX, na Hungria, no dia 10 de dezembro, mas o gráfico não dizia em que ponto da Hungria, e William, flertando com as mulheres detidas que ainda estavam de pé, também não sabia.

Os telefones estavam fora de cogitação outra vez, e continuavam assim pela manhã, quando Dunworthy tentou ligar para se inteirar do estado de Badri. Nem sequer obteve sinal, mas assim que pousou o receptor o telefone tocou.

Era Andrews. Dunworthy ouvia com muita dificuldade a voz dele por entre a estática.

— Desculpa ter demorado tanto — disse ele, e mais alguma coisa que se perdeu inteiramente no ruído.

— Não estou ouvindo bem — avisou Dunworthy.

— Falei que tive dificuldade em completar as ligações. Os telefones... — Mais estática. — Fiz a checagem dos parâmetros. Usei três diferentes latitudes e longitudes, e triangulei o... — O restante se perdeu.

— Qual era o desvio máximo? — gritou Dunworthy no fone.

A linha ficou clara por alguns instantes.

— Seis dias. Isso foi com uma latitude e longitude de... — Mais estática. — Trabalhei com algumas probabilidades, e o máximo possível para quaisquer latitudes e longitudes numa circunferência de cinquenta quilômetros ainda era de cinco anos e...

A estática voltou, e a linha ficou muda. Dunworthy pousou o receptor. Devia estar se sentindo mais aliviado, mas não era capaz de experimentar nenhuma emoção. Gilchrist não pretendia abrir a rede em 6 de janeiro, estivesse Kivrin no reencontro ou não. Ele estendeu a mão ao fone, pensando em ligar para o Escritório de Turismo da Escócia, mas antes disso o aparelho começou a tocar.

— Aqui é Dunworthy — disse ele, apertando os olhos para ver melhor, mas a tela continuava completamente chuviscada.

— Quem? — perguntou uma voz de mulher que parecia rouca ou sonolenta.
— Desculpe... — murmurou ela. — Eu ia ligar para... — disse algo pastoso demais para se entender, e a tela apagou.

Ele esperou para ver se tocava de novo e depois foi para a rua, em direção ao Salvin. O sino da Magdalen Tower estava dando as horas. Soava como uma badalada de funeral no meio daquela chuva incessante. A sra. Piantini, ao que parece, também tinha escutado o sino: estava parada no meio do pátio, de camisola, erguendo solenemente os braços, acompanhando um ritmo que só ela escutava.

— E um, e dois, e agora, e depois — dizia ela, enquanto Dunworthy tentava conduzi-la para dentro.

Finch apareceu com o semblante preocupado.

— São os sinos, senhor — comentou ele, segurando o outro braço da mulher. — Deixam ela perturbada. Acho que deveriam parar de tocar, levando em conta as circunstâncias.

A sra. Piantini desvencilhou-se da mão de Dunworthy.

— Cada pessoa deve tocar o seu sino *sem* interrupções — esbravejou ela.

— Concordo plenamente — disse Finch, agarrando o braço dela com toda força, como se fosse a corda de um sino, e conduzindo-a de volta ao seu colchão.

Colin apareceu deslizando pelo piso, ensopado como sempre e quase roxo de frio. Seu casaco estava aberto, e o cachecol cinza que ganhara de Mary pendia inútil em volta do pescoço. Ele estendeu um papel com recado a Dunworthy.

— É da pessoa que está cuidando de Badri — disse ele, abrindo um pacote dos tabletes de sabão e jogando na boca um chiclete de cor azul-clara.

Como Colin, o bilhete também estava molhado. Dunworthy leu: "Badri está chamando pelo senhor", embora a palavra Badri estivesse tão borrada que ele mal distinguia além do "B".

— O pessoal da enfermagem comentou se o estado de Badri piorou?

— Não, só passaram o recado. E a tia-avó Mary disse que, quando o senhor for lá, precisa tomar o seu reforço. Avisou que não sabe quando o análogo vai chegar.

Dunworthy ajudou Finch, que lutava para acomodar a sra. Piantini no leito, e foi às pressas para a Emergência, onde subiu para a Ala de Isolamento. Havia uma nova enfermeira, agora uma mulher de meia-idade, com pés inchados. Estava sentada com as pernas estendidas perto dos monitores, assistindo a um vidder de bolso, mas se levantou assim que ele apareceu.

— Por acaso é o sr. Dunworthy? — perguntou ela, obstruindo o caminho. — A dra. Ahrens deixou instruções para que o senhor a procurasse imediatamente lá embaixo.

Falou isso numa voz calma, até simpática, e ele pensou: Essa enfermeira está tentando me poupar. Ela não quer que eu entre e veja o que há lá dentro. Quer que Mary me conte primeiro.

— É Badri, não é isso? Ele morreu.

Ela pareceu surpresa de verdade.

— Oh, não, ele está bem melhor na manhã de hoje. Não recebeu meu recado? Ele está conseguindo se sentar.

— Se sentar? — repetiu ele, fitando-a, imaginando se ela também estaria delirando devido à febre.

— Ele ainda está muito debilitado, é claro, mas sua temperatura está normal e ele está lúcido. O senhor precisa encontrar a dra. Ahrens na Emergência. Ela disse que é urgente.

Ele olhou ansioso para a porta fechada do quarto de Badri.

— Diga a Badri que subirei para falar com ele assim que puder — falou ele, apressando-se na direção da porta.

Quase esbarrou em Colin, que ao que tudo indica acabava de chegar.

— O que está fazendo aqui? — perguntou ele. — Algum dos técnicos telefonou?

— Fui escalado para tomar conta do senhor — respondeu Colin. — Minha tia-avó disse que não confia que o senhor vá tomar o seu reforço. Preciso levá-lo para fazer isso.

— Não posso. Tenho um assunto urgente para tratar na Emergência — avisou ele, dando passadas largas ao longo do corredor.

Colin começou a correr para acompanhá-lo.

— Bem, depois do assunto urgente, então. Ela pediu que eu não deixasse o senhor sair do hospital sem fazer isso.

Mary estava à espera deles quando a porta do elevador se abriu.

— Estamos com mais um caso — disse, com expressão sombria. — É Montoya. — Ela começou a caminhar na direção da Emergência. — Estão trazendo ela de Witney.

— Montoya? — repetiu Dunworthy. — Impossível. Ela estava lá na escavação, sozinha.

Ela empurrou a porta de vaivém.

— Aparentemente, não.

— Mas ela disse que... Tem certeza de que é o vírus? Ela estava trabalhando em plena chuva. Talvez seja outra doença.

Mary abanou a cabeça.

— A equipe de paramédicos fez um teste preliminar. É o vírus. — Ela parou na mesa de recepção e perguntou ao administrador-geral: — Já chegaram?

Ele abanou a cabeça:

— Não. Acabaram de entrar no perímetro de quarentena.

Mary foi até a porta e olhou para fora, como se não tivesse acreditado naquelas palavras.

— Recebemos um telefonema dela hoje de manhã, muito confusa — prosseguiu, voltando-se para Dunworthy e para o menino. — Telefonei para o hospital de Chipping Norton, que é a unidade de saúde mais próxima, e pedi que mandassem uma ambulância, mas eles disseram que oficialmente a escavação está sob quarentena. Eu também não poderia mandar alguém daqui buscá-la. Por fim, consegui convencer o SNS para dar a autorização para uma ambulância.— Ela espiou pela porta mais uma vez. — Quando é que ela foi para a escavação?

— Eu... — Dunworthy fez um esforço para lembrar. Ela telefonara para perguntar sobre agências de pesca na Escócia no dia de Natal, depois ligara de novo na mesma tarde para dizer "não se incomode" porque resolvera falsificar a assinatura de Basingame. — Dia de Natal — respondeu. — Se o escritório do SNS estava aberto nesse dia. Ou então no dia 26. Não, dia 26 foi feriado. Dia 27, então. E ela não viu ninguém de lá até aqui.

— Como sabe?

— Quando nos falamos, ela estava se queixando de que não poderia dar conta da escavação sozinha. Queria que eu ligasse para o SNS para pedir a ajuda de alguns voluntários.

— Há quanto tempo foi isso?

— Dois... não, três dias atrás — disse ele, franzindo a testa. Os dias pareciam se emendar uns nos outros por causa das noites sem dormir.

— Será que ela pode ter encontrado alguém na fazenda disposto a ajudar, depois que falou com você?

— Não fica ninguém lá durante o inverno.

— Pelo que me lembro, Montoya é do tipo que recrutaria qualquer um que passasse por perto. Talvez ela tenha sido ajudada por alguém de passagem.

— Ela disse que não havia ninguém nos arredores. É um lugar muito isolado.

— Bem, ela deve ter encontrado alguém. Ela está há sete dias na escavação, e o período de incubação é de apenas doze a quarenta e oito horas.

— Chegou a ambulância! — exclamou Colin.

Mary ajudou a abrir as portas traseiras, com Dunworthy e Colin nos seus calcanhares. Dois enfermeiros com máscaras puxaram para fora uma padiola e a colocaram numa maca com rodas. Dunworthy reconheceu um deles. Era um dos paramédicos que haviam trazido Badri.

Colin estava curvado sobre a maca, olhando com interesse para Montoya, que estava deitada de olhos fechados. Sua cabeça estava apoiada em travesseiros, e o rosto tinha a mesma coloração vermelho-escura que ele vira no rosto da sra. Breen. Colin inclinou-se um pouco mais, e Montoya tossiu diretamente no rosto dele.

Dunworthy agarrou a gola do casaco de Colin e arrastou o garoto para longe.

— Saia daí. Está querendo pegar o vírus? E por que não está usando sua máscara?

— Acabou.

— Nem era para você estar aqui. Quero que volte agora mesmo para o Balliol e...

— Não posso. Estou aqui para me certificar de que o senhor vai tomar o seu reforço.

— Então se sente ali — ordenou Dunworthy, indicando uma cadeira na área de recepção. — E fique longe dos pacientes.

— É melhor o senhor não tentar bancar o espertinho para cima de mim — avisou Colin em tom ameaçador, mas se sentou, puxou a goma de mascar da boca e limpou na manga do casaco.

Dunworthy voltou até a padiola.

— Lupe — estava dizendo Mary —, precisamos fazer algumas perguntas. Quando adoeceu?

— Hoje de manhã — respondeu Montoya. Sua voz estava rouca, e então Dunworthy se deu conta de que devia ter sido ela a pessoa que telefonara. — Tive uma dor de cabeça terrível ontem à noite... — Ela ergueu uma mão suja de lama e correu o dedo ao longo das sobrancelhas. — Mas pensei que era por estar forçando demais a vista.

— Quem estava com você na escavação?

— Ninguém — respondeu Montoya, parecendo surpreendida.

— E quanto a pacotes? Alguém de Witney mandou alguma encomenda?

Ela começou a abanar a cabeça negativamente mas, como isso pareceu lhe causar dor, ficou imóvel.

— Não — disse. — Levei tudo comigo.

— E não havia ninguém para ajudar você no sítio arqueológico?

— Ninguém. Pedi ao sr. Dunworthy para dizer ao SNS que eu precisava de ajuda, mas ele não disse. — Mary virou-se para olhar para Dunworthy, e Montoya acompanhou seu olhar. — Estão mandando alguém? — perguntou a ele. — Nunca conseguirão encontrá-lo, se não mandarem logo alguém para lá.

— Encontrar o quê? — quis saber ele, imaginando se a resposta de Montoya merecia fé ou se já era um quase delírio.

— A escavação já está pela metade de água a esta altura.

— Mas encontrar o quê?

— O recorde de Kivrin.

Ele viu num lampejo súbito a imagem de Montoya de pé junto ao túmulo, remexendo numa caixa lamacenta cheia de pequenos ossos. Ossos do pulso. Aquilo eram ossos de um pulso, e ela estivera examinando suas cristas irregulares, à procura de um esporão de osso que na realidade se revelaria como uma peça de um equipamento de gravação. O recorde de Kivrin.

— Ainda não cavei todas as tumbas — prosseguiu Montoya. — E lá continua chovendo. Precisam mandar alguém o quanto antes.

— Tumbas? — repetiu Mary, olhando para Dunworthy sem compreender. — Do que é que ela está falando?

— Ela está escavando no sítio de uma igreja medieval, procurando o corpo de Kivrin — respondeu ele, com amargura. — Procurando o recorde que foi implantado no pulso dela.

Mary não estava escutando.

— Quero os gráficos de todos os contatos — falou ela para o administrador. Virou-se para Dunworthy. — Badri esteve lá na escavação, não é verdade?

— Esteve.

— Quando?

— Dias 18 e 19 — respondeu ele.

— No local da igreja?

— Isso. Ele e Montoya abriram juntos a tumba de um cavaleiro.

— Uma tumba — repetiu Mary, como se isso fosse a resposta a uma pergunta. Ela se inclinou sobre Montoya. — De que época era essa tumba?

— Era de 1318 — disse Montoya.

— Você trabalhou na tumba durante esta semana? — perguntou Mary.

Montoya fez menção de assentir, mas parou.

— Fico tão tonta quando mexo a cabeça — explicou, queixosa. — Eu precisei mover o esqueleto. A água estava entrando na tumba.

— Em que dia você mexeu na tumba?

Montoya franziu a testa.

— Não lembro. No dia antes dos sinos, acho.

— Dia 31 — disse Dunworthy, inclinando-se sobre ela. — Voltou a mexer lá desde então?

Ela tentou abanar a cabeça outra vez.

— Os gráficos estão aqui — avisou o administrador.

Mary caminhou depressa para a mesa e tirou o teclado das mãos dele. Pressionou as teclas, olhou o monitor, voltou a escrever.

— O que é? — indagou Dunworthy.

— Quais são as condições lá na tal igreja? — perguntou Mary.

— Condições? — repetiu ele, sem entender. — Está tudo coberto de lama. Montoya cobriu o pátio da igreja com lonas, mas ainda está caindo muita chuva lá dentro.

— Faz calor?

— Faz. Ela se queixou de que estava muito abafado por lá. Havia vários aquecedores elétricos ligados. O *que* está acontecendo?

Ela deslizou o dedo pela tela, à procura de algo.

— Vírus são organismos excepcionalmente resistentes — começou ela. — Podem ficar adormecidos por longos períodos e depois despertar. Já foram encontrados vírus vivos em múmias egípcias. — O dedo dela se deteve em uma data. — Foi o que eu pensei. Badri passou quatro dias na tumba antes de voltar com o vírus.

Ela se virou para o administrador.

— Quero que enviem uma equipe para a escavação agora mesmo — ordenou ela. — Peguem autorização com o SNS. Digam a eles que talvez tenhamos encontrado a origem do vírus. — Ela digitou algo em outra tela, correu o dedo por outra lista de nomes, digitou mais alguma coisa e se recostou, olhando o monitor. — Tínhamos quatro contatos primários sem nenhuma conexão positiva com Badri. Dois estiveram na escavação quatro dias antes de adoecer. Outro esteve lá três dias antes.

— O vírus está na escavação? — perguntou Dunworthy.

— Está. — Ela deu um sorriso pesaroso. — Receio que no fim das contas Gilchrist estava com a razão. O vírus veio mesmo do passado. Ele saiu da tumba do cavaleiro.

— Kivrin esteve na escavação — disse ele.

Agora foi Mary quem pareceu não compreender.

— Quando?

— Na tarde do domingo anterior ao salto. Dia 19.

— Tem certeza?

— Ela me disse antes de partir. Queria que as mãos parecessem autenticamente machucadas.

— Oh, meu Deus — falou Mary. — Se Kivrin foi exposta ao vírus quatro dias antes do salto, ela não tinha recebido ainda o reforço de células-T. O vírus pode ter obtido uma chance de se reproduzir e invadir o sistema imunológico dela. Kivrin pode ter adoecido.

Dunworthy agarrou-lhe o braço.

— Mas isso não pode ter acontecido. A rede não permitiria que ela passasse se havia alguma chance de infectar os contemps.

— Ela não teria ninguém para infectar — observou Mary. — Não se o vírus veio mesmo da tumba do cavaleiro. Não se ele morreu de fato em 1318. Os contemps já teriam sido expostos ao vírus. Já estariam imunizados. — Ela caminhou às pressas até onde estava Montoya. — Quando Kivrin foi à escavação, ela trabalhou na tumba?

— Não sei dizer — respondeu Montoya. — Eu não estava lá. Tive uma reunião com Gilchrist.

— Quem poderia saber? Quem mais estava escalado naquele dia?

— Ninguém. Todos estavam indo para suas casas no feriado.

— Como ela sabia o que deveria fazer?

— Os voluntários sempre deixam bilhetes para o próximo quando vão embora.

— Quem esteve lá naquela manhã? — perguntou Mary.

— Badri — falou Dunworthy e partiu imediatamente para a Ala de Isolamento.

Foi direto para o quarto de Badri. A enfermeira, apanhada com os pés inchados em cima da mesa, disse:

— Espere! Não pode entrar aí sem colocar as vestes de segurança! — exclamou ela, levantando-se, mas Dunworthy já tinha entrado.

Badri estava reclinado na cama, apoiado por travesseiros. Estava muito pálido, como se a doença tivesse descolorido sua pele, e bastante debilitado, mas ergueu os olhos quando Dunworthy entrou e começou a falar.

— Kivrin chegou a trabalhar na tumba do cavaleiro? — inquiriu Dunworthy.

— Kivrin? — repetiu ele, a voz fraca, quase inaudível.

A enfermeira irrompeu porta adentro.

— Sr. Dunworthy, *não* está autorizado a entrar aqui...

— No domingo — prosseguiu Dunworthy. — Era para você ter deixado um bilhete para ela, explicando o que deveria fazer. Você disse a Kivrin para trabalhar na tumba?

— *Sr. Dunworthy*, o senhor está se expondo ao vírus... — disse a enfermeira.

Mary entrou no quarto, enfiando luvas impermeáveis.

— Não pode ficar aqui sem usar as roupas de proteção, James — comentou ela.

— *Eu avisei ele*, dra. Ahrens — falou a enfermeira — mas ele forçou a passagem e...

— Você deixou um bilhete para Kivrin, lá na escavação, dizendo que era para ela fazer alguma coisa na tumba? — insistiu Dunworthy.

Badri assentiu sem força com a cabeça.

— Ela foi exposta ao vírus — disse Dunworthy a Mary. — No domingo. Quatro dias antes de saltar.

— Oh, não — sussurrou Mary.

— O que foi? O que aconteceu? — indagou Badri, tentando se erguer da cama. — Onde está Kivrin? — Os olhos dele foram de Dunworthy até Mary. —

Vocês trouxeram ela de volta, não foi? Assim que viram o que tinha acontecido? Puxaram ela de volta?

— O que foi que aconteceu? — ecoou Mary. — O que está dizendo?

— Claro que vocês trouxeram ela de volta — disse Badri. — Ela não está em 1320. Está em 1348.

25

— Isso é impossível! — exclamou Dunworthy.

— Em 1348? — disse Mary, atônita. — Mas não pode ser. Esse é o ano da Peste Negra.

Ela não pode estar em 1348, pensou Dunworthy. Andrews dissera que o desvio máximo era de apenas cinco anos. Badri afirmara que as coordenadas de Puhalski estavam corretas.

— Em 1348? — repetiu Mary. Os olhos dela se ergueram até as telas acesas na parede por trás de Badri, como na esperança de que aquilo não passasse de um delírio. — Você tem certeza?

Badri fez que sim.

— Eu soube que tinha alguma coisa errada assim que vi o desvio... — começou ele, e soava tão atônito quanto Mary.

— Não pode ter havido um desvio tão grande a ponto de mandar Kivrin para 1348 — interrompeu Dunworthy. — Pedi para Andrews checar os parâmetros. Ele disse que o desvio máximo era de apenas cinco anos.

Badri abanou a cabeça.

— Não era esse o problema. O desvio foi de apenas quatro horas. Muito pequeno. O desvio mínimo num salto para um passado tão remoto devia ser de pelo menos quarenta e oito horas.

O desvio não tinha sido muito grande. Pelo contrário, tinha sido pequeno demais. Eu não perguntei a Andrews qual era o desvio mínimo, apenas o máximo.

— Não sei o que aconteceu — comentou Badri. — Tive tanta dor de cabeça. Durante todo aquele tempo de preparação da rede, parecia que eu ia explodir de dor de cabeça.

— Já era o vírus — observou Mary, que parecia atordoada. — Dor de cabeça e desorientação são os primeiros sintomas. — Ela desabou na cadeira ao lado da cama. — Em 1348 — repetiu.

Em 1348. Dunworthy parecia incapaz de assimilar aquilo. Tinha se preocupado com o risco de Kivrin pegar um vírus, tinha se preocupado com a possibilidade de um desvio muito grande e, durante o tempo todo, ela estava em 1348. A Peste tinha atingido Oxford em 1348. Na época do Natal.

— Assim que eu vi o quanto o desvio era pequeno, soube que tinha alguma coisa errada — prosseguiu Badri. — Então refiz as coordenadas...

— Você disse que tinha checado as coordenadas de Puhalski — afirmou Dunworthy, em tom de acusação.

— Puhalski era apenas um estagiário, um cara do primeiro ano. Nunca tinha operado um salto remoto. E Gilchrist não tinha a menor noção do que estava fazendo ali. Eu tentei dizer ao senhor. Ela não estava no reencontro? — Ele olhou para Dunworthy. — Por que não trouxeram ela de volta?

— Não sabíamos — respondeu Mary, ainda sentada e estupefata. — Você não conseguiu nos avisar nada. Estava delirando.

— A peste matou cinquenta milhões de pessoas — disse Dunworthy. — Matou metade da Europa.

— James — pediu Mary.

— Tentei dizer ao senhor — repetiu Badri. — Por isso fui à sua procura. Para que trouxéssemos Kivrin de volta antes que ela saísse do local.

Ele tentara dizer. Tinha saído em disparada até o pub. Tinha corrido sob a chuva sem casaco, para avisá-lo, abrindo caminho entre os compradores de última hora e suas sacolas de Natal e suas sombrinhas, como se eles não estivessem ali. Chegara ensopado, enregelado, os dentes chocalhando de febre. *Tem alguma coisa errada.*

Tentei dizer ao senhor. Tentou mesmo. "Matou metade da Europa", falara ele, assim como "foram os ratos" e "em que ano estamos?". Ele bem que tentou avisar.

— Se não foi o desvio, então deve ter sido um erro nas coordenadas — falou Dunworthy, agarrado à grade aos pés da cama.

Badri encolheu-se contra a pilha de travesseiros, como um animal acuado.

— Você disse que as coordenadas de Puhalski estavam corretas.

— James! — advertiu Mary.

— As coordenadas são a única outra coisa que pode dar errado! — gritou ele. — Qualquer outro problema abortaria o salto. Badri, você disse que checou as coordenadas duas vezes. Disse que não achou nenhum equívoco.

— E não achei — disse Badri. — Mas eu não confiava nos resultados. Estava com receio de que Puhalski tivesse cometido algum erro nas coordenadas siderais que não estivessem aparecendo. — O rosto dele ficou acinzentado. — Eu refiz todos os cálculos. Na manhã do salto.

Na manhã do salto. Quando ele estava com aquela dor de cabeça terrível. Quando já estava febril e desorientado. Dunworthy se lembrou de Badri debruçado sobre o console, digitando, o cenho franzido ao ler os números no monitor. Eu estava olhando enquanto ele operava, pensou. Eu fiquei parado olhando Badri mandar Kivrin para o ano da Peste Negra.

— Não sei o que aconteceu — prosseguiu Badri. — Eu devo ter cometido...

— A peste varreu do mapa vilarejos inteiros — cortou Dunworthy. — Morreu tanta gente que não ficou ninguém para sepultar os mortos.

— Deixe ele em paz, James — disse Mary. — Não foi culpa de Badri. Ele estava doente.

— Doente?! — repetiu Dunworthy. — Kivrin foi exposta ao vírus. Ela está em 1348.

— James! — repreendeu Mary.

Ele não esperou para ouvir o resto. Escancarou a porta e partiu pelo corredor.

Colin estava ali, balançando-se numa cadeira inclinada contra a parede, as duas pernas no ar.

— Oh, aí está o senhor — começou ele.

Dunworthy passou pelo garoto, apressado.

— Aonde está indo? — quis saber Colin, inclinando a cadeira para a frente com estrépito. — A tia-avó Mary me disse para não deixar o senhor sair sem tomar o seu reforço. — Ele se inclinou de lado, apoiou-se nas mãos e, com um giro do corpo, ficou de pé. — Por que não está usando trajes de proteção?

Dunworthy desapareceu pela porta.

Colin cruzou a porta, deslizando pelo piso.

— A tia-avó Mary me pediu para não permitir de jeito nenhum que o senhor saísse sem tomar o seu reforço.

— Não tenho tempo para isso — disse Dunworthy. — Ela está em 1348.

— A tia-avó Mary?

Dunworthy avançou pelo corredor.

— Kivrin? — perguntou Colin, apressando-se para emparelhar com ele. — Não pode estar. Esse foi o ano da Peste Negra, não foi?

Dunworthy abriu com força a porta que dava para as escadas e começou a descer os degraus de dois em dois.

— Não entendo — prosseguiu Colin. — Como ela pode estar em 1348?

Dunworthy empurrou a porta no pé da escada e seguiu pelo corredor até a cabine telefônica, remexendo nos bolsos à procura da pequena agenda dada por Colin.

— Como vão trazer ela de volta? — perguntou Colin. — O laboratório está interditado.

Dunworthy tirou a agenda do bolso e começou a virar as páginas. Tinha escrito o número de Andrews na parte de trás.

— O sr. Gilchrist não vai permitir a entrada no laboratório. Como pretende fazer? Ele disse que não deixaria o senhor colocar os pés lá dentro.

O número de Andrews estava na última página. Ele apanhou o aparelho.

— Se ele permitir a entrada, quem vai operar a rede? O sr. Chaudhuri?

— Andrews — respondeu Dunworthy, laconicamente, e começou a digitar o número.

— Pensei que ele não viria até aqui. Por causa do vírus.

Dunworthy pôs o receptor junto à orelha.

— Não vou permitir que ela fique lá.

Uma mulher atendeu.

— Aqui é o 24837 — disse ela. — H. F. Shepherds Ltda.

Dunworthy olhou sem compreender para a agenda em sua mão.

— Estou tentando falar com Ronald Andrews — começou ele. — Que número é esse?

— É o 24837 — disse a mulher, impaciente. — Aqui não tem ninguém com esse nome.

Ele bateu o fone com força.

— Que sistema mais estúpido! — vociferou, e começou a digitar o número de novo.

— Mesmo que ele aceite vir, como vocês vão encontrar Kivrin? — perguntou Colin, olhando por cima do ombro dele para a tela do aparelho. — Ela não vai estar lá, certo? O reencontro é só daqui a três dias.

Dunworthy escutou o toque do telefone na outra extremidade, enquanto imaginava o que Kivrin teria feito ao descobrir o ano em que estava. Teria voltado ao local do salto e esperado lá, sem dúvida. Se estivesse ao seu alcance. Se não tivesse adoecido. Se não tivesse sido acusada de trazer a peste para Skendgate.

— Aqui é 24837 — disse a mesma voz feminina. — H. F. Shepherds Ltda.

— Que número é esse? — gritou Dunworthy.

— É 24837 — respondeu ela, exasperada.

— Pois então! — vociferou Dunworthy. — É para esse número que estou ligando.

— Não, não é — disse Colin, estendendo o braço e apontando o número de Andrews rabiscado na página. — O senhor misturou os dígitos. — Ele tirou o fone da mão de Dunworthy. — Deixa eu tentar. — Ele digitou o número e devolveu o aparelho a Dunworthy.

O toque do telefone era diferente agora, mais distante. Dunworthy pensou em Kivrin. A peste não tinha se propagado simultaneamente por todos os cantos.

Havia registros em Oxford durante o Natal, mas não havia como saber quando teria chegado a Skendgate.

Não houve resposta. Ele deixou o telefone tocar dez, onze vezes. Não conseguia se lembrar da direção tomada pela peste. Ela viera da França. Sem dúvida, isso indicava o leste, perto do Canal da Mancha. E Skendgate ficava a oeste de Oxford. Talvez não chegasse ali senão depois do Natal.

— Onde está o livro? — perguntou ele a Colin.

— Que livro? Sua agenda, quer dizer? Está aí.

— O livro que eu lhe dei no Natal. Por que não está com ele?

— Aqui? — perguntou Colin, perplexo. — Ele deve pesar uns cinco quilos.

Ainda não havia resposta. Dunworthy desligou, guardou a agenda e foi na direção da porta.

— Espero que carregue o livro com você o tempo todo. Não está vendo que estamos no meio de uma epidemia?

— O senhor está bem, sr. Dunworthy?

— Vá buscá-lo — respondeu Dunworthy.

— Como é?! Agora?!

— Agora. Volte ao Balliol e pegue o livro. Preciso saber quando foi que a peste chegou a Oxfordshire. Não à cidade. Aos vilarejos em volta. E de que direção ela veio.

— Para onde está indo? — perguntou Colin, andando ao lado dele.

— Vou fazer com que Gilchrist abra o laboratório.

— Se ele se recusou a abrir por causa do vírus, nunca vai abrir por causa da Peste — disse Colin.

Dunworthy abriu a porta e saiu para a rua. Chovia forte. Os manifestantes contra a Comunidade Europeia estavam amontoados embaixo da marquise do hospital. Um deles avançou em direção aos dois, estendendo um panfleto. Colin tinha razão. Revelar a origem do vírus a Gilchrist não surtiria nenhum efeito. Ele continuaria convicto de que o vírus tinha vindo através da rede e se recusaria a abri-la, com medo de que a peste brotasse por ali.

— Me dê uma folha de papel — pediu Dunworthy, procurando uma caneta nos bolsos.

— Uma folha de papel? — repetiu Colin. — Para quê?

Dunworthy arrebatou um panfleto da mão de um manifestante e começou a rabiscar no verso.

— O sr. Basingame está autorizando a abertura da rede — disse ele.

Colin espiou as linhas rabiscadas.

— Ele nunca vai acreditar nisso, sr. Dunworthy. No verso de um *panfleto*?!

— Então me dê uma folha de papel! — gritou ele.

Os olhos de Colin se arregalaram.

— Vou buscar — disse ele, para acalmar Dunworthy. — Espere aqui, viu? Não vá embora!

O garoto partiu como uma flecha prédio adentro e reapareceu imediatamente com algumas folhas de ofício. Dunworthy arrancou as folhas da mão dele e escreveu ali as instruções, assinando com o nome de Basingame.

— Corra e vá buscar seu livro. Encontro você no Brasenose.

— E o seu casaco?

— Não temos tempo — respondeu ele, dobrando duas vezes a folha de papel e guardando-a no bolso.

— Está chovendo. Não seria melhor tomar um táxi? — perguntou Colin.

— Não há táxis — disse Dunworthy, seguindo pela calçada.

— Sabe que a minha tia-avó Mary vai me matar, não sabe? — gritou Colin às suas costas. — Ela me encarregou de fazer o senhor tomar o reforço.

Dunworthy deveria ter tomado um táxi. Quando chegou ao Brasenose, a chuva se transformara num temporal que caía forte, em diagonal, e na próxima hora se tornaria neve. Ele estava congelado até a medula.

Pelo menos a chuva mandara embora os manifestantes. Diante do Brasenose restavam apenas alguns panfletos encharcados, largados no chão. Um portão retrátil de metal fora colocado diante da porta de entrada principal. O porteiro estava em sua guarita, com a janela fechada.

— Abra! — berrou Dunworthy, chacoalhando ruidosamente o portão. — Abra agora mesmo!

O porteiro ergueu a persiana e olhou para fora. Quando reconheceu Dunworthy, pareceu ficar alarmado e tomou uma atitude beligerante.

— Brasenose está em quarentena. O acesso está restrito — informou ele.

— Abra o portão agora mesmo — repetiu Dunworthy.

— Receio que não possa fazer isso, senhor — disse ele. — O sr. Gilchrist deu ordens para que ninguém tenha acesso ao Brasenose enquanto não for descoberta a origem do vírus.

— A origem do vírus já foi descoberta. Abra o portão — mandou Dunworthy.

O porteiro abaixou a persiana. Um minuto depois saiu da guarita e caminhou até o portão.

— Foram mesmo as decorações de Natal? — quis saber. — Andaram dizendo que os enfeites estavam infectados.

— Não — respondeu Dunworthy. — Abra o portão e me deixe entrar.

— Não sei se devo fazer isso, senhor — hesitou ele, parecendo pouco à vontade. — O sr. Gilchrist...

— O sr. Gilchrist não está mais no comando — interrompeu Dunworthy.

Ele puxou do bolso o papel dobrado e passou através da grade para as mãos do porteiro.

O funcionário desdobrou e leu o papel, parado sob a chuva.

— O sr. Gilchrist não é mais o diretor em exercício — avisou Dunworthy. — O sr. Basingame transferiu para mim a responsabilidade sobre o salto. Abra o portão.

— O sr. Basingame — repetiu o homem, olhando a assinatura já borrada. — Vou buscar as chaves — avisou.

Voltou a entrar na guarita, levando o papel consigo. Dunworthy encolheu-se contra o portão, evitando o mais que podia a chuva gelada e tremendo de frio.

Ele preocupado com a possibilidade de Kivrin ter que dormir num chão gelado... E ela no meio de uma carnificina, onde as pessoas morriam congeladas porque não havia ninguém em condições de ficar de pé e cortar lenha, e os animais pereciam nos campos porque não aparecia ninguém para cuidar deles. Oitenta mil mortos em Siena, trezentos mil em Roma, mais de cem mil em Florença. Metade da Europa.

O porteiro emergiu enfim com uma grande argola repleta de chaves e caminhou até o portão.

— Vou abrir num instante, senhor — disse, procurando a chave.

Kivrin sem dúvida correria de volta para o local do salto assim que descobrisse o ano em que estava. Devia estar lá este tempo todo, esperando a rede abrir, desesperada por não ter sido resgatada ainda.

Isso se descobrisse. Ela não tinha como saber que estava em 1348. Badri dissera a ela que o desvio deveria ficar em torno de vários dias. Ela verificaria a data do mês tendo como ponto de referência as festas do Advento, mas afora isso pensaria que estava mesmo na época planejada. Nunca lhe ocorreria perguntar a alguém em que ano estava. Para ela, seria 1320 e enquanto isso a Peste estaria circulando ao seu redor.

Houve um estalo na fechadura e o portão cedeu ao empurrão de Dunworthy, que abriu apenas o bastante para se esgueirar.

— Traga essas chaves — ordenou. — Preciso que abra o laboratório.

— A chave do laboratório não está aí — disse o porteiro, e desapareceu na guarita outra vez.

Fazia frio naquela passagem, e a chuva continuava caindo oblíqua, mais gelada ainda. Dunworthy encostou-se à porta da guarita, tentando aproveitar um pouco do calor que vinha de dentro, e enfiou as mãos com força no fundo dos bolsos, para que não tremessem mais.

Ele preocupado com degoladores e ladrões... e ela o tempo inteiro em 1348, onde os mortos eram empilhados no meio das ruas e as pessoas ensandecidamente queimavam na fogueira quem fosse judeu, quem fosse estranho.

Ele preocupado com o fato de Gilchrist ter se recusado a fazer a checagem de parâmetros... tão preocupado a ponto de contaminar com a sua ansiedade Badri, que já febril tentou refazer as coordenadas. *Tão preocupado*.

Ele percebeu de repente que o porteiro já tinha sumido há um tempo longo demais. Devia estar avisando Gilchrist.

Virou-se para a porta e nesse instante o porteiro apareceu, trazendo um guarda--chuva e praguejando contra o frio. Ofereceu um lado do guarda-chuva a Dunworthy.

— Já estou molhado mesmo — recusou Dunworthy e partiu na frente, atravessando o pátio.

A porta do laboratório estava interditada por uma fita amarela de plástico. Dunworthy rasgou a fita enquanto o porteiro procurava nos bolsos a chave magnética de desligar o alarme, passando o guarda-chuva de um braço para o outro.

Dunworthy ergueu a vista por cima dele até a direção dos aposentos de Gilchrist. Ficavam virados para o laboratório, e havia uma luz na janela da sala, mas Dunworthy não percebeu nenhum movimento.

O porteiro encontrou a chave magnética, desligou o alarme e passou a procurar a chave da porta.

— Ainda não sei ao certo se deveria abrir o laboratório sem o sr. Gilchrist mandar uma autorização pessoal — disse ele.

— Sr. Dunworthy! — berrou Colin, que cruzava o pátio correndo.

Os dois se viraram. Colin vinha a toda, ensopado de chuva e com um livro embaixo do braço, envolto no cachecol.

— A... peste... só... atingiu... partes... de... Oxfordshire... em... março! — anunciou ele, arquejando entre as palavras. — Desculpe. Eu... vim... correndo... de lá até aqui.

— Que partes? — perguntou Dunworthy.

Colin entregou o livro a ele e curvou o corpo para a frente, com as mãos nos joelhos, respirando fundo e com barulho.

— O... livro... não... diz.

Dunworthy desenrolou o cachecol e abriu o livro na página cujo canto superior fora dobrado por Colin, mas seus óculos estavam salpicados demais de chuva, e as páginas que abriu logo estavam encharcadas.

— O livro diz que a Peste começou em Melcombe e seguiu para o norte até Bath e dali para o leste — prosseguiu Colin. — Conta que a Peste chegou a Oxford durante o Natal e em Londres em outubro do ano seguinte, mas que partes de Oxfordshire foram atingidas apenas no final da primavera e que, em alguns vilarejos isolados, ela apareceu apenas em julho.

Dunworthy contemplava cegamente aquelas páginas ilegíveis.

— Isso não nos diz nada — disse ele.

— Eu sei — concordou Colin, endireitando o corpo e ainda ofegante. — Mas pelo menos não diz que a Peste já havia invadido Oxfordshire inteira por volta do Natal. Talvez Kivrin esteja num desses vilarejos onde a Peste só chegou em julho.

Dunworthy usou o cachecol para tirar o excesso de água das páginas e fechou o livro.

— A Peste se moveu rumo ao leste a partir de Bath — refletiu baixinho. — Skendgate fica bem ao sul da estrada entre Oxford e Bath.

O porteiro enfim se decidiu e enfiou a chave na fechadura.

— Liguei de novo para Andrews, mas ele não atendeu — falou Colin.

O porteiro abriu a porta.

— Como vai operar a rede sem um técnico? — indagou Colin.

— Operar a rede?! — exclamou o porteiro, ainda segurando a chave. — Eu pensei que o senhor estava vindo aqui para pegar alguns dados no computador. O sr. Gilchrist não permite que ninguém opere a rede sem autorização — disse, voltando a pegar a autorização de Basingame e olhando para a folha.

— Eu autorizo — sentenciou Dunworthy, e irrompeu laboratório adentro.

O porteiro foi atrás, mas o guarda-chuva aberto ficou preso na porta e ele tateou o cabo em busca do botão.

Colin agachou-se e passou por baixo do guarda-chuva, indo atrás de Dunworthy.

Gilchrist devia ter mandado desligar os aquecedores. O laboratório estava apenas um pouquinho menos frio do que lá fora, mas os óculos de Dunworthy, mesmo molhados, se embaçaram imediatamente. Ele os retirou do rosto e tentou limpar as lentes contra a lapela ensopada do paletó.

— Tome — disse Colin, estendendo um maço de papel. — É papel higiênico. Estou recolhendo para entregar ao sr. Finch. A questão é: vai ser bem difícil encontrar Kivrin mesmo se descermos no lugar certo e, como até o senhor disse, marcar o tempo e o local exatos é algo terrivelmente complicado.

— Nós já temos o lugar e o tempo exatos — respondeu Dunworthy, limpando as lentes com o papel higiênico. Voltou a colocar os óculos no rosto. Ainda estavam borrados.

— Receio que tenha que pedir aos dois para se retirarem — começou o porteiro. — Não posso permitir que permaneçam aqui sem que o sr. Gilchrist... — Ele se deteve.

— Oh, droga! — exclamou Colin. — É o sr. Gilchrist.

— O que significa isso? — perguntou Gilchrist. — O que estão fazendo aqui?

— Vim resgatar Kivrin — respondeu Dunworthy.

— Com autorização de quem? — quis saber Gilchrist. — Essa rede pertence ao Brasenose e isso é invasão de propriedade. — Ele se virou para o porteiro. — Eu dei ordens para que o sr. Dunworthy não tivesse acesso a nossas instalações.

— O sr. Basingame autorizou — se justificou o porteiro, estendendo a folha molhada.

Gilchrist arrebatou o papel.

— Basingame? — Ele olhou o papel. — Esta assinatura não é de Basingame! — exclamou, furioso. — Invasão de propriedade e falsificação de assinatura. Sr. Dunworthy, pode ter certeza de que vou registrar queixa. E, quando o sr. Basingame voltar, pretendo contar como...

Dunworthy avançou um passo na direção dele.

— E eu pretendo contar como o diretor em exercício se recusou a abortar um salto, como ele intencionalmente colocou em perigo a vida de uma historiadora, como ele se recusou a permitir acesso ao laboratório e como, em virtude disso, a localização temporal da historiadora não pôde ser determinada com precisão. — Ele fez um gesto indicando o console. — Sabe o que diz o fix? O fix que o senhor não deixou que fosse lido pelo meu técnico durante dez dias por causa de uma porção de imbecis que não entendem nada de viagem no tempo, inclusive o senhor? *Sabe* o que ele diz? Que Kivrin não está em 1320. Que está em 1348, bem no meio da Peste Negra. — Ele se virou e fez um gesto indicando os monitores. — E está lá há duas semanas. Por causa da sua estupidez. Por causa da... — Ele se deteve.

— O senhor não tem o direito de falar assim comigo — disse Gilchrist. — E não tem o direito de estar neste laboratório. Exijo que saia imediatamente.

Dunworthy não respondeu. Deu um passo na direção do console.

— Chame o inspetor — ordenou Gilchrist ao porteiro. — Quero que ponham esse invasor na rua.

O monitor não estava apenas vazio, estava apagado, bem como as luzes de função acima, no console. O botão POWER estava desligado.

— Vocês desligaram a energia — disse Dunworthy, e sua voz soou tão envelhecida quanto tinha soado a voz de Badri. — Vocês fecharam a rede.

— Sim — respondeu Gilchrist. — E estou vendo que foi uma providência correta, já que o senhor acha que tem o direito de entrar aqui sem autorização.

Dunworthy ficou com a mão estendida, cegamente, na direção do console, e cambaleou um pouco.

— Vocês fecharam a rede — repetiu.

— O senhor está bem, sr. Dunworthy? — perguntou Colin, dando um passo à frente.

— Achei que o senhor tentaria entrar aqui e abrir a rede — continuou Gilchrist —, já que parece não respeitar a autoridade de Medieval. Cortei a energia para impedir que isso acontecesse, e ao que parece fiz a coisa certa.

Dunworthy já ouvira falar em pessoas que desabavam ao ouvir uma má notícia. Quando Badri contara que Kivrin estava em 1348, ele não tinha sido capaz de absorver totalmente o sentido daquilo, mas esta nova notícia pareceu atingi-lo com força, fisicamente. Ele não conseguia respirar direito.

— Vocês fecharam a rede — repetiu de novo. — Vocês perderam o fix!

— O fix?! — exclamou Gilchrist. — Bobagem. Temos backups e tudo o mais, com certeza. Quando a energia voltar a ser ligada...

— Isso quer dizer que não sabem onde Kivrin está? — perguntou Colin.

— Exatamente — respondeu Dunworthy e, quando começou a cair, ainda teve tempo de pensar, vou cair sobre o console, como Badri, mas não caiu. Caiu devagar, quase como um amante, nos braços que Gilchrist estendeu para ampará-lo.

— Eu sabia — Dunworthy ouviu Colin dizer. — Isso é porque não tomou o reforço. Minha tia-avó Mary vai me matar.

26

— Isso é impossível — disse Kivrin. — Não pode ser 1348.

Mas tudo se encaixava. A morte do capelão de Imeyne, o fato de estarem sem criados, a recusa de Eliwys em mandar Gawyn a Oxford para descobrir a identidade de Kivrin. "Há muita gente doente lá", comentara Lady Yvolde, e a Peste Negra tinha atingido Oxford no Natal de 1348.

— O que aconteceu? — disse ela, e sua voz se ergueu, fugindo ao controle. — O que *aconteceu*?! Eu estava indo para 1320. Para 1320! O sr. Dunworthy disse que eu não devia vir, que Medieval não sabia o que estava fazendo, mas não é possível que eles tenham me mandado para o *ano* errado! — Ela fez uma pausa. — Vocês precisam sair daqui! É a Peste Negra!

Todos estavam olhando para ela com tanta incompreensão que Kivrin se perguntou se o tradutor não teria revertido novamente ao inglês moderno.

— É a Peste Negra — repetiu ela. — A doença azul.

— Não... — disse Eliwys baixinho.

— Lady Eliwys, precisa levar Lady Imeyne e o padre Roche lá para baixo, para o salão — respondeu Kivrin.

— Não pode ser — disse ela, mas pegou Imeyne pelo braço e a conduziu para fora.

Imeyne se agarrava à cataplasma como se fosse seu relicário. Maisry correu atrás das duas, as mãos tapando os ouvidos.

— O senhor deve ir também — pediu Kivrin a Roche. — Eu vou ficar com o secretário.

— *Thruuuu*... — murmurou o clérigo, estirado na cama.

Roche se virou e olhou para ele. O homem debateu-se, tentando se levantar, e Roche fez menção de segurá-lo.

— Não! — exclamou Kivrin, segurando-o pela manga. — Não deve chegar perto dele! — Ela se interpôs entre o padre e a cama. — A doença do secretário é contagiosa — prosseguiu ela, forçando o intérprete a traduzir com precisão. — Uma infecção. Ela se propaga por pulgas e... — Kivrin hesitou, sem saber como se referir à contaminação por gotículas. — Ela se propaga também pelos humores e pelas exalações dos doentes. É uma doença letal, que mata quase todas as pessoas que chegarem perto.

Ela o encarou com ansiedade, pensando se ele teria entendido algo do que acabava de dizer, se ele seria *capaz* de entender. Não havia nenhum conhecimento a respeito de micróbios nos anos 1300, nenhuma ideia de como as doenças proliferavam. Os contemps da Peste Negra acreditavam que a doença era um castigo de Deus. Pensavam que ela se propagava mediante névoas venenosas que pairavam sobre os campos, ou pelo olhar de um morto, ou por mágica.

— Padre — chamou o secretário, e Roche tentou contornar Kivrin, mas ela barrou a passagem.

— Não podemos abandonar ninguém à morte — protestou o padre.

Mas abandonavam, pensou ela. Iam embora e deixavam os outros para trás. Pais abandonavam os filhos, médicos se negavam a vir, e todos os padres fugiam.

Ela se inclinou e apanhou uma das tiras de pano que Lady Imeyne rasgara para usar na cataplasma.

— O senhor deve cobrir a boca e o nariz com isso — falou.

Ela estendeu o pano e o padre olhou para a tira, com o cenho franzido, e depois a dobrou ao meio e colocou diante do rosto.

— Amarre atrás — pediu Kivrin, enquanto pegava outro pano. Dobrou-o em diagonal e colocou tapando o nariz e a boca, como um bandido de faroeste, e finalizou amarrando à nuca. — Assim.

Roche obedeceu, dando o nó com alguma dificuldade, e olhou para Kivrin. Ela se moveu para o lado, e ele se curvou sobre o secretário, pousando a mão sobre o seu tórax.

— Não... — disse ela, e o padre ergueu os olhos. — Toque nele o mínimo possível.

Ela prendeu a respiração enquanto Roche examinava o doente, receosa de que o secretário saltasse de repente e se agarrasse ao padre, mas ele se manteve imóvel. O bulbo embaixo do braço tinha começado a supurar sangue e uma espécie de pus esverdeado.

Kivrin colocou a mão no braço do padre, como sinal de advertência.

— Não toque nisso — ordenou. — Deve ter estourado durante a confusão.

Ela limpou o sangue e o pus com mais um dos pedaços de pano de Imeyne e prendeu a ferida com outro, atando-o com firmeza sobre o ombro. O secretário não contraiu o rosto nem gemeu, e quando ela o encarou viu que ele estava imóvel, fitando o teto.

— Está morto? — perguntou ela.

— Não — respondeu Roche, a mão ainda pousada no peito do doente, e então ela pôde ver que o tórax se erguia e se abaixava. — Devo trazer os sacramentos — prosseguiu ele através da máscara, e suas palavras estavam quase tão ininteligíveis quanto as do clérigo.

Não, pensou ela, o pânico retornando. Não vá. E se ele morrer? E se ele pular de novo sobre mim?

Roche endireitou o corpo.

— Não tenha medo — disse ele. — Eu volto.

Ele saiu às pressas, deixando a porta aberta, e Kivrin foi até lá para fechá-la. Ouviu barulho lá embaixo: as vozes de Eliwys e de Roche. Deveria ter pedido ao padre para não comentar nada com os demais.

— Eu quero ficar com Kivrin — disse Agnes e começou a chorar em voz alta e Rosemund respondeu com irritação, gritando ainda mais alto.

— Pois eu vou contar tudo a Kivrin — berrou Agnes, indignada.

Kivrin fechou a porta depressa, pondo a tranca por dentro.

Agnes não pode entrar aqui, nem Rosemund, nem ninguém. Elas não podem ser expostas. Não havia cura para a Peste Negra. A única maneira de protegê-las era impedindo o contágio. Kivrin tentou freneticamente recordar todas as informações que tinha sobre a doença. Estudara o tema no Século XIV, e a dra. Ahrens conversara a respeito da peste quando estava dando as inoculações.

Havia dois tipos diferentes. Não, três. Um entrava direto na corrente sanguínea e matava o infectado dentro de algumas horas. Já a peste bubônica se propagava pelas pulgas dos ratos, e esse era o tipo que produzia os bulbos. O outro tipo era a pneumônica, que não apresentava bulbos. A vítima tossia e vomitava sangue. Propagada pelas gotículas, a pneumônica era altamente contagiosa. Porém, o secretário estava com a bubônica, que não era tão contagiosa assim. Estar ao lado da pessoa doente não seria o bastante para a infecção: a pulga teria que passar de um corpo para o outro.

Ela teve a súbita e rápida lembrança do secretário caindo sobre Rosemund, derrubando a menina no chão. E se Rosemund pegasse a doença?, pensou. Não pode, não pode pegar. Não existe cura!

O secretário mexeu-se na cama, e Kivrin aproximou-se.

— Sede — comentou ele, passando a língua inchada sobre os lábios.

Ela trouxe um copo d'água e ele bebeu alguns goles avidamente. Depois se engasgou e tossiu sobre ela.

Kivrin recuou, arrancando do rosto a máscara molhada. É a bubônica, repetiu de si para si, limpando o peito exasperadamente. Esta aqui não é transmitida por gotículas. Além disso, não posso contrair a peste, se passei por uma inoculação.

Sim, mas também tomara os antivirais e o reforço de células-T, o que devia ter evitado que contraísse o vírus. Sem contar que não devia ter descido em 1348.

— O que foi que *aconteceu*? — sussurrou ela.

Não podia ser o desvio. O sr. Dunworthy tinha se zangado por não terem checado a possibilidade de desvio, mas na pior das hipóteses teriam sido algumas semanas, não anos. Alguma coisa devia ter dado errado na rede.

Para o sr. Dunworthy, o sr. Gilchrist não sabia o que estava fazendo, e algo saíra errado e ela viera parar em 1348, mas então por que não tinham abortado o salto assim que perceberam que a data não estava certa? O sr. Gilchrist talvez não tivesse a sensatez de puxá-la de volta, mas o sr. Dunworthy teria. Nem sequer queria que ela saltasse. Por que ele não abrira a rede, então?

Porque eu já não estaria lá, pensou ela. Precisariam de pelo menos duas horas para estabelecer o fix. A essa altura, Kivrin já havia caminhado por entre o bosque. Ainda assim, ele teria mantido a rede aberta. Não teria fechado até o reencontro. Teria mantido a rede aberta, esperando por ela.

Ela alcançou quase correndo para a porta e segurou a tranca. Precisava encontrar Gawyn, para que ele dissesse onde era o salto.

O secretário sentou na cama e jogou uma perna nua sobre a borda, fazendo menção de segui-la.

— Me ajude — disse ele, e tentou mover a outra perna.

— Não posso ajudar — disse ela, zangada. — Eu não sou daqui. — Ela puxou a pesada tranca para fora do buraco. — Preciso ir falar com Gawyn.

Mas assim que terminou a frase ela lembrou que ele não estava lá, que tinha acompanhado o emissário do bispo e Sir Bloet até Courcy. O emissário do bispo, tão apressado para se afastar dali que quase atropelara Agnes.

Ela voltou a colocar a tranca e lançou um olhar para ele.

— Os outros também têm a peste? — perguntou. — O emissário do bispo tem?

Ela se lembrava daquele rosto acinzentado e do modo como ele tinha calafrios e puxava a capa em torno do corpo. Acabaria contaminando todos: Bloet e sua irmã orgulhosa e as garotas tagarelas. E Gawyn.

— Sabia que já estava com a doença quando veio para cá, não é? Não é?!

O secretário ergueu para ela os braços, rígidos, como uma criança.

— Me ajude — repetiu, e caiu para trás, com a cabeça e um ombro quase fora da cama.

— Você não merece ajuda. Você trouxe a peste para cá.

Houve uma batida na porta.

— Quem é? — perguntou ela, irritada.

— Roche — respondeu a voz do outro lado.

Ela sentiu uma onda de alívio e de alegria por ele ter voltado, mas não se moveu. Olhou de novo para o secretário, ainda com o corpo meio pendido para fora da cama. A boca estava aberta, preenchida completamente pela língua inchada.

— Me deixe entrar — pediu Roche. — Tenho que ouvir a confissão do doente. Confissão.

— Não — respondeu Kivrin.

Ele bateu de novo, mais forte.

— Não posso permitir sua entrada — disse Kivrin. — É contagioso. O senhor pode pegar a doença.

— Ele está correndo risco de vida — falou Roche. — Deve confessar para ser admitido no reino dos céus.

Ele não vai para o céu, pensou Kivrin. Ele trouxe a peste para cá.

O secretário abriu os olhos. Estavam injetados de sangue, inchados, e sua respiração tinha algo de rouco. Está morrendo, pensou ela.

— Katherine! — exclamou Roche.

Morrendo, e tão longe de casa. Como eu estava. Ela também trouxera uma doença e, se ninguém havia sucumbido, não se devia a nada que ela tivesse feito. Enquanto estava doente, todos tinham ajudado: Eliwys e Imeyne e Roche. Kivrin podia ter infectado todos. Roche lhe ministrara o último sacramento e segurara sua mão.

Kivrin foi até a cama, ergueu com delicadeza a cabeça do secretário e o acomodou na cama. Depois foi até a porta.

— Vou deixar que entre para dar a extrema-unção — disse ela, entreabrindo a porta para que ele entrasse. — Mas preciso falar com o senhor primeiro.

Roche tinha posto as vestimentas sacerdotais e tirado a máscara do rosto. Carregava os santos óleos e o viático numa cestinha, que colocou em cima do baú, aos pés da cama, olhando para o secretário, cuja respiração estava ficando mais ruidosa.

— Tenho que ouvir a confissão do doente — repetiu ele.

— Não! — exclamou Kivrin. — Não enquanto não ouvir o que preciso dizer. — Ela aspirou fundo. — O secretário está com a peste bubônica — prosseguiu ela, escutando com cuidado a tradução. — É uma doença terrível. Quase todas as pessoas que adoecem morrem. Ela é transmitida pelos ratos e suas pulgas e pela respiração dos contaminados, e suas roupas, e seus objetos pessoais.

Ela encarou Roche com ansiedade, desejando muito que ele entendesse! Ele parecia ansioso, também, e desnorteado.

— É uma doença terrível — continuou ela. — Não é como a tifoide ou o cólera. Já matou centenas de milhares de pessoas na Itália e na França, e em alguns lugares matou tanto que não ficou ninguém para sepultar os mortos.

A expressão do rosto dele era indecifrável.

— Você lembrou quem é e de onde veio — sussurrou Roche, e não estava perguntando.

Ele acha que eu estava fugindo da peste quando Gawyn me encontrou no bosque, pensou ela. Se eu disser que sim, ele vai achar que eu trouxe a peste para cá. No entanto, nada havia de acusador naquele olhar, e ela precisava conseguir que ele compreendesse.

— Sim — disse ela, e esperou.

— O que precisamos fazer? — perguntou ele.

— O senhor deve manter os outros longe deste quarto e pedir que permaneçam todos em casa, sem tolerar a entrada de ninguém de fora. Deve pedir aos aldeões também que fiquem todos dentro de casa e não se aproximem de ratos mortos, caso vejam algum. Não devem mais festejar e dançar na relva. Todas as pessoas do vilarejo devem ficar afastadas da casa grande, do pátio e da igreja. Não devem se agrupar em lugar algum.

— Direi a Lady Eliwys para manter Agnes e Rosemund dentro de casa — concordou ele. — E direi às pessoas do vilarejo que não saiam dos seus lares.

O secretário emitiu um som estrangulado lá da cama, e os dois se viraram para olhar.

— Não há nada que possamos fazer para ajudar quem apanhou essa peste? — indagou ele, pronunciando a palavra desajeitadamente.

Ela havia tentado lembrar que remédios os contemps tinham tentado durante a ausência do padre. Os contemps portavam ramalhetes de flores e bebiam pó de esmeraldas e aplicavam sanguessugas aos bulbos, mas tudo isso era inútil. Para piorar, a dra. Ahrens dissera que, por mais que tivessem tentado, nada teria resolvido o problema, exceto antimicrobiais como tetraciclina e estreptomicina, que foram descobertos apenas no século xx.

— Temos que dar líquidos e manter os doentes aquecidos — respondeu ela.

Roche olhou para o clérigo.

— Sem dúvida Deus virá em seu auxílio — disse.

Não virá mesmo, pensou ela. Não veio. Metade da Europa.

— Deus não pode nos auxiliar contra a Peste Negra — avisou ela.

Roche aquiesceu e apanhou os santos óleos.

— Precisa colocar sua máscara — falou Kivrin, ajoelhando-se para pegar a última tira de pano, que amarrou sobre o nariz e a boca dele. — Sempre deve usar isso quando estiver perto dele — pediu ela, esperando que o padre não reparasse a ausência da sua própria máscara.

— Foi Deus quem mandou isso sobre nós? — indagou Roche.

— Não — disse Kivrin. — Não foi.

— Foi o Diabo, então?

Era tentador dizer que sim. A maior parte da Europa acreditava que era Satã o responsável pela Peste Negra. E essa gente perseguia os enviados do Diabo, torturava judeus e leprosos, apedrejava mulheres idosas, queimava meninas novas na fogueira.

— Ninguém mandou coisa alguma — respondeu Kivrin. — É uma doença. Não é culpa de ninguém. Deus nos ajudaria se pudesse, mas Ele... — Ele o quê? Não pode nos escutar? Foi embora? Não existe? — Ele não pode vir — concluiu ela, sem convicção.

— E nós devemos agir em Seu nome? — quis saber Roche.

— Sim.

Roche ajoelhou-se ao lado da cama. Inclinou a cabeça sobre as mãos postas e depois a ergueu de novo.

— Eu sabia que Deus havia mandado você para junto de nós por uma boa razão — disse ele.

Ela se ajoelhou também, e ficou igualmente de mãos postas.

— *Mittere digneris sanctum Angelum* — rezou Roche. — Enviai para nós Vosso santo anjo do céu, para guardar e proteger todos os que estão reunidos nesta casa.

— Não permita que Roche adoeça — Kivrin disse para o recorde. — Não permita que Rosemund adoeça. Permita que o secretário possa morrer antes que a doença chegue aos seus pulmões.

A voz de Roche salmodiando os ritos fúnebres era a mesma que Kivrin escutara durante a sua doença, e ela teve a esperança de que representasse para o secretário o mesmo conforto. Não dava para afirmar. Ele não era capaz de confessar, e os óleos pareciam incomodá-lo. Fez uma careta quando o óleo tocou a palma de suas mãos e, durante a prece de Roche, sua respiração ficou mais ruidosa. Roche ergueu a cabeça e olhou para ele. Os braços do secretário estavam exibindo pequenas manchas arroxeadas, indicando que sob a pele os vasos sanguíneos estavam se rompendo, um por um.

Roche virou-se para Kivrin.

— São estes os últimos dias? — perguntou ele. — O fim do mundo profetizado pelos apóstolos do Senhor?

Sim, pensou Kivrin.

— Não — respondeu ela. — Não são. É apenas uma época complicada. Uma época terrível, mas nem todo mundo vai morrer. Virão tempos maravilhosos depois. A Renascença e as reformas sociais e a música. Tempos maravilhosos. Haverá novos remédios, e as pessoas não morrerão mais da peste nem de varíola nem de pneumonia. Todo mundo terá comida suficiente, e as casas serão aquecidas mesmo no inverno. — Ela pensou em Oxford decorada para o Natal, as ruas e as lojas todas iluminadas. — Haverá luzes por toda parte, e sinos que não precisam ser tocados por ninguém.

A voz dela acalmou o secretário. Sua respiração ficou mais serena, e ele pareceu cochilar.

— Deve se afastar dele agora — pediu Kivrin, conduzindo Roche para perto da janela. Trouxe uma tigela e estendeu para ele. — Deve lavar suas mãos sempre que o tocar — avisou.

Havia apenas um pouco de água na tigela.

— Devemos lavar todas tigelas e colheres que usarmos para alimentar o secretário — prosseguiu ela, observando o padre lavar as mãos enormes. — E depois temos que queimar as roupas e as ataduras. A peste está nelas.

Ele enxugou as mãos na barra da batina e desceu para explicar a Eliwys o que era preciso fazer. Trouxe de volta um comprido corte de pano e uma tigela de água limpa. Kivrin rasgou o pano em tiras bem largas e amarrou uma delas sobre o nariz e a boca.

A água não durou muito tempo. O secretário despertou do cochilo e começou a pedir reiteradas vezes algo para beber. Kivrin segurou o copo para ele, tentando manter Roche afastado o máximo possível.

O padre saiu para dizer as vésperas e tocar o sino. Kivrin trancou de novo a porta e aguçou os ouvidos, mas não percebeu nenhum ruído vindo lá de baixo. Talvez estejam dormindo, pensou, talvez estejam doentes. Lembrou-se de Imeyne inclinando-se sobre o secretário com sua cataplasma, de Agnes parada junto ao pé da cama, de Rosemund sob o corpo inerte do doente.

É tarde demais, pensou Kivrin, andando de um lado para o outro. Todos já foram expostos. De quanto tempo era o período de incubação? Duas semanas? Não, isso era o tempo que a vacina levava para fazer efeito. Três dias? Dois? Ela não conseguia lembrar. E há quanto tempo o secretário estaria infectado? Tentou recordar quem havia sentado ao lado dele durante a ceia de Natal, com quem ele havia conversado, mas não tinha se interessado muito pelo religioso. Sua atenção estava voltada para Gawyn. A única lembrança clara que tinha era do secretário agarrando a saia de Maisry.

Foi de novo até a porta e abriu, chamando:

— Maisry!

Não houve resposta, o que não queria dizer nada. Maisry devia estar dormindo ou escondida em algum lugar. Além disso, o secretário tinha a peste bubônica, disseminada pelas pulgas, e não a pneumônica. Havia boas chances de que não tivesse infectado ninguém. Apesar disso, assim que Roche voltou, Kivrin o deixou com o doente e levou o braseiro para baixo, a fim de recolher brasas mais vivas. E de se assegurar de que estavam todos bem.

Rosemund e Eliwys estavam sentadas perto do fogo, com trabalhos de costura no colo, e perto delas Lady Imeyne lia seu *Livro das Horas*. Agnes brincava com seu carrinho, empurrando-o de um lado para o outro sobre as lajes do piso e conversando com ele. Maisry dormia em cima de um banco ao lado da mesa. Seu rosto estava zangado, mesmo adormecido.

Agnes abalroou o pé de Imeyne com o carrinho, e a mulher lançou para ela um olhar severo:

— Vou tomar esse carrinho de você se não aprender a brincar direito, Agnes.

A secura da reprovação, o sorriso reprimido às pressas por Rosemund, o tom cor-de-rosa sadio daqueles rostos à luz das chamas, tudo aquilo deu a Kivrin uma indescritível sensação de segurança. Aquela podia estar sendo uma noite como qualquer outra na casa grande.

Eliwys não estava costurando, mas cortando um pano em tiras bem largas com a tesoura, erguendo os olhos constantemente para observar a porta. A voz de Imeyne, lendo o *Livro das Horas*, tinha um vestígio de preocupação, e Rosemund, rasgando o pano com força, olhava com ansiedade para a mãe. Eliwys ficou de pé e caminhou até os biombos, passando por eles rumo à saída. Kivrin imaginou se ela teria escutado a chegada de alguém, mas logo Eliwys retornou, sentou-se e ocupou-se com os panos de novo.

Kivrin veio descendo a escada em silêncio, mas não o bastante. Agnes largou o carrinho e subiu os degraus às carreiras.

— Kivrin! — gritou, jogando-se sobre ela.

— Cuidado — advertiu Kivrin, mantendo a menina longe com um braço estendido. — São brasas acesas.

Não eram, claro. Se estivessem acessas, ela não estaria descendo para substituí-las, mas Agnes recuou mesmo assim.

— Por que está de máscara? — perguntou ela. — Vai me contar uma história?

Eliwys também tinha ficado de pé, e Imeyne virou-se para olhar para Kivrin.

— Como está o secretário do bispo? — quis saber Eliwys.

Ela pensou em responder: em pleno tormento. Mas se limitou a comentar:

— A febre baixou um pouco. É bom que vocês todas fiquem longe de mim. A infecção pode estar na minha roupa.

Ficaram todas de pé, até mesmo Imeyne, que fechou o *Livro das Horas* com a corrente do relicário dentro, dando um passo para longe do fogo, os olhos pregados nela.

O toco do madeiro de Yule ainda estava queimando. Kivrin protegeu a mão com a barra da saia e tirou a tampa do braseiro, despejando um punhado de carvões acinzentados. Cinzas se derramaram, um carvão chocou-se com o tronco e repicou de volta, derrapando chão afora.

Agnes deu uma risada, e todos ficaram olhando a trajetória do carvão ao longo do piso, até se perder embaixo de um dos bancos, menos Eliwys, que tinha se virado na direção dos biombos.

— Gawyn já voltou com os cavalos? — indagou Kivrin, e logo lamentou. Já sabia a resposta, pelo rosto tenso de Eliwys, mas a pergunta fez Imeyne girar o corpo e plantar um olhar glacial sobre ela.

— Não — respondeu Eliwys, sem voltar a cabeça. — Acha que os outros integrantes da comitiva do bispo estavam doentes também?

Kivrin lembrou o rosto acinzentado do bispo, a expressão escaveirada do monge.

— Não sei — disse.

— O tempo esfriou muito — comentou Rosemund. — Pode ser que Gawyn tenha achado melhor passar a noite lá.

Eliwys não respondeu. Kivrin se ajoelhou junto do fogo e remexeu os carvões com um pesado atiçador, puxando as brasas mais rubras para cima. Tentou arrastá-las para dentro do braseiro com o atiçador, acabou desistindo e recolheu as brasas usando a tampa.

— Foi você quem trouxe isso para todos nós — disse Imeyne.

Kivrin ergueu os olhos para ela, o coração batendo acelerado, mas Imeyne não estava olhando para ela. Estava olhando para Eliwys.

— É pelos seus pecados que precisaremos suportar essa punição — disse.

Eliwys virou-se para olhar para Imeyne, e Kivrin esperava ver choque ou raiva no seu rosto, mas nada disso havia. Eliwys olhou para a sogra com indiferença, como se sua mente estivesse em outro lugar.

— O Senhor castiga os adúlteros e toda sua casa — prosseguiu Imeyne —, como está punindo a sua agora. — Ela brandiu o *Livro das Horas* diante dos olhos da nora. — Foi seu pecado que trouxe a peste para cá.

— Foi você quem mandou chamar o bispo — rebateu Eliwys, com frieza. — Você não estava satisfeita com o padre Roche. Foi você quem chamou os religiosos para virem, e eles trouxeram a peste para cá.

Ela deu meia-volta rápida e saiu caminhando entre os biombos.

Imeyne ficou imóvel, como se tivesse sido atingida por algo. Depois caminhou de volta ao mesmo banco, ajoelhou-se, tirou o relicário do livro e ficou mexendo a correntinha com as pontas dos dedos.

— Vai me contar a história agora? — perguntou Agnes.

Imeyne apoiou os cotovelos no banco e apertou as mãos contra a testa.

— Conte a história da donzela teimosa — pediu Agnes.

— Amanhã. Eu conto uma história para você amanhã — respondeu Kivrin, e levou o braseiro outra vez para cima.

A febre do secretário tinha voltado. Ele estava delirando, gritando frases da missa dos mortos como se fossem obscenidades. Pedia água o tempo todo, e primeiro Roche, depois Kivrin, tiveram que ir ao pátio para buscá-la.

Kivrin desceu a escada na ponta dos pés, carregando o balde e uma vela, com a esperança de que Agnes não chegasse a vê-la, mas já estavam todas dormindo. Menos Lady Imeyne, que continuava rezando de joelhos, as costas rígidas e inflexíveis. Foi você quem trouxe isso para todos nós.

Kivrin saiu para o pátio às cegas. Dois sinos estavam soando, ligeiramente fora de ritmo entre si, e ela pensou se aquilo seriam os toques das vésperas ou se era um dobre de finados. Junto ao poço havia um balde com água até a metade, mas ela o esvaziou sobre as pedras e o encheu com água nova. Deixou o balde diante da porta da cozinha e entrou, para pegar algo que pudessem comer. Numa extremidade da mesa, estavam empilhadas as mantas grossas que protegiam os pratos ao serem levados da cozinha para a casa grande. Depois de colocar sobre uma pão e um grande pedaço de carne fria, Kivrin amarrou as pontas, apanhou o resto delas e levou consigo, escada acima. Comeram sentados no chão diante do braseiro, e Kivrin sentiu-se melhor logo após a primeira mordida.

O secretário parecia melhor, também. Voltou a cochilar e depois acordou banhado num suor ardente. Assim que Kivrin o enxugou com uma das mantas da cozinha, ele suspirou como se aquilo fosse agradável e acabou adormecendo de novo. Quando acordou, estava com menos febre. Roche e ela arrastaram o baú para um lado da cama e puseram sobre ele uma vela de sebo acesa. Os dois ficaram se alternando, ora velando à cabeceira do doente, ora descansando no banco junto da janela. Fazia frio demais para se dormir de verdade, mas Kivrin se enrodilhava no recanto de pedra e dormitava, e cada vez que abria os olhos o secretário parecia melhor.

Ela havia lido em *História da Medicina* que lancetar os bulbos às vezes salvava um paciente. O do secretário tinha parado de supurar, e sua respiração já não fazia ruído. Talvez acabasse sobrevivendo.

Alguns historiadores não acreditavam que a Peste Negra tivesse matado o número de pessoas que aparecia nos registros. O sr. Gilchrist achava que as estatísticas foram grosseiramente exageradas por medo e ignorância, e defendia que, mesmo que as estatísticas estivessem corretas, a peste não havia exterminado a metade de cada vilarejo. Alguns lugares tinham sofrido apenas um ou dois casos. Em outros, ninguém chegou a morrer.

Eles haviam isolado o secretário assim que perceberam o que tinha, e Kivrin conseguira evitar que Roche chegasse muito perto, a maior parte do tempo. Tomaram todas as precauções possíveis. E a doença não tinha se transformado em pneumônica. Talvez isso bastasse, e eles tivessem conseguido sustar o processo a tempo. Ela precisava pedir a Roche que isolasse o vilarejo, impedisse qualquer pessoa de entrar, e talvez a peste simplesmente passasse por ali sem se deter. Isso já acontecera: vilarejos inteiros foram poupados, e em partes da Escócia a peste jamais chegou.

Ela deve ter cochilado. Quando abriu os olhos, já havia alguma luminosidade e Roche tinha desaparecido. Ela olhou para a cama. O secretário estava perfeitamente imóvel, os olhos abertos e fixos, e Kivrin pensou, Ele morreu e Roche saiu para cavar a sepultura, mas assim que o pensamento se formou ela viu as cobertas sobre o peito do doente, que se erguiam e se abaixavam. Procurou o pulso do secretário. Estava rápido e tão fraco que mal dava para perceber.

O sino começou a bater e só então Kivrin percebeu que Roche devia ter saído para tocar as matinas.

Pôs a máscara no rosto e aproximou-se da cama.

— Padre — chamou baixinho, mas o secretário não deu sinais de ter ouvido.

Ela pôs a mão sobre a testa dele. A febre tinha diminuído, mas a tez ainda não parecia normal: estava seca como um papel. Além disso, as hemorragias sob a pele dos braços e das pernas estavam maiores e mais escuras. A língua inchada aparecia por entre os dentes, horrivelmente roxa.

O cheiro do doente era terrível, um odor nauseante que ela podia sentir através da máscara. Ela foi para junto da janela e desamarrou o pano encerado que a cobria. O ar fresco lhe pareceu maravilhoso, frio, cortante, e Kivrin se debruçou para respirar fundo.

Não havia ninguém no pátio mas, enquanto ela sorvia o ar frio e limpo, o padre Roche apareceu lá embaixo, à porta da cozinha, carregando uma tigela com algo fumegante. Ele caminhou sobre as lajes do pátio até a porta da casa grande, e nisso surgiu Lady Eliwys, que chamou Roche. O padre foi até ela, deteve-se e puxou a máscara para o rosto enquanto conversavam. Ele está fazendo o possível para se proteger das pessoas, pensou Kivrin. Ele entrou na casa grande e Eliwys foi na direção do poço.

Kivrin amarrou de novo o pano na lateral da janela e olhou em torno, em busca de alguma coisa para abanar o ar no interior do quarto. Saltou do banco, foi pegar um dos panos que trouxera da cozinha e voltou à janela.

Eliwys continuava junto do poço, içando o balde. Ela parou, ainda segurando a corda, e se virou para olhar o portão. Gawyn vinha chegando, puxando o cavalo pela rédea.

Deteve-se quando avistou Eliwys, e Gringolet esbarrou no dono, erguendo a cabeça, incomodado. A expressão no rosto de Gawyn era a mesma de sempre, cheia de esperança e ansiedade, e Kivrin sentiu um impulso de raiva ao ver que nada mudara, nem mesmo agora. Mas ele não sabe, pensou ela. Está chegando agora de Courcy. Sentiu uma pontada de pena por ele, porque ficaria sabendo tudo, e pela boca de Eliwys.

Eliwys, de costas, puxou o balde mais para cima, deixando-o emparelhado com a borda do poço, e Gawyn deu mais um passo na direção dela, ainda puxando Gringolet pela rédea, e então parou.

Ele já sabe, pensou Kivrin. Com certeza, já está sabendo. O emissário do bispo deve ter caído doente, e ele correu de volta à casa para avisar todo mundo. Kivrin notou então que ele não trouxera os outros cavalos consigo. O monge está doente, ponderou ela, e os outros fugiram todos.

Gawyn ficou olhando, imóvel, enquanto Eliwys erguia o pesado balde por cima da borda de pedra do poço. Ele faria qualquer coisa por ela, pensou Kivrin, qualquer coisa mesmo, salvaria sua amada de uma centena de degoladores no meio do bosque, mas não vai poder salvá-la disso.

Gringolet, impaciente para chegar logo ao estábulo, sacudiu a cabeça. Gawyn ergueu a mão até o focinho para tranquilizá-lo, mas já era tarde demais. Eliwys acabava de vê-lo.

Ela largou o balde, que caiu ao chão com um estrépito que Kivrin escutou lá do alto. No instante seguinte, Eliwys estava nos braços dele. Kivrin levou a mão à boca.

Uma pancada soou baixinho à porta. Kivrin saltou e correu para abrir. Era Agnes.

— Não quer me contar uma história agora? — perguntou ela.

A menina estava muito desarrumada. Ninguém lhe fizera as tranças desde o dia anterior. O cabelo despontava por baixo da touca em todos as direções possíveis, e era visível que ela dormira junto do fogo. Uma das mangas estava coberta de cinza.

Kivrin resistiu ao impulso de limpá-la.

— Você não pode entrar — falou ela, deixando aberta apenas uma fresta da porta. — Para não pegar a doença.

— Não tem ninguém para brincar comigo — reclamou Agnes. — Minha mãe saiu e Rosemund está dormindo.

— Sua mãe foi só buscar mais água — disse ela, com firmeza. — Onde está sua avó?

— Rezando. — Ela estendeu a mão para pegar na saia de Kivrin, que se afastou.

— Não deve tocar em mim! — exclamou.

Agnes fez um biquinho.

— Por que está brava comigo?

— Não estou brava com você — disse Kivrin, com mais suavidade. — Mas você não pode entrar aqui. O secretário está muito doente, e quem chegar perto dele pode... — não podia esperar que Agnes entendesse o que era "contágio" — ... pode ficar doente também.

— Ele vai morrer? — quis saber Agnes, tentando olhar pela fresta da porta.

— Receio que sim.

— Você vai?

— Não — respondeu ela, e descobriu que não estava mais com medo. — Rosemund vai acordar daqui a pouco. Peça à sua irmã para contar uma história.

— O padre Roche vai morrer?

— Não. Vá e brinque com seu carrinho até Rosemund acordar.

— Você me conta uma história depois que o secretário morrer?

— Sim. *Vá lá para baixo.*

Agnes desceu uns três degraus com relutância, amparando-se na parede.

— Vamos todos morrer? — perguntou.

— Não — respondeu Kivrin. Não se eu puder evitar. Fechou a porta e encostou-se nela por dentro.

O secretário continuava deitado, sem ver, sem perceber nada, todo o seu ser reduzido à batalha contra um inimigo que seu sistema imunológico nunca havia enfrentado, e contra o qual não tinha defesas.

Uma nova batida ecoou na porta.

— Vá lá para baixo, Agnes! — mandou Kivrin, mas era Roche, trazendo uma tigela de caldo quente e um balde cheio de carvões em brasa. Derramou todos dentro do braseiro e agachou-se, assoprando.

Kivrin tinha recebido a tigela das mãos dele. O caldo estava morno e cheirava horrivelmente mal. Ela imaginou o que haveria ali capaz de fazer baixar uma febre.

Roche levantou-se e pegou a tigela de volta, e os dois tentaram juntos dar algumas colheres ao secretário, mas o líquido escorria em volta da língua enorme e pelos cantos da boca.

Alguém bateu na porta.

— Agnes, já disse que você não pode entrar aqui — explicou Kivrin impaciente, tentando limpar o cobertor da cama.

— Minha avó me mandou chamar você.

— Lady Imeyne está doente? — perguntou Roche, indo na direção da porta.

— Não. É Rosemund.

O coração de Kivrin começou a disparar.

Roche abriu a porta, mas Agnes não entrou. Ficou parada na soleira, olhando para a máscara no rosto dele.

— Rosemund está doente? — indagou Kivrin, com ansiedade.

— Ela caiu.

Kivrin passou às pressas pelos dois e desceu a escada correndo.

Rosemund estava sentada em um dos bancos próximos do fogo, com Lady Imeyne ao seu lado, de pé.

— O que aconteceu? — quis saber Kivrin.

— Eu caí — respondeu Rosemund, parecendo desorientada. — Bati com o braço.

Ela ergueu o braço para mostrar a Kivrin, com um cotovelo dobrado.

Lady Imeyne murmurou alguma coisa.

— O quê? — perguntou Kivrin, e então percebeu que a velha estava rezando.

Olhou em volta do salão à procura de Eliwys, que não estava lá. Havia apenas Maisry, encolhida e amedrontada no chão junto à mesa, e pela mente de Kivrin passou a ideia de que Rosemund poderia ter tropeçado na criada e caído.

— Tropeçou em alguma coisa? — inquiriu Kivrin.

— Não — disse Rosemund, ainda parecendo tonta. — Minha cabeça dói.

— Bateu com a cabeça?

— Não. — Ele puxou a manga para cima. — Bati com o braço nas pedras.

Kivrin puxou a manga até acima do cotovelo. O braço estava arranhado, mas não havia sangue. Kivrin imaginou se a garota podia ter quebrado um osso. Estava erguendo o braço num ângulo tão estranho.

— Dói? — perguntou, mexendo um pouquinho no braço.

— Não — respondeu a menina.

Ela torceu delicadamente o antebraço.

— E assim?

— Não.

— Pode mover os dedos?

Rosemund mexeu um dedo de cada vez, o braço ainda dobrado. Kivrin olhou para ele de testa franzida, intrigada. Ela podia ter sofrido uma luxação, mas nesse caso não conseguiria mover o braço com tanta facilidade.

— Lady Imeyne, poderia trazer aqui o padre Roche? — pediu ela.

— Ele não pode nos ajudar — comentou Imeyne com desagrado, mas foi na direção da escada.

— Não acho que esteja quebrado — observou Kivrin.

Rosemund abaixou o braço, soltou um arquejo de dor e voltou a levantá-lo. A cor fugiu do seu rosto, e gotas de suor apareceram acima do seu lábio superior.

Só pode estar quebrado, pensou Kivrin, e segurou o braço da menina outra vez. Rosemund recuou e, antes que Kivrin percebesse o que estava acontecendo, caiu do banco com tudo, nas pedras do chão.

Desta vez bateu com a cabeça. Kivrin ouviu a pancada surda no instante da queda. Passou por cima do banco e ajoelhou-se.

— Rosemund, Rosemund — chamou. — Está me ouvindo?

A menina não se mexeu. Tinha levantado o braço no momento da queda, como que para se proteger, e quando Kivrin tocou nele, ela o recolheu, mas sem abrir os olhos. Kivrin olhou em torno, aflita, à procura de Imeyne, mas a velha não estava na escada. Ela ergueu o corpo, ainda ajoelhada.

Rosemund abriu os olhos.

— Não me abandone — suplicou.

— Tenho que buscar ajuda — disse Kivrin.

Rosemund abanou a cabeça.

— Padre Roche! — gritou Kivrin, mesmo sabendo que ele não poderia ouvi-la por trás da pesada porta, e nisso Lady Eliwys surgiu por entre os biombos, correndo pelas lajes do piso.

— Ela está com a doença azul? — indagou.

Não.

— Ela caiu — respondeu Kivrin.

Pousou sua mão sobre o braço nu de Rosemund, ainda erguido. O braço estava quente. Rosemund havia fechado os olhos de novo e estava respirando devagar, com regularidade, como se houvesse adormecido.

Kivrin pegou a pesada manga da roupa e puxou toda para o alto, por cima do ombro. Para conseguir olhar a axila, virou para cima o braço de Rosemund, que tentou recolhê-lo, mas Kivrin segurou com força.

O bulbo não era tão grande quanto tinha sido o do secretário, mas era de um vermelho vivo, e já duro ao toque. Não, pensou Kivrin. Não. Rosemund gemeu e tentou recolher o braço, e Kivrin o soltou com delicadeza, arrumando a manga com cuidado em volta dele.

— O que foi? — perguntou Agnes, sentada no chão a meio caminho da escada. — Rosemund está doente?

Não posso permitir que isso aconteça, pensou Kivrin. Preciso de ajuda. Todos foram expostos, inclusive Agnes, e não há nada aqui que possa ajudá-los. Os antimicrobiais não serão descobertos antes de seiscentos anos.

— Seus pecados trouxeram tudo isso — sentenciou Imeyne.

Kivrin ergueu os olhos. Eliwys estava olhando para Imeyne, mas com ar ausente, como se não tivesse escutado a sogra.

— Seus pecados e os de Gawyn — prosseguiu Imeyne.

— Gawyn — repetiu Kivrin.

O *privé* poderia mostrar onde era o local do salto, e ela podia buscar ajuda. A dra. Ahrens saberia o que fazer. E o sr. Dunworthy. A dra. Ahrens daria vacinas e estreptomicina para trazer.

— Onde está Gawyn? — inquiriu Kivrin.

Eliwys estava olhando para Kivrin agora, com um rosto cheio de anseio, cheio de esperança. A menção ao nome de Gawyn conseguiu tirá-la da apatia, pensou Kivrin.

— Gawyn — repetiu Kivrin. — Onde está ele?

— Foi embora — respondeu Eliwys.

— Para onde? — quis saber ela. — Preciso falar com ele. Precisamos ir buscar ajuda.

— Não há ajuda — interferiu Lady Imeyne, ajoelhando-se junto de Rosemund e ficando de mãos postas. — É o castigo de Deus.

Kivrin ficou de pé.

— Para onde ele foi? — perguntou.

— Para Bath — disse Eliwys. — Para trazer meu marido.

TRANSCRITO DO LIVRO DO JUÍZO FINAL
(070114-070526)

Resolvi que era melhor contar tudo agora. O sr. Gilchrist disse que tinha esperanças de que, com a abertura de Medieval, seríamos capazes de obter um relato em primeira mão da Peste Negra, e acho que será este.

O primeiro caso da peste aqui foi com um clérigo que veio como secretário do emissário do bispo. Não sei se já estava doente ou não quando chegou. Talvez já estivesse mal e por isso os religiosos vieram para cá e não para Oxford, para se livrar dele antes que fossem infectados. Ele estava visivelmente doente na manhã de Natal, quando foram todos embora, o que significa que provavelmente estava contagioso na noite anterior, quando teve contato com pelo menos metade do vilarejo.

O secretário passou a doença para a filha de Lord Guillaume, Rosemund, que adoeceu... no dia 26? Perdi a noção do tempo. Os dois doentes apresentam os clássicos bulbos. O do secretário se rompeu e se esvaziou bastante. Já o de Rosemund está duro, do tamanho de uma noz e crescendo. A área em volta está toda inflamada. Os dois estão com febre alta e delírio intermitente.

O padre Roche e eu isolamos os doentes no pavilhão e orientamos os aldeões a ficarem em casa e evitar qualquer contato entre si, mas receio que já seja tarde demais. Quase todo mundo do vilarejo esteve na festa de Natal, e a família inteira estava lá, na companhia do secretário.

Gostaria de saber se a doença já é contagiosa antes da aparição dos primeiros sintomas, e de quanto tempo é o período de incubação. Sei que a peste assume três formas: bubônica, pneumônica e septicêmica, e sei que a forma pneumônica é a mais contagiosa de todas, porque pode ser transmitida pela tosse, pela respiração, ou pelo toque do doente. Tanto o secretário quanto Rosemund parecem ter a bubônica.

Estou com tanto medo que não consigo pensar direito. Trata-se de algo acima das minhas forças, incontrolável. Está tudo bem e de repente o medo brota dentro de mim e preciso agarrar a armação da cama para não sair correndo do quarto, da casa, do vilarejo, para longe disso tudo!

Sei que tomei as inoculações contra a peste, mas também tomei meu reforço de células-T e meus antivirais e adoeci mesmo assim. Sempre que o secretário toca em mim, eu me retraio. O padre Roche volta e meia esquece de colocar a máscara, e morro de medo que ele acabe adoecendo, ele ou Agnes. Também receio que o secretário morra. E Rosemund. Além disso, tenho medo que alguém do vilarejo contraia a febre pneumônica, e que Gawyn não volte e eu não consiga descobrir o local do reencontro.

(Pausa)

Agora me sinto um pouco mais calma. Parece que ajuda falar com vocês, por mais que possam não estar me ouvindo.

Rosemund é jovem e forte. E a peste não matou todo mundo. Em alguns vilarejos nem uma só pessoa morreu.

27

Levaram Rosemund para o pavilhão e, no espaço estreito junto da cama, prepararam para ela um catre no chão. Roche cobriu a menina com um lençol de linho e foi buscar cobertores e mantas no estábulo.

Kivrin receava que Rosemund se assustasse à visão do secretário, com aquela língua grotesca e a pele escurecida, mas a menina mal olhou para ele. Rosemund tirou o casaco e os sapatos, e deitou-se, agradecida, no catre estreito. Kivrin pegou o cobertor forrado com pele de coelho, em cima da cama, e colocou por cima dela.

— Eu vou gritar e correr pra cima das pessoas, como o secretário? — perguntou Rosemund.

— Não — respondeu Kivrin, e tentou sorrir. — Procure descansar. Sente alguma dor?

— Sinto. No estômago — respondeu ela, pondo a mão na barriga. — E na cabeça. Sir Bloet me contou que a febre faz os homens dançarem. Eu pensei que não passava de uma história para me assustar. Ele disse que os homens dançavam até que o sangue começava a sair de suas bocas e eles morriam. Onde está Agnes?

— No sótão, com sua mãe — disse Kivrin.

Ela pedira a Eliwys para levar Agnes e Imeyne lá para cima e se trancar. Eliwys tinha obedecido sem nem sequer lançar uma olhadela para Rosemund.

— Meu pai vai chegar em breve — avisou Rosemund.

— Você deve ficar bem quieta agora, para descansar.

— Minha avó disse que é pecado mortal ter medo do marido, mas eu não posso evitar. Ele toca em mim de maneira indecorosa. E conta histórias de coisas que não podem ser verdade.

Tomara que ele morra agonizando, pensou Kivrin. Espero que já esteja infectado.

— Meu pai já está a caminho, vindo para cá — insistiu Rosemund.

— Você precisa dormir.

— Se Sir Bloet estivesse aqui agora, ele não teria coragem de tocar em mim — comentou ela, e fechou os olhos. — Seria a vez dele de ficar com medo.

Roche entrou, trazendo uma braçada de roupas de cama, e voltou a sair. Kivrin amontoou todas sobre o corpo de Rosemund, prendendo-as em volta, e levou outra vez para a cama do secretário o cobertor com pele de coelho.

O doente estava bem quieto, mas já se ouvia de novo aquele estertor em sua respiração, e ele tossia de vez em quando. A boca estava aberta, e a língua, coberta por uma camada esbranquiçada.

Não posso permitir que isso aconteça com Rosemund, pensou Kivrin, ela só tem doze anos. Tinha que haver alguma coisa que pudesse fazer. Qualquer coisa. O bacilo da peste era uma bactéria. Estreptomicina e sulfa eram eficazes, mas Kivrin não podia fabricar nada ali, e não sabia onde era o local do salto.

Além disso, Gawyn fora mandado para Bath. Claro. Eliwys correra até ele, jogara os braços em volta do *privé*, e com isso ele teria ido para qualquer lugar, feito qualquer coisa por sua dama, até mesmo trazer de volta o marido dela.

Kivrin tentou pensar quanto tempo Gawyn levaria para ir a Bath e voltar. Eram setenta quilômetros. Forçando o cavalo, ele chegaria lá em um dia e meio. Três dias, ida e volta. Se nada mais o atrasasse, se conseguisse encontrar-se com Lord Guillaume, se também não adoecesse. A dra. Ahrens dissera que as vítimas da peste, quando não eram tratadas, morriam dentro de quatro ou cinco dias, mas Kivrin achava que o secretário não resistiria tanto. Sua temperatura tinha voltado a subir.

Kivrin tinha guardado o cofre de Imeyne embaixo da cama quando trouxe Rosemund para cima. Puxou-o para fora e examinou aquele sortimento de ervas secas e de pós. Os contemps usavam remédios domésticos como erva-de-são-joão e dulcamara durante a peste, mas eram alternativas tão inúteis quanto pó de esmeraldas.

A pulicária poderia ser útil, mas Kivrin não achou nenhuma amostra das florezinhas roxas ou cor-de-rosa nas pequenas bolsinhas de tecido.

Quando Roche voltou, ela lhe pediu que fosse buscar ramos de salgueiro perto do córrego, e os mergulhou num chá amargo.

— Que infusão é esta? — indagou o padre, provando e fazendo uma careta.

— Aspirina — disse Kivrin. — Pelo menos, espero.

Roche deu uma caneca ao secretário, que estava a léguas de sentir o gosto, e a infusão pareceu baixar um pouco sua temperatura. Porém, a de Rosemund continuou aumentando ininterruptamente ao longo da tarde, até que ela passou a chocalhar os dentes com calafrios. Quando Roche saiu para dizer as vésperas, a pele da menina queimava ao toque.

Kivrin retirou as cobertas todas e tentou banhar os braços e as pernas de Rosemund com água fria para baixar a febre, mas a menina se debateu, zangada.

— Não deve me tocar assim, senhor — dizia ela, com os dentes batendo de frio. — Pode ter certeza de que vou contar ao meu pai quando ele voltar.

O padre Roche não retornou. Kivrin acendeu as velas de sebo e prendeu as bordas do lençol em volta de Rosemund, pensando onde ele poderia estar.

A menina parecia pior àquela luz fumacenta, o rosto pálido e contraído. Murmurava algo o tempo todo, repetindo o nome de Agnes. Até que a certa altura disse, inquieta: "Onde está ele? Já devia estar aqui".

Devia estar mesmo, pensou Kivrin. O sino tocara as vésperas havia mais de meia hora. Roche está na cozinha, preparando sopa para nós, disse ela para si mesma. Ou então foi falar com Eliwys sobre o estado de saúde de Rosemund. Ele não está doente. Ainda assim, Kivrin ficou de pé e subiu no banco junto da janela e olhou para o pátio lá fora. O tempo estava esfriando, e o céu escuro surgia carregado de nuvens. Não havia ninguém no pátio, nenhuma luz, nenhum som.

Roche abriu a porta e ela pulou no chão, sorrindo.

— Onde esteve? Eu fiquei aqui... — disse ela, e se deteve.

Roche estava trajando as vestimentas e carregando os santos óleos e o viático. Não, pensou ela, relanceando o olhar para Rosemund. Não.

— Estive na casa de Ulf, o bailio. Ouvi sua confissão — comentou ele.

Graças a Deus que não é Rosemund, pensou ela, e só então percebeu a gravidade do que Roche estava contando. A peste tinha chegado ao vilarejo.

— Tem certeza? — perguntou ela. — Ele tem os caroços da peste?

— Tem.

— Quantas pessoas moram com ele?

— A mulher e dois filhos — respondeu ele, com voz cansada. — Pedi para ela usar uma máscara, e mandei que os filhos fossem cortar salgueiros.

— Bom — falou ela.

Não havia nada de bom naquilo. Não, não era verdade. Pelo menos era a peste bubônica, não a pneumônica, de modo que havia uma chance de que a mulher e os filhos não adoecessem também. No entanto, quantas outras pessoas ele não teria infectado? E o próprio Ulf teria sido infectado por quem? Ulf não devia ter tido qualquer contato com o secretário. Devia ter contraído a doença com algum dos servos.

— Há outras pessoas doentes?

— Não.

Isso não significava nada. Os contemps só chamavam o padre quando estavam muito doentes mesmo, quando estavam mortos de medo. Talvez já houvesse mais três ou quatro casos da doença no vilarejo. Talvez uma dúzia.

Ela sentou no banco junto à janela, tentando pensar no que podia fazer. Nada, pensou. Você não pode fazer nada. A peste varreu os vilarejos, um depois do outro, devastou famílias inteiras, cidades inteiras. De um terço a metade da Europa.

— Não! — gritou Rosemund, e tentou se levantar.

Kivrin e Roche correram até ela, mas Rosemund já desabara de novo no catre. Eles cobriram a garota, que tentou chutar as cobertas para longe.

— Vou contar à minha mãe, Agnes, sua menina má! — murmurou ela. — Me deixe sair.

À medida que a noite avançava o frio foi aumentando. Roche buscou mais carvão para o braseiro, e Kivrin subiu de novo para pregar o pano encerado que vedava a janela, mas mesmo assim o ambiente continuava gelado. Kivrin e Roche se revezavam junto ao braseiro, tentando dormir um pouco, e acordavam tremendo tanto quanto Rosemund.

O secretário já não tremia, mas se queixava do frio, e suas palavras soavam pastosas como na voz de um bêbado. Seus pés e suas mãos estavam gélidos e com pouca sensibilidade.

— Eles precisam se aquecer perto do fogo — disse Roche. — Devemos levar os dois para o salão.

O senhor ainda não entendeu, pensou Kivrin. Nossa única esperança consiste em manter os doentes isolados, em não deixar que a infecção se propague. Mas ela já se propagou, refletiu, imaginando em seguida se as extremidades de Ulf também estariam tão geladas e como o bailio faria para se aquecer. Kivrin já havia entrado numa daquelas cabanas e sentado junto ao fogo. Não dava para aquecer um gato.

Os gatos morriam também, pensou ela, e olhou para Rosemund. Os tremores agitavam o pobre corpo da menina, e ela já parecia mais magra, mais consumida.

— A vida deles está se esvaindo — observou Roche.

— Eu sei — concordou Kivrin, e começou a recolher as roupas de cama. — Diga a Maisry para espalhar palha no chão do salão.

O secretário conseguiu descer a escada apoiado em Kivrin e Roche, mas Rosemund teve que ser carregada nos braços do padre. Eliwys e Maisry estavam espalhando palha sobre as pedras do lado mais afastado do salão. Agnes ainda dormia, e Imeyne estava outra vez ajoelhada no mesmo lugar da noite anterior, as mãos postas rigidamente diante do rosto.

Roche deitou Rosemund, e Eliwys começou a cobri-la.

— Onde está meu pai? — indagou Rosemund, com voz rouca. — Por que não está aqui?

Agnes se mexeu. Daí a pouco poderia estar acordada, arrastando-se para o catre de Rosemund ou indo espiar o secretário de perto. Precisava encontrar uma maneira de manter Agnes longe dali. Olhou para os caibros do teto, mas mesmo os que ficavam por baixo do sótão estavam altos demais para que fosse possível pendurar cortinas ali, sem contar que todas as cobertas e peles já estavam sendo utilizadas. Kivrin começou a deitar todos os bancos ao comprido, uns por cima dos outros, improvisando uma barricada. Roche e Eliwys vieram ajudar, e juntos conseguiram erguer a mesa de cima dos cavaletes e encostá-la aos bancos.

Eliwys voltou a sentar junto de Rosemund. A menina já dormia, o rosto, afogueado à luz vermelha das chamas.

— Precisa usar uma máscara — pediu Kivrin.

Eliwys assentiu, mas não se mexeu. Alisou o cabelo de Rosemund colado ao rosto.

— Ela era a favorita do meu marido — disse.

Rosemund dormiu durante metade da manhã. Kivrin afastou o madeiro de Yule para o lado do fogo e empilhou lenha cortada para alimentar as chamas. Descobriu os pés do secretário, para que o calor chegasse a eles.

Durante a Peste Negra, o médico do Papa fizera o pontífice sentar numa sala entre dois grandes fogos acesos, e ele não contraiu a doença. Alguns historiadores achavam que o calor tinha matado o bacilo da peste. Era mais provável que o papa tivesse sido salvo porque se manteve afastado do seu rebanho altamente contagioso, mas valia a pena tentar. Tudo valia a pena tentar, pensou Kivrin, olhando para Rosemund. Pôs mais lenha nas chamas.

O padre Roche saiu para dizer as matinas, embora já passasse do meio da manhã. O sino acordou Agnes.

— Quem derrubou os bancos? — perguntou ela, ao ver a barricada.

— Você não deve passar para o lado de cá — avisou Kivrin, mantendo-se afastada. — Deve ficar junto da sua avó.

Agnes escalou um dos bancos e olhou por cima da tábua da mesa.

— Estou vendo Rosemund — comentou a menina. — Ela morreu?

— Ela está muito doente — respondeu Kivrin, muito séria. — Você não pode vir para perto de nós. Vá brincar com seu carrinho.

— Quero ver Rosemund — falou ela, passando uma perna por cima da mesa.

— Não! — gritou Kivrin. — Vá sentar junto da sua avó!

Agnes lançou para ela um olhar atônito e começou a chorar.

— Eu quero ver Rosemund! — gemeu alto, mas voltou a descer e sentou-se carrancuda ao lado de Imeyne.

O padre Roche entrou.

— O filho mais velho de Ulf adoeceu — disse. — Está com os caroços.

Apareceram mais dois casos ao longo da manhã e mais um durante a tarde, incluindo a mulher do caseiro. Todos apresentavam bulbos ou pequenos inchaços muito duros na região das glândulas linfáticas, menos a mulher do caseiro.

Kivrin foi com Roche para examiná-la. Ela estava cuidando do bebê, e seu rosto magro e fino parecia ainda mais afilado. Não estava tossindo nem vomitando, e Kivrin teve a esperança de que ela não tivesse desenvolvido bulbos.

— Usem máscaras — pediu ela ao caseiro. — Só alimentem o bebê com leite de vaca. Mantenham as crianças afastadas da doente — recomendou, desesperançada.

Seis crianças em dois aposentos. Por favor, que não seja a peste pneumônica, rezou. Por favor, não permita que ela chegue a todos.

Pelo menos Agnes estava em segurança. Não voltara a se aproximar da barricada depois de Kivrin gritar com ela. A menina ficou sentada algum tempo, fuzilando Kivrin com um olhar tão feroz que seria cômico em outras circunstâncias, e depois foi buscar o carrinho, que estava no sótão. Encontrou um lugar para ele na mesa e ficou brincando.

Rosemund estava acordada. Pediu a Kivrin um pouco de água, com voz rouca, e, assim que Kivrin a ajudou a beber, adormeceu sem demora. Até o secretário estava cochilando, o murmúrio de sua respiração já não tão alto, e Kivrin resolveu sentar um pouco ao lado de Rosemund, cheia de gratidão.

Devia ir lá fora, devia ir ajudar Roche com os filhos do caseiro, pelo menos para se certificar de que ele estava usando a máscara e lavando as mãos, mas de repente se sentiu cansada demais para se mover. Ah, se eu pudesse ficar encostada aqui mais um minuto, eu podia até conseguir pensar em alguma coisa.

— Eu queria ver Blackie — disse Agnes.

Kivrin sacudiu a cabeça com força e olhou ao redor, arrancando-se do que era quase um cochilo.

Agnes pusera sua capa vermelha e o capuzinho, e estava avançando o mais que podia no limite da barricada.

— Você prometeu que ia me mostrar a sepultura do meu cãozinho.

— Psst — pediu Kivrin —, assim vai acordar sua irmã.

Agnes começou a chorar, não aquele pranto bem alto que usava para fazer chantagem, mas uns soluços contidos. Ela também está no limite, pensou Kivrin. Passou o dia sozinha, com Rosemund isolada, Roche e eu atarefados, todo mundo ocupado, distraído, assustado. Pobrezinha.

— Você prometeu — repetiu Agnes, o lábio tremelicando.

— Não posso levar você para ver seu cãozinho agora — disse Kivrin, num tom carinhoso. — Mas vou contar uma história. Só não podemos fazer barulho, certo? — Ela pôs o dedo nos lábios. — Não podemos acordar nem Rosemund nem o secretário.

Agnes enxugou com a mão o nariz escorrendo.

— Vai me contar a história da donzela no bosque? — perguntou ela, num sussurro teatral.

— Vou.

— O carrinho pode ouvir também?

— Pode — respondeu Kivrin num sussurro, e Agnes foi no outro lado do salão buscar a pequena carroça, correu de volta com ela, subiu no banco e se preparou para pular outra vez a barricada.

— Você deve sentar encostada na mesa, aí onde está — pediu Kivrin —, e eu sento aqui do outro lado.

— Assim não vou conseguir escutar você — protestou a menina, voltando a fechar o rosto.

— Claro que vai, se ficar quietinha.

Agnes pulou do banco e correu para sentar-se bem encostada à mesa. Colocou o carrinho no chão ao seu lado.

— É para ficar quietinho — disse para ele.

Kivrin foi dar uma olhada rápida nos doentes e então se aproximou, sentou-se apoiada à mesa e aí se sentiu outra vez exausta dos pés à cabeça.

— Era uma vez, numa terra remota — começou Agnes.

— Era uma vez, numa terra remota, uma donzela que morava perto de uma grande floresta...

— E o pai dela disse: "Não entre na mata". Só que ela era uma menina má e não obedeceu — disse Agnes.

— Ela era uma menina má e não obedeceu — repetiu Kivrin. — Ela pôs a sua capa...

— Sua capa vermelha com capuz — acrescentou Agnes. — E entrou na floresta, mesmo depois que o pai disse para ela não fazer isso.

Mesmo depois que o pai disse para ela não fazer isso. "Eu vou ficar bem", Kivrin falara ao sr. Dunworthy. "Sei me cuidar."

— A donzela não devia ter entrado na floresta, não é mesmo? — perguntou Agnes.

— Ela queria saber o que tinha lá dentro. Ela achou que podia entrar lá só um pouquinho — respondeu Kivrin.

— Pois não podia! — sentenciou Agnes. — *Eu* não iria. A floresta é escura.

— A floresta é muito escura e cheia de barulhos que dão medo...

— Lobos — interrompeu Agnes, e dava para ouvi-la agitando-se do lado oposto da mesa, tentando ficar o mais perto possível de Kivrin, que imaginava a menina toda encolhida, os joelhos para cima, agarrada ao carrinho.

— A donzela disse "Eu não gosto daqui" e tentou voltar, mas não conseguia mais avistar a trilha por onde tinha vindo, e estava escurecendo, e de repente alguma coisa pulou em cima dela!

— Um lobo — sussurrou Agnes.

— Não — falou Kivrin. — Era um urso. E o urso disse: "O que você está fazendo na minha floresta?".

— A donzela ficou com medo — comentou Agnes, medrosa, num fiapo de voz.

— Ficou. "Oh, sr. urso, por favor não me devore!", implorou a donzela. "Eu me perdi e não estou conseguindo achar o caminho de volta para casa." Por sorte, mesmo com uma cara cruel, o urso era bonzinho e disse: "Eu posso ajudar você a sair da floresta". A donzela então perguntou: "Mas como? Está tão escuro!". O urso respondeu: "Não tem problema, só precisamos falar com a coruja. Ela pode ver no escuro".

Kivrin prosseguiu falando, construindo a história e sentindo um estranho conforto naquilo. Agnes parou de interromper, e depois de algum tempo Kivrin se levantou, ainda falando, e olhou por cima da barricada.

— "Você sabe o caminho para sair da floresta?", o urso perguntou ao corvo, que respondeu: "Sim, eu sei".

Agnes tinha adormecido contra a mesa, a capa toda espalhada em volta, o carrinho agarrado ao peito.

Eu devia cobrir ela, pensou Kivrin, mas não se atreveu. Todas as roupas de cama estavam cheias de micróbios da peste. Ela olhou de longe para Lady Imeyne, rezando lá no canto, o rosto para a parede.

— Lady Imeyne — chamou baixinho, mas a mulher não deu sinais de ter escutado.

Kivrin pôs mais lenha no fogo e voltou a sentar encostada na mesa, reclinando a cabeça para trás.

— "Eu sei o caminho para sair da floresta", disse o corvo, "e vou mostrar" — continuou Kivrin, baixinho. — Só que ele saiu voando por cima das árvores, tão depressa que o urso e a donzela nem puderam acompanhar.

Ela devia ter cochilado porque, quando voltou a abrir os olhos, o fogo tinha se extinguido e seu pescoço doía. Rosemund e Agnes continuavam dormindo, mas o secretário estava acordado. Ele chamou Kivrin, mas as palavras soavam inteligíveis. Aquela camada branca cobria sua língua por inteiro, e seu hálito era tão apodrecido que Kivrin precisou virar o rosto para aspirar. Seu bulbo estava supurando de novo, um líquido grosso, escuro, que cheirava como carne podre. Kivrin pôs sobre ele uma nova atadura, cerrando os dentes para dominar a náusea, e levou a atadura usada para o extremo oposto do salão, antes de sair e lavar as mãos junto do poço, derramando a água gelada do balde primeiro sobre uma mão, depois sobre a outra, inalando haustos enormes de ar puro.

O padre Roche apareceu no pátio.

— Ulric, o filho de Hal — começou ele, caminhando ao lado dela para dentro da casa grande. — E um dos filhos do caseiro, Walthef. — Ele cambaleou e afundou num banco perto da porta.

— O senhor está exausto — observou Kivrin. — Devia deitar e descansar um pouco.

No outro lado do salão, Imeyne levantou-se, ficando desajeitadamente de pé, como se estivesse com as pernas dormentes, e começou a caminhar na direção deles.

— Não posso ficar. Vim apenas buscar uma faca para cortar ramos de salgueiro — explicou Roche, mas permaneceu sentado, olhando inerte para o fogo.

— Descanse um minuto, pelo menos — sugeriu Kivrin. — Vou buscar um pouco de cerveja clara para o senhor — disse, empurrando o banco para um lado e se levantando.

— Você trouxe esta doença — acusou Imeyne.

Kivrin se virou. A velha estava parada no meio do salão, olhando para Roche com expressão de fúria contida. Segurava o *Livro das Horas* com ambas as mãos contra o peito. O relicário pendia entre elas, balançando na correntinha.

— Foram os seus pecados que trouxeram a doença para cá. — Ela se virou para Kivrin. — Ele disse a litania de são Martinho no dia de santo Eusébio. Sua batina estava suja. — Imeyne falava no mesmo tom de quando estava se queixando à irmã de Sir Bloet, e suas mãos mexiam sem parar no relicário, contando os pecados do padre pelos elos da corrente. — Ele apaga as velas do jeito errado, quebra os pavios.

Kivrin a mediu. Ela está tentando amenizar a própria culpa. Ela escreveu ao bispo pedindo um novo capelão e entregou a localização da família. Não suporta pensar que contribuiu para trazer a peste para cá, pensou Kivrin, mas não consegue sentir nenhuma piedade. Você não tem o direito de botar a culpa em Roche, refletiu ela. Ele tem feito tudo que pode. Já você se ajoelhou num canto para rezar.

— Deus não mandou essa peste como castigo — disse ela a Imeyne, com frieza. — É uma doença.

— Ele esqueceu o Confiteor Deo — falou Imeyne, mas caminhou de volta para seu recanto e ajoelhou-se com dificuldade. — Ele pôs as velas do altar em cima do biombo.

Kivrin aproximou-se de Roche.

— Não é culpa de ninguém — consolou.

Ele estava olhando para o fogo.

— Se Deus está nos castigando, deve ser por algum pecado terrível — comentou ele.

— Não há pecado — disse ela. — E não é um castigo.

— *Dominus*! — exclamou o secretário, tentando sentar-se.

Voltou a tossir, uma tosse rascante, terrível, que parecia capaz de lhe rasgar o peito em dois, embora ele não expelisse nada. O barulho acordou Rosemund e ela começou a gemer. Se isso não é um castigo, pensou Kivrin, decerto se parece muito com um.

O sono não ajudara Rosemund a melhorar nem um pouco. Sua temperatura voltou a subir, e os olhos pareciam encovados. Ao menor movimento, a garota se encolhia, como se tivesse sido espancada.

Isso está matando ela, pensou Kivrin. Preciso fazer alguma coisa.

Quando Roche saiu e voltou, Kivrin subiu ao pavilhão e trouxe para baixo o cofre medicinal de Imeyne, que observou a cena com os lábios se movendo em silêncio. No entanto, quando Kivrin pôs o cofre diante dela e perguntou o que havia nos saquinhos de tecido, Imeyne simplesmente cobriu o rosto com as mãos e fechou os olhos.

Kivrin reconheceu algumas ervas. A pedido da dra. Ahrens, estudara ervas medicinais. Identificou a consolda, a pulmonária e as folhas esmagadas da tanásia. Havia uma bolsinha com sulfato de mercúrio em pó, algo que ninguém em pleno juízo daria de beber a outra pessoa, e um maço de dedaleira, que era quase igualmente perigosa.

Ela ferveu água, jogou dentro todas as ervas que reconheceu e deixou apurar. O aroma era maravilhoso, como um sopro de verão, e o resultado não tinha um sabor pior do que o do chá de casca de salgueiro, embora também não tenha ajudado. Ao anoitecer, o secretário estava tossindo sem parar, e bolhas rubras tinham começado a aparecer na barriga e nos braços de Rosemund, cujo bulbo estava do tamanho de um ovo e da mesma forma duro. Quando Kivrin tocou nele, ela gritou de dor.

Durante a Peste Negra, os médicos costumavam colocar cataplasmas sobre os bulbos ou lancetá-los. Também aplicavam sangrias e doses de arsênico às pessoas, lembrou Kivrin. É verdade que o secretário continuava vivo e tivera uma aparente melhora depois que seu bulbo se rompeu, mas lancetar um bulbo poderia espalhar a infecção ou, pior, fazê-la penetrar na corrente sanguínea.

Kivrin esquentou água e molhou o pano para cobrir com tiras o bulbo de Rosemund, mas mesmo que a água estivesse apenas morna a garota gritou ao primeiro toque. Kivrin precisou recorrer à água fria, que não teve resultado melhor. Nada disso está adiantando, pensou ela, enquanto segurava o pano frio contra a axila de Rosemund. Nada mesmo.

Preciso encontrar o local do salto, pensou. No entanto, aquele bosque se estendia por quilômetros, tinha centenas de carvalhos, dúzias de clareiras. Ela nunca encontraria. Sem falar que não podia abandonar Rosemund.

Talvez Gawyn retornasse. Como em algumas cidades os portões foram fechados, talvez ele não conseguisse sequer entrar. Quem sabe esbarrasse na estrada com um mensageiro com a notícia de que Lord Guillaume havia morrido. Volte, pensou Kivrin com força. Depressa. Volte, volte.

Ela mexeu mais uma vez no cofre de Imeyne, experimentando os conteúdos dos saquinhos. Aquele pó amarelo era enxofre. Médicos chegaram a usá-lo também em epidemias, queimando-o para fumigar o ar. Ela recordou que aprendera em História da Medicina que o enxofre matava algumas bactérias, mas não lembrava se isso acontecia apenas com os compostos da sulfa. De qualquer modo, era mais seguro do que lancetar o bulbo.

Usou as pontas dos dedos para testar um pouco do pó no fogo, e aquilo produziu uma fumaça amarelada que queimou a garganta de Kivrin mesmo através da máscara. O secretário arquejou, com falta de ar, e Imeyne, lá no seu recanto, deu início a uma série de tossezinhas secas.

Kivrin tinha esperado que o cheiro de ovos podres se dispersasse em alguns minutos, mas a fumaça amarela continuou pairando no ar como uma nuvem, provocando ardência nos olhos. Maisry correu para fora, tossindo dentro do avental, e Eliwys tentou escapar, levando Imeyne e Agnes para o sótão.

Kivrin escancarou a porta de entrada e ficou abanando o ar com uma das toalhas da cozinha, e depois de algum tempo o cheiro melhorou um pouco, embora ela continuasse com a garganta ressecada. O secretário continuou tossindo, mas Rosemund parou, e o pulso da menina ficou tão fraco que Kivrin quase não o sentia.

— Não sei o que fazer — confessou Kivrin, segurando o pulso dela, tão quente, tão seco. — Já tentei tudo.

Roche entrou, tossindo.

— Foi o enxofre — disse Kivrin. — Rosemund piorou.

O padre foi examinar a doente, tomou-lhe o pulso e depois saiu de novo, e Kivrin interpretou isso como um bom sinal. Ele não teria saído se Rosemund estivesse mal de verdade.

Voltou dentro de alguns minutos, trajando as vestimentas e conduzindo os óleos e o viático para o último sacramento.

— O que é isso? — questionou Kivrin. — Quer dizer que a mulher do caseiro morreu?

— Não — respondeu ele, e seu olhar foi além dela, na direção de Rosemund.

— Não! — exclamou Kivrin, ficando de pé às pressas e se interpondo entre ele e Rosemund. — Não vou permitir.

— Ela não deve morrer em pecado — falou ele, ainda olhando para a menina.

— Rosemund não está morrendo — rebateu Kivrin, e acompanhou o olhar dele.

Ela já parecia morta, com os lábios crestados entreabertos e os olhos inertes, sem piscar. Sua pele tinha adquirido um tom amarelado e estava muito esticada sobre os ossos do rosto. Não, pensou Kivrin desesperadamente. Preciso fazer alguma coisa para deter isso. Ela tem doze anos.

O padre Roche avançou com o cálice, e Rosemund ergueu o braço, como numa súplica, e o deixou cair.

— Temos que abrir o caroço — disse Kivrin. — Temos que deixar o veneno sair.

Ela achou que Roche se recusaria, que insistiria em ouvir a confissão de Rosemund primeiro, mas não. Ele colocou os objetos e o cálice sobre as lajes do piso e foi buscar uma faca.

— Uma bem afiada — gritou Kivrin às costas dele. — E traga vinho.

Ela colocou a panela com água de novo no fogo. Quando ele voltou, ela lavou a faca com água do balde, usando as unhas para raspar a sujeira incrustada perto do cabo. Levou a faca ao fogo, a empunhadura envolta na barra do casaco, e depois derramou água fervente sobre ela, e depois vinho, e depois água outra vez.

Levaram Rosemund mais para perto do fogo, com o lado do bulbo virado para as chamas, a fim de obterem o máximo possível de luminosidade, e Roche se ajoelhou junto à cabeça da menina. Com todo cuidado, Kivrin puxou o braço de Rosemund para fora da manga e amontoou panos dobrados sob a cabeça, como travesseiro. Roche segurou e virou o braço dela para expor a axila.

Estava quase do tamanho de uma maçã, e toda a articulação do ombro estava vermelha e inchada. As bordas do bulbo eram moles e quase gelatinosas, mas o centro era um caroço duro.

Kivrin abriu a garrafa trazida por Roche, embebeu com vinho um pedaço de pano e esfregou com ele o bulbo, bem de leve. Parecia uma pedra incrustada embaixo da pele. Kivrin não estava certa de que a faca conseguiria cortar aquilo.

Ficou com a faca estendida sobre o inchaço, receosa de cortar uma artéria, de espalhar ou piorar uma infecção.

— Ela não sente mais dor — comentou Roche.

Kivrin olhou para Rosemund. A menina não se movera, nem mesmo quando Kivrin pressionou o inchaço. Olhava por cima deles dois, olhava para algo terrível. Não pode ficar pior do que está, pensou Kivrin. Mesmo que eu venha a matá-la. Pior do que isso não pode ficar.

— Segure o braço dela — ordenou Kivrin, e Roche prendeu e imobilizou o pulso e o antebraço da garota contra o chão. Rosemund não reagiu.

Dois cortes rápidos e firmes, pensou Kivrin. Respirou fundo e encostou a faca no inchaço.

Rosemund contraiu o ombro em defensiva, afastou o braço para longe da lâmina, com a mão magra se contraindo em garra.

— O que estão fazendo? — perguntou, com voz rouca. — Vou contar pro meu pai.

Kivrin apanhou a faca outra vez. Roche voltou a agarrar e a prender contra o chão o braço de Rosemund, que o esmurrou fracamente com a outra mão.

— Sou a filha de Lord Guillaume D'Iverie — disse ela. — Vocês não podem me tratar assim.

Kivrin afastou-se do alcance dela e ficou de pé, tentando não tocar em nada com a faca. Roche agarrou e reteve sem dificuldade os pulsos da menina com uma única mão. Rosemund desferiu chutes fracos na direção de Kivrin. O cálice foi derrubado e o vinho se espalhou, formando poça turva.

— Precisamos amarrá-la — disse Kivrin.

Percebeu então que estava empunhando a faca erguida, como uma assassina. Envolveu a lâmina num dos panos que Eliwys havia rasgado, e começou a rasgar outro em tiras menores.

Roche amarrou os pulsos de Rosemund acima da cabeça, enquanto Kivrin atava os tornozelos da menina à perna de um dos bancos que estavam virados para cima. Rosemund parou de se debater mas, quando Roche puxou a camisa dela para cima, expondo o peito, disse:

— Eu conheço você. Você é o degolador que atacou Lady Katherine.

Roche inclinou-se para a frente, pondo todo o peso do corpo sobre o antebraço da menina, e Kivrin fez um corte no caroço.

O sangue escorreu e logo depois começou a esguichar, e Kivrin pensou, Cortei uma artéria. Ela disparou ao lado de Roche até a pilha de panos rasgados, encheu uma mão e apertou as tiras contra o corte. As faixas se ensoparam imediatamente e, quando Kivrin afastou a mão para receber novos panos estendidos por Roche, o sangue golfava da pequena incisão. Ela apertou a barra do casaco contra o ferimento, e Rosemund soltou um ganido parecido com o do cãozinho de Agnes, e pareceu desfalecer, embora não tivesse onde cair.

Matei ela, pensou Kivrin.

— Não consigo estancar a hemorragia — disse Kivrin, mas o sangramento já tinha parado.

Ela segurou a barra do casaco de encontro à ferida, contou até cem, depois até duzentos, e com muito cuidado ergueu uma pontinha para olhar para a ferida.

O sangue ainda minava do corte, mas agora misturado com um pus cinza--amarelo. Roche se inclinou para limpá-lo, mas Kivrin o deteve.

— Não, está cheio de germes da peste — avisou ela, tomando o pano da mão dele. — Não toque.

Ela limpou aquele repulsivo pus, que depois voltou a minar, acompanhado por um soro aquoso.

— Acho que já saiu tudo — disse a Roche. — Me passe o vinho. — Ela olhou em volta, buscando um pano limpo para embeber no vinho.

Não havia. Já tinham usado todos para estancar o sangue. Ela inclinou com cuidado a garrafa e fez o líquido escuro escorrer para dentro do corte. Rosemund não se moveu. Seu rosto estava sem cor, como se todo o sangue tivesse sido sugado dele. E foi, pensou Kivrin. E eu não tenho como fazer uma transfusão. Não tenho nem sequer um pano limpo.

Roche estava desamarrando Rosemund. Segurou aquela mãozinha dentro de sua mão enorme.

— O coração dela está batendo melhor agora — observou ele.

— Precisamos de mais panos — disse Kivrin, e desatou no choro.

— Meu pai vai enforcar vocês por causa disso — preveniu Rosemund.

TRANSCRITO DO LIVRO DO JUÍZO FINAL
(071145-071862)

Rosemund está inconsciente. Tentei lancetar seu bulbo ontem à noite para diminuir a infecção, mas receio que tenha apenas piorado as coisas. Ela perdeu muito sangue. Está pálida demais e o pulso está tão fraco que mal consigo senti-lo com o dedo.

O secretário também piorou. Continua com hemorragias subcutâneas e é visível que está se aproximando do fim. Lembro que a dra. Ahrens disse que a peste bubônica não tratada mata os infectados em quatro ou cinco dias, mas é possível que ele acabe não resistindo a tanto.

Lady Eliwys, Lady Imeyne e Agnes ainda estão bem, embora Imeyne pareça a um passo da insanidade com seu esforço para colocar a culpa em alguém. Ela socou com as duas mãos os ouvidos de Maisry hoje de manhã e disse que Deus estava castigando todos nós por causa da preguiça e da estupidez dela.

Maisry *é* preguiçosa e estúpida. Não dá para confiar Agnes aos cuidados dela nem por cinco minutos sequer. Hoje de manhã, quando eu pedi que fosse lá fora buscar água para lavar o ferimento de Rosemund, ela saiu, demorou mais de meia hora e acabou não trazendo a água.

Não me queixei. Não queria que Lady Imeyne batesse nela de novo, e acho que é só uma questão de tempo até ela começar a pôr a culpa em mim. Vi que me espreitava por cima do seu *Livro das Horas* quando fui buscar a água que Maisry tinha esquecido. Posso imaginar muito bem o que ela está pensando: que eu sei demais sobre a peste para não ser alguém que está fugindo da doença, que não é verdade que perdi a memória, que não fui ferida, apenas adoeci.

Se fizer essas acusações, receio que acabe convencendo Lady Eliwys de que eu sou a causa da peste, de que ninguém deve me dar ouvidos e de que o que devem fazer é desmanchar todas as barricadas e rezar juntas para que o Senhor venha libertá-las.

E eu, como irei me defender? Argumentando que sou do futuro, onde sabemos tudo, menos como curar a Peste Negra sem estreptomicina, menos como voltar.

Gawyn ainda não regressou. Eliwys está quase em pânico de tão preocupada. Quando Roche saiu para dizer as vésperas, esbarrou com ela junto do portão, sem capa, sem touca, olhando para a estrada. Fico pensando se ela chegou a cogitar que Gawyn podia já estar infectado antes de pegar a estrada para Bath. Ele viajou até Courcy acompanhando o emissário do bispo e, quando voltou, já sabia a respeito da peste.

(Pausa)

Ulf, o bailio, está à beira da morte, e sua esposa e um dos filhos já adoeceram. Não apresentam bulbos, mas a mulher tem vários caroços pequenos, como caroços de fruta, dentro da coxa. Preciso a toda hora pedir a Roche que ponha a máscara e que não toque nos doentes mais do que o necessário.

Os vids de História dizem que os contemps foram tomados pelo pânico e se acovardaram durante a Peste Negra, que fugiam e não cuidavam dos doentes, e que os padres eram os piores de todos, mas não é assim, longe disso.

Todos estão com medo, mas cada um faz o melhor que pode, e Roche é maravilhoso. Ele sentou e segurou a mão da mulher do bailio enquanto eu a examinava, e não se furta às tarefas mais repugnantes: lavar o ferimento de Rosemund, esvaziar os penicos, limpar o secretário. Nunca parece ter medo. Não sei de onde ele extrai sua coragem.

Ele continua a dizer as matinas e as vésperas, e a rezar, contando a Deus sobre Rosemund e sobre quem adoeceu, descrevendo os sintomas e explicando o que estamos fazendo por cada um dos doentes, como se Deus pudesse ouvi-lo de verdade. Do mesmo modo como eu falo com vocês.

Será que Deus está mesmo por aí, acabo me perguntando, mas isolado de nós por alguma coisa maior que o tempo, incapaz de se aproximar, incapaz de saber onde estamos?

(Pausa)

Podemos ouvir a peste. Os vilarejos badalam o toque de finados após cada sepultamento: nove toques para um homem, três para uma mulher, um por um bebê, e depois uma hora seguida de toque ininterrupto. Esthcote teve dois hoje pela manhã, e Osney não para de tocar desde ontem. O sino a sudoeste, aquele que eu mencionei ter ouvido quando cheguei, está parado. Não sei se é porque o surto da peste por lá já acabou ou se é porque não sobrou ninguém para soar as badaladas.

(Pausa)

Por favor, não permita que Rosemund morra. Não permita que Agnes adoeça. Traga Gawyn de volta.

28

O menino que fugira de Kivrin quando ela saiu pela primeira vez para procurar o local do salto adoeceu naquela noite. Sua mãe estava parada à espera do padre Roche quando ele foi tocar as matinas. Havia um bulbo nas costas, e Kivrin o lancetou enquanto Roche e a mãe seguravam o garoto.

Kivrin não queria fazer aquilo. O escorbuto já enfraquecera bastante o pequeno, e ela não fazia ideia se havia artérias por baixo da escápula. Rosemund não parecia ter melhorado nem um pouco depois desse procedimento, embora Roche dissesse que o seu pulso estava mais forte. Ela estava imóvel e tão pálida como se seu sangue tivesse sido drenado por inteiro. E aquele garoto não parecia capaz de resistir à perda de sangue.

Mas sangrou muito pouco, e a cor já voltava ao seu rosto antes mesmo de Kivrin terminar de lavar a faca.

— Deem chá de roseira para ele — mandou Kivrin, achando que pelo menos aquilo ajudaria contra o escorbuto. — E de casca de salgueiro.

Ela ergueu a lâmina da faca contra o fogo. As chamas não estavam maiores do que no dia em que ela havia entrado e sentado na cabana, fraca demais para caminhar pelos bosques. Nunca seria o suficiente para aquecer o menino mas, se pedisse à mulher para buscar mais lenha, ela podia ter contato com outra pessoa.

— Vamos trazer mais lenha para vocês — disse, e depois ficou pensando como.

Ainda havia a comida que sobrara da festa de Natal, mas tudo o mais estava acabando depressa. Tinham usado a maior parte da lenha já cortada tentando manter aquecidos Rosemund e o secretário, e não havia ninguém a quem pudessem pedir para cortar os troncos acumulados na cozinha. O bailio estava doente, o caseiro estava cuidando da mulher e do filho.

Kivrin juntou sozinha uma braçada de galhos e pedaços grandes de casca bons para o fogo e tomou o caminho da cabana. Gostaria de levar o garoto para o abrigo da casa grande, mas Eliwys já estava cuidando do secretário e de Rosemund, e a própria Kivrin sentia-se a ponto de desabar.

Eliwys ficara ao lado de Rosemund a noite inteira, ministrando para a filha o chá de salgueiro e trocando as ataduras da ferida. Como ficaram sem pano, Eliwys acabara rasgando sua coifa em tiras. Sentava-se sempre onde pudesse ver os biombos e, de vez em quando, levantava-se e ia até a porta, como se tivesse escutado a chegada de alguém. Com os cabelos escuros, soltos, caindo sobre os ombros, não parecia muito mais velha do que Rosemund.

Kivrin levou a lenha para a mulher, largando-a no chão sujo da cabana, junto da gaiola do rato, que tinha sumido. Fora morto, com certeza, mesmo inocente.

— Que o Senhor nos abençoe — disse a mulher, ajoelhando-se junto ao fogo e começando a colocar ali os gravetos.

Kivrin foi olhar o menino outra vez. Do bulbo ainda estava escorrendo um fluido aquoso e claro, o que era bom. O de Rosemund sangrara durante metade da noite, antes de voltar a inchar e endurecer. E não posso lancetar de novo, pensou. Ela não pode perder mais sangue.

Kivrin foi para o salão, pensando se deveria substituir Eliwys ou cortar um pouco mais de lenha. Roche, que vinha da casa do caseiro, trouxe a notícia de que mais dois filhos do homem estavam doentes.

Eram os dois meninos mais novos e com certeza apresentavam a forma pneumônica da doença. Ambos tossiam, e a mãe golfava de vez em quando um escarro aquoso. Que o Senhor nos abençoe.

Kivrin voltou para o salão. Continuava meio enevoado devido ao enxofre, e os braços do secretário pareciam quase negros àquela luz amarelada. O fogo não estava muito melhor do que o da cabana da mulher. Kivrin carregou para lá o resto de madeira cortada, depois disse a Eliwys para descansar um pouco, pois ficaria cuidando de Rosemund.

— Não — respondeu Eliwys, relanceando os olhos para a porta. Depois completou, quase para si mesma: — Ele está na estrada há três dias.

Eram setenta quilômetros até Bath, pelo menos um dia e meio a cavalo, e o mesmo tempo de volta, se ele tivesse conseguido um cavalo descansado em Bath. Talvez volte hoje, caso não tenha demorado a encontrar Lord Guillaume. Se é que um dia vai voltar, pensou Kivrin.

Eliwys olhou para a porta de novo, como se tivesse ouvido algo, mas o único som que se escutava era o de Agnes, cantarolando baixo com seu carrinho. A menina havia posto um lenço para fazer as vezes de babador e, com uma colher, dava comida imaginária ao carrinho.

— Ele está com a doença azul — avisou ela a Kivrin.

Kivrin passou o resto do dia executando tarefas domésticas: buscando água, preparando caldo quente com o que restara do assado, esvaziando os penicos. A vaca do caseiro, com os úberes inchados apesar das recomendações dadas por Kivrin para que a família usasse seu leite, apareceu no pátio e começou a seguir Kivrin, cutucando-a com os chifres até que ela desistiu e ordenhou o animal. Roche cortou mais lenha entre uma visita e outra ao menino doente e ao caseiro, e Kivrin, lamentando nunca ter aprendido a cortar lenha, atacou sem jeito os troncos maiores.

O caseiro voltou a procurar Kivrin e Roche antes de escurecer: queria que vissem sua filha mais nova. São oito casos até agora, pensou Kivrin. O vilarejo tinha apenas quarenta habitantes. De acordo com os registros, entre um terço e metade da Europa teriam contraído a peste e morrido. O sr. Gilchrist achava que era um número exagerado. Um terço aqui corresponderia a treze casos. Faltavam apenas mais cinco. Na hipótese dos cinquenta por cento como base, faltavam apenas mais doze, e isso que os filhos do caseiro já tinham sido todos expostos ao vírus.

Kivrin olhou para eles, em particular para a filha mais velha, atarracada e morena como o pai, para o menino com o rosto fino da mãe e para o bebê macilento... Vocês também vão adoecer, pensou ela, e ficarão faltando oito.

Kivrin parecia incapaz de experimentar qualquer sentimento, mesmo quando o bebê começou a chorar e a menina o segurou no colo e levou seu dedo sujo à boca dele. Treze, rezou ela. Vinte, no máximo.

Também não conseguia esboçar sentimento em relação ao secretário, embora fosse claro que o homem não sobreviveria àquela noite. Os lábios e a língua dele estavam cobertos por uma espécie de lodo marrom, e o religioso escarrava um catarro líquido com filetes de sangue. Kivrin cuidava dele automaticamente, sem demonstrar sentimento algum.

É a falta de sono, pensou ela. Está deixando todos nós entorpecidos. Ela deitou perto do fogo e tentou dormir, mas parecia estar num estado além do sono, além do cansaço. Faltam mais oito pessoas, refletiu, fazendo os cálculos de cabeça. Como aquela mãe vai adoecer, assim como a esposa e os filhos do bailio, sobram quatro. Por favor, não permita que sejam Agnes ou Eliwys. Nem o padre Roche.

Pela manhã, Roche encontrou a cozinheira estirada na neve, em frente à sua cabana, congelando e tossindo sangue. Nove, pensou Kivrin.

Como a cozinheira era viúva e não havia ninguém para tomar conta dela, eles a trouxeram para o salão e a deitaram perto do secretário, que espantosa e horrivelmente continuava vivo. As hemorragias tinham a esta altura se espalhado pelo corpo inteiro, seu peito estava carregado de manchas roxo-negras, e os braços e as pernas eram quase negros. Suas maçãs do rosto estavam cobertas por uma barba negra que parecia também um sintoma, e a pele por baixo dos pelos estava mais escura.

Rosemund continuava pálida e silenciosa, entre a vida e a morte, e Eliwys cuidava da filha com mansidão, com carinho, como se o menor movimento e o menor som pudessem empurrar a garota para o abismo. Kivrin caminhava na ponta dos pés por entre os catres, e Agnes sentia que era preciso fazer silêncio, mas mantinha-se aérea.

Ela choramingava, subia na barricada, pedia o tempo todo para que Kivrin a levasse para ver o seu cão ou o seu pônei, para que lhe trouxesse comida ou terminasse de contar a história da menina má perdida na floresta.

— Como é que acaba? — choramingou ela num tom que dava arrepios em Kivrin. — Os lobos comeram a menina?

— Não sei — respondeu Kivrin secamente, depois de a pequena insistir pela quarta vez. — Vá sentar com a sua avó.

Agnes olhou zangada para Lady Imeyne, ainda ajoelhada num canto, de costas para todos. Tinha passado a noite inteira assim.

— Minha avó não quer brincar comigo.

— Bem, então brinque com Maisry.

Foi o que a menina fez por cinco minutos, infernizando tanto que a criada reagiu e Agnes voltou gritando, queixando-se de que levara um beliscão.

— Não culpo ela — disse Kivrin, mandando as duas para o sótão.

Em seguida, foi visitar o menino doente, que tinha melhorado a ponto de já poder sentar. Quando voltou, Maisry estava encolhida na cadeira mais alta, dormindo como pedra.

— Onde está Agnes? — perguntou Kivrin.

Eliwys olhou em volta, com olhos vazios.

— Não sei. Estava no sótão.

— Maisry — chamou Kivrin, aproximando-se dela. — Acorde! Onde está Agnes?

Maisry piscou os olhos para ela, estupidamente.

— Não devia ter deixado a menina sozinha — disse Kivrin.

Subiu até o sótão e Agnes não estava lá. Correu para olhar no pavilhão: também não estava ali.

Maisry tinha pulado da cadeira alta e estava agachada junto à parede, parecendo aterrorizada.

— Onde está ela? — insistiu Kivrin.

Maisry levou a mão à orelha, defensivamente, e ficou olhando para ela, embasbacada.

— Muito bem — disse Kivrin. — Eu *vou* bater nos seus ouvidos, sim, se não me disser onde está Agnes.

Maisry escondeu o rosto entre as saias.

— *Onde* está ela? — perguntou Kivrin, sacudindo a outra pelo braço. — Você ficou tomando conta dela. Agnes estava sob a sua responsabilidade!

Maisry começou a uivar, um som agudo como o de um animal.

— Pare com isso! Me mostre para onde ela foi! — exclamou Kivrin, começando a arrastar Maisry na direção dos biombos.

— O que está acontecendo? — perguntou o padre Roche, que acabava de chegar.

— É Agnes — respondeu Kivrin. — Precisamos achá-la. Ela pode ter saído para o vilarejo.

Roche abanou a cabeça:

— Não esbarrei com ela pelo caminho. Talvez só esteja brincando aí fora.

— O estábulo! — disse Kivrin, com alívio. — Ela tinha me pedido para ir ver o pônei.

A menina não estava no estábulo.

— Agnes! — gritou Kivrin para dentro da escuridão cheirando a estrume. — Agnes!

O pônei de Agnes relinchou baixinho e tentou forçar a passagem para fora da baia. Kivrin se perguntou quando o animal teria sido alimentado pela última vez e onde estariam os cães.

— Agnes! — continuou chamando.

Ela olhou em cada compartimento, atrás da manjedoura e em todos os cantos onde uma garotinha poderia ter se escondido ou adormecido.

Talvez esteja no celeiro, pensou Kivrin, e saiu do estábulo, protegendo os olhos da luminosidade de fora. Roche acabava de sair pela porta da cozinha.

— Encontrou ela? — perguntou Kivrin, mas ele não ouviu. Estava com a atenção voltada para o portão fechado, a cabeça meio inclinada como se estivesse escutando alguma coisa.

Kivrin também aguçou o ouvido, mas não escutou nada.

— O que foi? — perguntou. — Está ouvindo ela chorar?

— É o senhor — respondeu ele, correndo para o portão.

Oh, não! Não o padre Roche, pensou Kivrin, e correu atrás dele. Roche tinha parado e estava mexendo no portão.

— Padre Roche! — chamou Kivrin, e só então ouviu o cavalo.

Estava galopando em direção a eles, os cascos ressoando com força no chão congelado. Roche estava se referindo ao senhor da casa. Ele acha que o marido de Eliwys enfim está de volta, ponderou Kivrin, para depois pensar, com um raio de esperança, é o sr. Dunworthy.

Roche ergueu e deslizou a pesada tranca para o lado.

Precisamos de estreptomicina e desinfetante, e ele precisa levar Rosemund consigo, para interná-la. A garota precisa de uma transfusão.

Roche terminou de liberar a tranca. Puxou para dentro o pesado portão.

E de vacina, pensou Kivrin, a cabeça a mil. O melhor seria administrar a medicação por via oral. Onde estaria Agnes? Precisava levar Agnes para um local seguro.

O cavalo estava quase chegando ao portão quando ela recuperou a lucidez.

— Não! — gritou, mas já era tarde. Roche já tinha aberto o portão.

— Ele não pode entrar aqui! — berrou, olhando em torno aflita, à procura de algo que pudesse servir de alerta. — Ele vai pegar a peste.

Ela havia deixado a pá junto à pocilga vazia quando enterrou Blackie. Correu para buscá-la.

— Não deixe ele passar pelo portão! — bradou ela, e o padre Roche ergueu os braços para dar o sinal de alerta, mas o cavaleiro já havia entrado no pátio.

Roche abaixou os braços e chegou a exclamar o nome de Gawyn. O garanhão negro se parecia com Gringolet, mas estava montado por um menino. Não devia ser mais velho do que Rosemund e tinha o rosto e a roupa manchados de lama. O cavalo estava coberto de lama também, respirando com força e bufando espuma, e o garoto parecia igualmente sem fôlego. Seu nariz e suas orelhas estavam vermelhos de frio. Ele fez menção de desmontar, olhando para Kivrin e o padre.

— Você não deve vir para cá — avisou Kivrin, falando com todo cuidado para não resvalar para o inglês moderno. — A peste chegou a este vilarejo. — Ela ergueu a pá, apontando-a para ele como se fosse uma arma.

O garoto se deteve, a meio da descida, e voltou a sentar na sela.

— A doença azul — prosseguiu ela, para o caso de o garoto não entender, mas ele já assentia balançando a cabeça.

— Ela está por toda parte — observou ele, virando o corpo para pegar alguma coisa num dos sacos que pendiam da sela. — Trago uma mensagem. — Ele estendeu uma sacola de couro para Roche, e o padre se adiantou para recebê-la.

— Não! — exclamou Kivrin e deu um passo à frente, agitando a pá no ar diante dele. — Solte no chão! — pediu. — Não deve ter contato com a gente!

O garoto tirou um rolo de pergaminho da sacola e atirou aos pés de Roche.

Roche abaixou-se, apanhou o pergaminho na laje do piso e o desenrolou.

— O que diz a mensagem? — perguntou ele ao menino, e Kivrin pensou, Claro, Roche não sabe ler.

— Não sei — respondeu o menino. — É do bispo de Bath, que me incumbiu de circular a mensagem para todas as paróquias.

— Quer que eu leia? — indagou Kivrin.

— Talvez seja sobre o nosso senhor — disse Roche. — Talvez ele esteja avisando que vai se atrasar.

— Sim — concordou Kivrin, tomando a mensagem das mãos de Roche, mas sabia que não era.

Estava escrita em latim, numa caligrafia tão rebuscada que ficava difícil de ler, mas isso não tinha importância. Ela já lera aquela mensagem antes, na biblioteca Bodleian.

Kivrin apoiou a pá sobre um ombro e leu a mensagem, traduzindo do latim:

— "A contagiosa pestilência do tempo presente, que está se espalhando depressa por toda parte, deixou as igrejas de muitas paróquias e outras habitações nesta diocese sem pessoas ou padres para cuidar dos seus paroquianos."

Ela olhou para Roche. Não, pensou. Aqui não. Não vou permitir que isso aconteça aqui.

— "Como não se encontrou nenhum padre disposto..." — Os padres estavam mortos ou tinham fugido, ninguém podia ser persuadido a ocupar suas vagas e as pessoas estavam morrendo "sem o sacramento da Penitência".

Ela continuou lendo, visualizando não aquelas letras tão negras, mas as letras marrons e desbotadas que um dia decifrara na Bodleian. Havia achado aquela carta pomposa e ridícula. "Pessoas morrendo por todos os lados, e o bispo preocupado apenas com os protocolos da Igreja!", dissera ela ao sr. Dunworthy, indignada. Só que agora, lendo para o menino exausto e para o padre Roche, a carta também soava exausta. E desesperadora.

— "Se estiverem à beira da morte e não puderem contar com os serviços de um padre" — prosseguiu ela — "então devem fazer suas confissões entre si. Nós conclamamos todos, pela presente carta, em nome de Jesus Cristo, a proceder assim."

Nem o menino nem Roche disseram qualquer coisa quando Kivrin terminou a leitura. Ela imaginou se o menino tinha noção da magnitude do recado que estava carregando. Enrolou e devolveu o pergaminho a ele.

— Estou cavalgando há três dias — disse o menino, inclinando-se, o corpo cedendo ao cansaço. — Não posso descansar um pouco aqui?

— Não é seguro — argumentou Kivrin, lamentando-se por ele. — Mas poderá levar comida para você e seu cavalo.

Roche se virou para ir à cozinha, e de repente Kivrin lembrou-se de Agnes.

— Você por acaso não viu uma menininha na estrada? — indagou. — Uma garota de cinco anos, usando capinha vermelha e capuz?

— Não vi essa — disse o menino —, mas há muitas pela estrada. Estão fugindo da pestilência.

Roche trouxe um saco de lã rústica, e Kivrin afastou-se para ir buscar aveia para o garanhão. Nisso, Eliwys passou correndo pelos dois, as saias se enroscando entre as pernas, o cabelo longo se agitando na corrida.

— Não... — gritou Kivrin, mas Eliwys já havia agarrado a rédea do garanhão.

— De onde está vindo? — perguntou, agarrando a manga da roupa do menino. — Tem notícias do *privé* do meu marido, Gawyn?

O menino pareceu amedrontado.

— Eu vim de Bath com uma mensagem do bispo — respondeu ele, puxando as rédeas. O cavalo soltou um relincho e sacudiu a cabeça com força.

— Que mensagem? — inquiriu Eliwys, histericamente. — É de Gawyn?

— Não conheço ninguém com esse nome — disse o menino.

— Lady Eliwys... — começou Kivrin, adiantando-se um passo.

— Gawyn monta um cavalo negro com uma sela trabalhada em prata — insistiu Eliwys, ainda puxando a rédea do cavalo. — Ele foi a Bath para buscar meu marido, que está servindo de testemunha nos tribunais.

— Ninguém está indo para Bath. Quem pode está fugindo de lá — informou o menino.

Eliwys cambaleou, como se o cavalo tivesse recuado, e pareceu cair contra o flanco do animal.

— Não existe mais tribunal, nem lei — continuou o menino. — As ruas estão cheias de gente morta e um olhar para os cadáveres basta para que a pessoa morra também. Tem gente dizendo que é o fim do mundo.

Eliwys largou a rédea e recuou. Depois se virou e olhou com esperança para Kivrin e Roche.

— Então eles vão voltar logo para cá. Tem certeza de que não viu Gawyn na estrada? Ele monta um cavalo negro.

— Vi muitos cavalos.

O menino fez o garanhão avançar um passo na direção de Roche, mas Eliwys não arredou pé.

Roche se adiantou com o saco de mantimentos. O menino inclinou-se, recebeu as provisões e fez o cavalo dar meia-volta, quase derrubando Eliwys, que não se afastara.

Kivrin avançou e agarrou uma das rédeas.

— Não volte para junto do bispo — pediu ela.

O menino puxou as rédeas, parecendo mais amedrontado com ela do que com Eliwys.

Ela não soltou a rédea.

— Vá para o norte — disse. — A peste não chegou lá ainda.

O menino arrebatou as rédeas, meteu os calcanhares no garanhão e saiu galopando portão afora.

— Fique longe da estrada principal — gritou Kivrin, às suas costas. — Não pare para falar com ninguém.

Eliwys continuava imóvel no mesmo lugar.

— Venha — disse Kivrin a ela. — Temos que procurar Agnes.

— Meu marido e Gawyn devem ter passado primeiro em Courcy para avisar Sir Bloet — comentou ela, sendo conduzida por Kivrin para dentro da casa sem impor resistência.

Deixou Eliwys sentada junto ao fogo e foi olhar no celeiro. Agnes não estava lá, mas Kivrin acabou encontrando sua própria capa, esquecida ali desde a véspera de Natal. Envolveu-se nela e subiu para olhar o sótão. Depois procurou no lugar de fabricação de cerveja, enquanto Roche esquadrinhava outros lugares, mas nada da menina. Um vento frio passara a soprar desde quando estavam conversando com o mensageiro, e agora carregava um cheiro de neve.

— Talvez ela esteja na própria casa — sugeriu Roche. — Você olhou atrás da cadeira grande?

Revistaram a casa inteira mais uma vez, olhando atrás da cadeira alta e embaixo da cama do pavilhão. Maisry continuava deitada e choramingando no mesmo lugar de antes, e Kivrin teve que reprimir o impulso de lhe dar um pontapé. Perguntou a Lady Imeyne, ajoelhada junto à parede, se tinha visto Agnes ou não.

A mulher ignorou a pergunta e continuou dedilhando a correntinha do relicário e movendo os lábios em silêncio.

Kivrin sacudiu o ombro dela.

— Viu se Agnes foi lá para fora?

Lady Imeyne virou-se e a encarou, com os olhos faiscando.

— Ela é culpada — disse.

— Agnes?! — disse Kivrin, indignada. — Como *ela* pode ter culpa?

Imeyne abanou a cabeça e afastou o olhar na direção de Maisry.

— Deus está nos castigando pelas maldades de Maisry — sentenciou.

— Agnes desapareceu, e já está anoitecendo — falou Kivrin. — Temos que achar ela. Não viu para onde ela foi?

— É culpada — murmurou a mulher, e virou o rosto para a parede.

Estava ficando tarde e o vento assobiava, passando por entre os biombos. Kivrin correu para fora e disparou até o relvado.

Era como uma repetição do dia em que tentara descobrir sozinha o local do salto. Não havia ninguém na relva, agora já coberta de neve, e o vento fustigava e agitava suas roupas enquanto Kivrin corria. Um sino estava tocando em algum lugar a nordeste, um dobre de finados.

Agnes adorava o campanário. Kivrin foi até lá e gritou o nome da garota, mesmo podendo enxergar tudo, até o alto da corda do sino. Saiu da torre e ficou olhando as cabanas, tentando imaginar para onde a menina poderia ter ido.

Não para dentro das cabanas, a menos que estivesse com muito frio. O cãozinho! Ela havia pedido para ver o lugar onde o filhote fora enterrado. Kivrin não chegara a mencionar que ficava no meio do bosque. Agnes tinha dito que o local certo seria no pátio da igreja. Kivrin podia ver de longe que a menina não estava lá, mas mesmo assim se dirigiu para o portão coberto.

Agnes tinha passado por ali. As pegadas de suas botinhas eram visíveis de túmulo em túmulo até o lado norte da igreja. Kivrin observou a colina inteira, até o início do bosque. E se ela tivesse entrado no bosque? Nunca a encontrariam.

Kivrin correu ao longo da lateral da igreja, acompanhando as pegadas que contornavam o edifício e paravam na entrada. Abriu a porta. Estava quase escuro lá dentro e ainda mais frio do que o pátio açoitado pelo vento.

— Agnes? — chamou ela.

Não houve resposta, mas ela ouviu um leve barulho vindo do altar, como um rato fugindo para se esconder.

— Agnes? — chamou de novo, espiando a parte escura por trás do túmulo, os corredores laterais. — Você está aí?

— Kivrin? — soou um fiapo de voz trêmulo.

— Agnes?! — repetiu ela, correndo naquela direção. — Onde você está?

A menina estava diante da estátua de santa Catarina, encolhida junto às velas acesas, com sua capinha vermelha de capuz. Estava com o corpinho colado à saia de pedra da estátua, e tinha os olhos arregalados e cheios de medo. O rosto estava vermelho e riscado de lágrimas.

— Kivrin?! — disse, já correndo para se jogar nos braços dela.

— O que está fazendo aqui, Agnes? — perguntou Kivrin, zangada e cheia de alívio. Abraçou a menina com força. — Procuramos você por toda parte.

Agnes enterrou o rosto molhado de lágrimas no pescoço de Kivrin.

— Eu me escondi — respondeu ela. — Eu trouxe o carrinho para ver Blackie, mas acabei caindo. — Ela limpou o nariz com a mão. — Eu chamei você. Chamei, chamei, mas você não veio.

— Eu não sabia onde você estava, querida — explicou Kivrin, acariciando-lhe os cabelos. — Por que veio aqui para a igreja?

— Eu estava me escondendo do homem mau.

— Que homem mau? — quis saber Agnes, franzindo a testa.

A pesada porta da igreja se abriu, e Agnes cerrou os bracinhos com força em volta do pescoço de Kivrin.

— É o homem mau! — sussurrou ela, alarmada.

— Padre Roche! — chamou Kivrin. — Encontrei ela! Agnes está aqui.

A porta se fechou, e ela pôde ouvir os passos dele se aproximando.

— É o padre Roche — tranquilizou ela. — Ele também estava procurando você. Ninguém sabia para onde você tinha ido.

Agnes afrouxou um pouco o abraço.

— Maisry disse que o homem mau estava vindo para me pegar.

Roche se aproximou delas, ofegante, e Agnes escondeu de novo o rosto contra o corpo de Kivrin.

— Ela está doente? — perguntou ele, preocupado.

— Acho que não — respondeu Kivrin. — Está um pouco gelada. Ponha minha capa por cima dela.

Roche tirou desajeitadamente a capa dos ombros de Kivrin e envolveu a menina com ela.

— Eu estava me escondendo do homem mau — disse Agnes a ele, girando o corpo nos braços de Kivrin.

— Que homem mau? — indagou Roche.

— O homem mau que perseguiu Kivrin dentro da igreja — detalhou Agnes. — Maisry falou que ele viria me pegar e me passar a doença azul.

— Não existe nenhum homem mau — explicou Kivrin, pensando, quando eu voltar, vou chacoalhar Maisry até os dentes dela caírem todos.

Kivrin ficou de pé e Agnes agarrou-se com mais força a ela.

Roche tateou ao longo da parede até a porta traseira, que abriu. Uma luz azulada entrou.

— Maisry disse que o homem mau levou meu cão — prosseguiu Agnes, tremendo. — Mas ele não me pegou, porque eu me escondi.

Kivrin se lembrou do cãozinho Blackie, o corpo sem vida em suas mãos, a boca manchada de sangue. Não, pensou ela, e começou a caminhar mais depressa pela neve. A menina estava tremendo, mas apenas porque estivera aquele tempo todo dentro da igreja fria. O rosto dela estava quente contra o pescoço de Kivrin. É porque está chorando, pensou, e perguntou se Agnes estava sentindo dor de cabeça.

Agnes agitou o rosto de maneira confusa contra o corpo de Kivrin e não disse nada. Não, pensou Kivrin, e caminhou mais depressa, seguida de perto por Roche, passando em frente à cabana do caseiro e entrando no pátio.

— Eu não entrei na floresta — disse Agnes, quando chegaram em casa. — Quem entrou foi a menina má, não foi?

— Isso mesmo — respondeu Kivrin, levando a pequena para junto do fogo. — Mas está tudo bem agora. Ela foi encontrada pelo pai e voltou para casa. E todos viveram felizes para sempre. — Ela sentou Agnes no banco e desamarrou a capa.

— E nunca mais ela foi para a floresta de novo — acrescentou a menina.

— Nunca mais — repetiu Kivrin, tirando as botinhas e as meias encharcadas. — Você precisa deitar agora — disse, esticando a capa perto do fogo. — Vou buscar uma sopa quente para você. — Agnes deitou-se, obediente, e Kivrin puxou as bordas da capa para cobri-la.

Trouxe a sopa, mas Agnes não quis, e adormeceu quase em seguida.

— Ela apanhou muito frio — Kivrin enfatizou a Eliwys e Roche. — Passou a tarde inteira lá fora. Está resfriada.

No entanto, depois que Roche saiu para dizer as vésperas, Kivrin descobriu o corpo da menina e apalpou embaixo dos braços e na virilha. Chegou a virar Agnes de bruços para procurar algum caroço entre as escápulas, como vira no menino.

Roche não tocou o sino. Voltou trazendo uma colcha rasgada que era visivelmente a da sua própria cama, dobrou-a formando uma espécie de colchão e colocou Agnes em cima.

Os demais sinos da redondeza estavam tocando as vésperas. Oxford e Godstow e o outro sino lá do sudoeste. Kivrin não conseguia ouvir o sino duplo de Courcy. Olhou com ansiedade para Eliwys, que parecia não estar prestando atenção. Estava parada junto aos biombos, olhando para Rosemund.

Os sinos pararam, e então os de Courcy começaram a tocar. Pareciam diferentes: meio abafados e vagarosos. Kivrin olhou para Roche.

— Isso é um toque funeral?

— Não — respondeu ele, olhando para Agnes. — É um dia santo.

Ela tinha perdido a noção do tempo. O emissário do bispo saíra do vilarejo na manhã do dia de Natal. Na mesma tarde, Kivrin descobrira a presença da peste, e, dali em diante, era como se fosse um único e interminável dia. Quatro dias, pensou ela, já se passaram quatro dias.

Ela escolhera saltar na época do Natal porque havia tantos dias santos que os camponeses não se confundiriam nas datas e ela não teria como perder o reencontro. Gawyn foi a Bath em busca de ajuda, sr. Dunworthy, pensou ela, e o bispo tomou todos os cavalos, e eu não sabia onde era o local.

Eliwys tinha ficado de pé e escutava o toque dos sinos:

— Esses são os sinos de Courcy? — perguntou a Roche.

— São — respondeu o padre. — Não tenha medo. Hoje é o dia do Massacre dos Inocentes.

O Massacre dos Inocentes, pensou Kivrin, olhando para Agnes. A menina estava dormindo e tinha parado de tremer, embora continuasse com o rosto afogueado.

A cozinheira chamou da outra ponta, e Kivrin contornou a barricada para atendê-la. Estava meio agachada sobre seu catre, fazendo força para se levantar.

— Tenho que ir para casa — disse ela.

Kivrin conseguiu convencê-la a deitar de novo e lhe trouxe um copo d'água. Como o balde estava quase vazio, apanhou a alça e começou a se encaminhar para a saída.

— Diga a Kivrin que eu quero que ela venha ficar aqui comigo! — ordenou Agnes, que estava sentada.

Kivrin pôs o balde de volta no chão.

— Estou aqui — disse Kivrin, indo se ajoelhar ao lado da pequena. — Estou bem aqui.

Agnes olhou para ela, o rosto vermelho e deformado pela raiva.

— O homem mau vai me pegar se Kivrin não vier — sentenciou ela. — Traga Kivrin aqui *agora*!

TRANSCRITO DO LIVRO DO JUÍZO FINAL

(073453-074912)

Perdi o reencontro. Perdi a noção dos dias cuidando de Rosemund, e depois ninguém conseguia achar Agnes, e eu não sabia onde era o local do salto.

Deve estar preocupado, sr. Dunworthy. O senhor provavelmente deve achar que fui parar no meio de degoladores e de criminosos. Bem, fui mesmo. E agora eles estão com Agnes em suas garras.

A menina tem febre, mas não apresenta bulbos, nem está tossindo ou vomitando. Apenas febre, só que muito alta: Agnes não me reconhece e fica me chamando o tempo todo. Roche e eu tentamos baixar com compressas de água fria a temperatura, mas ela acaba subindo de novo.

(Pausa)

Lady Imeyne está com a peste. Hoje de manhã, o padre Roche a encontrou caída no chão, junto ao canto da parede. Ela deve ter passado a noite inteira ali. Nas duas últimas noites, ela se recusou a ir para a cama e ficou ajoelhada, rezando a Deus para que protegesse todos os cristãos da doença, inclusive ela.

Ele não atendeu à prece. Imeyne tem a peste pneumônica. Está tossindo e vomitando um muco raiado de sangue.

Ela não aceita os cuidados de Roche nem os meus.

— Ela é a culpada — disse a Roche, apontando para mim. — Olhe o cabelo. Ela não é donzela. Olhe como ela se veste.

Visto um casaco de rapaz e calções de couro que encontrei num dos baús do sótão. Minha túnica foi arruinada quando Lady Imeyne vomitou sobre mim, e precisei rasgar minha blusa para preparar tiras e ataduras.

Roche tentou dar a Imeyne um pouco do chá de casca de salgueiro, mas ela cuspiu tudo.

— Ela mentiu quando contou que tinha se perdido no bosque — afirmou. — Ela veio aqui para nos matar.

Pelo canto de sua boca, escorreu uma saliva manchada de sangue, que Roche limpou.

— É a doença que leva a senhora a acreditar nessas coisas — disse ele, com bondade.

— Ela foi mandada para nos envenenar — prosseguiu Imeyne. — Veja como envenenou as filhas do meu filho. E agora chegou minha vez, mas não vou permitir que ela me dê nada para comer ou beber.

— Pssst — fez Roche. — Não deve falar mal de quem está tentando ajudar.

Ela abanou a cabeça, violentamente, de um lado para o outro.

— Ela quer matar todos nós. Deve ser queimada. Ela é uma serva do demônio.

Eu nunca tinha visto Roche zangado antes. Ele chegou quase a parecer de novo um degolador.

— A senhora não sabe o que está falando — rebateu. — Deus mandou ela para nos ajudar.

Quem me dera que fosse verdade, que eu pudesse ser de alguma serventia, mas não sou. Agnes grita a toda hora me chamando, Rosemund continua deitada ali como enfeitiçada, o secretário está todo enegrecido, mas não há nada que eu possa fazer para ajudar os três. Nada.

(Pausa)

Toda a família do caseiro está infectada. O menino mais novo, Lefric, é o único que apresenta bulbo e, depois de trazê-lo para cá, lancetei o caroço. Não posso fazer nada pelos outros. Todos têm a forma pneumônica.

(Pausa)

O bebê do caseiro morreu.

(Pausa)

Os sinos de Courcy estão dobrando. Nove toques. Quem terá sido? O emissário do bispo? O monge gordo que ajudou a roubar nossos cavalos? Ou Sir Bloet? Espero que um deles.

(Pausa)

Dia terrível. Morreram hoje à tarde a mulher do caseiro e o menino que fugiu de mim quando fui procurar o local do salto sozinha. O caseiro está cavando covas para os dois, embora o chão esteja tão congelado que não sei como ele consegue sequer enfiar a pá ali. Rosemund e Lefric estão piores. Rosemund mal consegue engolir, e seu pulso está fraco e irregular. Agnes não está tão mal, mas não consigo fazer a febre baixar. Roche disse as vésperas aqui esta noite.

Depois das orações de praxe, ele disse:

— Bom Jesus, sei que nos mandastes todo o auxílio possível, mas temo que não possamos superar esta peste mortal. Vossa serva Katherine diz que este terror é uma doença, mas como pode ser assim? Porque parece que a peste não passa de um para outro, mas ataca em todos os lugares ao mesmo tempo.

E ataca.

(Pausa)

Ulf, o bailio, está morto.

E também Sibbe, filha do caseiro.

Joan, filha do caseiro.

A cozinheira (não sei o nome dela).

Walthef, filho mais velho do caseiro.

(Pausa)

Mais de cinquenta por cento do vilarejo já tem a peste. Por favor, não permita que Eliwys adoeça também. Nem Roche.

29

Chamou pedindo ajuda, mas ninguém apareceu, e pensou que todo mundo tinha morrido e só restava ele, como o monge John Clyn, no mosteiro de Friars Minor. "Eu, esperando pela morte..."

Tentou apertar o botão para chamar a enfermeira, mas não conseguiu encontrá-lo. Havia uma sineta de mão na mesa de cabeceira e tentou alcançá-la, mas seus dedos estavam sem força e ele acabou caindo no chão. A queda provocou um som horrível, interminável, como um Great Tom de pesadelo, mas ninguém apareceu.

Quando voltou a acordar, contudo, a sineta estava de novo sobre a mesa de cabeceira, então alguém devia ter vindo enquanto ele dormia. Fitou a sineta com olhos desfocados e imaginou quanto tempo teria dormido. Muito.

Não havia como saber que horas eram naquele quarto. Estava cheio de luz, mas uma luz muito forte, que não projetava sombras. Podia ser de tarde, podia ser o começo da manhã. Não havia relógio na mesa de cabeceira ou na parede, e ele não tinha forças suficientes para erguer o corpo e olhar na parede por trás de sua cabeça. Havia uma janela, embora ele também não conseguisse levantar o corpo e olhar para fora. Ainda assim, dava para perceber que estava chovendo. Estava chovendo desde quando fora para o Brasenose, e bem que podia ser a mesma tarde. Talvez ele tivesse apenas desmaiado e sido trazido para aquele quarto para observação.

— "Então eu farei o mesmo contra vós" — disse alguém.

Dunworthy abriu os olhos e tateou buscando os óculos, que não estavam ali.

— "Porei sobre vós o terror, o definhamento e a febre, que consomem os olhos e esgotam a vida."

Era a sra. Gaddson. Estava sentada perto da cama, lendo a *Bíblia*. Não usava máscara nem jaleco, embora a *Bíblia* parecesse estar envolvida em plastene. Dunworthy apertou os olhos para focalizá-la.

— "E quando vos refugiardes nas vossas cidades, enviarei a peste no meio de vós."

— Que dia é hoje? — perguntou Dunworthy.

Ela fez uma pausa, lançou para ele um olhar curioso e depois prosseguiu, placidamente:

— "E sereis entregues em poder do inimigo."

Ele não podia estar ali há muito tempo. Vira a sra. Gaddson lendo para os pacientes quando foi visitar Badri no quarto. Talvez fosse a mesma tarde, e Mary ainda não tivesse aparecido para colocar a mulher para fora.

— Consegue engolir? — perguntou a enfermeira. Era a freira idosa do Setor de Suprimentos. — Preciso dar um temp para o senhor. Acha que consegue engolir?

Ele abriu a boca e ela pôs o temp na sua língua. Ela puxou a cabeça dele um pouco mais para a frente, para que pudesse beber, e Dunworthy a ouviu estalando sob o avental ao se mover.

— Desceu? — indagou ela, reclinando Dunworthy para trás só um pouco.

O temp estava alojado a meio caminho em plena garganta, mas ele assentiu. O movimento fez a cabeça doer.

— Ótimo. Então já posso remover isso — disse ela, despregando alguma coisa do braço dele.

— Que horas são? — perguntou Dunworthy, tentando não tossir o temp para fora.

— É hora de descansar — respondeu ela, espiando míope os mostradores por cima da cabeça dele.

— Que dia é hoje? — quis saber ele, mas ela já saía coxeando do quarto. — Que dia é hoje? — repetiu, virando-se para a sra. Gaddson, mas ela também já sumira.

Ele não podia estar ali há muito tempo. Ainda tinha febre, e dor de cabeça, que eram os primeiros sintomas de influenza. Talvez tivesse adoecido apenas por algumas horas. Talvez ainda fosse a mesma tarde e ele tivesse despertado bem na hora de ser trazido para aquele quarto, antes mesmo de terem conectado um botão de chamada ou de terem lhe dado um temp.

— Está na hora de tomar seu temp — avisou a enfermeira.

Era uma enfermeira diferente, a lourinha bonita que fizera tantas perguntas sobre William Gaddson.

— Acabei de tomar um.

— Isso foi ontem — comentou ela. — Venha, vamos engolir.

A estudante que estava fazendo as vezes de enfermeira no quarto de Badri dissera a Dunworthy que ela tinha contraído o vírus.

— Pensei que você estava com o vírus — observou ele.

— Estava, mas já fiquei boa, e o senhor também vai ficar.

Ela pôs a mão por trás da cabeça dele e o soergueu um pouco, para lhe dar um pouco de água.

— Que dia é hoje? — perguntou ele.

— Dia 11 — respondeu. — Não é que precisei fazer um esforço para lembrar? No final, as coisas ficaram muito confusas. Quase todos os funcionários adoeceram, e tivemos que trabalhar em turnos dobrados. Eu meio que perdi a noção dos dias — disse ela, e digitou alguma coisa no console e ergueu os olhos para os monitores, franzindo a testa.

Ele já sabia antes mesmo de ouvir a resposta, antes de ter tentado usar a sineta para pedir ajuda. A febre tinha diluído numa só tarde chuvosa todas as noites de delírio e todas as manhãs narcotizadas que ele não lembrava mais, só que o corpo mantivera a contagem normal do tempo, marcando cada hora, cada dia, de modo que ele sabia, antes mesmo da resposta. Ele tinha perdido o dia do reencontro.

Não houve reencontro, pensou, com amargura. Gilchrist fechou a rede. Não faria diferença se Dunworthy tivesse ido lá ou não, se estava ou não doente. A rede estava fechada e ele não poderia ter feito nada.

Dia 11 de janeiro. Quanto tempo Kivrin teria ficado esperando no local do salto? Um dia? Dois? Três até começar a achar que tinha se confundido de dia ou de local? Teria passado uma noite inteira à espera, perto da estrada Oxford-Bath, enrolada na sua inútil capa branca, com medo de acender uma fogueira e acabar atraindo lobos, ladrões ou camponeses fugindo da peste? E quando teria reconhecido, enfim, que ninguém viria buscá-la?

— Tem alguma coisa que eu possa trazer para o senhor? — indagou a enfermeira, enfiando uma seringa na cânula.

— Isso é algo para me fazer dormir?

— É.

— Ótimo — respondeu ele, e fechou os olhos cheio de gratidão.

Dormiu alguns minutos, ou um dia, ou um mês. A luz, a chuva, a falta de sombras, tudo era igual quando ele acordava. Colin estava sentado na cadeira perto da cama, lendo o livro que ganhara de Dunworthy no Natal e mascando alguma coisa. Não foi tanto tempo assim, pensou Dunworthy, entreabrindo os olhos. A goma de mascar ainda está no meio de nós.

— Oh, que bom! — exclamou Colin, fechando o livro com uma pancada seca. — Aquela freira horrorosa disse que só me deixaria ficar se eu prometesse não acordar o senhor, e eu não acordei mesmo, não é? O senhor vai dizer a ela que acordou sozinho, certo?

Ele tirou da boca a goma, que examinou e guardou no bolso.

— O senhor já esteve com *ela*? Aquela freira parece estar viva desde a Idade Média. É quase tão necrótica quanto a sra. Gaddson.

Dunworthy apertou os olhos para vê-lo melhor. O casaco em cujo bolso o garoto guardara a goma de mascar era novo, verde, e o cachecol cinzento em volta do pescoço ficava ainda mais sombrio em contraste com a cor. Colin parecia mais velho, como se tivesse crescido enquanto Dunworthy dormia.

Colin franziu a testa.

— Sou eu, Colin. Não está me reconhecendo?

— Sim, claro que estou. Por que não está usando sua máscara?

Colin sorriu.

— Não precisa mais. Além disso, o senhor já não está contagioso. Quer os seus óculos?

Dunworthy assentiu, com cautela, para que a dor de cabeça não voltasse.

— Nas outras vezes em que acordou, o senhor não me reconheceu — disse Colin, abrindo a gaveta da mesa de cabeceira, remexendo lá dentro e entregando os óculos a Dunworthy. — O senhor estava muito mal. Achei até que fosse bater as botas. Ficava me chamando de Kivrin o tempo todo.

— Que dia é hoje? — indagou Dunworthy.

— Dia 12 — respondeu Colin, impaciente. — O senhor já me perguntou isso hoje de manhã. Não está lembrado?

Dunworthy pôs os óculos no rosto.

— Não.

— Não lembra nada do que aconteceu?

Lembro que fracassei com Kivrin, pensou ele. Lembro que deixei ela ficar em 1348.

Colin arrastou a cadeira mais para perto e pôs o livro em cima da cama.

— A freira me disse que o senhor não lembraria, por causa da febre — falou Colin, mas num tom meio zangado com Dunworthy, como se fosse culpa dele. — Ela não me deixava entrar para ver o senhor e não me dizia nada. Acho isso injustiça pura. Eles mandam você ficar sentado numa sala de espera, obrigam você a ir para casa, dizem que não há nada que você possa fazer e, quando você pergunta alguma coisa, se limitam a responder: "A doutora vai aparecer daqui a pouco". Eles não contam nada para você. Tratam você como uma criança. Quer dizer, a gente sempre acaba descobrindo, não é mesmo? Sabe o que a freira me disse hoje de manhã, ao me colocar para fora daqui?! "O sr. Dunworthy esteve muito doente. Não quero que você aborreça ele." Como se minha intenção fosse essa.

Parecia cheio de indignação, mas ao mesmo tempo abatido, preocupado. Dunworthy pensou no garoto vagando pelos corredores e sentado na sala de espera, aguardando novidades. Não admira que parecesse mais velho.

— E agorinha mesmo a sra. Gaddson veio avisar que eu só devia contar ao senhor boas notícias, porque as más podiam fazer o senhor adoecer de novo e morrer, e nesse caso a culpa seria minha.

— Ela está mantendo o moral elevado, como se pode ver — disse Dunworthy, e sorriu para Colin. — Suponho que não exista nenhuma chance de a sra. Gaddson pegar o vírus, não é?

Colin pareceu atônito.

— A epidemia acabou — respondeu. — A quarentena vai ser suspensa na semana que vem.

O análogo acabou chegando, então, depois de toda a insistência de Mary. Ele pensou se teria chegado a tempo de ajudar Badri, e logo cogitou que talvez fosse essa a má notícia de que a sra. Gaddson queria poupá-lo. Já me deram a má notícia, ponderou. Perdemos o fix e Kivrin está em 1348.

— Me dê alguma boa notícia — pediu ele.

— Bem, já faz dois dias que ninguém adoece — disse Colin. — E, como os suprimentos finalmente chegaram, estamos comendo comida decente.

— E você ganhou roupas novas, pelo que estou vendo.

Colin abaixou os olhos para o casaco verde.

— Este é um dos presentes de Natal da minha mãe. Ela me mandou depois que... — interrompeu o que estava dizendo e franziu a testa. — Ela me mandou alguns vids e um kit manifestante, com máscara.

Dunworthy imaginou se ela havia esperado até a epidemia ter chegado mesmo ao fim antes de enviar os presentes do filho, e o que Mary teria a dizer sobre isso.

— Veja só — disse Colin, ficando de pé. — O casaco fecha automaticamente. É só tocar no botão, assim. O senhor não vai precisar mais pedir para eu me vestir direito.

A freira entrou, com um roçagar de saias.

— Ele acordou o senhor? — perguntou ela.

— Eu não disse?! — falou Colin, baixinho. — Não, irmã, não acordei. Olhe, eu estava tão quieto que o sr. Dunworthy não podia nem sequer me ouvir virando as páginas.

— Ele não me acordou e não está me incomodando — corroborou logo Dunworthy, antes que ela passasse à pergunta seguinte. — E está me dando apenas boas notícias.

— Você não deveria estar contando nada. O sr. Dunworthy precisa descansar — disse ela, erguendo e pendurando uma bolsa plástica de soro bem claro no suporte. — O sr. Dunworthy ainda está doente e não pode ser incomodado por visitas — acrescentou ela, conduzindo Colin para fora do quarto.

— Se está tão preocupada com as visitas, por que não proíbe a sra. Gaddson de entrar e ler a *Bíblia* para ele? — protestou Colin. — Ela, sim, deixa qualquer um doente. — Ele parou à porta, fazendo cara feia para a freira. — Vou voltar amanhã, sr. Dunworthy. Está precisando de alguma coisa?

— Como está Badri? — perguntou ele, preparando-se para a resposta.

— Está melhor — disse Colin. — Ficou quase cem por cento, mas teve uma recaída. Mas já melhorou bastante. Ele quer ver o senhor.

— Espere! — exclamou Dunworthy, mas a freira já havia fechado a porta.

"Não foi culpa de Badri", dissera Mary, e claro que ela estava certa. Desorientação era um dos primeiros sintomas de influenza. Pensou no próprio caso e em como fora incapaz de digitar corretamente o número de Andrews, pensou na sra. Piantini cometendo um deslize após outro no ensaio com os sinos e dizendo, "Desculpem, desculpem".

"Desculpem", pensou Dunworthy. Não fora culpa de Badri. A culpa era dele. Tinha ficado tão preocupado com os cálculos do estagiário que acabara contaminando Badri com seus receios. Sua preocupação levara Badri a refazer os cálculos.

Colin deixara o livro em cima da cama. Dunworthy o puxou para si. Parecia extraordinariamente pesado, tão pesado que seu braço ficou tremendo pelo esforço de manter o volume aberto. Dunworthy então apoiou a obra na grade da cama e virou as páginas, quase ilegíveis devido ao ângulo de que ele olhava, mas acabou encontrando o trecho que procurava.

A Peste Negra atingira Oxford durante o Natal, provocando o fechamento das universidades e a fuga generalizada de pessoas, que acabavam levando a epidemia para os vilarejos próximos. Os que não podiam fugir morriam aos milhares, e eram tantos que "ninguém ficou para tomar conta e não havia gente bastante para enterrar os mortos". Os poucos que restaram se refugiaram dentro dos colégios, escondidos e procurando em quem pôr a culpa daquilo.

Dunworthy adormeceu de óculos, mas acordou quando a enfermeira os removeu. Era a enfermeira amiga de William, e ela abriu um sorriso.

— Desculpe — disse ela, guardando os óculos na gaveta. — Não queria acordar o senhor.

Dunworthy apertou os olhos para vê-la.

— Colin comentou que a epidemia acabou.

— Sim — confirmou ela, olhando os monitores por cima da cama. — Eles encontraram a origem do vírus e produziram o análogo quase ao mesmo tempo, e na hora certa. Probabilidade estava projetando uma taxa de morbidade de 85 por cento, com mortalidade de 32 por cento, mesmo com os antimicrobiais e o reforço de células-T, e isso sem considerar a carência de suprimentos e que grande parte do corpo médico também adoeceu. No fim, tivemos quase 19 por cento de mortalidade, e muitos casos ainda estão numa fase crítica.

Ela tomou o pulso de Dunworthy e olhou o monitor.

— Sua febre baixou um pouco — avisou. — O senhor teve sorte, sabia? O análogo não funcionou em quem já havia sido infectado. A dra. Ahrens disse... —

Ela se interrompeu. Ele imaginou o que Mary teria dito: talvez que ele não fosse resistir. — O senhor teve sorte — repetiu ela. — Agora, tente dormir um pouco.

Ele dormiu e, quando voltou a acordar, a sra. Gaddson estava de pé junto da cama, em posição de ataque, de *Bíblia* em riste.

— "Voltará contra ti as pragas do Egito que te horrorizavam, e elas se apegarão a ti" — leu ela no instante em que os olhos dele se abriram. — "E ainda mais: Iahweh lançará contra ti todas as doenças e pragas que estão escritas neste livro da Lei, até que sejas exterminado."

— "E sereis entregues em poder do inimigo" — murmurou Dunworthy.

— O quê?! — reagiu a sra. Gaddson.

— Nada.

Ela se perdeu um pouco localizando o texto, folheando numa direção e noutra, em busca de trechos com pestilência, e recomeçou a leitura:

— "Deus enviou o Seu filho único ao mundo."

Deus nunca teria feito isso se soubesse o que aconteceria, pensou Dunworthy. Herodes e o Massacre dos Inocentes e o Getsêmani.

— Leia para mim alguma passagem de são Mateus — pediu ele. — Capítulo 26, versículo 39.

A sra. Gaddson parou, pareceu irritada, mas folheou as páginas até o Evangelho de Mateus.

— "E, indo um pouco adiante, prostou-se com o rosto em terra e orou: 'Meu Pai, se é possível, afasta de mim este cálice'"

Deus não fazia ideia de onde estava seu filho, pensou Dunworthy. Ele enviara seu único filho para o mundo, mas alguma coisa tinha dado errado com o fix, e alguém desligara a rede, de modo que Ele não pôde mais alcançá-lo, e então as pessoas prenderam o filho, puseram uma coroa de espinhos em sua cabeça e o pregaram numa cruz.

— Capítulo 27 — disse ele. — Versículo 46.

Ela contraiu os lábios e virou a página.

— Eu realmente não acho que estes sejam trechos da Escritura apropriados para...

— Leia — interrompeu ele.

— "Por volta da hora nona, Jesus deu um grande grito: '*Eli, Eli, lamá sabachtáni?*', isto é: '*Deus meu, Deus meu, por que me abandonaste?*'."

Kivrin não faria nenhuma ideia do que podia ter acontecido. Pensaria que havia escolhido o local errado, ou o dia errado, que tinha perdido a noção do tempo de algum modo durante a peste, que alguma coisa dera errado com o salto. Pensaria que tinha sido abandonada.

— E então? — indagou a sra. Gaddson. — Mais algum pedido?

— Não.

A sra. Gaddson voltou ao começo, buscando o Velho Testamento.

— "Os que estão longe morrerão pela peste, enquanto os que estão perto hão de cair à espada" — leu ela.

Apesar de tudo, ele acabou dormindo, até enfim despertar para algo que não parecia apenas uma tarde sem fim. Chovia ainda, mas agora havia três sombras no quarto, e os sinos tocavam as quatro horas. A enfermeira de William o ajudou a ir ao banheiro. O livro sumira, e Dunworthy imaginou se Colin viera buscá-lo sem que se lembrasse. No entanto, quando a enfermeira abriu a porta do armário para pegar as chinelas, avistou o livro lá dentro. Pediu à moça que girasse a manivela até deixar a cama em um ângulo reto e, assim que ela saiu, pôs os óculos e abriu o livro mais uma vez.

A peste havia se espalhado de maneira tão aleatória e tão cruel que os contemps não conseguiam considerá-la como uma catástrofe natural. Tinham acusado os leprosos e as velhas e os doentes mentais de envenenarem e enfeitiçarem os poços d'água. Qualquer presença estranha, qualquer forasteiro ficava imediatamente sob suspeita. Em Sussex, dois viajantes foram apedrejados até a morte. Em Yorkshire, uma jovem foi queimada na fogueira.

— Ufa, aí está o livro! — exclamou Colin, entrando no quarto. — Pensei que eu tivesse perdido.

O casaco verde estava todo molhado.

— Tive que carregar as caixas com as sinetas de mão até a Sagrada Igreja Re-Formada, para ajudar a sra. Taylor. Sabe, está caindo o maior temporal!

Ao ouvir a menção à sra. Taylor, Dunworthy foi invadido por uma onda de alívio e percebeu que não fizera perguntas a respeito das pessoas detidas no colégio por medo de receber más notícias.

— A sra. Taylor está bem, então?

Colin tocou no botão e o casaco se abriu de ponta a ponta, salpicando água ao redor.

— Está. Vão se apresentar na Sagrada Igreja Re-Formada no dia 15 — disse, inclinando o corpo para ver a passagem que Dunworthy estava lendo.

Dunworthy fechou e entregou o livro a ele.

— E o restante das sineiras? A sra. Piantini está bem?

Colin fez um sinal afirmativo.

— Ela ainda está internada. O senhor não vai reconhecê-la de tão magra. — Ele abriu o livro. — Estava lendo sobre a Peste Negra, não estava?

— Estava — confirmou Dunworthy. — O sr. Finch não contraiu o vírus, não é?

— Não. Ele não adoeceu e está substituindo a sra. Piantini como tenor. Está muito aborrecido, porque não recebemos nenhum papel higiênico na carga de suprimentos que veio de Londres, e ele diz que os rolos estão quase acabando. Ele teve até uma discussão com a chata da sra. Gaddson por causa disso. — Ele colocou o livro em cima da cama. — O que vai acontecer com a sua garota?

— Não sei — respondeu Dunworthy.

— Não há nada que possam fazer para trazer ela de volta?

— Não.

— A Peste Negra foi terrível — observou Colin. — Morreu tanta gente que eles nem sequer conseguiam enterrar todos. Deixavam os cadáveres ao relento, formando pilhas enormes de corpos.

— Não posso chegar até onde ela está, Colin. Perdemos o fix quando Gilchrist desligou a rede.

— Eu sei, mas não há alguma outra coisa que se possa fazer?

— Não.

— Mas...

— Vou falar com o seu médico para restringir suas visitas — disse a freira, com severidade, puxando Colin para fora pela gola do casaco.

— Então pode começar restringindo as visitas da sra. Gaddson — rebateu Dunworthy. — E diga a Mary que preciso falar com ela.

Mary não apareceu, mas Montoya sim. Estava vindo direto da escavação, como era possível ver pela lama até os joelhos e pelo cabelo preto encaracolado repleto de salpicos. Colin estava com ela, com o casaco verde devidamente enlameado.

— Tivemos que esperar um momento de desatenção da enfermeira — justificou Colin.

Montoya tinha perdido bastante peso. As mãos que seguravam a grade da cama estavam magras, e a pulseira do relógio parecia frouxa.

— Como se sente? — perguntou ela.

— Melhor — respondeu ele, olhando as mãos dela. Havia lama por baixo das unhas. — Como se sente?

— Melhor — disse ela.

Montoya sem dúvida tinha ido direto para a escavação, à procura do recorde, assim que recebeu alta do hospital. E agora tinha vindo direto para vê-lo.

— Ela morreu, não é? — indagou ele.

As mãos dela se cerraram sobre a grade, depois a soltaram.

— Sim.

Kivrin chegara ao lugar certo, afinal de contas. O desvio das coordenadas locacionais fora de apenas uns poucos quilômetros, uns poucos metros, e ela conseguira encontrar a estrada Oxford-Bath e chegara a Skendgate. E morrera ali, vítima da influenza que havia contraído antes do salto. Ou de fome após a epidemia. Ou de desespero. Já estava morta há setecentos anos.

— Você o achou, então — disse ele, e não era uma pergunta.

— Achou o quê? — quis saber Colin.

— O recorde de Kivrin.

— Não — respondeu Montoya.

Ele não sentiu alívio algum:

— Mas vai achar — sentenciou.

As mãos dela tremeram um pouco, segurando a grade.

— Foi um pedido de Kivrin — revelou ela. — No dia do salto. Ela sugeriu que o recorde podia ficar parecido com uma saliência de um osso, para que o chip sobrevivesse, mesmo que ela não conseguisse. Ela me disse: "O sr. Dunworthy está se preocupando à toa mas, se alguma coisa não sair bem, darei um jeito de ser sepultada nessa igrejinha...". — A voz de Montoya fraquejou um pouco. — "Para que vocês não tenham que escavar a Inglaterra inteira."

Dunworthy fechou os olhos.

— Mas vocês *não sabem* se Kivrin está morta, se ainda não acharam o recorde — interrompeu Colin. — Vocês disseram que nem sabiam onde ela estava. Como podem ter certeza de que ela morreu?

— Temos feito experiências com ratos de laboratório na escavação. Bastam quinze minutos de exposição ao vírus para que aconteça a infecção. Kivrin ficou diretamente exposta à tumba durante três horas. A chance de ter contraído o vírus é de 75 por cento e, com os escassos recursos médicos da época, é quase certo que ela teve complicações.

Escassos recursos médicos. Era um século que tentava curar as pessoas com sanguessugas e estricnina, um tempo em que ninguém ouvira falar de esterilização, ou germes, ou células-T. Os contemps teriam apenas aplicado fétidas cataplasmas sobre Kivrin e murmurado orações e lancetado as suas veias. "E os médicos aplicavam sangrias", dizia o livro de Gilchrist, "mas ainda assim muitos morriam."

— Sem antimicrobiais e sem reforço de células-T — prosseguiu Montoya —, a taxa de mortalidade do vírus é de 49 por cento. Probabilidade...

— Probabilidade! — repetiu Dunworthy, com amargura. — Por acaso são números de Gilchrist?

Montoya deu uma olhada para Colin e franziu a testa.

— A chance de Kivrin ter contraído o vírus é de 75 por cento, e a de ter sido exposta à peste é de 68 por cento. A taxa de morbidade para a peste bubônica é de 91 por cento, e a taxa de mortalidade é...

— Kivrin não contraiu a peste — voltou a interromper Dunworthy. — Ela foi imunizada. A dra. Ahrens e Gilchrist não contaram para você?

Montoya olhou de novo para Colin.

— Disseram que eu não podia contar de jeito nenhum para ele — justificou Colin, encarando-a com olhar desafiador.

— Contar o quê? Gilchrist está doente?

Dunworthy se lembrou de ter olhado os monitores e depois desmaiado nos braços de Gilchrist. Imaginou se teria contaminado o outro ao cair.

— O sr. Gilchrist morreu em decorrência do vírus, três dias atrás — informou Montoya.

Dunworthy olhou para Colin.

— O que mais pediram para você esconder de mim? — questionou. — Quem mais morreu enquanto eu estive doente?

Montoya começou a erguer a mão magra para interromper Colin, mas era tarde.

— Minha tia-avó Mary — respondeu Colin.

TRANSCRITO DO LIVRO DO JUÍZO FINAL
(077076-078924)

Maisry fugiu. Roche e eu a procuramos por toda parte, com medo de que ela tivesse adoecido e se arrastado para algum recanto, mas o caseiro avisou que a viu partindo para a floresta, quando estava cavando a sepultura de Walthef. Ela montava o pônei de Agnes.

Maisry vai só contribuir para propagar a peste, ou então acabará num vilarejo onde a epidemia já chegou. A peste está por toda parte agora. Os sinos soam como vésperas, só que fora de ritmo, como se os sineiros tivessem enlouquecido. É impossível distinguir se foram nove ou apenas três toques. Os sinos gêmeos de Courcy soaram uma única badalada esta manhã. Imagino se terá sido o bebê ou uma daquelas meninas risonhas.

Rosemund continua inconsciente, e o pulso está muito fraco. Já Agnes grita e se debate durante o delírio. Segue me chamando aos gritos, mas não deixa eu me aproximar. Quando tento falar com ela, começa a dar pontapés e a berrar, como se estivesse tendo um ataque.

Eliwys está definhando de tanto se desdobrar com Agnes e Lady Imeyne, que grita "Diabo!" para mim quando tento ajudar. Hoje de manhã quase me deixou com um olho roxo. O único que me deixa chegar perto é o secretário, que não pode mais ser ajudado e não deve passar de hoje. Ele cheira tão mal que tivemos que carregá-lo para a extremidade do salão. Seu bulbo recomeçou a supurar.

(Pausa)

Gunni, o segundo filho do caseiro.

A mulher com cicatrizes de escrófulas no pescoço.

O pai de Maisry.

Cob, o coroinha de Roche.

(Pausa)

Lady Imeyne está muito mal. Roche tentou lhe dar o último sacramento, mas ela se recusou a fazer a confissão.

— Deve fazer as pazes com Deus antes de morrer — disse Roche, mas ela virou o rosto para a parede e afirmou: — Ele é o culpado disso!

(Pausa)

Trinta e um casos. Mais de setenta e cinco por cento. Roche consagrou hoje de manhã uma parte da relva, porque o cemitério do pátio da igreja já está quase cheio.

Maisry não voltou. Deve estar dormindo na cadeira alta no salão de alguma casa abandonada pelos moradores. Quem sabe, quando tudo isso passar, acabe se tornando a ancestral de alguma linhagem da nobreza.

Talvez esteja aí o mal do nosso tempo, sr. Dunworthy: ele foi fundado por Maisry e pelo emissário do bispo e por Sir Bloet. Já todas as pessoas que ficaram e tentaram socorrer alguém contraíram a peste e morreram.

(Pausa)

Lady Imeyne está inconsciente e Roche está lhe dando os sacramentos, a pedido meu.

— Aquela era a voz da doença, mas a alma de Imeyne não se voltou contra Deus — argumentei, o que não era verdade.

Talvez ela não mereça ser perdoada, mas também não merece isso, o corpo contaminado, apodrecendo, desmanchando-se. E quem sou eu para condená-la por botar a culpa em Deus quando eu mesma coloco a culpa nela? Ninguém tem culpa. É uma doença.

O vinho consagrado acabou, e não há mais azeite. Roche está usando o óleo da cozinha para o rito, que tem cheiro de ranço. Quando ele toca com o dedo nas têmporas e nas palmas das mãos dela, a pele escurece.

É uma doença.

(Pausa)

Agnes está pior. É terrível vê-la deitada, arfando como o seu cãozinho, e gritando:

— Diga a Kivrin que venha me buscar, eu não gosto daqui!

O próprio Roche não consegue suportar isso.

— Por que Deus está nos castigando assim? — ele me perguntou.

— Ele não está castigando. É uma doença — disse eu.

Só que isso não é uma resposta, e ele sabe. A Europa inteira sabe, e a Igreja também sabe. Ela vai ficar na defensiva durante alguns séculos, dando desculpas, mas nada pode alterar o fato: Ele deixou que acontecesse. Ele não vem socorrer ninguém.

(Pausa)

Os sinos pararam. Roche me perguntou se eu achava aquilo um sinal de que a peste tinha acabado.

— Talvez Deus tenha interferido para nos ajudar, afinal — disse ele.

Acredito que não. Em Tournai, as autoridades da Igreja baixaram uma ordem proibindo o dobre de sinos, porque o som amedrontava o povo. Talvez o bispo de Bath tenha feito algo semelhante.

O som *era* amedrontador, mas o silêncio é pior. É como o fim do mundo.

30

Mary morreu pouco depois de Dunworthy cair doente. Ela adoeceu no mesmo dia da chegada do análogo. Desenvolveu uma pneumonia quase imediatamente e, no segundo dia, teve uma parada cardíaca. No dia 6 de janeiro. Dia da Epifania. Dia de Reis.

— Você devia ter me contado — disse Dunworthy.

— Eu *contei* — protestou Colin. — Então não se lembra?

Dunworthy não se lembrava. Nem ao menos desconfiara ao ver a sra. Gaddson com livre acesso ao seu quarto, ou quando Colin tinha comentado: "Eles não contam nada para você". Nem sequer achara esquisito o fato de Mary não aparecer para uma visita.

— Eu avisei quando ela adoeceu — prosseguiu Colin. — E eu contei quando ela morreu, mas o senhor estava doente demais para entender.

Dunworthy imaginou Colin do lado de fora do quarto dela, esperando por notícias, e depois vindo e parando à cabeceira da cama dele, tentando avisá-lo.

— Sinto muito, Colin.

— O senhor não escolheu ficar doente — disse Colin. — Não foi culpa sua.

Dunworthy havia dito algo semelhante à sra. Taylor, e ela acreditara nas suas palavras tanto quanto ele estava acreditando nas de Colin agora. Teve a impressão de que o próprio Colin não estava convencido do que acabava de dizer.

— Está tudo bem — prosseguiu Colin. — Todo mundo foi muito legal comigo, menos a irmã. Ela não me deixou contar nada, mesmo depois que o senhor começou a melhorar, mas todos os outros foram legais, menos a chata da sra. Gaddson. Ela continuou lendo trechos das Escrituras para mim e dizendo que Deus abate os ímpios. O sr. Finch ligou para minha mãe, mas ela não teve como vir, então ele cuidou de todos os preparativos do funeral. Ele foi muito legal. As americanas foram legais, também. Me deram muitos doces.

— Sinto muito — repetiu Dunworthy e, depois que Colin foi expulso do quarto pela velha freira, repetiu de novo: — Sinto muito.

Colin não voltara desde então, e Dunworthy não sabia se a freira proibira o acesso do garoto à Emergência ou se, apesar de dizer que estava tudo bem, Colin não o tinha perdoado.

Dunworthy abandonara Colin, se ausentara e deixara o menino à mercê da sra. Gaddson e da freira e dos médicos que não contavam nada. Fugira para onde não poderia ser alcançado, tão incomunicável quanto Basingame pescando salmão num longínquo riacho da Escócia. E pouco importava o que Colin dissesse: Dunworthy sabia que o garoto dizia da boca para fora e que acreditava que, se ele quisesse mesmo, para valer, nem a doença nem nada o teriam impedido de estar ali do seu lado, ajudando.

— O senhor acha que Kivrin está morta, não é? — tinha perguntado Colin assim que Montoya saíra. — Pensa exatamente igual à srta. Montoya, certo?

— Receio que sim.

— Mas o senhor disse que Kivrin não poderia contrair a peste. E se ela não tiver morrido? E se ela estiver agora mesmo no local do reencontro, esperando pelo senhor?

— Ela foi infectada pela influenza, Colin.

— E daí? O senhor também foi e não morreu. Talvez ela também não tenha morrido. Acho que o senhor deveria procurar Badri e ver se ele tem alguma ideia. Talvez ele seja capaz de religar a máquina ou algo assim.

— Você não entende. Não é como uma lanterna elétrica, não é só desligar e religar o fix — explicara.

— Bem, talvez ele possa fazer outro. Um novo fix. Para aquele mesmo tempo.

Para aquele mesmo tempo. Um salto, mesmo com as coordenadas já preestabelecidas, precisava de dias para ser preparado. Sem contar que Badri não tinha as coordenadas. Tinha apenas a data. Ele podia "fazer" um novo conjunto de coordenadas baseadas na data, se as locacionais tivessem permanecido as mesmas. Se Badri, em plena febre, não tivesse deturpado todas elas também, e se os paradoxos permitissem a mera realização de um segundo salto.

Não havia como explicar tudo isso a Colin, não havia como dizer que não existia possibilidade de Kivrin ter sobrevivido à influenza num século onde o tratamento padrão era a sangria.

— Não tem como, Colin — respondera ele, de repente cansado demais para dar explicações. — Sinto muito.

— Então vai deixar ela lá e pronto? Sem saber se está viva ou morta? Não vai nem sequer *perguntar* a Badri?

— Colin...

— Minha tia-avó Mary fez tudo pelo senhor. Ela nunca desistiu.

— *O que* está acontecendo aqui? — perguntara a irmã, entrando no quarto, estalando sob o jaleco. — Vou ter que pedir que saia se estiver incomodando o paciente.

— Eu já estava de saída mesmo — dissera Colin e tinha disparado para fora.

O garoto não voltou a aparecer de tarde, nem durante a noite, nem tampouco na manhã seguinte.

— Tenho autorização para receber visitas? — perguntou à enfermeira de William quando chegou o turno dela.

— Tem — respondeu ela, conferindo os monitores. — E tem alguém querendo ver o senhor agora mesmo.

Era a sra. Gaddson, que já vinha de *Bíblia* aberta.

— Lucas, capítulo 23, versículo 33 — começou ela, encarando Dunworthy com uma expressão pestilencial. — Já que é tão interessado na Crucificação. "Chegando ao lugar chamado Caveira, lá o crucificaram."

Se Deus soubesse onde o Seu filho estava, nunca permitiria que fizessem aquilo a ele, pensou Dunworthy. Teria resgatado Jesus. Ele chegaria de repente e levaria Cristo Consigo.

Durante a Peste Negra, os contemps acreditaram que tinham sido abandonados por Deus. "Por que nos virastes o Vosso rosto?", haviam escrito. "Por que ignorais os nossos gritos?" Porém, talvez Deus não tivesse escutado. Talvez estivesse inconsciente, doente lá no Céu, desamparado e sem poder ajudar ninguém.

— "E houve trevas sobre a Terra inteira até à hora nona" — leu a sra. Gaddson. — "Tendo desaparecido o Sol."

Os contemps tinham pensado que aquilo era o fim do mundo, que chegara o Armagedon, que Satanás enfim triunfara. E era isso mesmo, pensou Dunworthy. Ele fechou a rede. Ele perdeu o fix.

Pensou em Gilchrist. Imaginou se ele chegara a perceber o que tinha feito, antes de morrer, ou se faleceu inconsciente, apagado, sem saber que assassinara Kivrin.

— "Depois levou-os até Betânia e, erguendo as mãos, abençoou-os" — prosseguiu a sra. Gaddson. — "E enquanto os abençoava, distanciou-se deles e era elevado ao céu."

Jesus se distanciou dos discípulos e foi elevado ao céu. Deus acabou vindo buscá-lo, pensou Dunworthy. Mas era tarde. Era tarde demais.

Ela continuou lendo, até que a enfermeira de William voltou a aparecer.

— Hora do cochilo do paciente — sentenciou ela num tom brusco, conduzindo a sra. Gaddson para fora. Depois se aproximou da cama, tirou e afofou o travesseiro.

— Colin já chegou? — perguntou Dunworthy.

— Não vejo ele desde ontem — respondeu ela, pondo o travesseiro de volta e ajudando Dunworthy a pousar a cabeça com cuidado. — Agora, quero que tente tirar um cochilo.

— A srta. Montoya não voltou aqui?

— Não desde ontem — disse, e estendeu um comprimido e um copo descartável.

— Alguém deixou recado?

— Nenhum recado — informou ela, pegando de volta o copo vazio. — Procure dormir.

Nenhum recado. "Darei um jeito de ser sepultada nessa igrejinha", Kivrin havia dito a Montoya, mas os cemitérios da época não davam conta de tanta gente. Vítimas da peste chegaram a ser sepultadas em valas, em longas trincheiras. Outras tiveram os corpos atirados aos rios. Na fase final, ninguém se dava mais o trabalho de sepultar os cadáveres. Eram amontoados em pilhas enormes, a que se ateava fogo.

Montoya nunca encontraria aquele recorde. E, se encontrasse, qual seria a mensagem? "Fui para o local do salto, mas a rede não abriu. O que aconteceu?" A voz de Kivrin se erguendo em pânico, em recriminação, gritando: "*Eli, Eli,* por que me abandonaste?".

A enfermeira de William o ajudou a sentar numa cadeira para o almoço. Quando ele terminou sua compota de ameixa, Finch apareceu.

— Estamos quase sem frutas enlatadas — começou ele, apontando a bandeja de Dunworthy. — *E* quase sem papel higiênico. Não faço ideia de como esperam que voltemos às aulas. — Ele sentou-se aos pés da cama. — A universidade marcou o reinício do período para o dia 25, mas é impossível aprontar tudo para essa data. Ainda temos quinze pacientes no Salvin, as campanhas de imunização mal começaram, e eu não estou totalmente convencido de que os casos acabaram de verdade.

— E quanto a Colin? — quis saber Dunworthy. — Ele está bem?

— Sim, senhor. Ficou um pouco melancólico após o falecimento da dra. Ahrens, mas está bastante animado por conta da recuperação do senhor.

— Obrigado por cuidar dele — disse Dunworthy. — Colin me contou que você se encarregou do funeral.

— Oh, fiquei feliz em poder ajudar, senhor. Como sabe, o garoto não tinha ninguém mais aqui. Eu tinha certeza de que a mãe dele viria depois que o perigo passou, mas ela disse que é difícil preparar tudo assim em cima da hora. Ela enviou umas flores lindas. Lírios e buquês de laser. O serviço religioso foi na capela do Balliol. — Ele mudou de posição no colchão. — Oh, e por falar na capela, espero que não se importe, mas dei permissão à Sagrada Igreja Re-Formada para realizar ali um concerto de sinos no dia 15. As sineiras americanas vão apresentar "When At Last My Savior Cometh", de Rimbaud, e a Sagrada Igreja Re-Formada foi requisitada pelo SNS como centro de vacinação. Espero que esteja tudo bem.

— Sim — falou Dunworthy, pensando em Mary e se perguntando quando teria sido o funeral, e se tinham tocado o sino depois.

— Posso dizer a elas que o senhor preferiria que usassem a St. Mary — disse ele, ansioso.

— Não, claro que não — objetou Dunworthy. — A capela está perfeita. Você está mesmo fazendo um belo trabalho durante a minha ausência.

— Bem, eu tenho tentado, senhor. Tem sido difícil, com a sra. Gaddson. — Ele ficou de pé. — Bem, não quero atrapalhar o seu repouso. Há algo que eu possa trazer ou fazer pelo senhor?

— Não — respondeu Dunworthy. — Nada.

Finch foi para a porta e se deteve.

— A propósito, meus pêsames, sr. Dunworthy — disse ele, pouco à vontade. — Sei como o senhor e a dra. Ahrens eram próximos.

Próximos, pensou Dunworthy, depois que Finch saiu. Eu não era próximo coisa nenhuma. Tentou se lembrar de Mary inclinando-se sobre ele, dando-lhe um temp, examinando ansiosa os monitores, tentou se lembrar de Colin parado junto à cama, com o novo casaco verde e de cachecol, dizendo: "Minha tia-avó Mary morreu. Está me escutando?". Só que não guardava lembrança de nada daquilo. De nada.

A freira chegou e pendurou mais uma bolsa de soro, que o apagou por completo. Quando acordou, Dunworthy se sentiu subitamente melhor.

— É o seu reforço de células-T que está se estabilizando — disse a enfermeira de William. — Temos visto isso em um grande número de casos. Algumas pessoas tiveram recuperações miraculosas.

Ela o ajudou a caminhar até o banheiro. E depois do almoço o acompanhou para uma caminhada ao longo do corredor.

— Quanto mais longe for, melhor — disse ela, ajudando-o a calçar os chinelos.

Eu não vou a lugar nenhum, pensou Dunworthy. Gilchrist desligou a rede.

Ela prendeu a bolsa de soro no ombro dele, conectou o motor portátil e ajudou Dunworthy a vestir o roupão.

— Não deve se preocupar com a depressão — avisou ela, ajudando-o a levantar da cama. — É um sintoma comum depois da influenza. Vai desaparecer assim que o organismo do senhor recuperar o equilíbrio químico.

Ela o conduziu pelo corredor.

— Talvez queira visitar algum dos seus amigos — sugeriu ela. — Há dois pacientes do Balliol na ala que fica no fim deste corredor. A sra. Piantini está no quarto leito. Faria bem a ela ter alguém para conversar.

— Será que o sr. Latimer... — disse ele, e parou. — O sr. Latimer continua internado?

— Sim — respondeu ela, e pelo tom da voz ele percebeu que Latimer ainda não se recuperara do derrame. — Duas portas adiante.

Ele arrastou os chinelos corredor afora até o quarto de Latimer. Não fora vê-lo logo que adoeceu, primeiro porque tinha de ficar à espera do telefonema de Andrews, e depois porque o hospital estava com escassez de vestimentas SPG. De acordo com Mary, Latimer havia sofrido paralisia completa e perda de funções.

Empurrou a porta do quarto. Latimer estava com os braços estendidos de cada lado, o esquerdo um pouco dobrado para acomodar as conexões e o soro. Havia tubos nas narinas e garganta adentro, e fibras ópticas unindo a cabeça e o peito ao painel de monitores sobre a cama. Seu rosto estava meio oculto por tudo aquilo, mas o paciente não dava sinais de incômodo.

— Latimer? — chamou Dunworthy, parado junto da cama.

Latimer não esboçou qualquer sinal de ter ouvido. Os olhos que estavam abertos não se moveram ao chamado, e por baixo do cipoal de tubos seu rosto não mudou de expressão. Parecia vago, distante, como se estivesse tentando recordar uma linha de Chaucer.

— Sr. Latimer! — chamou Dunworthy um pouco mais alto, e olhou para os monitores. Ali também nada mudou.

Ele não percebe nada, pensou, e levou a mão ao encosto da cadeira.

— O senhor não está sabendo nada do que aconteceu, não é? — perguntou. — Mary morreu. Kivrin está em 1348 — disse, de olho nas telinhas. — E tem mais: Gilchrist desligou a *rede*.

Não houve mudança nos monitores. As linhas continuaram se movendo com firmeza, despreocupadas, ao longo dos gráficos.

— O senhor e Gilchrist enviaram Kivrin para o meio da Peste Negra — gritou ele. — E agora o senhor está aí...

Ele parou e desabou na cadeira.

"Eu contei quando minha tia-avó Mary morreu", dissera Colin, "mas o senhor estava doente demais para entender." Colin tentara contar, mas Dunworthy ficou ali, como Latimer, indiferente, oblívio.

Colin nunca vai me perdoar, pensou ele. Também nunca vai perdoar a mãe, por não ter comparecido ao funeral. O que foi que ela disse Finch, que era difícil preparar tudo assim em cima da hora? Dunworthy pensou em Colin sozinho no funeral, olhando os lírios e os buquês de laser enviados pela mãe, enquanto ele permanecia ali, à mercê da sra. Gaddson e das sineiras.

"Minha mãe não pôde vir", dissera Colin, mas ele não acreditara. Claro que ela poderia ter vindo, se quisesse mesmo.

Ele nunca vai me perdoar, pensou Dunworthy. Nem ele nem Kivrin. Ela é mais velha do que Colin, vai imaginar todas as circunstâncias atenuantes possíveis, talvez até a que aconteceu mesmo. Mas lá no fundo do coração, abandonada a sabe-se lá que degoladores e ladrões e pestilências, ela nunca vai acreditar que eu não poderia ter chegado até onde ela estava. Se eu quisesse mesmo.

Dunworthy ergueu-se com dificuldade, apoiando-se no assento e no encosto, sem olhar nem para Latimer nem para os monitores, e voltou para o corredor. Havia uma padiola com rodas, vazia, encostada à parede, e ele se apoiou ali durante algum tempo.

A sra. Gaddson apareceu no corredor.

— Oh, aí está, sr. Dunworthy — disse ela. — Eu estava justamente indo ler para o senhor. Será que já deveria mesmo estar de pé?

— Sim — respondeu ele.

— Bem, devo dizer que estou feliz que esteja por fim se recuperando. As coisas simplesmente desmoronaram durante o tempo em que o senhor adoeceu.

— É mesmo.

— O senhor precisa fazer alguma coisa a respeito do sr. Finch, sabe? Ele permite que as americanas ensaiem a qualquer hora do dia ou da noite e, quando eu tentei me queixar do barulho dos sinos, ele foi bem grosseiro. Sem falar que designou tarefas de enfermeiro para o meu Willy. Tarefas de enfermeiro! Logo para Willy, que é tão suscetível à doença. É um milagre que ele não tenha sucumbido ao vírus ainda.

Um milagre mesmo, pensou Dunworthy, considerando o número de mocinhas provavelmente doentes com quem o rapaz teve contato bem estreito durante a epidemia. Pensou se Probabilidade seria capaz de calcular que chances ele teria de passar incólume por todo esse processo.

— Agora, o sr. Finch obrigar o pobrezinho a trabalhar como enfermeiro?! — prosseguia a sra. Gaddson. — Não autorizei, é claro. "Eu me recuso a permitir que coloque em perigo a saúde de William de modo tão irresponsável", falei para ele. "Não posso ficar de braços cruzados enquanto meu menino corre perigo mortal", disse para ele.

Perigo mortal.

— Preciso ir ver a sra. Piantini — observou Dunworthy.

— O senhor deveria voltar para a cama, isso sim. Está com uma aparência péssima. — Ela brandiu a *Bíblia* para ele. — É um escândalo a maneira como é administrada esta Emergência. Permitir que os pacientes perambulem por aí. O senhor vai ter uma recaída e vai morrer, e será o único culpado por isso.

— Não — objetou Dunworthy, abrindo e cruzando a porta que dava para a ala interna.

Tinha imaginado que aquela ala estaria praticamente deserta, as camas, vazias, os pacientes, de alta, mas todos os leitos estavam ocupados. Em sua maioria, os pacientes estavam sentados, lendo ou assistindo a vids portáteis. Um que estava sentado numa cadeira de rodas junto à janela, observando a chuva, chamou sua atenção.

Precisou de alguns instantes para reconhecê-lo. Colin mencionara a recaída, mas Dunworthy não esperava por aquilo. Ele parecia um velho. O rosto moreno estava esbranquiçado por baixo dos olhos e com vincos profundos nos cantos da boca. O cabelo tinha ficado completamente branco.

— Badri — chamou ele.

Badri se voltou.

— Sr. Dunworthy.

— Eu não sabia que você estava nesta ala — comentou Dunworthy.

— Eles me transferiram para cá, depois que... — Ele se interrompeu. — Me disseram que o senhor está melhor.

— Sim.

Eu não vou aguentar isso, pensou Dunworthy. Como está se sentindo? Bem melhor, obrigado. E você? Melhorei bastante. Claro que é uma depressão, um sintoma pós-viral costumeiro.

Badri girou a cadeira de rodas para ficar de frente para a janela, e Dunworthy pensou que ele também não suportava aquilo.

— Eu cometi um erro quando inseri as coordenadas pela segunda vez — disse Badri, olhando para a chuva. — Inseri dados errados.

Dunworthy deveria dizer: Você estava doente, já estava com febre. Deveria dizer que confusão mental era um dos primeiros sintomas de influenza. Deveria dizer: Não foi culpa sua.

— Eu não percebi que estava doente — prosseguiu Badri, beliscando o roupão com as pontas dos dedos, como fizera nos períodos de delírio. — Eu passei aquela manhã inteira com dor de cabeça, mas achei que era pelo trabalho de operar a rede. Eu deveria ter percebido que havia alguma coisa errada e abortado o salto.

Já eu deveria ter me recusado a ser o orientador dela. Eu deveria ter insistido com Gilchrist para que testasse os parâmetros. Eu deveria tê-lo obrigado a abrir a rede assim que você me disse que havia alguma coisa errada.

— Eu deveria ter aberto a rede no dia em que o senhor adoeceu e não ter esperado pelo reencontro — continuou Badri, retorcendo entre os dedos a faixa do roupão. — Deveria ter aberto a rede na mesma hora.

Dunworthy olhou automaticamente para a parede por cima da cabeça de Badri, mas não havia monitores ali. O técnico sequer estava usando uma conexão plugada. Dunworthy se perguntou se era possível que Badri não soubesse que

Gilchrist fechara a rede, se naquela preocupação geral com a recuperação do doente eles tivessem ocultado a informação de Badri, tal como ocultaram dele a notícia da morte de Mary.

— Eles não permitiram que eu saísse do hospital — disse Badri. — Eu deveria ter saído à força.

Vou ter que contar a ele, pensou Dunworthy, mas nada disse. Ficou calado ali, vendo Badri maltratar a faixa do roupão, redobrando-a, e sentindo por ele uma tristeza infinita.

— A srta. Montoya me mostrou as estatísticas de Probabilidade — seguiu Badri. — Acha que Kivrin morreu?

Espero que sim, pensou Dunworthy. Espero que tenha morrido do vírus, antes mesmo de perceber onde estava. Antes de perceber que nós a abandonamos lá.

— Não foi culpa sua — disse enfim.

— Eu só atrasei a abertura da rede em dois dias. Tinha certeza de que ela estaria esperando lá. Foram só dois dias!

— O quê?! — exclamou Dunworthy.

— Eu tentei conseguir permissão para sair do hospital no dia 6, mas os médicos se recusaram a me liberar antes do dia 8. Abri a rede assim que pude, mas ela não estava lá.

— Do que está falando?! — quis saber Dunworthy. — Como podia ter aberto a rede? Gilchrist a desligou.

Badri ergueu os olhos para ele.

— Nós usamos o backup.

— Que backup?!

— O do fix que eu consegui na nossa rede — disse Badri, parecendo surpreso. — O senhor estava tão preocupado com o modo como a Medieval estava conduzindo aquele salto que eu resolvi fazer um backup, só para garantir. Vim para o Balliol para falar sobre isso naquela tarde de terça-feira, mas o senhor não estava. Deixei um bilhete dizendo que precisávamos conversar.

— Um bilhete — repetiu Dunworthy.

— O laboratório estava aberto. Eu criei um fix redundante, usando a rede do Balliol — explicou Badri. — O senhor estava tão preocupado...

A força pareceu fugir de repente das pernas de Dunworthy. Ele sentou na cama desocupada de Badri.

— Tentei avisar o senhor — falou Badri. — Mas eu estava muito doente e ninguém me compreendia.

Existia um backup durante todo aquele tempo. Dunworthy perdera dias e mais dias tentando forçar Gilchrist a destrancar o laboratório, procurando Basingame, esperando Polly Wilson dar um jeito de invadir o computador da universidade, e durante o tempo todo o fix estivera ali, na rede do Balliol. "Tão preocupado", falara Badri. "Backup", sussurrara, e não "picape".

— Você pode abrir a rede de novo?

— Claro, mas mesmo que ela não tenha contraído a peste...

— Não contraiu — interrompeu Dunworthy. — Ela foi imunizada.

— ... ela não deve estar lá. O reencontro foi há oito dias. Kivrin não deve ter ficado ali esperando durante todo esse tempo.

— Alguém mais pode atravessar?

— Alguém mais? — repetiu Badri, com um olhar vazio.

— Para ir buscá-la. Alguém pode usar o mesmo salto para ir até lá?

— Não sei.

— Quanto tempo levaria para deixar tudo pronto para fazer um teste?

— Umas duas horas, no máximo. As coordenadas temporais e locacionais já estão fixadas, mas eu não sei quanto desvio pode existir.

A porta que dava para o corredor se abriu e Colin entrou.

— Até que enfim! — exclamou. — A enfermeira disse que o senhor tinha ido dar uma volta, mas eu não o achava em lugar nenhum. Pensei que tinha se perdido.

— Não — disse Dunworthy, olhando para Badri.

— Ela me pediu para levar o senhor de volta — advertiu Colin, pegando Dunworthy pelo braço e o ajudando a se erguer. — Não é para exagerar — explicou, já o conduzindo na direção da porta.

Dunworthy se deteve ali.

— Qual foi mesmo a rede que você usou para abrir no dia 8? — perguntou a Badri.

— A do Balliol — respondeu o técnico. — Tive medo de que parte da memória permanente tivesse sofrido danos quando a rede do Brasenose foi desligada, e não dava tempo de rodar um programa de avaliação.

Colin abriu a porta.

— O turno da irmã começa daqui a meia hora. Não vai querer que ela encontre o senhor *aqui* — disse, e fechou a porta. — Lamento não ter voltado antes, mas tive que levar umas planilhas de imunização a Godstow.

Dunworthy se recostou e apoiou o corpo na porta fechada. Talvez houvesse um desvio grande demais. Badri estava em cadeira de rodas, e o próprio Dunworthy não tinha certeza se era capaz de chegar ao fim do corredor, quanto mais voltar ao seu quarto. Tão preocupado. Ele imaginara que Badri queria dizer: "O senhor estava tão preocupado que eu decidi refazer as coordenadas", mas não, era: "... que eu fiz um backup". Um backup.

— O senhor está bem? — perguntou Colin. — Por acaso não está tendo uma recaída, esse tipo de coisa?

— Não — respondeu Dunworthy.
— Perguntou ao sr. Chaudhuri se ele é capaz de reconstituir o fix?
— Não — disse. — Havia um backup.
— Um backup?! — se surpreendeu Colin, excitado.
— Sim.
— Isso significa que vão poder buscar Kivrin?
Dunworthy parou e se apoiou numa maca sobre rodas.
— Não sei — falou.
— Eu vou ajudar — avisou Colin. — Diga, o que posso fazer? Pode pedir o que quiser. Posso levar recados e trazer coisas. O senhor não vai precisar fazer nada.
— Talvez não dê certo — começou Dunworthy. — O desvio...
— Mas o senhor vai tentar, não vai? Não vai?
Sentia um forte aperto no peito a cada passo, e Badri já tivera uma recaída, e mesmo que conseguissem talvez a rede não o deixasse passar.
— Sim — disse. — Eu vou tentar.
— Apocalíptico! — exclamou Colin.

TRANSCRITO DO LIVRO DO JUÍZO FINAL
(078926-079064)

Lady Imeyne, a mãe de Guillaume D'Iverie.

(Pausa)

Rosemund está partindo. Não sinto mais os batimentos quando tomo seu pulso, e sua pele está amarelada, parecendo de cera, o que eu sei que é mau sinal. Agnes está lutando muito. Ainda não tem bulbos e ainda não vomitou, o que é um bom sinal, eu acho. Eliwys teve que cortar o cabelo dela. A menina ficava puxando a cabeleira o tempo todo, gritando meu nome, para que eu lhe fizesse tranças.

(Pausa)

Roche deu a extrema-unção a Rosemund. Ela não pôde se confessar, é claro. Agnes parece melhor, embora ainda há pouco tivesse um sangramento no nariz. Ela perguntou pelo sininho.

(Pausa)

Seu covarde! Não vou permitir que leve ela. É só uma criança. Mas essa é a sua especialidade, não é? Massacre de inocentes?! Já levou o bebê do caseiro e o cãozinho de Agnes e o garoto que me ajudou quando eu estava na cabana, e isso basta. Não vou permitir que mate ela, seu filho da puta! Não *vou* permitir!

31

Agnes morreu um dia após o Ano-Novo, ainda gritando e chamando por Kivrin.

— Ela está aqui — disse Lady Eliwys, apertando a mãozinha da filha. — Lady Katherine está aqui.

— *Não* está! — gritou Agnes, com a voz rouca, mas ainda forte. — Diga a ela que venha!

— Vou dizer — prometeu Eliwys, e ergueu os olhos para Kivrin, com uma expressão ligeiramente perplexa. — Vá buscar o padre Roche — pediu.

— O que foi? — perguntou Kivrin. O padre já havia administrado o último sacramento na primeira noite, com Agnes retorcendo-se e dando pontapés como se estivesse tendo um acesso, e desde então a menina se recusava a tê-lo por perto. — Está passando mal, senhora?

Eliwys abanou a cabeça, ainda olhando para Kivrin.

— O que vou dizer ao meu marido quando ele chegar? — indagou ela, pousando a mão da filha junto ao corpinho, e só então Kivrin percebeu que Agnes estava morta.

Kivrin lavou o corpo da garota, quase todo coberto de pequenas manchas roxas. A mãozinha estava toda escurecida, onde Eliwys tinha apertado. Parecia que Agnes tinha sido espancada. E foi, pensou Kivrin, espancada e torturada. E assassinada. O Massacre dos Inocentes.

O casaquinho e o camisolão estavam imprestáveis: não passavam de um misto endurecido de sangue e vômito. Já as outras roupas há muito tinham sido rasgadas em tiras. Kivrin envolveu o corpinho da menina em sua própria capa branca, e Roche e o caseiro foram realizar o sepultamento.

Eliwys não quis ir junto.

— Tenho que ficar com Rosemund — justificou ela, quando Kivrin avisou que estava na hora. Eliwys não podia fazer nada por Rosemund: a menina continuava tão silenciosa como se estivesse enfeitiçada, e Kivrin cogitou que talvez a febre tivesse provocado algum dano cerebral. — E pode ser que Gawyn volte — acrescentou Eliwys.

Fazia muito frio. Enquanto baixavam o corpo de Agnes para a cova, Roche e o caseiro exalavam fumaça de condensação de vapor, e a visão daquela respiração branca enfureceu Kivrin. A menina não pesa quase nada, pensou com amargura, seria possível carregar seu corpo numa mão só.

A visão de todos aqueles túmulos recentes também a enfureceu. O pátio da igreja estava abarrotado, assim como quase todo o trecho de relva que Roche havia consagrado. O túmulo de Lady Imeyne estava praticamente no caminho para o portão coberto, e o bebê do caseiro não tinha túmulo próprio: o padre Roche o deixara repousar aos pés da mãe, embora ele não tivesse sido batizado. Não havia mais espaço.

E o filho mais novo do caseiro?, pensou Kivrin, zangada. E o secretário? Onde pretende colocá-los? A Peste Negra devia matar apenas entre um terço e metade da Europa. Não ela inteira.

— *Requiescat in pace, amen* — rezou Roche, e o caseiro apanhou a pá e passou a jogar terra gelada em cima da pequena cova.

O senhor tinha razão, sr. Dunworthy, pensou ela, com amargura. Tecido branco suja com facilidade. O senhor tem razão em tudo, não é mesmo? O senhor me suplicou para não vir, insistiu que coisas terríveis aconteceriam. Pois bem, aconteceram. E o senhor mal pode esperar para me dizer: Ah, eu avisei. Só que o senhor não vai ter essa satisfação, porque eu não sei onde é o salto, e a única pessoa que sabe provavelmente já morreu.

Ela não esperou que o caseiro terminasse de cobrir o corpo de Agnes com terra nem que Roche concluísse seu bate-papo com Deus. Começou a atravessar a relva, furiosa com todos: com o caseiro por ficar parado ali de pá em punho, ansioso para abrir mais covas, com Eliwys por não estar presente no enterro da filha, com Gawyn por não ter regressado. Ninguém está vindo, pensou ela. Ninguém.

— Katherine — chamou Roche.

Ela se virou, e ele quase correu ao seu encontro, a respiração formando praticamente uma nuvem à sua volta.

— O que foi? — perguntou.

Ele olhou para ela com ar solene.

— Não devemos perder as esperanças — encorajou.

— Por que não?! — explodiu ela. — Atingimos oitenta e cinco por cento, e nem começamos ainda. O secretário está morrendo, Rosemund está morrendo, vocês todos já foram expostos. Por que eu não deveria perder as esperanças?

— Deus não nos abandonou — respondeu ele. — Agnes está segura nos braços Dele.

Segura, pensou ela, com ironia. No chão. No gelo. No escuro. Ela cobriu o rosto com as mãos.

— Agnes está no Céu, onde não pode ser alcançada pela peste. E o amor de Deus está sempre conosco — prosseguiu. — E nada pode separar esse amor de nós, nem a morte, nem a vida, nem os anjos, nem as coisas do presente...

— Nem as coisas do futuro — disse Kivrin.

— Nem a altura, nem a profundidade, nem qualquer outra criatura — continuou ele, pondo a mão no ombro dela com delicadeza, como se ministrasse um sacramento. — Foi o amor de Deus que mandou você para nos ajudar.

Ela ergueu o braço, ficou segurando a mão que ele pousava em seu ombro.

— Devemos ajudar uns aos outros — falou ela.

Ficaram os dois parados durante um longo minuto, e então Roche disse:

— Devo ir tocar o sino, para que a alma de Agnes faça uma boa passagem.

Ela assentiu, recolhendo a mão.

— Vou ver como estão Rosemund e os outros — avisou ela, e caminhou para o pátio.

Eliwys justificara que preferia ficar perto de Rosemund mas, quando Kivrin voltou a entrar na casa grande, ela não estava ao lado da filha. Estava encolhida no catre de Agnes, envolta na capa, olhando para a porta.

— Talvez o cavalo dele tenha sido roubado por alguém que fugia — observou ela. — Por isso ele está demorando a chegar.

— Agnes foi sepultada — disse Kivrin, com frieza, e foi olhar Rosemund.

A menina estava acordada. Lançou um olhar solene para Kivrin enquanto se ajoelhava ao lado dela e tomava-lhe a mão.

— Oh, Rosemund! — suspirou Kivrin, o nariz e os olhos ardendo de lágrimas. — Meu bem, como você se sente?

— Com fome — respondeu ela. — Meu pai já chegou?

— Ainda não — disse Kivrin, e até já não parecia impossível que aquilo acontecesse. — Vou trazer um pouco de pão. Você precisa descansar até eu voltar, porque esteve muito doente.

Rosemund obedeceu e fechou os olhos, que pareciam menos fundos agora. Porém, ainda havia olheiras escuras em volta deles.

— Onde está Agnes? — perguntou ela.

Kivrin afastou os cabelos negros, emaranhados, colados ao rosto dela.

— Está dormindo.

— Que bom! — exclamou Rosemund. — Eu não queria que ela viesse brincar e gritar aqui. Ela faz muito barulho.

— Bem, vou trazer um pouco de pão para você — repetiu Kivrin, e foi até Eliwys. — Lady Eliwys, tenho boas notícias. Rosemund está acordada — disse ela, ansiosa.

Eliwys ergueu o corpo apoiando-se no cotovelo e lançou um olhar para Rosemund, mas com apatia, como se estivesse pensando em outra coisa, e voltou a se deitar.

Kivrin, alarmada, levou a mão à testa dela, que parecia quente. No entanto, como suas mãos ainda carregavam um pouco do frio lá de fora, Kivrin não teve certeza.

— Está doente? — perguntou.

— Não — falou Eliwys, mas com a mente em outro lugar. — O que vou dizer ao meu marido?

— Pode dizer a ele que Rosemund está melhor — respondeu ela, e desta vez Eliwys pareceu entender.

Levantou-se, foi até Rosemund e sentou-se ao lado da filha. Porém, quando Kivrin voltou da cozinha trazendo um pão, Eliwys tinha retornado para o catre de Agnes e estava encolhida mais uma vez por baixo da capa.

Rosemund já dormia, mas não era aquele sono semelhante à morte de algum tempo atrás. A menina estava mais corada, embora a pele do rosto ainda estivesse muito esticada.

Eliwys estava dormindo também, ou fingindo dormir, o que dava no mesmo.

Enquanto Kivrin fora buscar o pão na cozinha, o secretário tinha se arrastado do seu catre e agora estava a meio caminho da barricada. Quando Kivrin fez menção de levá-lo de volta, ele tentou bater nela, alucinado. Kivrin teve que chamar o padre Roche para ajudar a contê-lo.

O olho direito do secretário estava ulcerado, a peste roendo de dentro para fora, e ele arranhava insistentemente com as mãos.

— *Domine Jesu Christe* — bradava. — *Fidelium defunctorium de poenis infermis.* Salvai as almas dos fiéis que partiram, salvai-as das penas do Inferno.

Sim, rezou Kivrin, lutando contra as mãos dele, que eram duas garras, salvai esse fiel agora.

Ela remexeu mais uma vez no cofre medicinal de Imeyne, procurando algo que servisse de analgésico. Não havia ópio em pó. Aliás, será que as sementes de ópio já tinham chegado à Inglaterra em 1348? Encontrou alguns farrapos alaranjados que lembravam papel, ou pétalas de papoula, e colocou para ferver, mas o secretário não conseguiu beber o chá. Sua boca era um horror de feridas expostas, e ele tinha os dentes e a língua cobertos de sangue seco.

Ele não merece isso, pensou Kivrin. Mesmo que tenha trazido a peste para cá. Ninguém merece isso. Por favor, rezou ela, sem saber direito o que estava pedindo.

Seja lá o que fosse, não foi concedido. O secretário começou a vomitar uma bile negra, raiada de sangue, e nevou durante dois dias inteiros, e Eliwys parecia pior à medida que o tempo passava. Ela não aparentava ter a peste. Não tinha bulbos, não tossia, não vomitava, e Kivrin se perguntou se não seria, em vez da doença, simplesmente dor e culpa.

— O que vou dizer ao meu marido? — repetia ela, sem cessar. — Ele nos mandou para cá para ficarmos em segurança.

Kivrin tocou na testa dela. Estava quente. Todos vão pegar, pensou ela. Lord Guillaume mandou a família para cá por questão de segurança, mas elas vão adoecer, uma por uma. Preciso fazer alguma coisa. Mas não conseguia pensar em nada. A única proteção possível contra a peste era a fuga, mas elas já tinham fugido para aquele vilarejo, e de nada adiantara, e em todo o caso não podiam fugir enquanto Rosemund e Eliwys estivessem doentes.

Só que Rosemund está ficando mais forte a cada dia, pensou Kivrin, e Eliwys não tem a peste. É apenas uma febre. Talvez a família tenha alguma outra propriedade para onde possamos ir. Algo no norte.

A peste não tinha chegado a Yorkshire ainda. Kivrin podia dar um jeito para que elas se mantivessem longe de outras pessoas na estrada e não fossem expostas.

Perguntou a Rosemund se a família tinha alguma propriedade em Yorkshire.

— Não — respondeu Rosemund, sentando-se apoiada num dos bancos. — Só em Dorset.

Dorset não adiantava. A peste já estava lá. Além disso, embora muito melhor, Rosemund estava fraca demais para conseguir ficar sentada mais que alguns minutos. A menina jamais conseguiria cavalgar. Isso se tivéssemos cavalos, pensou Kivrin.

— Meu pai tinha um lugar em Surrey, também — acrescentou Rosemund. — Ficamos lá quando Agnes nasceu. — Ela olhou para Kivrin. — Agnes morreu?

— Sim — disse Kivrin.

Ela anuiu, como se não estivesse surpresa.

— Ouvi os gritos dela.

Não havia nada a dizer.

— Meu pai está morto, não está?

Também não havia nada a dizer. Era quase certo que estivesse morto, assim como Gawyn. Já fazia oito dias que o *privé* tinha partido para Bath. Eliwys, ainda febril, havia dito pela manhã:

— Ele vai chegar, agora que a tempestade passou.

Porém, nem mesmo ela parecia acreditar nas próprias palavras.

— Talvez ele ainda venha — consolou Kivrin. — Pode ter se atrasado por causa da neve.

O caseiro entrou, ainda carregando a pá, e parou junto à barricada de proteção. Ele aparecia todos os dias para ver o filho, contemplando-o embrutecido por cima da mesa virada. No entanto, agora apenas olhou de relance para o menino e virou-se para observar Kivrin e Rosemund, apoiando-se na pá.

A neve cobria o capuz e os ombros dele, bem como a lâmina da pá. Andou cavando outra cova, pensou Kivrin. Para quem?

— Morreu alguém? — perguntou ela.

— Não — falou, e continuou olhando para Rosemund, com um olhar especulativo.

Kivrin ficou de pé.

— Precisa de alguma coisa?

Ele a encarou com um olhar vazio, como se não compreendesse a pergunta, e voltou a fitar Rosemund.

— Não — respondeu ele, e saiu.

— Ele vai cavar a cova de Agnes? — indagou Rosemund, acompanhando o homem com os olhos.

— Não — disse Kivrin, com delicadeza. — Sua irmã já está enterrada no pátio da igreja.

— Ele vai cavar a minha?

— Não! — exclamou Kivrin, horrorizada. — Não! Você não vai morrer. Você está melhorando. Você ficou muito doente, mas o pior já passou. Agora só precisa descansar e tentar dormir para ficar melhor.

Obediente, Rosemund deitou-se e fechou os olhos, mas depois de um minuto voltou a abri-los.

— Se meu pai tiver morrido, a coroa vai dispor do meu dote — observou ela. — Acha que Sir Bloet ainda está vivo?

Espero que não, pensou Kivrin. Pobre criança, ficou preocupada com o casamento durante este tempo todo? Pobrezinha. Se Bloet morrer, será a única coisa boa de toda esta praga. *Se* morrer.

— Não deve se preocupar com ele agora. Precisa descansar para recobrar as forças.

— O rei às vezes honra um noivado já apalavrado — prosseguiu Rosemund, os dedos beliscando o lençol. — Se ambas as partes concordarem.

Você não precisa concordar com nada, pensou Kivrin. Ele está morto. O bispo matou todos.

— Se as partes não concordarem, o rei me indicará um noivo — continuou Rosemund. — Sir Bloet pelo menos é alguém que eu conheço.

Não, pensou Kivrin, mas sabia que aquela seria provavelmente a melhor alternativa para a menina. Rosemund estava imaginando abominações piores do que Sir Bloet, monstros e degoladores, e Kivrin sabia que existiam.

Rosemund seria vendida pelo rei a algum nobre a quem o monarca devesse dinheiro ou cuja lealdade estivesse tentando comprar, algum dos perigosos seguidores do Príncipe Negro, talvez, alguém que levaria a garota sabe Deus para onde, para viver sabe Deus em que condição.

Havia abominações muito piores do que um velho lúbrico e uma cunhada megera. O barão Garnier manteve a mulher acorrentada durante vinte anos. Já a esposa do conde de Anjou foi queimada viva. Além disso, Rosemund não teria família nem amigos para protegê-la, para cuidar dela quando adoecesse.

Vou levar Rosemund daqui, para algum lugar onde não possa ser encontrada por Bloet e onde estejamos a salvo da peste, pensou Kivrin, num impulso.

Só que esse lugar não existia. A epidemia chegara a Bath e Oxford. Estava avançando ao sul e ao leste para Londres, e depois para Kent, e para o norte pelas Midlands até Yorkshire. Em seguida voltaria a atravessar o Canal da Mancha rumo à Alemanha e aos Países Baixos. Chegaria a alcançar a Noruega, invadindo-a através de um navio cheio de cadáveres. Não existia lugar seguro.

— Gawyn está aqui? — perguntou Rosemund, soando como a mãe ou a avó. — Posso pedir que cavalgue até Courcy e diga a Sir Bloet que me juntarei a ele.

— Gawyn?! — repetiu Eliwys, lá do seu catre. — Ele está vindo?

Não, pensou Kivrin. Ninguém está vindo. Nem mesmo o sr. Dunworthy.

Pouco importava que tivesse perdido o reencontro. Não haveria ninguém lá, porque eles não sabiam que ela estava em 1348. Se soubessem, jamais a teriam deixado ali.

Alguma coisa devia ter dado errado com a rede. O sr. Dunworthy estava preocupado por enviá-la tão longe sem checar os parâmetros. "Pode haver imprevistos com uma distância tão grande", dissera ele. Talvez um desses imprevistos tivesse corrompido o fix ou feito com que eles o perdessem, de modo que estavam procurando por ela em 1320. Perdi o reencontro por quase trinta anos, pensou Kivrin.

— Gawyn?! — repetiu Eliwys pela segunda vez, tentando se levantar do catre.

Não conseguiu. Estava piorando a olhos vistos, embora ainda não tivesse nenhuma das marcas da peste. Quando começou a chover, ela disse, aliviada: "Ele agora não virá enquanto não passar a tempestade", e levantou-se e foi sentar junto de Rosemund. No entanto, durante a tarde, teve que se deitar de novo, e sua febre subiu bastante.

Roche ouviu a confissão dela. Ele tinha uma aparência exausta. Todos estavam exaustos. Se sentassem para descansar, dentro de segundos estariam dormindo. O caseiro viera dar uma olhada no seu filho Lefric e cochilou de pé, roncando, encostado à barricada, e Kivrin dormitara enquanto cuidava do fogo e acabou queimando bastante a mão.

Não podemos continuar assim, pensou ela, olhando o padre Roche fazer o sinal da cruz sobre Eliwys. Ele vai morrer de cansaço. Vai pegar a peste.

Preciso tirá-los daqui, voltou a pensar. A epidemia não estava em todos os lugares. Havia vilarejos totalmente intocados. A peste passara ao largo da Polônia e da Boêmia, e em trechos do norte da Escócia nunca penetrou.

— *Agnus dei, qui tollis peccata mundi, miserere nobis* — dizia o padre Roche, com a mesma voz reconfortante que Kivrin ouvira quando estava à beira da morte.

Então ela soube que não havia esperança. Ele nunca abandonaria os seus paroquianos. Durante a Peste Negra, a história relatava incontáveis casos de padres que abandonaram o seu rebanho, que se recusaram a fazer sepultamentos, que se refugiaram em igrejas e mosteiros ou que fugiram para longe. Agora, ela se perguntava se essas estatísticas também estariam incorretas.

E mesmo que ela encontrasse uma maneira de levar todos, Eliwys, que se virava para olhar para a porta até enquanto se confessava a Roche, insistiria em ficar à espera de Gawyn ou do marido, pois estava convencida de que eles chegariam, agora que a tempestade havia passado.

— O padre Roche saiu para recebê-lo? — perguntou Eliwys, quando Roche foi levar os sacramentos de volta para a igreja. — Ele vai chegar daqui a pouco. Sem dúvida foi primeiro a Courcy para avisar sobre a peste. De lá para cá, é somente meio dia de viagem — disse, antes de insistir com Kivrin para que levassem o catre mais para perto da porta.

Enquanto Kivrin reorganizava a barricada para que o vento que entrava pela porta não fosse direto sobre Eliwys, o secretário soltou um grito súbito e começou a ter convulsões. Todo o seu corpo se contraía em espasmos, como se estivesse levando choques, e o rosto assumiu uma rigidez terrível, com o olho ulcerado apontando para o alto.

— Não faça *isso* com ele! — gritou Kivrin, tentando enfiar a colher de Rosemund entre os dentes do homem. — Será que já não basta?!

O corpo do clérigo se sacudia.

— Pare! — soluçou Kivrin. — Chega!

O corpo do secretário se afrouxou de maneira brusca. Kivrin conseguiu enfiar a colher entre os dentes, e um filete de baba escura escorreu do canto da boca.

Morreu, pensou ela, sem conseguir acreditar. Observou o secretário, o olho ulcerado entreaberto, o rosto inchado e enegrecido sob a barba por fazer. Ele tinha os braços esticados, punhos cerrados. Nem parecia humano, ali deitado, e Kivrin cobriu aquele rosto com o lençol para que Rosemund não o visse.

— Ele está morto? — perguntou Rosemund, sentando-se, com ar de curiosidade.

— Está — disse Kivrin. — Graças a Deus. — Ela ficou de pé. — Preciso avisar o padre Roche.

— Não gostaria que me deixasse aqui sozinha — comentou Rosemund.

— Sua mãe está bem ali — ponderou Kivrin. — Tem também o filho do caseiro. E só vou ficar fora alguns minutos.

— Estou com medo — falou Rosemund.

Eu também, pensou Kivrin, olhando para a cabeça coberta com o lençol. O secretário estava morto, mas nem mesmo isso o libertara do sofrimento: ainda parecia em agonia, cheio de terror, embora o rosto nem sequer parecesse mais humano. O sofrimento do inferno.

— Por favor, não me deixe aqui — pediu Rosemund.

— Preciso avisar o padre Roche — repetiu Kivrin, mas sentou entre Rosemund e o corpo do secretário e esperou que a menina adormecesse.

Só então saiu à procura do padre. Ele não estava no pátio nem na cozinha. A vaca do caseiro, que estava ocupando a passagem e comendo um resto de feno da pocilga, saiu bamboleando atrás de Kivrin.

O caseiro estava no pátio da igreja, cavando dentro de um túmulo, os ombros à altura do nível do chão. Ele já está sabendo, pensou ela. Não, isso seria impossível. O coração de Kivrin começou a bater forte no peito.

— Onde está o padre Roche? — perguntou ela de longe, mas o caseiro não respondeu, nem mesmo virou a cabeça.

A vaca aproximou-se de Kivrin e encostou-se nela.

— Vá embora! — gritou Kivrin, correndo na direção do caseiro.

O túmulo na verdade não estava sendo cavado no pátio da igreja, e sim no relvado, para além do portão coberto. Havia dois outros túmulos vazios alinhados, e os montinhos de terra duríssima erguiam-se na neve ao lado de cada cova.

— O que está fazendo? — questionou ela. — Para quem são estas covas?

O caseiro jogou uma pá de terra na direção do monte. Os pedaços congelados se chocavam com ruído, como se fossem pedras.

— Por que cavou três covas? — insistiu ela. — Quem morreu? — A vaca esfregou um chifre no ombro de Kivrin, que deu um passo, afastando-se. — Hein, quem morreu?

O caseiro enterrou com força a pá no chão duro como ferro.

— São os últimos dias, rapaz — respondeu ele, empurrando o pé com força para enfiar a pá mais um pouco.

Kivrin teve um sobressalto de medo, mas então percebeu que ele não a reconhecera naquelas vestes de menino.

— Sou eu, Katherine — disse ela.

Ele ergueu os olhos e anuiu.

— É o fim dos tempos — falou ele. — Quem ainda não morreu vai morrer. — Inclinou-se para a frente, projetando todo o peso em cima da pá.

A vaca tentou enfiar a cabeça embaixo do braço de Kivrin.

— Saia *daqui*! — berrou ela, desferindo uma pancada no focinho do animal.

A vaca recuou desajeitada, afastou-se beirando as covas, e só então Kivrin percebeu que não eram todas do mesmo tamanho.

A primeira era grande, mas a do lado não era maior do que a sepultura de Agnes, e a que o caseiro estava cavando também não parecia muito maior. Eu disse a Rosemund que ele não estava cavando a cova dela, pensou Kivrin, mas ele está.

— Não tem o direito de fazer isso! — exclamou ela. — Seu filho e Rosemund estão melhorando. E Lady Eliwys está apenas cansada e triste. Eles não vão morrer.

O caseiro ergueu o rosto para ela, com o mesmo semblante inexpressivo de quando estivera medindo o túmulo de Rosemund com os olhos, lá junto da barricada.

— O padre Roche afirma que você foi mandada para nos ajudar, mas o que pode fazer contra o fim do mundo? — Ele empurrou o pé sobre a pá de novo. — Vocês vão precisar dessas covas. Todos, todos vão morrer.

A vaca trotou para o lado oposto da cova e abaixou a cabeça até o nível da cabeça do caseiro, mas ele não pareceu notar a presença do animal.

— Não deve abrir mais covas. Proíbo você de fazer isso — alertou Kivrin.

Ele continuou cavando, como se também não notasse a presença dela.

— Elas não vão morrer — prosseguiu. — A Peste Negra matou somente entre um terço e metade dos contemps. Já atingimos a cota.

Ele continuou cavando.

Eliwys morreu naquela noite. O caseiro teve que aumentar a cova de Rosemund para colocar o cadáver dentro e, durante o sepultamento, Kivrin viu que ele já tinha começado outra para Rosemund.

Preciso tirá-los daqui, pensou ela, olhando para o caseiro. O homem segurava a pá apoiada no ombro e, assim que terminou de cobrir a cova de Eliwys, voltou a trabalhar na de Rosemund. Preciso levá-los antes que também adoeçam.

Porque todos acabariam doentes. A peste estava à espreita, nos bacilos, nas vestes, nas roupas de cama, no próprio ar. E, se por algum milagre não fossem infectados ali, a peste varreria todo o Oxfordshire na primavera, espalhada por mensageiros e aldeões e emissários do bispo. Não podiam permanecer ali.

Escócia, pensou ela, e começou a tomar o caminho da casa. Eu poderia levá-los para o norte da Escócia. A peste não chegou tão longe. O filho do caseiro pode ir montado no burro e prepararemos uma padiola para Rosemund.

Rosemund estava sentada no catre.

— O filho do caseiro está chamando você — disse ela, assim que Kivrin entrou.

Ele tinha vomitado um muco sangrento. Seu catre estava encharcado. Quando Kivrin limpou seu corpo, o menino estava fraco até para erguer a cabeça. Mesmo que Rosemund consiga cavalgar, ele não conseguirá, pensou ela, com desalento. Não vamos a lugar nenhum.

À noite, lembrou-se da carroça que trouxera no salto. Talvez o caseiro pudesse ajudá-la em algum conserto, assim Rosemund iria deitada dentro. Kivrin usou os carvões do fogo para acender uma lamparina e foi até o estábulo para verificar. O burro de Roche zurrou tão logo a porta se abriu, e quando Kivrin ergueu a chama fumegante ouviu o ruído pressuroso de algo fugindo para os cantos.

As caixas arrebentadas estavam empilhadas contra a carroça como uma barricada, e assim que as puxou para baixo Kivrin percebeu que aquilo não funcionaria. A carroça era grande demais, e o burro não conseguiria puxá-la. Sem contar que estava faltando o eixo de madeira, que algum contemp teria usado para reforçar uma cerca ou para fazer de lenha. Ou para se barricar contra a peste, pensou ela.

Quando Kivrin saiu, estava tudo escuro no pátio, e as estrelas brilhavam nítidas e faiscantes como naquela véspera de Natal. Ela pensou em Agnes adormecida contra o seu ombro, o sininho preso ao pulso, e no som dos grandes sinos dobrando o toque da morte do demônio. Prematuramente, pensou Kivrin. O demônio ainda não morreu. Está à solta no mundo.

Ficou desperta por um longo tempo, tentando pensar em outro plano. Talvez pudessem fazer algum tipo de liteira que o burro conseguisse puxar, caso a neve não estivesse profunda demais. Ou talvez pudessem colocar as duas crianças sobre o lombo do animal e carregar a bagagem em sacos, às costas.

Adormeceu por fim e despertou quase imediatamente, ou pelo menos teve essa sensação. Continuava escuro, e Roche estava inclinado sobre ela. O fogo, quase extinto, iluminava o rosto do padre de baixo para cima, dando-lhe a mesma aparência daquela noite na clareira, quando Kivrin pensou que ele era um degolador. Ainda meio adormecida, estendeu a mão e tocou na face dele.

— Lady Katherine — chamou ele, e então ela despertou.

É Rosemund, pensou, e girou o corpo para olhar para ela, mas a menina dormia sossegada, o rostinho apoiado na mão.

— O que foi? — perguntou ela. — O senhor está passando mal?

Ele abanou a cabeça. Abriu a boca, mas fechou em seguida.

— Chegou alguém? — perguntou ela, ficando de pé com esforço.

Ele abanou a cabeça de novo.

Não pode ser alguém doente, pensou Kivrin. Não sobrou ninguém. Olhou para a pilha de lençóis perto da porta, onde costumava dormir o caseiro, mas ele não estava lá.

— O caseiro está doente? — perguntou.

— O filho dele morreu — respondeu o padre, com uma voz estranha, aturdida, e então Kivrin percebeu que Lefric não estava mais ali. — Eu fui à igreja para dizer as matinas... — prosseguiu Roche, e sua voz falhou. — Precisa vir comigo — disse ele, rumando para fora da casa.

Kivrin recolheu seu lençol surrado e seguiu atrás de Roche até o pátio.

Não podiam ser mais do que seis da manhã. O sol estava um pouquinho acima do horizonte, manchando o céu nublado e a neve com um tom cor-de-rosa. Roche já estava cruzando a passagem estreita que dava acesso ao relvado. Kivrin envolveu os ombros com o lençol e correu atrás dele.

A vaca do caseiro estava parada diante da passagem, a cabeça enfiada na cerca da pocilga, puxando com a boca a palha que havia lá dentro. O animal levantou a cabeça e mugiu para Kivrin.

— Xô!... — enxotou, agitando as mãos, mas a vaca apenas puxou a cabeça que estava enfiada na cerca e caminhou em direção a Kivrin, mugindo.

— Não tenho tempo para ordenhar você — disse, empurrando a traseira do animal e cruzando a passagem.

O padre Roche já estava na metade do relvado quando ela conseguiu alcançá-lo.

— O que foi? Não pode me contar? — perguntou, mas o padre não respondeu, nem sequer olhou para ela.

Mudou de direção indo rumo às sepulturas abertas no relvado, e ela pensou, sentindo um súbito alívio, que o caseiro tentara sepultar o filho sozinho, sem a presença de um sacerdote.

A pequena cova já estava tapada, um monte de terra e neve. O caseiro acabara a cova de Rosemund e também outra, maior. A pá jazia dentro, com o cabo apoiado na borda.

Roche não foi na direção da cova de Lefric. Parou junto à cova mais recente e repetiu, com a mesma voz aturdida:

— Eu fui à igreja para dizer as matinas...

Kivrin olhou para dentro do túmulo.

Aparentemente o caseiro tentara se enterrar com a pá, mas isso tinha ficado difícil num espaço tão estreito. Então ele largara a pá e tentara puxar a terra sobre si mesmo com as mãos nuas. Ainda segurava um grande bloco de terra na mão congelada.

As pernas estavam quase totalmente cobertas, o que lhe dava uma aparência indecente, como se ele estivesse deitado numa banheira.

— Temos que enterrar ele direito — falou Kivrin, e tomou a pá.

Roche abanou a cabeça.

— É solo sagrado — objetou, entorpecido.

Então ela se deu conta: Roche achava que o caseiro havia se suicidado.

Pouco importa, pensou ela, percebendo que a despeito de tudo aquilo, horror atrás de horror, Roche ainda acreditava em Deus. Estava indo rezar as matinas quando encontrou o caseiro e, se todos morressem, continuaria rezando, sem ver nada de incongruente em suas preces.

— Foi a doença — disse Kivrin, mesmo não fazendo ideia se era verdade ou não. — A peste septicêmica, que infecciona o sangue.

Roche a encarou sem compreender.

— O caseiro deve ter adoecido enquanto cavava — explicou ela. — A peste septicêmica envenena o cérebro. Ele não estava em seu juízo perfeito.

— Como Lady Imeyne — observou ele, quase aliviado.

Ele não gostaria de ter que enterrar o caseiro num solo qualquer, apesar de sua crença, pensou Kivrin.

Ela ajudou Roche a acomodar o corpo do caseiro, embora já apresentasse alguma rigidez. Não tentaram mudar a posição, nem envolver o cadáver num sudário. Roche cobriu aquele rosto com um pano preto, e os dois se alternaram com a pá, varrendo terra e neve para cima da cova. Os pedaços de terra congelada se chocavam com ruído, como pedras.

Roche não foi para a igreja buscar as vestimentas ou o missal. Primeiro se postou junto ao túmulo de Lefric e depois ao do caseiro, fazendo as orações dos defuntos. Kivrin ficou atrás, mãos cruzadas, dizendo baixinho para si mesma, Ele não estava em seu juízo perfeito. O caseiro sepultou a esposa e seis filhos, sepultou praticamente todas as pessoas que conhecia e, mesmo que não estivesse febril, mesmo que tivesse se arrastado para dentro da cova e esperado morrer congelado, ainda assim a peste fora a causa da morte.

Ele não merecia uma sepultura de suicida. Não merecia sepultura alguma. Deveria ir com a gente para a Escócia, pensou Kivrin, e ficou horrorizada com a súbita onda de alegria que sentiu.

Podemos ir para a Escócia agora, refletiu, olhando para a cova que ele havia aberto para Rosemund. Rosemund pode ir no burro, e Roche e eu podemos levar comida e cobertores. Ela abriu os olhos e fitou o céu, mas agora que o sol estava mais alto as nuvens pareciam mais leves, como se o tempo fosse abrir ainda durante a manhã. Saindo hoje de manhã, ponderou ela, poderíamos deixar a floresta pelo meio-dia e pegar a estrada de Oxford-Bath. À noite estaríamos na estrada principal para York.

— *Agnus dei, qui tollis peccata mundi, dona eis requiem* — disse Roche.

Temos que levar aveia para o burro, pensou ela, e o machado para cortar lenha. E também lençóis.

Roche terminou suas orações.

— *Dominus vobiscum et cum spiritu tuo. Requiescat in pace. Amen* — concluiu ele, e se encaminhou para a igreja, para tocar o sino.

Não há tempo para isso, pensou Kivrin, disparando na direção da casa grande. Ela poderia empacotar talvez metade de tudo que levariam enquanto Roche dobrava o sino aos finados, e depois revelaria o seu plano, e ele carregaria o burro, e sairiam em seguida. Ela atravessou o pátio correndo e entrou na casa. Tinham que levar carvões para acender a fogueira quando fosse preciso. Poderiam usar o cofrezinho medicinal de Imeyne.

Entrou no salão. Rosemund ainda dormia, o que era bom. Não havia necessidade de acordá-la até que estivessem prontos para partir. Kivrin passou por ela, na ponta dos pés, pegou e esvaziou o cofrezinho de Imeyne. Deixou-o junto ao fogo e virou-se para ir à cozinha.

— Eu acordei e você não estava aqui — falou Rosemund, sentada no catre. — Tive medo que tivesse ido embora.

— Nós vamos todos embora — revelou Kivrin. — Vamos para a Escócia. — Aproximou-se da menina. — Você precisa descansar para a viagem. Volto daqui a pouco.

— Para onde está indo? — indagou Rosemund.

— Só até a cozinha. Está com fome? Posso trazer um mingau para você. Agora, deite e descanse.

— Eu não gosto de ficar sozinha — comentou Rosemund. — Não pode ficar comigo um pouquinho?

Eu não tenho *tempo* para isso, pensou Kivrin.

— Vou só até a cozinha. E o padre Roche está aqui. Não está ouvindo? Ele está tocando o sino. Vou me ausentar apenas alguns minutos, está bem? — Ela deu um sorriso radiante para Rosemund, que aquiesceu com relutância. — Volto já.

Lá fora, ela quase correu. Roche ainda dobrava o sino aos finados, devagar, com firmeza. Vamos, vamos, pensou ela, não temos muito tempo. Vasculhou a cozinha, pondo toda a comida em cima da mesa. Havia um queijo redondo e vários pães brancos. Empilhou todos como pratos dentro de um saco de estopa, colocou o queijo por cima e levou tudo para junto do poço.

Rosemund estava parada à porta da casa, apoiando-se no umbral.

— Não posso ficar sentada na cozinha com você? — perguntou ela. Tinha vestido a túnica e calçado os sapatos, mas já estava tiritando no ar gelado.

— Está muito frio — respondeu Kivrin, apressando-se em ir para junto dela. — E você precisa descansar.

— Sempre que você sai eu fico com medo de que não volte — suspirou Rosemund.

— Eu estou bem aqui — tranquilizou Kivrin, mas logo entrou na casa para apanhar a capa de Rosemund e uma braçada de cobertores de pele. — Pode sentar aí no batente e ficar olhando enquanto eu arrumo as coisas — disse ela, pondo a capa sobre os ombros da menina e arrumando os cobertores em volta dela, como um ninho. — Está bem?

O broche que Sir Bloet dera ainda estava preso à capa. Rosemund mexeu no fecho, com as mãozinhas magras tremendo um pouco.

— Vamos para Courcy? — quis saber.

— Não — falou Kivrin, ajudando Rosemund a prender melhor o broche. *Io suiicien lui dami amo*. "Estou aqui no lugar do amigo que amo." — Vamos para a Escócia. Lá estaremos em segurança, longe da peste.

— Acha que meu pai morreu com a peste?

Kivrin hesitou.

— Minha mãe dizia que ele estava atrasado ou que não podia vir. Imaginava que talvez meus irmãos estivessem doentes, e que ele viria quando todos melhorassem.

— Pode ser — consolou Kivrin, agasalhando os pés dela com uma pele. — Deixaremos uma carta para ele, para que saiba onde estamos.

Rosemund abanou a cabeça.

— Se ele estivesse vivo, teria vindo me buscar.

Kivrin envolveu os ombros magros de Rosemund com uma manta.

— Preciso ir buscar comida para a viagem — disse, com delicadeza.

Rosemund anuiu, e Kivrin foi até a cozinha. Havia um saco de cebolas encostado na parede, e outro de maçãs. Estavam murchas, e a maioria já apresentava manchas marrons, mas Kivrin arrastou o saco para fora assim mesmo. Não teriam que ser cozidas, e todos precisariam de vitaminas até a chegada da primavera.

— Quer uma maçã? — perguntou a Rosemund.

— Quero — respondeu ela.

Kivrin remexeu no saco, tentando encontrar uma que estivesse ainda firme e sem marcas. Tirou de lá uma meio vermelha, meio verde, esfregou na meia e entregou à menina, sorrindo diante da ideia de como teria sido agradável o sabor de uma maçã quando estava doente.

Depois da primeira mordida, porém, Rosemund pareceu perder o interesse. Recostou-se no portal e ficou quietinha contemplando o céu, escutando o dobrar contínuo do sino tocado por Roche.

Kivrin continuou escolhendo as maçãs, separando as que valia a pena levar e imaginando quanto peso o burro suportaria. Tinham que levar aveia para o animal. Não haveria capim, embora quando chegassem à Escócia ele pudesse comer urzes. Não precisariam levar água, pois havia muitos córregos no trajeto. Só que tinham que levar uma panela para ferver a água.

— Seus familiares não vieram buscar você — constatou Rosemund.

Kivrin ergueu os olhos. A menina continuava encostada ao portal, segurando a maçã.

Vieram, pensou, mas eu não estava no local.

— Não — respondeu.

— Acha que eles morreram da peste?

— Não — disse Kivrin, e pensou, Pelo menos não preciso ficar me perguntando se eles estão mortos ou indefesos em algum lugar. Pelo menos sei que todos estão bem.

— Quando eu encontrar Sir Bloet, vou contar como você nos ajudou — avisou Rosemund. — Vou pedir a ele para manter você e o padre Roche perto de mim. — Ela ergueu a cabeça, com orgulho. — Tenho direito aos meus próprios acompanhantes e meu capelão.

— Obrigada — agradeceu Kivrin, com solenidade.

Ela colocou o saco de maçãs boas ao lado do saco com pão e queijo. O sino parou de tocar, e suas reverberações continuaram se espalhando pelo ar frio. Ela apanhou e baixou o balde ao fundo do poço. Poderia preparar um pouco de mingau e cortar as maçãs mais velhas dentro. Seria uma refeição substancial para o começo da viagem.

A maçã de Rosemund passou rolando pelos seus pés até se chocar com a base do poço e parar. Kivrin se inclinou para apanhá-la. Havia apenas um pequeno pedaço mordido, uma mancha clara no meio da casca rubra. Kivrin limpou a fruta na meia.

— Você soltou sua maçã — disse, e virou-se para devolvê-la.

A mão ainda estava aberta, como se a menina tivesse se inclinado para apanhar o fruto quando caiu.

— Oh, Rosemund — suspirou Kivrin.

TRANSCRITO DO LIVRO DO JUÍZO FINAL

(079110-079239)

Eu e o padre Roche estamos de partida para a Escócia. Para dizer a verdade, acho que não faz muito sentido contar isso, porque vocês nunca vão escutar o que está registrado neste recorde, mas vai que alguém encontre o chip um dia por acaso em uma charneca ou a srta. Montoya escave alguma área da Escócia depois de terminar Skendgate. Caso aconteça algo assim, quero que vocês saibam o que aconteceu conosco.

Sei que fugir talvez seja a pior coisa a fazer, mas preciso tirar o padre Roche daqui. A propriedade inteira está contaminada de peste: roupas de cama, vestimentas, o próprio ar. Além disso, há ratos por toda parte. Vi um na igreja quando fui buscar a alva e a estola de Roche para o funeral de Rosemund. Sem contar que, mesmo que ele não seja contaminado pelos ratos, a peste paira por toda a redondeza, e eu nunca conseguiria convencê-lo a permanecer aqui. Ele vai querer ajudar alguém.

Vamos nos manter afastados das estradas e longe dos vilarejos. Temos comida bastante para uma semana, e então já estaremos bem ao norte e poderemos comprar mantimentos em alguma cidade. O secretário trazia consigo uma bolsa de moedas de prata. E não se preocupem. Estaremos bem. Como diria o sr. Gilchrist, “todas as precauções foram tomadas”.

32

“Apocalíptico” era o termo mais adequado para a mera ideia de resgatar Kivrin, pensou Dunworthy. Estava exausto quando enfim conseguiu voltar ao quarto, com o amparo de Colin, e a temperatura tinha subido de novo.

— Agora descanse — disse Colin, ajudando Dunworthy a deitar-se. — Não pode ter uma recaída, se está mesmo pensando em ir resgatar Kivrin.

— Preciso falar com Badri — comentou ele. — E com Finch.

— Eu cuido de tudo — avisou Colin, e disparou para fora.

Dunworthy precisava providenciar a alta para ele e Badri, e apoio médico para o resgate, caso Kivrin estivesse doente. Também precisaria tomar a vacina contra a peste, e imaginou quanto tempo seria necessário para que surtisse efeito. Mary havia dito que vacinara Kivrin quando ela esteve internada para fazer o implante do recorde. Isso acontecera duas semanas antes do salto, mas talvez a imunidade plena não precisasse de tanto tempo assim.

A enfermeira apareceu para tirar a temperatura.

— Meu turno está terminando — disse ela.

— Quando vou poder receber alta? — perguntou ele.

— Alta? — repetiu ela, num tom de surpresa. — Ora, ora, deve estar se sentindo melhor, então.

— Estou — respondeu ele. — Quanto tempo?

Ela franziu a testa.

— Há uma grande diferença entre ser capaz de dar uma volta e poder voltar para casa. — Ela ajustou a bolsa de soro. — O senhor não vai querer exagerar.

Saiu, e depois de alguns minutos Colin entrou com Finch e o livro sobre a Idade Média.

— Achei que talvez precisasse disso para estudar vestimentas e outras coisas — começou ele, largando o livro sobre as pernas de Dunworthy. — Vou buscar Badri — acrescentou, disparando para fora.

— Está parecendo bem-disposto, senhor — disse Finch. — Fico tão satisfeito. Receio que sua presença esteja sendo extremamente necessária lá no Balliol. É a sra. Gaddson. Ela acusa Balliol de prejudicar a saúde de William. Afirma que a combinação do estresse da epidemia com o das leituras de Petrarca afetou a saúde do filho. Ela está ameaçando levar o caso até o diretor da faculdade de história.

— Diga que a convidamos com fervor a tentar. Basingame está em alguma parte da Escócia — observou Dunworthy. — Preciso que você descubra com quanta antecedência é preciso tomar uma vacina contra a peste bubônica para que faça efeito, e também que apronte todo o laboratório para a execução de um salto.

— No momento, o laboratório está servindo como depósito — explicou Finch. — Recebemos inúmeras remessas de suprimentos de Londres, embora nenhuma com papel higiênico, apesar da minha requisição específica e...

— Bote tudo no corredor — interrompeu Dunworthy. — Quero a rede pronta o mais depressa possível.

Colin abriu a porta com o cotovelo e empurrou a cadeira de Badri para dentro, usando o outro braço e um joelho para manter a entrada aberta.

— Tive que passar com ele escondido da freira — mencionou sem fôlego o garoto, trazendo a cadeira de rodas até junto da cama.

— Eu quero... — disse Dunworthy, e se deteve, olhando para Badri. O técnico não tinha a mínima condição de operar a rede. Parecia exausto pelo simples esforço de ter sido trazido pelo corredor, e agora estava apertando entre os dedos o bolso do roupão, tal como fizera antes com a faixa da cintura.

— Vamos precisar de duas redes recursivas, um medidor de luz e um portal — listou Badri, e sua voz soava exausta também, mas não havia mais nela o desespero de antes. — E também precisamos de autorização tanto para o salto quanto para o resgate.

— E quanto aos manifestantes que estavam em frente ao Brasenose? — perguntou Dunworthy. — Será que podem tentar impedir o salto?

— Não — respondeu Colin. — Agora eles estão diante da sede do National Trust. Querem interditar a escavação a todo custo.

Ótimo, pensou Dunworthy. Montoya vai estar ocupada demais tentando defender seu sítio arqueológico contra os manifestantes e não vai interferir. Ocupada demais para continuar à procura do recorde de Kivrin.

— O que mais vai ser preciso? — perguntou ele a Badri.

— Uma memória insular e redundante para o backup. — Ele puxou do bolso uma folha de papel e olhou para ela. — E uma conexão remota para que eu possa checar os parâmetros.

Estendeu a lista para Dunworthy, que a repassou para Finch.

— Vamos precisar também de suporte médico para Kivrin — falou Dunworthy. — E quero um telefone instalado aqui no quarto.

Finch estava franzindo a testa para a lista.

— E não quero a desculpa de que algum item da lista está em falta — acrescentou Dunworthy, antes que Finch pudesse protestar. — Dê um jeito. Peça, pegue emprestado ou roube. — Virou-se para Badri. — Vai precisar de algo mais?

— Sim. Da alta. E receio que seja o obstáculo mais difícil — lastimou Badri.

— Ele tem razão — concordou Colin. — A irmã nunca vai permitir que ele saia. Só conseguimos entrar na surdina.

— Quem é seu médico? — perguntou Dunworthy.

— O dr. Gates — respondeu Badri. — Mas...

— Bom, vamos explicar a situação — interrompeu Dunworthy. — Dizer que se trata de uma emergência.

Badri abanou a cabeça.

— O médico não deve ficar sabendo de nada, em hipótese alguma. Convenci ele a me liberar para abrir a rede quando o senhor estava doente. Mesmo achando que eu não estava bem, ele acabou permitindo. Aí, quando eu tive a recaída...

Dunworthy o observou, com ansiedade.

— Tem certeza de que está em condições de operar a rede, Badri? Talvez eu possa convencer Andrews, agora que a epidemia está sob controle.

— Não vai dar tempo — explicou Badri. — E a culpa foi minha. Eu quero operar a rede. Talvez o sr. Finch possa me conseguir outro médico.

— Sim — disse Dunworthy. — Finch, também avise o meu médico que preciso falar com ele. — Apanhou o livro trazido por Colin.

— Também vou precisar de um figurino. — Ele folheou as páginas do livro, detendo-se nas que traziam ilustrações de vestimentas medievais. — Sem fitas, sem zíperes, sem botões. — Encontrou um retrato de Boccaccio e o exibiu para Finch. — Duvido que em Século xx tenhamos algo assim. Telefone para o Núcleo Dramático da Sociedade de Artes Cênicas e veja se eles têm algo.

— Farei o possível, senhor — disse Finch, franzindo o rosto, hesitante, com os olhos na ilustração.

A porta se abriu com ruído, e a freira entrou em pé de guerra, furiosa.

— Sr. Dunworthy, isso é uma completa irresponsabilidade — vociferou ela num tom que com certeza um dia havia horrorizado os feridos da Guerra das Malvinas. — Se não consegue cuidar da própria saúde, poderia pelo menos não colocar em risco a dos outros pacientes. — Ela cravou o olhar em Finch. — O sr. Dunworthy não receberá mais visitas.

Fulminou Colin com os olhos e se apossou da cadeira de rodas.

— O que tinha em mente afinal, sr. Chaudhuri? — questionou ela, empurrando a cadeira com tanta força que a cabeça de Badri foi jogada para trás. — Já teve uma recaída e não tenho a menor intenção de permitir que tenha outra — vociferou, levando-o na direção da porta.

— Falei para o senhor que Badri nunca poderia ter saído se não fosse na surdina — comentou Colin.

A enfermeira abriu a porta.

— Mais *nenhuma* visita — acrescentou ela na direção de Colin.

— Eu voltarei — sussurrou Colin para Dunworthy, e passou correndo por ela.

Ela fixou no garoto seus olhos ancestrais.

— Não se depender de mim — decretou.

Aparentemente dependia, porque Colin só voltou quando o turno dela chegou ao fim, mas tudo o que ele trouxe foi a conexão remota para Badri e um breve relatório sobre vacinas contra a peste para Dunworthy. Finch telefonara para o SNS. A vacina precisava de duas semanas para a imunidade plena, e sete dias para uma proteção parcial.

— Ah, o sr. Finch quer saber se o senhor não gostaria também de se vacinar novamente contra o cólera e a febre tifoide.

— Não vai dar tempo — respondeu Dunworthy.

Também não daria tempo para a vacina da peste. Kivrin já estava lá há mais de três semanas, e suas chances de sobrevivência diminuíam a cada dia. Além disso, ele não estava perto de receber alta.

Assim que Colin saiu, ele tocou a campainha chamando a enfermeira de William e disse que precisava ver seu médico.

— Estou pronto para receber alta — explicou.

Ela deu uma risada.

— Já estou completamente recuperado — falou. — Dei dez voltas no corredor hoje de manhã.

Ela abanou a cabeça.

— O índice de recaídas deste vírus tem sido altíssimo. Eu, de verdade, não posso correr esse risco. — Ela sorriu para ele. — Por que está tão impaciente para sair? Seja qual for a razão, pode esperar mais uma semana.

— Vai começar o período letivo — disse ele, e percebeu que era verdade. — Por favor, diga ao meu médico que preciso falar com ele.

— O dr. Warden não vai mudar uma palavra do que eu disse — argumentou ela, mas parece que transmitiu o recado, porque depois da hora do chá o médico entrou, manquitolando.

Obviamente, ele fora recrutado de algum abrigo de terceira idade para ajudar durante o surto epidêmico. Contou uma história longa e sem propósito sobre as condições da medicina durante a Pandemia, e depois sentenciou, com uma voz rangente:

— No meu tempo os pacientes ficavam internados até a recuperação total.

Dunworthy nem tentou argumentar. Esperou que ele e a freira se afastassem corredor afora, trocando reminiscências da Guerra dos Cem Anos, prendeu ao ombro a bolsa de soro e caminhou até a cabine telefônica perto da Emergência, para ouvir o relato dos progressos feitos por Finch.

— A freira não permite um telefone no seu quarto — começou Finch. — Mas tenho boas notícias sobre a peste. Uma aplicação de injeções de estreptomicina com gamaglobulina e reforço de células-T pode proporcionar imunidade temporária e pode ser injetada cerca de doze horas antes da exposição ao vírus.

— Ótimo — aprovou Dunworthy. — Encontre um médico que possa aplicar tudo isso e me dar alta. Um médico jovem. E mande Colin aqui. A rede está pronta?

— Quase pronta, senhor. Consegui as autorizações para o salto e o resgate, e encontrei uma ligação remota. Ia buscá-la agora mesmo.

Desligou, e Dunworthy voltou para o quarto. Não havia mentido para a enfermeira. Tinha a impressão de que estava mais forte a cada hora que passava, embora tenha sentido uma pontada na região baixa das costelas quando por fim chegou ao quarto. A sra. Gaddson estava lá, concentrada, folheando a *Bíblia* em busca de menções à peste, às febres e às hemorroidas.

— Leia para mim Lucas, capítulo 11, versículo 9 — pediu ele.

Ela procurou a página.

— "Também eu vos digo: Pedi e vos será dado" — leu ela, cravando nele uns olhos cheios de suspeita. — "Buscai e achareis; batei e vos será aberto."

A sra. Taylor apareceu quase no fim do horário de visitas, trazendo uma fita métrica.

— Colin me pediu que viesse tirar suas medidas — avisou ela. — Aquela velha não deixa sequer que ele se aproxime daqui. — Ela passou a fita em volta da cintura de Dunworthy. — Tive que dizer a ela que estava indo visitar a sra. Piantini. Estique o braço. — Ela estendeu a fita ao longo do braço. — Ela está se sentindo bem melhor. Talvez até consiga tocar "When At Last My Savior Cometh", de Rimbaud, no dia 15, conosco. Vamos fazer um concerto para a Sagrada Igreja Re-Formada, como o senhor sabe, mas o SNS ocupou a igreja deles, de modo que o sr. Finch foi muito gentil e nos permitiu usar a capela do Balliol. Que número o senhor calça?

Ela anotou todas as medidas, informou que Colin apareceria ali no dia seguinte e pediu que Dunworthy não se preocupasse, porque a rede estava quase pronta. Ela saiu, supostamente para ir ver a sra. Piantini, e voltou minutos depois trazendo um recado de Badri.

“Sr. Dunworthy, rodei vinte e quatro parâmetros para checar”, dizia o bilhete. “Todos os vinte e quatro mostram um desvio mínimo, e onze apresentam desvio de menos de uma hora, e cinco desvio de menos de cinco minutos. Estou rodando uma verificação de divergências e de DAR para tentar saber o que se passa.”

Eu sei o que se passa, pensou Dunworthy. É a Peste Negra. A função do desvio era evitar interações capazes de alterar a História. Um desvio de cinco minutos significava que não havia anacronismos, nenhum encontro crucial que o *continuum* precisasse evitar que acontecesse. Queria dizer que o salto estava sendo feito numa área desabitada. E que a peste tinha passado por lá. E que todos os contemps estavam mortos.

Colin não apareceu pela manhã, e depois do almoço Dunworthy foi outra vez à cabine telefônica e ligou para Finch.

— Não consegui ainda encontrar um médico disposto a aceitar novos pacientes — informou Finch. — Telefonei para todos os médicos deste perímetro. Muitos ainda estão doentes — desculpou-se ele. — E muitos outros...

Finch parou, e Dunworthy entendeu o que ele iria dizer. Muitos outros morreram, inclusive aquela que com certeza ajudaria, que lhe aplicaria a vacinação e depois daria alta a Badri.

“Minha tia-avó Mary nunca desistiu”, dissera Colin. Ela nunca entregaria os pontos, pensou Dunworthy, apesar da freira e da sra. Gaddson e de uma dor nas costelas. Se Mary estivesse viva, ajudaria em tudo o que pudesse.

Ele andou de volta para o quarto. A freira tinha afixado na porta um enorme recado, VISITAS EXPRESSAMENTE PROIBIDAS, mas não estava nem na mesa de recepção nem no quarto. Ao contrário de Colin, que carregava um enorme pacote molhado.

— A irmã está na outra ala — explicou Colin, sorrindo. — A sra. Piantini teve um desmaio bastante oportuno. Devia ter visto ela. É uma atriz e tanto! — Ele mexeu no cordão do pacote. — A outra enfermeira acabou de chegar para cumprir seu turno, mas não precisa se preocupar. Ela está na rouparia com William Gaddson.

Dunworthy abriu o pacote. Estava cheio de roupas: um longo gibão preto e culotes pretos, nenhum dos dois nem remotamente medieval, e um par de meias colantes pretas, de mulher.

— De onde saiu isto? — perguntou Dunworthy. — De uma encenação do *Hamlet*?

— *Ricardo* III — respondeu Colin. — Foi montada pelo pessoal do Keble College no semestre passado. Eu mesmo tirei a corcunda.

— Tem uma capa? — indagou Dunworthy, procurando por entre as peças de roupa. — Diga para Finch me arranjar uma capa. Uma capa longa, que cubra tudo.

— Sim — falou Colin, distraído. Estava muito concentrado mexendo no seu casaco verde novo. O casaco abriu-se de repente e Colin o retirou de cima dos ombros. — E então? O que achou?

Ele se saíra consideravelmente melhor do que Finch. As botas estavam erradas, lembravam um par de botas Wellington das usadas pelos jardineiros, mas a bata de estopa e as calças cinzentas e folgadas pareciam as utilizadas pelos servos das ilustrações do livro.

— A calça tem uma faixa de prender na cintura — observou o garoto —, mas não é visível porque a camisa cai por cima. Copiei tudo do livro. Afinal de contas, eu vou ser o seu escudeiro.

Dunworthy devia ter adivinhado.

— Colin — disse —, você não pode ir comigo.

— Por que não? Posso ajudar o senhor a encontrar Kivrin — argumentou Colin. — Sou bom em achar as coisas.

— É impossível. Os...

— Ah, já sei! Agora o senhor vai querer me convencer de que a Idade Média era muito perigosa, não é? Bem, aqui também não está muito diferente, certo? O que me diz da minha tia-avó Mary? Ela teria ficado mais segura na Idade Média, não acha? Eu tenho feito muita coisa perigosa. Levei remédios para as pessoas, coloquei cartazes nas enfermarias. Durante a sua doença, eu fiz todo tipo de coisa arriscada que o senhor nem pode imaginar e...

— Colin...

— O senhor é *idoso* demais para ir sozinho. E minha tia-avó Mary me incumbiu de ficar de olho no senhor. Já pensou se tiver uma recaída?

— Colin...

— Minha mãe nem liga se eu for.

— Mas eu ligo. Não posso levar você comigo.

— Então vou sentar aqui e esperar — disse o menino, com amargura. — E ninguém vai me contar nada e não vou saber se o senhor está vivo ou não. — Ele voltou a apanhar o casaco. — Isso não é justo.

— Eu sei.

— Posso pelo menos ir para o laboratório?

— Pode.

— Ainda acho que seria melhor me levar — insistiu ele, começando a dobrar as peças de roupa. — Devo deixar o seu traje aqui?

— É melhor não. A irmã pode confiscar.

— Mas o que significa isso, sr. Dunworthy? — perguntou a sra. Gaddson.

Os dois deram um pulo. Ela vinha entrando no quarto, *Bíblia* em riste.

— Colin está recolhendo doações de roupas — respondeu Dunworthy, ajudando o menino a enfiar tudo de volta no pacote. — Para as pessoas detidas.

— Passar roupas de uma pessoa para outra é uma excelente maneira de transmitir a infecção — acusou ela.

Colin sobraçou o pacote e desapareceu dali.

— E permitir que uma criança entre aqui e corra o risco de contrair alguma doença! Francamente! Quando ele se ofereceu ontem para me acompanhar até meu dormitório ao sair da Emergência, sabe o que eu disse? "Não vou permitir que arrisque sua saúde por minha causa!"

Ela sentou ao lado da cama e abriu a *Bíblia*.

— É pura negligência permitir a visita desse menino. Mas suponho que eu não deveria esperar outra coisa, dada a maneira como administra a sua faculdade. Aliás, durante a sua ausência, o sr. Finch se transformou num tirano completo. Quase se atirou sobre mim ontem quando requisitei um rolo extra de papel higiênico e...

— Preciso falar com William — interrompeu Dunworthy.

— Aqui?! — explodiu ela. — No hospital?! — Ela fechou a *Bíblia* com uma pancada seca. — Eu simplesmente não permito. Ainda há muitos pacientes infectados aqui, e o pobre Willy...

Está na rouparia com a enfermeira, pensou ele.

— Avise que preciso falar com ele o quanto antes — pediu Dunworthy.

Ela brandiu a *Bíblia* na direção dele, como se fosse Moisés trazendo as pragas do Egito.

— Pretendo relatar em pessoa ao diretor da faculdade de história a sua cruel indiferença para com o bem-estar dos alunos — vociferou ela, e saiu pisando com força.

Dunworthy a ouviu se queixando em altas vozes a alguém no corredor, possivelmente a enfermeira, porque William apareceu quase em seguida, arrumando os cabelos.

— Preciso de injeções de estreptomicina e gamaglobulina — disse Dunworthy. — Também preciso de duas altas, uma para mim e outra para o sr. Badri Chaudhuri.

Ele aquiesceu.

— Eu sei. Colin me disse que o senhor pretende ir resgatar a sua historiadora. — Ele pareceu concentrado. — Bem, eu conheço uma enfermeira...

— Uma enfermeira não pode aplicar injeções sem a autorização de um médico, e as altas também são mediante assinatura.

— Conheço uma garota no Setor de Registros. O senhor precisava disso para quando?

— O mais depressa possível.

— Vou ver então. Pode levar dois ou três dias — disse ele, já saindo. — Eu conheci Kivrin, esbarrei com ela uma vez. Ela tinha ido ao Balliol à sua procura. Bonita ela, não?

Tenho que prevenir Kivrin a respeito desse rapaz, refletiu Dunworthy, e percebeu que tinha começado a acreditar de fato que seria capaz de trazê-la de volta, apesar de tudo. Aguente firme, pensou ele, estou chegando. Dois ou três dias.

Passou a tarde andando no corredor para lá e para cá, tentando aumentar o preparo físico. O corredor onde ficava o quarto de Badri tinha uma placa de VISITAS EXPRESSAMENTE PROIBIDAS em todas as portas, e a irmã fixava os olhos azuis em Dunworthy sempre que ele ia naquela direção.

Colin entrou no quarto, molhado de chuva e sem fôlego, com um par de botas para Dunworthy.

— Ela colocou fiscais por toda parte — comentou o garoto. — O sr. Finch pediu para dizer que a rede está pronta, mas que não consegue ninguém para dar o suporte médico.

— Então peça isso para William — falou. — Ele está encarregado de providenciar as nossas altas e a injeção de estreptomicina.

— Eu sei. Tenho um recado dele para Badri. Volto já.

Ele não voltou, e William não apareceu. Quando Dunworthy andou até a cabine telefônica para ligar para o Balliol, a freira o interceptou na metade do caminho e o escoltou de volta ao quarto. Talvez as linhas de defesa da irmã incluíssem agora a sra. Gaddson. Ou talvez a sra. Gaddson estivesse zangada com William. Ela não apareceu a tarde inteira.

Depois da hora do chá, uma enfermeira bonita que ele não vira até então entrou com uma seringa.

— A irmã foi chamada para atender uma emergência — explicou ela.

— O que é isso? — perguntou ele, apontando a seringa.

Ela digitou algo no teclado do console com um dedo da mão que estava livre. Olhou o monitor, digitou mais alguns caracteres e aproximou-se de Dunworthy.

— Estreptomicina — respondeu.

Ela não parecia nervosa nem furtiva, de modo que William devia afinal ter conseguido uma autorização. Esvaziou a considerável ampola dentro da cânula, sorriu para ele e saiu. Deixou o monitor ligado. Dunworthy levantou-se da cama e deu uma volta completa para examinar as telinhas por cima da cabeceira.

Era o seu mapeamento. Sabia porque era idêntico ao de Badri e igualmente ininteligível. A última linha de comando dizia: ICU 15802691 14-1-55 1805 150/ RPT 1800CRS 1MSTMC 4ML/Q6H NHS40-211-7 M AHRENS.

Ele voltou a sentar na cama. Ah, Mary.

William devia ter conseguido o código de acesso dela, talvez por meio da amiga que tinha lá no Setor de Registros, e assim entrou no sistema. O Setor de Registros devia estar com tudo em atraso, inundado de pedidos devido à epidemia, e a morte de Mary não fora oficializada. Cedo ou tarde perceberiam o erro, mas William, que parecia cheio de cartas na manga, sem dúvida tivera o cuidado de apagar os próprios rastros.

Dunworthy rolou a tela para baixo, com todos os gráficos e mostradores. Havia apontamentos de M AHRENS até 8-1-55, o dia em que ela morrera. Mary devia ter cuidado dele até não poder mais se sustentar em pé. Não admira que o coração não resistisse.

Desligou o console, para que a freira não percebesse aquele registro, e deitou-se. Ficou pensando se William planejava usar o nome de Mary também na documentação da alta hospitalar. Desejou que sim. Ela gostaria de ter ajudado.

Não apareceu ninguém durante a noite. A freira entrou claudicando para checar o bracelete preso ao pulso de Dunworthy e dar-lhe seu temp às oito horas, e usou o console, mas aparentemente não percebeu nada de estranho. Às dez, uma outra enfermeira, também bonita, entrou, repetiu a injeção de estreptomicina e aplicou uma de gamaglobulina.

Deixou as telas ligadas, e Dunworthy precisou torcer o corpo para ler o nome de Mary. Achou que não conseguiria pegar no sono, mas adormeceu. Sonhou com o Egito e o Vale dos Reis.

— Sr. Dunworthy, acorde — sussurrou Colin, apontando uma lanterninha de bolso contra o rosto dele.

— O que é isso? — indagou Dunworthy, os olhos piscando contra a luz. Ele tateou até encontrar os óculos. — O que aconteceu?

— Sou eu. Colin.

O menino virou a lanterna em sua própria direção. Por alguma misteriosa razão, estava usando um grande jaleco branco de laboratório, e seu rosto parecia contraído e sinistro à luz da lanterna.

— O que há de errado? — quis saber Dunworthy.

— Nada — sussurrou Colin. — O senhor está recebendo alta.

Dunworthy terminou de prender os óculos atrás das orelhas. Continuou sem enxergar nada.

— Que horas são? — perguntou, também sussurrando.

— Quatro horas. — Ele atirou o par de chinelos para perto de Dunworthy e virou o facho da lanterna para o armário. — Se apresse. — Pegou o roupão pendurado num gancho e o entregou a Dunworthy. — Ela pode chegar a qualquer instante.

Dunworthy enfiou-se no roupão e nos chinelos, tentando despertar, se perguntando por que estaria recebendo alta àquela hora inusitada e onde estaria a irmã.

Colin foi até a porta e espiou para fora. Desligou a lanterna, guardou-a no bolso do desproporcional jaleco e voltou a encostar a porta. Depois de segurar a respiração por um longo momento, abriu uma fresta e olhou para fora.

— Caminho livre — disse, chamando Dunworthy com um gesto. — William levou ela para a rouparia.

— Quem, a enfermeira? — inquiriu Dunworthy, ainda meio zonzo. — Por que ela está neste turno?

— Ela não. A *irmã*. Wiliam vai mantê-la ocupada até que a gente saia.

— E a sra. Gaddson?

Colin pareceu meio encabulado.

— Ela está lendo para o sr. Latimer — informou ele, na defensiva. — Eu tinha que fazer *alguma coisa* com ela, e o sr. Latimer não pode ouvir mesmo. — Ele abriu toda a porta. Havia uma cadeira de rodas ali no corredor. Colin segurou as guias de metal.

— Eu consigo andar — protestou Dunworthy.

— Não temos tempo — sussurrou Colin. — E se alguém nos surpreender eu posso dizer que estou levando o senhor para ser escaneado.

Dunworthy sentou e deixou que Colin o empurrasse corredor afora, passando pela rouparia e pelo quarto de Latimer. Pôde ouvir a voz distante da sra. Gaddson através da porta, lendo passagens do Êxodo.

Colin continuou na ponta dos pés até o fim daquele corredor mas, ao virar, disparou numa velocidade que em hipótese alguma seria a de quem leva um paciente a um escâner. Os dois passaram por mais um corredor, viraram de novo e enfim cruzaram uma porta para o exterior, na mesma saída lateral onde haviam sido abordados pelo homem-sanduíche, cujo panfleto anunciava O FIM DOS TEMPOS ESTÁ CHEGANDO.

Estava escuro como breu naquela transversal, e a chuva caía forte. Dunworthy mal conseguia avistar a ambulância estacionada na esquina. Colin bateu na traseira do veículo com o punho fechado e uma socorrista saltou para fora. Era a jovem paramédica que ajudara a trazer Badri no começo de tudo e que estivera na manifestação diante do Brasenose.

— Consegue subir? — perguntou ela, ficando bem vermelha.

Dunworthy assentiu, e ficou de pé.

— Puxe e bata a porta quando entrar — explicou ela a Colin, e contornou para voltar para o volante.

— Não precisa me dizer. Ela também é uma amiga de William — disse Dunworthy, olhando na direção dela.

— Claro! — exclamou Colin. — Ela até me perguntou que tipo de sogra eu achava que a sra. Gaddson poderia ser.

Ele ajudou Dunworthy a pisar no degrau e entrar na ambulância.

— Onde está Badri? — perguntou Dunworthy, enxugando as lentes dos óculos.

Colin subiu, puxou e bateu a porta por dentro.

— No Balliol. Levamos ele primeiro, para que fosse preparando a rede. — Ele olhou com ansiedade pelo vidro traseiro. — Espero mesmo que a irmã não toque o alarme antes que a gente consiga sair.

— Eu não me preocuparia com isso — comentou Dunworthy.

Sem dúvida tinha subestimado os poderes do rapaz. Nesse momento, a velha freira devia estar no colo de William na rouparia, bordando as iniciais entrelaçadas dos dois nas toalhas.

Colin acendeu a lanterninha e iluminou a padiola.

— Trouxe seu disfarce — disse ele, entregando a Dunworthy o gibão preto.

Dunworthy tirou o roupão e vestiu o gibão. O motor da ambulância arrancou, quase o derrubando. Ele sentou no banco longo na lateral, apoiando-se de encontro à parede do veículo, e deu um jeito de enfiar os culotes pretos.

A paramédica de William não havia ligado a sirene, mas acelerava tanto que isso talvez fosse recomendável. Dunworthy agarrou-se com uma mão à alça de couro pendente da parede da ambulância e puxou os culotes com a outra, e Colin, que ajeitava as botas, quase virou de pernas para o ar.

— Achamos uma capa para o senhor — falou Colin. — O sr. Finch pegou emprestada do Núcleo Clássico da Sociedade de Artes Cênicas.

O garoto exibiu a capa, que era vitoriana, em cor preta e forrada com seda vermelha. Prendeu-a em volta dos ombros de Dunworthy.

— Em que peça eles usaram *isso*? — perguntou ele. — *Drácula*?

A ambulância parou com uma sacudidela mais forte, e a paramédica abriu as portas traseiras. Colin ajudou Dunworthy a descer e segurou a barra da capa, como um pajem. Os dois cruzaram o portão. A chuva caía com força sobre as pedras, mas apesar do barulho do aguaceiro se ouvia um som melodioso.

— O que é isso? — indagou Dunworthy, espiando na direção do pátio escuro.

— "When At Last My Savior Cometh" — respondeu Colin. — As americanas estão ensaiando para alguma coisa que vão fazer numa igreja. Necrótico, hein?

— A sra. Gaddson mencionou que elas ensaiam o tempo todo, mas não imaginei que isso incluísse as cinco da manhã.

— O concerto é hoje à noite — disse Colin.

— Hoje à noite? — repetiu Dunworthy, e lembrou de repente que aquele era o dia 15. O dia 6, pelo calendário juliano. A Epifania. O Dia de Reis.

Finch apressou-se na direção de Dunworthy, trazendo um guarda-chuva.

— Desculpe a demora, mas eu não conseguia achar um guarda-chuva — justificou, erguendo-o sobre a cabeça de Dunworthy. — Vocês não fazem ideia de quantas pessoas detidas aqui saem e se esquecem dos guarda-chuvas por aí. Especialmente as americanas...

Dunworthy foi cruzando o pátio a passos largos.

— Está tudo pronto?

— O suporte médico não chegou ainda — comentou Finch, tentando manter o guarda-chuva por cima da cabeça de Dunworthy —, mas William Gaddson acabou de telefonar dizendo que está tudo acertado e que a profissional deve chegar daqui a pouco.

Dunworthy não ficaria surpreso se o rapaz dissesse que a velha freira se apresentara de livre e espontânea vontade para essa tarefa.

— Tenho esperanças de que William nunca dedique a vida a alguma atividade criminosa — observou ele.

— Oh, não acredito que isso aconteça, senhor. A mãe dele não permitiria. — Finch deu uma corridinha, tentando emparelhar com ele. — O sr. Chaudhuri está rodando as coordenadas preliminares. E a srta. Montoya está aqui.

Ele parou.

— Montoya? O que houve?

— Não sei dizer. Ela disse que trazia uma informação para o senhor.

Agora não, pensou ele. Não agora que estamos tão perto.

Entrou no laboratório. Badri se encontrava no console, e Montoya, trajando o casaco de terrorista e jeans enlameados, estava inclinada sobre ele, olhando o monitor. Badri comentou alguma coisa e ela abanou a cabeça e olhou o relógio. Ergueu os olhos e avistou Dunworthy, e uma expressão de compaixão apareceu no seu rosto. Ela ficou de pé e enfiou a mão no bolso da camisa.

Não, pensou Dunworthy.

Ela veio na direção deles.

— Não sabia que o senhor estava planejando isto — disse ela, puxando uma folha de papel dobrada. — Quero ajudar. — Ela estendeu um papel. — Estas são as informações de que Kivrin dispunha quando saltou.

Ele olhou para o papel em sua mão. Era um mapa.

— Aqui é o local do salto — mostrou ela, apontando uma cruz no meio de uma linha negra. — E aqui fica Skendgate. Vai poder reconhecer o local pela igreja. É normanda, com murais por cima dos biombos de treliça e uma estátua de santo Antônio. — Ela sorriu. — O santo padroeiro dos objetos perdidos. Achei a estátua ontem.

Ela apontou várias outras cruzes.

— Se por algum motivo Kivrin não tiver chegado a Skendgate, os vilarejos mais próximos são Esthcote, Henefelde e Shrivendun. No verso do papel fiz uma lista dos pontos de referência mais importantes.

Badri ficou de pé e veio até eles. Parecia ainda mais debilitado do que no hospital, se é que isso era possível, e movia-se devagar, como o velho que tinha se tornado.

— Ainda estou obtendo um desvio mínimo independente das variáveis que coloque — informou, levando a mão às costelas. — Estou rodando um salto intermitente, abrindo por cinco minutos a intervalos de duas horas. Deste modo podemos manter a rede aberta por umas vinte e quatro horas, ou até trinta e seis, se tivermos sorte.

Dunworthy se perguntou por quantos desses intervalos de duas horas Badri aguentaria. Já parecia esgotado.

— Quando avistar o brilho, ou o começo da condensação de vapor, ande para dentro da área — orientou Badri.

— E se estiver escuro? — indagou Colin, que havia tirado o jaleco de laboratório. Dunworthy viu que o garoto estava trajando sua vestimenta de escudeiro.

— Ainda assim será possível ver o brilho. E nós chamaremos — acrescentou Badri. Soltou um grunhido baixinho e pôs de novo a mão nas costelas. — Recebeu suas vacinas?

— Sim.

— Ótimo. Só estamos esperando agora o suporte médico. — Ele olhou para Dunworthy. — Tem certeza de que está em condições de fazer isso?

— Você está? — rebateu Dunworthy.

A enfermeira de William entrou, usando um impermeável, e enrubesceu quando avistou Dunworthy.

— William me disse que o senhor precisava de suporte médico. Onde devo ficar?

Tenho *mesmo* que prevenir Kivrin a respeito desse rapaz, pensou Dunworthy. Badri mostrou à moça onde preferia que ela ficasse, e Colin correu para ir buscar o equipamento.

Montoya conduziu Dunworthy até um círculo de giz traçado no piso, por baixo dos escudos da rede.

— Vai usar os óculos?

— Vou — respondeu ele. — Pode cavar na igreja depois e recuperá-los.

— Tenho certeza de que não estarão lá — objetou Montoya, solene. — Prefere sentar ou ficar deitado?

Ele pensou em Kivrin deitada, o braço cobrindo o rosto, indefesa e cega.

— Ficarei de pé — disse.

Colin entrou carregando um baú de viagem, que colocou junto do console. Aproximou-se da rede.

— Não está correto o senhor ir sozinho — protestou.

— Eu tenho que ir sozinho, Colin.

— Por quê?

— É muito perigoso. Você não pode imaginar como era aquilo no tempo da Peste Negra.

— Posso, sim. Eu li duas vezes aquele livro e já tomei minhas... — Ele se interrompeu. — Eu sei tudo a respeito da Peste Negra. Além do mais, se é tão perigoso assim, o senhor não deveria ir sozinho. Não vou atrapalhar, prometo.

— Colin — insistiu ele, desamparado —, você está sob minha responsabilidade. Não posso correr esse risco.

Badri aproximou-se da rede, segurando um medidor de luz.

— A enfermeira precisa de ajuda com o resto do equipamento — avisou ele.

— Se não voltar, nunca ficarei sabendo o que foi que aconteceu com o senhor — constatou Colin. Deu meia-volta e saiu dali correndo.

Badri rodeou Dunworthy, devagar, fazendo medições. O técnico franziu a testa, segurou no cotovelo de Dunworthy, fez mais medições. A enfermeira se aproximou com uma seringa. Dunworthy arregaçou a manga do seu gibão.

— Quero que saiba que eu não aprovo de maneira alguma tudo isto — avisou ela, esfregando algodão no braço dele. — Vocês dois deveriam estar no hospital, isso sim. — Ela aplicou a injeção e voltou para perto do baú de viagem.

Badri esperou Dunworthy desdobrar a manga do gibão e então moveu o braço dele, mediu uma e outra vez, voltou a movê-lo. Colin trouxe para o laboratório uma unidade de scan e saiu depressa, sem olhar para Dunworthy.

Dunworthy ficou contemplando os gráficos nos mostradores mudando, mudando outra vez. Podia ouvir ao longe as sineiras, um som quase musical com a porta assim cerrada. Colin abriu a porta e a melodia se expandiu com mais força por um momento, até que o garoto conseguisse arrastar para dentro um segundo baú e fechasse a porta.

Colin arrastou o baú até onde a enfermeira estava posicionada e, em seguida, foi para perto do console, parando ao lado de Montoya, olhando os números continuamente produzidos nas telinhas. Pensou que deveria ter pedido para ir sentado. As botas, muito duras, incomodavam seus pés, e ele estava cansando com o esforço de ficar parado.

Badri falou outra vez ao ouvido do console, e os escudos vieram descendo, tocaram o solo, agitaram-se um pouco. Colin sussurrou alguma coisa a Montoya, e ela ergueu o olhar, franziu a testa, depois anuiu e virou-se para os monitores. Colin caminhou até a rede.

— O que está fazendo? — quis saber Dunworthy.

— Parece que uma dessas cortinas aí ficou presa — explicou Colin, que caminhou até a extremidade e deu uns puxões na borda.

— Pronto? — perguntou Badri.

— Pronto — respondeu Colin, e recuou até a porta. — Não, espere um instante. — Ele voltou na direção dos escudos. — Não seria melhor o senhor tirar os óculos? Para o caso de alguém vê-lo chegar?

Dunworthy removeu e enfiou os óculos no bolso interno do gibão.

— Se o senhor não voltar, irei à sua procura — disse Colin, e afastou-se. — Pronto! — exclamou.

Dunworthy olhou as telas. Não passavam de um borrão, assim como Montoya, que estava inclinada sobre o ombro de Badri. Ela olhou o relógio de pulso. Badri falou alguma coisa para o console.

Dunworthy fechou os olhos. Podia ouvir as sineiras plangendo à vontade em "When At Last My Savior Cometh". Abriu os olhos novamente.

— Agora! — gritou Badri. Apertou um botão e nesse instante Colin disparou como uma flecha para o espaço protegido pelos escudos, atirando-se nos braços de Dunworthy.

33

Sepultaram Rosemund na cova que o caseiro havia aberto para ela. "Vocês vão precisar dessas covas", dissera ele, e tinha razão. Roche e ela jamais teriam conseguido cavar aquela terra. Mal conseguiram carregar o corpo da menina para fora e cruzar o campo.

Puseram o cadáver no chão, entre as covas. Rosemund parecia inacreditavelmente magra deitada ali em sua túnica, devastada até quase nada restar. Os dedos da mão direita, ainda meio curvos com o formato da maçã que a menina soltara, não passavam de ossinhos.

— Você ouviu a confissão dela? — perguntou Roche.

— Sim — respondeu Kivrin, e teve a impressão de que dizia a verdade.

Rosemund confessara ter medo do escuro e da peste e de ficar sozinha, revelara o amor pelo pai e que sabia que nunca mais voltaria a vê-lo. Tudo que a própria Kivrin não se atrevia a confessar.

Kivrin retirou o broche que Sir Bloet dera a Rosemund e embrulhou o cadáver da menina com a capa, cobrindo-lhe a cabeça. Roche ergueu o corpo nos braços, como o de uma criança adormecida, e desceu para dentro da cova.

Teve dificuldade na hora de sair, e Kivrin precisou agarrar-lhe as mãos enormes e puxá-lo para fora. Quando começou as preces para os mortos, ele disse: "*Domine, ad adjuvandum me festina*".

Kivrin olhou ansiosa para ele. Temos que ir embora daqui antes que ele também fique doente, pensou ela, que não o corrigiu. Não temos um instante a perder.

— *Dormiunt in somno pacis* — disse Roche, e apanhou a pá e começou a encher a cova.

Pareceu demorar uma eternidade. Kivrin revezou com ele, tentando arrancar lascas daqueles blocos de terra congelada e procurando pensar que distância conseguiriam percorrer antes do cair da noite. Não era meio-dia ainda. Se partissem logo, poderiam atravessar o Wychwood e cruzar a estrada Oxford-Bath até a Midland. Poderiam alcançar a Escócia em uma semana, perto de Invercassley ou Dornoch, lugares onde a peste jamais chegou.

— Padre Roche — disse ela, assim que ele começou a nivelar a terra, batendo com a face da pá. — Temos que ir para a Escócia.

— Escócia? — perguntou ele, como se nunca tivesse ouvido aquele nome.

— Sim — respondeu ela. — Precisamos ir embora deste lugar. Temos que pegar o burro e seguir para a Escócia.

Ele assentiu.

— Precisamos levar os sacramentos conosco. Além disso, antes de partir, preciso tocar o sino para Rosemund, para que sua alma suba em paz para o céu.

Ela quis dizer que não, que não havia tempo, que precisavam partir agora, sem perder um segundo, mas concordou.

— Vou buscar Balaam — disse.

Roche caminhou para o campanário e ela disparou rumo ao estábulo para buscar o burro, chegando antes do padre. Ela queria que saíssem logo dali, o mais depressa possível, antes que alguma coisa acontecesse, como se a peste estivesse esperando um descuido para saltar em cima dos dois, como um monstro escondido na igreja ou no lugar de fabricação de cerveja ou no celeiro.

Kivrin atravessou o pátio correndo, entrou no estábulo e puxou o burro para fora. Começou a amarrar os alforjes em cima dele.

O sino deu uma batida e depois silenciou. Kivrin se deteve, com os arreios presos na mão, aguçando os ouvidos, à espera de uma nova badalada.

Três toques para uma mulher, pensou ela, e entendeu por que o som tinha parado. Uma pancada para uma criança. Oh, Rosemund.

Ela amarrou as tiras da cilha e começou a encher os alforjes, pequenos demais para dar conta de tudo. Teria que amarrar alguns sacos por cima. Encheu um saco de pano com aveia para o burro, recolhendo-a no celeiro com as mãos e derramando boa quantidade no chão imundo. Depois atou o saco com uma corda tosca que achou pendurada na baia do pônei de Agnes. A outra ponta da corda estava presa à baia com um nó apertado que Kivrin não conseguiu desatar. No fim, teve que ir correndo à cozinha buscar uma faca e voltou, já arrastando os sacos de mantimentos que tinha separado antes.

Cortou e dividiu a corda em pedaços mais curtos, jogou longe a faca e foi até o burro, que estava tentando abrir com os dentes o saco de aveia. Amarrou este e os outros sacos com firmeza sobre o lombo do animal, usando os pedaços de corda, e depois o conduziu para o pátio aberto e dali atravessou o campo rumo à igreja.

Não avistou Roche em lugar algum. Ela ainda precisava recolher os cobertores e as velas, mas achou que devia primeiro guardar os sacramentos dentro dos alforjes. Comida, aveia, cobertores, velas. O que poderia estar esquecendo?

Roche surgiu à porta. Não carregava nada nas mãos.

— Onde estão os sacramentos? — perguntou ela.

Ele não respondeu. Por um instante, encostou-se ao umbral da porta, olhando para Kivrin com aquela mesma expressão no rosto de quando comunicara a notícia da morte do bailio. Só que já morreram todos, ponderou ela, não resta ninguém mais para morrer.

— Preciso tocar o sino — falou ele, e começou a ir na direção do campanário.

— Já tocou — observou ela. — Não há tempo para um funeral completo. Temos que partir para a Escócia. — Ela atou o burro ao portão, os dedos gelados manuseando com dificuldade aquela corda áspera, e correu atrás de Roche, agarrando-o pela manga. — O que foi?

Roche se virou para ela quase com violência, e a expressão daquele rosto encheu Kivrin de medo. Parecia um degolador, um assassino.

— Tenho que tocar o sino das vésperas — avisou ele, livrando-se rudemente da mão dela.

Oh, não, pensou Kivrin.

— É apenas meio-dia. Ainda não é a hora das vésperas — disse ela. Ele está cansado, é só isso, pensou. Nós dois estamos tão exaustos que mal conseguimos pensar direito. Ela voltou a segurá-lo pela manga. — Venha, padre. Precisamos ir agora se quisermos cruzar todo o bosque antes do anoitecer.

— Já passou da hora — insistiu ele —, e eu ainda não toquei. Lady Imeyne vai se zangar.

Oh, não, pensou ela, oh não, oh não.

— Pode deixar, eu toco o sino — comentou ela. — O senhor precisa voltar para a casa e descansar.

— Está escurecendo — observou ele, aborrecido. Abriu a boca como se fosse gritar com ela, e um grande jorro de vômito sangrento se projetou para fora, atingindo o gibão de Kivrin.

Oh não oh não oh não.

Ele olhou atônito para o gibão encharcado, e a violência desapareceu do seu rosto.

— Venha, precisa se deitar um pouco — falou ela, a mente a todo vapor. Nunca conseguiremos chegar à casa grande.

— Estou doente? — perguntou ele, ainda olhando a roupa dela, manchada de sangue.

— Não — respondeu ela. — Só está cansado e precisa se deitar um pouco.

Ela o conduziu para a igreja. A certa altura, o padre tropeçou, e ela pensou, Se ele cair, jamais conseguirei levantá-lo. Usando as costas para manter aberta a pesada porta, Kivrin ajudou Roche a entrar e a se sentar no chão, apoiando-se à parede.

— Acho que todo este trabalho me cansou — disse ele, apoiando a cabeça nas pedras da parede. — Acho que vou dormir um pouco.

— Isso, durma — concordou Kivrin.

Assim que ele fechou os olhos, ela correu de volta à casa grande para buscar cobertores e um almofadão, para preparar um catre. Quando chegou carregando tudo, ele não estava mais lá.

— Padre Roche? — gritou ela, tentando enxergar no interior escuro da nave. — Onde o senhor está?

Não houve resposta. Ela correu para fora de novo, ainda prendendo as cobertas contra o peito, mas ele também não estava no campanário nem no pátio por trás da igreja. Era impossível que tivesse ido para a casa. Ela voltou correndo à igreja e percorreu toda a nave e lá estava ele, de joelhos diante da estátua de santa Catarina.

— O senhor precisa se deitar — disse ela, espalhando os cobertores sobre o chão.

Ele deitou-se, obediente, e ela pôs o almofadão embaixo de sua cabeça.

— É a peste, não é? — indagou o padre, erguendo os olhos para ela.

— Não — respondeu ela, puxando as cobertas sobre o corpo dele. — O senhor está cansado, só isso. Procure dormir.

Ele virou-se de lado, dando as costas para ela, mas poucos minutos depois se sentou, a expressão assassina de volta ao rosto, e jogou as cobertas para um lado.

— Tenho que tocar as vésperas — avisou, em tom de acusação, e Kivrin quase não conseguiu impedir que ele ficasse de pé. Quando ele voltou a cochilar, ela rasgou algumas tiras na borda já dilacerada do seu gibão e amarrou as mãos do padre ao biombo.

— Não faça isso com ele — Kivrin murmurava sem parar e sem perceber. — Por favor, por favor, não faça isso com ele.

O padre abriu os olhos.

— Deus com certeza ouvirá uma prece calorosa assim — observou ele, e mergulhou num sono mais profundo, mais tranquilo.

Kivrin saiu correndo e descarregou e desamarrou o burro. Recolheu os sacos de comida e a lamparina e trouxe tudo para dentro da igreja. O padre ainda dormia. Ela correu de novo para fora, cruzou o pátio e puxou um balde de água do poço.

Aparentemente Roche não tinha despertado, mas quando Kivrin torceu um trapo de pano rasgado da toalha do altar e molhou a testa dele, o padre disse, sem abrir os olhos:

— Tive medo de que você tivesse ido embora.

Ela limpou a crosta de sangue seco em sua boca.

— Eu não posso ir para a Escócia sem o senhor.

— Não era para a Escócia — disse ele. — Para o céu.

Ela comeu um pouco do pão velho e do queijo, e tentou tirar um cochilo, mas fazia frio demais. Quando Roche mudava de posição e murmurava algo durante o sono, ela podia ver o vapor de sua respiração.

Acendeu uma fogueira, depois de arrancar as estacas da cerca de uma cabana próxima e de empilhá-las diante do biombo, mas aquilo encheu a igreja de fumaça, mesmo com as portas abertas. Roche tossiu e vomitou de novo. Desta vez era quase só sangue.

Ela apagou o fogo e, em duas viagens apressadas, trouxe todas as peles e cobertores que pôde encontrar, preparando com eles uma espécie de ninho.

A febre de Roche aumentou durante a noite. Ele chutou as cobertas e esbravejou contra Kivrin, a maior parte do tempo com palavras que ela não compreendia.

— *Vá*, maldita! — vociferou ele a certa altura, e repetiu várias vezes, furioso: — Está ficando escuro!

Kivrin trouxe as velas do altar e de cima do biombo, e as colocou diante da estátua de santa Catarina. Quando os protestos de Roche contra a escuridão ficaram mais fortes, ela acendeu todas as velas e voltou a cobrir o doente, o que pareceu ajudar.

A febre dele subiu mais um pouco, e os dentes chocalhavam apesar das pilhas de cobertas sobre o corpo. Kivrin teve a impressão de que a pele de Roche começava a escurecer, os vasos sanguíneos se rompendo e formando uma hemorragia subcutânea. Não faça isso. Por favor.

Pela manhã, ele estava melhor. A pele afinal não estava escura: aquela aparência manchada fora apenas uma ilusão criada pela luz bruxuleante das velas. A febre baixara um pouco, e ele dormiu profundamente durante toda a manhã e a maior parte da tarde, sem voltar a vomitar. Ela foi buscar mais água antes que escurecesse.

Algumas pessoas se recuperavam espontaneamente e outras eram salvas pelas orações. Nem todos os infectados morriam. A taxa de mortalidade da peste pneumônica era de apenas noventa por cento.

Ele estava acordado quando ela entrou, iluminado por um facho de lamparina enfumaçada. Ela se ajoelhou e levou um copo d'água à boca dele, segurando-lhe a cabeça para que pudesse beber.

— É a doença azul — observou ele quando Kivrin abaixou-lhe a cabeça.

— O senhor não vai morrer — disse ela. Noventa por cento. Noventa por cento.

— Precisa tomar minha confissão.

Não. Ele não podia morrer. Ela ficaria ali sozinha. Ela abanou a cabeça, sem poder falar.

— Pai, perdoai-me, porque eu pequei — começou ele, em latim.

Ele não havia pecado. Cuidara dos doentes, abençoara os moribundos, sepultara os mortos. Era Deus quem devia pedir perdão.

— ... em pensamentos, em palavras, em atos e por omissão. Eu estava irritado com Lady Imeyne. Eu gritei com Maisry. — Ele engoliu com esforço. — Eu tive pensamentos carnais com uma santa do Senhor.

Pensamentos carnais.

— Humildemente peço perdão a Deus, e a absolvição a Vós, Pai, se me julgardes merecedor.

Não há nada a perdoar, era o que ela gostaria de poder dizer. Seus pecados não são pecados. Pensamentos carnais. Nós tomamos conta de Rosemund durante as crises dela, protegemos o vilarejo na chegada de um menino indefeso e enterramos um bebê de seis meses. É o fim do mundo. Sem dúvida o senhor tem direito a alguns pensamentos carnais.

Ela ergueu a mão inutilmente, incapaz de dizer as palavras da absolvição, mas ele não pareceu notar.

— Oh, meu Deus — prosseguiu ele —, meu coração está tão triste porque Vos ofendi.

Porque Vos ofendi. O senhor é um santo de Deus, ela gostaria de dizer a ele. Aliás, onde diabos está Deus agora? Por que não vem salvá-lo?

Não havia mais óleos. Kivrin molhou as pontas dos dedos no balde e fez o sinal da cruz sobre os olhos, os ouvidos, o nariz, a boca e as mãos dele, aquelas mãos que tinham segurado as suas quando ela estava à beira da morte.

— *Quid quid deliquisti* — disse Roche, e ela mergulhou outra vez a mão na água e traçou a cruz nas solas dos pés dele.

— *Libera nos, quaesumus, Domine* — ele anunciou.

— *Ab omnibus malis* — disse Kivrin — *praeteritis, praesentibus, et futuris.*

Livrai-nos, Deus, nosso Senhor, de todos os males passados, presentes e futuros.

— *Perducat te ad vitam aeternum* — murmurou ele.

E que venha a nós a vida eterna.

— Amém — finalizou Kivrin, inclinando-se para aparar o sangue que escorria pela boca de Roche.

Ele vomitou durante o resto da noite e a maior parte do dia seguinte. Depois, mergulhou na inconsciência até a tarde, respirando de modo ofegante e irregular. Kivrin sentou ao seu lado, molhando com água a testa escaldante.

— Não morra — pediu ela, nas vezes em que Roche engasgou, antes de voltar a respirar com dificuldade. — Não morra — repetiu, com delicadeza. — O que vou fazer sem o senhor? Vou ficar aqui sozinha.

— Você não deve ficar aqui — avisou ele, abrindo um pouquinho os olhos. Estavam vermelhos e inchados.

— Pensei que estivesse dormindo — observou ela, num tom de lamento. — Não quis acordar o senhor.

— Você precisa voltar para o céu — disse ele. — E rezar para minha alma no purgatório, para que meu tempo lá seja mais curto.

Purgatório. Como se Deus fosse fazê-lo sofrer ainda mais do que já estava sofrendo.

— O senhor não vai precisar das minhas orações — exprimiu ela.

— Você precisa voltar para o lugar de onde veio — falou o padre, e sua mão se ergueu, oscilando diante do rosto, como se ele quisesse desviar uma pancada.

Kivrin agarrou e segurou a mão dele, mas com delicadeza, para não machucar a pele, e depois a encostou no rosto.

Você precisa voltar para o lugar de onde veio. Eu bem que queria, pensou Kivrin, perguntando-se por quanto tempo teriam mantido o salto aberto antes de desistir dela. O sr. Dunworthy não deixaria que fizessem isso enquanto ainda restasse uma esperança. Mas não resta, pensou ela. Eu não estou em 1320. Estou aqui, no fim do mundo.

— Não posso voltar — revelou ela. — Não sei o caminho.

— Precisa fazer um esforço e lembrar — argumentou Roche, soltando a mão e gesticulando com ela. — Agnes, me passe a cruz.

Estava delirando. Kivrin, que se encontrava sentada, ficou de joelhos, temendo que ele tentasse ficar de pé outra vez.

— Onde você caiu — prosseguiu ele, segurando com a mão o cotovelo do braço que gesticulava para ter apoio, e Kivrin percebeu que ele estava tentando apontar numa direção. — Passe a cruz. A encruzilhada.

Passar a encruzilhada?

— O que há depois da encruzilhada? — perguntou ela.

— O lugar onde eu encontrei você quando caiu do céu — respondeu ele, e deixou os braços caírem.

— Pensei que Gawyn tinha me encontrado — disse ela.

— Sim — concordou Roche, como se não visse contradição no que ela dizia. — Encontrei ele na estrada quando eu estava trazendo você para a casa grande.

Ele encontrara Gawyn na estrada.

— O lugar onde Agnes caiu — continuou ele, tentando ajudar Kivrin a lembrar. — Quando fomos buscar o azevinho.

Por que o senhor não me disse quando estávamos *lá*?, pensou Kivrin, mas já sabia a resposta. Ele estava atarefado com o burro, que empacou na crista da colina e se recusava a avançar mais, porque tinha visto o salto alguns dias antes.

Então Kivrin compreendeu que Roche havia se inclinado sobre ela, na clareira, olhando-a de cima para baixo quando ela ainda estava caída, cobrindo o rosto com o braço. Eu ouvi ele, pensou Kivrin. E vi a pegada.

— Você tem que voltar para aquele lugar, e depois para o céu — sussurrou ele e fechou os olhos.

Ele presenciara a chegada dela durante o salto, contemplara Kivrin enquanto estava caída com o braço cobrindo o rosto e a pusera em cima do burro quando percebeu que ela estava doente. E ela nunca desconfiara, nem mesmo quando o viu pela primeira vez na igreja, nem mesmo quando Agnes mencionou que o padre pensava que ela era uma santa.

Tudo porque Gawyn dissera que a tinha encontrado. Gawyn, que gostava de contar vantagem e acima de tudo queria impressionar Lady Eliwys. "Eu achei e trouxe você para cá", dissera ele, que talvez nem visse isso como mentira. O padre do vilarejo era alguém sem importância alguma, afinal. E, durante todo aquele tempo, quando Rosemund estava doente e Gawyn partira para Bath e o local do salto fora aberto e depois fechado outra vez, Roche sabia exatamente onde era.

— Não precisa esperar por mim — prosseguiu ele. — Sem dúvida estão à sua espera.

— Pssst — fez ela. — Tente dormir.

Ele mergulhou de novo num sono turbulento, as mãos ainda se movendo, inquietas, tentando apontar alguma coisa, tentando beliscar as cobertas. Empurrou a coberta para o lado, e sua mão desceu até a virilha. Pobre homem, pensou Kivrin, não vai ser poupado de nenhuma humilhação.

Ela pôs as mãos dele de volta sobre o peito e o cobriu, mas Roche voltou a afastar as cobertas e puxou a barra da túnica por cima dos culotes. Enfiou a mão ali, estremeceu imediatamente e puxou o braço, e algo naquele movimento fez Kivrin se lembrar de Rosemund.

Ela franziu a testa. Ele havia vomitado sangue. Isso e o estágio da doença a levaram a pensar que ele estava com a peste pneumônica, até porque ela não tinha visto nenhum bulbo embaixo dos braços dele quando tirou seu casaco. Kivrin puxou para o lado a túnica dele, expondo por baixo as ceroulas grosseiramente tecidas. Eram apertadas no meio e presas à traseira da alva. Jamais conseguiria tirá-las sem erguer o corpo dele, e havia tanto pano ali que ela não conseguia enxergar nada.

Ela pousou a mão muito de leve na coxa dele, lembrando o quanto o braço de Rosemund ficara sensível. Ele esboçou um recuo mas não acordou, e ela enfiou a mão tocando o tecido por dentro. Estava muito quente. "Perdão", murmurou ela, e enfiou a mão até a virilha.

Ele gritou e fez um movimento convulsivo, erguendo os joelhos bruscamente, mas Kivrin já havia se afastado, pondo a mão sobre a boca. O bulbo era gigantesco, quente como água fervente ao toque dos dedos. Deveria ter sido lancetado muitas horas atrás.

Roche não acordou, mesmo tendo gritado. Seu rosto estava manchado, e sua respiração era regular mas ruidosa. Os movimentos espasmódicos tinham mais uma vez afastado as cobertas. Kivrin voltou a cobri-lo. Os joelhos do padre se ergueram, mas já não com tanta força, e ela aproximou mais outros cobertores em volta dele e depois pegou a última vela em cima do biombo e colocou na lamparina e a acendeu usando uma das velas de santa Catarina.

— Volto num instante — avisou ela, e cruzou a extensão da nave, saindo da igreja.

A luminosidade lá fora levou Kivrin a piscar os olhos, embora já fosse quase noite. O céu estava nublado, mas soprava pouco vento, e a temperatura parecia mais quente do que dentro da igreja. Ela atravessou o relvado correndo, protegendo com a mão a face aberta da lamparina.

No estábulo, havia uma faca bem afiada, que ela usara para dividir a corda quando estava fazendo os preparativos para a viagem. Era preciso esterilizá-la antes de cortar o bulbo. Precisava sarjar aquele nódulo inchado antes que estourasse dentro do corpo. Quando os bulbos surgiam na virilha, estavam perigosamente próximos da artéria femoral. Mesmo que Roche não sangrasse até a morte logo após a cisão, todo aquele veneno iria direto para sua corrente sanguínea. Aquele bulbo deveria ter sido lancetado muitas horas atrás.

Ela cruzou correndo o espaço que separava a pocilga vazia do celeiro, e entrou no pátio. A porta do estábulo estava aberta, e Kivrin ouviu que havia alguém lá dentro. Seu coração deu um pulo.

— Quem está aí? — perguntou, erguendo a lamparina.

A vaca do caseiro estava encostada numa das baias, comendo a aveia derramada no chão. Ergueu a cabeça, olhou para Kivrin, e veio bamboleando na direção dela.

— Não tenho tempo agora — disse Kivrin.

Apanhou a faca, que estava jogada sobre um rolo de cordas e correu para fora. A vaca a seguiu, trotando desajeitadamente devido ao úbere inchado e cheio de leite, e soltando mugidos lamentosos.

— Vá *embora*! — gritou Kivrin, quase em lágrimas. — Preciso ajudar Roche, senão ele vai morrer.

Olhou para a faca. Estava imunda. Quando achou o objeto na cozinha, já estava sujo, e Kivrin o largara mais de uma vez em cima do estrume e da sujeira no chão do estábulo, enquanto cortava as cordas.

Foi até o poço e apanhou o balde. Não havia mais que uma gota de água no fundo, com uma fina camada de gelo por cima. A água não dava sequer para cobrir a faca, e acender um fogo para esterilizá-la levaria uma eternidade. Não havia tempo. Talvez o bulbo já tivesse se rompido. Ela precisava de álcool, mas tinham usado todo o vinho ao lancetar bulbos e dar sacramentos aos moribundos. Pensou na garrafa do secretário, no pavilhão de Rosemund.

A vaca emparelhou e esbarrou nela.

— Não! — exclamou Kivrin com firmeza, e empurrou a porta da casa grande, erguendo a lamparina.

Estava escuro na antessala, mas um pouco de luminosidade se filtrava para dentro do salão através das janelas estreitas, formando longos e fumacentos fachos de uma luz pálida, que pousava sobre o chão frio e a grande mesa e o saco de maçãs que Kivrin havia derramado.

Os ratos não correram. Assim que Kivrin entrou, olharam para ela com as orelhinhas pretas fremindo e logo voltaram a atacar as maçãs. Havia quase uma dúzia deles em cima da mesa, e um estava plantado sobre o banquinho de três pernas de Agnes, as patinhas erguidas diante do focinho, como se estivesse rezando.

Ela pousou a lamparina no chão.

— Fora! — exclamou.

Os ratos na mesa nem sequer ergueram a cabeça. O que parecia estar rezando a encarou, por entre as patinhas encolhidas, um olhar frio, interrogativo, como se ela fosse uma intrusa.

— Fora daqui! — gritou Kivrin, e correu sobre os roedores.

Eles continuaram ali. Dois correram para trás do saleiro, e outro largou a maçã que estava segurando, produzindo um baque surdo sobre a mesa. A fruta rolou e acabou caindo sobre o chão coberto de juncos.

Kivrin ergueu a faca.

— Fora! — Cravou com força a faca na mesa, e os ratos se espalharam. — Daqui! — Ergueu a faca de novo. Varreu com o braço as maçãs em cima da mesa, jogando as frutas no chão. Os roedores pularam e rolaram por entre os juncos. Surpreso, ou assustado, o rato que estava no banco de Agnes correu diretamente para Kivrin. — Fo-ra-da-qui! — Ela atirou a faca na direção dele, que deu meia-volta para baixo do banco e desapareceu correndo.

— Saiam *todos* daqui! — berrou ela, e enterrou o rosto nas mãos.

— Muuuuu — mugiu a vaca, já na antessala.

— É uma doença — sussurrou Kivrin, trêmula, as mãos ainda cobrindo o rosto. — Não foi culpa de ninguém.

Foi até onde estava a faca e a apanhou, e em seguida a lamparina. A vaca tentara se enfiar pela porta da frente e agora estava presa, mugindo de fazer pena.

Kivrin a deixou ali e subiu até o pavilhão, ignorando os sons de patinhas fugitivas, que vinham lá de cima. O quarto estava gelado. O lençol que Eliwys deixara pendurado tapando a janela tinha se rasgado e pendia por uma ponta. Os cortinados do dossel estavam abaixados do lado em que o secretário se pendurara para tentar se erguer, e o colchão estava afastado meio para fora da cama.

De baixo da cama ouviam-se ruídos, mas Kivrin não tentou investigar a origem. O baú estava aberto, a tampa entalhada apoiada nos pés da cama, a pesada capa roxa do secretário dobrada em cima.

A garrafa de vinho tinha rolado para baixo da cama. Kivrin estirou-se no chão e tateou à procura. A garrafa escorregou de seus dedos, e ela teve que arrastar quase metade do corpo embaixo da cama para poder agarrá-la com firmeza.

A rolha tinha escapulido, provavelmente quando a garrafa rolara para baixo da cama. Ainda havia um resto de vinho pegajoso grudado ao gargalo de vidro.

— Oh, não — disse ela, desesperançada, e ficou sentada ali por um longo minuto, segurando a garrafa vazia.

Não havia mais vinho na igreja. Roche usara tudo nos últimos sacramentos.

De repente, lembrou-se da garrafa que ele oferecera quando ela precisou cuidar do joelho de Agnes. Voltou a se meter embaixo da cama, tateando com cuidado, com receio de derrubá-la. Não sabia se restaria muito vinho dentro, mas achava que não tinha usado todo.

Apesar da cautela, quase derrubou a garrafa quando a tocou, mas conseguiu segurá-la antes que caísse. Saiu de baixo da cama e balançou o recipiente. Estava quase pela metade. Ela guardou a faca por baixo do cinto do gibão, pôs a garrafa embaixo do braço, agarrou a capa do secretário e desceu a escada para o salão. Os ratos tinham voltado e estavam atacando as maçãs, mas desta vez fugiram às pressas quando ouviram seus passos descendo a escada, e ela tentou não olhar onde estavam se escondendo.

A vaca já conseguira enfiar metade do corpo através da porta e agora bloqueava a passagem. Kivrin pôs as coisas todas no chão, junto aos biombos, limpando o piso dos juncos para que a garrafa ficasse de pé sobre as lajes, e empurrou a vaca para trás, enquanto ela mugia num lamento interminável.

Assim que se viu do lado de fora, a vaca tentou seguir Kivrin de novo.

— Não — disse ela. — Não tenho tempo.

Ainda assim foi ao celeiro, subiu até a parte de cima e de lá jogou para baixo uma braçada de feno. Depois, recolheu os pertences e voltou correndo para a igreja.

Roche tinha mergulhado de novo na inconsciência. Seu corpo estava relaxado. As pernas enormes estavam estiradas e afastadas, e as palmas das mãos, voltadas para cima. Parecia um homem derrubado por uma pancada. A respiração era pesada e trêmula, como se ele estivesse com calafrios.

Kivrin o cobriu com a pesada capa roxa.

— Padre Roche, voltei — disse ela, dando umas pancadinhas no braço estendido, mas o homem não deu sinal de ter escutado.

Ela removeu a proteção da lamparina e usou a chama da vela para acender todas as outras. Restavam apenas três das velas de Lady Imeyne, todas pela metade. Kivrin acendeu um lampião também, assim como a grossa vela de sebo no nicho da estátua de santa Catarina, e trouxe tudo mais para perto das pernas de Roche, para que pudesse enxergar melhor.

— Vou ter que tirar suas ceroulas — avisou ela, afastando as cobertas. — Preciso lancetar o bulbo.

Ela desatou as extremidades puídas das ceroulas, e ele não esboçou nenhum recuo ao seu toque, mas gemeu um pouco, produzindo um som engasgado.

Ela puxou as ceroulas para baixo, tentando fazê-las passar pelos quadris e depois pelas pernas, mas eram muito apertadas. Teria que cortar.

— Vou cortar as ceroulas — informou ela, engatinhando até onde deixara a faca e a garrafa de vinho. — Vou tomar cuidado para não machucar o senhor.

Ela cheirou o gargalo da garrafa e tomou um golezinho, que a fez tossir. Ótimo. Um vinho velho e saturado de álcool. Derramou-o sobre a lâmina da faca, limpou o gume na perna da roupa, derramou mais um pouco, tendo o cuidado de poupar o suficiente para colocar depois no corte.

— *Beata* — murmurou Roche. Sua mão desceu até a virilha.

— Está tudo bem — disse Kivrin, agarrando uma das pernas da ceroula e cortando a lã. — Sei que agora está doendo, mas vou ter que lancetar o bulbo. — Ela puxou o tecido com as duas mãos e felizmente ele se rasgou, produzindo um som rascante e alto. Os joelhos de Roche se contraíram. — Não, deixe as pernas abaixadas — pediu Kivrin, tentando empurrar os joelhos dele para baixo. — Tenho que cortar o bulbo.

Não conseguiu forçá-los para baixo. Ignorou-os por um instante e terminou de rasgar as ceroulas, enfiando a mão por baixo da perna dele para rasgar o resto do tecido até em cima. Avistou o bulbo: era duas vezes maior que o de Rosemund, e estava completamente preto. Deveria ter sido lancetado horas atrás, dias atrás.

— Roche, por favor, abaixe as pernas — pediu ela, apoiando o peso do corpo sobre os joelhos dele. — Preciso abrir a ferida da peste.

Não houve resposta. Ela não sabia ao certo se ele poderia responder, se aqueles músculos não estavam se contraindo involuntariamente, como os do secretário, mas não podia ficar esperando o espasmo passar, se era mesmo isso. O bulbo podia se romper a qualquer instante.

Kivrin afastou-se por uns instantes e depois se ajoelhou junto dos pés dele, enfiando as mãos por baixo de suas pernas, empunhando a faca. Quando Roche gemeu, ela afastou a faca um pouquinho, mas em seguida avançou com muito cuidado, até que a ponta tocou no bulbo.

O pontapé que ele desferiu acertou em cheio o peito dela, jogando-a longe. A faca saiu tilintando sobre as lajes do piso. Kivrin ficou sem ar e permaneceu ali, arquejando, respirando fundo, em haustos ruidosos. Tentou se sentar. Uma pontada de dor cruzou o lado direito do peito e ela caiu para trás, agarrando as costelas.

Roche continuava gritando, um som longo, atroz, como o de um animal sendo torturado. Sempre com a mão apertando as costelas, Kivrin rolou até ficar deitada sobre o lado esquerdo para enxergar o padre. Ele se contorcia de um lado para o outro como uma criança, gritando o tempo todo, os joelhos erguidos defensivamente até o peito. De onde estava, Kivrin não podia ver o bulbo.

Ela tentou se levantar, apoiando-se nas lajes com a mão até ficar meio sentada. Tateou em volta até conseguir se apoiar em ambas as mãos, e procurou ficar de joelhos. Gritou de dor, gritinhos curtos que foram abafados pelos urros de Roche. O pontapé dele devia ter quebrado algumas costelas. Ela cuspiu na mão, receosa de ver sangue na saliva.

Quando por fim se ajoelhou, conseguiu sentar durante um momento, esperando a dor diminuir.

— Desculpe — disse ela, baixinho. — Não quis machucar o senhor.

Ela meio que se arrastou de joelhos até ele, usando a mão direita para se apoiar. O esforço a levou a respirar mais fundo, e cada respiração era como uma punhalada no peito.

— Está tudo bem, Roche — sussurrou —, estou chegando.

Ao som da voz de Kivrin, ele puxou as pernas espasmodicamente, e ela se moveu para o lado, ficando entre ele e a parede do lado, fora do seu alcance. Quando deu o pontapé, ele acabou derrubando uma das velas de santa Catarina. A vela agora jazia numa poça amarela, ainda ardendo. Kivrin a colocou de pé, antes de levar a mão ao ombro do padre.

— Psssst, Roche. Está tudo bem. Estou aqui agora — disse.

Ele parou de gritar.

— Desculpe — pediu ela, inclinando-se sobre ele. — Não quis machucar o senhor. Só queria lancetar o bulbo.

Os joelhos dele se ergueram ainda mais. Kivrin pegou e ergueu a vela vermelha para iluminar aquele corpo descoberto. Agora podia ver o bulbo, preto e inchado à luz da vela. Ela nem sequer o arranhara. Ergueu a vela mais alto, tentando ver onde tinha ido parar a faca, que tilintara na direção do túmulo. Kivrin ergueu a vela naquela direção, procurando enxergar algum reflexo de metal. Não viu nada.

Começou a se levantar, mexendo-se com muito cuidado para evitar a dor, mas em meio ao movimento sentiu uma pontada forte e deu um grito, curvando-se para a frente.

— O que foi? — perguntou Roche. Seus olhos estavam abertos, e havia um pouco de sangue no canto de sua boca. Ela pensou se ele teria mordido a língua quando gritava. — Machuquei você?

— Não — respondeu ela, ajoelhando-se perto dele. — Não machucou. — Ela limpou a boca de Roche usando a manga do gibão.

— Você precisa... — começou ele, e quando abriu a boca um pouco mais de sangue escorreu. Ele engoliu com esforço. — Você precisa dizer a prece dos moribundos.

— Não — objetou ela. — O senhor não vai morrer. — Ela voltou a limpar a boca dele. — Só que preciso cortar o bulbo, antes que se rompa.

— Não — pediu ele, e Kivrin não entendeu se ele queria dizer não vá embora ou não corte o bulbo.

Roche estava rangendo os dentes, e escorria sangue por entre eles. Ela sentou--se, com cuidado para não gritar de dor, e pôs a cabeça dele no colo.

— *Requiem aeternam dona eis* — iniciou ele, e algo gorgolejou em sua garganta. — *Et lux perpetua.*

O sangue estava minando do céu da boca de Roche. Kivrin levantou a cabeça do padre um pouco mais, amontoando as dobras da capa púrpura embaixo, e limpou a boca e o queixo dele com a manga do gibão, já empapada. Ela estendeu a mão para segurar na alva.

— Não — falou ele.

— Não vou — tranquilizou ela. — Estou bem aqui.

— Reze por mim — disse ele, e tentou erguer as mãos postas à frente do peito. — *Req...*

Ele se engasgou na palavra que queria dizer e apenas produziu um som líquido na garganta.

— *Requiem aeternam* — ajudou Kivrin, que ficou também de mãos postas. — *Requiem aeternam dona eis, Domine.*

— *Et lux...* — disse ele.

A vela vermelha perto de Kivrin bruxuleou e apagou-se, enchendo a igreja com o odor acre da fumaça. Ela olhou as outras velas em volta. Restava apenas uma, a última das velas de cera de Lady Imeyne, e já tinha ardido quase até a borda do suporte redondo de metal.

— *Et lux perpetua* — prosseguiu Kivrin.

— *Luceat eis...* — continuou Roche, e parou, tentando passar a língua pelos lábios ensanguentados. A língua estava inchada e endurecida. — *Dies irae, dies illa.* — Ele engoliu de novo e tentou fechar os olhos.

— Não obrigue ele a passar por isso tudo — implorou ela, em inglês moderno. — Por favor. Não é justo.

— *Beata* — disse ele, ou assim ela entendeu, já tentando lembrar qual era a frase seguinte, mas não começava com "bendita".

— O quê? — perguntou ela, inclinando-se sobre ele.

— Nos últimos dias... — balbuciou Roche, com a voz embaralhada pelo inchaço da língua.

Ela se inclinou mais para perto.

— Eu temi que Deus tivesse nos abandonado por completo — prosseguiu.

E abandonou, pensou ela. Limpou de novo a boca e o queixo de Roche com a borda do gibão. E abandonou.

— Mas Ele, na Sua grande misericórdia, não nos abandonou. — Roche voltou a engolir, com dificuldade. — Ele enviou a Sua santa até nós.

Ergueu a cabeça e tossiu, e o sangue jorrou sobre os dois, encharcando o peito dele e os joelhos dela. Kivrin tentou freneticamente limpar e estancar o sangue, tentou manter a cabeça de Roche erguida, e as lágrimas eram tantas que não conseguia enxergar direito.

— E eu não posso ajudar o senhor em nada — lamentou ela, limpando as lágrimas.

— Por que está chorando? — perguntou ele.

— O senhor salvou minha vida — respondeu ela, e sua voz se engasgou num soluço. — E eu não posso salvar a sua.

— Todos os homens têm que morrer — consolou ele. — E ninguém, nem mesmo Cristo, pode salvá-los.

— Eu sei — falou ela, levando a mão ao próprio rosto e tentando recolher as lágrimas. Elas se acumularam na palma e depois gotejaram sobre o pescoço de Roche.

— E mesmo assim você me salvou — disse ele, e sua voz soava um pouco mais clara. — Do medo. — Aspirou o ar, gorgolejando. — E da descrença.

Ela limpou as lágrimas com as costas da mão e segurou a mão de Roche. Estava fria e parecia já um pouco rígida.

— Sou o mais abençoado dos homens por ter você aqui — acrescentou ele, e cerrou os olhos.

Kivrin mudou um pouco de posição para apoiar as costas na parede. Lá fora, já havia escurecido, e nenhuma luminosidade entrava pelas janelas estreitas. A chama da vela de Lady Imeyne estralou, oscilou, depois voltou a se erguer acesa. Kivrin se moveu para que a cabeça de Roche não forçasse suas costelas. Ele gemeu, e sua mão se agitou como querendo soltar-se da mão dela, mas Kivrin segurou firme. A vela estralou de novo, ficou um pouco mais brilhante, e depois a igreja mergulhou em completa escuridão.

TRANSCRITO DO LIVRO DO JUÍZO FINAL
(082808-083108)

Acho que não vou conseguir voltar, sr. Dunworthy. Roche me disse onde era o local do salto, mas acredito que estou com algumas costelas partidas, e não há mais cavalos por aqui. Não acredito que possa montar no burro de Roche sem sela.

Vou fazer o possível para que a srta. Montoya encontre isto. Diga ao sr. Latimer que a inflexão adjetival ainda prevalecia em 1348. E diga ao sr. Gilchrist que ele estava errado. As estatísticas não eram exageradas.

(Pausa)

Não quero que vocês se culpem pelo que aconteceu. Sei que teriam vindo me buscar se pudessem, mas eu não teria conseguido partir de qualquer maneira, não com Agnes tão doente.

Eu queria saltar e, se não tivesse saltado, eles estariam sozinhos aqui e ninguém jamais ficaria sabendo o quanto estavam assustados e o quanto eram corajosos e insubstituíveis.

(Pausa)

É estranho. Quando eu não consegui achar o local do salto e a peste chegou, o senhor parecia tão distante, e pensei que jamais voltaria a vê-lo. Mas agora eu sei que o senhor estava comigo o tempo inteiro e que nada, nem a Peste Negra, nem os setecentos anos, nem a morte, nem tampouco as coisas futuras ou outra criatura seria capaz de me separar do seu carinho e do seu cuidado. O senhor estava comigo durante cada minuto.

34

— Colin! — gritou Dunworthy, agarrando o braço do garoto quando ele mergulhou para dentro da rede, de cabeça abaixada. — O que pensa que está fazendo, em nome de Deus?

Colin se desvencilhou do agarrão dele.

— Acho que o senhor não deve ir sozinho!

— Você não pode entrar assim na rede! Isso aqui não é como um perímetro de quarentena. E se a rede tivesse aberto na hora? Você estaria morto! — Ele segurou o braço de Colin de novo e deu um passo rumo ao console. — Badri! Suspenda o salto!

Badri não estava lá. Dunworthy apertou os olhos na direção de onde o console deveria estar. Eles se encontravam num bosque, cercados de árvores. Havia neve no chão, e o ar cintilava, cheio de cristais suspensos.

— Se for para lá sozinho, quem vai cuidar do senhor? — perguntou Colin. — E se tiver uma recaída? — O garoto olhou além de Dunworthy e ficou de boca aberta. — Já chegamos?

Dunworthy largou o braço de Colin e mexeu no bolso, à procura dos óculos.

— Badri! — gritou ele. — Abra a rede!

Pôs os óculos. Estavam cobertos de geada. Voltou a tirá-los do rosto e começou a limpar as lentes.

— Badri!

— Onde estamos? — quis saber Colin.

Dunworthy enganchou os óculos atrás das orelhas e olhou as árvores em volta. Eram antigas, com hera enredada em seus troncos cobertos de geada. Não havia sinal de Kivrin.

Ele esperava encontrá-la ali, o que era ridículo. Já haviam aberto a rede e não a haviam encontrado, mas Dunworthy tinha a esperança de que, quando Kivrin percebesse em que época estava, voltaria para o local do salto e ficaria à espera. Só que ela não estava ali nem existia sinal de que alguma vez houvesse estado.

A neve que pisavam era fofa e não apresentava pegadas. Também era espessa o bastante para já ter ocultado qualquer marca deixada por Kivrin antes, mas não profunda o suficiente para ter escondido a carroça despedaçada ou as caixas todas. Para piorar, não se via nenhum sinal da estrada Oxford-Bath.

— Não sei onde estamos — respondeu ele.

— Bem, eu só sei que não é Oxford — observou Colin, pisando com força em cima da neve. — Porque não está chovendo.

Dunworthy olhou através dos galhos das árvores para o céu pálido e limpo. Se tivesse havido uma proporção de desvio idêntica à do salto de Kivrin, deviam estar no meio da manhã.

Colin disparou de repente, cruzando a neve até um grupo de salgueiros.

— Aonde pensa que vai? — indagou Dunworthy.

— Vou procurar a estrada. Este local fica perto de uma estrada, não é? — rebateu o garoto, e se enfiou entre as árvores e desapareceu.

— Colin! — gritou Dunworthy, e foi no seu encalço. — Volte aqui!

— Aqui está! — soou a voz de Colin, vinda de algum lugar além dos salgueiros. — Achei a estrada!

— Volte agora mesmo! — berrou Dunworthy.

Colin reapareceu, afastando com as mãos a ramagem dos salgueiros.

— Venha cá — pediu Dunworthy, um pouco mais calmo.

— A estrada sobe uma colina — comentou o garoto, espremendo-se entre os salgueiros para voltar à clareira. — Podemos subir por ela e ver onde vai dar.

Já estava molhado, com a roupa marrom coberta pela neve dos salgueiros, e parecia sério, preparado para más notícias.

— O senhor vai me mandar de volta, não vai?

— Não tenho outra escolha — respondeu, mas desanimou quando pensou na questão. Badri não voltaria a abrir a rede antes de umas duas horas, e Dunworthy não sabia ao certo por quanto tempo ela ficaria aberta. Não tinha duas horas para desperdiçar: não ficaria à espera apenas para mandar Colin de volta, mas não podia simplesmente deixar o garoto para trás. — Você está sob minha responsabilidade.

— E o senhor sob a minha — rebateu Colin, com obstinação. — Minha tia-avó Mary me encarregou de cuidar do senhor. E se tiver uma recaída?

— Você não entendeu. A Peste Negra...

— Está tudo bem. Mesmo. Tomei a estreptomicina e tudo o mais. Fiz com que William mandasse a enfermeira dele me vacinar. O senhor não pode mais me mandar de volta, a rede não está aberta e aqui faz frio demais para ficarmos parados, esperando de braços cruzados por mais de uma hora. Se começarmos a procurar, talvez até lá a gente já tenha encontrado Kivrin.

Colin tinha razão em pelo menos um aspecto: os dois não poderiam permanecer ali. O frio já penetrava através da anacrônica capa vitoriana de Dunworthy, e a roupa de Colin o protegia ainda menos do que o velho casaco, e também estava úmida.

— Vamos até o topo da colina — cedeu Dunworthy. — Mas primeiro temos que marcar esta clareira, para podermos achá-la depois. De qualquer maneira, você não pode sair correndo dessa forma. Preciso ter você sob meu campo de visão o tempo todo. Não tenho tempo para procurar *duas* pessoas.

— Eu não vou me perder — disse Colin, remexendo na mochila e erguendo um retângulo achatado. — Trouxe um localizador. Já marquei o ponto de partida na clareira.

Ele afastou os ramos dos salgueiros para que Dunworthy passasse, e os dois saíram para a estrada. Era mal e mal um caminho de passagem para o gado, coberto de neve e sem qualquer marca, a não ser alguns rastros de esquilos e de um cão, ou talvez de um lobo. Colin caminhou obedientemente ao lado de Dunworthy até alcançarem a metade da subida da colina, quando não resistiu mais e disparou a correr.

Dunworthy avançou atrás do garoto aos trancos e barrancos, lutando contra a pontada que começava a sentir no peito. Perto do alto da colina, as árvores rareavam, e o vento soprava mais forte. O frio era cortante.

— Posso ver o vilarejo — informou Colin.

Dunworthy chegou ao alto e parou ao lado de Colin. O vento era ainda pior, atravessando sem dificuldade o tecido da sua capa, apesar do forro, e arrastando longos fiapos de nuvens pelo céu descolorido. Bem longe, ao sul, um penacho de fumaça se erguia direto rumo ao céu, antes de ser açoitado e levado pelo vento em direção a oeste.

— Está vendo? — perguntou Colin, apontando.

Uma planície ondulada se descortinava diante deles, coberta por uma neve cujo brilho chegava a incomodar os olhos. As árvores desfolhadas e as estradas contrastavam com aquela imensidão branca, como as linhas de um mapa. A estrada Oxford-Bath era um traçado negro e reto, cortando ao meio a planície nevada, e ao longe Oxford parecia um desenho feito a lápis. Dunworthy podia avistar tetos cobertos de neve e a torre quadrada da St. Michael por cima dos muros escuros.

— Parece que a Peste Negra ainda não chegou por aqui, hein? — indagou Colin.

O garoto tinha razão. Tudo parecia sereno, intocado, a velha Oxford das lendas. Era inconcebível imaginar a cidade sendo varrida pela peste, as carroças repletas de cadáveres puxadas ao longo das ruas estreitas, os colégios deixados para trás com as janelas fechadas por tábuas, e moribundos e mortos por toda parte. Era inconcebível imaginar que Kivrin estivesse ali em alguma parte, num daqueles vilarejos que ele não conseguia avistar.

— Está vendo? — apontou Colin. — Por trás daquelas árvores.

Dunworthy apertou os olhos, tentando distinguir construções em meio às árvores. Podia ver uma forma mais escura por entre os galhos cinzentos, um campanário, talvez, ou o canto de uma casa grande.

— Aquela é a estrada que leva para lá — disse Colin, apontando uma estreita linha cinzenta que começava em alguma parte abaixo de onde os dois estavam.

Dunworthy examinou o mapa dado por Montoya. Sem saber a que distância estavam do local para onde o salto tinha sido programado, não havia como saber que vilarejo era aquele, mesmo com as anotações dela. Se estavam diretamente ao sul, o vilarejo estava muito a leste para ser Skendgate, mas então no ponto onde Skendgate deveria estar não se via nada, apenas uma planura lisa, coberta de neve.

— E então? Vamos até lá? — perguntou Colin.

Era o único vilarejo visível, se é que se tratava mesmo de um vilarejo, e não parecia estar a mais de um quilômetro de distância. Se não fosse Skendgate, pelo menos ficava na direção correta. Além disso, se tivesse alguma das "características peculiares" registradas por Montoya, serviria para que eles se orientassem.

— Você tem que ficar perto de mim o tempo todo, e não pode falar com ninguém, entendeu?

Colin assentiu, visivelmente sem dar muita atenção.

— Acho que a estrada fica para lá — disse ele, e partiu correndo colina abaixo.

Dunworthy seguiu o garoto, tentando não pensar na quantidade de vilarejos que poderia existir, nem na escassez do tempo, nem tampouco em como já estava cansado depois da primeira subida.

— Como convenceu William a pedir para a enfermeira aplicar a estreptomicina em você? — perguntou, assim que conseguiu emparelhar com Colin.

— Ele precisava do registro médico da tia-avó Mary para poder falsificar as autorizações. O número estava naquele kit na sacola de compras dela.

— E você disse que só entregaria o número se ele concordasse?

— Sim. Também ameacei que contaria à mãe dele sobre aquelas garotas todas — acrescentou ele, antes de voltar a correr.

A estrada que tinham visto lá de cima era uma sebe. Dunworthy recusou-se a atalhar pelo campo aberto.

— Temos que seguir sempre pela estrada — disse.

— Mas é mais rápido! — protestou Colin. — Não há risco da gente se perder. Eu tenho o localizador.

Dunworthy nem quis discussão. Continuou acompanhando a sebe, esperando vê-la mudar de direção. O campo aberto deu lugar a uma floresta e então a estrada seguiu rumo ao norte.

— E se não houver caminho direto ao vilarejo? — indagou Colin, depois de meio quilômetro, mas na próxima curva avistaram um.

Era mais estreito do que o tomado por eles ao saírem do local do salto, e não tinha sido cruzado por ninguém desde que a neve começara a cair. Os dois avançaram por ali com dificuldade, os pés rompendo a fina crosta de gelo a cada passo.

Dunworthy mantinha o olhar ansiosamente voltado para diante, esperando um vislumbre qualquer do vilarejo, mas a floresta era fechada demais.

A neve dificultava o avanço, e ele já estava quase sem fôlego e sentia um forte aperto no peito.

— O que nós vamos fazer quando chegarmos lá? — perguntou Colin, avançando sem dificuldade pelo chão nevado.

— *Você* vai ficar fora da vista de todos e esperar por mim — respondeu Dunworthy. — Fui claro?

— Sim — disse Colin. — Tem certeza de que este é o caminho certo?

Dunworthy não tinha certeza de nada. O caminho serpenteava para o oeste, longe da direção onde ele imaginava que ficava o vilarejo, e lá adiante voltava a dobrar para o norte. Olhou ansioso para as árvores, tentando avistar entre os galhos algum vestígio de muros de pedra ou de tetos de palha.

— O vilarejo não estava tão longe assim, tenho certeza — comentou Colin, esfregando os braços. — Estamos andando há horas.

Não tinha sido tanto, mas já caminhavam há pelo menos uma hora, sem avistar sequer uma choupana, quanto mais um vilarejo. Havia dezenas de vilarejos pela região, mas onde?

Colin consultou o localizador.

— Veja só — observou ele, mostrando a Dunworthy a leitura fornecida. — Fomos demais para o sul. Acho que deveríamos voltar para a outra estrada.

Dunworthy conferiu os dados da leitura e consultou o mapa. Estavam ao sul do local do salto e a uns três quilômetros de distância. Teriam que voltar, refazendo quase todo o trajeto, sem nenhuma esperança de encontrar Kivrin nesse meio-tempo, e quando chegassem ao final ele não sabia se teria forças para continuar. Já estava se sentindo esgotado, em cada passo experimentava um forte aperto no peito e uma pontada aguda nas costelas. Virou-se e observou a curva lá na frente, tentando decidir o que fazer.

— Meus pés estão congelando — comentou Colin, batendo com força com os pés na neve, fazendo um pássaro se assustar e levantar voo de súbito.

Dunworthy olhou para o alto, franzindo a testa. O céu estava começando a nublar.

— Deveríamos ter cortado pelo campo — disse Colin. — Teria sido muito mais...

— Pssst — cortou Dunworthy.

— O que foi? — sussurrou Colin. — Alguém vem vindo?

— Pssst — repetiu Dunworthy.

Puxou Colin para a beira do caminho e aguçou outra vez o ouvido. Pensou ter escutado um cavalo, mas agora não conseguia distinguir nada. Talvez pudesse ter sido aquele pássaro.

Fez um gesto para que Colin se escondesse atrás de uma árvore.

— Fique aqui — cochichou, avançando devagarinho até ser capaz de avistar o que havia além da curva.

O garanhão negro estava amarrado a uma moita de espinheiros. Dunworthy recuou depressa para trás de um aglomerado de abetos, e ficou imóvel, tentando localizar o cavaleiro. Não se via ninguém no caminho. Esperou, controlando a própria respiração para escutar melhor, mas não apareceu ninguém, e tudo que se ouvia eram os cascos impacientes do cavalo batendo no solo.

O garanhão estava selado e tinha rédeas ornamentadas em prata, mas parecia magro, com as costelas se destacando contra a cilha, que estava frouxa. A sela escorregou um pouco para o lado quando o animal recuou um ou dois passos e sacudiu a cabeça, puxando as rédeas com força, em uma tentativa de se libertar. Quando Dunworthy chegou mais perto, constatou que as rédeas não estavam amarradas à moita, tinham apenas se enredado nos espinhos.

Dunworthy aproximou-se. O garanhão virou a cabeça na sua direção e começou a produzir um relincho baixo e queixoso.

— Calma, calma, está tudo bem — disse ele, chegando de mansinho pelo lado esquerdo.

Pôs a mão sobre o pescoço do animal, que parou de relinchar e esfregou o focinho nele, pedindo comida.

Dunworthy olhou em volta à procura de algum capim sobre a neve, mas aquele trecho quase não tinha vegetação.

— Há quanto tempo está preso aqui, amiguinho?

Será que o cavaleiro tinha sido atacado pela peste enquanto cavalgava? Será que tinha morrido, e o cavalo em pânico saíra a galope por aí, até que as rédeas se engancharam na moita de espinhos?

Dunworthy se embrenhou um pouco na floresta, à procura de pegadas, mas não achou nenhuma. O cavalo começou a relinchar de novo, e ele fez meia-volta e foi soltá-lo, arrancando no caminho um e outro tufo de capim que despontava do chão.

— Um cavalo! Apocalíptico! — exclamou Colin, que chegou correndo. — Onde achou ele?

— Eu disse para ficar onde estava.

— Eu sei, mas ouvi o relincho e fiquei com medo de que o senhor tivesse se metido em confusão.

— Mais uma razão para ter me obedecido. — Ele estendeu os punhados de capim para Colin. — Vamos, dê isso para ele comer.

Dunworthy se inclinou sobre a moita e começou a puxar as rédeas. O garanhão, em seu esforço para se libertar, tinha enrolado as rédeas de vez nos ramos espinhosos. Dunworthy teve que prender os ramos com uma mão, enquanto desenroscava as rédeas com a outra. Logo estava com as mãos cobertas de espinhos.

— De quem é esse cavalo? — perguntou Colin, oferecendo ao animal um tufo de capim, a vários passos de distância. Quando o cavalo faminto tentou abocanhar o pasto, Colin pulou para trás, largando tudo no chão. — Tem certeza de que é domesticado?

Dunworthy por pouco não fizera um corte fatal no momento em que o cavalo deu um puxão com o pescoço para alcançar o capim. Ainda assim, conseguiu liberar uma rédea, que enrolou na mão que sangrava, e recolheu a outra.

— Sim — disse.

— De quem é esse cavalo? — repetiu Colin, esfregando sem muita convicção o focinho do animal.

— Nosso.

Dunworthy apertou a cilha e ajudou Colin, sob protestos, a montar, e depois subiu para a sela.

Ainda sem perceber que estava solto, o garanhão virou a cabeça com ar acusatório quando Dunworthy bateu de leve com os calcanhares no seu lombo. Porém, logo estava galopando pela estrada coberta de neve, deliciando-se com a liberdade.

Colin agarrou-se com força ao tronco de Dunworthy, bem no local que mais doía, mas assim que tinham cavalgado uma centena de metros já estava empertigado e perguntando: "Como faz para guiar?", "E se quiser ir mais depressa?".

Chegaram rapidamente de volta à estrada principal. Colin queria ir até a sebe e atravessar o campo aberto, mas Dunworthy girou o cavalo na direção oposta. A estrada tinha uma bifurcação poucos quilômetros adiante, e eles seguiram pela esquerda.

Era um trecho bem mais utilizado do que o outro, embora atravessasse um bosque muito mais fechado. O céu estava totalmente nublado agora, e o vento, mais forte.

— Estou vendo! — exclamou Colin, e soltou uma das mãos para apontar na direção de um aglomerado de freixos.

Ali, entre uma brecha e outra, despontava um teto cinza-escuro, de pedra, contra o céu cinza-claro. Uma igreja, talvez, ou um estábulo. Ficava a leste. Quase simultaneamente, eles viram uma trilha estreita que se separava da estrada, alcançava uma precária ponte de madeira por cima de um córrego e cruzava um prado estreito.

O cavalo não ergueu as orelhas nem procurou acelerar o passo, e Dunworthy concluiu que ele não devia ser daquele vilarejo. O que não era ruim, pensou, do contrário eles correriam o risco de serem enforcados como ladrões de cavalo antes mesmo que pudessem perguntar por Kivrin.

Então Dunworthy viu as ovelhas. Estavam caídas de lado, como montes de uma lã cinzenta e suja, embora algumas tivessem se abrigado junto às árvores, tentando se proteger do vento e da neve.

Colin não percebeu nada.

— O que vamos fazer quando chegarmos lá? — indagou ele, às costas de Dunworthy. — Vamos entrar escondidos ou chegar de vez e perguntar se alguém viu Kivrin?

Não vai haver ninguém para responder, pensou Dunworthy. Apressou o cavalo e eles contornaram os freixos e entraram no vilarejo.

Não parecia nem um pouco com as ilustrações do livro de Colin, de construções em volta de um espaço aberto central. As casas estavam espalhadas em meio às árvores, quase fora da visão umas das outras. Dunworthy avistou tetos de sapê e, mais adiante, num aglomerado de freixos, a igreja. Só que ali, numa clareira tão pequena quanto aquela onde tinham saltado, havia apenas uma cabana de madeira e um barraco de pouca altura.

A cabana era pequena demais para ser a casa grande local — talvez fosse a moradia do caseiro ou a do bailio. A porta de madeira do barraco estava aberta, e a neve se espalhava para dentro. Do teto não subia fumaça, e de dentro não vinha som nenhum.

— Talvez tenham fugido — sugeriu Colin. — Muita gente fugiu quando ouviu dizer que a peste estava chegando. Foi assim que a epidemia se espalhou.

Talvez tivessem fugido. A neve diante da casa estava dura e pisada, como se muitas pessoas e cavalos tivessem passado por ali.

— Fique aqui com o cavalo — ordenou Dunworthy, e foi até a cabana.

A porta também não estava trancada, mas fora puxada até sobrar apenas uma fresta. Ele enfiou a cabeça e olhou para dentro.

Estava gelado lá dentro e tão escuro, depois da neve ofuscante, que ele não conseguiu ver nada além da impressão avermelhada deixada pela luz na retina. Empurrou e escancarou a porta, mas ainda havia pouca luz, e tudo parecia tingido de vermelho.

Devia ser a residência do caseiro. Havia dois quartos, separados por um biombo de madeira, e o chão era forrado de esteiras. A mesa estava vazia, e o fogão, apagado há dias. O quarto menor estava impregnado do odor de cinza fria. O caseiro e sua família tinham ido embora, e talvez o resto dos habitantes também, sem dúvida levando a peste consigo. E Kivrin.

Ele se apoiou na moldura da porta, e o aperto no peito transformou-se de novo em dor aguda. De todas as suas preocupações com Kivrin, nunca lhe ocorrera aquela, a de que ela pudesse ter ido embora.

Olhou o outro aposento. Colin enfiou a cabeça pela porta.

— O cavalo está tentando beber de um balde que tem lá fora. Posso deixar?

— Sim — respondeu Dunworthy, postando-se de modo que o garoto não pudesse olhar para além do biombo. — Mas não deixe que beba demais. Ele não bebe água há dias.

— Não há muita água no balde — observou Colin, olhando ao redor com interesse. — Esta é uma das cabanas dos servos, não é? Como eram pobres, hein? Encontrou alguma coisa?

— Não — disse ele. — Vá vigiar o cavalo. Não deixe que ele vá embora.

Colin recuou, batendo com a cabeça no umbral da porta.

O bebê estava envolto num saco de lã num canto. Aparentemente ainda estava vivo quando a mãe morreu: ela estava deitada no chão de barro, as mãos estendidas na direção dele. Os dois tinham a pele escura, quase negra, e os panos do bebê estavam empapados de sangue seco.

— Sr. Dunworthy?! — chamou Colin, com uma voz alarmada, e Dunworthy virou-se com um sobressalto, temendo que o garoto tivesse entrado, mas ele continuava do lado do garanhão, que tinha o focinho enfiado no balde.

— O que foi? — perguntou.

— Tem alguma coisa lá no chão. — Colin apontou na direção das cabanas. — Acho que é um corpo. — Ele deu um puxão nas rédeas do cavalo com tanta força que o balde tombou, derramando uma pequena poça de água sobre a neve.

— Espere — disse Dunworthy, mas Colin já estava correndo na direção das árvores, seguido pelo cavalo.

— Sim, é um corp...

A voz de Colin se interrompeu abruptamente. Dunworthy correu até ele, a mão apertando as costelas.

Era um corpo, o cadáver de um homem jovem. Estava caído na neve, braços e pernas abertos, o rosto para cima, numa poça de líquido escuro. Havia um pouco de neve sobre a face. Seus bulbos deviam ter estourado, pensou Dunworthy, e olhou para Colin, mas o garoto não fitava o cadáver, e sim a clareira mais adiante.

Era maior do que a da frente da residência do caseiro. Nas bordas, havia meia dúzia de choupanas, e na extremidade, uma igreja normanda. No centro, sobre a neve revolvida, jaziam os corpos.

Ninguém sequer tentara sepultá-los, embora perto da igreja uma vala não muito profunda tivesse sido aberta, um monte de terra coberta de neve ao lado. Alguns corpos pareciam ter sido arrastados para o pátio da igreja — havia sulcos compridos na neve, como rastros de trenó —, e pelo menos um devia ter rastejado para dentro de sua cabana, onde estava caído, metade do lado de fora.

— "Temei a Deus" — murmurou Dunworthy —, "pois chegou a hora do seu julgamento."

— Até parece que aconteceu uma batalha aqui — comentou Colin.

— E aconteceu — disse Dunworthy.

Colin avançou, olhando o cadáver mais de perto.

— Acha que morreu todo mundo?

— Não toque neles! — mandou Dunworthy. — Não chegue nem perto!

— Tomei a gamaglobulina — rebateu o garoto, mas recuou, prendendo a respiração.

— Respire fundo — pediu Dunworthy, pondo a mão no ombro de Colin. — E olhe para outro lugar.

— No livro, era assim mesmo — falou ele, pregando os olhos num carvalho. — Na verdade, eu estava esperando que fosse bem pior. Quer dizer, não tem cheiro, essas coisas.

— Sim.

Colin prendeu a respiração de novo:

— Estou bem agora. — Olhou ao redor da clareira. — Onde acha que Kivrin pode estar?

Não aqui, rezou Dunworthy.

— Ela pode estar na igreja — disse ele, tomando aquela direção e puxando o cavalo pelas rédeas. — De qualquer maneira, precisamos ver se o túmulo está lá. Talvez o vilarejo não seja este.

O garanhão deu dois passos para a frente e ergueu a cabeça, com as orelhas para trás. Soltou um relincho assustado.

— Leve o cavalo para aquele barracão — apontou Dunworthy, ainda segurando as rédeas. — Como ele está sentindo o cheiro de sangue, fica assustado. Amarre ele lá.

Dunworthy conduziu o cavalo para longe do cadáver estirado e entregou as rédeas a Colin, que pareceu preocupado ao recebê-las.

— Está tudo bem — falou Colin, levando o garanhão para a residência do caseiro. — Sei exatamente como você se sente.

Dunworthy atravessou a passadas largas a clareira até o pátio da igreja. Havia quatro corpos numa cova rasa, e mais duas sepulturas ao lado, cobertas de neve, talvez as das primeiras pessoas a morrer, quando ainda era possível realizar funerais. Ele deu a volta até a entrada da igreja.

Diante da porta havia mais dois corpos estirados, de rosto para baixo, um sobre o outro. O cadáver de cima era de um ancião, e o de baixo de uma mulher. Dunworthy observou as saias das vestes rústicas e uma das mãos dela. Os braços do homem estavam caídos sobre a cabeça e os ombros da mulher.

Ergueu com cuidado o braço do homem, e o corpo dele deslizou de lado, repuxando a capa. A túnica por baixo estava suja e manchada de sangue, mas Dunworthy percebeu que era de um azul vívido. Ele puxou o capuz. Havia uma corda em volta do pescoço da mulher. Seu cabelo longo e louro estava enroscado na corda.

Enforcaram ela, pensou, sem sentir surpresa.

Colin chegou correndo.

— Descobri o que são aquelas marcas no chão — avisou. — Eles arrastaram os corpos! E por trás do celeiro tem um menino com uma corda no pescoço.

Dunworthy estava olhando a corda, as mechas emaranhadas de cabelo. Estava tão sujo que mal podia ser considerado louro.

— Arrastaram os corpos para a igreja porque não conseguiam carregá-los, sou capaz de apostar — prosseguiu Colin.

— Pôs o cavalo no barracão?

— Sim. Amarrei ele numa espécie de poste — respondeu. — Ele queria vir comigo.

— Está faminto — disse Dunworthy. — Volte lá e dê um pouco de feno a ele.

— Aconteceu alguma coisa? — quis saber Colin. — O senhor não está tendo uma recaída, está?

Dunworthy achava que Colin não podia ver a túnica da mulher do lugar onde estava.

— Não. Deve haver um pouco de feno ou de aveia no barracão. Vá e alimente o cavalo — ordenou.

— Está bem — concordou Colin, na defensiva, e correu para o barracão. Parou a meio caminho do relvado. — Não preciso dar o feno direto para ele, não é? Posso apenas colocar no chão?

— Sim — falou Dunworthy.

Olhou para a mão da mulher. Também havia sangue nela, assim como na parte interior do pulso. O braço estava torcido, como se ela tivesse tentado amortecer a queda. Dunworthy poderia segurar o cotovelo dela e virar com facilidade o corpo para cima. Tudo o que precisava fazer era segurar o cotovelo.

Observou a mão. Estava rígida e fria. Por baixo da sujeira, a pele era avermelhada e cheia de rachaduras, aberta em uma dúzia de pontos. Não era possível que fosse a mão de Kivrin. Se fosse, o que teria passado durante as duas últimas semanas para ser reduzida àquele estado?

Tudo estaria registrado no recorde. Dunworthy virou a mão dela, com delicadeza, procurando a cicatriz do implante, mas o pulso estava demasiado coberto de sujeira para que ele conseguisse ver o chip, caso estivesse ali.

E se estivesse, o que faria? Chamaria Colin e pediria que trouxesse um machado na cozinha do caseiro, para decepar a mão e depois escutar a voz de Kivrin narrando os horrores por que tinha passado? Sem dúvida Dunworthy não seria capaz de fazer isso, assim como não se atrevia a virar aquele corpo para cima e ver de uma vez por todas se o rosto era ou não de Kivrin.

Pousou a mão dela com suavidade junto ao corpo, segurou o cotovelo e enfim virou o corpo para cima.

Ela tinha morrido da variedade bubônica da peste. Havia uma feia mancha amarela na parte lateral da túnica azul, no ponto onde o bulbo embaixo do braço estourou e escorreu. A língua estava negra e tão inchada que preenchia a boca inteira, como algum objeto horrível e obsceno enfiado por entre os dentes para sufocá-la. O rosto pálido também estava inchado e distorcido.

Não era Kivrin. Dunworthy tentou ficar de pé, cambaleou um pouco e depois pensou, tarde demais, que deveria ter coberto o rosto da mulher.

— Sr. Dunworthy?! — gritou Colin, correndo em disparada e Dunworthy ergueu os olhos, fitando com ar distante e desamparado o garoto. — O que *aconteceu*? Encontrou ela? — perguntou Colin, em tom acusatório.

— Não — respondeu ele, bloqueando a passagem.

Não encontrei nem vamos encontrá-la.

Colin estava olhando para a mulher. Em contraste com o brilho da neve, o rosto dela era branco-azulado, e a roupa, de um azul vívido.

— Encontrou ela, não é? É ela?

— Não — disse Dunworthy. Mas podia ser. Podia ser. E não tenho mais condições de continuar desvirando corpos, sempre pensando que podia ser ela. Seus joelhos estavam fraquejando, como se não suportassem mais o peso do próprio corpo. — Me ajude a voltar para o barracão — pediu.

Colin permaneceu obstinadamente parado.

— Se for ela, pode me dizer. Eu aguento.

Mas eu não, pensou Dunworthy. Não aguentarei se ela estiver morta.

Ele começou a caminhar de volta para a residência do caseiro, apoiando uma mão no muro de pedra da igreja e imaginando como faria ao chegar ao relvado.

Colin pulou para o lado dele, agarrando seu braço e o encarando com ansiedade.

— Qual é o problema? O senhor está tendo uma recaída?

— Só preciso descansar um pouco — respondeu ele, e continuou andando, quase sem querer. — Kivrin estava usando uma roupa azul quando saltou.

Quando saltou, quando se deitou no chão e fechou os olhos, desamparada e confiante, e desapareceu para sempre nesta câmara de horrores.

Colin empurrou e escancarou a porta do barracão, ajudando Dunworthy a entrar e segurando o braço dele com as mãos. O cavalo levantou os olhos de um saco de aveia para observá-los.

— Como não encontrei feno, dei a ele um pouco de grãos — explicou Colin. — Cavalos comem grãos, não comem?

— Sim — falou Dunworthy, encostando-se nos sacos empilhados. — Não deixe que coma tudo. Ele pode se empanturrar e explodir.

Colin foi até o saco e começou a arrastá-lo para fora do alcance do cavalo.

— Por que pensou que fosse Kivrin? — indagou ele.

— Por causa da túnica azul — disse Dunworthy. — A túnica de Kivrin era daquela cor.

O saco era pesado demais para Colin. Quando o garoto puxou com ambas as mãos, a parte lateral se rasgou, espalhando aveia sobre o chão de barro. O cavalo mordiscou a aveia, com avidez.

— Não... quer dizer... todas aquelas pessoas morreram da peste, não é? Só que Kivrin foi vacinada. Então não pode ter contraído a peste. Do que mais poderia ter morrido?

Disso, pensou Dunworthy. Ninguém poderia sobreviver a tudo isso, vendo crianças e bebês morrerem como animais, empilhando os corpos em poços e jogando terra por cima com uma pá, arrastando os cadáveres com uma corda laçada ao pescoço. Como ela poderia ter sobrevivido a tudo isso?

Colin conseguiu afastar mais o saco de aveia e o largou junto de um pequeno baú. Depois foi sentar-se diante de Dunworthy, um pouco ofegante.

— Tem certeza de que o senhor não está tendo uma recaída?

— Tenho — respondeu ele, mas estava começando a tremer.

— Talvez esteja só cansado — comentou Colin. — Descanse, e eu volto num instante.

Ele saiu, fechando a porta do barracão atrás de si. O cavalo estava comendo com mordidas bruscas e ruidosas a aveia derramada por Colin. Dunworthy ficou de pé, apoiando-se num poste rústico de madeira, e caminhou até o pequeno baú. Os reforços de latão estavam manchados, e o couro da tampa exibia um pequeno corte, mas afora isso o baú parecia novo em folha.

Dunworthy sentou-se do lado e abriu a tampa. O caseiro usara o objeto para guardar suas ferramentas. Havia um rolo de corda de couro, e a lâmina enferrujada de um enxadão. O forro de tecido azul, mencionado por Gilchrist quando estavam no pub, estava rasgado onde o enxadão repousava.

Colin regressou com o balde.

— Trouxe um pouco de água para o senhor — falou ele. — Peguei no córrego. — Pousou o balde no chão e mexeu nos bolsos até apanhar um frasco. — Tenho apenas dez aspirinas, então nada de exagerar nas recaídas. Roubei do sr. Finch.

O garoto agitou o frasco até dois comprimidos caírem na palma da mão.

— Roubei um pouco de sintamicina também, mas fiquei com medo de que ela ainda não tivesse sido inventada. Achei que os contemps tinham que conhecer aspirinas. — Estendeu os comprimidos para Dunworthy e trouxe o balde mais para perto. — O senhor vai ter que beber usando as mãos. Imagino que os canecos e outros recipientes dos contemps devem estar cheios de germes da peste.

Dunworthy engoliu a aspirina e colheu com a mão um pouco de água para ajudar a descer.

— Colin — disse ele.

Colin levou o balde de volta para perto do cavalo.

— Não acho que este seja o vilarejo. Entrei na igreja, e o único túmulo que tem lá é de alguma mulher — observou o garoto, puxando o mapa e o localizador que estava em outro bolso. — Ainda estamos muito a leste. Acho que estamos aqui. — Apontou para uma das anotações de Montoya. — Então, se a gente voltar para aquela outra estrada, e depois cortar para o leste...

— Vamos voltar para o local do salto — cortou Dunworthy. Ficou de pé com muito cuidado, sem tocar na parede nem no poste.

— Por quê?! Badri comentou que temos pelo menos um dia, e só checamos um vilarejo. Tem muitos. Ela pode estar em qualquer um.

Dunworthy desamarrou o cavalo.

— Posso montar e ir à procura dela de cavalo — sugeriu Colin. — Posso cavalgar bem depressa e olhar nesses vilarejos todos e depois voltar aqui e avisar o senhor assim que encontrar ela. Ou então podíamos dividir os vilarejos: eu procuro numa metade, o senhor na outra. Quem achar Kivrin primeiro manda algum tipo de sinal, acendendo uma fogueira, algo assim, para que o outro veja e venha ao encontro.

— Ela está morta, Colin. Não vamos achá-la.

— *Não* diga isso! — exclamou Colin, e sua voz soou esganiçada, infantil. — Ela *não está* morta! Ela tomou vacinas!

Dunworthy apontou para o baú.

— Este é o baú que ela trouxe quando veio.

— Mesmo se for, e daí?! — rebateu Colin. — Pode haver mil baús iguais a esse. Ou ela pode ter fugido quando a peste chegou. Não podemos simplesmente voltar e deixar ela aqui! E se fosse eu que estivesse perdido, esperando dias e dias que alguém viesse, e não aparecesse ninguém? — O nariz dele começou a escorrer.

— Colin — suspirou Dunworthy, desalentado —, às vezes a gente faz tudo por uma pessoa, mas isso não basta para salvar a vida dela.

— Como a minha tia-avó Mary — disse Colin, limpando as lágrimas com as costas da mão. — Mas não é sempre assim.

É sempre assim, pensou Dunworthy.

— Não — respondeu ele —, não é sempre assim.

— Às vezes a gente pode salvar as pessoas — teimou Colin.

— Sim — concordou ele. — Está bem. — Voltou a amarrar as rédeas do cavalo ao poste. — Vamos procurar ela. Me dê mais duas aspirinas. E me deixe descansar um pouco até que façam efeito. Depois vamos atrás dela.

— Apocalíptico! — se entusiasmou Colin, tirando o balde de perto do cavalo, que tinha recomeçado a lamber a água lá dentro. — Vou buscar mais água.

Correu para fora, e Dunworthy voltou a sentar, as costas apoiadas à parede.

— Por favor — pediu. — Faça com que a gente encontre ela.

A porta se abriu devagar. O contorno de Colin, parado num umbral, se projetava contra a luz lá fora.

— Ouviu isso? — perguntou ele. — Preste atenção.

Era um som distante, abafado pelas paredes do barracão. E havia uma longa pausa entre cada repique, mas Dunworthy podia ouvir bem. Ficou de pé e foi para o lado de fora.

— Está vindo daquela direção — observou Colin, apontando para sudoeste.

— Traga o cavalo — disse Dunworthy.

— Tem certeza de que é Kivrin? — indagou Colin. — Está vindo da direção errada.

— É Kivrin — respondeu ele.

35

O sino parou antes mesmo que os dois tivessem conseguido selar o cavalo.

— Vamos, se apresse! — ordenou Dunworthy, terminando de prender a cilha.

— Tudo bem — disse Colin, olhando o mapa. — O sino tocou três vezes. Consegui um fix. Está a sudoeste, certo? E isto aqui é Henefelde, não é? — O garoto abriu o mapa diante de Dunworthy, apontando cada um dos lugares. — Então, tem que ser este vilarejo aqui.

Dunworthy olhou o mapa e depois para sudoeste, tentando definir ao certo de onde vinha o som do sino. Já estava meio inseguro a respeito, embora ainda pudesse sentir as vibrações do dobre. Desejou que a aspirina fizesse logo efeito.

— Vamos lá, então! — exclamou Colin, trazendo o cavalo pela porta do barracão. — Monte, e vamos.

Dunworthy enfiou o pé no estribo e girou a perna por cima do cavalo. No mesmo instante, sentiu uma tontura. Colin lançou para ele um olhar interrogativo e disse:

— Acho melhor eu guiar.

E subiu, postando-se à frente de Dunworthy. O garoto batia muito de leve com os calcanhares na barriga do garanhão e dava puxões na rédea muito fortes, mas o cavalo, surpreendentemente, começou a se mover com docilidade pelo relvado, rumo à estrada.

— Sabemos onde o vilarejo fica — mencionou Colin, confiante. — Tudo o que precisamos é encontrar uma estrada que vá naquela direção.

Quase na hora declarou que tinha encontrado uma. Tratava-se de uma trilha bastante larga, que descia uma encosta e penetrava entre pinheiros. Porém, mal se embrenhava entre as árvores e já se dividia em duas. Colin se virou para olhar Dunworthy, com ar interrogativo.

O cavalo não hesitou. Começou a descer a trilha da direita.

— Veja, ele sabe para onde está indo — observou Colin, encantado.

Pelo menos um de nós sabe, pensou Dunworthy, fechando os olhos com força para evitar a visão da paisagem sacolejante e diminuir a dor de cabeça. O garanhão, seguindo o próprio instinto, estava visivelmente voltando para casa, e Dunworthy sabia que precisava contar isso a Colin, mas estava mais uma vez se sentindo mal e tinha medo de soltar a cintura do garoto mesmo que por um momento, medo de que a febre fugisse do controle. Estava com tanto frio. Era a febre, claro, a dor de cabeça, a tontura, tudo isso era a febre, e isso era um bom sinal, o corpo reunindo forças para combater o vírus, agrupando as tropas de defesa. O calafrio era apenas um efeito colateral da febre.

— Que diabos, está esfriando — constatou Colin, puxando a bata sobre si com uma das mãos. — Espero que não comece a nevar.

Colin largou completamente as rédeas e puxou o cachecol para cobrir o nariz e a boca. O garanhão parecia nem notar. Trotava com firmeza penetrando num bosque cada vez mais fechado. Chegaram a uma nova bifurcação, e depois a outra, e nas duas oportunidades Colin consultou o mapa e o localizador, mas Dunworthy não chegou a perceber qual foi a trilha escolhida, ou se o cavalo tinha simplesmente se mantido na mesma direção o tempo todo.

Começou a nevar ou eram eles que estavam cavalgando direto para a nevasca. De um instante para o outro, a neve estava caindo em pequenos e incessantes flocos que obscureciam a trilha e se derretiam nos óculos de Dunworthy.

O remédio estava começando a fazer efeito. Dunworthy sentou-se mais empertigado e apertou mais a capa contra o corpo. Limpou os óculos na barra da capa. Seus dedos estavam entorpecidos e vermelhos. Esfregou as mãos com força e soprou o hálito quente contra elas. Ainda estavam dentro do bosque, e a trilha agora era mais estreita do que antes.

— O mapa diz que Skendgate fica a cinco quilômetros de Henefelde — constatou Colin, limpando a neve que caía sobre o localizador. — Como já cavalgamos bem uns quatro, estamos perto.

Não estavam perto de lugar nenhum. Estavam no meio do bosque de Wychwood, seguindo um caminho de passagem para o gado ou para cervos. Aquela trilha desembocaria na cabana de algum aldeão, ou em algum ponto com sal à flor da terra ou alguma moita de frutos silvestres de que o cavalo guardava boas recordações.

— Veja só, eu não disse?! — exclamou Colin, e lá adiante, depois das árvores, avistaram o topo de um campanário. O cavalo começou a trotar mais depressa. — Pare! — mandou Colin ao garanhão, puxando as rédeas. — Mais devagar.

Dunworthy tomou as rédeas do garoto e obrigou o cavalo a reduzir o passo enquanto saíam do bosque. Eles cruzaram um pasto coberto de neve e chegaram ao topo da colina.

Depois de um aglomerado de freixos, o vilarejo descortinava-se diante deles. Como estava obscurecido pela nevasca, eles distinguiam apenas contornos cinzentos: a casa grande, as cabanas, a igreja, o campanário. Não era o vilarejo que procuravam — Skendgate não tinha campanário —, mas, se Colin percebeu isso, não fez qualquer comentário. O garoto bateu os calcanhares no cavalo algumas vezes, sem muito efeito, e eles desceram a colina devagar, com Dunworthy ainda segurando as rédeas.

Dunworthy não conseguia avistar nenhum cadáver ao redor, mas também não observou nenhuma pessoa viva, nem tampouco fumaça saindo de alguma cabana. O campanário parecia silencioso e deserto, e não havia pegadas visíveis.

Quando estavam na metade da descida da encosta, Colin falou:

— Vi alguma coisa.

Dunworthy também vira. O vislumbre de um movimento. Podia ter sido um pássaro ou um galho açoitado pelo vento.

— Bem ali — disse Colin, apontando a segunda cabana.

Uma vaca emergiu de entre as cabanas, desamarrada, os úberes inchados, e Dunworthy viu confirmado o que temia, que a peste também já passara por ali.

— Ah, é uma vaca! — exclamou Colin, desapontado. A vaca levantou a cabeça ao ouvir aquela voz e começou a trotar na direção deles, mugindo.

— Onde está todo mundo? — perguntou Colin. — Alguém deve ter tocado aquele sino.

Estão todos mortos, pensou Dunworthy, olhando para o pátio da igreja. Havia túmulos recentes ali, com terra amontoada por cima, e a neve ainda não cobrira tudo por completo. Tomara que estejam todos sepultados no pátio da igreja, desejou, e então avistou o primeiro corpo. Era um menino. Estava sentado, com as costas apoiadas numa lápide, como que descansando.

— Olhe, tem alguém ali! — observou Colin, dando um puxão nas rédeas e apontando o menino. — Ei, você aí!

Ele girou a cabeça para olhar para Dunworthy.

— Será que eles vão entender o que a gente fala? O que acha?

— Ele está... — começou a dizer Dunworthy.

O menino ficou de pé, erguendo-se com dificuldade, a mão apoiada à lápide, olhando em volta, como se procurasse uma arma.

— Não vamos fazer mal a você — gritou Dunworthy para o garoto, enquanto pensava em como dizer aquilo em inglês médio.

Desceu do cavalo, apoiando-se com a mão na sela para conter a súbita tontura. Depois empertigou-se e estendeu a mão na direção do garoto, com a palma aberta voltada para ele.

O rosto do menino era imundo, cheio de riscas e manchas de terra e sangue, e a frente do gibão e dos culotes arregaçados também estavam empapados de sangue seco. Ele se curvou, apertando a mão contra o flanco do corpo, como se um mero movimento causasse dor. Apanhou um pedaço de pau coberto de neve e adiantou-se alguns passos, barrando a passagem.

— *Kepe from haire. Der fevreblau hast bifallen us.*

— Kivrin! — exclamou Dunworthy, e começou a caminhar até ela.

— Não chegue mais perto — ordenou ela, erguendo o pedaço de pau como se fosse uma pistola. A extremidade estava lascada, pontiaguda.

— Sou eu, Kivrin! O sr. Dunworthy — disse ele, sem se deter.

— Não! — gritou ela, recuando e agitando o cabo partido da pá. — Vocês não entendem. É a peste.

— Está tudo bem, Kivrin. Fomos vacinados.

— Vacinados... — repetiu ela, como se não soubesse o significado da palavra. — Foi o emissário do bispo. Ele já estava doente quando chegou aqui.

Colin se aproximou correndo, e ela ergueu o cabo da pá mais uma vez.

— Está tudo bem — disse Dunworthy. — Este é Colin. Ele foi vacinado também. Viemos levar você para casa.

Ela o mediu com firmeza durante um longo minuto enquanto a neve caía sobre eles.

— Levar para casa — repetiu ela, numa voz inexpressiva.

Ela abaixou os olhos para o túmulo aos seus pés. Era menor que os outros, e mais estreito, como se pertencesse a uma criança.

Depois de um minuto, voltou a erguer os olhos para Dunworthy, e aquele rosto também era inexpressivo.

Cheguei tarde demais, pensou ele, desesperançado, ao contemplá-la parada ali, naquele gibão ensanguentado, cercada de sepulturas. Já crucificaram ela.

— Kivrin — começou ele.

Ela deixou o cabo da pá cair no chão.

— Precisa me ajudar — disse ela, e dando meia-volta começou a caminhar rumo à igreja.

— Tem certeza de que é ela? — perguntou Colin.

— Sim — respondeu ele.

— O que ela tem?

Cheguei tarde demais, pensou ele, e pôs a mão no ombro de Colin, em busca de apoio. Ela nunca vai me perdoar.

— Qual o problema? O senhor está se sentindo mal de novo? — indagou Colin.

— Não — disse ele, mas esperou um pouco mais antes de retirar a mão.

Kivrin havia parado na porta da igreja e continuava apertando a mão contra as costelas. Um calafrio passou pelo corpo de Dunworthy.

Ela está doente, pensou. Está com a peste.

— Você está doente? — perguntou a ela.

— Não — respondeu Kivrin, afastando e olhando a própria mão, como se esperasse vê-la manchada de sangue. — Ele me acertou um pontapé. — Ela tentou empurrar a porta da igreja, contraiu o rosto, e deixou isso para Colin, que já se adiantava. — Acho que ele quebrou algumas costelas.

Colin conseguiu empurrar para dentro a pesada porta, e entraram juntos. Dunworthy piscou, forçando os olhos a se acostumarem à escuridão. Não entrava luz alguma pelas janelas altas e estreitas, embora fosse possível ter uma ideia do espaço onde estavam. Dunworthy distinguiu uma forma baixa, maciça, do lado esquerdo (um corpo?), e os contornos mais escuros das primeiras pilastras, mas daquele ponto em diante tudo estava completamente às escuras. Ao seu lado, Colin remexia em seus bolsos enormes.

Lá adiante, foi acesa uma pequena chama, que parecia não iluminar nada além de si mesma. Em seguida se apagou. Dunworthy foi naquela direção.

— Espere um instante — pediu Colin, e acendeu uma lanterna de bolso.

A luz cegou Dunworthy, deixando tudo fora do difuso facho tão negro quanto no momento da entrada. Colin passeou o facho pela igreja, revelando as paredes pintadas, as pesadas pilastras, o piso desigual. A luz desvelou a forma escura que Dunworthy julgara ser um corpo. Era um túmulo de pedra.

— Ela está ali — disse Dunworthy, apontando para o altar, e Colin virou a lanterna naquela direção.

Kivrin estava ajoelhada junto de alguém deitado no chão, perto de um biombo de treliças. Dunworthy percebeu que era um homem quando se aproximou devagar com Colin. Ele tinha as pernas e a metade de baixo do corpo cobertas por um manto roxo, e as mãos enormes estavam cruzadas sobre o peito. Kivrin procurava acender uma vela usando uma brasa, mas a vela não passava de uma massa disforme de cera e não se sustentava acesa. Ela pareceu grata quando Colin se aproximou com sua lanterna, produzindo uma luz que envolveu todos eles.

— Vocês precisam me ajudar com Roche — falou ela, contraindo os olhos diante da luz. Ela se inclinou sobre o homem e tocou na mão dele.

Ela pensa que ele ainda está vivo, pensou Dunworthy, mas Kivrin acrescentou, no mesmo tom inexpressivo e indiferente:

— Ele morreu hoje de manhã.

Colin dirigiu o facho de luz para o cadáver. As mãos cruzadas estavam tão roxas quanto o manto que cobria o corpo, mas o rosto do homem era pálido e parecia em paz.

— Quem era ele, um cavaleiro? — perguntou Colin, espantado.

— Não — respondeu Kivrin. — Um santo.

Ela pôs a mão sobre a mão dele, já rígida. A mão de Kivrin estava calosa e suja de sangue, as unhas, negras de sujeira.

— Vocês precisam me ajudar — insistiu ela.

— Ajudar em quê? — perguntou Colin.

Ela precisa de nossa ajuda para sepultá-lo, pensou Dunworthy, mas não podemos. O homem que ela chamava de Roche era imenso. Devia ser um gigante ao lado de Kivrin quando estava vivo. Mesmo que conseguissem abrir uma cova, nem os três juntos poderiam carregar aquele corpo, e Kivrin jamais permitiria que amarrassem uma corda ao pescoço do defunto para arrastá-lo até o lado de fora.

— Ajudar em quê? — repetiu Colin. — Não temos muito tempo.

Não tinham tempo nenhum. Já vinha chegando o fim de tarde, e nunca conseguiriam achar o caminho na floresta depois do escurecer. Além disso, não era possível saber por quanto tempo Badri conseguiria manter aquele salto intermitente. Ele dissera vinte e quatro horas, mas pela sua debilidade não parecia capaz de aguentar sequer duas, e já haviam se passado pelo menos umas oito. Sem contar que o chão estava congelado, e Kivrin tinha costelas quebradas, e o efeito das aspirinas estava começando a passar. Dunworthy já estava tremendo de novo no interior frio daquela igreja.

Não podemos enterrá-lo, pensou ele, olhando para Kivrin ajoelhada ao lado daquele homem. Como posso dar essa notícia a ela, quando cheguei atrasado para tudo o mais?

— Kivrin... — começou ele.

Ela deu umas pancadinhas de leve na mão rígida do morto.

— Não vamos ter como enterrá-lo — interrompeu ela, ainda naquela voz calma e inexpressiva. — Tivemos que pôr Rosemund na cova dele, depois que o caseiro... — Ela ergueu os olhos para Dunworthy. — Tentei abrir outra cova hoje de manhã, mas o chão está duro demais. A pá se quebrou. Rezei a missa dos defuntos por ele e tentei tocar o sino.

— Nós ouvimos — observou Colin. — Foi assim que achamos você.

— Eu deveria ter soado nove repiques — disse ela —, mas tive que parar. — Pôs a mão no flanco do corpo, como que se lembrando da dor. — Vocês precisam me ajudar a tocar os restantes.

— Por quê? — quis saber Colin. — Acho que não tem mais ninguém vivo para escutar.

— Não importa — respondeu ela, olhando para Dunworthy.

— Não temos tempo — argumentou Colin. — Daqui a pouco vai escurecer, e o local do salto está...

— Pode deixar que eu toco — cortou Dunworthy, e ficou de pé. — Você fica aqui — acrescentou, embora ela não tivesse feito nenhuma menção de se levantar. — Eu toco o sino. — Ele caminhou até a porta.

— Está *escurecendo* — insistiu Colin, correndo até emparelhar com ele, o facho da lanterna ziguezagueando ensandecidamente entre as pilastras e o piso. — E o senhor disse que não sabia por quanto tempo Badri conseguiria manter a rede aberta. *Espere* aí!

Dunworthy abriu a porta com esforço, já apertando os olhos para se antecipar ao brilho da neve lá fora, mas enquanto estavam dentro da igreja o céu tinha escurecido, um céu pesado e cheirando a neve. Ele caminhou depressa, cruzando o pátio da igreja rumo ao campanário. A vaca que Colin tinha avistado quando chegaram ao vilarejo se enfiou pelo portão coberto e veio balançando-se atrás deles, as patas afundando no chão nevado.

— De que adianta tocar o sino se não tem ninguém escutando? — questionou Colin, parando para desligar a lanterna e depois correndo outra vez para alcançá-lo.

Dunworthy entrou no campanário. A torre estava tão escura e tão fria quanto a igreja, e cheirava a rato. A vaca enfiou a cabeça para dentro, e Colin se esgueirou rente a ela e se apoiou contra a parede curva.

— Nem parece que o senhor estava dizendo pouco tempo atrás que tínhamos que voltar para o local do salto, que a rede ia se fechar e que ficaríamos aqui para sempre — disse Colin. — Nem parece que estava dizendo que não teríamos tempo de achar Kivrin.

Dunworthy parou ali um instante, deixando os olhos se acostumarem às trevas e tentando recobrar o fôlego. Tinha andado depressa demais, e agora sentia outra vez aquele aperto no peito. Ergueu os olhos para a corda do sino, que pendia sobre suas cabeças, na escuridão, com um grande nó encardido a menos de meio metro da ponta desfiada.

— Posso tocar? — perguntou Colin, olhando para cima.

— Você é muito pequeno — disse Dunworthy.

— *Não* sou — protestou o garoto, pulando para alcançar a corda. Conseguiu agarrar a extremidade, abaixo do nó, e pendurou-se ali alguns instantes antes de se soltar, mas a corda mal se moveu, e o sino emitiu uma badalada débil e fora do tom, como se tivesse sido acertado por uma pedra. — É *pesado*! — confessou ele.

Dunworthy ergueu os braços e agarrou a corda grosseira. Estava fria e áspera. Ele deu um puxão violento para baixo, sem saber se conseguiria se sair melhor do que Colin. A corda arranhou suas mãos. *Bong*.

— Como o som é forte! — observou Colin, cobrindo os ouvidos com as mãos e olhando para cima, encantado.

— Uma — contou Dunworthy.

Uma. E sobe. Lembrando-se das americanas, ele dobrou os joelhos e puxou a corda para baixo. Duas. E sobe. Três.

Pensou como Kivrin teria sido capaz de dar um único repique com as costelas quebradas. O sino era muito mais pesado e muito mais ruidoso do que ele imaginara, e parecia reverberar dentro do seu crânio, dentro do seu peito apertado. *Bong.*

Pensou na sra. Piantini, dobrando seus joelhos rechonchudos e contando em voz baixa. Cinco. Ele não tinha se dado conta de como aquilo era difícil. Cada puxão parecia arrancar todo o ar dos seus pulmões. Seis.

Gostaria de parar e descansar, mas não queria que Kivrin, escutando tudo lá na igreja, pensasse que ele estava desistindo, que ele queria apenas completar os toques que ela tinha dado. Cerrou os dedos com mais força acima do nó e se encostou à parede de pedra por um momento, tentando diminuir a pressão no tórax.

— O senhor está bem, sr. Dunworthy? — quis saber Colin.

— Sim — respondeu ele, e deu um puxão tão forte que foi como se tivesse rasgado os pulmões ao meio. Sete.

Não devia ter se encostado na parede. As pedras estavam geladas. Agora, ele estava tremendo de novo. Pensou na sra. Taylor, tentando finalizar o seu "Chicago Surprise Minor", contando quantas batidas faltavam, tentando não ceder àquela reverberação dentro do crânio.

— Eu posso terminar — propôs Colin, e Dunworthy mal pôde escutá-lo. — Posso ir buscar Kivrin, e nós dois podemos dar os dois últimos toques. Puxando juntos.

Dunworthy abanou a cabeça.

— Cada pessoa deve tocar o seu sino — explicou quase sem fôlego, e deu outro puxão. Oito. Não podia deixar a corda escapar dos dedos. A sra. Taylor tinha desmaiado e soltado a corda, e o sino deu uma volta completa sobre si, a corda zunindo como algo vivo, até se enroscar no pescoço de Finch, quase dando cabo dele. Tinha que segurar a corda, apesar de toda e qualquer dificuldade.

Puxou mais uma vez a corda, segurou-se a ela até ter certeza de que podia ficar de pé e deixou que ela subisse.

— Nove — disse.

Colin estava com a testa franzida na sua direção.

— O senhor não está tendo uma recaída, não é? — perguntou, com ar desconfiado.

— Não — falou Dunworthy, largando a corda.

A vaca estava com a cabeça enfiada na porta. Dunworthy a empurrou rudemente para trás, caminhou para a igreja e entrou.

Kivrin ainda estava ajoelhada junto de Roche, segurando sua mão rígida.

Ele parou diante dela.

— Toquei o sino.

Ela ergueu os olhos, sem aquiescer.

— Não seria melhor a gente ir andando? — sugeriu Colin. — Está ficando escuro.

— Sim — anuiu Dunworthy. — Acho que seria melhor...

A tontura o pegou totalmente desprevenido. Ele cambaleou e quase caiu por cima do corpo de Roche.

Kivrin ergueu a mão, e Colin pulou na direção de Dunworthy, a lanterna balançando de maneira errática pelo teto quando o garoto agarrou o braço dele. Dunworthy caiu sobre um joelho e a palma de uma mão, enquanto estendia a outra para Kivrin, mas ela já estava de pé e recuava.

— Está doente! — Era uma acusação, uma denúncia. — Contraiu a peste, não foi? — indagou ela, a voz demonstrando emoção pela primeira vez. — *Não foi*?

— Não — respondeu Dunworthy — é que...

— Ele está tendo uma recaída — cortou Colin, prendendo a lanterna no ângulo do braço da estátua e ajudando Dunworthy a se sentar. — Ele não deu muita atenção aos meus cartazes.

— É um vírus — explicou Dunworthy, apoiando as costas contra a estátua. — Não é a peste. Colin e eu tomamos estreptomicina e gamaglobulina. Não podemos contrair a peste. — Ele apoiou a cabeça na estátua. — Não passa de um vírus. Vou ficar bem. Só preciso descansar um instante.

— Eu *avisei* que ele não devia tocar o sino — disse Colin, derramando no piso o conteúdo do seu saco de estopa. Pegou e colocou o saco vazio em volta dos ombros de Dunworthy.

— Ainda resta alguma aspirina? — quis saber Dunworthy.

— Só pode tomar os comprimidos de três em três horas — advertiu Colin. — E não vai conseguir engolir sem água.

— Então vá buscar a água — ripostou ele.

Colin olhou para Kivrin em busca de apoio, mas ela continuava do outro lado do corpo de Roche, observando Dunworthy com certo alarme.

— Agora mesmo! — ordenou Dunworthy, e Colin disparou para fora, as botas ressoando no piso de pedra. Dunworthy ergueu os olhos para Kivrin, que recuou um passo.

— Não é a peste — garantiu ele. — É um vírus. Tínhamos medo de que você tivesse sido exposta a ele antes do salto e chegasse aqui doente. Isso aconteceu?

— Sim — respondeu ela, ajoelhando-se junto de Roche. — Ele salvou minha vida.

Ela alisou o manto púrpura, e Dunworthy percebeu que era uma capa de veludo. Tinha uma grande cruz de seda costurada bem no centro.

— Ele me disse para não ter medo — prosseguiu ela.

Puxou a capa para cima, cobrindo o peito de Roche, mas tomando o cuidado de passá-la por baixo de suas mãos postas. No entanto, esse gesto descobriu os pés calçados com sandálias grossas, incongruentes. Dunworthy tirou o saco que cobria seus ombros e o estendeu com delicadeza sobre aqueles pés, antes de se erguer, cheio de cautela, apoiando-se na estátua para não cair de novo.

Kivrin acariciou as mãos de Roche.

— Ele não tinha a intenção de me machucar — disse.

Colin voltou com um balde cheio até a metade. Devia ter colhido a água em alguma poça. Estava ofegante.

— A vaca me atacou! — protestou ele, mergulhando no balde uma concha imunda. Esvaziou o frasco de aspirina na mão de Dunworthy. Havia cinco comprimidos.

Dunworthy engoliu dois, bebendo o mínimo necessário daquela água, e passou os outros para Kivrin. Ela recebeu as aspirinas com solenidade, ainda ajoelhada no piso.

— Não achei cavalo nenhum — comentou Colin, estendendo a concha a Kivrin. — Só uma mula.

— Um burro — corrigiu ela. — Maisry roubou o pônei de Agnes. — Ela devolveu a concha a Colin e voltou a segurar a mão de Roche. — Ele tocou o sino para todas as pessoas, para que suas almas pudessem subir para o céu em segurança.

— Não seria melhor a gente ir andando? — sussurrou Colin. — Está quase escuro lá fora.

— Até para Rosemund — continuou Kivrin, como se não tivesse escutado. — E ele já estava doente. Eu falei que não tínhamos tempo, que precisávamos fugir para a Escócia.

— Temos que ir agora — observou Dunworthy —, antes que a luz desapareça.

Ela não se mexeu nem largou a mão de Roche.

— Ele segurou minha mão quando eu estava morrendo.

— Kivrin — disse ele, com delicadeza.

Ela pousou a mão no rosto de Roche, lançou um olhar bem demorado para ele e depois se pôs de joelhos. Dunworthy estendeu a mão, mas ela se levantou sozinha, ainda apertando o flanco do corpo, e saiu caminhando pela nave da igreja.

Chegando à porta, ela se virou e olhou para a escuridão.

— Quando já estava agonizando, ele me contou onde era o local do salto, para que eu pudesse voltar para o céu. Disse que ficaria ali e me pediu para ir embora, para que, quando ele chegasse lá, eu estivesse à sua espera — falou ela, e saiu para a neve.

36

A neve caía silenciosa e pacificamente sobre o garanhão e o burro, parados perto do portão coberto. Dunworthy ajudou Kivrin a subir no cavalo, e ela não evitou o contato como ele receara, mas assim que se viu montada ela soltou a mão dele e empunhou as rédeas. Assim que Dunworthy afastou as mãos, ela curvou-se para a frente na sela, agarrando as costelas.

Dunworthy tremia todo agora, cerrando os dentes para que Colin não percebesse. Precisou de três tentativas para conseguir montar no burro, e achou que podia escorregar a qualquer instante.

— Acho que é melhor eu conduzir a mula — disse Colin, lançando para ele um olhar desaprovador.

— Não temos tempo — objetou Dunworthy. — Está ficando escuro. Você monta atrás de Kivrin.

Colin conduziu o garanhão até o portão coberto, subiu numa trave e de lá passou para a garupa do animal.

— Está com o localizador? — perguntou Dunworthy, tentando bater com os calcanhares no burro sem cair de cima dele.

— Eu sei o caminho — se intrometeu Kivrin.

— Estou, sim — falou Colin, mostrando o instrumento. — E com a lanterna também — acrescentou, acendendo e fazendo o facho passear por todo o pátio, como se procurando algo que tivessem deixado para trás. Pareceu perceber pela primeira vez os túmulos.

— Foi ali que todo mundo foi enterrado? — indagou, mantendo a luz apontada para os montes arredondados e brancos.

— Foi — confirmou Kivrin.

— Faz muito tempo que morreram?

Ela puxou as rédeas, virando o cavalo na direção da colina.

— Não.

A vaca seguiu o trio até metade da subida da encosta, os úberes inchados balançando. Ali se deteve, mugindo num lamento. Dunworthy virou-se para olhar para ela. A vaca mugiu para ele mais uma vez, indecisa, e depois tomou o caminho de volta, bamboleando. Agora eles já estavam quase no topo da colina, e a neve começava a diminuir, mas lá embaixo, no vilarejo, continuava caindo com força. Os túmulos estavam completamente cobertos, e a igreja, obscurecida pela nevasca. Quase não se avistava o campanário.

Kivrin mal deu uma espiada para trás. Cavalgou em frente, com firmeza, o corpo muito empertigado, com Colin atrás, segurando-se não na cintura dela, e sim no arção da sela. A neve, que caía irregularmente, se reduziu a alguns flocos isolados, e quando já estavam no interior da floresta parou quase por completo.

Dunworthy seguia com o burro atrás do cavalo, tentando acompanhar o seu passo seguro, tentando não ceder à febre. A aspirina não estava surtindo efeito — ele tinha tomado muito pouca água —, e ele sentia a febre querendo se apoderar do seu corpo, como que obliterando a floresta, e o dorso ossudo do burrico, e a voz de Colin.

Colin falava animadamente com Kivrin, contando a respeito da epidemia, e pelo modo como falava tudo parecia uma grande aventura.

— Disseram que havia uma quarentena e que todos os passageiros teriam que voltar para Londres, mas eu não queria. Queria ver minha tia-avó Mary. Então eu dei um jeito de passar pela barreira, e o guarda me viu e disse: "Ei, você! Pare!", e começou a correr atrás de mim. Aí eu disparei rua afora e entrei num beco.

Pararam, e Colin e Kivrin desceram do cavalo. O garoto tirou o cachecol, e ela puxou para cima o gibão manchado de sangue e amarrou a echarpe em volta das costelas. Dunworthy percebeu que a dor de Kivrin devia ser ainda maior do que ele imaginava, e que devia pelo menos tentar ajudá-la, mas tinha medo de descer do burro e não conseguir subir mais.

Kivrin voltou a montar e ajudou o garoto a subir, e os três puseram-se de novo a caminho. Diminuíam o passo a cada curva e diante de qualquer trilha transversal para checar a direção. Colin se curvava para enxergar a telinha do localizador e apontava, e Kivrin anuía.

— Foi aqui que eu caí do burro — comentou Kivrin quando pararam numa bifurcação. — Na primeira noite. Pensei que Roche era um degolador.

Chegaram a outra bifurcação. A nevasca tinha parado, mas as nuvens por cima das árvores eram pesadas e escuras. Colin precisou acender a lanterna para consultar o localizador. Apontou para a trilha da direita, montou de novo na garupa de Kivrin e prosseguiu no relato de suas aventuras.

— O sr. Dunworthy disse "Vocês perderam o fix!" e partiu para cima do sr. Gilchrist. Aí os dois foram ao chão — narrava ele. — O sr. Gilchrist estava agindo como se o sr. Dunworthy tivesse caído de propósito, e não me deixou sequer cobri-lo enquanto ele estava ali, tremendo todo, com febre. Eu gritava sem parar: "Sr. Dunworthy! Sr. Dunworthy!", mas ele não podia me ouvir. E o sr. Gilchrist dizendo o tempo inteiro: "Vou considerá-lo pessoalmente responsável...".

Flocos de neve começaram a cair de novo, e o vento assoviou mais forte. Dunworthy agarrou-se à crina áspera do burro, tremendo dos pés à cabeça.

— Ninguém queria me explicar *nada* — prosseguia Colin. — E, quando eu tentava entrar para ver minha tia-avó Mary, falavam apenas: "A visita de crianças está proibida".

Agora estavam cavalgando contra o vento, e a neve soprava em rajadas fortes contra a capa de Dunworthy. Ele se curvou para a frente, até ficar quase deitado sobre o pescoço do burro.

— O médico saiu do quarto — seguia Colin — e começou a cochichar com aquela enfermeira. Nessa hora eu percebi que ela tinha morrido.

Dunworthy sentiu uma súbita pontada de dor, como se estivesse recebendo a notícia pela primeira vez. Oh, Mary, pensou ele.

— Eu não sabia o que fazer — continuava Colin. — Fiquei sentado ali, e a sra. Gaddson, que é uma pessoa realmente *necrótica*, apareceu e começou a ler a *Bíblia*, me dizendo que aquela era a vontade de Deus. Ah, como eu odeio a sra. Gaddson! — observou ele, com violência. — Está aí uma pessoa que merecia ficar doente!

As vozes de Colin e Kivrin começaram a ressoar, como vibrações reverberando contra as árvores e em volta delas. Dunworthy nem deveria ser capaz de entender as palavras, mas estranhamente elas soavam cada vez mais claras no ar frio, e ele pensou que deviam estar sendo escutadas até em Oxford, a setecentos anos de distância.

De repente, ocorreu a Dunworthy que Mary não tinha morrido, que ali, naquele ano terrível, naquele século com índice de perigo maior do que 10, ela não estava morta ainda, e isso pareceu uma bênção maior do que tudo que pudesse desejar.

— E foi então que ouvimos o sino tocando — concluía Colin. — O sr. Dunworthy disse que era você pedindo socorro.

— E era — confirmou Kivrin. — Isso não está dando certo. Ele vai acabar caindo.

— Vai mesmo — concordou Colin, e Dunworthy se deu conta de que os dois tinham desmontado outra vez e estavam parados junto do burro, cujas rédeas Kivrin segurava.

— Temos que colocar ele no cavalo — disse Kivrin, segurando Dunworthy pela cintura. — O senhor vai cair do burro. Venha. Desça. Eu ajudo.

Os dois tiveram que ajudar Dunworthy. Kivrin passou o braço em volta, de um modo que ele sabia ser doloroso para as costelas quebradas dela, e Colin o auxiliou a ficar de pé.

— Eu gostaria de sentar só um instante — pediu Dunworthy, por entre os dentes que chocalhavam.

— Não dá *tempo* — contrapôs Colin.

Ainda assim, os dois ajudaram Dunworthy a ir para a beira da trilha e a sentar em cima de uma pedra. Kivrin enfiou a mão nas roupas e tirou de lá três aspirinas.

— Tome. Engula todos — disse ela, oferecendo os comprimidos na palma da mão.

— São para você — comentou ele. — Suas costelas...

Ela o encarou com firmeza, sem sorrir.

— Eu vou ficar bem — afirmou, e foi amarrar as rédeas do cavalo num arbusto.

— Quer um pouco d'água? — perguntou Colin. — Posso acender um fogo e derreter um pouco da neve.

— Está tudo bem — disse Dunworthy, levando as aspirinas à boca e engolindo.

Kivrin estava ajustando os estribos, desatando as tiras de couro com mãos experientes. Refez o nó e voltou para ajudar Dunworthy a subir para a sela.

— Está pronto? — inquiriu, pondo a mão embaixo do braço dele.

— Sim — respondeu Dunworthy, e tentou ficar de pé.

— Isso foi um erro — lamentou Colin. — Nunca conseguiremos fazer ele subir.

Mas conseguiram, enfiando o pé de Dunworthy no estribo, cerrando seus dedos em volta do arção e içando o corpo para cima. No fim, Dunworthy conseguiu até ajudar um pouco, oferecendo a mão para que Colin também subisse e se instalasse à sua frente no cavalo.

Já não tremia mais, mas não sabia se era um bom sinal. Quando se puseram outra vez a caminho, Kivrin à frente, montando o burrico balouçante, e Colin voltando a falar, ele se apoiou às costas do garoto e fechou os olhos.

— Então eu resolvi que quando terminar o colégio quero ir para Oxford e ser um historiador, assim como você — dizia Colin. — Só que não quero saltar para a Peste Negra. Quero ir para as Cruzadas.

Dunworthy seguiu ouvindo, apoiado em Colin. Começava a escurecer, e eles estavam na Idade Média, no meio da floresta, duas pessoas doentes e uma criança. Para completar, Badri, outro doente, tentava manter a rede aberta, sujeito a ter também uma recaída a qualquer momento. Apesar disso, não podia ceder ao pânico nem à preocupação. Colin tinha o localizador, e Kivrin sabia onde ficava o local do salto. Ia dar tudo certo.

Mesmo que não encontrassem o local do salto e ficassem presos ali para sempre, mesmo que Kivrin jamais o perdoasse, ainda assim ela estaria salva. Ela levaria os dois para a Escócia, onde a peste nunca chegou, e Colin tiraria anzóis e uma frigideira de seu saco de estopa e eles pescariam truta e salmão para comer. Talvez acabassem até encontrando Basingame.

— Eu assisti a lutas de espada nos vids e sei cavalgar — mencionou Colin, e em seguida: — *Pare*!

Colin deu um puxão violento nas rédeas, e o garanhão parou, com o focinho quase na cauda do burro, que tinha parado primeiro. Eles estavam no topo de uma pequena colina. Lá embaixo havia uma poça d'água congelada e um renque de salgueiros.

— Chute ele — sugeriu Colin, mas Kivrin já estava desmontando do burro.

— Não adianta. Ele não vai avançar mais do que isso — explicou ela. — Já fez isso antes. Ele viu quando eu saltei. Pensei que tinha sido Gawyn, mas foi Roche. — Ela tirou a corda que servia de brida ao burro, que, sem perder tempo, retrocedeu o mais depressa que pôde.

— Quer montar? — perguntou Colin, já descendo do cavalo.

Ela abanou a cabeça.

— Montar e desmontar dói mais do que ir andando.

Ela estava olhando para a colina do outro lado. As árvores iam apenas até a metade da encosta, e acima a colina estava coberta de neve. Devia ter parado de nevar, embora Dunworthy não tivesse percebido. As nuvens estavam se abrindo, e por entre elas o céu ainda surgia pálido, cor de lavanda.

— Ele pensou que eu era santa Catarina — disse ela. — Ele me viu quando cheguei, como era o seu receio, sr. Dunworthy. Ele pensou que eu tinha sido enviada por Deus para ajudá-los num período de aflição.

— Bem, e foi isso mesmo que aconteceu, não? — questionou Colin. O garoto puxou as rédeas desajeitadamente, e o cavalo começou a descer a encosta, com Kivrin caminhando ao lado. — Você devia ter visto o estado do outro vilarejo onde estivemos. Cadáveres por toda parte, e ninguém para ajudar.

Ele estendeu as rédeas para Kivrin.

— Vou ver se a rede está aberta — avisou. — Badri disse que abriria ela de duas em duas horas. — O garoto disparou, embrenhou-se na mata e desapareceu.

Kivrin deteve o cavalo no sopé da colina e ajudou Dunworthy a desmontar.

— Seria melhor tirar a sela e as rédeas do cavalo — sugeriu Dunworthy. — Quando encontramos ele, estava enredado num arbusto.

Juntos, os dois conseguiram soltar a cilha e retirar a sela. Kivrin desprendeu as rédeas e ergueu a mão para acariciar a cabeça do animal.

— Ele vai ficar bem — consolou Dunworthy.

— Talvez — respondeu ela.

Colin surgiu por entre os salgueiros, espalhando neve para todo lado.

— Não está aberta! — anunciou.

— Vai abrir logo — disse Dunworthy.

— Vamos levar o cavalo conosco? — perguntou Colin. — Pensei que os historiadores não tinham autorização para levar nada para o futuro. Mas não seria o máximo se pudéssemos levá-lo? Eu poderia cavalgar nele quando fosse para as Cruzadas.

Ele desapareceu de novo através do mato, espadanando neve.

— Vamos, gente! A rede pode abrir a qualquer instante.

Kivrin assentiu. Deu um tapa no flanco do cavalo, que andou alguns passos, parou e ficou olhando para os três com um ar interrogativo.

— *Vamos*! — insistiu Colin de algum lugar no meio das árvores, mas Kivrin não se mexeu.

Ela pôs a mão na lateral do corpo.

— Kivrin — disse Dunworthy, dando um passo para ajudá-la.

— Eu vou ficar bem — falou ela, dando-lhe as costas e afastando os ramos da entrada da mata.

Já estava meio escuro lá dentro. Por entre os galhos negros do carvalho, o céu era de um azul-lavanda. Colin estava arrastando um tronco caído para o meio da clareira.

— Vai que atrasamos só um pouquinho e teremos que esperar mais duas horas — explicou, e Dunworthy sentou-se, agradecido.

— Como saberemos onde devemos ficar quando a rede abrir? — perguntou Colin a Kivrin.

— Vamos ver a condensação — respondeu ela, caminhando até o carvalho e se inclinando para varrer a neve acumulada junto à base do tronco.

— E se ficar escuro? — rebateu Colin.

Ela sentou-se apoiada na árvore, mordendo os lábios enquanto se acomodava entre as raízes.

Colin agachou-se entre os dois.

— Eu não trouxe fósforos, senão acenderia um fogo — comentou ele.

— Está tudo bem — disse Dunworthy.

Colin ligou e desligou a lanterna.

— Melhor economizar isto aqui, caso alguma coisa dê errado — ponderou.

Houve um movimento por entre os salgueiros. Colin pulou e ficou de pé.

— Acho que está começando — observou.

— É o cavalo — disse Kivrin. — Ele está pastando.

— Ah! — exclamou Colin, sentando de novo. — Será que a rede já não está aberta e não estamos vendo porque está muito escuro?

— Não — respondeu Dunworthy.

— De repente, Badri teve uma recaída e não conseguiu manter a rede aberta — teorizou o garoto, parecendo mais excitado do que temeroso.

Esperaram. O céu escureceu até um azul arroxeado, e as estrelas começaram a despontar por entre os ramos do carvalho. Colin sentou no tronco ao lado de Dunworthy e falou sobre as Cruzadas.

— Você sabe tudo a respeito da Idade Média — disse ele a Kivrin. — Pensei que talvez pudesse me ajudar a ficar preparado, sabe como é, me ensinar alguns truques.

— Você ainda é muito novo — objetou ela. — É perigoso demais.

— Eu sei — anuiu Colin. — Mas eu quero ir de verdade. Você vai precisar me ajudar. Promete?

— Não vai ser nada do que você está imaginando — respondeu ela.

— A comida é necrótica? Li no livro que ganhei do sr. Dunworthy que eles comiam carne estragada e cisnes e outras coisas.

Kivrin abaixou os olhos para as mãos por um longo minuto.

— A maior parte era terrível — disse ela, com suavidade —, mas houve algumas coisas maravilhosas.

Coisas maravilhosas. Dunworthy pensou em Mary, encostada ao portão do Balliol, falando do Vale dos Reis e dizendo: "Nunca vou esquecer aquilo". Coisas maravilhosas.

— E o que me diz da couve? — quis saber Colin. — Eles comiam couve na Idade Média?

Kivrin quase sorriu.

— Acho que não tinha sido inventada ainda.

— Ótimo! — Ele deu um pulo e ficou de pé. — Ouviu isso? Acho que está começando. Soou como um sino.

Kivrin ergueu a cabeça, à escuta.

— Havia um sino tocando quando cheguei — mencionou ela.

— Vamos — disse Colin, puxando Dunworthy para que ficasse de pé. — Não está ouvindo?

Era um sino, muito, muito distante.

— Está vindo dali — apontou Colin, correndo para a extremidade da clareira. — Venham!

Kivrin apoiou-se no chão com a mão e ficou de joelhos. Levou a mão livre em direção às costelas, num movimento mecânico.

Dunworthy estendeu a mão para ela, mas ela não a segurou.

— Eu vou ficar bem — se limitou a dizer.

— Eu sei — falou ele, deixando a mão cair.

Ela se levantou com muito cuidado, apoiando-se no tronco áspero do carvalho, depois empertigou o corpo e soltou a mão da árvore.

— Tenho tudo registrado no recorde — contou ela. — Tudo o que aconteceu.

Como John Clyn, pensou Dunworthy, olhando o cabelo desgrenhado dela, o rosto sujo. Um historiador de verdade, escrevendo numa igreja vazia, cercado de sepulturas. *Eu, vendo tantos males, deliberei deitar por escrito todas as coisas que testemunhei. Para que coisas que devem ser lembradas não sucumbam ao tempo.*

Kivrin virou as palmas das mãos para cima e olhou para os pulsos à luz trêmula.

— O padre Roche e Agnes e Rosemund e todos eles — prosseguiu. — Registrei tudo.

Com a ponta do dedo, ela traçou uma linha ao longo do próprio pulso.

— *Io suiicien lui damo amo* — disse, com suavidade. — Estou aqui no lugar dos amigos que amo.

— Kivrin — chamou Dunworthy.

— Venham! — gritou Colin. — Está começando. Não estão ouvindo o sino?

— Sim — respondeu Dunworthy. Era a sra. Piantini no tenor, tocando a introdução de "When At Last My Savior Cometh".

Kivrin aproximou-se de Dunworthy. Pôs as mãos juntas, como se estivesse rezando.

— Estou vendo Badri! — avisou Colin, levando as mãos em concha junto à boca. — Kivrin está bem! — gritou. — Salvamos ela!

O tenor da sra. Piantini ressoou mais forte, e os outros sinos juntaram-se a ele, animadamente. O ar começou a cintilar, como se estivesse cheio de flocos de neve.

— Apocalíptico! — gritou Colin, o rosto coberto de luz.

Kivrin estendeu a mão e apertou com força a mão de Dunworthy.

— Sabia que viria — disse ela, e a rede se abriu.

SOBRE A AUTORA

Connie Willis faz parte do panteão de grandes autores de ficção científica e fantasia, e já recebeu sete prêmios Nebula e onze prêmios Hugo, os mais importantes do gênero. Seus trabalhos mais conhecidos se passam no mundo dos historiadores de Oxford — *O livro do juízo final* é o primeiro deles, seguido por *To Say Nothing of the Dog* e *Blackout/ All Clear*. Atualmente ela vive no Colorado com a família.

ESTA OBRA FOI COMPOSTA PELA ABREU'S SYSTEM EM CAPITOLINA REGULAR
E IMPRESSA EM OFSETE PELA LIS GRÁFICA SOBRE PAPEL PÓLEN SOFT DA SUZANO
PAPEL E CELULOSE PARA A EDITORA SCHWARCZ EM JUNHO DE 2017

A marca FSC® é a garantia de que a madeira utilizada na fabricação do papel deste livro provém de florestas que foram gerenciadas de maneira ambientalmente correta, socialmente justa e economicamente viável, além de outras fontes de origem controlada.